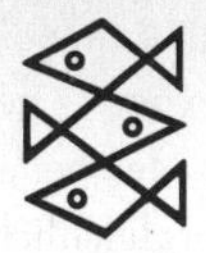

Die Erzählungen dieses Bandes – angeordnet in der Reihenfolge ihrer Entstehung von 1968 bis 1994 – gestatten einen umfassenden Blick auf das Prosawerk eines der bedeutendsten zeitgenössischen deutschen Dichter. Mit unvergleichlicher poetischer Imagination und einer ebenso suggestiven wie präzisen Sprache erzählt Wolfgang Hilbig von Alltag und Arbeitswelt in der DDR, von den Strudeln der Wiedervereinigung, von der verlorenen und doch endlich gefundenen Heimat. Vor allem aber handeln diese Erzählungen davon, wie ein Mensch, allen Verführungen und Bedrohungen zum Trotz, zu sich selbst findet – und damit vom »größten und letzten Abenteuer der Jetztzeit: von der Entdeckung des eigenen Ich«. (›Der Spiegel‹)

Wolfgang Hilbig, geboren 1941 in Meuselwitz bei Leipzig, übersiedelte 1985 in die Bundesrepublik und lebt heute in Berlin. Er erhielt zahlreiche literarische Auszeichnungen, darunter den Georg-Büchner-Preis, den Ingeborg-Bachmann-Preis, den Bremer Literaturpreis, den Berliner Literaturpreis, den Literaturpreis des Landes Brandenburg, den Lessing-Preis, den Fontane-Preis und den Stadtschreiberpreis von Frankfurt-Bergen-Enkheim. Sein Werk erscheint im S. Fischer Verlag und im Fischer Taschenbuch Verlag, darunter die Romane ›Das Provisorium‹, ›Ich‹ und ›Eine Übertragung‹, die Erzählbände ›Die Weiber‹ und ›Alte Abdeckerei‹ sowie die Gedichtbände ›die versprengung‹, ›abwesenheit‹ und ›Bilder vom Erzählen‹. Seine Frankfurter Poetikvorlesungen von 1995 liegen unter dem Titel ›Abriß der Kritik‹ vor. Über das Werk Wolfgang Hilbigs gibt Auskunft: ›Wolfgang Hilbig. Materialien zu Leben und Werk‹, herausgegeben von Uwe Wittstock.

Unsere Adresse im Internet: www.fischer-tb.de

Wolfgang Hilbig

Erzählungen

Fischer Taschenbuch Verlag

Veröffentlicht im Fischer Taschenbuch Verlag,
einem Unternehmen der S. Fischer Verlag GmbH,
Frankfurt am Main, August 2002

Satz: Fotosatz Gutfreund GmbH, Darmstadt
Druck und Bindung: Clausen & Bosse, Leck
Printed in Germany
ISBN 3-596-15809-5

Inhalt

Aufbrüche

Es war ein Sommer und den ganzen Sommer lang Tage, an denen ich mich ärgerte, zu spät aus dem Bett gekommen zu sein, zu spät in Hemd und Hose gekommen zu sein, zu spät heraus aus dem Haus, so spät, daß es mich kaum erfrischte, aber weshalb auch, der Morgen verjagte meine Müdigkeit jeden Tag, wenn es noch nicht zu spät war, nicht so spät, daß ich schon ermüdete, wenn es schon wieder auf Mittag zuging, und wenn es mir zu langsam meinen Weg hinunterging. Am Ende des Weges erreichte ich einen alten toten Kanalarm, der mich anlockte, aber vielleicht erreichte ich ihn nie, denn ewig, den ganzen Sommer, ging ich, manchmal zu langsam, manchmal zu schnell, daß mir der Schweiß ausbrach, wenn ich verweilte auf Flecken, die das volle Sonnenlicht traf, und selbst während schnellen Gehens spürte ich, wie die Erde in diesem Sommer heiß wurde, ich spürte es am Brennen meiner nackten Fußsohlen, wenn ich auf den seltenen Steinen stand, die auf der festgestampften Erde heiß geworden waren. Aber verweilte ich denn, trieb ich mich nicht jeden Tag zur Eile, wenn ich unschlüssig auf dem Weg stand, als hätte ich etwas vergessen. O Unglück, o üble Laune, wie war ich meines Bleibens, meines Schweigens ach so sicher, und der Verlockung dieses alten, vor Jahren aufgebrochenen Kanalarms. Ach verweilte ich denn, auf dieser heißen Stelle, in der Nähe des Hauses, wie ich es nannte, manchmal, in dieser Behausung, wenn ich gar nicht aus dem Haus kam, manchmal im Gras, das ungeheuer wuchs, und manchmal auf dem Lehm am Ufer, der trocken und rissig war, hart wie Flaschenscherben, unten wo der Wasserspiegel gefallen war. Oft genug fehlte mir nichts, aber oft genug gab es Dinge, die mir vergessen schienen, aber nein, oft genug gab es nichts, was mir fehlte, wenn mein Vergessen ungeheuer wuchs. Manchmal, viel zu oft, ach, mußte ich mich ausruhen, die

Eile, die Hektik flimmerte mir in den Schlagadern, das Gras und das Dickicht, das ich zügellos nannte, das meinen Weg säumt und seine Schatten ausbrütet, darin der Tau bis zum Mittag bleibt, bis am Mittag die Hitze hindurchdringt und die zügellosen Richtungen der wilden Kirschbäume über mir in ihrem Dampf stehen, einem gedachten Dampf, der meine Augen schließt, wenn ich einschlafe, übermüdet und durchnäßt und schläfrig in diesem grünen Dampf aus heißem Tau, der mir eine Last war. Sooft ich hier bin, und ich bin es diesen ganzen Sommer lang, lockt mich dieses Dickicht, ich soll hineinstürzen, schlafen, und vergessen, was mir fehlen könnte an Dingen, die ich brauchen könnte für meinen Weg, hundert Meter lang. Es fehlte mir nichts, und konnte ich nicht warten, wenn ich mich antrieb, auf mich einredend in unbeendigten Sätzen, und meinen Atem verschlang, auf den nächsten Tag, an dem es Morgen war, nicht Mittag, um mir zu sagen, heute, weshalb nicht heute, gutgelaunt und ruhig hinunter, ins Boot und durch den Kanal dann, hinaus auf den See dann, um nicht mehr umkehren zu müssen. Doch sooft ich verweilte, leicht noch als sei es früher Morgen, bekämpften der Tau und das Dickicht meine Eile, bevor ich noch vollends schlief war es Mittag, erwachend glaubte ich es sei Abend, jedesmal, noch ehe ich ihn vergaß, sah ich meinen Wohlstand im vergehenden Licht, und geschwächt und müde, müde meines Zorns und müde meiner Bosheit, müde meines Unglücks stürzte ich aufs Lager, und weiter ging ich, die ganze Nacht hindurch, schwor mir nicht müßig zu sein, nicht zu verweilen, nichts zu vergessen. Selbst im Traum noch brach ich auf, kaum eingeschlafen erreichte ich das Ufer, sah das Boot am Ufer, sah daß es leck war, längst vertrocknet, verrottet die Planken. Und ich sah meinen Wohlstand im Licht der Nacht und ich schwor mir, Feuer zu legen an die Hütte, in der ich hauste, morgens, sobald ich meine Müdigkeit los war, Feuer, um mich zu befreien vom Alkohol dieses Sommers, und den Büchern, mit denen ich hier war, Feuer, sobald ich genas, an das Bett und die Bücher, die ich nicht mehr las, Feuer, an den Schrank meines Wohlstands, Feuer, um die Bretter meiner Möbel und Wände zu verwandeln in ein Dickicht aus Feuer. Aber am Morgen, wenn ich erwachte, war ich zu müde, oder ich hatte es vergessen. Bevor ich hierherkam, war ich eines Wohlstands leid, in welchem breite alte, verheiratete Frauen am Vormittag über den Fensterbrüstungen hingen und auf die Postfrau warteten, ich haßte es dort zu sein, wo ich war, wenn es Sommer war, Sommer, in denen die Kühlschränke sich regelmäßig wie automatische Uhren aufzogen, was mich erboste, und über die Fenstersimse die Federbetten ausgelegt wurden, deren Formen ich bewunderte, oder wenn in den Höfen die falschen Teppiche geprügelt wurden, daß der Lärm mich erboste. Ach nein. Ich wollte fortgehen, hierher kommen, ich wollte in Lumpen gehn vor Trauer. Ich erinnere mich kaum noch, es war, als ob meine Trauer mich so erboste, daß ich alles zu Geld machte, zu möglichst viel Geld, das ich an mich riß und an meinem Körper verbarg, daß ich die Bücher nahm und hier herkam, wo ich überlegte, und wartete, daß es mir besserging, um über den See setzen zu können. Habe ich etwas vergessen. Ah, hier sind den ganzen Sommer lang Tage, an denen ich aufwache mit dem Gedanken: jetzt, noch diesen Morgen, an diesem Tag oder nie, noch in diesem Sommer. Bis ich es dann für zu früh halte, für zu spät, bis die Sonne über mich herfällt, die Müdigkeit, die Unkenntnis. Und ich hatte großes Verlangen nach einem anderen Wohlstand, nach den mäßigen Temperaturen anderer Ufer, die ich im Schlaf noch sah, wie ich sie doch gekannt habe, die schneeweißen Häuser von Obereselsrück, Kanaans grüne Hügel voll von Pfefferminze, davor, dahinter die Ebenen von ruhigen Flüssen durchzogen, habe ich etwas vergessen, großes Verlangen nach Geld, nach langsamen Büchern ohne Handlung, nach grauen Himmeln, nach Himmeln aus denen es auf Kuhherden regnet. Nein, ich wollte aufhören zu reden, beginnen zu schweigen, doch ich habe es vergessen, ja, ich wollte bellen und heulen wie ein Hund, grunzen und singen wie ein Flußpferd, aber nicht mehr verweilen in dieser redenden Ödnis. Es ist ein Dickicht, das im Herbst modernd zusammenbricht, im Frühjahr aus dem Schlamm schießt, ich nenne es zügellos. Es ist dieser lähmende Torso eines Kanals, aufgebrochen, aufgebrochen und abgebrochen vor Jahren, von seinen Baggern im Stich gelassen, Sinnbild aller unvollendeten Arbeit, Sinnbild aller sinnlosen Aufbrüche, verendet in einem Dickicht von Arbeit, seine Berge von Lehm und Kies, die hier nicht heimisch werden wollen, diese unterirdische Erde, von jungem Gras durchbohrt und ungeheuer verwüstet. An diesem flacher werdenden Wasser, darin mein Boot verfault. Habe ich etwas vergessen. Ich bin meines Bleibens und Schweigens hier so sicher, daß ich es nicht beginne. Ich habe vergessen, es riecht nach unserm Ursprung. Nach Schilf, es riecht nach Ursprung und Geburt unter dieser ausfließenden Sonne, es riecht nach Ursprung, nach alkoholischem Sommer, nach Geburt und Umkehr über dieser heißen Stelle im Schlaf. Erwachte ich endlich, ich fände hinunter, das Boot trüge mich noch, ich vergäße die Rückkehr, ich würd mich davonmachen, alles zurücklassen hier, um zu entkommen.

Bungalows

Bungalows, so nennt man diese elenden Hütten, errichtet aus von Brettern gerahmter Preßpappe, grün gestrichen stehen sie hinter der Gaststätte, dicht am Wald. Mit einem Kollegen, der meist nicht da ist, bewohne ich eine dieser Hütten, die übrigen sind unbewohnt, der größte Teil des Personals hat sich gleich zu Sommerende in Richtung Stadt auf und davon gemacht, ich bin also fast immer allein hier. Was habe ich zu tun nach meinem Abendessen, das mir stets zu reichlich ausfällt, mit melancholischem, steinschwerem Leib gehe ich hinaus, die Zigarette zwischen die Lippen geklemmt, den Sandweg um das Gasthaus herum durch den Garten, zum See, ein Stück auf die Anlegebrücke hinaus, um in den Nebel und die Dunkelheit zu sehen. Gegen sieben Uhr wird es schon dunkel, die Luft über dem Wasser ist frisch, aber es ist mir noch nicht zu kühl, ich bin die kühlen Abende gewöhnt. Es ist kein Wind, der Schatten eines kleinen Bootes liegt starr an der Brücke, am Himmel gibt es nur wenige Sterne, irgendwo ist ein Mond zu ahnen, geradeaus kann ich nicht weit sehen, ein hoher unbeweglicher Nebel liegt riesenhaft auf dem reglosen schwarzen Wasser.

O welch ein Herbst. Aus dem obersten erleuchteten Fenster des Gasthauses dringt Gelächter in den Garten, wie jeden Abend wird dort oben gefeiert. Das stört mich nicht, ich habe da oben nichts zu suchen. Aber ich wende mich um und schaue durch den Garten zurück, er ist leer bis auf die mächtigen Kastanien, Gartenstühle und Tische sind längst weggebracht, aus dem Fenster dringt ein Lichtstreifen, verliert sich in den Kronen der Kastanien, die schwarz dastehen, an den Rändern glänzen, nur mattes Licht ist im Garten, aber ich kann sehen, wie Blätter langsam von den Kastanien fallen.

O welcher Herbst, selbst die Tage unter der noch warmen Sonne werden nebliger, je früher die Nachmittage enden, weißer Dunst, wattig, steigt aus dem Wasser, es kommen kaum noch Gäste an den Nachmittagen, sie sehen schon jetzt nichts als Verödung, die winterliche Verödung dieses Ortes, und ich verbringe die Nachmittage müßig, warte auf die Abende, an denen es auf die Panik zugeht. Im Winter wird hier ein eiskalter Ort sein, die Stadt wird weit sein, dann möchte ich meine Fehde mit dem Gaststättenleiterehepaar beendet und mich zurück zur Stadt geflüchtet haben. Tagsüber gehe ich barfuß, das tut gut im kühlen Sand, nach Einbruch der Dunkelheit in dünnen Badesandalen aus Gummi, um meine Füße vor den dürren Kastanienschalen zu schützen, die hier massenweise umherliegen, ich höre das Rascheln meiner Sandalen im Laub, die gelben Blätter, die tagsüber immer häufiger fallen, tagsüber scheint die Sonne noch, aber die Nebel werden immer beharrlicher, in lichten Stunden ist der See hellblau, kurz vor dem Schilf sitzen Schwärme schwarzer Enten auf dem Wasser. Aber jetzt ist es dunkel.

Bungalows. Ich erinnere mich der vielen Geschichten über die Forscher und Jäger Afrikas, die ich früher gelesen habe. Mit Federzeichnungen. Die Bungalows solch einer Zeichnung standen am Urwaldrand, flache Dächer bis über die offenen Veranden, längliche Gebäude, weißgetüncht, mit festen hölzernen Fensterläden, die Veranden nach Art von Pfahlbauten auf dicke, in die Erde gelassene Balken gesetzt, davor sich die Bewohner mit ihren Tropenhelmen präsentierten, selbstsicher in ihren albernen knielangen Hosen, die hellen dünnen Beine in hohen Schnürstiefeln, den Patronengurt um den Leib, oft mit der Waffe in der Hand. Die schwarzen Eingeborenen dagegen waren gut gebaut, nackte glänzende Körper, in ehrerbietiger, insgeheim aber verachtungsvoller Haltung, direkt aus dem Urwald, in ihrer Vielzahl und in ihren verwirrenden, unberechenbaren Einfällen wie eine unbekannte, gefährliche Vegetation. Doch die Weißen wußten ihren Bungalow zu verteidigen, mit ihren Feuerwaffen, es gab Geschichten, da tauchten plötzlich nachts aus dem Wald Scharen schwarzer Gestalten auf, lange Speere mit breiten Spitzen schwingend, massenhaft schwarze Gestalten rings um den Bungalow, die plötzlich in grelles Geheul ausbrachen, kaum aufzuhalten durch das schwache Gewehrfeuer.

Mit solch einem Bungalow ist meiner hier nicht zu vergleichen.

Die Gegend hier ist unwegsam, die Gaststätte, zu der die Bungalows gehören, ist nur mit den Fahrgastschiffen, die im Sommer mehrmals täglich hier anlegen, zu erreichen, sie befindet sich in einer einsamen, malerisch wilden Gegend am Ende des Sees, und die Stadt ist weit. Irgendwo auf einer Insel im See hat man Spuren einer unendlich weit zurückliegenden Zeit entdeckt, sogar ein holzgeschnitztes Götzenidol sollen die Archäologen gefunden haben. Die Hunnen, wüste Kriegerhorden aus fernen Teilen Asiens, sollen auf ihren verheerenden Feldzügen bis in diese Gegend gedrungen sein, mordend und plündernd unter ihrem sagenhaften König Attila. Ich weiß nicht, ob diese Geschichten wahr sind. Irgendwann habe ich gesehen, wie sich ein Zeichner die Hunnen vorgestellt hat. Blankrasierte Schädel mit schwarzen Bärten, asiatischen Augen, denen der Zeichner einen finsteren, hinterhältigen Ausdruck verliehen hatte, in den Fäusten gebogene, haarscharfe Waffen.

Diese Gegend hier ist größtenteils unwegsam. Ich kenne den Anblick des Waldes von den Tagen her, gleich hinter den Bungalows beginnt er, gegen den Strand hin ist er von teilweise umgefallenen Zaunfeldern abgegrenzt, vor seinem Betreten wird gewarnt. Zuerst ist er noch licht, wenig Unterholz zwischen den Bäumen, die sich auf dem nassen Boden kaum halten können, hohes Gras, keine Wege, große umgestürzte Bäume überall, rindenlos und abgestorben, der Boden ist sumpfig, alles Sumpf, schwarzer Morast, große mattblinkende Wasserlachen überall, und bald wird der Wald dichter, wirr und verfilzt, undurchdringliches Gebüsch, dunkelgrünes hohes Wassergras, keine Tiere, nur Vögel, und der Boden ist Sumpf, nasser, tiefer, schwarzer Sumpf. Es gibt keinen Weg durch diesen Wald, es gab noch nie einen, wozu auch, denn hinter diesem Wald kommt für Ewigkeiten wieder Wald, Sumpf, Wasser, ebenso weglose, unbekannte Strecken weiter.

Aber wie, wenn es doch geheime Wege gibt. Pfade, die nur sie kennen und sonst kein Mensch, sie waren ja vor vielen hundert Jahren schon hier. Und dieser Bungalow, diese zerbrechliche Hütte, in der ich kein Gewehr habe. Und hätte ich eins, ich glaube, es wäre sinnlos gegenüber ihren krummen, scharfen Waffen. Außerdem bemerke ich sie erst, gelähmt vor Schrecken, wenn sie nachts in meiner Tür stehen. Sie kommen lautlos und geduckt die geheimen Wege entlang, Mann hinter Mann, ihre Reihen nehmen kein Ende, sie kommen aus allen Richtungen, kein Zweig knackt unter ihren Sohlen, sie kennen die Wege durch den Sumpf. Und sicher kommen sie zu gleicher Zeit über den See, unzählige Feuer tauchen aus dem Nebel auf, das sind die schmalen Kanus, jedes mit einer Fackel am Bug. Sie kommen von dieser Insel irgendwo im See, von all den bewaldeten Ufern, sie sind schon am Strand, sie löschen die Fackeln und kommen, ich spüre es mit meinem beschwerten Leib, wie sie kommen. Ich habe sie nicht bemerkt. Sie kommen unbemerkt und lautlos, aus dem Wald, über den See, von allen Seiten. Vielleicht sind diese Geschichten wahr und es gibt sie und sie kommen, ich weiß nicht.

Idylle

Es wuchs ein so einladendes Gras unter den Bäumen. Schon seit einer Stunde hatte ich eine Wut auf meinen hellen Anzug, mein weißes Hemd, ärger noch zürnte ich der vollgestopften Tasche, die ich zu tragen hatte. Der Fuhrmann eines in der beginnenden Hitze träger werdenden Pferdefuhrwerks, der mich ein Stück mitgenommen hatte, hatte mir einen Weg abseits der Überlandstraße empfohlen, dieser sei der kürzere Weg zur Stadt; ich war gleich nach der Morgendämmerung aufgebrochen, in der Stadt erwartete mich eine neue Mietwohnung. Nun schätzte ich die Zeit auf acht Uhr, es war ein von Sonne verzauberter Septembermorgen. Es war ein nördlicher Landstrich, das Land war eben wie ein Tisch, und mir schien, es gäbe, ganz gegen die Erwartung, besonders lang anhaltende Sommer in dieser Gegend, von Anfang Mai bis Ende September beherrschte der Sommer die Wälder. Mein Weg führte durch baumbestandene Wiesen, die Bäume standen nicht zu dicht, und doch konnte ich nicht weit vorausschauen. Es wollte schon heiß werden, meine neuerworbenen Schuhe waren mit hellem Staub bedeckt, meine Füße schmerzten leicht in dem noch ungeschmeidigen Leder, ich dachte daran, daß das Gras am Wegrand noch kühl und frisch sein mußte, niemals in meinem dreißigjährigen Leben hatte ich wirklich im Gras gelegen, welch unglückseliges Versäumnis, welche bösartigen Umstände hatten mich gehindert, diese Wohltat auszukosten. Sich ins Gras legen, sich ganz dem schwerelosen Rauschen ergeben, das durch die Trommelfelle, die geschlossenen Lider in das gestörte Gehirn dringt, dies mußte es gewesen sein, dessen Entbehrung der niemals bewußt zu machende, stumme Fluch war, der alle Zeit über meinem Leben hing. Ich ging weiter, seit dem frühen Morgen rauchte ich mit der freien Hand eine Zigarette nach der anderen, das Nikotin brannte mir auf der Zunge, und ein dickflüssiger Schleim in meinem Mund war von giftiger Bitterkeit; ich war zu zeitig aufgestanden am Morgen, doch war mein Körper noch kaum müde, meine Nerven waren müde, es hielt sich etwas wie eine halbe Betäubung in meinem Kopf. Bevor ich mich wirklich hinlegte, wurden die Bäume vor mir dichter, ich hörte ein Rauschen, als ob gerade vor mir ein Wasser rauschte, eine hohe Hecke von Unterholz stand plötzlich zwischen den Bäumen und gewährte meinem Weg, ein gestampfter Pfad nurmehr, einen winzigen Durchschlupf. Hinter der Hecke, als ich sie durchquert hatte, erblickte ich einen breiten Bach, der durch ein Wehr gestaut wurde, rauschend fiel das Wasser über dieses Wehr und bestand in einem Geräusch über der Gegend, das wie eine unsichtbare Wolke wassernen Staubs war. Ich mußte mich erst an dieses Rauschen gewöhnen, um die übrigen Laute des Morgens darüber wieder aufnehmen zu können. Längs des Wehrs führte eine Holzbrücke über den Wasserlauf hinweg, mitten in einen großen verwilderten Garten oder eher eine Art Obstplantage hinein, um die sich lange Zeit niemand gekümmert haben mochte. Das Gezweig der Bäume wuchs verworren und unverschnitten, die ungeernteten Früchte waren herabgefallen und faulten im Gras, von Wespen umschwirrt, Gesträuch und Kraut schoß überall empor am Fuß der Bäume, über dem ganzen Garten schien ein Duft von altem Honig zu hängen. – Als ich über die Brücke hinweg war, sah ich, etwas weiter entfernt, am Bach eine alte Mühle stehen, deren riesiges Schaufelrad zu zwei Dritteln aus dem Wasser ragte. Das Rad stand still, ich kam näher und sah, daß das Holz schwarz war, vollgesogen mit Wasser, verfault, die Schaufeln zerbrochen, dicht über dem Wasser war es grün vom Algenbewuchs, der obere Teil bleichte aus und wurde schon wieder weiß in der Sonne. Die Mühle war unbewohnt, die Türen aus der Füllung gerissen, Sonnenstreifen fielen über die Flurböden, die von Schutt und Scherben bedeckt waren. Von außen schien wilder Wein das alte Fachwerkgemäuer zusammenzuhalten, wie eine grüne Woge umspülte er das ganze Gebäude, wuchs bis dicht unter das Dach und zu den zerbrochenen Fenstern hinein. – Es ist heiß, sagte ich, dies ist eine Mühle. Eine unbewohnte Mühle. – Meine Gedanken waren vielleicht erschreckend banal, doch erschreckten sie mich nicht. Mein Kopf schien undurchdringlich, völlig verschlossen, ich mußte mich wiederholen: Das ist eine Mühle, sie ist unbewohnt. – In den Zimmern befand sich außer einem wackligen Tisch, einem zerbrochenen Stuhl, den Trümmern eines eingefallenen Kachelofens, außer zerlumpten Gardinenresten, Zeitungsfetzen auf den Dielen, nichts mehr; irgendwer hatte seine Notdurft in einer Ecke verrichtet; der Treppe, die in den Keller hinab, wahrscheinlich in die ehemaligen Arbeitsräume führte, traute ich mein Gewicht nicht zu, ich stieg vorsichtig die Holzstiege in den oberen Stock empor, in den Zimmern dort fand ich die gleiche schmutzige Leere vor. In den Zimmern und Fluren herrschte jetzt ein Dämmer in der Art, als wäre es draußen sehr warm geworden, als flute weißes Sonnenlicht über das Dach, die Wiesen, den Bach. Ich blickte aus dem Fenster des oberen Stockwerks und sah, daß das grüne Wasser jetzt von einer blendenden, flimmernden Farbe war, daß es gespiegeltes Sonnenlicht grell in der Gegend versprühte, davon Reflexe in dem dicht neben meinem Kopf wuchernden Weingerank spielten und flammten. Als ich ins Erdgeschoß zurückkehrte, fand ich es dort halbdunkel und kühl, nur durch die kleinen Fenster schossen quadratische Strahlen von Licht schräg gegen den Boden, es war, als sei es der dicke Staub, der die Luft hier so kühl hielt, ein Staub, der hier alles zudeckte, der älter schien als der auf meinen Schuhen. Ich glaubte plötzlich, wenn ich mit dem Finger Staub von der Tischplatte streifte und davon kostete, müsse ich auf der Zunge den bekannten Geschmack von der mehligen Außenseite eines Brotlaibs haben. Als ich wieder ins Freie trat, spürte ich, daß ich durstig war. – Ich will Wasser trinken, dachte ich, und wirklich stieg ich schon die niedrige Böschung zum Bach hinab und beugte mich zum Wasser. Das Wasser floß hier fast unmerklich, von hier aus sah ich es dunkel und sauber, zu tief, als daß ich auf den Grund schauen konnte. Ich schöpfte Wasser und trank, es war kalt und schmeckte leicht nach Algen. Ich spülte mir den Nikotingeschmack aus dem Mund und spie ins Wasser, sah die Bewegung langsam hinwegtreiben, zurück blieb mein Spiegelbild, wie es da hockte in dem hellen Anzug, das Ende der roten Krawatte hing ins Wasser. Ärgerlich sprang ich die Böschung wieder hinauf, ich war versucht, meine Tasche, die dort stand, mit einem Tritt ins Wasser zu schleudern. Dann aber dachte ich, es sei vernünftiger, zuvor ein kurzärmliges Hemd und eine leichte Leinenhose aus der Tasche zu nehmen. – Dies ist mein erster vernünftiger Gedanke heut, sagte ich; alles, was ich dachte, war so unendlich banal, unbefriedigend, und doch mußte ich es denken. – Danach kann ich die Tasche ins Wasser werfen. Ins Wasser werfen, sagte ich, ich sagte es, als ob ich sprechen lernte, die Tasche ins Wasser, samt den Schuhen, samt Anzug und Krawatte. Soll er davonschwimmen, der Ballast, die Bäche entlang, die Flüsse entlang, die Ströme entlang, meinetwegen bis in die Weichsel, bis in die Donau, bis in die Ozeane. – Müde nahm ich die Tasche wieder auf, wandte mich ab von der Mühle und begann langsam, am Bach entlang, zurückzugehen. – Schon immer habe ich eine Mühle gewollt, eine Wohnung in einer Mühle, dachte ich, und ich gehe langsam fort. Wenn auch langsam. – Ich sagte mir, dies müsse aufhören mit meinem Kopf, unbedingt, die einzigen Gedanken, die mich nicht stören werden, sind boshafte, zornige Gedanken, es sind die besten Gedanken, die man haben kann. Boshafte, zerstörerische Gedanken. Zum Teufel, es gibt keine Veranlassung dazu, nicht an diesem Tage, nicht hier, und nicht in dem Land, in dem ich lebe. – Aber ich vergaß so schnell, ich hatte vielleicht auch die Gründe für all meine boshaften Gedanken vergessen, was war es, das mir ein so schnelles Vergessen ermöglichte, ich suchte in meinem betäubten Kopf und fand, daß alle Gründe für meinen Zorn verflogen waren; was war das, in diesem Land – das Gas der Sonne, das Gas des Friedens, der Dunst der Stille, die hier verfiel und am Werk war, nahe bei dieser verfallenden Mühle – daß mein belebender Zorn ertrank in dieser ruhigen Eintracht von Wasser und Sonne. – Du solltest dich ausruhen, dachte ich, doch zuvor noch umkleiden, es wäre nicht gut, sich in dem hellen Anzug ins Gras zu legen. – Aber ich schleuderte die Tasche schon von mir und streckte mich aus. Das Gras war wohltuend warm und feucht, das Sonnenlicht fiel mir in die Augen, und blinzelnd, fast schon ohne Bewußtsein, bemerkte ich den nahenden Schlaf. – Soll doch der Teufel in diese Stadt gehen, dachte ich, soll sich der Teufel beruhigen lassen dort, in der Sicherheit der Stadt. – Dieser Gedanke beruhigte mich, mein Bedürfnis nach Schlaf war so stark, mein Körper federleicht, ich wußte, daß ich eigentlich schon schlief, und doch, daß ich gleich aufstehen und zur Mühle zurückgehen konnte, die Füße nur über den Spitzen der Halme, getragen von Sonnenwärme und Schlaf, und ehe ich tief in den Schlaf fiel, redete ich, was soll ich dort in der Stadt, in dieser Wohnung hocken, Miete bezahlen, Steuern, fressen, saufen, leben wie andere Leute, vergessen, die ganze Zeit beschäftigt sein zu vergessen, im Sessel sitzend vergessen, durchs Fenster auf die vergessene Straße stieren, bis ich mich kaum aus dem vergessenen Sessel erheben kann, um mich mit meinen Krawatten zu erdrosseln. Soll ich Leute kennen dort, Leute, vor deren Freundlichkeit mich schüttelt. Soll ich arbeiten dort, arbeiten, arbeiten. Wie öde, wie erbärmlich, zu arbeiten. Wie verkommen, sich zu frisieren, zu rasieren, wie elend, sich zu waschen und zu kleiden nach der Mode. Wie traurig, gesund und in Ordnung zu sein, ruhig, vergeßlich, wie langweilig, wie langweilig zu wissen, in welchem Land ich lebe, und dies ohne Zorn zu wissen, und dies immer und ohne Zorn in dem öden Bewußtsein haben zu müssen. –

Und innerhalb dieses Schlafs schon stehe ich auf, wandere hinüber zur Mühle, trete, naß und schmutzig, ungekämmt und wild, in die Zimmer.

He Müllerin, schrie ich laut schon auf dem Flur, es ist an alles gedacht. Sieh diese Flasche Branntwein in dieser Faust, nichts habe ich vergessen. Eile, eins von deinen süßen, mehlbenetzten Broten aufzuschneiden. Den ganzen Sommer lang wirst du mich nicht zurückhalten müssen. Und an den Winterabenden, wenn das Haus widerhallt von unserem Gelächter, werden wir wissen, wofür ich gut bin. Dann werde ich Holz schlagen, daß der Rauch unseres Feuers, sichtbar, und mit Macht aus dem alten Schornstein fährt.

Der Durst

Abends, in der sommerlichen Dämmerung, bei leichtem Südwestwind, füllen sich alle Straßen und Plätze dieser Stadt mit einem süßlichen, kaum zu ertragenden Leichengeruch.

Überall werden die Fenster geschlossen, die vereinzelten Spaziergänger ziehen sich in die überfüllten, dicht verriegelten Wirtsstuben zurück. Jeder weiß, es sind dies die Abgase einer am Stadtrand befindlichen Fabrik zur Herstellung irgendwelcher Grundstoffe für Waschmittel, wo mengenweise Kadaver, Tierkadaver, zu diesem Zweck verkocht werden und wo man bei Einbruch der Dunkelheit zu arbeiten beginnt.

Aber keiner der Trinker in den Wirtsstuben weiß, wann dieser Geruch in den Straßen wieder aufhört, man schließt Fenster und Türen auch in den Kneipen, zieht Vorhänge vor, man setzt sich fest, als sei man entschlossen zu trinken, bis der frühe Tag anbricht, man meidet die Straßen wie aus Angst vor einer Epidemie, man sitzt und trinkt im Bewußtsein eines Geruchs vor den Türen, der, ein blaues Gas, mit einem matten Phosphorschein durch die Nacht leuchtet, man glaubt ihn mit zehrender Kraft an der Außenhaut der Häuser, man glaubt das nach dem Innern hin sich ziehende Austrocknen im Holz der Türgebälke zu hören, man muß dieses Bewußtsein in sich ertränken. Man muß trinken, bis jede Erinnerung an dieses abscheuliche Gas einer trunkenen, schwankenden Gedankenflut Platz macht, die nur noch um das immer schwerer zu durchschauende Treiben im Innern der Wirtsstube kreist. Gelb und grün ist alles, was der Seuche zu wehren vermag. An der gelben, feucht beschlagenen Theke, die hinter Dunstnebeln von Tabakrauch und dicker Atemluft zu verschwinden droht, werden endlose Serien von Biergläsern abgefüllt, die, einander jagend, auf die Tische wandern, die Tischtücher sind zu Boden gefegt, und auf den nassen

Platten gleiten die Gläser eiliger in die geöffneten Hände, viele, viele, gelbe schaumgekrönte Gläser, die bald einander zu durchdringen scheinen, daß man sie plötzlich als eine einzige Woge von kühl-bitterem, weißgelbem Bierschaum gegen sich anrollen sieht, so flach aber noch, daß sie den runden, geöffneten Mund verfehlt, sie geht über die Hüften hin, und aus allen Öffnungen, saugend vorschießenden Eingängen, Schlauchenden, fließen die unaufgenommenen Reste zurück, verrinnen in schnellen Schlingen auf der Diele; die Stimmen im Raum haben die Stärke und Wüstheit eines Sturms, sie tönen in den Brüsten der Anwesenden, während ihre aufgesperrten Münder keinen Laut zu entlassen scheinen. Indessen ist der Durst immer drängender, unauslöschlich geworden, während er, schon selbst Materie und sein Verlangen sprachlos ausweisend, von allen Körpern tropft und rinnt; das Innere der offenen Münder ist grün gefärbt und Schwamm, der panisch die drohende Austrocknung vorzeigt, während schon alle Klarheiten in den Köpfen einer schaumigen, sprühenden und fließenden Wirrnis Platz gemacht haben, während die Augen schon Pilze bilden, ruht der gelbe Schemen der Theke wie ein Fels in den Nebeln, und von dort trifft die zweite Woge ein, die sich an den Hälsen bricht, zum ersten Mal das Haar benetzt, und du hast wieder zu wenig abgekriegt, du erhebst dich, fast auf die ausgestreckten Arme stürzend, du willst deinen aufgelösten Körper nach vorn schleppen, auf das gelbe Licht der Theke zu, denn dein Durst ist unbändig, riesig, infernalisch, aber die dritte Woge schleudert dich zurück, sie wirft dich um, du gehst unter, wie durch einen weichen, flexiblen Kanal, dem sich die Sperren sämtlicher Schleusen gelöst haben, durchströmt dich ohne Halt die Flüssigkeit, hintenüber sinkend spürst du deinen Durst grotesk und lächerlich werden, während die ersten deiner Glieder davontreiben, spürst du den idiotischen und grünen Durst eines im Flüssigen lebenden Wesens, ein Durst, der unabhängig von jeder Befriedigung weiterbesteht. Die Münder aller Anwesenden haben sich zu schaumschlagenden Lefzen erweitert, sind aufgequollen zu zottigen Rüsseln, verlängert zu amphibischen Schnäbeln, alle Körper sind glänzend grün und mit silbernen Schuppen bedeckt, alle Glieder stark und geschmeidig, mit gespreizten

Schwimmhäuten, pendelnden Flossen, Fischschwänzen und rhythmisch vibrierenden Kiemen versehen, alle sind tauchende, schwimmende, gleitende Wesen, die Blasenströme entlassen und sich mit den offenen Schnauzen berühren, es ist entsetzlich, wie sie sich, in obszönem Wohlsein, in Höhe der trüben Lampen auf den Rücken drehen und eine Weile unbeweglich, durch bloßes Näseln noch Leben zeigend, die weißgelben schillernden Bäuche aneinanderlegen. Du siehst es mit Grauen, sprachlos und schon weit von allem Menschsein entfernt, mit triefenden schweren Fellen behangen, unter glucksenden Geräuschen nach Atem ringend, umzingelt von Tritonengrunzen, von Nereidenkichern, von der Brünstigkeit großer schaumsaugender Muscheln angegriffen, angestarrt, und schon die krebsigen, nesselbehaarten Umschlingungen zuckender Fangarme um Lenden und Schenkel, fast instinktiv schon beheimatet in einer Welt von Nässe und Nebeln, fast schon untergegangen in der Tiefe der wahren Ungeheuer, doch noch immer sinnlos durstig; aber endlich, lange nach der Polizeistunde schon, des Schreckens gewahr, springst du taumelnd auf, wirfst die Arme in die Höhe, um zu schreien, um durch dein Schreien der menschlichen Brust Raum zu geben, aber da fühlst du dich schon untergefaßt, gepackt und eingereiht in eine schläfrige, sich wiegende Runde und einbezogen in einen getragenen, flutend und ebbend intonierten Gesang, der wie das träge Strömen schwereren Wassers von Mund zu Mund fließt.

Wenn zu dieser Stunde – die Luft ist wieder sauber, der Südwest hat den Verwesungsgeruch längst aus der Stadt vertrieben – ein Reisender die leergeblasenen Straßen durcheilt, hinter dem Fenster einer Wirtsstube Licht bemerkt und mehrmals dringend, aber vergeblich, um Einlaß klopft, zuerst verwundert, dann aber erbost eine Verwünschung ruft: Die Pest über diese Stadt ..., antwortet seinem der Fensterscheibe erschrocken sich nähernden Ohr ein aus Lärm geformter, schwerfälliger Gesang, der ihm Erklärung und Bedrohung zugleich scheint, immer aber viel zu undeutlich, als daß er beides weniger zu ahnen als zu begreifen imstande wäre:

Es ist bekannt, es ist bekannt
früher und heut im Feuerland
wie Fell und Knochen verbrannt.

Für Geld, sei schlau
verkauf den Hund und verkauf die Sau
verkauf die Ziege an Ponikau
das Geld löscht den höllischen Brand.

Der Reisende spürt den Schrecken in allen Gliedern, sein Durst ist vergessen. Er, der aus einer immer wohlriechenden Gegend stammt, aus einer Zeit nach der Sintflut, in der alle Wesen ihren Gattungen zugeordnet, Land und Meer voneinander geschieden sind, glaubt die Stadt von wilden Tieren beherrscht, die sich in einem aus gelben und blauen Opferfeuern gemischten, rituellen Licht gegenseitig kreuzen, um die ärgsten Monstren zu erzeugen, ach, er würde sich glücklich schätzen, dürfte er den Rest der Nacht in den Feldern verbringen, fliehen, noch ehe die Treiber mit Knüppeln aus allen Türen stürzen, er sieht die stillen, im ersten Morgenlicht lauernden Häuser, er würde ihnen den Gestank eines Stalles am Rand der Felder vorziehen.

Der Leser

Der Leser, gäbe es ihn, wäre folgendes Wesen: ein Mensch, von hinten anzusehen, der gebeugt am Tisch sitzt, unter starker Lampe, reglos zumeist, mit oder ohne Brille, mit oder ohne Augen, sichtbar oder unsichtbar der Kopf. Ein liniertes Heft vor sich auf dem Tisch, füllt er mit schnellen Schriftzügen, behende die Seiten umblätternd, Zeile um Zeile, bis er, endlich am Ende, die Stirn auf das vollgeschriebene Heft sinken läßt; ein tiefer Seufzer, der sagt, daß nichts es ermöglichen kann, das einmal Geschriebene wieder zu löschen. – Längst sank mit aller blauen Schwere die Nacht, es ist Sommer, ein später Sommer in einem späten Jahrhundert, durchs halboffene Fenster sind Falter hereingeflogen, die sich mit vernehmlichem Klirren gegen das Glas der Glühbirne werfen. – Indessen sitzt der Leser über dem aufgeschlagenen Buch, wer weiß, ob er liest, nie hat er eine Seite umgeschlagen, er ist vielleicht eingeschlafen, oder er ist der sitzen gebliebene Schatten dessen, der aufstand vom Stuhl, durch seine Farbe schimmert das Schwarzweiß der Seiten. Wäre er der Leser, er säße gebrochen am Tisch, mit von der Tischplatte gefallenen Händen, mit zarten sinkenden Schultern, das Haar fiele ihm über die Brillengläser. Doch es wäre, als flüsterte aus jedem Wort des schwarzen hieroglyphischen Heers, das die Seiten bedeckt, eine Stimme, eindringlich, um den Leser zu wecken. – Wer, wenn nicht er, sofern er lebte, wünschte das Ende der Nacht herbei; es ist als verlöre die Lampe an Kraft, als kröche durch die Drähte ihrer Leitung das Dunkel heran. – Und der Leser sitzt über dem Buch, und seine Hand blättert, blättert die Seiten um. Ruhig zuerst, zwischen je zwei Seiten eine Zeit geduldig wartend, dann ungeduldiger, schneller blätternd, schneller Seite um Seite, schlägt er um, mit bleichem Gesicht voller Zorn und Angst, mit geballten Fäusten wie rasend ganze Bündel von Seiten umschlagend, mit den

Schultern, mit gesenktem Kopf, aufheulend fast, schiebt und stößt und drückt er die zu Wänden wachsenden weißen Seiten beiseite, aber kein Wort, keine einzige Letter findet er auf den leeren Blättern. – Gäbe es den Leser, nur mit den Augen, nein mit Feuer und Schwert, nur mit dem Mund spie er all seine Wörter ins leere Buch. Unverlöschlich bliebe sogar der den endlichen Abschluß der Arbeit krönende Seufzer der Freiheit.

Herbsthälfte

lans für M.

Gestern sah man im Dunkeln den weißen Stamm einer Birke, steil aus dem Grasland ... ihr ebenso weißes Geäst schräg empor, man sah den hellgrauen Rauch des Laubwerks, oder es war ein Sprühen dem Stamm entspringend, oder der Stamm sprühte und entsprang, weiß das Geäst, wirklich weiß die Brücke. Man sah es deutlich, und doch sah ich von allem nur die Hälfte.

Da es nicht gelingt, sich hinter einer erfundenen Figur zu verstecken, man bedenke den weiten Fortschritt der Zeit, wie weit ist der Gipfel eigentlich schon überschritten ... da nicht abzusehen ist von der ersten Person, die jedem Satz voransteht, bleibt es ein überflüssiger Gewaltakt, zu erklären, weshalb so viele Aussagen uns ihren Abschluß verweigern, sind sie doch von dieser ersten Person so ausschließlich geprägt, daß selbst ein so kleines Wort wie *steigen,* in einem ich-bezogenen Satz, unweigerlich nach Babylon führt ... das heutige Genie ist durch nichts von einem heutigen Dummkopf unterschieden, dieses ist der Gewaltakt. Die Kehle, angefressen vom Nachtgas, spricht, ein letztes Mal den See erblicken, sehen wie er schwillt, die Ufer verliert. Ihn zur Gänze sehen, der Blick auf die jenseitigen Ufer war eine Selbstüberschätzung ... einer folgsamen Zukunft überdrüssig, leid, das Feld unter der Hirnschale einem Zensor des Jenseits zu räumen.

Ein Bach, der in den See floß, lagerte über seinem ruhigen Wasser helle Nebelmassen, die sich schneeig einmischten in die getürmten Ballen der Gebüsche, an Telegrafenstangen befestigte Lampen erleuchteten die gespenstige Wirrnis, und auf den strömenden Nebeln erschien plötzlich, wie auf einer zweiten luftigen Stufe der Wirklichkeit, wieder schwarzes glänzendes Laub, als wüchse es aus blindgehauchten Spiegeln. Hinter einer einschneidenden Mauer von Licht, und, noch geblendet, nach dem Durchqueren einer Strecke von Schatten, sah ich den See, und über mir das Halbrund einer hohen weißgestrichenen Halbbogenbrücke, alter Schauplatz, doch schien mir die Brücke rein imaginär, nur der obere Teil ihres Bogens war sichtbar, ihr Fuß, zu beiden Seiten des Baches, verschwand in der Schwärze. Ein Menschengebäude, ein Gerüst aus Beton und weißgefärbtem Metall, unversehrt nur der obere Teil im Lampenlicht, auf beiden unsichtbaren Ufern fußend. Eine altgewordene Methode in mir wollte, daß ich von allem nur die Hälfte wahrnahm.

Das unbewegliche Wasser, das hinter dem Phantom der Brücke, noch ehe der Bach wirklich zum See, wurde schon uferlos, war wie ich plötzlich auf einem winzigen Fleck von Erde und Gras, festgehalten auf einer im Nebel sinkenden Insel inmitten unberechenbarer Fluten, ich befand mich im uferlosen, unbeweglichen Wasser schon jenseits der Bachmündung wo, es in die Höhe zu schwellen, schien in ein weithin unbekanntes Dunkel hinein, unbemerkt in vergangenen Nächten ohne Schlaf und Wachen ein Licht, uferlos, uferlang, wie in einem einzigen Satz die Nacht sich beschrieb in Wasser verwandelt, der Mond, der aufging zitternd an ihrem, Rand eine Scheibe erkennbar wie Neon.

Ich wagte nicht, weiter zu gehen, als fürchtete ich zur Unzeit aufs Ganze zu gehen, ich wußte, man geht plötzlich ohne Bewußtsein im Unsichtbaren, die Füße in der Höhe zwischen die Sterne setzend, schwerelos, aller teuer gewordenen Schwere los, man steigt, *lans,* kopfunter über die Sterne, über dem Kopf das tiefe Wasser, über dem Fuß den tiefen Himmel. Ich schwankte, mich abwendend ergriff ich das Geländer der Brücke, feuchtes schorfiges Metall, ein Lufthauch war geweckt, der das Wasser erglänzen ließ, die Sterne darin verlängerten sich zu feinen Rissen von Licht, irgendein im Schlaf erschrockener Vogelschrei schrammte mein Empfinden.

Ich hatte die Schwäche des Sommers gewittert, das finale Summen im Metall der Vokale, die, ich spürte es, in meiner Kehle so leicht ablösbar hafteten, die einen Aluminiumgeschmack hatten … jene unbestimmte, aber essentielle Nachwirkung der Schlaflosigkeit, aus der ich konfuse Reime vor mich hin zählte, aus der ich, um mir, als meinem Kunden, nicht ganz käuflichen Realismus anbieten zu müssen, entweder zu veralteten Wörtern, *gespenstig, geisterhaft, greisenhaft,* zurückkehren mußte (dabei war es noch nicht lange her, daß ich beim Lesen nicht neuer russischer Bücher – unausgesprochene zweite Widmung einer langen, glücklicheren Periode meiner Sprache – den gänzlichen Verzicht darauf, sich mit solcherart sinnlosen Wörtern Reime auf die Wirklichkeit zu machen, bemerkt hatte; in der späten Schwäche meiner Zugehörigkeiten aber bot als Alternative zur Sprache sich die *Literatur* an), oder zum Schweigen verdammt schien ... ich erkannte das Ende der Jahreszeit, ich sah es nicht ohne die erhoffte künstliche Höhe, eines Morgens, beim Eingießen eines roten Weins, als ich gleich im ersten Glas ein Haar erblickte, das ohne Zweifel mit aus der Flasche geflossen war, und das, wie in einem Fettfilm schwimmend, an Dicke und Kräuselung deutlich als ein Schamhaar zu erkennen war; ich goß den Wein weg, das Spülbecken war sofort von einer hellen Röte überschwemmt, aus der ein fadsaurer, metallischer Geruch stieg. Das war das Ende, all meine Stärke und Wildheit war dahin, ich war nicht mehr robust genug, den leicht verdorbenen Geruch des Sommers zu ertragen, ich war von geringsten unsauberen Tropfen tödlich zu infizieren.

Ich war von einer künstlichen Realität übergipfelt, und ich mußte zu den Gründen zurück, Wasser und Erde noch einmal scheiden, notfalls das alte Licht, das dazu nötig war, wieder benennen.

Nichtsdestoweniger betrank ich mich noch an diesem Tag mit dem gleichen Wein, konnte am Abend erneut keinen Schlaf finden und ging nachts noch aus, Zikaden und Frösche, das Rascheln der zu Papier vertrockneten Blätter, es war nichts als Lärm, dem ich schon wieder entwöhnt war, ich spürte, daß ich die Natur los war, mein auf den Kopf gestelltes Bewußtsein ... endlich, schien mir, war es noch unnatürlicher als die Natur.

Genarrt von Mond und Neon, so ging ich schwankend, erneut den Aluminiumgeschmack, Aluminiumgeruch in den Schleimhäuten, es war das gleiche graue Oxyd, das an einem Metallzaun glitzerte, im trüben Schein bunter, an ihm aufgehängter Glühlampenketten, im Rücken den schwarzen Park, vorm Auge die roten, gelben, blauen Glühlampen, zwischen denen ich in ein großes Sportstadion blickte, dem Zentrum des zu Ende gehenden, spätsommerlichen Parkfests, dessen Treiben am Sonntagabend zeitig verebbt war, auch dort unten Lichterketten, die schwarzen Laubgebirge der Baumkronen verbindend, der Rauch irgendwelcher im Gras verbrennender Lampions, der schleimige Geruch erkaltender Bratwurstbuden, Klirren von Gläsern, die in einer Zinkwanne gespült wurden, ein vereinzeltes meckerndes Gelächter.

Die Brücke hatte mich über den Bach kommen lassen, nicht mehr dreißig Jahre bis zum Ende des Jahrhunderts, und noch immer nicht der niemals wahrhaft begonnenen Wirklichkeit entsagt, noch immer nicht wirklich den unumgänglich anderen Teil begonnen, also los, los von allem, deshalb das Gelächter, das mich wärmte, und zurück zur Stadt mit ihren alternden Neubauten, Neobauten, die Fenster meist schon dunkel, nur einige haben, erbarmenerregender Rest eines Willens zur Illusion, die billigen Leuchtstoffröhren zwischen Vorhang und Fenster eingeschaltet, um die Blumentöpfe, die Aquarien zu illuminieren, ein trübes Tingeltangelviolett, das den Impressionismus zur Verzweiflung bringt, und während von der kranken Haut der Fassaden das Aluminiumoxyd blättert, ahne ich den klinischen Glanz der chemisch behandelten Fliesen, die parfümierten Spülklosetts, die im Waschbecken eingeweichten Nylonschlüpfer.

(Gespenstig, geisterhaft, grenzenlos. Uferloses Empfinden meiner alten Schande. Der verlorene Beweis. Basarow, wenn du kommen könntest, mich aufs Maul zu schlagen. Doch du moderst, von vorsintflutlichen Fröschen erledigt, verrecktes Nihil unter deinen weißen Birken.)

Die mahagonigemaserten Schrankwände aus Preßpappe, die mit Marlboroetiketten beklebten Mülleimer, die Kleine Enzyklopädie Gesundheit im Regal.

Akzeptiert. Ich bin los, los von meiner schönen Jahreszeit Jugend, los davon, alles zu sehen, los von den Grillen. Wirklich weiß war die Brücke ... im Tageslicht, ich hatte die alten Krusten ihres mehrfachen Anstrichs Blasen treiben sehen, braun von der Kraft des darunter fressenden Rostes, und viele der Blasen schon aufgebrochen, die Erkrankung offen zutage, die rotbraunen schorfigen Wunden dehnten sich aus, und nur in den Tälern zwischen ihnen herrschte noch die weiße Farbe, vom fetten Staub des gesamten Sommers geschwärzt; wirkliche Farbe, in der Zerstörung ihrer Wirklichkeit gerecht ... über die Brücke war ich aus einer früher geheiligten Wildnis zurückgekommen, und die Hoffnung, die Brücke werde hinter mir einstürzen, erfüllte sich nicht. Die Stadt, die vor mir lag, die ich erblickt hatte in Erwartung der Pestilenzen, die ich dort zu mir nehmen würde ... wie einen vergessenen klösterlichen Garten mußte ich sie, in einem mystischen Akt, mit den Chaoswörtern der Genesis erfüllen. Denn die Zikaden unter dem tönenden Firmament, sie waren nicht mehr einzuschläfern, die Nacht ein Hohlkörper, das hohle Singen der Sommer, *lans,* um einzustimmen, der Anfang offen. Das dunkle Schluchzen eines zu einem Tümpel geschrumpften Gewässers. In der nun auch, man glaubt, in den Nächten nicht mehr abnehmenden Hitze, Seen sind große, das Wetter beeinflussende Speicher, wie künstlich, denkt man an die natürlichsten Dinge, in Sätzen, man glaubt, schon merklich zerrissen von blitzartigen Mißbildungen, die den ungesehenen Teil ahnen lassen, die hohle Form der Nächte, emporgerichtet wie erblaute Kathedralen, in die der Geist, gläubig in astraler Elektrizität, eintritt, Luna plötzlich, füllte den ganzen Tümpel, Blendung weiß entflammten Wassers, darin sich lose tote Baumstämme drehten.

Künstliche Urzeit, Zikadenwetter, erdacht vom Mondgehirn, unter der Bleiche des Gedankenfirmaments, in dem es tagt über schnellen menschenfernen Satzstücken, die den Einsturz der Stadt beschrieben haben, unterm Neonmond, halb
gesehen und schnell wieder los davon,
der Anfang ist offen

Er

Kurz nachdem ein kühler Regenschauer vom Himmel gesprengt und schon wieder tiefhängendes Gewölk heraufgezogen war, dachte er, soeben im Begriff, die letzten Häuser der Oberstadt hinter sich zu lassen, und schon sein Ziel, das nahe Dorf in der weiten Senke vor sich sehend, daß es nach einem Unwetter ausschaue und es gescheiter sei, den Besuch im Dorf auf einen anderen Tag zu verschieben. In diesem Augenblick, als er seine Schritte schon verhalten wollte, rief ihn, die Worte schnell und dicht beieinander hervorstoßend, schräg von hinten aus einem Haus eine Frauenstimme an: Gehen Sie diesen Weg nicht weiter, guter Mann, gehen Sie zurück und helfen Sie sich und uns allen. – Dies wollte ich soeben, erwiderte er lächelnd, wie man einem etwas entwaffnenden Scherz begegnet. Doch im Umkehren, die Schritte schon wieder zur Stadt lenkend, sah er, daß alle Fenster und Türen der Häuser geschlossen waren, mit Ausnahme eines dämmrigen Hausflurs, dessen Tür offenstand, aber auch dort zeigte sich nirgends ein menschliches Wesen. Vielleicht war die Frauenstimme nur eine Täuschung gewesen, dann war es peinlich, daß er laut darauf geantwortet hatte. Aber es scheint mich ja niemand gehört zu haben, sagte er sich, und mit der Hand nach der Brusttasche seines Rockes tastend, dachte er, wie gut übrigens, daß ich, als ich die Wohnung verließ, die Papiere zu mir steckte, die Worte der Frau waren so scharf und wahllos gewesen, sie hätte ebensogut verlangen können, daß ich mich vor ihr auswiese. Als er den Blick zu den Wolken wandte, zogen diese tief und dunkel über die abschüssige Straße hinab, über die untere Stadt hin, einige Vögel, in dieselbe Richtung fliegend, jagten so pfeilschnell dahin, daß es aussah, als seien schwarze Drähte unter dem Himmel durch die Luft gespannt. Er glaubte die Schritte beschleunigen zu sollen, aber noch ließ er sich Zeit, einen Blick über die Hecken der

Vorgärten zu werfen, auf die ermüdeten Stengel schon entblätterter Tulpen, auf die dichten Fliederbüsche, deren lila Blüten sich schon bräunten. Einmal glaubte er, hinter einem Fenster der villenartigen, aus Vorkriegszeiten stammenden Häuser habe sich eine Gardine bewegt, da ging er weiter, um die Bewohner durch sein Schauen in die Gärten nicht zu verwundern. Er traf eine Schar spielender Kinder, die mit Kreide große Quadrate über das Pflaster gezeichnet hatten, um die Quadrate nicht zu betreten, wich er zum Rand des Trottoirs aus, doch die Kinder vertraten ihm den Weg. Im Spiel innehaltend betrachteten sie ihn schweigend, Erstaunen in den Blicken, wie es ihm schien, und der älteste, am besten gekleidete der Knaben sagte mit einer einem Kind völlig unangemessenen Strenge: Sie müssen die linke Straßenseite benutzen, mein Herr, hier zu spazieren ist für Sie verboten. – Verwirrt, aber mehr über ein unwillkürliches Tasten seiner Hand nach seinen Ausweispapieren als über die offene Frechheit des Kindes, verschluckte er die scharfe Erwiderung, die er schon auf der Zunge hatte, ihm fiel eine kaum merkliche Bewegung der Gardine hinter einem der Fenster ein, wahrscheinlich hatte der Knabe eine starke Unterstützung von den erwachsenen Bewohnern dieser Häuser zu erhoffen, es lag nichts Kindliches in seinem geraden, unbeugsamen Blick, dafür aber die vollkommene Überzeugung von einem Recht auf jene ungeheure Forderung. Da nun auch die ersten Regentropfen zu spüren waren, war es besser, unnötigen Aufenthalt zu vermeiden, und er begab sich, etwas unglücklich lächelnd, auf die linke Straßenseite, wo jedoch das Trottoir oben, auf einer hohen Böschung sich befand, die nur in großen Abständen über Treppen zu ersteigen war, so daß er ungefähr hundert Meter im Rinnstein der schlammbedeckten Straße gehen mußte, und als er zu den Häusern auf dieser Seite aufsah, wähnte er das Lachen der Gesichter hinter den Vorhängen zu spüren. Zu allem Überfluß raste noch ein Automobil derart rücksichtslos die Straße hinauf, daß seine Beinkleider und Schuhe augenblicklich mit Schlammspritzern bedeckt waren. Das Auto wendete oben scharf und kam in noch schnellerem Tempo zurück, diesmal auf der falschen Seite der Fahrbahn fuhr es, ihn erneut bis zur Hüfte bespritzend, so dicht an ihm vorbei, daß der Luftzug ihn ins Straucheln brachte und er sich, um nicht gänzlich zu fallen, mit den Händen im schmutzigen Gras der Böschung abstützen mußte. So gerät ein alter Narr beinahe auf einem harmlosen Spaziergang zu Tode, nur weil er dummerweise, statt sauberer Bürgersteige, die bedreckte Straße benutzt, dachte er wütend und ging endlich schneller, gehetzt beinahe, vom jämmerlichen Anblick seiner verdorbenen Kleider, vom stärker werdenden Regen, vom höhnischen Lachen der Leute, das er sich einbildete, und von einem leisen Singen, das ihm in den Ohren schwirrte, dem Tönen feiner imaginärer Drähte, in der Luft von Wind und Regen angerührt, die die Nachricht seines Jammers über die Stadt verbreiteten. Schnell bog er, indem er noch rascher ausschritt, in die nächste Seitenstraße ein, die mehr einem breiten Sandweg glich, und obgleich dieser Weg ihn noch weiter wegführen mußte von seiner Wohnung, die er auf einem Umweg zu erreichen gedachte, nur um dieser unglückseligen Straße zu entkommen. Doch in dieser Seitenstraße stand das Auto, das eben noch so wild vorübergejagt war, eine breite schwarze Limousine, eine ihrer Türen öffnete sich, und in Eile stieg ein jüngerer hochgewachsener Herr aus; ohne Mantel, in einem hellgrauen, auf feine schimmernde Art karierten Anzug über einer blaßrosa Hemdbrust und mit einer dunkelroten, flatternden Krawatte geschmückt, schien er mit absichtsvoller Dezenz gekleidet, die seine gewichtige Eile noch unterstrich, die aber doch zu gesucht wirkte in dem Augenblick, als er, schnell über die Schulter dem Chauffeur eine unhörbare Instruktion hinwerfend, die Wagentür offen lassend, herankam, und im Ausschreiten kaum innehaltend, sich sofort wieder abwendend, rief, indem er weder auf die Verwirrung seines Gegenübers achtete, noch eine Antwort zu erwarten schien: Sie müssen umkehren, junger Mann, und zwar so schnell wie möglich, es muß Ihnen doch aufgefallen sein, daß diese Straße hier gesperrt wird. – Denn nichts von einer Absperrung war auf dieser Straße zu sehen. Hinzu kam, das *junger Mann* war ungehörig, denn der hellgraue Herr war augenscheinlich viel jünger als er. – Also beeilen Sie sich, kehren Sie um, rief der Jüngere noch einmal, diesmal schon in scharfem, drohend klingendem Ton, während noch ein zweiter, älter wirkender Herr aus dem Wagen stieg, um ebenso entschlossen heranzuschreiten, dann aber, den ersteren erwartend, doch stehenblieb, die beiden kehrten, sich ansehend, darauf wie auf ein Zeichen mit den Köpfen schüttelnd, in das Automobil zurück, das sofort davonfuhr. – Nun ist es zu spät, dachte er, empört auf der Stelle stehend, und ich bin tatsächlich jener kinderleicht zu überrumpelnde Narr, den hier jeder in mir zu sehen glaubt. Was habe ich nicht eine Erklärung verlangt. Ich hätte verlangen können, daß man sich vor mir entschuldigt, ja, ich hätte mich sogar anderswo beschweren können – aber es scheint, daß dieser Gedanke schon jetzt zu spät kommt – nein, ich hätte verlangen können, daß mir die Ausweise gezeigt werden. – Aber er wußte nicht, wo dieses *anderswo*, jener Ort seiner Beschwerde, war, er ahnte, daß er dort auf die gleichen Leute getroffen wäre, die ihn hier überrumpelt hatten. – Es schien ihm, als habe er unausdenkbar lange auf der Stelle gestanden, er fand es plötzlich abscheulich, sich von irgendwem *die Ausweise zeigen zu lassen*, welch ein abscheulicher Übergriff, dachte er, ist es nicht schon schrecklich genug, daß man dieses brutale Dokument bei sich tragen muß. – Es sind Gedanken, vergleichbar den Bewegungen von Marionetten, dachte er, und es ist eigentlich unerhört, daß man gewohnt ist, sich beim geringsten Übel in dieses System abscheulicher Mittel zu flüchten. – Er fand sich schon wieder auf der soeben verlassenen Straße und stand nach wenigen Schritten in die alte Richtung vor einer wirklichen Absperrung. Quer über die ganze Straße war ein Graben ausgeschachtet, in dem einige Arbeiter in Gummimänteln hantierten, der Graben war so tief, daß nur ihre Köpfe herausschauten, und die Arbeiter schienen so intensiv beschäftigt, daß sie seiner nicht achteten. Er wußte später nicht mehr, ob er die Arbeiter angeredet hatte, sie vielleicht gebeten hatte, ihm ein Brett über den Graben zu legen, damit er den Weg fortsetzen könne, oder ob seine Stimme in ihm steckengeblieben war. Jedenfalls schienen ihn die Arbeiter überhaupt nicht zu bemerken, und es war auch schon zu spät. Mit lautem Bremsgeräusch hielt hinter ihm die schwarze Limousine, und der hellgraue junge Mann sprang heraus. – Jetzt ist es genug, hörte er die strenge Stimme, steigen Sie ein. – Er erkannte sofort, daß es sinnlos war zu widersprechen, und bebend, unglücklich behindert von seinem Mantel, nahm er auf dem Rücksitz Platz, nicht ohne die mißbilligenden Blicke des jungen Mannes zu spüren, der den Schmutz bemerkt hatte, der von seinen Schuhen auf die Fußmatte des Wagens fiel. Er mußte auf dem Rücksitz beengt zwischen den Körpern zweier Männer sitzen, und noch ehe die Tür ins Schloß fiel, fuhr der Wagen scharf an, daß er gegen das Rückenpolster geworfen wurde und sich zwischen zwei Schultern eingeklemmt fühlte. – Wohin bringen Sie mich, wagte er endlich zu fragen, doch er erhielt keine Antwort. Statt dessen beugte sich der hellgraue junge Mann, das schimmernde weiche Jackett gegen das Dunkel seines Mantels drückend, über ihn, er fühlte die Blicke dieses plötzlich so nahen Gesichts in dem seinen, doch diese Augen wandten sich schnell ab, als er in ihnen Rat oder nur Erbarmen suchte, er sah vor seinem Gesicht die schlanke Hand des Hellgrauen eine unbestimmte, verzeihenerheischende Drehung vollführen, ehe sie blitzschnell unter seinen Rockaufschlag fuhr, erschrocken fühlte er die warme geschickte Hand, bemerkte, wie sie, ohne zu suchen, seine Ausweispapiere ergriff und herauszog. Ohne hineinzusehen barg der Graukarierte die Papiere in seinem Jackett und zündete, sich im Polster zurücklehnend, eine lange, sichtbar teure Zigarre an, die Luft erleichtert hervorstoßend wie nach einer erledigten, unangenehmen Pflicht. – Wo wir Sie hinbringen, bequemte man sich, als seine Frage schon fast vergessen schien, endlich zu einer Antwort, und es war der ältere der beiden Männer, dem ab jetzt das Wort zu führen wahrscheinlich oblag, da, wo der richtige Weg ist, wir zeigen es dir schon früh genug. – Die merkliche Ironie, das schlechte Deutsch, die unhöfliche tyrannische Formulierung, dies alles ließ ihn erschauern, er begriff, daß nun jedes Aufbegehren, ja, jede Frage gegen ihn ausgelegt würde. Der Wagen fuhr unterdessen in rasendem Tempo, der Regen war so stark geworden, daß hinter den überströmten Scheiben links und rechts nichts zu erkennen war, neben dem Kopf des Fahrers, durch die vom Scheibenwischer gezogene Bahn, sah er dunkles Laub von Bäumen oder Büschen vorbeischießen, manchmal Häuser; lange fuhr der Wagen so, die Reifen auf dem Asphalt sangen wie Drähte. Als der Wagen einmal hielt, wie auf dem Sprung und mit laufendem Motor, war ein Lärm, als wenn große eiserne Tore geöffnet wurden, dann ging die Fahrt weiter, ohnmächtig, schnell, und vielleicht für lange.

Das Ende der Nacht

Alte Geschichte, kurz vor Mitternacht, der lärmende Postwagen naht – den die keuchenden Pferde mehr schleppten als zogen; die über ihren schweißnassen Flanken tanzende Peitschenschnur trieb die Tiere zu einer, ob der miserablen schlammbedeckten Straßen, schandbaren Eile –; der Wagen kommt zum Stehen, so wie plötzlich das Gebrüll verstummt, auf dem Dorfplatz, der einem breiigen Tümpel gleicht. Der reisende Herr steigt aus, mit den Stiefeln achtlos in die Wasserlachen stampfend, offenbar in höchster Eile; trotz dieser, bevor er sich der Herberge zuwendet, richtet er seinen Blick zum Himmel. Unheimlich schwarze, restaurative Wolkenmassen treiben in bedrohlicher Tiefe, der Dorfplatz, ohne ein einziges Licht, ist von kaltem Wind erfüllt, gleich muß es zu regnen beginnen; kaum daß die Pferde standen, ist der Postillion auf dem Kutschbock in verkrümmter Haltung eingeschlafen. Die Tür der Herberge ist verschlossen, die Fenster mit dicken hölzernen Läden gepanzert. Die Schriftzeichen auf dem Schild über der Tür sind unmöglich zu lesen, der Herr stellt den kleinen Lederkoffer in den Türrahmen und schlägt mit behandschuhter Faust an einen der Fensterläden, doch keine Antwort. – Niemals, zu dieser Stunde noch, wagte er zu rufen: Öffnen, öffnen, um ein Lager für diese halbe Nacht nur, gleich ist Mitternacht, die Tiere sind erschöpft, war ich doch angemeldet, und schon morgen werde ich in der Stadt erwartet, ja, ich bin der Langerwartete, mein Koffer ist voller Dukaten ... niemand würde ihn hören. Der Herr legt das Ohr an den Fensterladen, hämmert mit beiden Fäusten ans Holz, er hört die Schläge durchs ganze Haus dröhnen, durchs leere Haus, keine Türen, die inneren Räume einander abschließend, widerstehen dem Donnern, sie sind eingerissen, aus dem Mauerwerk gebrochen, keine Möbel im verlassenen Haus, die Dielen mit Schutt bedeckt, die Treppen eingestürzt, die Haustür mit Brettern vernagelt. Von eisigem Schmerz getroffen, hört der Herr das Echo seiner Schläge verhallen, als er sich hilfesuchend nach dem Kutscher umsieht, reißen die Wolken auf, für einen Augenblick fällt ein Mondstrahl auf diese Gestalt, die großspurig einen Arm auf die Brüstung des Kutschbocks geworfen hat, aus dem weiten Ärmel hängen, ganz deutlich, die schneeweißen Finger einer Knochenhand. Nie wagte der Herr, diesen Kutscher anzureden, eingedenk des schaurigen Schädels, den der dunkle Hut verdeckt. Und als die Dunkelheit wiederkehrt, der Regen nun einsetzt, fühlt der Herr sein nasses Gesicht, und endgültig verzweifelt denkt er: Bald ist die letzte Nacht der alten Zeit vorüber, die neue ... ich erreiche sie nicht, und war ich auch schon gemeldet. Und sehend, wie die ausgeraubten Häuser dieses Dorfes sich mir entfernen, werde ich mit meinem kalten Wissen in dieser sterbenden Welt zurückbleiben, ach mit einem Wissen, daß einige Menschenworte mich von einem Ziel trennten, dem ich ein ganzes Jahrhundert nachlief, mit einem Wissen zuletzt, daß den Ohren der Kommenden einige der meinen Worte wohlgetan hätten. Aber nun wird das kommende Licht leuchten von fließendem Blut, denn die Ohren werden ihnen abgeschnitten werden, die Gebeine gebrochen, die Herzen zerrissen, die Leiber werden ihnen zu Asche verbrannt werden, und Straßen, errichtet aus Asche, werden die Leiber der Kommenden ins Feuer führen ... und wie ich dies weiß, sehe ich schon die Pferde, diese nicht wieder anzutreibenden Pferde, versteinern.

Über den Tonfall

Geschwätzig vor Trauer; endlose Nacht, Dunkelheit, die sich zu trüben scheint im schlierenhaften Bewegtsein der Zeit ... – Sturmwarnung aus dem Radio, aber noch senkrecht fallender Regen, den Windstöße in Wirbel versetzen, sein Strichmuster explodiert plötzlich, Schauer fliegen gegen das Glasfenster meiner Kanzel, gegen die Aluminiumschirme der Lampen vor dem Tor zum Werkhof, atomisiertes Wasser, zersprengt zu Halbschatten, es schleudert auf dem Vorplatz über die letzten Pflastersteine, die noch nicht unter Schlamm und spärlichen Gräsern versunken sind. Die beiden Lampen am Tor dürfen nicht gelöscht werden, ich sitze in dem kleinen abgeschotteten Innenraum, den ich mit Zigarettenqualm anfülle, meine Sicht nach draußen ist beeinträchtigt, da die an der Scheibe niederströmenden Wasserbäche im Licht glitzern und blenden.

Ab und zu scheinen die Böen das Wasser am Glas wieder hinaufzutreiben; vielleicht würde der Sturm, wenn er käme, den Regen fortblasen, aber er kommt nicht, er erschöpft sich in einigen Schluchzern, die auf eine Art phonetisches Vakuum in der Luft folgen und ermattet in die riesigen Restlöcher der Tagebaue stürzen, von denen das Werk im Umkreis von Kilometern umgeben ist. Dort unten – ich habe den Eindruck, auf einem schwindelnden Gipfel über ihren Talsohlen zu sitzen – sammeln sie sich, entferntes Heulen schwillt an, doch es fehlt ihm der Atem, es ist zu kraftlos, in das langgezogene Winseln überzugehen, mit dem der Sturm wirklich losginge. In ungeheurer Höhe über mir ist das schwerfällige Brummen einer vereinzelten Nachtmaschine – das die Relationen wiederherstellt; oder vielmehr: es zeigt, ich hocke tief unten in den Restlöchern der Tagebaue ... – einsames Flugzeug, das da oben tapfer gegen die Unwetterdrohung anfliegt. Bald aber macht auch der Regen schlapp, ein paar Güsse klatschen noch steinschwer in den Werkhof, bis dann allerorten ein Rinnen, Tröpfeln, Ticken einsetzt, darüber das unregelmäßige Dröhnen der Boeing ... vermutlich.

Und es scheint kälter zu werden, was nicht verwunderlich ist zu Novemberende. Ich sitze in Erwartung des Tages, an dem man mich ins Kesselhaus zurückholen wird. Einerseits denke ich mit Grausen daran – die Winterheizperiode hat begonnen; wenn die Arbeit überhandnimmt, werde ich sofort voll einsteigen müssen – andererseits hat mich die Aufgabe, nahezu ein Vierteljahr ununterbrochen Nachtschicht zu machen, physisch fast vernichtet. Ich drifte nur noch durch Trancezustände völligen Stumpfsinns, die sich mit Phasen übernächtigter Gereiztheit abwechseln; manchmal bin ich von imaginären Geräuschen erfüllt, hohlen Pfeiftönen, einer Art Sphärenmusik, die sich in meinem Kopf nicht löschen läßt, dann wieder scheint mir der Körper in Form einer hochaufgerichteten übersensiblen Spitze im Nichts zu sitzen, das von der Welt nur in weiter Entfernung umkreist wird. Ich hatte mich offenbar überschätzt, als ich meiner Abkommandierung in die nächtliche Pförtnerloge zustimmte: in den drei Monaten der Stille und Abgeschiedenheit hoffte ich einige seit langem aufgesparte Gedanken ausarbeiten zu können.

Es waren Gedanken, die mir endlich Klarheit darüber verschaffen sollten, was mich hier in dem Betrieb zu einer fast unmöglichen Figur hatte werden lassen. Oberflächlich gesehen kannte ich die Gründe: es war die Kollision zwischen meinen Pflichten als Arbeiter und dem selbstgesetzten Ziel, etwas zu sein, das ich, lächerlich genug, einen Schriftsteller nannte. Zumindest hatte ich mich ein paar Mal dieses Ausdrucks bedient, als ich mich zu massiver Übergriffe meiner Heizertätigkeit auf meine Freizeit zu erwehren hatte, aber noch öfter, um eine Entschuldigung zur Hand zu haben, wenn im Betrieb wegen allzu häufiger Saumseligkeiten und Regelverletzungen gegen mich verhandelt wurde, – in der Tat war mein Stand mit den Jahren immer schlechter geworden, das Ausmaß meiner Verschulden, zumeist Verstöße gegen die Arbeitsdisziplin, hatte mich einem Fiasko nahegebracht. – Was ich ausarbeiten mußte – ich wußte es seit Jahren – war eine Art Selbstbeurteilung, die mich entweder ganz zum Arbeiter oder vollkommen zum Schriftsteller stempelte; da meine Ahnungen aber dahin tendierten, es würden sich nicht genügend Gründe finden lassen, zu Recht bei der Schriftstellerei zu bleiben, hatte ich diese entscheidende Niederschrift bisher verabsäumt; schriftlich fixieren mußte ich die Dinge dennoch, damit ich sie mir späterhin jederzeit selbst zum Beweis vorlegen konnte. – Indessen war ich zu dem Schluß gekommen, daß ich mir dringende Gedanken über den Tonfall in der neueren Lyrik notieren mußte … um mich sogleich eines Umgehungsmanövers zu verdächtigen. Doch es gab wenigstens einen Punkt, in dem sich die beiden Themen schnitten. Ich erinnerte mich gelesen zu haben, der Lyrik der letzten Jahre müsse eine immens gewachsene Breite und Vielfalt bescheinigt werden, ein Ergebnis, das unter anderem einer lobenswerten Hinwendung der Poeten zur Realität zu verdanken war. Ich hatte mir gesagt, daß dort, wo dergestalt Breite und Vielfalt herrschten, möglicherweise alle Positionen schon besetzt waren, und es mir daher nicht gelang, selbst einen geschmähten Nebenplatz, der mich schon zufriedengestellt hätte, in der gesellschaftlichen Aufmerksamkeit zu erringen, – von stärkerem Ausschlag für mein Schicksal aber schien mir das zu sein, was mit dem Hinweis auf den Realitätsbezug verbunden war.

Zur Erörterung dieses Problems hatte ich mich gesammelt; als ich endlich – Wochen, nachdem ich meinen Dienst als Stellvertreter eines fehlenden Nachtwächters begonnen hatte – Papier auf den Tisch vorm Fenster meiner Kanzel stapelte und zur Feder griff, überzeugt, es müßten sich augenblicklich Girlanden von Sätzen, logisch verknüpft, wie von selbst fließend aneinanderreihen, erkannte ich zu meiner nicht geringen Überraschung, daß ich keinen Gedanken im Kopf hatte zurückbehalten können. Niedergeschmettert sah ich noch auf meine Überschrift: sie war zum Fürchten dilettantisch … und doch fand ich keinen passenden der gängigen Fachausdrücke aus der Literaturtheorie, der mir das Wort *Tonfall* hätte sinnvoll ersetzen können. Alles was ich sagen wollte, war in meinem Hirn unter Nebensachen begraben, – oder aber ich konnte *nichts* sagen.

Wochen, ich hatte sie nicht gezählt, waren seit dieser Niederlage verstrichen, und ich fühlte mich keineswegs davon erholt. Zu deutlich erinnerte ich die gräßliche Stimmung, in der ich am Morgen nach jener finsteren Nacht die Zettel mit meinem wohl zwanzigmal angesetzten Einführungssatz – *geschwätzig vor Trauer …* – mittels der aufheulenden Wasserspülung durchs Toilettenrohr jagte. Ich weiß nicht, ob ein Aufschrei meiner eigenen Kehle gleichfalls im Gurgeln des hinabstürzenden Wassers unterging … der Schwur, nie wieder öffentlich ein Wort zu gebrauchen, das dem Debakel meiner Existenz einen realen Namen verlieh, war das mindeste, was mir an Aggression durch den Kopf ging

Von meinem Platz aus zur Rechten, ein Stück im Innern des schwach erleuchteten Fabrikhofes, nahm ich die Bewegungen eines Weidenbaums wahr, die mich schon zu wiederholten Malen erschreckt hatten. Es war eine uralte Trauerweide; sie stand auf einer Rasenfläche vor dem Eingang zum Verwaltungsgebäude über der Straße des Hofs, man mußte einige Treppenstufen hinab, um auf die tiefer liegende Straße zu gelangen. Die Weide war seit Ewigkeiten morsch und schien sich bei jedem Windstoß, der aus dem Tagebaugelände heranstürmte, bedrohlicher über die Straße zu beugen, doch der riesige Baum hielt seit Jahren stand. Sein bis zum Boden hängendes Gezweig peitschte die schmale Grünfläche und fegte Laub und Reisig aus dem Gras auf die Straße hinunter: nicht nur einmal verfiel ich einer makabren Täuschung, – die Rutenbündel, pendelnd, wirbelnd und wehend, wirkten aus den Augenwinkeln gesehen wie die Körper einiger Gehenkter, die im Wind die Beine schlenkerten. Dazu hatte der Baum die Eigenheit, laut zu ächzen und zu stöhnen. Wenn ich etwas zu schreiben versuchte und am rechten Rand der Zeile angekommen war, flogen mir wie von ungefähr die Schatten der schaukelnden Zweige in den Sichtkreis, ihre Bewegungen waren im Fensterglas, denn die Weide selbst konnte ich nicht sehen … gleichzeitig hörte ich ihr schauriges Geräusch; mein Blick fuhr herum, ich benötigte einige Zeit, um mich zu vergewissern, meine Wahrnehmungen zu ordnen. Manchmal jedoch verließ mich die Sicherheit ganz und ich lief hinaus, um mich zu überzeugen, daß nicht Gespenster mich narrten. Es gab Nächte, in denen ich die Unruhe jener Schatten fortwährend an der Seite spürte, in denen es mir nicht gelang, von ihnen abzusehen, ihr Dasein … die Halluzination von Gehenkten in der Nähe, die knirschenden Schreie des Geästs, das diese Lasten trug ... nahm Einfluß auf mein Denken, trübte mir jede klare Überlegung, es war, als ob ein nicht beherrschbares Wesentliches in mein Bewußtsein wehte. Meine Rundgänge – viermal pro Nachtschicht hatte ich diese zu absolvieren – führte ich mit Widerwillen durch, mit innerer Anspannung, die ich mir ganz umsonst für unsinnig erklärte. – Langsam ging ich an der Weide vorüber, prägte mir das Knarren ein, verfolgte mit den Augen das Schnüren des Gezweigs, das einem chaotischen Weben von dünnen Stricken glich ... kurz vor der Treppe strauchelte ich heftig, hielt mich nur mit Mühe am Geländer. Sofort wußte ich, daß ich an dieser Stelle schon zweimal gestolpert war; eine der Gehsteigplatten war zerbrochen und ragte schräg aus dem Gefüge des Pflasters hervor. Ich hatte versucht, die Stücke mit dem Fuß zurückzustampfen, doch es gelang mir nicht, – offenbar hatte sich die Weide im Sturm wieder um eine Spanne geneigt, anscheinend stieß einer ihrer Wurzelstränge den Stein von unten aus der Erde...

Die Lyrik, dachte ich, wobei ich meinen Weg fortsetzte, die Lyrik ist der Realität zum Opfer gefallen. Eine schöne Elegie über den Tod eines Baums inmitten der Industrie, beispielsweise, wäre der gesellschaftlichen Aufmerksamkeit unbedingt Anlaß, den Realitätsbezug der Lyrik zu feiern. Die Entschlossenheit der Lyrik nämlich, stellvertretend für die Gesellschaft zu leiden und wachsam zu sein, läßt gewiß nichts zu wünschen übrig. Nein, sie hat diesen Anspruch sogar zu ihrer ersten Inspirationsquelle werden lassen und verwirklicht seine Artikulation so weitgehend, daß man sagen muß, ihr ganzer Tonfall besteht aus der Deskription dieses Anspruchs. Oh, die Katheder der Lyriker sind bis zum Bersten angefüllt mit Realitätsbezügen etwa zur Arbeitswelt. – Richtig, diese Lyrik wird von der sichtbaren Realität erweckt und sie stirbt in dieselbe zurück.

Damit ist die Lyrik eine vollkommen zweitrangige, wenn nicht gar drittrangige Sache. Wenn wir bedenken, daß die Realität dem, was das Universum sein muß, relativ aufgesetzt ist, sehr relativ, und weiter, daß die Sprache ein dieser Realität aufgesetztes Mittel ist, so ist sie tatsächlich bestenfalls drittrangig. Ungleich weniger befähigt, das Universum darzustellen, als dieses existent ist, kann die Lyrik die Verstandesfigur des Universums, den Menschen, gar nicht sehen, als wäre er von einem universalen Geist beseelt – sie müßte sonst eine dem Verstand fremde Idee sehen können – sondern sieht sie lediglich als eine Figur, die vom Geist des Universums abgeschnitten ist. Dabei erwägt die Lyrik diese Absurdität überhaupt nicht, sie zieht sie nicht in Betracht, sie kann sie nicht einmal faßbar behaupten, sie macht sie nur durch ihren gesamten Tonfall ahnungsähnlich ... sie setzt sie in ihrem Tonfall fort. Wollten wir – als Zweitformen des Lebens der Natur, die sich nur um den Preis entwickelt haben, den Geist des Universums zu vergessen – durch das Scheinhafte unserer Realität hindurchspringen, müßten wir zu einem ersten Leben vor uns zurück, das für uns aber nicht mehr vorstellbar ist. Was rede ich vom Unvorstellbaren, tatsächlich gehen wir mit den Rudimenten jenes früheren Lebens, die noch in uns auffindbar scheinen, entsetzlich ratlos um, wir ordnen sie Zeichensystemen unter, die auf die großen Zirkelschläge des Universums überhaupt nicht reagieren ... wir leben damit vollständig symbolisch.

Die Spürhunde der Realität haben die Sprache ausgerauft, der Tonfall der Realität ist das ätzende Agens, in dem die Stimmen der Lyrik ersticken. – Von vornherein zum Scheitern verurteilt, wollte ich erklären, welche der beiden Alternativen für mich tauglich wäre. Hinwendung zur Realität: es sagt schon in seiner Sprachfigur, daß wir im Irrealen sitzen, während wir schreiben, und uns verzweifelt davon abwenden. Ich könnte, Nachgeborener aller Ursprünge, auf jede Weise nur dem Tonfall zum Opfer fallen, der uns auf die sichtbare Realität festgelegt hat. Ich bliebe damit abgeschnitten von der Idee des Unendlichen im All, der womöglich einzigen Idee des Erbarmens mit den Geschöpfen.

Wie sollte ich vergessen dürfen, was mir an Wahrnehmungen in der Dunkelheit zuteil wurde. In dieser dreimonatigen Nacht, in der ich wirklich kaum eine Stunde des Tageslichts gesehen habe ... aber wo es mir vielleicht gelungen ist, durch das Dunkel hindurchzublicken. Bis in einen anderen Zustand vor meiner Zeit, in dem schon Stimmen und Zeichen waren, und schon von dort her an mich gerichtet. In eine Zukunft gerichtet, in der ich plötzlich da sein werde; wenn die Zeit alle Herrschaft an sich gerissen hat, ich aber aufgetaucht bin, um einige vorgezeichnete Schritte mit dieser Zeit zu gehen. Traumwandler auf einem alten Fabrikhof, auf einem schmalen Stück Erdoberfläche, das in die tiefen Wüsten der Tagebaubrüche abzugleiten droht. November, nachtverfallen, und ich verstummt, während die Dinge der Welt namenlos fern vorüberfliegen. Hoffnungen werden mich treiben, die älter sind, als ich zurückdenken könnte. Doch ich werde gewarnt sein von einer Ahnung, die in mir, wie unter der Erde, fortglimmt. Von einem Geruch, einem Phosphoreszieren aus einer Zeitschicht vor meiner Ankunft. Den zersprungenen Pflasterstein, an dem ich vorüberkomme, darf ich nicht lüften. Alraune, deren Geheimnis unter dem Stein verführerisch wächst, ich darf sie nicht ausreißen. Es ist tödlich, ihr Geheimnis mit meiner sterblichen Hand zu berühren ... es wird mir überliefert sein, daß ich den Tod fürchten soll. Ein älteres Gelüst aber bedeutet, mich zu fragen, was danach kommt, ob ich *danach* wieder hier sein werde: in der Zeit, von der ich spreche, in der ich nächtens Papier mit Wörtern und Sätzen bedecke, die von meiner Existenz handeln.

Angekommen am rechten unteren Rand des Blattes, verspüre ich eine seltsame Lockung im Augenwinkel, der ich nicht nachgeben darf. Es ist die Lockung einer anderen Existenz, eines Tonfalls, gelöst von der Trauer, Stille ... nach dem Aufschrei der Alraune.

Johannis

Ich führe ein Selbstgespräch mit dem Licht, es ist eine leuchtende Luft in meinem Gehirn, der das Grauen und die Erschöpfung gewichen sind.

Lange bleibt das Licht zwischen den Gitterstäben, die Dämmerung in der Zelle ist braun, brauner Dunst umhüllt mich auf meinem Lager, zu warme schweißdunstige Decken, schwer von todbrauner Feuchtigkeit, aus denen die toddurchfeuchtete Stille steigt, braun wie der Tabak der Toten, atmosphärisch, als Stille nur beweisbar durch das leise vorsichtige Schnarchen des schwächlichen Schläfers unter mir – ein zweiundzwanzigjähriger, halbanalphabetischer Kifi mit dem Bewußtseinsstand eines Zwölfjährigen –, der unregelmäßig und mühsam den kurzen Atem aus der zerstörten Lunge preßt, brauner Atem voller Speichelpartikel, ein Röcheln, das am Morgen einen trockenen, salzähnlichen Besatz um seine aufgesprungenen Mundwinkel gebildet haben wird.

Allnächtlich wiederholt sich das gleiche, nach einer Weile wird mein zweiter Zellengenosse erwachen, einige Sekunden den Schnarchlauten zuhören, um dann jähzornig, in der Meinung, das leise Schnarchen habe ihn geweckt, mit zu Boden fahrender Hand einen seiner Schuhe zu suchen, um den Absatz mehrmals gegen das eiserne Gestell unseres Doppelbettes zu schlagen, worauf das ohnehin gehemmte Schnarchen augenblicklich verstummt; ohne aufzuwachen wird der Schläfer unter mir lange den Atem anhalten, fast eine Minute ist kein Laut in der Zelle, außer den wütenden wälzenden Bewegungen des erwachten zweiten Zellengenossen ist Lähmung und Ruhe, die Angst ist in den Jungen unter mir gefahren, sie füllt seinen Schlaf völlig aus, das Herz dieses kümmerlichen Körpers scheint zu stocken. Mein zweiter Zellengenosse ist ein mehrmals wegen Körperverletzung vorbestrafter, knapp Dreißigjähriger, mit einer kräftigen derbknochigen Figur auf eigenartigerweise zu dünn geratenen Säbelbeinen, seine bis zu den Schultern tätowierten langen Arme baumeln jederzeit locker und angriffslustig, er ist der Held ungeheuerster Schlägereiszenen, sein einziges, unerschöpfliches Gesprächsthema sind seine Siege in diesen Kämpfen, von wildem Gefuchtel und den nachgeäfften Schmerzensschreien seiner Gegner begleitete Erzählungen, denen der Kleine unter mir den ganzen Tag über in angstvoller Bewunderung lauscht.

Bevor mein zweiter Zellengenosse wieder einschläft, um im Schlaf laut mit den Zähnen zu knirschen, ein martialisches Geräusch, welches das bald wieder einsetzende Schnarchen des Kleinen bei weitem übertönt, wird aus der Richtung seiner Bettstatt – er belegt das einzige mit Federboden ausgestattete Bett in der Zelle – ein leises rhythmisches Quietschen herüberdringen, ein kaum minutenlanges Geräusch, das sein allnächtliches, zwischen erstem und zweitem Schlaf absolviertes Onanieren erzeugt, es endet in einem mühsam unterdrückten Keuchen, alsbald in das Zähneknirschen seines zweiten Schlafs übergehend.

Wahrscheinlich werde ich in unglaublich vielen, mir später in den Straßen begegnenden, wiewohl unbekannten Menschen zuerst unbewußt, dennoch mit sofortigem fast tödlichen Erschrecken, das Bild eines meiner beiden Zellengenossen wiederzuerkennen glauben.

Am dünnen, rachitisch aussehenden Körper einer viel zu jungen, beinahe brustlosen Mutter werde ich die fahrigen Bewegungen des Kifis erblicken, wie die seinen werden ihre Handlungen aus zu geringer Überzeugung von ihrer Sinnhaftigkeit fehlgehen, fast immer vor ihrem Ziel abgebrochen werden, so daß Gläser, Löffel oder Spielkarten, zu zögernd ergriffen oder nur angestoßen, zu Boden fallen, und ich werde später an den aus ihren Betten tretenden Augen eines unbekannten, mir aber durch die Korrespondenz mit meinem dann vergangenen Hiersein bekannt gewordenen Menschen eine sexuelle Vorliebe für unausgereifte Dinge, verpfuschte Techniken, durch unbeendete Konstruktion fast gebrauchsuntüchtige Geräte entdecken, und obwohl sie ihm Ärger bereiten werden, wird er diese Dinge kaufen. – Uns hier gibt man unzerbrechliche Becher aus Plast zum Gebrauch. – Oder ich werde, womöglich in noch mehr, in ungezählten mir später über den Weg laufenden Menschen die Erscheinung des anderen Zellengenossen, des Schlagetots, wiederfinden, am heftig rasierten, von winzigen Schnittwunden gezeichneten Kinn eines noch jugendlichen Herrn in einem grünen, maßgeschneiderten Anzug im Jeansstil, mit aufgesetzten, weiß abgesteppten Taschen, über dem Gesicht das streng gescheitelte, gefettete Haar, das hinter den nackten Ohren sichtbar fehlerhaft abgeschnitten ist; ich sehe ihn in der Kaufhalle mit kräftigen, aber für diesen Fall vorsichtigen Händen sorgfältig eine Auswahl unter verschiedenen Rasiercremetuben treffen ... nein, ich werde ihn anders erkennen, in einem Äquivalent dazu, wie er leicht vornübergebeugt, den Hinterkopf in den Nacken gedrückt, während der Freistunde auf dem Gefängnishof, allmorgendlich vor mir das Gehen seiner dreiunddreißig Runden um den Volleyballplatz vollbringt, mit in den Ellenbogen leicht gewinkelten, bewegungslos hängenden Armen und immer geballten Fäusten; später werde ich nicht mehr ahnen, wie dieses menschliche Gehen vor mir ein unerschöpflicher, allmorgendlicher Grund für minutenlang in mir bis zu heftiger Schrille ansteigende, unartikulierte innere Entsetzensschreie sein konnte, daß ich mich abwenden mußte, um auf die vergitterten Halbbogenfenster des grauen, ungeheuren Gebäudekörpers wie auf ein heftig zurückersehntes Ziel zu blicken, denn dieses Gehen vor mir ist, in den immer geputzten Schuhen, von einer namenlos sicheren, unfehlbaren Automatik – die in einem späteren Jetzt keinen Namen mehr hat, außer *sinnloses Entsetzen* – die Schritte um keinen Zentimeter zu kurz oder zu lang, ein Anblick, der mich auf dem Beton, auf dem es nicht das geringste Hindernis gibt, fortwährend ins Straucheln bringt, die unbeeindruckten Rücken vor mir fortwährend mit dem Hineinstürzen meines Gesichts bedroht; während ich schon nach vier oder fünf Runden zu hinken beginne, gehen meine beiden Zellengenossen vor mir Schulter an Schulter wie eine einzige Figur, die Trennung ihrer Personen erkenne ich nur, wenn der Große dem anderen ein unverständliches Wort ins Ohr zischt, wozu der Kleine beifällig lächelnd den Kopf ins Innere der Doppelgestalt dreht, sonst aber blicken diese Häupter schweigend nach vorn; und ich weiß sie voll von den ausgeklügeltsten Plänen, wie an jedem Donnerstag in jeder Woche, nach dem Duschen, die teuersten und parfümiertesten der Kosmetikartikel, aus der spärlichen Auswahl, die den Hausarbeitern zur Ausgabe zur Verfügung steht, zu ergattern seien. – Einmal glaubte ich, daß ich den größeren meiner Zellengenossen zweifellos beim Kauf eines Fernsehgerätes in einem Elektrogeschäft wiedererkennen müsse. Erstarrt vor Schrecken würde ich die grobe, in ihrem Stolz verächtlich zurückgebogene Hand eines Unbekannten unausweichlich erkennen, den unverwechselbar gespaltenen Nagel des Daumens auf dem den Zeigefinger verdeckenden Kassenzettel, elektrisiert von der dem Schrecken folgenden Panik würde ich aus dem Geschäft stürzen, in sinnloser Angst mich gleich hinter der Tür in die Schaufensternische pressend, und die Fernsehempfänger des Schaufensters würden mich mit dem blinden, weißgrauen Star ihrer Pupillen anstarren, mich dennoch erkennend, mein verkleinertes Bild in unendlicher Folge spiegelnd, und unverlöschbar in allen Programmen ihrer sensorischen Eingeweide aufzeichnen, wie ich, die Wange am Mauerwerk, auf den Mord an einem Menschen sann, der Augenblicke später aus der Tür treten mußte.

Kurz bevor die Stimme des äußeren Lichts am Fenster verstummt, versickern auch die menschlichen Stimmen im Innern des Gefängniskörpers, nachdem über lange Zeit das Gemäuer wie Schwamm jeden Laut durch seine Poren rinnen ließ ... – an den sich ausdehnenden Abenden sind alle Kanäle eines *Untersuchungsgefängnisses* erfüllt von *unbeendeten Sätzen,* die man endlos auszubauen gezwungen ist – der riesige, entweihte Körper eines Klosters scheint seine Tore lautlos geschlossen zu haben, um keinen Laut der im Innern des gemauerten Organismus sich entwickelnden schwarzen Messen, infernalischen Prozessionen hinausdringen zu lassen, alle fragmentarischen Regungen, die soeben noch Innerstes und Geheimstes, vor allen lauschenden Fenstern, einem einzigen, wartenden Ohr fern in einem unbekannten Winkel des Organismus eröffneten, sinken in eine Stille, in der ab jetzt ideologische Teufeleien in jeder der Schicksalszellen für sich brüten, getrennt selbst von der, am Tage noch in vager Vertrautheit bestehenden, danebenliegenden Schicksalszelle. Oberflächlich verwandelt sich die Stille plötzlich in das Äußere, in den hautnahen, doch unüberwindbar von *uns* abgegrenzten Stadtlärm, das höhnende Hupen der Autos, das bebende Verstummen ihrer Getriebe, das sie gleich wieder gnadenlos aufheulen läßt, an der nahen, vom Fenster aus nicht sichtbaren Ampelkreuzung; die fernen, aber sich schnell nähernden Sirenen der Krankenwagen oder Polizeiautos: ta tüü, ta tüü, zu späät, zu späät; *Gelächter*, lange nicht kann das Äußere vom Schlaf in den Zellen übermannt werden.

Vor dieser Stille – ihr Prolog, der ihr die unerklärlichen, doch sofort in allen Gehirnen für lange arbeitenden Bedeutungen verleiht – an der äußeren Gebäudefront die lauten Fragmente, der für die einzelnen Zellen des Organismus *notwendige* Informationshandel: eins zwei hier Cocker Bart ab ... das Schwein pfeift ... wieviel ... dreimal Tabak ... gut wieviel ... Antrag Hans zwei Steve eins sechs Keule eins vier ... Beeruufung ... Schnauze halten ... hau rein ...

Dazwischen Gelächter ... nirgends habe ich so häufiges Gelächter gehört wie in diesem Organismus ... dazwischen, es muß eine sehr weit entfernte Zelle sein, der kreischende unmelodische Gesang einer Stimme, der nur in einer einzigen, endlos wiederholten Textzeile besteht: I ain't gonna work on Maggie's farm no more ... die Stimme versucht das Wort *farm* abgehackt und undeutlich wie Bob Dylan zu kreischen, und es klingt wie ein unbekanntes Wort namens faamn ... faamn ...

Inmitten des Organismus dieser Welt, dieser Zeit, kann die einzig menschenwürdige Sprache nur aus unbeendeten Sätzen bestehen.

Freiheit, dir ein Ende selbst zu finden, kann keine noch so glückliche Ordnung gewähren, und du mußt dich schon in der Frühe gegen die dich betreffen wollenden Abfertigungen durch die Sprache auflehnen ... Beeruufung für die Wörter.

Als die Verhöre gegen mich ein Ende nahmen und ihre Protokolle weder mich noch irgendeinen, nicht verhafteten Bekannten belasten konnten, wußte ich, daß ich über kurz oder lang freigesetzt werden würde.

Mit meinen beiden Zellengenossen, die nichts von diesen Schlüssen in meinem Kopf wußten, saß ich am Morgen, nach dem Essen der restlichen Kaltverpflegung vom Vortag, zu der zu bestimmter Stunde Kaffee ausgegeben wurde, auf den Hockern am Klapptisch, wir rauchten unseren mühevoll erworbenen, tödlichen Tabak aus der einzigen Pfeife, die wir besaßen, wartend auf das Wort *Freistunde,* das zu bestimmter Zeit, die zu bestimmen uns unmöglich war – denn niemand in Untersuchungshaft erfährt jemals eine Uhrzeit –, undeutlich durch den Spion in der Tür hereingerufen wurde, um das wenig später zu erfolgende, zwanzig- oder dreißigminütige Marschieren um den grasbestandenen Volleyballplatz anzuordnen … aber es geschah nichts, bis auf das maßlose, vom Gitterfenster aus die Zelle durchpfählende Licht des Sommers, der außerhalb des Gebäudes den Höhepunkt erreichte, die Akazien, irrsinnige unverschnittene Stadtbäume, die in einiger Entfernung ihre ausladenden Lasten bis über die stacheldrahtgekrönten Hofmauern stemmten, waren mit den langsam vergehenden Tagen sichtlich dunkelgrüner geworden, wir saßen und schwiegen und nichts geschah – auf dem vierten Hocker saß oder auf dem vierten, unbelegten Bett lag der Tod, dessen immerwährender Anwesenheit wir das Wort verboten hatten, der nicht wagte, uns zum Glücksspiel zu fordern – wir waren bereit aufzuspringen, um uns aufschreiend und weinend zu umarmen, doch die Schlüsse in meinem Kopf, die meine hier gesprochenen Sätze beenden würden, hinderten uns, das Licht war indessen so stark, daß es die steigenden Schwaden des Tabakrauchs fast weiß färbte, und unsere Leiber trockneten aus, unser Geruch nach Scheiße und Urin, nach Essen und Pomade verbrannte, auf dem Tisch lag etwas Papier und ein Bleistift, aber wir schrieben nichts und sprachen nichts, denn wir wußten, daß ein einziger, beliebiger Satz uns in rasende Bestien verwandeln mußte, daß wir uns aufeinander stürzen mußten, um uns mit Zähnen und Fingernägeln zu zerreißen, der Beweis für alle Wörter war verloren … ich suchte in der Namenlosigkeit des Lichts nach einem Vergleich, ich suchte es mit dem Licht der Abende zu vergleichen, das oft so lange an den Gitterstäben schmolz, aber jetzt blieb es namenlos und maßlos, ein Licht, das unsere Leichname zu beleuchten schien, unsere Hirne von uns abschnitt, und es blieb antwortlos, bis es sich dem blutfarbenen Feuer des Sonnenuntergangs zuwandte, der Beginn meiner Gedanken war die Jahresmitte, die Zeit um Johannis, mit göttlich kurzen Nächten, die verheißend waren und die Sonne im Zentrum eines flüssigen Dämmers aufbewahrten, der Beginn ... der langanhaltende Klang eines fernen, seltenen Wahnsinns, der die geflohenen Gedanken erfaßt ... in dem die Hügelketten in magischen Feuern aufglühen und die Gräber sich öffnen, wenn die untere Welt ihren Satz sagt, vom Splittern blutgetränkter Tücher unterbrochen, dessen früheste Wörter ich, abgeschnitten, ich aber, gehört habe, seid frei, ich wiederhole, seid frei ihr Toten, ich grüße euch, ich grüße euch alle, ihr irdisch durchfeuchteten Leiber, ich gehe, faamn, entflammt endlich, arbeitet nicht, arbeitet nie wieder auf den Höfen und in den Gärten einer Gewalt, ich habe mich abzuwenden und zu gehen, bis ich in den Straßen der erbosten Städte wiedererkannt werde, verwechselt, niedergeschlagen, als der lange in mir wohnende Unbekannte, erkannt an einer unschuldigen Geste und ermordet, um des tödlichen Erkennens willen, das ein vergessener Satz vermag, der euch um eueren letzten Tabak betrog, ich werde gehen, denn die Tore dieses steinernen Körpers werden sich mir öffnen, auf daß ich hinaus vor das Ende trete, vor das Ende der Sätze, auf daß ich um den weiteren Satz, um den Fortgang eines unendlichen Chorals von einer Gewalt betrogen sei, seid alle gegrüßt, vergeßt nicht, euch euere Uhren zurückgeben zu lassen ...

Die Einfriedung

Der Tag schien nicht aufhellen zu wollen, die Morgendämmerung blieb, ein steingraues Gemisch von Häuserwänden und herabgedrückten Nebeln belastete mich mit atemloser Schwere, mein Erwachen stand noch ganz in Zweifel, als sich die Stadt schon auf meiner Brust türmte. Trotz der Unterkörper und Beine böse verkürzenden Perspektive konnte ich meine kalt gewordenen Füße kaum erkennen, mit schmerzendem Nacken mußte ich den Blick aus der Horizontale heben, und in diesem Moment enthüllte sich mir der visionäre Anblick eines beängstigend nahen, braungelben Felsmassivs, das ich sofort als eiförmig zu erkennen glaubte, es war ein Berg, geformt wie ein überdimensionales Ei, wie dessen sich verjüngende Hälfte, die bis in die Wolken zu ragen schien, es gab keinen Überblick über das Ungeheuer, von dem ich hoffte, daß es tot war; es wirkte wie die Filmaufnahme von der Vorderseite eines der Erde zu nahe gekommenen, sich unendlich langsam wieder entfernenden Planeten, so hoch ich meine Blicke auch, einer Kamera gleich, steigen ließ, sie erreichten nicht den Gipfel, so tief ich sie auch senkte, bis die Nackenmuskeln sich mir schmerzhaft verkrampften, die Unterseite, der Boden, die Basis des Gebildes war nicht zu erblicken. Seine Rundung war nur zu ahnen, in welche Entfernung es auch zu rücken schien, es gab keine Möglichkeit, die Ovalität seiner vielleicht menschenfeindlichen Größe visuell zu umfassen. Die Vorderfläche schien dennoch, ließ ich die unsicher gewordenen Augen eine Sekunde verharren, von einem geheimnisvollen Leben zu vibrieren. Dabei war es kaum Leben zu nennen, was an dieser schwindelerregenden Vertikale als Bewegung auszumachen war. Es waren darin so schnell wieder erlöschende Regungen, daß ich sie gleichsam erst in der Erinnerung wahrnahm, ich erdachte sie mir als das schwer zu beschreibende, labile Dasein von Lichtreflexen, unvermutetes Aufscheinen, als schlügen wandernde

Sonnenstrahlen aus Glasscheiben zurück, und manchmal war es das kaum merkliche Leuchten blauweißer Rauchfäden, die in einem Sonnenaugenblick zergingen.

Die vor meinem Gesicht riesenhaft aufsteigende Wand – um so riesenhafter, da ich, mit den Füßen gegen sie hingestreckt, vor dieser Wand auf dem Rücken lag – war bedeckt mit vergleichsweise winzigen, halbovalen Hütten, die ich nur an den schwarzen Eingangsöffnungen als Behausungen erkannte, die gesamte Wand schien aus solchen einander verschmolzenen, unter- und übereinander geschachtelten, graugelben, grünlichen oder lilafarbenen Hütten zu bestehen, wobei der Fuß der einen stets auf zwei oder drei darunter angeklebten Hütten ruhte, und so fort, Fußwege oder Stiegen dazwischen schien es nicht zu geben, die gesamte Wand war eine einzige aus diesen Behausungen zusammengesetzte Wabe, oberflächlich glich sie einem gewaltigen Aussatz, rissig, unfarben, aber unzweifelhaft geformt, durch den der Untergrund, das Felsgestein des Bergkegels, der das Ganze halten mußte, an keiner Stelle hindurchsah. Hätte es nicht augenscheinlich Feuer und Rauch gegeben, vermutlich auch Metall oder Glas, wäre da nicht diese sinnvolle, durchaus geometrische Überlagerung, Verschränkung der Hütten gewesen, mit der eine die andere vor dem Absturz in unabsehbare Tiefen bewahrte – so daß sich letztlich alles durch sich selbst erhielt und stützte –, hätte ich das Ganze für eine ungeheure Vogelkolonie gehalten, zumal alles von einer unbestimmten, vegetativen Färbung war und die Hütten umgestülpten Nestern ähnelten, die aus dem Mist pflanzenfressender Tiere gebaut waren.

Auch ohne daß es einen wirklichen Beweis gab, ich blickte auf die Behausungen intelligenter Wesen, eines vollkommen schwindelfreien Volkes, das der Schwerkraft trotzte und seinen Lebensraum an dieser senkrechten, nur allmählich einer ovalen Rundung sich zuneigenden Flanke eines himmelhohen Berges gefunden hatte. Das Asiatische dieser Hüttenmyriaden, die dementsprechende Ausdehnung dieser Ansiedlung, deren Grenzen ich nicht in den Blick bekam, das Tibetanische dieser Höhen – deren Atmosphäre zuletzt von der mildroten Lichtflut einer in unsichtbaren Richtungen aufgehenden Sonne durchflossen war – schien mir offenbar, ich glaubte das Bild unbedingt, so seltsam wie selbstverständlich, dem Himalaja zuordnen zu sollen, denn dieser jetzt gelbbraune, tatsächlich exkrementfarbene künstliche Schorf, endlich wirklich mit wimmelndem Leben überzogen, war von einer Rätselhaftigkeit, die so selbstverständlich existierte, wie der Begriff des Asiatischen noch immer mit dem Rätselhaften selbstverständlich verbunden wird.

Das Rätsel tauchte jetzt, nachdem ich es deutlich gesehen und eigentlich nichts erkannt hatte, in den kaum spürbaren Dunst, in den Hochgebirgsdunst sonnendurchdrungener Wolken, daß mir sein Bild zu entgleiten, in der Weite zu verschwimmen drohte, und noch ehe ich schließlich, mit verdrehtem Hals die Augen abwärts richtend, das Wasser sah: unter mir, auf einer Ebene, weit entfernt von der meinen, sah ich den spiegelglatten See, der im Halbrund den Fuß des Berges umgab, der so geschieden, getrennt war von der Hüttenzivilisation, die mit dem Anstieg des Berges aus dem Wasser begann, daß diese wie etwas vollkommen Unwirkliches mich sofort mit ihrem Vergessen überfiel. Ein reines Trugbild, gleich konnte die hellblaue Flut wieder blank darüberhingleiten, über deren Fläche jetzt, abgewandt vom schon verblaßten Ufer, einige schmale, sichelförmig gebogene Segel in kaum merklicher Fahrt davonzogen.

Ich weinte, in einer plötzlichen Bewußtseinstrübung – in der sich entweder eine zweite, mir teuer gewordene Person aus mir herauslöste, oder aber eine zweite, unvermutete Person in meinen Körper einkehrte, um mich auf einmal zu vervollständigen –, am Vormittag des ersten Tages nach meiner, trotz meiner diesbezüglichen Mühen, unvorhergesehenen Entlassung aus dem Gefängnis, beim Anhören eines sakralen, hebräischen Gesanges, den der alte Rundfunkempfänger unter krachenden Störungen in der schmutzigen Küche verbreitete, dann hatte ich endlich begriffen, daß es meine Person war, die zurückgeschickt war, anwesend zu sein in einem Frieden, der mich kalt ließ. Die psychischen Vorbereitungen auf die Entlassung, die mich länger als zwei Wochen beinahe unausgesetzt beschäftigt hatten, hätten mir vielleicht genützt, wäre ihre Zeit kürzer gewesen –

doch die Sicherheitsbeamten, die mir die Entlassung in ihren unkonkreten, alles offen lassenden Sätzen angedeutet hatten, hatten sich entweder verplant, oder sie verfügten nicht über die Kompetenz für diese fast uneingeschränkte Macht beweisenden Sätze, die eine kaum erhoffte, aber dann um so überraschendere Wirklichkeit folgen lassen konnten (ich mußte mit der Mehrdeutigkeit von Sätzen rechnen; die mögliche Entlassung war für den Fall angekündigt, daß ich meinen für die Freisetzung unabdingbar genannten Frieden mit den *Behörden* geschlossen hatte, gleichzeitig mußte ich aber den zweiten Text dieser Sätze beachten, der die Entlassung verneinte, weil der Frieden mit den, mit mir beschäftigten, Behörden innerhalb der Anstalt notwendig war, so lange nämlich, wie diese brauchten, um sich einen genügenden Überblick über den *Fall* zu verschaffen, und dies ungestört davon, daß ich, der Verhaftete, Bedingungen zu stellen begann, indem ich die Mitarbeit an der Klärung meines Falles von der in Aussicht gestellten Entlassung abhängig machte ... weniger notwendig nämlich schien der Frieden mit den Behörden außerhalb der Anstalt ... ferner mußte ich damit rechnen, daß die Sicherheitsbeamten durchschauten, daß ich diese beiden Texte erkannt hatte, ja, daß sie dieses Erkennen sogar voraussetzten ... um ihre Berechnungen stets über den Schlußfolgerungen des Verhafteten zu halten, um dessen Schlüsse weiter voraussetzen zu können und so fort ... dessen einziger Schluß längst hätte lauten müssen: *es ist sichtbar, daß ich eigentlich nicht mehr begründet festgehalten werden kann,* aber zu diesem Schluß ist der Gefangene nach kurzer Zeit schon nicht mehr fähig, schon nach kürzester Zeit hat die Gefangenschaft das Vertrauen zur Macht ein für allemal relativiert, die Gefangenschaft ist ein nicht mehr zu entkräftendes Indiz dafür, daß die Macht auf Vertrauen nicht den geringsten Wert legt), oder aber die Andeutungen der Sicherheitsbeamten hatten einen anderen, mir unbekannten Zweck gehabt, und einer für mich neuen, unerwarteten Taktik zufolge mußte ich in die Irre geführt werden (wenn die Entlassung dann doch kam, war sie ein Pyrrhussieg, ihre nun überraschende, überfallartige Tatsache bewies dem Verhafteten noch einmal und vollständig die Existenz einer totalen, zur Willkür aufgestiegenen – denn jetzt erschien nur noch die Willkür – Herrschaft der Grammatik über sein Gehirn, mittels dem er sich nichts aus einem geheimnisvollen Wahrspruch hatte errechnen können … und er mußte in Frieden gehen, was nicht möglich gewesen wäre, wenn er in eine wirkliche Freiheit entlassen worden wäre) –

da diese vierzehn Tage aber zu lang waren, zerstörten sich meine Vorbereitungen wieder, alle Rechnungen, die ich auf der Grammatik der Bedeutungen aufgebaut hatte, zerstörten sich, der Frieden, zu dem ich mich schon entschlossen hatte, da ich nur noch diese Entlassung im Sinn hatte, verkehrte sich in sein Gegenteil, in einen Krieg gegen alle inneren und äußeren Kausalitäten; jetzt, nach dieser Entlassung, erkannte ich, daß sich der Zweck der Grammatik erfüllt hatte, ich begriff die Unausweichlichkeit, mit der dieser Zweck meinen Geist okkupiert hatte, trotz aller Rechnungen und Gegenrechnungen, mit denen ich ihn verfolgt hatte, um ihn zu zerstören … oh, und noch bis dahin verfolgt hatte, wo mich die Denkkraft verließ, wo ich ermüdete, wo ich den Beginn der Überlegungen, den Sinn der Anstrengung längst aus den Augen verlor … es war noch nicht das Ende der Denkmöglichkeit, aber schon das Ende meiner eingeschlossenen Möglichkeiten, die Zusammenhänge zu verfolgen, im Zentrum eines grammatischen Kreuzes ging ich in einer Richtung weiter, eilig, gelangte aber nur bis zu einem neuen Kreuz, von dem aus ich immer wieder zu Kreuzen gelangen würde und so fort, und dazu peinigte mich der Verdacht, am Anfang dieser Galaxis den Kreuzweg in die falsche Richtung gegangen zu sein … ich war diese Wege sitzend, auf dem Hocker in der Zelle, gegangen, mit mir allein, und da ich den Wert dieser Wege nicht wirklich überprüfen konnte, verfielen die Strecken hinter mir, lösten sich auf, verschwammen in einem zunehmenden roten Nebel von Zorn; ich begann meine Gestalt, aber wie allen Geistes entledigt, auf vielen in die Irre führenden Wegen zugleich zu erblicken … ich glaubte zuletzt, die Zerstörung des scheinbaren Zweckes der Grammatik – dessen Gewalt in meinem Schädel wuchs, wie ein Tumor in einer schmerzhaften, bewußtseinstrübenden Form – sei identisch mit der Zerstörung meines Willens zum Frieden, folglich konnte ich entlassen werden, endlich kriminalisiert durch den zerstörten Frieden, der die Leere meines Körpers füllen konnte, die Folge meiner Entlassung, meiner *Freisetzung*, war unausweichlich mein Schuldigwerden, und meine Entlassung wäre ungerechtfertigt, und dies in irgendeinem Moment meines Bewußtseins für mich selbst, meine Entlassung wäre revidierbar mit meinem eigenen Einverständnis, Einverständnis mit dem Gesetz, dessen Text nun gegen mich verwendet werden konnte ... folgliches Einverständnis mit meinem Aufenthalt im Gefängnis, der mir eingetriebene Krieg gegen mich selbst wäre gewonnen, von mir, gewonnen für meinen Gegner, noch ehe ich ihn den *Gegner* genannt hatte und ohne daß der Gegner einen Schlag gegen mich geführt hatte ... und als ich entlassen war, war um mich der zwieträchtige Friede der Personen, in deren Existenz ich aufgespalten war.

Im Frieden des Wetters über den Dächern war es naßkalt, ein trüber frostiger Juli, der, so hieß es, seit einem halben Jahrhundert der kälteste war; der lange nicht gefeuerte, mit Asche, Ruß und Papierknäueln verstopfte Ofen, dessen Herdplatte mit dem Einwickelpapier von Margarine blankgerieben war, vermochte die Küche nicht zu erwärmen, Rauch und das auf der Herdplatte verdampfende Fett füllten den Raum mit blauen ranzigen Schwaden; ich verließ die Küche, stieg im Treppenhaus eine Etage höher, um über die Dächer der Hofgebäude blicken zu können, sehen zu können, ob das Land wirklich grün geworden war. In der Ferne fiel aus einem tiefen Himmel Licht, genug, um den Gewölken, die sich dort zusammenschoben, einen gelben Schimmer zu geben; zwischen den Landschaftstrümmern der verwüsteten Tagebaugebiete, dem Schwarzgrau schmaler, in Fetzen liegender Waldstreifen, bedroht vom Schaum der Müllhalden, von denen, wie von schmutzigen Meerbrandungen, weiße Flocken in die Bäume wehten, und vorüber an den in die Tagebaue ragenden Landzungen, auf denen die alten, ziegelroten und schmutzstarren Bergbauwerkstätten oder ausgedienten Brikettfabriken dem Verfall ihrer Giebel zu trotzen schienen – heidnischen Festungsruinen vergleichbar, deren nicht mehr erklärbare Architektur die Zweckmäßigkeit vergangener, ins Vergessen gefallener Überlegungen bezweifeln läßt – zwischen diesen großen, von einer gelbgrünen Gegenvegetation übergossenen Brachen zogen sich die paradoxen, von nicht mehr vorhandenen Hindernissen bestimmten Kurven einer, wie ich wußte, längst stillgelegten, unrentabel gewordenen Eisenbahnlinie dahin, auf der jetzt ein Güterzug vorwärtskroch, dessen Dampflokomotive weiße Wolken ausstieß, die, von der Atmosphäre sofort zu Boden gedrückt, in den Niederungen des geschundenen Geländes verbrodelten.

In jener Ebene im Jenseits über gestaffelten, dunklen Wolkendecken, die sich über dem beschriebenen Gesicht der Welt geschlossen hatten, die dreifüßigen Feuerpfannen, die zu lodern begannen.

Wollte ich mich wieder einschließen in die kalte Wohnung, mußte ich die erbarmungslose Erwartung dieser Papiere ignorieren können, die dort auf dem Tisch lagen, dies war nur möglich, wenn ich in die Räume einer anderen Zeit auswich oder die Spaltungen meines Ichs akzeptierte, wenn ich derjenige sein konnte, den diese Papiere nicht betrafen – damit hatte ich während meines Aufenthalts im Gefängnis Erfahrung gewonnen –, und nicht diese Person war, über die das stupide, keiner annähernden Gegebenheit entsprechende Gesetz der Gesellschaft, das wie ein Naturgesetz sich gebärdende Gesetz über die Unteilbarkeit von Körper und Geist verhängt war, dasjenige, das die erlogene Gesamtheit meines Ichs dem kalten Frieden der Welt wieder zu integrieren entschlossen war, diesem kalten Frieden, der gleich einem nahen, horizontalen Himmel ergraut war über der hier möglichen Freiheit, über der des Selbsteinschlusses ... ich war aufgefordert, diese Papiere zu nehmen und mit ihnen zur Kreisstadt zu fahren, um mich bei den Behörden zurückzumelden, nicht wissend, ob ich mit den diese Meldung bestätigenden Stempeln unbehelligt zurückfahren konnte oder ob mir eine subtilere Aufenthaltsbeschränkung drohte oder ob ein neuer, aus einem unerschöpflichen Reservoir von Möglichkeiten ausgewählter Vorwurf sofort eine neue Verhaftung nach sich zöge ... wenn ich also in der Wohnung, deren plötzlich bewußte Größe mir Fluchtmöglichkeiten bot, in der geringen Stunde, die mir blieb bis zur Abfahrt des Zuges, diese Papiere betrügerisch mißachten konnte, schielend, und indem ich die Augen mit den gespreizten Fingern einer Hand verdeckte ... ein Atemzug Licht im Gehirn mußte genügen, und schon waren es nicht mehr die Finger, die mir angehörten, und bald waren es nicht mehr diese Wände, das Hausdach, es war ein großer, über den Wolkendächern zu ahnender Gesang von Flammen, ein wirklicher, von der Erde vertriebener Gesang, und noch einmal Atlantis, die aus der Schmach aufschäumende Idee ... und meine Rückverwandlung ist möglich, in einer unwägbaren Sekunde im Dämmerlicht unter den Fingern, in diesem Gitterschatten, liegt die Landschaft der Erinnerung vor mich hingebreitet. An den frühen Mittagen, an denen jenes Regenlicht erlosch, gerade als es in unbekannten Fernen zu erglänzen begann, doch es blieben warme Dünste von einer Helligkeit, als flössen Wasser ab von neugeborenen Hügeln, es war die grüne Milde neuer Sauerstoffe, die über den Wegscheiden stand. Als sich die Geheimnisse meines männlichen Leibes aufsperrten, und ich plötzlich imstande schien, in des Lebens verschiedene Richtungen zu sehen, entweder zurück in frühere Wälder, die vom Dampf des beendeten Regens verschlossen schienen, oder, wohin ich wollte, auf das mediterrane Licht der Sonnenwende hin ... und ich hatte zu wählen zwischen einer vollkommenen Unwissenheit und einem überwältigenden Überdruß an Wissen, der einer zu Ende gegangenen Welt eignet ... fühlte ich, wie etwas hinter mich trat, und ich wußte, daß eine freie Handlung nahe war, für die ich nicht bestraft werden konnte, und es war die Jugend.

Nur mit Mühe die Augendeckel zu einem Lichtspalt für meine Pupillen hebend, führte ich einen aussichtslosen Kampf gegen die Schwerkraft, nur wenn ich sie besiegen konnte, würde ich ein anderer sein, der Druck in meinem Genick, der mir das Kinn auf der Brust festhielt, fesselte meine Sinne unbarmherzig, die Schwerkraft war eine, seit ich denken konnte, in mir hausende Krankheit, die ich lange vergaß, bis mich, in einem unverhofften Augenblick etwas an sie gemahnte, und ein Stürzen in einen bodenlosen Abgrund, das darauf folgte, konnte nur durch die radikale Abschaffung meines augenblicklichen Ichs aufgehalten werden.

Es war seltsam, daß ich noch am Fenster der oberen Etage im Treppenhaus stand und nur dem Anschein nach hinausblickte; wie um mich selber zu täuschen, verharrte ich in der gleichen gebeugten Haltung – nur daß ich einen Fuß auf den Fenstersims stützte –, in der ich vorher das Ohr an die Wohnungstür gehalten und gelauscht hatte, ehe ich das Treppenhaus betrat. Das war es, ich lauschte noch immer durch die Korridore des in den Vormittagsstunden stillen Hauses, ich wollte um keinen Preis einem Menschen begegnen. Mit großem Erschrecken hatte ich das Öffnen der Haustür gehört, es war die Postfrau, die sich an den Hausbriefkästen zu schaffen machte, ich suchte mich zu entsinnen, welch blechernes oder hölzernes Rascheln es war, das anzeigte, daß in meinen Briefkasten etwas eingeworfen wurde, aber ich konnte es nicht ausmachen, mit Erleichterung bemerkte ich, daß die Postfrau das Haus wieder verließ, ohne die Treppen emporzusteigen.

Es war möglich, daß ich schon viel zu lange hier stand, und es konnten schon Leute hinter mir vorbeigegangen sein. Dabei wollte ich jeder Begegnung ausweichen, doch nun waren sie es, die, ohne mich zu grüßen, leise hinter mir hinabhuschten, die mich, wie einen neuen schrecklichen Despoten dieses Hauses, nicht anzureden wagten. Jetzt rächte sich die lüsterne Neugier, mit der sie, schlecht versteckt hinter den Gardinen, doch sehr wohl erkannt von mir, und ohne einem der Beamten durch eine meinen Fall betreffende Frage wenigstens sekundenlang den Weg zu verstellen (zu schweigen von irgendeinem noch so geringen Zuruf der Solidarität), beobachteten, wie ich, mit der Knebelkette am Handgelenk, über den von einem Moment zum anderen sich vollkommen *entwirklichenden* Bürgersteig, in den Wagen geführt wurde. Ihr Zuschauen hinter den Gardinen hieß, daß es schon irgendeinen gerechten Grund geben müsse, aus dem ich so offen abgeführt wurde.

Der entwirklichte Bürgersteig ... das Grauenhafte dieses Moments, für das ich so lange einen Namen gesucht hatte, entsprach genau dem Empfinden, mit dem sich für mich die Schwerkraft aller Dinge in einem Nu auflöste ... ich wußte, daß gestern, als ich über diesen Bürgersteig zurückkam, sich alles in einer womöglich unverstehbar umgekehrten Form hätte wiederholen müssen, um mich wirklich wiederkehren zu lassen. Daß es nicht geschehen war bedeutete, daß die Gefangenschaft, die im Augenblick meiner Verhaftung in einer Art Zusammenschlagens, Hereinbrechens aller städtischen Geometrien über mich begann ... ich *erblickte* plötzlich eine fremde Figur, ganz ausgeliefert an das Chaos der aus allen Zusammenhängen gerissenen Trümmer, und diese Figur war ich, ich erblickte mich so, als fiele eine später mögliche Erinnerung an diesen Augenblick mit seinem wirklichen Geschehen in eins ... daß die Strafbarkeit und Entrechtung meiner Person, die in der Auflösung aller Festigkeit plötzlich ihr transparentes Beispiel hatte, noch nicht zu Ende sein konnte ... daß es mir nicht gelungen war, mich in eine ehrenwerte Person zurückzuverwandeln.

Er sah, vom Treppenhausfenster aus, die zwei Meter hohe, ihm allzu bekannte Gartenmauer, Glasscherben waren in ihre Krone einzementiert, die den quadratischen, schwarzen Schlackeplatz einfriedete, der hinter der in einem epigonalen, kasernenartigen Bausstil errichteten Volksschule lag. Dieser Platz war als der Schulgarten bezeichnet (um den sich entwickelnden Körper in der Kindheit zu formen, meinte er, und er wüßte nicht, daß diesen Platz nach acht Jahren jemand anders denn als Knecht verlassen hätte), und er sah sich, beaufsichtigt, dirigiert von verhaßten oder unerwidert geliebten Pionierleiterinnen, inmitten der dreireihigen Marschformationen, die sich in den Unterrichtspausen in langsamen Runden um den Schlackeplatz bewegten. Vor dieser Mauer, am Rand einer ungepflasterten, ewig schlammigen Straße, stand noch immer der Tollkirschbaum, der, obwohl sein Stamm im Krieg von einem Geschoßsplitter gespalten worden war, mit unverminderter Kraft weiterwuchs und der jetzt, in grauem Rosa glimmend, in verspäteter Blüte stand. Die Mauer war im Krieg unversehrt geblieben ... noch immer bist du es, der mit dem Gesicht gegen die Mauer stehen muß, gegen die Schulhofmauer, gegen die Gebäudewand, denk daran, das Gesicht gekehrt gegen die rotbraune Feuerglasur der akkurat verfugten Ziegel, die der Krieg unversehrt ließ ... Sie wissen doch, daß Sie mit dem Gesicht zur Wand zu stehen haben, Verhafteter, es hat Sie nicht zu interessieren, was in diesem Haus vorgeht ... daran denken, daß diese Aufforderung bedeutet, daß du nicht ewig in diesem Haus sein wirst. – Der große, rechteckige Bau der Schule hätte den Luftangriffen ein unfehlbares Ziel geboten, war aber verschont geblieben, ganz im Gegensatz zu den Schulen in Korea, von deren Zerstörung man täglich erfuhr, und der Frieden, der, kam man an den heiß werdenden Sommervormittagen zu spät zum Unterricht, schon psalmodierend aus allen offenen Klassenfenstern drang, machte die Träume der Schüler täglich neu zunichte, in denen sie eines Morgens hier eine schwelende Trümmerstätte vorzufinden hofften. Der Frieden war angefüllt mit der Literatur des Krieges, der Geschichtsunterricht fand ohne Lehrbücher statt, die einarmigen Lehrer, in der Lage, frei fließend zu berichten, behandelten, unter schlecht verhehlter Begeisterung, die anfänglichen deutschen Erfolge im Osten und deren Gründe, außerordentliche Disziplin, und an den Nachmittagen in den Kinos, die *Sturm über Asien* zeigten, waren alle Massenszenen vom frenetischen Gebrüll der jugendlichen Zuschauer begleitet, die schnauzbärtigen Stalinporträts waren schon von den Wänden verschwunden, es waren die Bilder des Mannes, der den Blitzkriegen ein Ende gemacht, der den Frieden gebracht hatte, der Frieden war Prosa, der Krieg jedoch eine alte Form von Poesie, hinter allen Grenzen, in ungesehenen Ländern, in der Ferne. – In der Prosa dieses Daseins hatten all die einarmigen Lehrer nur ein Ziel, ein Heiligtum, kannten nur eine Religion, die sie mit allen Mitteln, mit Überredung und Verführung, unter Zeugnis und Zensur verfochten, *die Erziehung zum Frieden,* endlich, erstmals waren alle Lehreraggressionen gegen die beginnenden Mündigkeiten der Schüler von einem gerechten Zweck beseelt, sie dienten dem Frieden, die Gewalt der Demagogie, die Aufzucht eines Denunziantentums, alle Knechtungen, die über die heranwachsenden Generationen kamen, hatten endlich ihr humanes Ethos. Doch welche Wirkung, überflutet von den Proklamationen des Friedens rottete sich die Jugend in den Schulhöfen zu neuen, kindlichen Kriegen zusammen, die besonders hohlwangigen, besonders abgerissen gekleideten Kinder der aus dem Osten umgesiedelten Familien, die die Baracken des einstigen Gefangenenlagers hinter den zerstörten Munitionsfabriken der ehemaligen Firma HASAG bewohnten, waren die Fremden, die es zu bekriegen galt, die Pläne für diese Feldzüge wurden in den Schulpausen auf dem Schlackeplatz gefaßt, und es fanden sich große Haufen von Freiwilligen, das Feindbild war jeweils schnell aktualisiert, sahen die Umgesiedelten anfangs, wie man es von den Erwachsenen hörte, wie *Buchenwald* aus, so waren sie bald *Korea*, an den Nachmittagen fanden in den Ruinen der HASAG wahre Steinschlachten statt, Stellungskämpfe, in denen es um leere, noch nicht eingestürzte Fabrikhallen ging, dehnten sich bis nach Anbruch der Dunkelheit aus, und in dem unterirdischen Kanalsystem, das das Terrain des Werkes weithin und aufs komplizierteste unterkellerte, tobten erbitterte Auseinandersetzungen um jeden Abzweig der Gänge, denn die Beherrschung dieses Systems – aus dessen Labyrinth einige der mit Schleudern bewaffneten Schüler nie wieder auftauchten – kam der Herrschaft über das gesamte Ruinengelände gleich.

Das Eigentümliche war, daß diese im Krieg geborene Generation – die Generation, deren erste drei, vier Jahre der Krieg mit der Konsistenz mütterlicher Wärme verbunden und umgeben hatte ... die Generation, die noch Jahre nach Kriegsende in ihren Spielen den Zustand des Krieges fortzusetzen trachtete (das unwiederholbar Extreme des mütterlichen Schutzerlebnisses in den Jahren des wirklichen Krieges hatte in den Instinkten dieser Generation eine bewußtlose Zärtlichkeit für diesen Zustand hinterlassen) – in den darauffolgenden Jahrzehnten des Friedens in einer unauflösbaren Bedeutung *verschwunden* schien, in der Stille des Friedens, in den Spaltungen des Friedens. – Wo blieben sie, deren Namen mir selbst nach intensivem Überlegen nicht mehr gegenwärtig sind, an wie vielen in der Masse verschwundenen Gesichtern bin ich schon vorübergegangen, ohne daß es ein Wiedersehen gab. – Ich erinnere mich des Schrecks, mit dem ich ein Gesicht beinahe erkannt hatte, während der Aufnahme ins Gefängnis, zwischen Effektenkammer, Dusche, Filzlaus und Haarschneiden, ehe ich mir die obligatorischen Spritzen bei der dunkel uniformierten, gestiefelten *Frau Major*, der Ärztin, abholte, als ich innerhalb der allgemeinen Schlachtvieh-Angst plötzlich in Panik fiel, weil einer der als Sanitäter fungierenden *alten Strafgefangenen* mich ansprach: Na, kennen wir uns nicht. – Ich kannte das spöttisch lächelnde, jung wirkende Gesicht sehr wohl, wußte aber nicht woher, und ich glaubte gleich an einen ehemaligen Schulkameraden. – Du warst bis neunundfünfzig Lehrling in der BBS in M., klärte er mich auf, und ich war dort

Lehrausbilder. – Also nicht nur die Schüler waren von der Bildfläche verschwunden. – Der Frieden war mit einem gewaltigen, irreversibel vorwärtslaufenden Riß über die Welt gekommen, und die Schüler hatten auf der Seite der durchrissenen Welt ihr Leben gesucht, die als die *räuberische* erklärt war, die Prädikate, die man auf der hiesigen Seite der anderen zusprach, die des Chaos, des Gangstertums, der Kriegslüsternheit, schienen diese Generation, der man um des Friedens willen das Rückgrat gebrochen hatte, magisch anzuziehen. – Ich sah sie nicht wieder, die Jungen meines Jahrgangs, keiner von ihnen war, trotz morgendlicher Gesänge während der Fahnenappelle, als Friedenskämpfer geboren ... sie waren in den Institutionen des Staats verschwunden, gesichtslos, ihr Genie war vollkommen dahin. Und waren die, die über die Grenze gegangen waren, ebenso spurlos verschwunden, oder gab es ein Lager von Erinnerungen, das ich noch nicht entdeckt hatte ... ich war zurückgeblieben, mit einem Hirn, spürbar beschwert vom Blei der Bedeutungseinschüsse ... im Gefängnis hatte ich mich in den ersten Tagen davor gefürchtet, einen von ihnen wiederzutreffen, dann schien es mir unwahrscheinlich, daß ich dort keinen von ihnen traf, bis ich auf die Idee kam, ich allein sei zurückgeblieben, um hier zu landen ... in den langen schlaflosen Nächten in der Zelle hatte sich das Wort *Lager* in meinem Kopf festgesetzt, mir schien es möglich, dieses Wort in all seinen furchtbaren Bedeutungen verstehen zu können ... jetzt war mir das nicht mehr möglich ... ich erinnerte mich, während meiner Verhaftung, während der gesamten, sich endlos ausdehnenden Fahrt in die Anstalt, wie ich zum Bersten angefüllt war mit Schreien, die nicht aus mir hervorkonnten, die sich nicht zu Wörtern formen ließen, die in mir blieben, ein zweifelloser Wahnsinn, den ich nur eindämmte, indem ich ihn in mir einlagerte ... wenn ich später, unzählige Male, den Weg im Geiste wiederholte, der mich aus dem Haus in den Wagen führte und der der Beginn dieser Umnachtung war, fand ich die Worte dieses Schreis, und ich schrie erneut, lautlose Schreie, deren Sinn ich nicht verstand, und doch so heftig, als ob ich damit alle Gründe für meine mögliche Rettung nennen konnte, es ist doch zu sehen, schrie ich, es ist überdeutlich, und es ist genug, ich bin im *Lager des Friedens* geblieben, als einer der wenigen von Vielen ... und in einem anderen Teil meines Kopfes war die grelle Erinnerung, wie der Bürgersteig vor meiner Haustür sich aufbäumte, aus seinem Lager gerissen wurde und mit seinem Schutt die ganze Straße überschüttete, gleichzeitig, von allen Teilen der Stadt her, lösten sich die Bombeneinschläge hörbar aus dem allgemeinen höllischen Lärm, in den sich die Atmosphäre verwandelt hatte, gleichzeitig schoß knallend das Wasser der zersprengten Leitungen aus den aufreißenden Straßen, und die Fontänen erstrahlten blendend weiß in den nicht mehr entwirrbaren, sich vereinenden Feuersbrünsten.

Er sah, daß gerade jener Teil des Geästs des gespaltenen Tollkirschenbaumes, der über die Mauer in den Schulhof ragte, wie vor Abscheu blattlos und verdorrt war. – Wie kam es, daß er sich in den Nächten im Gefängnis nicht dieses sichersten Ausgangspunktes für die Fluchtbewegungen seiner frühen Jugend erinnert hatte, der im Schatten dieser Mauer lag. Von hier aus gelang es den Schülern, die eingeweiht waren, schon in der großen Pause vom Schulgelände zu verschwinden, hier gab es in der Mauer eine nicht mehr benutzte, verbotene Pforte, die zusätzlich durch das wuchernde Unterholz des Kirschbaumes gedeckt und unpassierbar erschien. Sie war mit Kette und Vorhängeschloß versperrt, aber irgendwer unter den älteren Schülern besaß einen geheimen Schlüssel, und manchmal fand man das Schloß, unbemerkt von der Aufsicht, in einem wie durch Zauber geöffneten Zustand vor. Wenn er in seinen Phantasien im Gefängnis bis zu diesem Platz hinter der Mauer gelangt wäre, hätte er die Kameraden vielleicht wiedergesehen, ihre Gesichter wiedererkannt, diese vom Tollkirschsaft unkenntlich verschmierten Gesichter, und sie wären ihm nicht mehr entfallen ... es wäre ihm Hilfe entstanden für die Flucht, von hier aus führte ein stiller, verwilderter Weg in den nahen Wald. Nein, stets kam er an den Ruinen vorüber, die am Ende der Schulzeit schon seltsam entvölkert waren, jeder dieser Tage schloß mit einer zerknirschten Rückkehr, überall lauerten die unbegreiflichen Entwirklichungen, die Sprache seiner Gedanken erwies sich ihnen gegenüber als hilflos, völlig unzureichend, es geschah ihm allein auf diesen Wegen, daß eine unterdrückte Person in ihm, in der er seine Wahrheitsperson vermutete, die Oberhand gewann und sich auf lähmende Art weigerte, die Dinge, die ihm begegneten, als die Welt anzuerkennen, es drängte ihn immer öfter, diese Wahrheitsperson in sich anzutreffen, erbittert aber erkannte er, daß diese Person der entwirklichten Welt zwar ihre Materie zu nehmen schien, sie porös, fadenscheinig, durchscheinend zeigte, die Wahrheit aber, die dahinter auftauchen mußte, geheimhielt.

Er verließ die Stadt an ihrem südöstlichen Ausgange und streifte durch ein unwegsames Gehölz, er kam über die Hügel hinter dem ehemaligen Gefangenenlager der HASAG; die im oberen Teil nach innen abgewinkelten Stahlbetonpfeiler des früheren Lagerzaunes waren wieder mit Drahtgeflecht verbunden und begrenzten auf dieser Seite den Sport- und Appellplatz des Geländes für die schulischen Ferienspiele (an denen teilzunehmen er sich in den letzten großen Ferien geweigert hatte), von hier aus sah er die schwarzen Ruinen der Braunkohlenzeche *Fortschritt,* die, im Krieg unbeschädigt, bald danach wegen der zu Ende gegangenen Fündigkeit stillgelegt und zur Hälfte demontiert worden war; jetzt ragten schroffe, schreckenerregende Gebäudereste zwischen den Feldern auf und schienen mit ihrem völligen Zusammensturz zu drohen; ein Teil des Bergwerkes, die ehemalige Werkstatt, war jetzt das Lehrlingskombinat, samt Betriebsberufsschule, ebenfalls von einem Drahtzaun umgeben, es war der Ort, an den er nach dem Abschluß der Volksschule verbannt werden sollte. – Meine *Entwicklung* stand fest, an einem aus der Mitte der Umzäunung emporstrebenden Mast hing unbeweglich das gleiche blaue Fahnentuch wie an dem Mast, der das Zentrum des Schlackeplatzes der Schule war.

Darüber war es dunstig, und auch die Straße, in die der Weg hier mündete, die die Stadt mit einigen nahen Ortschaften verband, hier oben zur Kiesstraße zerfahren, auf der es nur noch Inseln von Asphalt gab, senkte sich in weiten Bögen in einen Dunst, in dem sich die Felder, die blaugrünen Kartoffeläcker, und der Himmel nahe zu sein schienen. Ernüchterungen aber, die ein klareres Sonnenlicht bereithielt, ließen auch hier die Erinnerung nicht frei, die sinkenden Ebenen der Äcker, der den Feldern sich nähernde Himmel, schienen ohne die südliche Atmosphäre, die er sich erhofft hatte, und es schien zu spät. In Wahrheit aber, wenn er nicht zu müde war, wenn er fähig war, der in ihm wiedergefundenen Gestalt Glauben zu schenken, wenn er sie nicht bloß im Verein mit der Wirklichkeit vernichtet sah ... etwa in einem Augenblick seiner Verwandlung in eine griechische Gottheit, waren die Bahnen des Himmels begehbar, wenn er sie betrat, hinter ihm, über den schwarz emporzeigenden Fingern der Ruinen, stieg der Himmel zu einer ungeheuren Höhe auf. Dort lag der Azur der Erinnerung, wenn der Schüler zurückkehren konnte in die Jugend des deutschen Griechentums, war er dieser hohen Ferne nahe gewesen ... Azur; wie um ihn vor einem Sturz zu bewahren, senkte er sich wieder, weithin die fliehenden Täler überströmend, auf den Weg nach Bordeaux, von Feuer erfüllt, die Pforten des Feuers durchschreitbar. Aber er war schon zu lange in der alten Richtung weitergegangen, vor ihm, am Ende der Straße, vor dem dunklen Streif der Wälder, wenn der Blick den Dunst des umzogenen Himmels und seiner Vermischung mit dem blaugrünen Licht der Kartoffeläcker einmal durchdrang, als das klarste Bild in der abendlichen Ebene, ein allzu bekanntes, feindseliges Dorf, aus dem ein mittelalterlicher, katholischer Kirchturm ragte.

Jeder der Streifzüge des Schülers endete auf dem Rücken dieser Anhöhe, an der sich die Welt zu scheiden schien, in Jugend und Alter, in Genie und Barbarei, in eine Vergangenheit, die ein Dasein hatte, in eine Zukunft, in der das Dasein ortlos verschwand. Die Zukunft hinter allen Entwirklichungen ließ sich nicht erkennen, und ich wanderte heimwärts, durch ein in der beginnenden Dämmerung schon unheimliches, von riesigen Bombentrichtern durchpflügtes Gehölz, der Schüler der Welt kehrte mit bangen Gefühlen in die Stadt zurück, in der jeder Stein, unverrückbar fest in seinem Frieden, und lückenlos seine Fugen füllte.

Den untrüglichen Instinkt, Stimmen und Geräusche einzuordnen (diese einzige Möglichkeit, den Wert, die Haltbarkeit des Friedens zu erkennen), hatte er in den Nächten im Verwahrraum schon nach kurzer Zeit erlernt. Einmal nur, gegen Ende seiner Zeit schon, schien er sich in einem Schrei getäuscht zu haben; ein unmittelbar vor der Tür der Zelle, in der Abenddämmerung, als schon Nachtruhe geboten war, losbrechender Lärm stellte das genaue Bild einer Szene vor, wovon jedes einzelne Geräusch, im Zusammenhang mit der Beschaffenheit der Korridore des Gefängnisses, sofort das dazugehörende Detail in vollkommener Transparenz *sichtbar* werden ließ.

Nachdem minutenlang unverständliche Rufe aus der desorientierenden Entlegenheit einer fernen Zelle ertönt waren, hörte ich die raschen Schritte einiger Leute, die durch die Flure eilten, in der Nähe unserer Zelle steigerten sich die Schritte zu einem lauten rasenden Rennen, ich hörte die klatschenden Schläge der Hartgummistöcke, die mehrere Fäuste auf eine Person niedersausen ließen, auf einen Gefangenen, der mit einem im ganzen Gebäude widerhallenden Aufheulen antwortete, so laut und grell, daß alle Insassen unserer Zelle aus dem Schlaf fuhren, es folgte, unverkennbar, verstehbare Vokabeln aus dem begleitenden Gebrüll zeigten es deutlich an, das Poltern und Krachen, mit dem ein Mensch die steile Treppe, die die Etage mit dem Erdgeschoß verband, hinabgestürzt wurde, dann die Schritte der übrigen Personen, die Treppe hinuntereilend, und wieder Stimmen, die mit Schimpfwörtern vermischte Befehle gaben (die durch brüllenden Tonfall nicht zu identifizierenden Organe des Wachpersonals), dann, nach einem Moment Stille, das Schleifen und Scharren von Füßen, das laut rasselnde Aufschließen einer Zellentür im Erdgeschoß, wo sich die Einzelzellen der Absonderung befanden, das Hineinwerfen eines Körpers in einen Raum, das knallende Zuschlagen und Verschließen der Tür, das erregte Murmeln des Personals, das sich entfernte.

Entweder im Anschluß an diese Szene oder in einem intensiven Traum in dieser Nacht glaubte er, das Gesicht des Geprügelten an seinen Schreien zu erkennen (hatte dieser Gefangene nicht Hilferufe oder Beschimpfungen, eben Wörter ausgestoßen, die ein deutliches Bild von seinem Aussehen weckten), irgendwann mußte er die Schreie dieses Menschen schon einmal gehört haben (kurzfristig gefangengehalten, kann man, wenn die Gewöhnung noch nicht ihre nivellierende Funktion ausübt, die Erfahrung machen, daß selbst Schreie ihre individuelle Note haben), das Gesicht dieser Schreie war ein deutlich erinnertes Gesicht, wenn er sich nicht täuschte, kannte er es, obwohl es mit Blut verschmiert war, er kannte die im

Schmerz entstellte Form der aufklaffenden Lippen, die mit roten Speichelfäden verhangene Öffnung zwischen den Zähnen, doch war es ihm nicht möglich, sich auf den Menschen mit diesem bekannten Gesicht zu besinnen ... gegen Morgen schien ihm bewußt, daß er sich getäuscht hatte, nicht Blut war es, was dieses Gesicht befleckte, es war der dunkelrote Saft der in der großen Schulpause gestohlenen Tollkirschen.

Die entschwundenen Gestalten, der große Haufe aller, die ich kannte, die ich im Kopf hatte, in deren Köpfen ich war, sie blieben im Nirgendwo, sie waren auch hier nicht zu finden. Wenn ich es war, noch immer im Begriff die Welt zu erlernen, wenn ich der Einzige war, auf den zutraf, was ich von allen behauptet hatte: daß für diese Generation der Frieden nicht erlernbar schien ... dann war ich es, der zurückgeblieben war, und diese Generation war eingekehrt in den Frieden, einzig ich war verschwunden, mein Gesicht für die friedlich Hausenden nicht zu erinnern.

Eine Ahnung war in ihm, daß in der Welt, die er von Irrtümern und Spaltungen zerrissen sah, das Irren eine notwendige Form des Daseins sei, sein kaum eine Festigkeit besitzendes Subjekt mußte, von einer Irre zur anderen, den Entwirklichungen der Welt begegnen, indem er sie in seinem Kopf *nicht* verwirklichte ... selbst sein gefangener Körper, der das Gefängnis erfuhr als die heftigste Bindung an ein System, dessen Zweck die *Sicherung des Friedens* war, war nur dingfest zu machen durch die Papiere, die jetzt auf dem Tisch in der Küche lagen und warteten, doch diese Papiere betrafen einen anderen, ein hohler Körper war es gewesen, der auf Grund der Schwerkraft in den Sicherungen des Systems hängengeblieben war, dieser Körper, diese Hülse, an der man sich mittels leicht durchschaubarer Methoden orientiert hatte – er wunderte sich, wie er durch Fingerabdrücke und Geruchsproben, Fotos, Zählappelle und Lichtkontrollen überhaupt als anwesend feststellbar werden konnte –, dieser Körper hatte in den zerbrechlichen Geräuschen seiner letzten Wahrnehmung etwas verloren, sein geistiges Gesicht war hinter blutfarbenen Schleiern verschwunden.

Wo seid ihr, rief er, und es war trotz aller Anstrengung ein tonloses Rufen, es war die Stimme eines Schläfers am Ende seines

Schlafs, wo seid ihr, Unwiederbringliche ... im erschöpften Schlaf nach einem Zusammenbruch, beim Anhören eines sakralen Gesangs, in dem er das hebräische Wort für Frieden entdeckte; wie er gehört hatte, war es das alltägliche Grußwort des Volkes, das in den *Lagern* seines Landes vor einer historischen Sekunde noch fast vergangen war ... wo seid ihr, Genossen meiner Jugend, ein Rufen aus einem Schlaf, der ihn den Mittagszug zur Kreisstadt hatte versäumen lassen, wodurch sich die für den heutigen Termin anbefohlene Meldung bei den Behörden um einen gefährlichen Tag verzögerte; die unweigerlich und Schlag auf Schlag sich entwickelnden Schlußfolgerungen der Behörden waren, um eine vollkommene Lähmung zu verhindern, nicht in das Gehirn zu lassen. – Als er, die Papiere in der Tasche bergend, die Treppe hinabstürmte, in theatralischer Eile und grußlos an den Blicken der Hausbewohner vorüberlaufend – in der Hoffnung, sich *sichtbar* zu machen –, um zum Bahnhof zu kommen, obwohl er wußte, daß er keinen Zug zur Kreisstadt mehr erreichen konnte ... war das Licht des Mittags fort, gewisse Helligkeiten des Himmels nur, unter dem die schweren Trübungen des nächsten Regens hingen, ließen die über die Ränder dreifüßiger Kohlebecken brausenden Flammen ahnen, ein letztes Mal, das graue verschlissene Wolkendach deckte sie schon zu ... poetische Symbole hatten die Funktion von Indizien für den erneuten Verlust der Wirklichkeit zu übernehmen.

Oder seid ihr, die das leere Material meines Leibes nicht wahrnimmt, dorthin verschwunden ... verschwindet ihr weiter in die Nebel, in die ein riesenhafter Berg euch entführt, seid ihr es, die Wesen, angesiedelt in der Hüttenzivilisation dieses Massivs, lebt ihr in den halbrunden Gebilden aus dem Mist von Tieren ... und wovon lebt ihr, lebt ihr gut in euerm unermeßlichen Totenreich ... tot und verloren ist euer Reich für die Welt.

Ich hatte mich geirrt, es gab keine Steilwand, an der die Hütten klebten, das Ganze war ein einziger Berg von Behausungen, die Form dieser Welt war errichtet nach dem Abbild der ersten Hütte, die einmal auf einem asiatischen Boden erbaut wurde. Als aber das gesamte Land bis an seine Ufer dicht mit diesen Hütten bedeckt war, begann man, in die Höhe zu bauen, über die zweite eine dritte Lage und so fort, bis dieser ungeheure, ovale Gipfel entstand, ein gigantisches Gebäude in der gleichen *notwendigen* Form wie alle seine Bestandteile. Ein Weg, von der Erde aus begonnen bis zu einer Behausung in der Mitte der, angenommen, hundertfünfzigsten Etage, mußte unumgänglich durch alle bewohnten Innenräume der über- und nebeneinander geschachtelten Hütten führen; kaum zu ermessen, zu welch hoher Kultur des Zusammenlebens dieser Umstand zwang, eine einzige Ungerechtigkeit konnte in dieser Welt zum Epizentrum eines Bebens werden, das sich in alle Richtungen ausbreitete und das gesamte Reich zum Einsturz brachte ... ein jedes Individuum dieser Welt mußte ein einziges, offenes Ich besitzen, nichts war verborgen, und nichts durfte verborgen sein ... die harte Strahlung des Lichts in der dünnen Luft des Hochgebirges hatte das Baumaterial langsam getrocknet und alle Einzelheiten in eins zusammengeschweißt, es mußte Äonen gedauert haben, bis diese Welt ihre Vollendung erreicht hatte. Mildrote Nebel umhüllten das Ganze, langsam entschwand es, bald sah ich nur noch den gelbgrünen Schatten der aus den Wolken wachsenden eiförmigen Spitze, die unsichtbare Schwingen davonzutragen schienen.

Zuletzt erinnerte ich mich – deutlich, als erführe mein entfernter Geist den Beweis einer Wirklichkeit – der warmen, vegetativen Dünste, die allen Öffnungen des Gebildes entströmten, so warm und stark, daß die Luftflüsse über dem eisblauen Wasser des im Uferlosen sich verlierenden Gebirgssees in Bewegung gerieten und die dort segelnden Schiffe in alle Richtungen davontrieben, niemand erreichte diese sagenhafte Kultur, die keine Gefangenen mehr aufnahm.

(Während meines Weges zum Bahnhof fiel mir ein, daß ich, im Vorbeilaufen, hinter dem Gitter des Hausbriefkastens wirklich ein helles Papier bemerkt hatte. Ich kehrte um und holte es heraus, es war eine Vorladung der Polizei.)

Der Heizer

> Wer den Mund auftut, muß weiter.
> Wer den Mund aufgetan hat, kann
> wiederholen
>
> *Helmut Heißenbüttel*

Von Angst erfüllt, den zwanzigsten Februar, stieg der Heizer H., nach seiner soeben beendeten Nachtschicht, in den am Eingangstor seines kleinen, abgelegenen Betriebsteiles mit laufendem Motor wartenden, werkseigenen Omnibus, hinter ihm ließ der Fahrer die Türen sofort mit dem bekannten Zischen schließen und begann, noch ehe der Heizer Platz gefunden hatte, mit den Rückstoß- und Wendemanövern, die ihn die Gewohnheit auf der sehr schmalen, kaum beleuchteten Straße, zwischen einem Eisenbahndamm und tief in alte Braunkohlentagebaue hinabstürzenden Abhängen, mit einer allen Vorsichten hohnsprechenden Routine bewältigen ließ. Die große Wärme im Innern des Busses, gesättigt mit dem Konglomerat aller Ausdünstungen der Kolonne von Arbeitern, die der Bus am Werkseingang ausgespien hatte, ließ den Heizer für einen Augenblick das Ziel seiner Fahrt vergessen, wunderbar angerührt von diesen durch ein geringes an Seife noch unzerstörten Gerüchen der die Nacht lang ringend umarmten Federbetten, saß er in seinem Sitzpolster und spürte den, auf diesem Duft gipfelnden Noten einiger Parfüms nach, verloren von den zu dieser Stunde schon mitfahrenden drei oder vier Lohnschreiberinnen oder Kaffeeköchinnen, gewöhnlich glichen diese Düfte dem Verschwinden einzelner phosphoreszierender Rouges in einer Masse dunkler, verschwommener Gesichter, heute aber schienen sie ihm besonders stark und vielfältig über dem Bettengeruch zu schweben; die stets in dieser Minute unüberwindliche Gier nach einer Zigarette ließ ihn alle Verbotsschilder mißachten, hinter dem Rücken des Fahrers, dessen Schweigen zu diesem allmorgendlich sich wiederholenden Übertritt ein stilles Einverständnis vermuten ließ, begann er zu rauchen, eine der eigens für diese Minuten aufgesparten, teuren Filterzigaretten.

Auf dem Nachhauseweg nach der Nachtschicht war der Heizer gewöhnlich der einzige Mitfahrer in dem zur Stadt zurückkehrenden Bus, denn in seinem Betriebsteil wurde nur einschichtig gearbeitet, allmorgendlich überkam ihn ein Gefühl der Befreiung, wenn er, eingeschlossen in den warmen Innenraum des Fahrzeugs, den kleinen, vom Hauptsitz des Betriebes am weitesten entfernten Komplex verließ, wo er nachts, außer einem greisen, sich kaum aus seiner Loge wagenden Pförtner, allein war, der denkbar einsamste aller Nachtschichtarbeiter in einer Umgebung, die er, mit einer alten, fremd gewordenen Bezeichnung, *gespenstig* nannte. Es störte den Heizer nicht im mindesten, daß der Fahrer den Bus auf halsbrecherischste Weise über die ungeheuren Schlaglöcher jagte, die auf dieser Straße so tief und breit waren, daß der Bus oft für Momente vom Boden abzuheben schien – zum Glück ein äußerst robustes, russisches Modell, andererseits aber durch seine kurze und hohe Form auf stark gefedertem Chassis um so wütenderen Schwankungen unterworfen –, die Pappeln am Rande des in die Tagebaue fallenden Abhangs flogen wie Nebel vorbei, die Scheinwerfer des Fahrzeugs stießen grell in die Dunkelheit, hier, in dieser Wüstenei, gab es keinerlei Straßenbeleuchtung mehr; der Heizer war dieses allmorgendliche Wettrennen mit der Wachsamkeit eines Schrankenwärters gewöhnt, er wußte, daß nur Minuten nach dem Aussteigen der Arbeiter aus dem Bus, und seinem Einstieg, die Schranken des Eisenbahnüberganges, vor dem diese Straße endete – an einem nicht mehr besetzten Bahnhof, der vor vielen Jahren die Station eines dem Braunkohlenabbau zum Opfer gefallenen Dorfes gewesen war –, geschlossen wurden, um mehrere zu dieser Zeit aufeinanderfolgende Züge passieren zu lassen; schon blitzten die blinden Fenster des ehemaligen Bahnhofs im Scheinwerferstrahl auf, der Bus bog schwindelerregend um das Gebäude, zu spät, wie so oft hielt er mit einem Schlag vor den geschlossenen Schranken.

Der Fahrer stieß einen lauten, aber schon resignierten Fluch aus, er schaltete das Radio ein, als soeben die Fünf-Uhr-dreißig-Nachrichten begannen, zu spät, die Schranken mußten Punkt halb sechs geschlossen sein. Wie so oft würde er nun den nächsten Transport, die Büroangestellten der neuerbauten Gießerei, um zwanzig Minuten zu spät an ihre Arbeitsplätze bringen. Den Kopf halb nach hinten drehend, fragte er: Hat jemand eine Zigarette für mich. – Der Heizer trat nach vorn und bot dem Fahrer eine seiner Filterzigaretten an, Grund genug übrigens, sich selber die Freiheit zu einer zweiten zu nehmen. – Kannst du mich dann mit zur Gießerei nehmen, fragte er beim Feuergeben, ich will mir die Jahresendprämie abholen. – Ah, die Jahresendprämie ..., der Heizer überhörte nicht den unguten Spott des Fahrers. Klarer Fall. Muß aber heute einen kleinen Umweg fahren, setzte er hinzu, na dann mal los ... – Er schrie es fast, denn in diesem Augenblick donnerte draußen der erste der Güterzüge vorbei. – Einen Umweg ..., erwiderte der Heizer, während er sich wieder setzte kam ihm die Hoffnung, daß er auf Grund dieses Umwegs nicht seine am Tor des Hauptwerkes zusteigenden Vorgesetzten begrüßen mußte, daß diese an diesem Tag also mit einem zweiten Fahrzeug zur Gießerei befördert wurden, daß es demzufolge zu vermeiden war, daß der leitende Ingenieur der Wärmeversorgung aller Betriebsteile während der zweiten Hälfte der Fahrt angenehm plaudernd neben ihm saß, wonach es kaum mehr möglich sein würde, nach der Ankunft im Büro wegen der Jahresendprämie mit dem freundlichen alten Mann zu streiten.

Wie in all den Jahren zuvor bekamen die Arbeitskräfte der Hilfsabteilung die Jahresendprämie zuletzt in die Hand; das Gerücht unter den Heizern, daß unter ihnen nurmehr der Rest aufgeteilt würde, war durch kein Zureden mehr zu entkräften; H. verstand den Spott in der Bemerkung des Busfahrers genau: ehe man den Heizern ihren Anteil auszahlte, war die in den übrigen Abteilungen gärende Unzufriedenheit über die Höhe der erhaltenen Summen längst durchgesickert. Kontinuierlich in den letzten zwei oder drei Jahren hatten sich diese Summen verringert, trotz erhöhter Planauflagen, trotz immer noch erfüllter Pläne: die Zeiten schienen vorbei, wo man im Februar des neuen Planjahres siegreich auf das vergangene zurückblickte mit einem weit höher als ein Monatsverdienst ausgefallenen Betrag in der Tasche, wo man die damals festgelegten zwei Prozent von der Prämie gut lächelnd in die Listen des gewerkschaftlichen Solidaritätskontos eintrug, wenn man nicht sogar mehr zu spenden sich entschloß. Das war vorbei, es war bekannt, daß die immer wieder erfüllten Pläne seit einigen Jahren nur noch durch immer mehr Überstundenarbeit zustande kamen, daß die Pläne weiter erhöht wurden, da für die Planer nicht zu zählen schien, wie die Erfüllungen zustande kamen, daß aber, aus irgendeinem Grund, die Jahresendprämien nicht Schritt hielten.

Ein dritter, nicht enden wollender Güterzug schleppte sich, die Geschwindigkeit endlich steigernd, durch die Dunkelheit, draußen waren Lampenmasten und Gebäude von niederstürzenden und wieder emporgejagten Dampffetzen umwogt, ein feiner, undefinierbarer Niederschlag schien durch die Lichtkegel zu tanzen, endlich stiegen die Schranken in die Höhe, und der Busfahrer entlockte der ausgeschalteten Maschine ein erstes, wieder zusammenbrechendes Heulen. In eben dem Augenblick glaubte der Heizer hinter sich ein unerklärliches, knirschendes Geräusch zu hören, noch einmal heulte der Motor auf und brach wieder zusammen, der Fahrer begann ihn, was winselnde Töne, leiser als die Schlagermusik des Radios, bezeugten, sorgfältiger anzulassen, genau in der Pause zwischen zwei Musikstücken vernahm der Heizer hinter sich, unzweifelhaft in seinem Rücken, ein zweites, diesmal fürchterlich knirschendes Geräusch, so laut, daß er später nicht zu sagen gewußt hätte, ob es der Fahrer vorn ebenfalls hätte hören müssen, gleichzeitig mit dem aufbrüllenden Anfahren des Busses spürte der Heizer hinter sich einen deutlichen dumpfen und weichen Aufprall, wahrnehmbar eigentlich nur durch die Erschütterung des Wagenbodens, er sah sich erschrocken um, erblickte aber nur die in dem diffusen Halbdunkel matt glänzenden leeren Sitzlehnen und Aluminiumgestänge des leeren Businneren. In der offenbaren Abwesenheit jeder Gefahr beruhigte sich sein Schaudern, aber auf der Suche nach einer Erklärung schien ihm plötzlich bewußt: unverkennbar, überdeutlich war es ein lautes, ja, nach seinem Empfinden ohrenbetäubendes Zähneknirschen gewesen, was er gehört hatte.

Diese Idee ließ ihn erneut herumfahren, aber es gab nichts, was in der Leere des Busses auf ein solches schreckliches Geräusch hingewiesen hätte.

Wir müssen noch wen mitnehmen, es will nämlich noch jemand seine Prämie haben, rief der Fahrer eine verspätete Erklärung nach hinten, und als eine Ansammlung von dem Heizer kaum bekannten Gehöften auftauchte, stoppte der Bus, der inzwischen verworrene, schier unbefahrbare Strecken zwischen Feldern und Dörfern zurückgelegt hatte, an der Einfahrt zu einer Fernverkehrsstraße, das bekannte Preßluftgezisch öffnete die Eingänge des Busses vorn und hinten. Laternenlicht durchdrang mühsam das anscheinend immer dichter werdende Dunkel des Morgens, Sturmgeheul übertönte den ruhig laufenden Motor, durch die schwankenden Räume des Lichts vor den Eingangsöffnungen des zitternden Busses jagten Schneeflocken, schienen wütend in den warmen Innenraum eindringen zu wollen. Für H.s Begriffe wartete der Fahrer viel zu lange auf das sicher hier vereinbarte Eintreffen eines Mitfahrers, feuchte Kälte drang in den Bus, und H. lauschte dem scheinbar sich verstärkenden Sturm, der womöglich auf einen verspäteten Wintereinbruch deutete, auf üble Kälte womöglich, die wieder Wochenendarbeit erforderlich machte, er lauschte dem Wüten des Sturms in Bäumen und losen Zaunlatten, den Erschütterungen der beweglichen Türklappen des Busses, dem Ächzen und Kratzen an den Blechen, in dem oft die unendlich müde Arbeit menschlicher Schritte verborgen schien; endlich, wortlos abrupt, ließ der Fahrer die Türen zuschlagen. In diesem Augenblick sah der Heizer, in einem der Plexiglasfenster in der hinteren Falttür des Busses, ein altes, runzliges, gelbes Gesicht mit hervortretenden Augen, das sich von außen an die Scheibe preßte, das Schreien eines aufgerissenen Mundes zerbrach unhörbar, der schnell anfahrende Bus wischte dieses Gesicht fort, der Heizer glaubte noch die ebenso gelbe, dürre Hand eines Menschen wahrzunehmen, die sich vergeblich festzukrallen suchte, aber ebenso blitzschnell zurückblieb.

Später glaubte der Heizer beschwören zu können, daß er aufgesprungen und zum Rückfenster gestürzt war, draußen auf der im Dunkel verschwindenden Straße aber nichts als den wirbelnden

Schnee gesehen hatte, daß er dann wieder gesessen und, lange auf den gänzlich unbeeindruckten Rücken des Fahrers starrend, versucht hatte, sein Entsetzen abzuschütteln. Ohne Zweifel, sein übernächtigter, nervöser Geist hatte ihm Halluzinationen vorgegaukelt, zum Glück schien der Fahrer sein verrücktes Aufspringen nicht bemerkt zu haben ... aber wie, wenn er *nicht* aufgesprungen war, wenn selbst dies eine Halluzination gewesen war.

Wir werden es trotzdem nicht schaffen, unmöglich, schrie der Fahrer, der verdammte Bahnübergang ... – Auf der nun ebenen Fernverkehrsstraße schien er das Gaspedal bis auf den Grund zu stoßen, und das Fahrzeug, in höchster Geschwindigkeit, verfiel in gleichmäßiges, dem Heizer alarmierend erscheinendes Singen, die Scheinwerfer entgegenkommender Wagen schlugen wie Blitze durch das Gehäuse des Busses, der auf einen endlich sichtbaren hellen Streif, über den Schornsteinen der am Horizont auftauchenden Stadt M., zuraste. Dem Heizer kroch die Angst in die Glieder, immerhin mußte die Asphaltstraße in dem vor kurzem niedergegangenen Schneetreiben feucht und schmierig geworden sein, aber die Sicherheit des Fahrers schien nur noch zu wachsen, einmal, einen Lastzug überholend, streifte der Bus das Geäst der Kirschbäume auf der linken Straßenseite, nicht mit dem bekannten Schleifgeräusch, sondern mit einem peitschenden Krachen, der Fahrer quittierte es mit lautem Gelächter. Glücklicherweise zeigten sich schnell die ersten Häuser von M., und das haarsträubende Tempo mußte entsprechend gedrosselt werden. – Jetzt bemerkte der Heizer, daß er ganz zerflossen in Ströme von Schweiß, ja, wie von Sinnen in seinen Sitz gepreßt lag, er registrierte kaum die Irrfahrten des Busses durch die winklige Stadt M., nicht die Flüche des Fahrers vor immer neuen Umleitungsschildern, er hatte kaum wahrgenommen, daß sie an einem Vorgarten des Stadtteiles Z. einige Sekunden gehalten hatten, daß dort erneut die Türen des Busses auffuhren, er hätte auch nicht zu sagen gewußt, ob dort jemand aus- oder eingestiegen war. Später schien es ihm möglich, daß er während dieses Halts hinter sich den scheuen Morgengruß eines alten Pförtners gehört hatte, eines Greises, den er kannte, der sich wegen seiner Gebrechlichkeit aus dem unwirtlichen Betriebsteil des Heizers auf einen anderen Platz hatte versetzen lassen. War der Gruß des alten Mannes so verschüchtert ausgefallen, weil er aus dem Gesicht des Heizers irgendein Entsetzen las ... der Heizer schüttelte den Kopf über sich selbst und richtete sich in seinem Sitz auf, zu seinen Füßen lag der halbangebrannte Filter seiner Zigarette, und am Zeigefinger spürte er eine schmerzende Brandblase. Womöglich hatte er sich den Gruß des alten Pförtners nur eingebildet, weil er so oft beim Halt an eben jenem Garteneingang in Z. von dieser brüchigen Stimme gegrüßt worden war. War er etwa, während dieser rasenden Busfahrt, vom Schlaf übermannt worden ... der Heizer war zu kraftlos gewesen, sich nur einmal mit einem Blick zu überzeugen, ob jemand hinter ihm saß, ob jemand hinter ihm aus- oder eingestiegen war. Endlich stand der Bus vor einer am Tor des Hauptwerkes in M., im Morgengrauen und bei leichtem Schneefall, übellaunig wartenden Menschenmenge, die Türen öffneten sich, und unter lautem Stimmengewirr begann der Ansturm auf die zu geringe Anzahl der Sitzplätze.

Also hatte er sich getäuscht in der Annahme, daß die Verwaltung nicht mit diesem Fahrzeug hinaus zur Gießerei fahren würde. Der Platz neben ihm war noch frei, gleich mußte der leitende Ingenieur der Wärmeabteilung, der *Meister,* einsteigen, der Heizer hoffte nur, daß die jüngeren Leute schnell genug waren, den Platz vorher zu belegen. Noch einmal setzte er sich zurecht, blickte in die Glasscheibe neben seinem Kopf, aber es war draußen schon grau, und das Fenster zeigte kaum noch sein Spiegelbild, er erkannte nur noch, in einem schwachen gelben Fleck, das Schwarz der tiefen Furchen, die auf seine Mundwinkel zustrebten, die gelbe Farbe der Haut erschreckte ihn; mein Gott, dachte er, das Gesicht eines Verrückten glotzt mich an. Und welcher Teufel reitet mich, wegen dieser Prämie dorthin zu fahren. – Er wußte, es gehörte zu den Pflichten des leitenden Personals, ihm die Prämie an den Arbeitsplatz zu bringen. Aber er wußte auch genau, warum er fuhr, im übrigen hatte es sich eingebürgert, daß die über alle Werksteile verstreuten Heizer die Prämie selber abholten ... als würden die Schnellsten die höchste Prämie abbekommen, dachte H. verächtlich. Überdies wäre nur eine der Sekretärinnen geschickt worden, und was sollte er mit einer Sekretärin, wenn es galt, an Hand der zu zahlenden Solidaritätsspende ein Exempel zu statuieren. – Endlich hatten sich die Türen des zum Bersten vollen Busses geschlossen, es war sicher, daß der Meister nicht mit eingestiegen war, er konnte das schon so früh stets gutgelaunte Gesicht des Graukopfs nicht entdecken. Unter jüngeren Vorgesetzten war der alte Meister wenig beliebt, es hieß, es gäbe an der Spitze der Wärmeabteilung geheime Positionskämpfe, noch hatte sich der Alte aber behauptet, obwohl er als phlegmatisch, ja unzuverlässig galt und bei Streitigkeiten eher Partei für die Heizer zu nehmen pflegte; wenn es technische Probleme gab und alle wie in Erwartung eines Wunders auf ihn blickten, erklärte er gewöhnlich mit halbgeschlossenen Augen: Hört mal, ihr wißt doch, daß ich schon lange Rentner bin ..., aber H. wußte, daß dieser Schein trog, daß es der Abteilung schwerfallen würde, den Alten mit seiner Erfahrung zu ersetzen. – Morgen, dieses auf beiden Vokalen exakt betonte Grußwort traf ihn von der Seite, gleichzeitig mit einer abgestandenen Alkoholfahne, die ihn zurückprallen ließ. Neben ihm saß ein junger, schwarzhaariger Mensch, einer der arabischen Kollegen, von denen einige hundert dem Werk seit über einem Jahr zugewiesen waren, die allesamt in dem Ruf standen, *Pennbrüder* zu sein; tatsächlich schien der Betrieb in seinem Bemühen, die jungen Nordafrikaner an fünf Tagen in der Woche zum Arbeitsplatz zu bewegen, bisher kläglich gescheitert, sie schienen sich nicht gewöhnen zu wollen, ihre Arbeitszeit zu vorgeschriebener Stunde, morgens um halb sechs, zu beginnen, und es schien unmöglich, sie zu überzeugen, daß die Lösung der ihnen zugeteilten Aufgaben notwendig war. Der Heizer hatte diesbezügliche Prophezeiungen seiner Kollegen für böses Klischee gehalten: Das sind alles faule Hunde, die das Arbeiten nie lernen. Wenn die Kameltreiber kommen, müssen wir ihre Arbeit noch mittun. – H., der die Nordafrikaner verteidigt hatte, mußte erfahren, daß sie tatsächlich nicht daran dachten, mehrmals in einer Schicht Schalträume oder Lagerböden auszufegen, er bewunderte die Disziplin, mit der sie, nach dem Frühstück gewöhnlich, wie auf Verabredung spurlos verschwanden. – Es hat sehr gut geschmeckt, gestern abend, das deutsche Bier, erklärte der Schwarzhaarige neben ihm, in Deutschland ist es nicht auszuhalten, viel Arbeit, keine Gastfreundschaft, aber Bier ist gut, sehr gut, und gestern die Prämie, Jahresendprämie, viel Geld, viel Bier … – Solidarität, dachte der Heizer, wenig Jahresendprämie, wenig Solidarität … – Er spürte die Müdigkeit in allen Gliedern, das Unbehagen vor dem Kommenden hatte sich ihm in bleierne Müdigkeit verwandelt. – Ich hätte längst im Bett liegen können, dachte er, am Nachmittag hätte man mir die Scheißprämie bestimmt in die Wohnung gebracht … am Nachmittag, wenn er, eben aufgestanden, noch immer voller Müdigkeit war und willenlos die geforderte Spende gezahlt hätte. Er spürte, daß ihm alle Courage zu dem Eklat, wie er sein Vorhaben nannte, geschwunden war, wußte er doch, daß er an seiner Situation nichts ändern würde. Er wollte nichts, als auf die Zustände in Werk 6 aufmerksam machen, oder vielmehr, nicht so weitgehend, auf seine eigenen Probleme dort in diesem abgelegenen Betriebsteil, aber dazu mußte es einen Anlaß geben, der seinen Fall bis in die Büros der weiterreichenden Verantwortlichkeiten trug, die Energetik, seine unmittelbaren Vorgesetzten also, schien ihm eine zu niedere Stufe einzunehmen innerhalb der Leitungspyramide des Betriebes. Am geeignetsten dazu konnte ein Ereignis mit einem gewissen politischen Geruch sein, das natürlich keine juristischen Folgen haben durfte. Es gab Gründe, die ihn eine altbekannte, innerhalb des allgemeinen Arbeitskräftemangels schon bewährte Methode nur widerstrebend in Erwägung ziehen ließen. Diese bestand darin, am Ende einer Heizperiode die Leitung vor die Alternative zu stellen: Entweder ihr nehmt mich weg aus dem Kesselhaus in Werk 6, oder ihr müßt begreifen, daß ich den letzten Winter in diesem Betrieb gearbeitet habe, ich werde kündigen. Ihr habt Zeit bis zum Herbst, einen neuen Mann für diesen Betriebsteil zu finden. – Es war durchgesickert, daß der alte Meister, mit dem man auf diese Art, wie schon bewiesen, verhandeln konnte, schon in Pension stehend, den Betrieb noch in diesem Frühjahr verlassen würde, der neue, der schon jetzt zu einem großen Teil und sicher in Personalfragen das Sagen hatte, würde es nicht besser wissen: H.s Kesselhaus befindet sich in Werk 6, im Herbst geht H., nachdem er im Sommer eine schöne Arbeit in der Gießerei hatte – fast zuviel des Guten und gewiß genug, den Mann zu entlasten – wieder nach Werk 6, er ist bekanntlich der beste Mann in Werk 6, derjenige, der dieses Kesselhaus am längsten kennt. – Der neue Meister war, schon nach wenigen Wochen seiner Anwesenheit, bekannt dafür, sich hart durchzusetzen, lieber eine Fluktuation von Leuten in Kauf zu nehmen, als nachzugeben; er sprach die Leute mit Sie an: Wenn Sie nicht in Werk 6 arbeiten wollen, steht es Ihnen frei zu kündigen ... – Aber H. wußte, daß es in diesem Betrieb andere Möglichkeiten gab, es gab noch freie, nur mühsam überbrückte Lücken in der Besetzung der Umschaltstationen für die an den Kraftwerksferndampf angeschlossenen Werkteile, saubere und ruhige Arbeitsplätze mit einem ungewöhnlichen Maß an Bewegungsfreiheit. Man mußte die verbleibenden geringen Möglichkeiten nutzen und den Alten darauf aufmerksam machen, man mußte den *Eklat* inszenieren, erreichen, daß der Alte sagte, weg mit diesem Mann, er ist in Werk 6 verrückt geworden, er soll sich am Ferndampf erholen ... nicht übel, wie H. sich das ausdachte, aber er wußte, es würde immer undurchführbarer werden, die erste beachtliche Leistung des neuen Meisters würde es sein, Werk 6 endlich mit einer stabilen, zuverlässigen Heizerbesatzung zu versehen. – Noch aussichtsloser war es, den neuen Meister zur Rede zu stellen: Hören Sie, ich spreche zu Ihnen in Person des Schriftstellers, der ich außerhalb meiner Arbeitszeit bin, wenn Sie so wollen, nebenberuflich, ich bitte um Unterstützung für ein Projekt, ein Projekt der Kunst, auch die Kunst gehört zum Leben. Ich brauche zu diesem Projekt, zu dem Buch, nennen Sie es einen Roman, zwei Jahre, ich kann das Projekt nur schaffen, wenn ich am Ferndampf eingesetzt werde, ich nehme finanzielle Einbußen in Kauf, es ist nicht viel, was ich will, und ich kann am Ferndampf täglich, pünktlich meine Arbeit tun, ich weiß, es ist wenig Arbeit, aber gerade das ist es ja ... – Schon bei den ersten Sätzen spürte er die geradezu unumgängliche Lächerlichkeit einer solchen Rede, erschien ihm sein Anliegen überzogen, ja jeden Rahmen sprengend, er spürte die unbezwingbare Theatralik, wußte aber, daß er, solange er die Sprache des Betriebes, und des neuen Meisters, die Sprache der Unterordnung unter das Interesse des Betriebes nicht verließ, alle Möglichkeiten offenließ, sein Anliegen abschlägig zu beantworten, ja daß er damit selber den einfachsten Weg wies, wie das Problem zu erledigen sei, durch einen abschlägigen Bescheid. Aber in welcher Sprache sollte er, der Heizer, zu seinem Vorgesetzten sprechen, er war der Heizer, eine andere Sprache, wäre sie überhaupt vorstellbar, wäre die unglaubwürdige Sprache einer nichtexistenten Figur gewesen, die Sprache einer Romanfigur ... – Das ist hochinteressant, daß Sie außerhalb der Arbeitszeit Volkskünstler sind, antwortete der neue Meister, das ist förderungswürdig, eine Form sinnvoller Freizeitarbeit, das hat natürlich, ich muß Sie nicht an den Bitterfelder Weg erinnern, unsere Unterstützung. Dort wird klar festgestellt, welche Talente aus den Reihen der Arbeiter erwachsen, aber es ist schon ein interessanter Fall, daß auch in unseren Reihen volkskünstlerische Werte für uns entstehen ... natürlich kennen wir die Situation in Werk 6, aber natürlich kennen Sie sie ebenfalls, die Arbeitskräftesituation in Werk 6. Wie Sie richtig erkannt haben, ist es unsere vordringlichste Aufgabe, die Probleme dort zu lösen, und wir erwarten, wie immer, Ihre Mitarbeit, Ihren ganzen Einsatz, natürlich kann es dabei keine Rücksicht auf Ihr ... sagten Sie Tagebuch geben. Wie Sie wissen, ist das wohl kaum möglich, doch es besteht kein Zweifel, daß ein Tagebuch, das die Lösung der Aufgaben im Werk, in der jetzigen prekären Situation, aus der Sicht eines der Beteiligten dokumentiert, unser Interesse finden muß, zumal es, vorgetragen auf Versammlungen, von stimulierender Wirkung sein könnte ... –

Ob er am vergangenen Abend ebenfalls getrunken habe, die Stimme seines Nebenmannes störte ihn auf, der nordafrikanische Kollege neben ihm grinste, er frage, weil er, der Heizer, einen so späten Bus benutze. – Ich habe Nachtschicht gehabt, antwortete der Heizer. – Ach ja, Nachtschicht, Nachtschicht nicht gut, viel Arbeit, wenig Geld. – Wie spät ist es eigentlich, fragte H., es schien schon vollkommen hell zu sein, und der Bus glitt soeben die Abfahrt zum Gießereigelände hinunter. Der Araber zeigte ihm die Armbanduhr, es war halb acht Uhr morgens, der Heizer war also auf rätselhafte Weise – wahrscheinlich im Schlaf, dachte er voller Hohn – in den ersten der Linienbusse geraten, die stündlich zwischen den einzelnen Betriebsteilen verkehrten und jenes Personal transportierten, das in verschiedenen, weit auseinanderliegenden Werken diverse kooperative Aufgaben hatte, alle morgendlichen Zubringerbusse, auch den letzten für die Angestellten, mußte er also durch vertrackte Umstände versäumt haben.

Du kommst spät, aber du kommst, sagte der alte Meister zu ihm, als er, in der beinahe zu stark erwärmten Baracke, in der es überall nach frisch gebrühtem Kaffee roch, das hellerleuchtete Büro der energetischen Abteilung betrat. – Er war sicher schon zu Hause und hat gefrühstückt, sagte die Sekretärin, da kann er hier gleich noch einen Kaffee mittrinken. – Der Heizer, in seiner Unausgeschlafenheit anfällig gegen zuviel Freundlichkeit, überlegte, ob er ablehnen solle. Es war das erste Mal, daß man ihm hier einen Kaffee anbot; seine Jahresendprämie würde niedrig ausfallen, er kannte die Summen, die seine beiden Kollegen von Werk 6 erhalten hatten, glatt hundert Mark weniger als im Vorjahr, er war nie der Mensch, der Streit vom Zaun brechen konnte, eine Tasse Kaffee und er war vollends versöhnlich gestimmt. – Weshalb nicht, sagte der neue Meister, der an einem Nebentisch saß, dieser Tag kann ruhig ein wenig gefeiert werden. – Offenbar war auch seine Zustimmung erforderlich für jenes Außergewöhnliche, das jetzt geschah. Jeder wußte nämlich von der Kognakflasche, die der alte Meister im Schrank hatte, nur hatte diese Flasche noch niemand zu Gesicht bekommen. – Ihre Arbeitszeit ist ja beendet, sagte die Sekretärin, und uns verraten Sie nicht. – Auf ein Lächeln des alten Meisters war sie aufgestanden und hatte vier Gläser auf den Tisch gestellt, der Heizer hatte schon eine Tasse Kaffee vor sich stehen und hörte das feine Glucksen, mit dem der Kognak in die Gläser floß. – Machen wir uns aber zuerst an die Arbeit, sagte der alte Meister und legte die Prämienliste auf den Tisch, das ist eigentlich der einzige Tag, an dem wir mal diese kleinen, aber notwendigen Unterschiede machen können. – Der Heizer erkannte auf einen Blick, daß seine Prämie um fünfzig Mark höher ausgefallen war als die seiner beiden Kollegen vom Betriebsteil 6. Er unterschrieb in der dafür vorgesehenen Spalte für den Erhalt einer Prämie von 650,– Mark, er sah, daß er der letzte war, der die Liste unterschrieb, er steckte den Briefumschlag mit dem Geld, ohne daß er nachzählte, in die Tasche. – Stimmt ja sowieso alles, nickte die Sekretärin, die dies genau beobachtete, zustimmend, wir haben alles überprüft. – Der Heizer, der das Zittern seiner Finger vor diesem Blick nicht zu verbergen vermochte, hatte von seinem Kaffee schon getrunken – ein Automatismus, eine winzige Schwäche des kontrollierenden Hirns, und schon ergriff seine Hand die Tasse, führte sie an die Lippen – und der Kaffee hatte ihn korrumpiert, der Heizer lebte in einer Gesellschaft, in der man nicht eine Tasse Kaffee annehmen konnte, ohne bestochen zu sein; der Kaffee war heiß und schwarz – der Heizer hatte, in einem letzten sinnlosen Sträuben, Sahne und Zucker abgelehnt – und tat ihm wohl, er war innen ausgetrocknet und übernächtigt, außen aber von der sich endlich erwärmenden Feuchte der vom Februarregen getroffenen Kleider unangenehm angerührt, er mußte sich erklären, daß es weder Schweiß war noch üble Ausdünstungen seines unausgeschlafenen Körpers, es war der Regen, der ihm ins Genick gelaufen war, in dessen muffiger Hülle er nun hier saß. Er griff unaufgefordert nach dem Kognakglas und trank – ein Flegel sein, so gut es ging, diese Idee erschien ihm wie eine Rettung – es war ein rumänischer Kognak von einer süßen, Hustenreiz verursachenden Sorte, er hatte zu zögernd getrunken und spürte den Schock des Getränks statt im Magen schon in der Kehle, nach einem kläglichen Räuspern mußte er Kaffee nachtrinken, im zurückgestellten Glas befand sich noch ein Zentimeter Flüssigkeit, er war ihm von den zu schwach geöffneten Lippen ins Glas zurückgelaufen, überdeutlich spürte er einen großen Tropfen in den Bartstoppeln auf dem Kinn, er wagte nicht, mit dem Handrücken darüberzufahren, korrumpiert wie er war, seit drei Tagen war er unrasiert und mußte das Aussehen eines Ganoven haben, wie er hier saß, Feuchtigkeit auf Schläfen und Nasenflügeln. – Hat er Ihnen geschmeckt, fragte die Sekretärin, die Hand schon wieder an der Flasche. – Nachtschicht ..., stieß der Heizer zur Erklärung hervor, das Wort war, kaum verständlich, die bloße Verwandlung des Brennens in seiner Kehle in einen röchelnden Laut. – Trink noch einen, Mann, sagte der alte Meister ruhig, vielleicht ungewollt war seine Stimme ebenso korrumpierend wie die Tatsache, nicht zur Hölle fahren zu sollen, der Heizer blickte an den, über einem Lächeln, scharf beobachtenden Augen des neuen Meisters vorbei und weg, um nicht zusehen zu müssen, wie die Sekretärin ihm Kognak nachgoß. – Ja, also ich danke für die Prämie ..., sagte er mutlos, zum Glück ignorierte es der alte Meister, der eine Erklärung begann. – Ich bin eigentlich schon verschwunden hier, sagte er, und der hier neben dir sitzt, ist nur noch mein Geist. Mein letzter Arbeitstag war gestern, du weißt, ich bin schon lange Rentner ... ach, ich bin eigentlich schon tot, und diese Prämie war meine letzte Amtshandlung, ich bin noch mal kurz aufgestanden aus der Gruft, um dir als letztem, schon einen Tag zu spät ... um dir zu sagen, der, den du dort siehst, das ist ab heute euer neuer Vorgesetzter, den kennst du ja schon, der ist ab jetzt für alle betreffenden Fragen zuständig und so weiter, ich als Toter habe nur noch die letzte Pflicht, wie allgemein üblich, das kennst du ja schon ... aber das ist der Moment, ehe wir ihn vergessen, auf den wir erst mal trinken wollen. – Die Gläser wurden nun tatsächlich angehoben und trafen sich in der Mitte, der Heizer sah sein Schnapsglas, gehalten von zwei Fingern, die er nicht mehr als die seinen spürte, die übrigen Gläser mit absonderlicher Sicherheit erreichen. Auf euer Wohl, auf meine Pensionierung, hörte er die Stimme des alten Meisters. Prost, hörte er seine Stimme, eine wieder sichere, wieder menschliche Stimme; er nahm sich erst wieder wahr, als er die Hälfte des nun besser schmeckenden Kognaks auf der Zunge spürte, er stellte das halbvolle Glas in seine Reichweite und trank den Rest des plötzlich kalt gewordenen Kaffees. Es war ihm nicht möglich sich zu erinnern, wie er in diesen Raum geraten war.

War es denn noch dunkel gewesen, als er draußen vor dem Gießereigelände aus dem Bus stieg; zuletzt war es kühl geworden im Bus, als habe der Fahrer die Heizung zu zeitig ausgeschaltet, in der Kühle waren die Glieder aller Fahrgäste lebendig gewesen, ohne die Spur eines Todes, der allein sich in das Licht dieser Erinnerung verstehbar eingefügt hätte, er hatte ihre Morgengerüche, die schon abgestanden wirkten – es waren die hypertrophierten Seife- und Parfümgerüche der Verwaltungsangestellten –, so intensiv gerochen, daß sie sein labiles Innenleben schwächten und er plötzlich mit Anfällen von Übelkeit auf die Alkoholfahne seines Nebenmannes reagierte, daß er den Kopf nach oben richten und tief atmen mußte, geplagt von einem Verlangen nach Zigarettenrauch, so unbändig, als könne nur der den so lästig lebendigen Körper abtöten. Vor dem Werktor in der Dunkelheit – noch einmal, entschieden: in der Dunkelheit –, auf dem von Regen und Sturmböen übergossenen, betonierten Platz, hatte er sich unter Mühen, viele Streichhölzer verbrauchend, eine Zigarette angebrannt, allein zurückbleibend, denn alles stürzte wegen des Wetters im Laufschritt in das Werksgelände hinein. Als letzter war er Grund genug, von dem am Werktor wachenden Polizisten eingehender kontrolliert zu werden: Wo er herkomme, ob er etwa so spät, eine Stunde nach Arbeitszeitbeginn, zur Schicht fahre, warum er keinen für die Gießerei gültigen Betriebsausweis habe, der sein Kommen legitimiere. – Baracke 7, Energetik, Jahresendprämie abholen. – Der dicke, um zwei Köpfe größere Polizist, noch immer unter einer Lampe den Betriebsausweis, wie ein Indiz für alle menschliche Unsauberkeit, anstarrend, schien keines der Worte auch nur akustisch wahrgenommen zu haben. Nach einem im schwachen Lampenschein beinahe bis zur Körperberührung getriebenen Vorneigen seines Gesichts in Richtung des Heizers, der nur mühsam ein Zurückprallen vermied, endlich aber einen Schimmer des Erkennens in den Augen des Wachtmeisters zu gewahren glaubte, schnarrte dieser im Befehlston: Passieren. – Trotz der unzulänglichen Beleuchtung erkannte der Heizer einen Mund voller halbverfaulter Zähne, den Betriebsausweis packend, und schon vom Regen durchnäßt, floh er, unfähig seine Ekelgefühle niederzuhalten, ins Werksinnere, ohne noch die klagenden Worte des Polizisten gebührend würdigen zu können: Sind wir denn bloß noch der letzte Dreck hier, hier, wo jeder Gammler, jedes undurchsichtige Objekt vollgestopft wird mit Prämien, jeder, nur unsereins nicht ... – Gerade ihr würdet nicht alle Karten auf den Tisch legen, in puncto Finanzen, der Heizer wußte nicht, ob er dies noch über die Schulter zurückgeworfen hatte, zum ersten Mal an diesem Morgen hatte er sich korrumpiert gefühlt durch die Klage des Polizisten, die glaubwürdig schien; er hatte schon gehört, daß Polizeibeamte keine Jahresendprämien erhielten. Es gelang ihm nicht, im Triumph auf diese Eventualität zu sehen, er schob es auf das Problem mit der Solidarität, das auf ihn zukam. – Rauchend, die Zigarette in der hohlen Hand bergend – das Rauchen war im freien Werksgelände nicht erlaubt, zudem regnete es stärker –, hatte er den weiten Weg bis zur Baracke 7 zurückgelegt, trotz des Wetters hatte er sich einige Male nicht zwingen können, den Schritt zu beschleunigen.

Der Heizer trank den Rest aus dem Glas, ohne daß er hätte sagen können, ob es schon der dritte Kognak war, zuerst erschrak er, als er fühlte, daß die geringe Menge Alkohol ihn schon angriff, dann aber fühlte er die leichte Trübung seiner Gedanken, die ihn beruhigte, so als könne sie ihm in Kürze zur Entschuldigung dienen, mit erstem Spott schon erinnerte er sich seines Zauderns auf dem Weg zur Baracke, der Idee, sich zuerst hinter die gläserne Fassade des Speisesaals zu flüchten, wo so früh schon Licht brannte, um dort zuvor ein, zwei Tassen Kaffee zu trinken und Kraft für den folgenden Auftritt zu sammeln. Hinter dem Wald exotisch wirkender Pflanzen, der die gesamte Fensterfront abschirmte, in der noch stark reduzierten Beleuchtung des noch nicht zugänglichen Speisesaals – wo jedoch, für einen bestimmten Kreis eingeweihter Kollegen, zu dem er einst gehört hatte, schon jetzt die Ausgabe geöffnet war – beobachtete der Heizer das gemächliche, müde Huschen der Mädchen, die hier als Reinigungskräfte arbeiteten. Eine Gruppe junger Arbeiter, aus den Umkleidebaracken kommend, überholte ihn in einem schwerfälligen Laufschritt, sie waren mit Wattezeug und Filzstiefeln angetan und hielten zielsicher auf den Eingang des Speisesaals zu, beim Durchlaufen der rötlichen Lichtkreise der Lampen glänzten die hellen Plastikhelme im Regen auf, offenbar waren es nordafrikanische Kollegen, der Heizer sah sie schon bald vereinbarte Klopfzeichen gegen die Tür des Speisesaals hämmern. Er spürte, wie die kalte Nässe, durch sein Schuhwerk dringend, seine Strümpfe in schmierige Fremdkörper verwandelt hatte, die, von der Haut der Füße abgestoßen und zu Wülsten geformt, drükkende und reibende Stellen erzeugten. Einen Augenblick war er stehengeblieben, um sich an der deutlichen Erinnerung an gewisse Morgen im Sommer zu erwärmen, an denen er ebenfalls so früh – und es waren kühle Morgen gewesen – in diesem Speisesaal gesessen hatte, der noch nicht voll war von Küchengerüchen, wo er den Kaffeeduft und den Rauch der, trotz Rauchverbots, brennenden

Zigaretten einsog und die Augen kaum von den kurzgeschürzten, kichernden Mädchen wandte, die verhalten summende Bohnermaschinen vor sich her trieben und die Blicke der Männer selbstbewußt ertrugen; versteckt hinter dem Grün der Zimmerpalmen und Gummibäume waren diese Morgenstunden, in denen er die müden Stimmen der jungen Männer und das Kichern der Mädchen einatmete, Stunden von einem ähnlichen, unerlaubten Glanz, wie ihn die Idee von einer afrikanischen Sonne versprach, unter der man nach einer langen, traumhaften Flucht zur Besinnung kam. Jetzt aber waren die Tische hinter dem afrikanischen Wald der Glasfassade von jungen arabischen Arbeitern besetzt, die den Alkohol vom Vortag im dünnen europäischen Kaffee ertränkten, ihre afrikanische Sonne war von Solidarität vergoldet, die trüben Neonleuchten über ihren Köpfen waren die Illumination für das willfährige Schauspiel der Mädchen an den Bohnermaschinen, die sich vor ihren Augen in tanzende Huris verwandelten. Der Heizer beschloß, sich zuerst im Büro zu melden, danach konnte er diesen Speisesaal aufsuchen, er sah sich, wenn alles glattging und es gelang, die süßliche Situation der Prämienauszahlung zu spalten, ein böses Schweigen hinterlassend, aufgerichtet aus dem Büro gehen; wenn er die Zeit, die ihn irgendwann im Schlaf überrascht hatte und davongelaufen war, nur wieder unter seine Kontrolle bekam, konnte es bis zur Abfahrt des Busses noch genug Raum geben, in diesem Speisesaal zu sitzen und das Grausen über seinen Sieg einzudämmen. Kein Zweifel, er hielt es für möglich, daß er durch den bevorstehenden Eklat von allen Bindungen an dieses Werk loskommen konnte, daß er heute zum letzten Mal auf einem dieser Betriebsgelände des die ganze Gegend beherrschenden Werkes sich befand.

Wahrscheinlich beherrschte das Werk sein Schicksal vollkommen; dann war es möglich, daß seine Ankunft in der Gießerei, als er im ersten Tageslicht schon aus dem Bus stieg, zurückzudatieren war auf einen anderen Tag; die ersten Kolonnen rückten schon zur Frühstückspause in den Speisesaal ein, was ihn gehindert hatte, ebenfalls dorthin zu gehen. – Er erinnerte sich, es hatte irgendwer, einer der Leiter der Abteilung des Fuhrparks, den Busfahrer in ein heftiges Streitgespräch verwickelt, von dem er nichts verstand, aber er erkannte die peinliche Situation, da dieser Streit vor allen übrigen Fahrgästen stattfand. Heftig bestritt der Fahrer seine Schuld an irgendeiner Zeitverzögerung, die sein mitfahrender Vorgesetzter *fast schon unheimlich* nannte, und plötzlich rief der Fahrer den Heizer zu seinem Kronzeugen auf, behauptete mit schreiender Stimme, der Heizer könne einen Umstand – der Heizer hatte den Wortlaut der Erklärung dieses Umstands nicht verstanden, noch konnte er sich denken, worum es sich handelte – auf Grund seiner Mitleidenschaft bestätigen, worauf sich die Blicke aller Umstehenden und Sitzenden auf den aufgeschreckten Heizer richteten. Der spürte völlige Leere in seinem Gehirn, dennoch, um dem Fahrer beizustehen, vermeintlich geistesgegenwärtig, rief er nach vorn: Jawohl, ich weiß davon. – Was natürlich eine ganz falsche und lächerliche Äußerung war, und um es auszubügeln rief er: Der Fahrer hat recht, so war es, ich war ja dabei. – Was wahrscheinlich ebenso falsch war. Worauf aber der Fahrer eine Hand vom Lenkrad nahm und flach vor dem Vorgesetzten ausstreckte, als läge die Wahrheit noch einmal auf dieser leeren Hand. Der Vorgesetzte wandte sich mit einer wegwerfenden Geste vom Fahrer ab und sandte einen unguten Blick in Richtung des Heizers. Noch von diesem Blick beeindruckt – der Heizer überlegte, ob er eine Drohung enthalten hatte und ob diese Folgen für ihn haben könne – stieg er aus dem ankommenden Bus, mit Schrecken bemerkend, daß es schon heller Tag war, das Schneetreiben hatte sich längst in Regen verwandelt, offenbar stiegen die Temperaturen wieder an. Ehe er sich beeilte, endlich zur Baracke 7 zu kommen – wie lange wohl erwartete man ihn dort schon –, blickte er dem Bus nach, der nun, *wirklich leer*, davonfuhr. Ohne Frage, der Busfahrer, den er soeben noch verteidigt hatte, mußte ihn zu irgendeiner Teufelei mißbraucht haben, kein Zweifel, er war im Bus eingeschlafen und hatte die Fahrstrekke, eventuell mehrmals, hin- und wieder zurückgelegt, der Busfahrer, die Situation erkennend, hatte ihn nicht geweckt, um sich von ihm das Alibi für irgendeinen unsauberen Zweck bestätigen lassen zu können. Diese Überlegungen ließen den Heizer nicht los, bis er an seinem Ziel ankam, keine Frage, man ließ Federn, wenn man so lange wie er einem solchen Werk angehörte. – Noch vermißte er die Witterung des Frühlings, ganz im Gegensatz zu vergangenen Jahren, in diesem Februarregen, die ihn in jedem Frühjahr erneut auf die Idee brachte, das Werk für immer zu verlassen. Der Februar war eine gute Zeit, sich freizumachen, wenn man die Jahresendprämie in der Tasche hatte; alljährlich war es eine Zeit, in der er auf einen Schrecken sann, der ihm die Loslösung vom Werk beinahe gebot, in all den Tagen vor Auszahlung der Prämie trug er das dem Schrecken vorausgehende Zittern schon in sich. – Heute aber, als er den langen, fast überheizten Flur der Baracke 7 betrat und einen Moment innehielt, damit das Regenwasser von seinem Mantel ablief, war er, durchnäßt und übernächtigt, schon von vornherein geschlagen, korrumpiert vom warmen Licht in der Baracke hatte er das Büro betreten, ganz unfähig, sich in irgendeiner Form zu behaupten.

Als sich der Heizer eine Zigarette anzünden wollte, stellte er fest, daß sich in seiner Zündholzschachtel nur noch ein Holz befand; ihm fiel ein, daß er in dem Sturm am Werktor fast alle Zündhölzer verbraucht hatte; gleichzeitig war er sich des ungeheuren Argwohns bewußt, mit dem der Polizist am Eingang ihn betrachtet hatte, er spürte noch immer den fürchterlichen Geruch, von den kranken Zähnen des mit geöffnetem Mund sich so stark nähernden, dicken Gesichts ausgehend, der sich über unerklärlich lange Zeit in seiner Nase erhalten haben mußte, so daß er, unaufhaltsam, eine neue Übelkeit in sich aufsteigen fühlte. Erbleichend spürte er die Schweißtropfen auf seiner Stirn und den Verdacht, daß es sein eigener Geruch sei, sein eigener fürchterlicher Geschmack im Mund, der faule Geruch seiner Erschöpfung und Unausgeschlafenheit, der sich im Büro auszubreiten schien, er sah mit Schrecken, daß die nasse Hand, die sein letztes Zündholz hielt, zitterte, daß sie nicht die eigene Hand zu sein schien, daß sie ihm nicht gehorchte und das Zündholz verlöschen ließ. Am Ende seiner Zigarette glomm ein Feuerzeug auf, und die Sekretärin rief: Falsch … – Das Wort saß in seinem Knochenmark, als ginge es weit über den augenblicklichen Sinn hinaus, den er viel zu spät erkannte, schon brannte der Filter seiner Zigarette, den er statt ihrer Spitze in die Flamme des vom alten Meister dargebotenen Feuerzeugs gehalten hatte, und verbreitete einen neuen Mißgeruch. – Fühlen Sie sich nicht wohl, fragte die Sekretärin, er sah wohl zu jämmerlich aus, als daß man über sein Unglück lachen konnte. – Ich brauche noch einen Schnaps, stieß er unter Aufbietung aller Kräfte hervor. – Ich glaube, man muß doch, stellte der alte Meister fest, einen zweiten Mann für das Kesselhaus Werk 6 haben, wenigstens für die Nachtschicht, dieser Winter ist vorbei, aber für die nächste Heizperiode würde ich das unbedingt einplanen. – Er glaube nicht, fuhr er nach einem stirnrunzelnden Blick auf den völlig erbleichten Heizer fort, daß die Arbeit dort in den letzten Jahren leichter geworden sei, man dürfe die Leute nicht unbegrenzt strapazieren, oder sie würden auf die Idee kommen zu gehen. Er hatte gegen den neuen Meister hingesprochen, der sich, der Heizer erkannte es durch einen seine Gedanken abtrennenden Augenschleier, mit einem Bleistift prompt eine Notiz machte. – Ein zweiter Mann, sagte der Heizer, das fehlte wirklich noch ... – Er war zur Ironie zu erschöpft, aber er sah sich in den wenigen Stunden, die ihm als Pausen zwischen dem Trimmen der Kohle verblieben und in denen er sonst, trotz seiner geräderten Knochen, über seinen Schreibheften hockte, vom leeren Geschwätz irgendeiner ihm zugeordneten Hilfskraft belästigt, zwar hätte er Zeit und Kraft gewonnen, diese aber täglich aufs nutzloseste verplaudert mit einem Menschen, der nichts von den *Aufgaben seines zweiten Lebens* wußte oder begriff; schließlich sah er sich vor den Vorgesetzten seinen Gehilfen ablehnen, ein Beispiel setzend, daß die Arbeit in Werk 6 gut allein bewältigt werden konnte.

Nie zuvor hatte er sich *sehen* können im Kesselhaus Werk 6, arbeitend in der Katakombe des alten Kohlebunkers ... in der jetzigen Verfassung war es ihm plötzlich möglich, sich deutlich zu sehen. – In den Beschreibungen seines Lebens lag deutlich ein zwanghafter Zug ... die Suche nach einer Rechtfertigung; der Boden, auf dem dieses beschriebene Leben sich bewegte, war ein vorbereiteter Boden, vorbereitet für Explosionen, in den Ausdünstungen, Aufwirbelungen über diesem Boden, und in dem Lärm, der die Stimmwerkzeuge des Heizers mit einem erdigen Belag zu verschließen drohte, formte sich ihm jedes beliebige Wort zu einem Aufschrei, beliebige Sätze schlossen sich zusammen zu Expertisen für die Stiftung eines

Brands. In den schwarzen, mit jedem Schwung der Schaufel aufschießenden, von der niedrigen Decke zurückflutenden Wolken von Staub war der Heizer kaum sichtbar, nur sein nasser Gesichtsfleck mit dem geöffneten, blutrot erscheinenden Mund tauchte nach jeder der Drehungen seines Oberkörpers einen Augenblick in das rote Licht der geschwärzten Glühbirnen. Es galt, im Wettlauf mit den in den Kesseln niederbrechenden Feuern, einen brusthohen eisernen Kohlehunt vollzuschaufeln, in einem engen, schlecht beleuchteten Schacht, behindert von den ständig nachrutschenden Braunkohlenbriketts, behindert von diesem nah auf den Leib gerückten, eisernen Wagen, die Zeiger der Manometer fielen im Nu auf die Nullstellung, die Heizlüfter in den schlecht verschließbaren Werkstatthallen, um deren freistehende Riesenformen der Nachtfrost in der Atmosphäre geronnen war, würden gleich wieder Kaltluft erzeugen, die nur mit höchster Anstrengung auf ihrem ohnehin zu niedrigen Gleichstand gehaltenen Thermometersäulen würden sofort wieder fallen, zweifellos, die vorgeschriebenen Temperaturen waren nicht zu halten, die ersten Blicke der am Morgen ins Werk strömenden Kolonnen würden den Thermometern gelten, zu kalt, die Heizer, die Hunde, haben sie in der Nacht auf dem Ohr gelegen, haben sie in der Nacht ihre verfluchten Körper mit Schnaps geheizt, die Werkhallen vergessen, niemand, nicht die Ingenieure, nicht die Arbeiter, konnte davon überzeugt werden, daß die alte, vor Jahrzehnten installierte Kesselanlage in ihrer Kapazität nicht mehr hinreichte, bei Kältegraden die nötigen Arbeitstemperaturen zu schaffen, seitdem sich das Werk, wie auch dieser alte Betriebsteil, laufend vergrößerte, seitdem eine neue Werkhalle für die Konsumgüterproduktion, zu der die Betriebe auf Grund staatlicher Auflagen verpflichtet wurden, in sogenannten Feuerwehraktionen gebaut worden war und ohne Rücksicht darauf, daß neue Fertigungshallen auch neue Versorgungssysteme brauchten. Die Ingenieure der energetischen Abteilung klopften mit den diesbezüglichen Berechnungen seit Jahren vergebens an die Büros der Investition. Diese Berechnungen wurden abgewiesen mit der Begründung, daß geplant war – es war seit Jahren geplant –, den abgelegenen, auf dem schmalen Kap eines in die Weiten erschöpfter Tagebaue ragenden Landstreifens liegenden, eisigsten unaufhaltbarsten Winterwinden trotzenden Betriebsteil mit Ferndampf aus einem nahen Kraftwerk zu versorgen, aber der Bau der supermodernen neuen Gießerei hatte den Haushalt des Werkzeugmaschinenkombinates zugrunde gerichtet. In jedem Sommerhalbjahr, nach einer weiteren, mit Mühen und durch einen verhältnismäßig milden Winter überstandenen Heizperiode, waren die Gelände über dem unterirdischen Kesselhaus von Technikern bevölkert, die, hinter einer Heerschar von Meßgeräten, unsichtbare, doch heftig diskutierte Koordinaten durch die sonnigen Vormittage schossen, erneut wurden Rohrbrükken oder Unterführungen, noch nicht vorhandene Fundamente und phantastische Dampfreduzierstationen vermessen, bis man, spätestens im Herbst, wenn an den abgekühlten Tagen die Techniker wieder verschwunden waren, in jedem Jahr wieder erfuhr, daß für den Dampfanschluß noch keine Mittel aus dem Finanzplan frei geworden wären, wofür man in schweigsamen Versammlungen um Verständnis gebeten wurde: auch wir sind nicht unabhängig von der Weltmarktsituation, es muß noch ein weiteres Jahr weitergehen, wie es bisher gegangen ist. – Wieder brachen die Kohleberge über die Heizer herein, Kohle der schlechtesten Sorte, eben noch einzusetzen im Kesselhaus Werk 6, erneut stießen die Heizer, die Schultern an den Stahlrahmen gepreßt, den quietschenden Kohlehunt über die flammenspeienden Einfüllschächte der Kessel, erneut eilten sie mit schweißnassen Körpern durch die Winterkälte, um Tonnen stinkender, rauchender Asche auf die verstopften Halden zu transportieren, erneut und täglich, wenn die Temperaturen zum Schrecken der Heizer unaufhaltsam sanken, tauchten die empörten Meister aus den Werkhallen im Kesselhaus auf, die schwarzen, schwitzenden, kochenden Heizer wehrten sich mit erhobenen Schürstangen gegen die dauernden Forderungen nach Wärme, Dampf, Wärme, Dampf.

Warum machte er das noch mit. Konnte er nicht wegkommen von der zweifellosen Faszination dieser schmutz- und glutdurchlohten Keller, konnte er sich nicht, wenigstens, für wenig Geld eine leichte Arbeit suchen. In jedem Winter, in seiner aussichtslosen Tiefe, im Januar, wenn Überstunden, Wochenendschichten das

Normale waren, geschah es, daß er sich schwor, im Frühjahr das Werk zu verlassen. – Er redete es sich ein, aber dann hätte er die Stadt verlassen müssen, eigentlich hätte er das Land verlassen müssen, in dessen Kleinstädten die Polizei einen so schlechten, von verfaulten Zähnen verdorbenen Geschmack hatte, und von Argwohn und Entsetzen riesenhaft sich weitende Augen, auf die Nachricht stierend, daß der *Heizer* plötzlich nicht mehr heizen wolle, statt dessen aber die unüberprüfbarsten Dinge an einem versteckten Schreibtisch ausbrüte.

Ein Anblick, dem er sich nicht entziehen konnte, der ihm den Mund öffnete ... war der Anblick auch so künstlich, wie ihm die Figurensprache seiner Person immer dann erschien, wenn er, innerhalb der einen seiner verschiedenen Existenzen, sein Abbild aus der anderen vor sich zu reproduzieren suchte ... bannte ihn, offenen Munds in der wüsten Beleuchtung eines winkligen Heizungskellers, von riesenhaft irrenden, sinnlos handelnden Schattengruppen umtanzt, sah er sich seinen Körper einer wütenden Sisyphosarbeit unterwerfen; es war ein schon stark erschöpfter, brüchiger Körper, aus dem in nicht mehr abreißenden Hustenanfällen innerliche Zerstörungen brachen, Schleim, in dessen Schwärze sich plötzliches Nasenbluten mischte, der wilde Anblick des zottigen, störenden Haarschopfs, durchnäßt und von Kohlestaub gefüllt, die rote Stirn, die Schweißströme entließ in die durch geplatzte Äderchen fast geblendeten Augen, die ihn dennoch sahen, in einer rasereinahen Haltung inmitten entgegenschießender Funkenlohen, die aus den Geschränken der unordentlich entrußten Kessel sprühten ... er sah sich, weit von aller Humanität, in eine fortschrittsferne, technische Gründerzeit verbannt ... fast sah er schon die unbeweglichen, nur mittels Brechstangen zu bändigenden Handräder der Ventile – um deren Spindeln jahrzehntealter Kesselstein wucherte – mit eisernen Blumengewinden geschmückt ... einmal stand er erstarrt, ohne die fetten gelbgrünen Metastasen zu beachten, die, ein blutgetränkter Rotz, aus der Bronze seiner Muskulatur fuhren, in der veralteten Schönheit eines vernichtungswürdigen, kultischen Denkmals unter den Kaskaden von Dreck, die von den Erschütterungen herabgeworfen wurden, als endlich erzeugte Dampfstöße durch die Engen der äonenalt unbenutzten Leitungen peitschten, um die Pleuelstangen einer vergessenen Epoche in Bewegung zu setzen ... in einer seinem Status verdankten, endlich erlernten Sprache, angerührt und erhöht vom vergröbernden Genuß an allen uralten Ausbeutungsverbrechen, stieß er Sätze hervor, die ihm von der Güte des neunzehnten Jahrhunderts schienen: die Situation des Werkes ist das Sinnbild des ökonomischen Verhaltens in diesem Land, ein Fortschritt, diesem System der Kleinstaaterei angemessen, der Leidtragende aber ist die Klasse, die in Erwartung dieses sogenannten Gespensts, dieses europäischen, so schauerlich grinst, laßt uns, ehe wir so ganz fadenscheinig werden, wieder übers Meer fliehen, *ein stolzes Schiff* ... oh, laß uns kommen, Afrika aller unverrichteten Dinge.

Der Heizer, den ein langer, besorgniserregender Hustenanfall von solcher Sprache abschlug, oder zumindest aus einem ganz unangebrachten Hohngelächter erlöste, hörte das beruhigende Reden des alten Meisters: Eins aber noch, und das ist meine letzte Amtshandlung hier auf dieser Bude. – Als alle Schnapsgläser noch einmal gefüllt waren, und als alle im Büro Zigaretten rauchten: Wie du weißt, habe ich die Pflicht, dich zu fragen, ob du von deiner Prämie eine Solidaritätsspende abgeben willst, freiwillig versteht sich, du weißt zur Genüge wofür sie gebraucht wird, ich brauche dir keine langen Reden zu halten, hier auf dieser Liste, die vor dir liegt, mußt du dich eintragen, hier siehst du gleichzeitig, daß alle deine Kollegen ihre Verpflichtungen von zwei Prozent bereits ... – Nein, sagte der Heizer, sich über den aufwachenden Klang seiner Stimme wundernd, das schneidende, das furchtbare Wort war gefallen und hallte noch in der Stille des Büros, von der sich die scheinbar absatzlos weiterredende Stimme des alten Meisters kaum abhob. – Ja, redete der Alte weiter, du weißt, daß es in jedem Jahr zwei Prozent sind, die immer anstandslos gezahlt worden sind, es ist meine letzte Pflicht hier, dich zu fragen, nichts weiter, du wirst sehen, wenn du es dir ausrechnest, daß diese zwei Prozent wirklich kaum ins Gewicht fallen. – Der Heizer sprach seine Worte in einer experimentellen Form, als sei er auf einen theatralischen Effekt bedacht, es waren einstudierte Worte, er konnte sie, schon wieder außer sich, ganz von außen kontrollieren. Nein, wiederholte er, ich sagte klar und deutlich nein. Von mir gibt es in diesem Jahr keine Solidaritätsspende, weil ich denke, daß wir mit uns selbst zuerst Solidarität zu üben haben, ich denke dabei an die Zustände im Kesselhaus Werk 6. – Der Heizer irrte, wenn er glaubte, eine sichtbare Gemütsregung bei seinem ehemaligen Vorgesetzten hervorrufen zu können. Natürlich, sagte dieser, natürlich, ich habe dieses Kesselhaus nicht gebaut, und ich kann dir kein neues hinsetzen, aber natürlich ist die Spende freiwillig, niemand zwingt dich. Du brauchst sie übrigens nicht sofort zu zahlen. – Dabei rückte er, wahrscheinlich absichtslos, die Spendenliste noch einmal direkt vor den Heizer hin, der, ausschließlich diese Bewegung im Auge, mit lauter Stimme erklärte: Ich sagte, daß ich hiermit die Spende *verweigere*, verstanden, *verweigere*, ich *weigere* mich, aus dem oben genannten Grund, eine Spende zu zahlen. – Er blickte den alten Meister nicht an, spürte aber, an dem um eine Nuance stärker durch die Nase fahrenden Zigarettenrauch, daß dieser lächelte. Der Alte nahm die Liste sofort wieder weg und barg sie in der Schublade. Schade eigentlich, murmelte er, es wird also ein Spalte frei bleiben, aber diese müden sechsundzwanzig ... – Zwei Prozent, sagte der Heizer scharf. – Natürlich, zwei Prozent, mischte sich der neue Meister ein, seine Stimme klang beschwichtigend, obwohl er ein leichtes Beben darin nicht unterdrücken zu können schien, und nicht mehr. Übrigens wissen wir alle, daß die Prämien in diesem Jahr niedriger ausgefallen sind, aber wir haben Sie gut eingestuft, sind denn da zwei Prozent zuviel. – Der Heizer fühlte erste Anzeichen seiner nachlassenden Konzentration: Es geht hier nicht um die Höhe der Prämie ... – Selbstverständlich, sagte der alte Meister, selbstverständlich, du bist der letzte, der hier noch aussteht, an deiner Einstufung läßt sich gar nichts mehr ändern. – Sondern um die Zustände in diesem Kesselhaus, das die letzte Stufe aller Einstufungsmöglichkeiten ist, wer auf dieser Stufe einmal steht ... – Selbstverständlich, redete ruhig der alte Meister, wenn ich nur nicht schon ein halbtoter Mann wäre ... ich würde sagen, daß die erschwerten Bedingungen in Werk 6 bei der Aufteilung der Prämien im nächsten Jahr viel deutlicher berücksichtigt werden müssen. – Man scheint mich nicht verstehen zu wollen, beharrte der Heizer, ich sehe das Kesselhaus Werk 6 als eine

Art Strafanstalt an, wo man einen Mann, den man nicht verlieren will, höchstens einen Winter lang einsetzen kann. Ich arbeite seit nunmehr sieben Jahren dort, ich habe noch andere Interessen. Mir wurde bei meinem Antritt dort versprochen, daß es für eine Heizperiode, nicht für länger, sein sollte, auch dies, ich hoffe auf höherer Ebene, nicht in diesem Büro, muß zur Sprache gebracht werden. Bevor ich meine Arbeit in diesem Betrieb niederlege, will ich aufmerksam machen, auf all das ... – Der Heizer spürte, daß er sich immer deutlicher in eine Figur seiner Imagination verwandelt hatte, in eine literarische Figur, deren Sprechtext immer weiter ins Banale abglitt, deren Sätze schon durch zu lange Vorausberechnung wertlos geworden waren, daß sie durch dazwischengekommene, unvorhergesehen dramatische Wirren längst überholt waren und das Thema nun auf ein erbärmliches Maß zurücknahmen und verkleinerten. – Oder kann jemand einen anderen Vorschlag machen, sieht jemand eine Möglichkeit, von dieser gewiß schäbigen Form eines Protestes abzusehen, sagte er, schon ganz im Unglauben, daß seine Worte noch einen Rezipienten fänden. – *Strafanstalt ... Protest,* wiederholte der neue Meister, und gleich drohen Sie uns mit der Kündigung. Sie wollen doch geistig rege sein und übersehen, daß mit diesen Spenden schon einige Menschen vielleicht vor wirklichen Strafanstalten bewahrt worden sind, Sie sind in diesem Land aufgewachsen und sehen doch nichts außer Ihrem Kesselhaus, dabei ist es doch nicht schwer, sich ein Bild zu machen von den Bedingungen, unter denen in den Entwicklungsländern, die gerade jetzt unabhängig werden, gearbeitet werden muß, soll ich Ihnen einen Vortrag halten ... – Der neue Meister, noch im Zweifel, ob sein Engagement nötig war, beinahe sich schon zu einem Ausdruck des Zorns entschließend, wandte sich ab, als ihm der Heizer ins Wort fiel: Gerade dies weiß ich, und gerade dies muß der Grund sein, diese Frage höheren Ortes zu erörtern. – Genau hier spürte er, daß er den Gang verloren und auch schon aufgegeben hatte, dennoch fuhr er fort: Ich bitte, wenn Fragen gestellt werden, sie genau in dem Sinne zu beantworten, es ist ja mein Wunsch, daß das Nachdenken über meine Erklärungen, wie ich sie hier abgegeben habe, nicht außerhalb dieser vier Wände vorbei ist. – In Ordnung, lenkte der alte Meister ein, wenn es tatsächlich eine Menschenseele gibt, die in diesem Betrieb danach fragt ... aus Unzufriedenheit mit seiner Einstufung, ist das richtig ... aus Unzufriedenheit mit seiner Einsetzung hat der Heizer H. ... aber ich hoffe doch, daß dieser Unsinn nicht noch weitergetragen werden muß. – Der Heizer, der sich in keinem Moment hatte befreien können aus dem Sprechtext der Figur, die er, *in diesem Land aufgewachsen,* hier darstellte, wußte, daß sein durch die eigenen Worte determinierter Sieg eigentlich eine Niederlage war, der einzig mögliche, korrumpierende Sieg für ihn in diesem Land, den er auch dadurch, daß er sofort Papier und Stift verlangt hätte, *um die Kündigung zu schreiben,* nur verkleinern konnte; eine Kündigung hätte lediglich etwas unverständlich Leeres vom Zustand des Kesselhauses im Werk 6 geröchelt, etwas, das dieses Kesselhaus nicht einmal verdient hätte, nichts aber über den Zustand seines Geistes gesagt, der hier nicht mehr ins Spiel gebracht werden konnte. – Wie um das Ganze mit einem Spott abzuschließen, sagte der neue Meister: Was würden Sie denn antworten, wenn wir Ihnen verraten, daß es in diesem Jahr Brigaden gab, die sich sogar zu drei Prozent verpflichtet hatten, und dies bei, leider Gottes, vermindertem Auszahlungsfonds. – Innerhalb meines Status, sagte der Heizer, den ich als eine Art von Sklavenstatus ansehe, ansehen muß, ist es uninteressant geworden, ob alles Für und Wider bedacht ist, wenn man sich nur erheben kann über die Form, in die man hineingewachsen und in der man steckengeblieben ist, über die Form der in diesem Status möglichen Auseinandersetzung ... – *Sklavenstatus* ... nennen Sie das, sagte der neue Meister, der eine Möglichkeit gefunden zu haben schien, wirklich beleidigt, das Gespräch zu beenden, *Sklavenstatus,* damit gehen Sie entschieden zu weit, unter solchen Voraussetzungen ist das kein Thema für uns. Darüber werden wir natürlich nachzudenken haben ... aber, Sie können sich verlassen, es gibt keinen Grund für uns, wie Sie es auch provozieren, uns noch höheren Ortes solcher Verfehlungen zu rühmen.

Der Heizer, sogleich in eine völlig unbedeutende Nebenrolle abgedrängt, wartete auf ein Wort, das das Signal für seinen Abgang war, innerhalb des Stücks, das die in diesem Büro handelnden Personen aufführten; der neue Leiter hob den Hörer von einem Telefon und wählte eine Nummer, der Heizer, sich nicht entschließend anzuerkennen, daß allgemeines Schweigen ihn zum Gehen aufforderte, hockte auf dem Stuhl, so zusammengesunken, als hätten sich seine Hände unter der Sitzfläche angeklammert, er wartete, bis das Telefongespräch begann, es dauerte Minuten, es war offenbar, daß er den Grund des Anrufs noch erfahren wollte, und es war schon peinlich. Endlich meldete sich jemand am Ende der Leitung, der neue Leiter beschwerte sich, daß die Daten des Energieverbrauchs nicht pünktlich um sieben Uhr durchgegeben worden seien. Aus den Verhandlungen, während der neue Leiter die fehlenden Zahlenreihen in ein Formular eintrug, schloß der Heizer, daß der ans Telefon Gerufene sein Kollege vom Werk 6 war, derjenige, der heute morgen nach ihm die Frühschicht begonnen hatte. Der neue Leiter beendete das Gespräch mit den Worten, daß er möglichst kollegiales Verhalten für eine sehr schätzenswerte Eigenschaft halte: Auch in solchen Angelegenheiten, Kollege F., aber wir werden es für wenig angebracht halten, wenn Sie das ausnutzen. Und Ihr Zuspätkommen, Ihr sich wiederholendes Zuspätkommen zur Frühschicht zur Gewohnheit wird. Wir könnten es eines Tages beim Errechnen Ihrer Zeitlohnprozente in Betracht ziehen müssen. – Der alte Meister, aufmerksam grinsend, schüttelte den Kopf und blickte den Heizer an: Du bist also wieder zu spät abgelöst worden, bei euch in Werk 6 scheint es wirklich bloß Ärger zu geben. – Tatsächlich, jetzt erinnerte sich der Heizer, daß er nach Schichtende noch bis nach halb sieben, schon geduscht und umgekleidet, vergeblich auf seine Ablösung gewartet hatte; sein Kollege, der die Prämie schon am Tag zuvor abholte, hatte es schon angekündigt, am Abend werde die Prämie, ganz gleich in welcher Höhe, gefeiert. Zu einer Zeit, als sich in den Kesseln noch ein ausreichend stabiles Feuer hielt, hatte es der Heizer riskiert und war gegangen, im Morgengrauen, durch das der Wind Schneeflocken trieb, war er zu dem ausgedienten Bahnhof gepilgert, um dort einen der noch in größeren Abständen verkehrenden Personentriebwagen nach M. zu erreichen. Mit dem unguten Gefühl, die unter Dampf stehende Anlage ohne Ablösung, und unbeaufsichtigt, verlassen zu haben ... was konnte geschehen, wenn sein Kollege gar nicht ankäme. Aber in der

Hoffnung, ihn noch aussteigen zu sehen – er mußte in einem der an dieser Haltestelle sich begegnenden Züge sitzen; er kam aus einer entfernteren Stadt aus Richtung M. –, hatte der Heizer in dem um diese Zeit fast leeren Wagen Platz genommen. Es schien ihm nun möglich, sich an alle Einzelheiten dieses Morgens zu erinnern: er saß schon im Zug, der Gegenzug aus Richtung M. war erst in einiger Entfernung zu sehen, als der seine sich schon in Bewegung setzte. Als die Züge sich begegneten, sich mit Hupsignalen begrüßend, suchte er konzentriert die noch erleuchteten Fensterreihen der auf dem Nebengleis vorbeihuschenden Wagen ab und glaubte wirklich, seinen auf einem Fensterplatz eingenickten Kollegen flüchtig zu erkennen. Aber es konnte Einbildung gewesen sein, er mußte, gleich bei seiner Ankunft im Büro, mit der äußerst unangenehmen Frage rechnen, wieso er jetzt hier auftauchte, wo man gerade erfahren habe, daß im Werk 6 die Frühschicht noch nicht angetreten sei. – Der alte Meister lächelte ihn mitleidig an: Man hat dich wieder zu spät abgelöst. – Und er stieß sein leeres Kognakglas an das noch gefüllte des Heizers: Vergiß das bloß nicht auch noch, nichts für ungut, wir sehen uns so bald nicht wieder, ich bin nämlich schon ein toter Mann hier ... vergiß dein Geld nicht nachzuzählen, aber draußen ... – Der Heizer, endgültig, wenn auch auf versöhnliche Art hinausgeworfen, trank das Glas auf einen Zug leer und verließ, bedenklich schwankend, das Büro; ihm schien, daß dadurch, daß er sich besann, am Morgen seinen Betriebsteil mit dem Zug verlassen zu haben, sich wenigstens eines der großen Verhängnisse dieses Tages auflösen konnte; als er ging, ließ es ihn kalt, daß auch die Sekretärin, die der Szenerie seit Beginn des Streits errötet und schweigend gefolgt war, dem neuen Meister aber durch mehrfaches, unbemerkt gebliebenes Kopfnicken beigestanden hatte, seinen Gruß nicht erwiderte. – Schon als er seine Schritte auf den hölzernen Dielen des Barackenkorridors hörte und erkannte, wie unsicher er die Füße setzte, schien es ihm, in wiedererstandenem Wahrnehmungsvermögen, als werde das gesamte Werk gleich um riesenhafte Strecken hinter ihm zurückfallen.

Draußen, Sonnenschein ließ die Gehsteigplatten des Fußweges zwischen den noch immer unplanierten, noch immer jungfräulich wirkenden Erdhaufen auf dem Gelände der seit Jahren *neu* genannten Gießerei, in feinen Dämpfen sich heller färben, schien es, als wolle es Frühling werden, und der Heizer war einen Moment lang befreit, das Büro, das nichts hatte von dem schön werdenden Tag ahnen lassen, lag hinter ihm wie das Interieur einer düsteren Vergangenheit. Es war ihm unmöglich, in das Kesselhaus zurückzukehren, zu Hause würde er sofort die Kündigung schreiben ... dein letzter Arbeitstag wird der Tag meiner Kündigung sein, das hast du geschafft, alter Meister, sagte er. Aber waren die Alten schon ein verknöchertes, häßliches Pack, so war es ganz unmöglich, mit den allerorts neu eingesetzten jungen Leitungskadern zusammenzuarbeiten; verrückt, wer sich von politisch geschulten Aufsteigern, die schon vom ersten Tag an Bürokraten waren, etwas erhoffte, neue Regierungen machen noch keinen Staat ... – Vierzehn Tage Kündigungsfrist blieben, die wären auf einer Backe abzusitzen, dann wäre der Winter fast vorbei, er würde dem Werk mit seinem Ausscheiden kaum Schaden zufügen. – Als er vor dem Werkstor auf einer von der Sonne schon getrockneten Bank saß, schon seit einer Viertelstunde auf den Bus nach M. wartend – und noch ohne Ungeduld, obwohl die Uhr am Werkseingang zehn Minuten nach zehn anzeigte und der Bus um zehn Uhr abgehen sollte –, fuhr auf dem Fahrrad einer der Heizer des Betriebsteiles 4, jenseits der Straße in einiger Entfernung der Gießerei gegenüberliegend, an ihm vorbei. H. kannte ihn lange und wunderte sich, daß er ihn keines Blickes würdigte, obwohl er doch hier, allein auf weiter Flur und unmöglich zu übersehen, auf dieser Bank saß. Er sah, wie dieser Radfahrer auf den Gehweg in Richtung der Baracke 7 einschwenkte, und fragte sich, ob sein Streit im Büro vor diesem Kollegen mit einem Wort erwähnt würde und welch ein Wort das sein könne. Dann aber schöpfte er den Verdacht, daß der Eklat unter den Kollegen schon bekannt sei, mittels Telefon war das leicht möglich, und daß dies grußlose Vorbeifahren eine bewußte Handlung war ... er war also schon jetzt, nur Minuten nach seinem Entschluß zu kündigen, ein Ausgestoßener.

So unwahrscheinlich es klang, der neue Meister hatte die Kollegen Heizer schon am ersten Tag seines eigentlichen Dienstantritts im Griff. Die Heizer waren auf die einzelnen Kesselhäuser aufgeteilt und blieben dort, Flexibilität war nicht in Sicht, stand einer auf gegen die Einteilung, wurde er zur Gefahr für die anderen, die bessere Arbeitsplätze hatten. Das war Schwerpunktarbeit, eine feine Methode, keiner würde vor diesem neuen Leiter zu schwache Leistungen zeigen, um nicht in Werk 6 einen aufrückenden Heizer ersetzen zu müssen. Unmöglich, in diesem Betrieb zu bleiben; die Sonne, die ihn beim Verlassen der Baracke empfangen hatte, war nicht das Licht gewesen, in dem er sich in seiner wahren Person hätte erblicken können, dazu bedurfte es einer hier abwesenden Sonne. Er sah sich, wie so oft an diesem Morgen, als eine ganz erdachte und inszenierte, von einem fast lückenlosen System inszenierte Figur ... nur durch Zeugen zu beschreiben, war er, jetzt nach dem Verlassen des Werkes, eine Unperson namens H., der, das spürte er, alle aufgerufenen Zeugen die Bestätigung seiner Existenz verweigert hätten, ebensogut, wie jener Radfahrer direkt und widerstandslos durch seine Gestalt hätte hindurchfahren können.

Er zog den Briefumschlag mit der Prämie hervor, um das Geld nachzuzählen. Der Inhalt des Kuverts ließ ihn versteinern. In dem Kuvert befanden sich nicht die 650,– Mark, für die er unterschrieben hatte, sondern *eintausenddreihundert Mark,* genau die doppelte Summe ... ein Versehen. Er zählte noch einmal, kein Zweifel, 1300, – Mark ... er sprang auf und jagte zurück, der Polizist, noch derselbe, der ihm heute morgen so mißtrauisch begegnet, ihn beim Verlassen des Werkes aber gar nicht angesehen hatte, stoppte ihn jetzt: Was denn jetzt noch, hast du deine Prämie, oder hast du sie nicht. – Ein Versehen ..., rief der Heizer, ich muß sofort zurück; Abteilung Energetik, ich habe etwas vergessen ... – Was hast du vergessen, fragte der Polizist breit, das geht mir nicht so weiter, hast du einen Passierschein. – Ich muß zurück ... ehe der Bus kommt ... – Der Polizist, spürend, daß er die Oberhand behalten würde, zeigte siegessicher die Zähne. – Ich werde meine Kündigung einreichen, schoß es dem Heizer hervor. – Oh lala, kann dir der Betrieb nur dankbar sein, sagte der Polizist und lachte dem Heizer offen ins Gesicht. In diesem Augenblick traf der verspätete Bus ein, der Heizer, vollkommen mechanisch, ging hinüber und stieg durch die sofort sich öffnenden Türen … wie am Morgen sah er sich, mit bleichem Gesicht, in den von außen bespritzten Scheiben, und wie um ihn ganz aus der Wirklichkeit zu entfernen, blieb er der einzige Fahrgast, mit dem der Bus fast aufenthaltslos davonfuhr. – Gekauft, er war ein gekaufter Mann, und die Summe in seiner Tasche war kein Versehen, genau abgezählt, enthielt das Kuvert in seiner Tasche die doppelte Prämie. Alle Wirklichkeit war vernichtet, es würde erst wieder eine andere geben, wenn er am Abend dieses Tages, in seinem alten Kesselhaus, die Nachtschicht begonnen hatte, vor ihm, auf der kleinen, notdürftig vom Schmutz befreiten Tischplatte, seine Schreibutensilien … sie wären, das wütend sich verdüsternde Licht zeigte es, Utensilien einer nicht existenten, verschwundenen Wirklichkeit oder einer, die es nie gegeben hatte; kein noch so sauber beschriebenes oder bedrucktes Papier konnte Wirklichkeit beanspruchen, er sah, daß auf der Prämienliste neben seinem Namen eine Summe von 650,– Mark eingetragen war, er sah diese Zahl genau vor sich, daneben seine Unterschrift. Erneut zog er das Kuvert aus der Tasche und zählte das Geld, auf der beigefügten, mit Staatswappen und den Betriebsinitialen bedruckten Karte, die den Dank der Betriebsleitung ausdrückte und zum Erhalt der Prämie beglückwünschte, war über den für die Benennung der Summe vorhandenen drei Punkten die Ziffer 650 eingesetzt. Es war alles in Ordnung, der Heizer entnahm dem Umschlag sieben Hundertmarkscheine, brachte sie in seiner Geldbörse unter, dieser entnahm er eine Fünfzigmarknote und steckte sie in das Kuvert zu den dort verbliebenen sechs Hunderten. Ein Blick in den Rückspiegel über dem Kopf des Fahrers zeigte ihm, daß dieser die Augen geradeaus, auf die Straße gerichtet hielt. Damit waren alle Probleme vollkommen aus der Welt.

Hast du's geschafft für heute, fragte der Busfahrer über den Lärm des Motors hinweg. – Der Heizer schreckte zusammen, er erwiderte aber sofort: Nein, ich fange heute abend meine zweite Nachtschicht an, in Werk 6. – Die zweite …, schrie der Busfahrer. – ja, weil wir am Sonntagabend schon anfangen müssen, die Hallen müssen am Montag früh … – Na, weiß ich doch, Mann, schrie der Fahrer. Und nach einer Weile: Heute ist Dienstag, Mann, was spinnst du dir denn zusammen, weißt du nicht, was heute morgen passiert ist ... – Und als der Heizer, krampfhaft überlegend, schwieg: Du hast doch selber behauptet, du warst dabei ... Heinrich ist tot, du mußt doch wissen, wen ich meine, du hast ihn doch gekannt, euren alten Pförtner von Werk 6. Sie haben ihn gefunden, aber es war zu spät, heute früh. – Tot ..., schrie der Heizer. – Man hat gedacht, überfahren, heute früh, aber ich sehe das anders ... die Araber, das Pack, Messerstecher, Halunken, alles Pack, diese Halbwilden, wütete der Fahrer. – Ich weiß von nichts, sagte der Heizer. – Du Idiot, wir sollten sie doch abholen, brüllte der Fahrer, von ihrer Feier, etwa nicht. Du hast doch ... Du weißt doch selber, daß du gesagt hast, wir sollten sie abholen, die Araber, aus F., und niemand war da. – Aber Heinrich wohnte doch gar nicht in F. – Du Idiot, du bist ein kompletter Idiot, Mann steig aus, willst du nicht aussteigen, sagte der Fahrer in dem haltenden Bus sich umwendend, aus einem Gesicht, von dem der Heizer nicht hätte sagen können, ob es tränenüberströmt war, den Blick, mit vorgerecktem Hals, wie eine Schlange, auf H. gerichtet. – Der Heizer verließ den Bus fluchtartig, als sei dieser ein Raum, worin er, unausweichlich, nur auf Grund dort zunehmender Dunkelheit, ein ihm unbekanntes Verbrechen hatte begehen müssen. Der Busplatz von M. lag in einem Sonnenschein, gegen den er vollkommen unempfindlich war. Der Alkohol hatte ihn sofort einschlafen lassen, doch tagsüber erwachte er mehrmals in einem völlig zerwühlten, verschwitzten Bett, tastete mit einer nassen Hand die Schläfen ab, in denen er die Schwingungen eines beginnenden Fiebers fühlte. Bis zum Abend schlief er, so oft er auch erwachte, in einer seltsam erschöpften Verfassung immer wieder ein, in den Pausen, in denen er wach lag, spät, als es draußen schon wieder dunkelte, die sich einschaltende Straßenbeleuchtung das Zimmer wie mit Mondglanz erfüllte, sagte er sich, daß er vergessen hatte, die Kündigung zu schreiben. Wenn das Fieber morgen nach der Nachtschicht nicht weg ist, werde ich mich krank schreiben lassen ... kündigen, während der Kündigungsfrist krankmachen, dieser Gedanke beruhigte ihn so, daß er immer wieder einschlief. – In einem wirren, doch ungewöhnlich eindrucksvollen Traum, der ihn fast die Nachtschicht verschlafen ließ, sah er sich im Innern einer Pyramide, wahrscheinlich in der untersten der Kammern, inmitten steinerner Sarkophage, in einem hektisch beweglichen, roten Licht, ausgespien von Lampen, die mit dicken Rußschichten bedeckt waren, er sah sich vor einer schier endlosen Reihe von Heizkesseln arbeiten, in den Ohren das ununterbrochene Geräusch des Dampfes, der durch ungezählte, über ihm in Richtung der Pyramidenspitze zielende Rohrleitungen fauchte. Ein riesiger, nicht abnehmender Kohleberg stand ihm zur Verfügung – auch aus diesem Berg ragten die Enden querstehender, störender, von den Füßen gebrochener Sarkophage – mit nicht nachlassender Kraft warf er Schaufel um Schaufel der Kohle in die aufbrausenden Schlünde der nächststehenden Kessel, das Prasseln in den Dampfleitungen schwoll an, stieg scheinbar bis in alle Höhen der Pyramide hinauf, und schon wieder schlugen, unersättlich, Flammen aus den nicht mehr zu schließenden Mäulern der Kessel zurück. In den geringen Pausen, die ihm blieben, lauschte er, ob über ihm, jenseits der ungeheuren steinernen Decke, die diese Kammer abschloß, Schritte wären, kein Zweifel, dort oben gab es überall Schritte, in allen sich über ihm türmenden Räumen war ein Auf- und Abgehen, doch übertönte alles der Lärm des Dampfes. Die Frage war, wann er inmitten der zertrümmerten Sarkophage den ersten Leichnam ausgraben würde, es konnte nicht mehr lange dauern, und es sah ihn vom Schaufelblatt her ein gelbes, greisenhaft geschrumpftes Gesicht aus gebrochenen Augen an, und immer wieder, wenn er die Schaufel in die Kohle stieß, traf er auf den weichen und zähen Widerstand eines toten Körpers; endlich fiel das Feuer in ein gleichmäßiges Rasen, zitternd ließ er sich auf einen staubbedeckten Stuhl nieder. – Er hatte es noch nicht gewagt, die Kündigung zu schreiben. Oder er war nicht fähig dazu, der Text seiner Kündigung würde den Umfang eines dicken Buches haben; er hatte begonnen zu schreiben, unendliche Ketten von Zusammenhängen, die für diesen Text notwendig waren, doch wem, wenn er alles in den Text aufzulösen imstande war, sollte er das Buch übergeben. Er war es selbst, dem er das Buch überreichte, der *Heizer* war gekommen, um die Kündigung entgegenzunehmen, mit gebieterischer Geste überreichte er ihm, im Tausch gegen das Buch, einen großen

Briefumschlag, in dem sich Münzen und Scheine aneinanderrieben, mit gewaltigem Lachen begleitete er diesen Tausch, mit einem Lachen, das vom ohrenbetäubenden Heulen der Dampfleitungen vollkommen verschluckt wurde. Er suchte sich zu erinnern, wie er durch eine afrikanische Mondlandschaft, unter einem von Sternenfunken überstäubten Himmel hier eingefahren, in diesen unterirdischen Raum herabgestiegen war, doch es war zwecklos, diese Erinnerung gab es wohl nur im Kopf des anderen, den er mit dem Buch sich entfernen sah, den er über endlose Treppen hinaufsteigen sah, dessen Körper, der dem seinen aufs Haar glich, im Widerschein der Flammen, ehe er im Dunkel verschwand, noch immer von seinem Gelächter erschüttert war.

Der Brief

»Ich unternehme keine Streifzüge mehr. Die Horizonte sind aufgegeben, aufgegeben jedenfalls als ideale Grenze, seitdem sie so nahe herangerückt sind. Wenn man es nicht finden kann, sucht einen das Ende heim.

Die Sicherheit des Parterre, das ich bezogen habe, gibt mir die geradezu phantastische Möglichkeit, den Verlust zu betrachten, den eine Wirklichkeit erfährt, der man zusehen kann, wie sie sich zu bilden vermeint. Früher, in höheren Etagen hausend und mit dem jenseitsgetrübten Blick eines Schamanen die Wolken verfolgend, bedurfte es wahrhaft existentieller Bewegungen, um in einigen geschlossenen Formen von ... Umwelt die Erinnerungen an eine Identität zu entdecken, von der man einst erwartet wurde – ich bin nicht mehr absturzgefährdet.«

»Die Straße, heute wie immer, ist von den Autos besetzt. An den Abenden – spätsommerlichen ... nein, schon herbstlichen – gegen sieben Uhr sind sie alle wieder eingetroffen; ich habe sie nicht gezählt. Wie viele sind es ... eine Invasion, wie sie da in unregelmäßigen Abständen, zwei Straßenseiten lang, an *ihren* Bürgersteigen parken; pilzseuchenartig scheinen sie aus absonderlich fruchtbaren Flecken des Pflasters, zwischen den Straßenlinden, ans Licht geschossen. Sie sind eine Seuche von unempfindlichster Gesundheit, glaubt man, nachdem man sie wochenlang nicht gesehen hat, obwohl sie immer da waren. Es fehlte einfach das bewußte dritte, das Zyklopenauge, diese sehkräftige rote Wunde, die es gestattet, sie wahrzunehmen, während die Blicke sonst in ihrem Schlaf liegen: plötzlich scheint ihre Zahl gewachsen, mit Schrecken erkennt man, daß es – man hat sie nicht gezählt – wieder einige mehr sind, die sich auf ihren Posten eingefunden haben ... still und anonym, als Autos getarnte Spitzel; ganz selbstverständlich, daß man die Gedanken nun im Zaum hält. So als besäßen diese scheinbar unempfindlichen Wesen geheime Antennen, deren Kraftfelder bis in die Hirnströme reichen.«

Auf den Papieren, die von diesen oder anderen Notizen bedeckt sind, steht seit langem eine große leere Wermutweinflasche. Höbe ich diese an, hafteten die Zettel an dem klebrigen Flaschenboden, was mich hindert, das untaugliche Gefäß in den Abfalleimer zu werfen. Natürlich kann ich so – und aus dieser Entfernung – die von den eingetrockneten rosa Weinringen verschmierten und vom trüben staubigen Flaschenglas unterbrochenen Schriftzüge nicht lesen; ich zitiere sie ungefähr, und auf diese Art noch in der Finsternis und bei jalousieverdunkelten Fenstern, ich zitiere sie aus dem Bewußtsein meiner Magengrube.

Erinnerungen an das, was tagsüber, doch schon mit allen Anzeichen der Dämmerung, über den Horizont des Fensterbretts hinweg, aus dem *Draußen* hereinreichte ... aus dem jenseitigen Innern dieser Eitelkeitsansiedlung; dies ist, erneut, fast ein *Zitat* ... beeinträchtigt den wahllos aufgerufenen Inhalt der Notizen kaum, ungünstigstenfalls verwischt es ihren Wortlaut und ein wenig mehr, – Realismus ... ah, dieser Herbst des Realismus ... zu Realismus in der allgemein üblichen Weise werden sie niemals: sie schweifen ab zu einem Eisverkäufer in Athen, zu einem Dieb oder Dichter in Paris; derart europäische Geister gab es in dieser großen und repräsentativen Provinzstadt kaum, deren Rühmenswertestes noch dieses Paradox ist: der hauptstädtische Provinzialismus; Berlin ist von den Käufern beschlagnahmt. Vollkommen vernünftig also – und das war mein ganzer Sommer –, die Jalousien fallenzulassen und, abwesend von dieser Stadt, auf den Lärm in der Dämmerung zu horchen.

Ein Schellen der Türklingel hatte mich aufgeschreckt.

Beim Ertönen dieses Signals pflegte ich zu erstarren, keineswegs sofort aufzuspringen und zur Tür zu stürzen; ich rührte mich nicht, bevor mich nicht eine *Idee* vermuten ließ, *wer* geläutet haben konnte: die Post ... das war zu dieser Stunde ausgeschlossen. Da es Briefe nur am Vormittag gab, mußte es ein Telegramm sein, doch ich kannte keinen Absender, der mir eine so eilige Nachricht überbringen zu lassen hatte. Oder es war ein zu dieser Abendstunde wider Erwarten noch zugestellter, unverhoffter Eilbrief. – Es gab nur einen Menschen, der meine Gewohnheit kannte, am Abend im dunklen Zimmer zu sitzen und zu brüten, es war die Frau aus dem oberen Stockwerk dieses Hauses, bei der ich zuvor gewohnt hatte. Ein anderer Besucher – rätselhaft, was für einer – mußte selbst durch die herabgelassenen Jalousien bemerken, daß kein Licht war, und konnte mich demzufolge nicht für anwesend halten. Dennoch war ein zweites Mal geläutet worden. – Als ich endlich nachschauen will, wer da so dringend nach mir verlangt – nicht ohne Licht zu machen, und es brennt entgegen aller Voraussicht ... nur um plötzlich die staubige Unordnung meines Zimmers so beschämend zu finden, daß ich mich zu sträuben entschlossen bin, irgendwen einzulassen –, muß ich bemerken, daß der Hausflur leer ist, obwohl auch da die Beleuchtung eingeschaltet wurde, auch in dem von der Tür aus nicht einsichtigen Winkel zum Kellereingang ist niemand, ich habe auch die Schritte jener mir bekannten Frau nicht vernommen, die vier Stockwerke ersteigen muß, ich finde weder Telegramm noch Eilbrief, obwohl es mir möglich erscheint, zuvor, vor dem Klingeln, das Motorengeräusch eines haltenden Wagens – des Postautos – vor dem Fenster gehört zu haben, nicht hingegen, daß man wieder davonfuhr ... einigermaßen nervös trete ich in meinen kleinen Korridor zurück und schließe die Tür. Danach benutze ich jene niederträchtige Einrichtung in der Tür, den kleinen verglasten Durchblick, den man den *Spion* nennt, gewillt, den Hausflur so lange zu belauern, bis dessen Beleuchtung, selbsttätig, erlischt. Wäre eine Menschenseele dagewesen, ein Hustenanfall hätte mich verraten – einer derjenigen mit K.-O.-Wirkung, die mich, als hemmungslosen Zigarettenraucher, des öfteren im unrechten Augenblick fast von den Füßen holen –, mein Atem, versetzt mit dem Staub, der sich um das Spionglas lagerte, richtete in meiner Lunge ein zuckendes krächzendes Tohuwabohu an, das Hauslicht schien erloschen, der Anfall umdunkelte mein Bewußtsein, verschwommen, mit flackernden Schläfen, rang ich um festen Stand ... das Hauslicht war noch nicht erloschen ... ich gewann endlich die Beherrschung wieder und war sofort süchtig nach einer Zigarette. Ich ließ mich, im Zimmer zurück, auf den Schreibtischstuhl fallen, nicht in den roten Sessel, nahm mir eine Zigarette und betätigte, ebenso mechanisch, das Feuerzeug, das schon seit ein paar Tagen keinen Brennstoff mehr enthielt. Ich würde mir erst Streichhölzer aus der Küche holen müssen, sagte ich mir, Schweiß auf der Stirn, ich hatte sie dort vergessen ... ich war, als ich das Klingeln gehört hatte, nicht hier im Zimmer, sondern in der Küche gewesen, wo meine Anwesenheit, durch das unverhängte und erleuchtete Küchenfenster, das auf den Hof ging, höchst einfach festzustellen war ... weshalb war man also wieder gegangen. Doch es war gut so, die Unordnung meines Zimmers war widerwärtig. Sie war polnischbäuerisch, ich war mir dieser Erbschaft bewußt, und sie war vermehrt und endgültig unaufhebbar durch deutsche Melancholie. Das Zimmer war ungeheizt und unwirtlich, den Rest meines Tees, den ich mir soeben hatte aufbrühen wollen, konnte ich gut und gern selber verbrauchen. – Während dieser Überlegung habe ich, nervös, in einem fort das leere Feuerzeug klicken lassen und plötzlich die Zigarette wie durch ein Wunder in Brand gekriegt.

Ich habe das unerklärliche, aber untrügliche Gefühl, nicht allein zu sein. Wer konsequent wie ich die anderen meidet, kann in bezug auf deren Gegenwart wahrlich eine Art Instinkt entwickeln, womöglich kann er die unmittelbare Nähe eines zweiten sogar riechen. Ich konnte es nicht, doch man hatte mir ohne Zweifel Feuer gegeben. – Was *Stevenson* in den ersten, überzeugenden Kapiteln seiner Novelle vom *Pavillon auf den Dünen* schildert, die selbstgewählte Einsamkeit jener *halsstarrigen jungen Leute,* könnte nun, ein Jahrhundert später, kein glaubwürdiger Grund mehr für die Herausbildung solch feinen Geruchssinnes sein. Einen derartigen, jetzt, hat nicht Furchtlosigkeit, sondern ihr Gegenteil entwickelt, und zwar mit der zusätzlichen Folge, daß man seinen eigenen verdachtsgeschärften Sinnen keinesfalls immer über den Weg traut. Ein weitaus begründeterer Gespensterglaube, als jener künstlerisch reizvolle aus romantischen Epochen, findet sich längst nicht mehr allein dort, wo man über alle selbstgemachten Wahrnehmungen im Zweifel bleibt ... ich hielt mich kaum für überspannt, als ich unter das Bett schaute, im Kleiderschrank nachsah, die Schreibtischlampe anknipste, um ihren Schein auf die Gardinenleisten zu richten, sodann alle im Deckenlicht halbdunkel gebliebenen Winkel des Zimmers sorgsam auszuleuchten.

Ich mißtraute selbst meinen allernächsten Erinnerungen, konnte aber doch den Eindruck nicht los werden, daß ich irgendwann, soeben, vor einer Minute beim Betreten des Zimmers, einen halblauten Gruß zu hören bekommen hatte. Ich hatte keine Ahnung, inwieweit etwa ein Mikrophon die Möglichkeit habe, mich zu begrüßen, und wenn, wäre es mir wenig zweckmäßig erschienen ... mehrmals diagonal das Zimmer durchmessend, ohne die geringste Veränderung zu bemerken, kommen mir Zweifel, daß ich es gewesen sei, den vor wenigen Minuten ein so böser und lautstarker Hustenanfall heimsuchte ... längst habe ich Tabaksqualm im Zimmer verbreitet und kann nicht mehr feststellen, ob hier schon vor mir geraucht wurde ... ich sitze wieder am Schreibtisch und bin voller Unruhe; ich könnte darauf wetten, nicht mehr allein zu sein ... aller Wahrscheinlichkeit nach ist der rote Sessel, der mir gegenüber auf der anderen Seite des Schreibtischs steht, besetzt; wenn ich die Courage hätte, das Deckenlicht zu löschen, könnte ich, unter Garantie, ein mattes Phosphoreszieren im Innern dieses Sessels erkennen. Aber ich rufe nur ein dünnes und vorsichtiges *Hallo* in diese Richtung, erhalte natürlich keine, nicht die stimmloseste Antwort.

Egal, sage ich mir, kommen wir endlich zum Thema.

Ein Thema, das mir keine Ruhe mehr läßt ... nun, ich möchte sagen, seit einer Reihe von Jahren schon, in letzter Zeit zunehmend, und das ist immer am Abend, in der Dunkelheit des Zimmers, in einem nicht immer absichtlich dunkel gehaltenen Zimmer ... denn, scheint es auch das lächerlichste aller denkbaren Mittel zum Zweck zu sein, es ist, als wäre es wünschenswert, daß dieses Nachdenken eine Intensität erreicht, die es einer beinahe sinnlich zu nennenden Vergegenwärtigung eines anderen Zustandes nahe sein läßt, eines anderen als desjenigen, in dem sich der Denkende dieser Gedanken befindet. – Schwierig ..., keineswegs: ich habe die Idee, daß sich die Gedanken, um die es geht, in der Dunkelheit viel weniger mit ihrem Kopf und mit dem Körper, dessen Haupt dieser

Kopf ist, verbinden, ich hoffe, daß die logische Wechselbeziehung, zwischen den erlebnisartigen Zuständen, in denen sich dieses Denken bewegt, und der lebenden Person, die diese Gedanken absondert, in der Finsternis schneller ein Ende nimmt. Dies ist kein fruchtloses Experiment – diesen Einwurf kann man sich sparen –, aber auch keine unumgängliche Notwendigkeit, keine Therapie. Es ist öfters bloß eine gute Miene zu bösem Spiel, aber eine *wie* gute. – Ich bin nicht schizophren … viel eher noch wollte ich, ich wäre es.

Wäre ich das, ich müßte nicht denken und denken, wie es mir möglich sein könnte, einzugehen in eine andere Inkarnation. Wollte ich ein solches Verlangen verständlich machen, müßte ich genau erklären, scheint es, was ich jetzt bin … abgesehen davon, daß ich es selbst gar nicht schlüssig könnte, so ist es Ihnen doch bestens bekannt, wie es um mich bestellt ist, Sie wissen es nämlich besser als ich, sonst wären Sie gar nicht hier.

Ich müßte mit sehr frühen biographischen Einzelheiten beginnen, diese aber haben sich schon aufgelöst in einer Art Legende, deren Schöpfer nicht ich war. Ich meinerseits könnte längst nicht mehr kontrollieren, ob alle Einzelheiten innerhalb der Legende dem entsprechen, was man mit Recht als ihre Wahrheit bezeichnen kann. Noch weniger könnte ich die Sprache, in der ich berichten würde, mit Sicherheit als meine eigene verstehen. Schon die nun ganz selbstverständlich sich einstellende Frage, ob diese beiden Dinge, Wahrheit und eigene Sprache, denn notwendig seien, läßt sich nicht befriedigend beantworten, da diese Frage nach etwas fragt, dessen Fall *ich* bin. Womöglich wären diese Fragen von Relevanz, wenn die andere Inkarnation gelänge. – Doch *wer* müßte ich dann sein, damit die Antworten auf diese Fragen Ihre Aufmerksamkeit verdienen.

Ich stamme aus einer Schicht her, in der man nur *en masse* zählt. Der eindrucksvolle Vergleich, mit dem die Schulmeister vor den Kathedern meiner frühen Schuljahre uns, den Schülern, die Macht des Proletariats darstellten – denkt nur, wie schwer es ist, alle Zündhölzer aus einer Packung, im Gegensatz zu einem einzigen, gleichzeitig zu zerbrechen –, hat seine Spuren in mir hinterlassen.

Die Aussage dieses Vergleichs war ebenso unanfechtbar wie eine andere, die im Innern der Arbeiterschicht unausrottbar schien und die, trotz des scharfen Kontrasts, mit der ersteren nicht einmal kollidierte: Wir können gegen die da oben nichts tun. – Dieser Satz schien durch zu viele Niederlagen bestätigt; selbst Siege, wenn sie einmal die Aussage des ersten Satzes bewahrheitet hatten, führten außerordentlich sicher in einen Zustand, in dem der zweite Satz wieder vollauf zur Geltung kam. – Wie anders, als in der Polarität dieser beiden Thesen taumelnd, hätte es geschehen sollen, daß meine Sprache eine so notorisch mit sich selbst entzweite Sprache geworden ist.

Ich merke es jetzt noch, gerade in diesem Moment, wie die soeben produzierten Worte mich vollkommen fremdgedacht haben. Diese Worte haben Gedanken erwähnt, die mir inmitten des Weichbilds dieser Klasse gekommen sind und die ich dort auch nachvollziehen konnte, aber haben sie je eine einzige Faser von mir ausgedrückt. Es gibt in dieser Klasse keinen Ansatz zu einer Erziehung, die einen Kopf dazu brächte, einen einzigen Satz, der nicht beiläufig ist, auf sich, als ein vollständiges Subjekt, zu beziehen. Dies ist, so schlußfolgerte ich, ein schwerwiegender Grund für den tiefen Fatalismus dieser im innersten Kern pseudorevolutionären Klasse.

Das war vielleicht falsch gedacht ... aber wenn es stimmte, so könnte das doch gerade Ihnen nur recht sein. – Erblicken Sie nur, genau wie ich, wenn Sie vorgeben, auf dem Standpunkt der Arbeiterklasse zu beharren, in einer solchen Behauptung nicht mehr als einen der bläßlichen Diskussionsversuche, wie sie dort im Schwange sind ... solche, die von den meisten Tatsachen absehen; wir sind es, als Angehörige dieser Klasse, so gewohnt. – Für all diese Thesen nämlich, wie auch für ihre entgegengesetzten, bin ich nur ein Zündholz, mit einem Schock von meinesgleichen zusammen, ruhig in einer geschlossenen Schachtel ... eine Schachtel, die nun geöffnet und der ein Holz entnommen wird, mein Nebenholz oder ich, es wäre kein Unterschied, welches entflammt, benutzt oder fallengelassen würde, bis alle verbraucht sind und ein neues Konvolut vonnöten wird. Welcher Idiot benutzte uns denn derart zweckentfremdet, daß er uns alle gleichzeitig packte, um uns zu zerbrechen.

Ich ahne schon die empörten Blicke ... ich warte nicht vergeblich auf den Vorwurf, daß ich den Klassenstandpunkt der Arbeiter verlassen hätte, und jetzt, nachdem ich immerhin ein wenig, kaum merklich, aus der Knetmasse meines Standes hervorzutreten die Möglichkeit hatte, mit ein paar von mir verfaßten Seiten, und, für einige Hinsichten offenbar sogar zu Recht, das eine oder andere Mal ein Arbeiterschriftsteller genannt worden bin ... nein, nicht nur außerhalb des Landes: ein Polizeibeamter, der unlängst meine Person observierte, ohne mein Wissen auftragsgemäß die Bewohner des Hauses über mich ausfragte, nach meinem Benehmen, meiner Moral, meiner Einstellung und so weiter, tat dies, indem er vorschützte, ich sei zu einer ausländischen Arbeiterschriftstellerkonferenz geladen ... aber gleichviel. Jedenfalls antwortete ich mit dem Einwand, daß der Klassenstandpunkt im Grunde verlassen werden muß, wenn das Klassenbewußtsein hinzukommen soll.

Im Proletariat jedenfalls scheint es ein Luxus zu sein, den man sich nicht leisten zu können glaubt. Unter Frauen und alten Männern, den Überlebenden des Proletariats, konnte ich es als Kind nicht finden ... nein, von denen konnte mir niemals so etwas wie Klassenbewußtsein vermittelt werden, höchstens dieses unbestimmte Gefühl, einer enterbten, macht- und geistlosen Klasse anzugehören, die nun zu allem Überfluß noch schuldig geworden war. Der größte Teil der zurechnungsfähigen Männer war fort, im Krieg geblieben, oder sie kamen demoralisiert aus der Gefangenschaft. Die Frauen ... wenn ich an das Durcheinander von Angst, panischer Religiosität und sklavischem Konformismus im Kopf meiner armen Mutter denke, ihr unterwürfiges Taumeln in alle gerade befohlenen Richtungen, und schließlich in die *Partei* – keineswegs etwa aus Hoffnung auf einen Vorteil, sondern aus nackter Schwäche; nie war für sie eine andere Gesellschaftsform als die einer Diktatur überhaupt denkbar – woher sollte für eine solche Frau ... woher für die anderen Arbeiterfrauen ein Klassenbewußtsein kommen. Etwa aus der Geheimniskrämerei oder der völlig konzeptionslosen Frauenpolitik der KPD vor der Illegalität.

Ich begebe mich keinesfalls ins Abseits irgendwelcher ideologischer Argumentation, der Ehrgeiz, den Herren Ideologen Gelegenheit zum Grinsen zu geben, geht mir völlig ab, und das hinter den Stahlwänden ihrer Giftkabinette verbarrikadierte *bessere Wissen* ist mir nicht zugänglich. Kurz und bündig, mir fehlt es zum Argumentieren gänzlich an Klassenbewußtsein. Und ich mache diese Bemerkungen nur, um die konfusen Verhältnisse anzudeuten, die Diffusion, den Nebel, das Zwielicht. Den unsicheren Grund, auf dem ich mich zu dieser Art Pseudointellektuellem entwickelt habe, der keinesfalls ein Arbeiterschriftsteller genannt werden kann, weil dies, so weit man diesen Begriff auch faßt, mit einer bestimmten Erwartungshaltung verbunden ist. Das sogenannte Bildungsbürgertum – das nicht die Einrichtung einer spezifischen Gesellschaftsform ist, sondern allgegenwärtig – wartet doch schon lange auf die Bestätigung seines Verdachts, daß das, was es sich den *Geist* zu nennen geeinigt hat, auch in den unterprivilegierten Klassen zu finden sein könnte. Das heißt, es wartet auf eine Bestätigung seines Schuldempfindens – und damit auf dessen Relativierung – gegenüber dem unterdrückten Geist in diesen Klassen. Das *Mitleid* des Bildungsbürgertums – machen wir uns nichts vor, genau dieses, wenn nicht geistfeindliche, so doch sehr klassenbewußte Empfinden hat irgendwann einmal den Begriff Arbeiterschriftsteller geprägt – stürzt sich in seiner ganzen differenzierten und wohlabgewogenen Wut, mit der ganzen Palette seiner Urteilskraft auf das eine Talent, das in den unteren Klassen gesichtet wird. Und es geschieht, was geschehen mußte, die Überzeugung, daß die eigentliche Heimstatt des Geistes das Bildungsbürgertum ist, wird erneut konsolidiert, das Talent wird eine Nummer zur Bewunderung, eine Ausnahme. Und damit hat man natürlich recht. – Man muß nicht glauben, daß ich etwa nur vom *Kapitalismus* spreche. – Der in Mitleid verwandelte Mechanismus des Bildungsbürgertums geht so weit, den Geist eines solchen erwähnten Talents als unverfälscht zu bezeichnen, wobei doch gerade das Gegenteil der Fall ist. Der Trugschluß entspringt der Annahme, etwas wie Geist ließe sich entwickeln oder ausbreiten ohne die Mittel, die zur Ausführung von Gedanken nötig sind. Sie ahnen wohl spätestens jetzt, mit welchem Phantom wir agiert haben, wie wir ganz ins Blaue hinein dachten oder redeten. Etwa Geist ohne seine Mittel, ohne Bildung, ohne Grammatik ... ohne jenen ganzen gottlosen, gottverdammten Alphabetismus, ohne all das, was ich hier das Material nennen will ... wie denn, zum Teufel. Tatsächlich, dieses Reden ist vollkommen phantomatisch. – Deshalb auch wird dem ungebildeten Kopf, sofern er nur Begabung erkennen läßt, jede Schwäche verziehen, die ihn das Material nicht hat bewältigen lassen. Es ist eben unverfälscht. Wie absurd. Der Geist existiert doch gar nicht ohne sein Material, er ist womöglich das Material selbst, er ist vielleicht nur das mit gewissen subjektiven Komponenten aufgefüllte Material. Und das Material, die geistigen Produktionsmittel, sie waren bisher nie in den Händen der unterprivilegierten Klassen. Das Material nämlich ist das Privileg.

Das Material der Diffusion hingegen erscheint mir unerschöpflich. – Ich denke an die eisigen Winter in den ersten fünfziger Jahren, vielleicht läßt sich dieser Nebel, den ich meine, auch über sie beschreiben ... über diese nachtroten Erinnerungen an die feurigen Nebel, die uns die Sicht zu verhüllen schienen. Meine Mutter, die Lebensmittelverkäuferin war, wurde beauftragt, in dem drei oder vier Kilometer entfernten Dorf H. ein Geschäft zu leiten. Dieser Dorfkonsum, die einzige Versorgungseinrichtung der Umgebung, war eine winzige quadratische Holzbaracke, die nicht zu heizen war, es gab darin weder Ofen noch Rauchfang. Eine kleine elektrische Heizsonne, die meiner Mutter ausgehändigt wurde, führte allemal schon nach wenigen Betriebsminuten zum Zusammenbruch des gesamten Stromnetzes in dem Laden ... genau wie hier, daran sieht man, auf welch banale Weise Erinnerungen zustande kommen. – Ich begriff nicht – ich war damals kaum mehr als zehn Jahre alt –, weshalb sie, wenn sie in der Mittagspause mit dem Fahrrad nach Hause kam, um sich in der ihr dann verbleibenden halben Stunde etwas aufzuwärmen, mich so inständig bat, sie doch am Abend aus diesem Dorf abzuholen. Als ich es dann tat, erfaßte ich die Gründe, obwohl sie mir noch immer nicht genau erklärlich waren. Wir gingen, blaugefroren und steif in dem krachenden Frost, kaum fähig, einen Fuß vor den anderen zu setzen, meine Mutter das lichtlose alte Herrenfahrrad schiebend, für das es keine Beleuchtungseinrichtung zu kaufen gab, ich mit meiner schwächlichen Taschenlampe, die immer ausfiel, diese wenigen Kilometer auf einer äußerst schmalen, seitwärts abschüssigen Landstraße, die von rötlich gleißendem Spiegeleis überzogen war, zur Linken ein verworrener schwarzer Wald, in dem es rumorte und knallte, in dem die übenden Panzer fern, oder schon näher, aufbrüllten, und rechterseits flog frostdunstige Atmosphäre endlos nach unten fort in gähnende Tagebauschluchten, die in der Weite nicht zu überblikken waren und aus deren unermeßbaren und abgestuften Tiefen der Glutschein durch den Rauch und die Dämpfe heraufflackerte und das einzige Licht blieb, von dem die labil hängende Krümmung der Straße von Zeit zu Zeit unheimlich erhellt wurde. Oder es jagte donnernd – es war ja erst gegen neunzehn Uhr – sekundenlang die gesamte Fahrbahn durch das grelle Scheinwerferlicht in Brand setzend, einer der rücksichtslos fahrenden Lastzüge vorbei, kopfgroße Kohlestücke gegen uns schleudernd, daß wir, geblendet und winzig, schon fast am Ausgleiten waren, uns schon mitten im Absturz in die Leere wähnten – ich träumte in der Nacht noch von diesem Fliegen in die Tagebaue – oder daß, was das mindeste war, wir uns in die peitschenden und dornigen Sträucher des steinharten und unterhöhlten Waldes geworfen sahen. Wenn einer dieser schweren, auf der schmalen Straße selbst kaum Platz findenden Lastwagen vorüber war, schien es totenstill und grabesschwarz um uns bleiben zu wollen, meine altersschwache defekte Taschenlampe brachte mich zum Verzweifeln, es dauerte Minuten, bis das Glatteis unter uns wieder zu glühen schien, bis die Feuernebel uns wieder zu ein wenig Orientierung verhalfen, bis das eiserne Lärmen und Läuten der Kipploren wieder von den höllisch fernen Erdschichten der Tagebausohlen heraufschallte.

Doch dies alles wäre ganz und gar harmlos gewesen, hätte es nicht die grausigen Geschichten gegeben, die in diesen Jahren unter keinen Umständen verstummen wollten – die Greuelmärchen des amerikanischen Lügensenders RIAS, wie die Zeitungen sich ausdrückten –, jene, die von den sogenannten *Sprungfedermännern* handelten, die in den Provinzen Sachsen und Thüringen ihr Unwesen trieben. Tagtäglich hörte ich von diesen Sprungfedermännern, fast wörtlich gelingt es mir noch, die eindringlichen Schilderungen der *Größeren*, der Jugendlichen, wiederzugeben, die davon fasziniert waren; ob meine Mutter davon gehört hatte, wußte ich nicht, ich hielt es für besser, niemals mit ihr darüber zu sprechen. Denn diese Sprungfedermänner sollten es besonders auf junge Frauen abgesehen haben. Und diese Straße, wie wir sie an jedem Abend gingen, war, vor ihrer letzten Biegung, nach der dann endlich die spärlichen Lampen der Stadt M. in Sicht kamen, da sie hier für einige hundert Meter zur Gänze durch das Innere dieses stockdunklen, über uns zusammengewachsenen Waldes führte, wie ein eigens für die Überfälle dieser Spukgestalten erschaffener Ort, an dem sie ihrer Sache vollkommen sicher sein konnten. Ich selbst wollte das Glimmen ihrer Feuerstellen im dichten Unterholz gesehen haben ... und ich fand sie, doch ich fand diese Feuer stets schon verlassen, sie waren auf ihren Umzügen, sie hausten in den alten halbzertrümmerten Luftschutzbunkern, in der Wärme der aufgegebenen Kohleschächte, man entdeckte ihre Hinterlassenschaften in den abgesoffenen Wasserstrecken, Uniformen und Waffen, man sprach auch von Leichen, doch es gab viele, die überhaupt nicht mehr aufgefunden wurden, es war die Zeit des spurlosen Verschwindens von Menschen; die Sprungfedermänner, hieß es manchmal, seien die Überreste versprengter SS-Brigaden, die sich hier noch versteckten; ich hatte einen gleichaltrigen Schulfreund, der mir hoch und heilig schwor, daß sein verschollener Vater noch da sei und nur vor den Russen untergetaucht, aber auf seine Gelegenheit warte ... dies gesamte Gelände um uns, dessen Erdinneres ausgehöhlt und von Stollensystemen durchsetzt war, barg noch eine ganze abgeschlagene Generation, eine vergessene Armee; auf einer zweiten verdeckten Stufe der Oberfläche desselben Landes hielt der harte Kern dieses Volkes mit gewohnter Bravour seine phantastische Stellung. – Unter ihren schwarzen Umhängen blieben sie im Schlagschatten dieses Waldes unsichtbar, wie auch zwischen den Ruinen am Stadtrand, unfaßbar und unsichtbar. Und man meinte, eine glänzend eintrainierte Technik erlaube es ihnen, über Menschen, sogar über Automobile, über Lastwagen, hinwegzusetzen, auf diese Weise entgingen sie jederzeit der Polizei ... als eines Morgens im frühen Herbst die Kühe der sowjetischen Garnison auf den sogenannten Russenwiesen krepiert waren, hieß es, sie seien von diesen Banden vergiftet worden, man habe Schattengestalten im Morgengrauen aufspringen sehen, und hinwegflattern mit ungeheuren Sätzen über den Eisenbahndamm, der die Grenze dieser Wiesen bildete, und das Flüßchen, das sich dort entlangschlängelte, sei voll gewesen von den Leichen der Rinder, die sich in den mißfarbenen Abwässern zu Tode gebrüllt hatten. – Sie sollten, so raunte man, das schier unwahrscheinliche Geschick besitzen, sich auf breiten Gummi- oder Lederlatschen, die mittels sinnreich montierter Spiralfedern unter ihren Stiefeln angebracht waren, mehr als zwei Meter in die Höhe und vorwärts zu schnellen; wenn sie sich unmittelbar vor ihrem Opfer, aus völliger Dunkelheit, vielleicht unter Mithilfe anderer Angehöriger dieser verbrecherischen Bruderschaft, mit einem fast lautlosen Schwung in die Luft katapultierten, höre man nur das Schnappen und Klirren der stählernen Federn, nur einen fauchenden Flug, den Luftzug ihres über dem Kopf ausgebreiteten Mantels und den Schlag, mit dem sie landeten ... hinter dir, in deinem Rükken; dann, bei der in dir erzitternden Überzeugung, daß du dein Ende im Dunkel hinter dir hast, springen sie noch einmal über dich hinweg, oder ein drittes Mal, ehe du dich zu ihnen umwenden kannst, und wenn du sie wirklich erkennst, richten sie sich vom Boden auf und lüften plötzlich den weiten Umhang, das grün phosphoreszierende Skelett ist zu sehen, du siehst den gräßlich angemalten Totenschädel, dein Herz steht längst still, doch sie hüpfen näher, federleicht, um dich tödlich zu umarmen, sie schlagen ihren Mantel um dich, ziehen dich an ihre nun sehr muskulöse Brust, dabei stoßen sie dir, mit den Händen, die deinen Rücken fassen, zwei Dolchklingen unter die Schulterblätter, zwei dünne scharfe Messer, die sie immer an die Handgelenke geschmiedet tragen.

Wenn man diese Gerüchte vielleicht auch übertrieb, wenn sie tatsächlich irgendwie ausgenutzt worden sind, so war es doch unabweislich, daß es fast immer Frauen waren, die, ihrer Handtaschen beraubt, tot aufgefunden wurden ... von Männern, die man umbrachte, war entschieden seltener die Rede. Die abgesoffenen Tagebaulöcher waren der Ort, wo die Leichen angespült wurden, ertrunkene junge Frauen ... ich kam nicht ohne die Vorstellung aus, daß ihnen zwei säuberliche Messerstiche in den Rücken versetzt worden waren ... in den fast mannshohen, unterirdischen Kanalisationsstrecken der zerbombten Fabriken, in den Braunkohlenstollen und in den sumpfigen Flüssigkeiten, die unbeweglich an den Abraumkippen standen, inmitten ihres Schaums und Unrats, inmitten der blanken Lachen, die im weißen Schein der Funzeln schimmerten, konnte plötzlich eins dieser leichenblassen Gesichter zu sehen sein. In den Tagebauen, in denen wir badeten, konnten plötzlich eisige Strömungen, die von unten her durch das warme Wasser trieben, die Festigkeit und Glätte kalter Leiber annehmen, in den helleren Flanken der braunen Wogen glaubten wir müde sich wälzende, matt überspülte Haut zu erkennen, und das geschwärzte Gras, das in diesen Moorgewässern bis zur Oberfläche wuchs, war wie langes dunkles Haar, das an die Sonne wollte.

Wenn wir, nach diesem Weg aus dem Dorf, der sich Ewigkeiten hinzuziehen schien, endlich in der Wohnung waren, erntete meine völlig entkräftete und froststarre Mutter zu ihren Tränen noch die Vorwürfe ihres Vaters, der nicht einsehen konnte, wieso meine Mutter *das* mitmachte, sich dazu verpflichten ließ, für einen wahrhaft schmählichen Hungerlohn den Tag über in einem eisigen Bretterschuppen, hinter einem provisorischen Ladentisch, zu stehen und darauf zu warten, bis irgendwer von dieser verächtlichen, zumeist stinkreichen Neubauernbevölkerung dieses Dorfes kam, um eventuell den besten Teil des kargen Angebots aufzukaufen.

So ... Sie fragen mich nun ganz zu Recht, wie man zu solch scheußlichen Vorstellungen neigen kann, hierzulande, und wer, bei einer Herkunft, die man doch proletarisch nennen kann, hier dazu kommt, diese finsteren, diese abgefeimt blöden Horrorgeschichten zu ersinnen. – Gute Frage, ich habe sie erwartet. Und Sie wollen es lediglich wissen, aus reinem Interesse, mehr nicht. Sie nehmen Anteil an meinem Gehirn, Sie fürchten für die Richtung, die mein Gehirn verfehlt, Sie sehen eine abseitige Entwicklung. – Ihre Ungläubigkeit ist noch dieselbe, der man damals schon, in den besagten fünfziger Jahren, in den Zeitungen Ausdruck gab. Sie glauben, diese Gedanken müßten etwas Ähnliches sein wie der vorhin von mir erwähnte amerikanische Sender. Sie glauben noch immer an Infiltration, nur etwas von außen Hereingetragenes kann das offizielle Bild von der Klasse trüben ... Sie brauchen dieses offizielle, heile Bild von ihr, weil Sie die Klasse brauchen. Sie richten vor ihr ein Standbild auf, in der Hoffnung, sie werde sich darin wiedererkennen. Sie verstehen ... dieses Standbild also ist geschaffen, damit die Klasse die Klasse bliebe. Und nur deshalb vermuten und erhoffen Sie Klassenbewußtsein in der Klasse. Aber dieses Klassenbewußtsein existiert nur in Köpfen, die nicht der Klasse angehören, die nicht Proletenköpfe sind. Deshalb ist es im Grunde, wie längst *Bloch* schon bemerkte, Proletkult zu nennen, Proletkult, den er falsch und bürgerlich angesteckt nannte. Nicht nur bloß angesteckt, möchte ich sagen, vielleicht geradezu neomonopolistisch. – Protestieren Sie ruhig erst zu Ende. Dann versichere ich Ihnen gern, daß die Klasse gewöhnlich gar nicht so denkt und daß, wenn sie es täte, es vermutlich gar keine Gefahr bedeutete. Sie können den Zirkel nun selber abschließen. Das große Wort vom Klassenbewußtsein soll daran vorbeimogeln, daß sich der fünfte Stand noch immer als der fünfte Stand fühlt.

Sehr richtig bemerkt, nun muß der Besitz der Produktionsmittel folgen ... die Inbetriebnahme der Produktionsmittel durch die Besitzer ... natürlich stets die allerpünktlichste Inbetriebnahme gefälligst, und auf dem Weg zur Nachtschicht an den hellerleuchteten Delikatläden vorbei ... durch die *Leipziger Straße,* um zu sehen, was wir geschafft haben ... ich hätte eigentlich gar nicht geglaubt, daß dies hier mit Ihnen so leicht zu diskutieren wäre.

Ich sage Ihnen, ich wollte das keinesfalls in der Eigenschaft als Arbeiterschriftsteller mit Ihnen bereden. Ein Arbeiterschriftsteller müßte einer sein, der mich längst als einen Opportunisten erkannt hat ... ich habe nämlich Freunde, die mich schon lange für bestochen genug halten, daß ich schon verhandle. Oh, wie ich diesen guten Freunden das Zuhausesein auf ihrem Standpunkt neide. Sie sind für alle Zeit gerettet, Applaus. Und ich ... nach mir fragte ich nicht. Nicht nach dem, was von mir übrig blieb. – Ich sprach das alles nur der Demonstration halber. Wie Parlamentäre es tun. Zu welcher Demonstration denn ... nur einer aus einer alten Gewohnheit.

Demonstration ... Sie wiederholen das Wort, als ginge Ihnen jetzt ein Licht auf. Sie werden mich nun gleich fragen, ob meine Abwehr gegen den Begriff Arbeiterschriftsteller ebenfalls eine Art Demonstration sei. Immerhin sind Sie noch gewillt, mir zu folgen. Weder zum Arbeiter noch zum Schriftsteller wird man nämlich freiwillig, und womöglich liegt darin der Grund, daß diese beiden Existenzformen etwas miteinander Unvereinbares haben. Diese Unvereinbarkeit stellt sich spätestens dann heraus, wenn man durch irgendeinen Zwang beides sein muß. – Sie zweifeln eigenartigerweise nicht daran, daß man Schriftsteller werden muß ... Sie kennen die dahingehenden Behauptungen der Schriftsteller, Sie verstehen zumindest mit so lächerlichen Wörtern wie *Passion* umzugehen; um zu erfahren, worauf ich hinaus will, nehmen Sie diese Behauptung in Kauf ... Sie wollen also vielmehr wissen, wieso man denn Arbeiter werden *muß*.

Das ist die Frage, mit der eigentlich alle Biographien beginnen müßten. Ich habe den Eindruck, daß der Wert, der in ihnen, den Biographien, dem Herkommen beigemessen wird, mit dieser Frage zu tun hat. In den Biographien des Adels, der Intellektuellen, Künstler und so weiter wird mit der breiten Darstellung ganzer Stammbäume sozusagen der Nachweis für das vorbereitet, was schließlich zur Behauptung einer Prädestination für diejenigen Taten und Werke wird, um derentwillen die Biographie ihres Helden geschrieben wurde. Ich habe den Begriff Prädestination nicht umsonst verwendet, eine solche Darstellung trägt, so scheint mir, sehr oft zur Mystifikation bei; es geht dabei tatsächlich nicht wenig um die rätselhafte Herkunft von *Veranlagungen*. Nur sind diese etwas äußerst Unsicheres. Sicherer dagegen sind die Veranlagungen zum Arbeiter, sie haben nämlich geradezu ihren Grund in einem Begriff von Sicherheit. In einer Sicherheit, die der Umstand mit sich bringt, daß es nicht mehr tiefer hinabgeht. Ein Umstand, der zu guter Letzt als *soziale Sicherheit* bezeichnet wurde.

Hier nun kann dieser Ausdruck wieder erscheinen: *Prädestination*. Es gibt kein so vorgeformtes Leben wie das eines Arbeiters.

Von der Stunde an, in der eine solche Laufbahn beginnt, die man ganz zielsicher, was den Normalfall anbelangt, als die *Lehre* bezeichnet, ist diese Laufbahn eine von der Staatsgewalt sorgsam überwachte Laufbahn, in der jeder einzelne noch so zaghafte Versuch ... und schließlich sogar der bloß gedankliche Versuch ... abzuweichen; ich spreche gar nicht erst vom Ausbrechen ... mit dem äußersten Argwohn beobachtet wird. Dieser Argwohn ist selbstverständlich ... er ist nämlich staatserhaltend.

Die Sicherheit, im fünften Stand verbleiben zu dürfen, ist die wahre Sicherheit des Arbeiters. Und weil es eine tatsächliche Sicherheit ist, jedenfalls lange zu sein schien, hat sich ihrer der Arbeiter bemächtigt und baut auf sie, sie ist ihm und seinen Nachkommen eine ganz unverzichtbare Kategorie, die er mit all seinen Mitteln verteidigen wird. Sicherheit ist jene Chimäre, auf die das Trachten aller Arbeiter gerichtet ist, und man hat es ihnen natürlich in den Mund gelegt. Selbst wenn man nur von Löhnen spricht oder von Inflationsraten, da vom Streikrecht, hier vom Recht auf Arbeit, stets ist Sicherheit der Oberbegriff. Wenn es um die Dinge seiner Sicherheit geht, gerät er in Wallung, und der Staat hat nichts eiliger zu tun, als ihm dieselbe zu versprechen, für ewig zu versprechen.

War etwas von dieser Sicherheit zu verspüren, in der Kindheit. Denn wenn man von Prädestination spricht – ein Begriff, der hier vollkommen profaniert ist –, geht es doch um sehr frühe Festlegungen. Man muß für eine bestimmte Laufbahn prädestiniert werden, bevor die eigene Mündigkeit einsetzt.

Nein, es war nichts von Sicherheit zu merken. Im Gegenteil, man schien mit dem Gedanken auszukommen, daß diese für mich nichts bedeuten müsse. Natürlich bekam auch ich, wie vielleicht jedes Arbeiterkind, zu hören: Aus dir soll später etwas Besseres werden ... – Aber hinter diesen Worten steckt natürlich die Überzeugung: Der Stand deiner Herkunft ist dir sicher. Wenn es da oben, in diesem Besseren, nichts würde mit mir, konnte ich immer noch Arbeiter sein, so dachte man vielleicht ... als ob man das Arbeiter-Sein nicht erst lernen müsse.

Wie war es mit der *Lehre* ... dieses Wort klang vorhin so doppeldeutig.

Daran würde man heute vielleicht vorsorglicher denken. Aber ich behaupte, daß sich, was die sogenannte Lehre betrifft, noch nichts grundlegend geändert hat. Die Lehre wird vom Arbeiter eigentlich gering geschätzt. Ich habe sehr oft, in vielen Familien, bemerken müssen, wie leicht man darüber hinwegkommt, wenn man feststellt, daß der Sohn ein ungelernter Arbeiter werden wird. Natürlich heißt es immer, er muß etwas lernen. *Etwas,* aber was, das scheint völlig egal zu sein. Sind das nicht alles Zeichen dafür, wie sicher sich der Arbeiter auf seinem Stand fühlt. – Ich komme aus einem Viertel – dort in dieser Kleinstadt, die mich ausgeworfen hat –, in welchem die ungelernten Arbeiter wohnten. Es war eine Bergarbeitersiedlung, die Häuser, mit ihren schlechten, aber billigen Wohnungen, gehörten dem Bergwerksamt ... in diese Wohnungen war die Creme des Proletariats eingepfercht. Es gab verhältnismäßig viele *Undeutsche* ... diesen Ausdruck benutzte man noch sehr lange ... in unserer Straße, Tschechen, Polen, Kroaten, Familien, die vor dem Ersten Weltkrieg, oder schon um die Jahrhundertwende, aus Osteuropa zugewandert waren. Es gab kaum deutsche Namen in dieser Straße, mein Großvater, der kurz nach Neunzehnhundert aus Polen nach Deutschland gekommen war, sprach polnisch und russisch mit den Leuten unseres Viertels. Ich erinnere mich an die Abende, an denen bei uns in der Küche Karten gespielt wurde, wobei man sich auf russisch anbrüllte und beschimpfte. Dieses Viertel war verrufen ... es war das Viertel mit dem übelsten Leumund in der Stadt, und noch heute, wo sich manches geändert hat, heißt es, man kommt von da hinten ... aus der Asche. Die Asche, so nennt man das Viertel, das an die Müllkippen grenzte, an die Tagebaue und Moore, an die in Trümmern liegenden Fabrikanlagen, an das ehemalige Gefangenenlager, dessen Baracken nach dem Krieg mit Umsiedlern aus den Ostgebieten belegt wurden, durch die diese Gegend dann gänzlich zum sogenannten Verbrecherviertel avancierte; es war das Viertel der Schmierigen und Asozialen, wo das Straßenpflaster aufhörte und der Braunkohlenschlamm anfing, noch heute ist es die Gegend mit dem wirklich unangenehmsten Ruf in der Stadt, die üble Gegend, die den Bürgern unheimlich ist und in der unsereins qualmige Herdgerüche schnüffelt. –

Abends geschieht es öfters, daß das Licht im Zimmer flackert; es ist, als ob ein unsichtbarer Flügel sich rührt. Das völlig überalterte Gleichstromnetz verträgt keinerlei Belastung; seit ich hier eingezogen bin, passiert es Abend für Abend, daß mir die Lampen fast erlöschen, wenn irgendwer im Haus eine stärkere Maschine in Gang setzt, die Motoren einer Waschmaschine und eines Mixers schon bringen einen Teil der Sicherungen im Keller zum Durchbrennen. Es wird halbdunkel, die Glühfäden in den Birnen beginnen hörbar zu prasseln ... diesmal war es mir, als sei es ein Schaudern gewesen, ein vernehmliches Frösteln dort in dem roten Sessel gegenüber dem Schreibtisch: Das Verbrecherviertel ...

So redete man darüber, sagte ich, im Umgang von Prolet zu Prolet sind solche Kleinigkeiten leicht zu verkraften.

Es klingt aber so, als ob es für Proleten doch noch einen Schritt nach unten geben könnte.

Ja, dann aber heraus aus der Gesellschaft. Ein Schritt heraus aus der Sicherheit der Arbeitswelt bedeutet dann sofort: *Gefängnis*. Dieses Bewußtsein kriegt man fast schon mit der Muttermilch verabreicht: wenn aus dir nichts wird, heißt es dauernd, landest du im Gefängnis. Der fünfte Stand haust nahe bei der Unterwelt, sehr nahe ... er wandelt über Gräbern, über den Katakomben der Unterwelt. Und es ist ein eigenartiges Vertrauensverhältnis dabei. Denn der fünfte Stand ist von der Unterwelt nicht getrennt durch Moral, sondern lediglich durch den dünnen Boden seiner sogenannten sozialen Sicherheit.

Nicht durch Moral ...

Nicht durch Moral. Obwohl der fünfte Stand natürlich der praktisch moralischste ist. Dort, in den unterprivilegierten Klassen, ist die Wirkungsweise der unter Drohgebärden aufgerichteten Scheinmoral noch immer am ungebrochensten. In die Nachtlokale *unserer Kandidaten* wird man in Manchesterhosen nicht eingelassen. Woran zu erkennen wäre, wo das Schamgefühl, das zur Moral gehört, wirklich angesiedelt ist ... nicht unter Proleten. Dort ist es bloß Vorsicht, und die Ahnung, wie dünn die Decke ist. Und es ist ungefähr das Wissen, daß er, der Arbeiter, wenn er seinen Stand nach unten verläßt, so gut wie verschwunden sein kann. Er, der Namenlose, kann sich vor dem Verschwinden durch nichts sonst schützen als durch den Verkauf seiner selbst an den Staat. Wehe ihm, wenn der Staat sein Verkaufsangebot nicht annimmt, wenn er es so weit bringt, daß der Staat ihn nicht mehr in Kauf nimmt. Wenn dies der Fall sein wird, wenn er kriminell wird, oder wenn er es schafft, kriminell genannt zu werden, dann hat er eigentlich seine Auslöschung inszeniert. Im Grunde glaubt er nicht an Gesetze, im innersten Grund glaubt er nur, das geringste Delikt könne seine Vernichtung hervorrufen. Die Sprache, die er für seine kleinen, häufigen Diebstähle in Betrieben und auf Baustellen gefunden hat ... *abzweigen, umlagern* und so weiter ... ist längst nicht nur seinem Humor zu verdanken, sie hat auch den weit ernsteren Hintergrund seiner Angst.

Ist das nicht Rhetorik ... auf Gräbern wandeln ... ist das nicht in Wirklichkeit nur Rhetorik.

Es ist eine altehrwürdige Angst. Dort wo ... und dies ist besonders in der deutschen Arbeiterklasse der Fall ... ein Puffersystem zwischen fünftem Stand und der Staatsgewalt lange fehlt, nämlich jene alten Praktiken der klassischen Arbeitskampfübereinkommen, muß es da nicht so sein, als lebte der Arbeiter andauernd mit dem Gefühl, oder wenigstens mit dem Unterbewußtsein, es seien Gewehrläufe auf ihn gerichtet.

Das ist natürlich eine schwere Provokation, und ich frage mich, ob man einen solchen Gedanken öffentlich aussprechen sollte. Gut, wir sind hier nicht öffentlich, wir sind im Innern unseres Nachdenkens. Trotzdem noch einmal: ist es nicht reine Rhetorik, immerhin radikale Rhetorik, aber doch nur Rhetorik. Spielen sich die Gedanken der Arbeiter wirklich vor dem Hintergrund solcher Gefühle ab.

Ich weiß nicht, ob ich irgendwann wirklich und wörtlich so gedacht habe. Aber es gibt einen gewissen Fundus innerer Überzeugungen im Arbeiter, die wie unabweisliche Überlieferungen sind und die auf unberechenbare Weise zur Wirkung kommen können. Vielleicht ist, daß ich manches davon heute ausspreche, ein Zeichen dafür, wie weit ich mich vom Arbeiterstand entfernt habe. Er, der Arbeiter, hingegen weiß immer nur, wie schnell es ihm geschehen kann, daß er plötzlich ein Provokateur, Bandit, verhetzter Asozialer genannt wird. Jeder, beinahe jeder von ihnen hat es schon erlebt, aus eigener Anschauung mitgekriegt, wie schnell er oder sein Nachbar in diesen Abgrund stürzen kann. Und es gibt im Augenblick keine Macht auf dieser Welt, die das Zeug gehabt hätte, ihn das Gegenteil zu lehren.

Wenn aber der Arbeiter so denkt, unabänderlich und stupide so weiterdenkt, ist es da nicht ... denn Sie werden zugeben, daß solcher Fatalismus zu nichts führt und sogar gefährlich ist ... ist es da nicht verständlich, daß sich der Staat Mittel zur Verfügung hält, um notfalls mit Druckmaßnahmen ...

Ich verstehe, was Sie sagen wollen: den Arbeiter mit Waffengewalt zu seinem Glück zwingen. Mit Panzern, Mauern, mit Gefängnistoren ... ich weiß nicht, ob ich dies empfehlen soll, dazu fehlt es mir wirklich an Klassenbewußtsein. Und was die Schulung des Arbeiters angeht: seine Mentalität war, glaube ich, immer ein Rätsel für die Theoretiker und ist vielleicht wirklich nicht so leicht zu durchschauen. Eins der Hauptmerkmale dieser Mentalität ist vielleicht, daß sie wahrhaft blitzschnell verschwindet, wenn ihre Ursachen nicht mehr da sind, und daß späteres Nachdenken darüber rein theoretisch bleiben muß. Ich weiß, daß das nach Mystifizierung klingt. Soll es ruhig ... nach Ehrenrettung soll es jedenfalls nicht klingen. Wie zum Beispiel sind die wirklich bösartigen Teufeleien zu erklären, die sich zwischen Angehörigen ein und derselben Klasse abspielen ... statt Solidarität ... diese Fortsetzung der Unterdrückung von oben, die dort unten zu physischer Brutalität werden kann ... unter anderem die totale Geringschätzung des Lehrlings, über die wir redeten. Diese Unfähigkeit zur Trauer über dieses Phänomen da unten. Die Theoretiker sind dem Arbeiter mit Wirtschaft plus Ausbeutung, Produktionsmittel plus Eigentumsverhältnis, Arbeitsproduktivität plus Leistungsanreiz gekommen, ganz so, als wäre eine ihm angemessene Psychologie völlig dem Überbau zuzurechnen. Wo gab es einmal ein Denken aus dem *Innern* der Klasse unter all diesen wohlmeinenden Leuten. Selbst Lenin glaubte, der deutsche Arbeiter spiele gern Skat. Vielleicht ist die Gespensterfurcht des Arbeiters viel erheblicher als seine Fähigkeit zum Klassenbewußtsein.

Gespenster … was sollen diese Witze in solchem Zusammenhang.

Kein Witz. Ich denke wirklich, daß gerade der Arbeiter, als der eigentliche Massenmensch, das größte Potential von ungelöster Angst in sich aufbewahrt. Mag sein, daß er selber nichts davon merkt, aber doch ist er derjenige, der die *Masse* … die Menschenmenge … am stärksten gewöhnt ist und das deutlichste Gefühl davon hat, zu *vielen* zu gehören. Er hat die Berührung mit dem Fremden, mit dem außer ihm seienden Leben am häufigsten an sich zu erdulden, das Eingezwängtsein in die Herde ist ihm geläufiger als allen anderen, und er hat weit öfter Gelegenheit, sich als integrierter Teil einer Gruppenbewegung zu fühlen. Darum hat er in sich die Furcht vor der Berührung mit dem Unbekannten … bin ich zu verstehen: die Furcht vor dem plötzlich nicht mehr Bekannten … das außerhalb dieser Masse liegt, die er gewöhnt ist … immer in viel weniger Fällen ad absurdum zu führen gelernt. Ich meine, es scheint nur so, daß der Massenmensch mit seiner Berührungsangst besser zurechtkommt. Die Furcht scheint dauernd in ihm zu lauern, sie ist nicht zerstreut, sondern nur stillgelegt, stillgelegt durch beinahe dauernden Kontakt mit der Masse, ohne deren Berührung er nicht auskommt. – Ich kann mich auch in diesem Punkt nur auf mich selbst beziehen. Ich sehe mich am laufenden Band vor irgendwem, vor irgendwas erschrecken, ja, und vermutlich gerade deshalb, weil ich so viele Jahre unter lärmenden Arbeitshorden gesteckt habe, es ist wohl ein Trugschluß, daß dauernder Massenkontakt die Berührungsangst auflöst; nun, da ich mich plötzlich unter sogenannten Intellektuellen finde, merke ich es, und ich bin der Schreckhafteste von allen … obwohl es nicht den geringsten Grund gibt, obwohl die Welt wirklich die alte geblieben ist, fahre ich dauernd vor dem Unverhofften zusammen. Ich bin noch immer der Massenmensch …

Ihr Beispiel und ein paar umgestapelte und verkorkste Thesen von Canetti sind mir für die Erklärung der Arbeiterklasse zu wenig. Vielleicht ist es nur Ihr eigenes, sehr vereinzeltes Gewissen, das Sie immer zusammenzucken läßt.

Und wenn es auch mein schlechtes Gewissen wäre, würde ich

doch wagen, es als weniger vereinzelt zu bezeichnen. Ist es nicht geradezu Methode, den Arbeiter fortwährend in einem Zustand latenten Schuldbewußtseins treiben zu lassen. Wird sein Tun und Lassen nicht andauernd mit Gewissensfragen verbunden. Wo sagte man ihm zum Beispiel einmal, er solle so gut und so viel produzieren, wie notwendig. Immer heißt es doch, so gut wie möglich, so viel wie möglich. Eigentlich ist er doch ein Leben lang gezwungen, vorzuspiegeln, er sei im Begriff, sich ohne alle Reserven einzusetzen, er sei bereit, sich auf Verschleiß beanspruchen zu lassen, eigentlich ist er doch sein ganzes Leben lang damit beschäftigt, Täuschungsmanöver zu entwickeln, denn tagtäglich muß er beweisen, daß er seinen verdammten Lohn *verdient* hat, einen Lohn, der bestenfalls einen geringen Prozentsatz seiner Mühe gerecht begleicht. Was würde geschehen, wenn er sein logisches Übereinkommen mit der Masse, in der er zu Hause ist, bräche und begänne, *ehrlich* zu arbeiten ... ehrlich in dem Sinn, wie es die ihm übergeordneten Kräfte verstehen ... die natürlich diese Übereinkunft kennen und dauernd Wege suchen, sie zu ersetzen. Man würde ihn nicht nur als Idioten bezeichnen, er würde die Masse bald verlieren, sie würde ihn ausstoßen.

Furcht also, die Gemeinschaft zu verlieren. Setzt da schon die Furcht vor dem Gefängnis ein.

Gefängnis ... dieses Wort will das Zimmer nun nicht mehr verlassen. Unbeweglich hocke ich auf dem Schreibtischstuhl und lausche dem zähen Geräusch dieses halblauten Wortes nach, das irgendwo zwischen diesen vier Wänden zur Ruhe gekommen ist, ein scheußliches Insekt, das sich niederließ ... eine Ratte, die sich in meiner Behausung eingenistet hat. Aber nicht erst seit heute, es läßt sich nur jetzt erst feststellen, daß die Bedeutung dieses Wortes hier wohnt ... die Bedeutung in der hinterhältig melodischen Schwingung, die meine Stimme diesem Geräusch verliehen hat, in ihm ist die magische Zugkraft eines unauflösbar bleibenden Knotens ... das Wort scheint, seit meiner Installation hier, verkörpert, in den Wänden, in den nahen Horizonten der Fensterbretter, und abends im Licht, das mir den Raum nie ganz auszufüllen vermag, im Dasein der in diesem Haus laufenden Maschinen ... Erkennungsmerkmal: in der Haft war eine allnächtlich summende und von Zeit zu Zeit krachend niederfahrende Stanzmaschine zu hören, deren Arbeitsraum niemand kannte ... oder dieser Ton steckt vielleicht schon in den Polstern meines eigenen Fleischs. Nun bin ich es, den ein Schauder überläuft, nur daß ich dabei keinen Lärm mache, nicht dieses Flügelrühren erzeuge ... nicht das zermürbende Verdüstern des Lichts. Das Haus scheint konstant von diesem feinen, kaum hörbaren Motorengeräusch beherrscht, das mehr einem Vibrieren als einem Summen gleicht. Ich sitze in Schweiß gebadet und stiere auf den kaum noch sichtbaren roten Sessel vor mir.

Das Gefängnis, sage ich, um Fassung ringend, ist meines Wissens auch hier eine Einrichtung, deren Genuß man sich erst verdienen muß. Wenn wirklich Angst dabei war, als ich meinen Stand verließ und Schriftsteller wurde, so war es die schwer beschreibliche Angst, mit der man die warme Masse verläßt und in eine kalte, geisterhafte Welt eintritt, in der man eine Identität besitzen muß, um bestehen zu können. Natürlich, ich hatte eine Übergangsphase, lange, vielleicht länger als ein halbes Jahr noch war ich überzeugt, ich würde in die Arbeitswelt zurückkehren ... noch heute erscheint mir dies oft als ein rettender Strohhalm. Ich verließ die Umarmung der Masse ... ja, ich hatte eine so böse Ahnung dabei, als verließe ich unwiderruflich eine brüderliche Umarmung. Dabei, ich mache mir nichts vor, hatte es nie eine brüderliche Umarmung gegeben, ich war durch Herkunft, Bestimmung und Staatsgewalt ein Teil dieser Masse, und ich wußte immer, daß für mich, wenn ich Schriftsteller sein wollte, die Sicherheit der Masse der denkbar untauglichste Zustand war. Dennoch war es so ähnlich, als ob ich noch einmal in meinem Leben einen Schoß, einen dunkel und flexibel mich einschließenden Schoß zu verlassen im Begriff war. – Jetzt frage ich mich selbst, ob nicht für viele, die aus der Arbeiterklasse ausscheiden ... und zwar nicht in Frieden ausscheiden; in Frieden, das hieße in diesem Fall: Aufstieg ... ob nicht für viele, und mich nicht ausgenommen, der Schritt ins Gefängnis eine geheime Ähnlichkeit mit der Rückkehr in den Schoß der Masse hat. Oder ist es einfach eine *Schweinerei*, einen solchen Gedanken zu denken. – Weiter; der Weg zurück war mir abgeschnitten, obwohl ich es lange nicht glauben wollte. Es würde mir nichts anderes übrigbleiben, als die Umstände meiner Herkunft positiv zu beantworten, dachte ich nach einiger Zeit. Dies würde keine von der Macht mir auferlegte Antwort sein können, dachte ich, dies niemals ... andernfalls wäre es bloß die Fortsetzung des mir von der Macht auferlegten Standes auf dem Papier. Und offenbar würde es mein Los sein, nie zu erfahren, wie diese Antwort zu geben sei. – Es kostete mich keinerlei Anstrengung, zu begreifen, daß ich nicht von der Arbeiterklasse geschickt worden war, um zu schreiben ... wenn das der Fall gewesen wäre, hätte es vielleicht einen Grund gegeben, mich Arbeiterschriftsteller zu nennen. Ich scheue mich nicht zu behaupten, daß von ihr, dieser Klasse, sogar meine ärgsten Behinderungen ausgingen. Was ich sagen kann, ist nur, daß ich von ihr geboren worden bin, geboren lediglich, und offenbar nicht als ein Wunschkind.

Angesichts so pathetischer Ergüsse kann man nur hoffen, daß Sie endlich aufhören, über sich selbst zu reden. Dieses Gemisch von literarischer Emphase und lumpenproletarischer Froschperspektive scheint doch erkennen zu lassen, daß ein schwerwiegender Teil des Untergrunds, auf den Sie bauten, hohl geworden ist, daß Ihnen die Realität, auf die Sie zurückgreifen könnten, aus den Fingern geglitten ist. Da sind Ihre zwielichtigen Horrorstories doch noch interessanter ... sie erscheinen mir wenigstens subversiv genug, um Ihre vielberufene Herkunft in Frage stellen zu können. Allerdings wüßte ich nicht, wo gerade darin eine positive Antwort an die Herkunft verborgen sein sollte.

Freilich scheint jede Antwort eines Schriftstellers an seine Herkunft zuerst von Negation geprägt. Aber es ist wohl nur so, daß ein Schriftsteller, ganz gleich welcher Klasse er entstammt, tatsächlich in keinem Punkt seiner geistigen Arbeit die Berechtigung dafür finden kann, sich auf sein Herkommen zu berufen, sondern bei Null anfangen muß und ohne gesellschaftlichen Rückhalt. Tatsächlich ist jeder Schriftsteller, wie ich ihn verstehe, ein Findelkind und ein Unbehauster, ein von seinem Stand mehr oder weniger Versprengter. Gerade in diesem Jahrhundert hat sich eine Art von Klassenlosigkeit der Kunst durchgesetzt, die fast zu einem der Hauptmerkmale ihrer Form geworden ist, ein Umstand, der ihr sehr zu danken ist, der modernen Kunst. Allein im Reflektieren der spezifischen Bedingungen und Schwierigkeiten des einzelnen Autors taucht dieses Problem noch auf. Und womöglich stellt schon dieses Reflektieren eine diskursive Antwort auf den jeweiligen Urschleim dar … und führte zu dieser Art klassenloser Voraussetzung für das, was man Kunst nennen kann. – Doch zurück zu Ihrer Frage nach dem Horror. Vielleicht kommen die wahren Schreckensgeschichten gerade aus proletarischen Kreisen, vielleicht sind die Hirne der unteren Klassen anfälliger für solche Vorstellungen. Es kann sein, ich gehe zu weit, wenn ich denke, es ließe sich fast beweisen. Man müßte Grundlagenforschung betreiben, und man würde vielleicht erkennen, daß die ursprünglichen Ideen für alle Horrorvorstellungen aus einem Dunkel kommen, das tief im Brei niedriger Schichten angesiedelt ist. Selbst die am kunstvollsten aufgearbeiteten Geschichten scheinen ihr auslösendes Moment in Vorstellungen aus bäuerischen oder proletarischen Gedankengängen zu beziehen … wenn sie nicht so weit zurückliegen, daß diese Begriffe noch nicht anwendbar sind. Ich weiß nicht, ob es nur an der sogenannten Unaufgeklärtheit niedriger Schichten liegt. Ich glaube jedenfalls, daß der Kern allen Spuks vollkommen plebejischen Ursprungs ist.

Man kann es schwer nachvollziehen, aber ich ahne, es handelt sich um die Rückkehr von dem berühmten Spaziergang in der Menge, nach dem man plötzlich glaubt, es löse sich ein Spuk aus den Wänden. Es ist der Verzicht auf die Masse, der solches bewirkt. Als ob der Schritt heraus aus der Masse ein Schritt in die Kälte wäre. Als ob dieser Schritt eine Spaltung zur Folge hätte, eine inwendige Spaltung. Das Individuum aus plebejischem Umkreis, das ein Verlangen nach Vereinigung mit der Masse in sich trägt … womöglich schon genealogisch … oder jedenfalls in sich verinnerlicht hat, muß vom Moment seines Rückzuges aus der Masse an ganz konsequent einen selbstbeschreibenden, selbstuntersuchenden Impuls verspüren … es sieht sich plötzlich von außen, weil es den eingebildeten Blick der anderen auch noch leisten muß. Weil die Medizin der Masse nicht mehr heilt, muß es sein eigener Pathologe werden. Zum Widerspruch dabei wird, daß ein Selbstheilungsversuch gerade die Verfertigung einer Spaltung ist und nicht, wie man annimmt, ein Aufbruch in Richtung eines sogenannten heilen Ich. Und der Eindruck aus dieser Spaltung ... wahrscheinlich schon seine bloße Ahnung ... führt ganz folgerichtig zur Verunheimlichung aller umgebenden Dinge.

Die Dinge ... die Dinge, sie sind schließlich nicht nur für den einzelnen gemacht. Eigentlich kommt man als einzelner mit ihrer Vielzahl kaum noch zurecht.

Man hat das Gefühl, überschüttet zu sein. Die Dinge in ihrer Massenhaftigkeit, und dabei in ihrer Präsenz, die dauernd zum Umgang mit ihnen aufzurufen scheint, daß ihre Nähe schon bedrohlich wird ... es kann sein, daß sie Ekel auszulösen beginnen, eine weitere Variante der Berührungsangst, oder schon mehr ... sie beginnen plötzlich ein eigenartiges Grauen auszustrahlen.

Die Dinge werden plötzlich zu einer Art kalter Masse, im Gegensatz zur menschlichen. Vielleicht eine Art Ersatzmasse. So etwa, wie es das absurde Theater dargestellt hat. Die Menge der Dinge ist ohne eine Menge von Leuten vielleicht nicht erträglich ...

Der Horror ist also rein selbstbeschreibender Natur und dem pathologischen Impuls zu verdanken, der eigentlich die Konsolidierung des Ich im Sinn hatte. – Keiner von diesen lächerlichen Figuren, der rittlings auf seiner klapperdürren Rosinante ... im Volksmund Schreibtischstuhl genannt ... die nächtliche Parforcejagd über den Bodensee überstanden hätte, ohne einmal zwischen eisigen und schleimigen Algen und Kriechtieren sich gegraust zu haben. Ich kann nicht begreifen, wie Sie so närrisch sein konnten, über sich selbst zu schreiben ... ich sehe Sie mit Ihrem Wasserleichengesicht hinter dem Schreibtisch sitzen, Ihre Augen sind tot, und der Grundschlamm tropft Ihnen von den Mundwinkeln. Sie müssen Ihren nächsten Text unbedingt mit einem *Du* beginnen, oder zumindest mit einem mutigen *Er* oder *Sie*. Spucken Sie dieses schwarze Sperma sofort wieder aus, wenn Sie den Verdacht haben, es sei Ihr eigenes.

Sie können mir das alles sehr gut erklären, sage ich, und ich weiß nun endlich, wer Sie sind. Sie sind vermutlich mein eigenes Ich, Sie sind mein Aufpasser. Derjenige, der über all die Jahre auf mich achtgegeben hat und der immer verhinderte, daß ich einmal aus der Rolle fiel, wie man so schön sagt. Immer haben Sie Mister Hyde verhindert, und zwar erfolgreich ... wissen Sie, wer Sie sind. Sie sind der Staat, die Staatsmacht, die gesellschaftliche Initiative ... etwas, wie die Autos da draußen vor dem Fenster. – Zum Beispiel kennen Sie sich hier genau aus, Sie denken nicht daran, ein Wort über das ausgefallene Licht in diesem Zimmer zu verlieren. Sie wissen, man muß nur etwa eine halbe Stunde ruhig sitzen bleiben, bis alle in diesem Haus übereingekommen sind, daß ich es diesmal nicht sein werde, der in den Keller geht ... irgendwann wird jemand mit einer Taschenlampe hinabsteigen, um eine neue Sicherung einzuschrauben ... bis dies geschieht, sitzen Sie hier seelenruhig mit mir im Dunkeln.

Ich starre auf die in düsterem Rot glimmenden Lampen des Deckenlichts und der Schreibtischbeleuchtung; die ganze Zeit habe ich nur auf ihr Wiederaufstrahlen gewartet ... nein, wir haben gewartet, wir waren uns einig zu warten, doch ich habe den Eindruck, daß diese Zeit von einer Länge war, die ich gnadenlos nennen möchte. – Gerade in diesem Moment flammen die Lampen geräuschlos und ruhig auf. In der nun fast irritierenden Helligkeit sehe ich, daß der Sessel, der vor dem Schreibtisch steht, leer und unberührt ist. Als habe mir dieser Umstand ein sprachloses Erstaunen verursacht, schweige ich mehr als eine Minute.

Ich habe ein sehr schlechtes Erinnerungsvermögen, sage ich dann, gegen den Sessel gerichtet. Hören Sie, ein miserables Gedächtnis, das vollkommen von irgendwelchen literarischen Namen oder Begebenheiten besetzt ist, ich kann eigentlich gar nicht über mich selber nachdenken. Vielleicht bringe ich meine Räume längst durcheinander, vielleicht war es nicht diese Berliner Wohnung, die an der Eigenheit zu erkennen war, daß ihr das Licht öfters ausfiel. Und es war vielmehr eine frühere Wohnung in Berlin, eine ganz andere, nicht diese, oder eine Wohnung ganz anderswo und nicht hier in Berlin. Ich kann es für mich tatsächlich nicht klären. Vielleicht können Sie mir auf die Sprünge helfen ... denn ich fürchte, nicht mehr die Hälfte von allem der Wahrheit entsprechend darstellen zu können, wenn es darauf ankommt. Aber kommt es darauf an. Kommt es darauf an, *ich* im richtigen Raum zu sagen. In so vielen Zimmern, in so vielen, habe ich nachts so gesessen, so gesessen. Keines davon, keines war das meine, war meines. Ich weiß nicht wie, wie soll es gesagt sein, sein werden durch mich.

Sollte ich auch verhört worden sein, durch mich ist nichts verraten, und sollte ich auch gehört worden sein, von mir ist nichts geraten.

Kommt es darauf an, diese Katakomben und Schächte, die erwähnt wurden, längs der richtigen Straße laufen zu lassen. Längs der schon lange verschwundenen Straße. Nein, hier kommt es nicht darauf an, hierzulande nicht. Nicht mehr. Es reicht zu erwähnen, daß diese Gänge und Keller weiter irgendein Bewußtsein unter der dünnen Haut einer Hirnschale durchschneiden, mit ihrem muffigen, diffusen Licht. Das reicht, während wirkliche Räume, Tatsachen, Geschichte hier so phantastisch irrelevant geworden sind, daß sie wahllos durcheinandergewirbelt erscheinen, dauernd vermischt mit ihren Proklamationen, mit ihren Fotos und offiziellen Mitteilungen, und diese mit ihren späteren defensiven Manifestationen. Pah ...

Schweigen. – –

Es will mir wie ein weitverbreiteter Irrtum vorkommen, wenn man glaubt, daß innerhalb enggezogener Grenzen, in der Abkapselung, in der Gefangenschaft, ein besonders eindringliches Nachdenken über das Selbst statthaben könne, daß man dort, in einer solchen Zelle, zu seinem sogenannten wahren Selbst finden könne. Daß dort ein wirklich autobiographisches Nachsinnen möglich sei, daß ein Ich in der Eingeschlossenheit zu Erkenntnissen über die Natur dieses Ich käme. Nein, in Wirklichkeit befindet sich dieses Ich immer jenseits, jenseits einer Grenze, jenseits einer Mauer; Gefangene können unmöglich über sich selbst nachdenken, und diese Unmöglichkeit ist der Zweck der Gefangenschaft. Bestenfalls finden sie noch zu Rechtfertigungen ... zu Rechtfertigungen für ein Gefühl der Unhaltbarkeit ihres Zustands. Die Selbstbeschreibung aber ist jenseits.

Ich deute mit dem Zeigefinger hinauf zur Zimmerdecke: Können Sie mir zum Beispiel das erklären, das da ... es wird von mir verlangt, das zu erklären. Niemals ... nie, so sagt man, käme in meinen Texten ein zweiter Mensch vor, nur immer die Figur des Protagonisten. Seltsam, sagt man, wo sind die anderen. Was soll diese Unterlassung, diese Attitüde, sich stets allein und nochmals allein darzustellen. Denn eine wahre Darstellung kann nicht auf die Darstellung des einzelnen im Zusammenhang mit den anderen verzichten. Und tatsächlich, da oben, im obersten Stockwerk, wohnt die Frau ... für den Fall, daß es noch dasselbe Haus ist ... mit der ich wirklich zusammengelebt habe. Tatsächlich, einmal im Leben ist mir das gelungen. Und ich habe einige Zeit mit einer Frau zusammen gewohnt.

Schweigen. – –

In solch einem lächerlichen Schweigen saß ich schon seit meiner Jugend. Und draußen waren die Frauen. Und ich saß in der Stille, übte mich in der lächerlichen Farce, mein Dasein zu beschreiben. In der Nähe meines Kopfes schwärmten die Wörter, wenn ich in dieses Schwirren hineingriff, erwischte ich gleich ein Dutzend, doch keins davon erwies sich als tauglich, das Nichts zu beschreiben. Untauglich für das Verfassen einiger Zeilen, in die Welt gerichtet, die von mir kündeten. Ich hatte zwar Vorbilder ... *Edgar Allan Poe* und die Beschreibungen der Frauen, wie sie bei ihm vorkommen: *Ligeia, Eleonora, Annabel Lee.* Es waren die wunderlichsten Bilder von Frauen, die ich finden konnte, Entwürfe voller bebender Sinnlichkeit unter der sanften und intellektuellen Oberfläche ... grandiose Lügen, phantastische Lügen. Und in diesem Stil verfaßte ich meine Lettern an die Welt. – Später, als ich das Aufbegehren gegen meine Wirkungslosigkeit schon lange in mir ertränkt hatte und als ich *Kafka* zu lesen begann, stieß ich gleich in der ersten Geschichte – *Kinder auf der Landstraße* – auf einen Satz, der mich erstarren ließ. Dort, etwa in der Mitte des Textes, findet ein kurzer Wortwechsel der Kinder statt. Vorwürfe der Spielkameraden über sein Zuspätkommen abwehrend, ohne gleichzeitig ihre Berechtigung abstreiten zu können, fordert der jugendliche Ich-Erzähler seine Teilnahme an dem darauffolgenden Treiben mit den seltsamen Worten ein: *Keine Gnaden!* – Ich erbleichte. Ich sah plötzlich: mich; das erste Mal in meinem Leben fand ich *mich* beschrieben. Und ich erkannte auf der Stelle, was hier geschah: die *Literatur* antwortete dem *Leben: Keine Gnaden!* – Dies war meine letzte Erfahrung mit der Sprache, und ich gab es auf, *wie das Leben* zu schreiben, da ich doch Literatur wollte.

Meine Sucht nach dem *Geist* schien unersättlich, und ich bemerkte erst viel später, daß es die Sucht nach dem Trivialen war. Dabei wich das Triviale eigentlich schon seit meinen frühesten Versuchen nicht von mir. Nacht für Nacht sah ich mich unter dem Lampenschirm sitzen ... von Anfang an schon war es so, daß ich eine ganz deutliche Vorstellung davon hatte, in welcher Situation ich mich befand ... wie ich dasaß. Immer hatte ich ein ziemlich genaues Bild von meiner Körperhaltung, und immer kam damit die ganz untrügliche Empfindung einher, daß mich in dieser Situation der Geist, nach dem ich dürstete, nicht erreichen konnte. Und von oben her, aus dem Lampenlicht, regnete etwas auf mich herab. Ich schloß die Augen, ich wollte es nicht spüren müssen. Als ich mich dann zusammennahm und ein wenig schrieb ... stets nur Zeilen, wenige Zeilen, die ich schreiben wollte ... und dies womöglich bis in die jüngste Zeit ... als ich endlich schrieb, im dünnen Licht unter dem Druck der Nächte, die mir zum Fenster hereinglotzten, braute sich über meinem Kopf das Grauen erneut zusammen. Über mir, über dem Lampenschirm, wo das Dunkel wieder die Oberhand gewann, quoll ein gräßlicher Schimmel aus finsteren Fugen. Weiße Maden, papierweiße Würmer, die ihre Hinterteile wanden, als ginge es darum, der Musik eines Schlangenbeschwörers zu gehorchen, einer dünn schrillenden Musik, die ebenso schmutzig schillerte wie die Flut dieser Maden ... Maden, die sich im Dutzend zu paaren schienen, paradox, und sich zu unheimlichen Arabesken zusammenfanden, bis sie das Abbild dieser irren Musik zu sein schienen ... dieser fratzenhaften Musik, und die Arabesken verwandelten sich in Fratzen, zu einem Gestrüpp böser, beweglicher Masken, hinter denen ich ein einziges wirkliches Gesicht erblickte, das sich jedesmal schon verflüchtigende Trugbild eines gerade von mir angebeteten Mädchens. Das zumindest trauen Sie mir doch noch zu, oder ... mit meinen Worten, mit meinen Satzgewinden, die ich heftig aufs Papier warf, focht ich gegen dieses gespenstige Treiben, doch dies hatte nur zur Folge, daß ich ein noch tolleres Gelichter, ein noch dichteres Gestrüpp zwischen mir und jenem längst unsichtbaren Traumbild aufgitterte. Das Ungeziefer über mir vermehrte sich ungeheuer, die Maden entzweiten sich schließlich mit ihren schwarzen Schatten, und diese begannen mich zu berühren, begannen, durch Mund, Nase und Ohren, durch all meine Körperöffnungen in mich einzudringen und sich in mir festzusetzen; es war eine Gegenform von Leben, eine kalte, tote, zunehmende Masse.

Aber auch das Bild hinter den Masken war nicht *wirklich*, das Wort hatte mich getäuscht. – Von solchen Zuständen befreite mich erst – vorübergehend – die Frau da oben; ich deute erneut zur Dekke empor. Gleich nachdem ich bei ihr eingezogen war, zerstreuten sich diese Gespinste. Womöglich lag es nur daran, daß ich plötzlich einen Menschen kannte, der an meinem Schreibzeug unverhohlenes Interesse zeigte, ja, auch in dieser realistischen Zeit, und … ich beobachtete es aus den Augenwinkeln … sogar davon beeindruckt schien; ich registrierte genau die erstaunten Blicke, die sie auf mich richtete, wenn sie, wie ich instinktiv erriet, beim Lesen eine der Stellen erreicht hatte, auf die ich besonderen Wert legte, und wenn ich mich nicht irrte, lag in diesem Erstaunen ein guter Teil Bewunderung.

Wenn ich mir nun meine alten Lektüren noch einmal vornahm, die ich so geliebt hatte und von denen ich nicht loskam, geschah es mir, daß ich gerade die Stellen, in denen so phantastisch kühl und doch exzessiv jene traumhaften, überirdischen Frauengestalten geschildert waren … *Ligeia, Eleonora,* das Antlitz des *ovalen Porträts* …, unendlich lächerlich fand. Bei aller auserlesenen Kunst der Beschreibung, bei allem Verständnis für diesen Dichter, ja trotz meiner Liebe zu ihm und obwohl ich mir sagte, daß auch E. A. Poes Schreiben den Bedingungen seiner Zeit unterworfen war, eine so *reine* Art zu denken, wie sie diese unwirklichen und seraphischen Schemen hervorgebracht hatte, war mir plötzlich fremd. Ich glaubte den Untergrund dieser Beschreibungen zu erkennen, und die Faszination dieser Texte stellte sich mir jetzt in eine Diskrepanz zu diesem Untergrund; für die nächste Zeit gelang es mir nicht mehr, sie zu lesen, ohne daß sich mir dieser vermeintliche Untergrund an die Oberfläche drängte. Und ich kam bei diesen Gedanken nicht ohne einen Vergleich davon: meine eigenen, mir in den Nächten entschwindenden weiblichen Vorstellungen, die ich auf dem Papier zu fixieren versucht hatte, entsprangen einem ebenso gearteten Hintergrund. Das berührte mich peinlich, und ich konnte diese Texte von Poe nicht mehr lesen ohne den Verdacht, jeder müsse längst erkannt haben, was sie eigentlich wären, nämlich lächerlich: zwar hatte ich die Ahnung, daß ich mich etwas zu einfach ausdrückte, aber in letzter Instanz hielt ich diese Beschreibungen doch für Texte, durch die sich ihr Autor mit dem Mittel hochstilisierter und romantischer Idealismen über ein ziemlich gewöhnliches und triviales Unbefriedigtsein hinweggeschrieben hatte. Daß ich allerdings kein Anzeichen der vermuteten Trivialität in den Zeilen fand, besagte noch nicht viel ... es stürzte mich höchstens in Zweifel über mein eigenes Vermögen, Trivialität von Kunst zu unterscheiden.

Ich begnügte mich vorerst mit jenen Geschichten von Poe, die ich für bloße Schauerstücke oder Rachegeschichten hielt. Hier zumindest vermutete ich einen Anarchismus, der rebellische Allegorien erfand, welche, den Selbstlauf ihrer *bösen Bewegung* nutzend, nach einer Art amoralischer Freiheit tasteten, die ich gedanklich akzeptieren konnte. – Ich sage gedanklich, weil diese Ideen, wenn ich sie mit den realen Möglichkeiten verglich, mir nichtsdestoweniger einen Schrecken einjagten, der mir sofort in jene Zeilen kroch, die ich selber zu verfassen suchte. Und ich spürte schnell, wie der Schrekken meine Texte lähmte und jedesmal ihren vorzeitigen Abbruch herbeiführte. Die Spaltung löschte meine Texte aus: es war mir nur zu deutlich, daß der Antrieb, dem es gelingen konnte, meine Prosa zu *bewegen,* aus meiner höchst alltäglichen Existenz als damals sehr förderungswürdiger Jungfacharbeiter nicht zu gewinnen war, daß die Realität in einem Maß über mich zu herrschen begonnen hatte, dem ich in einiger Hinsicht das Prädikat phantastisch nicht absprechen konnte.

Diese anderen Texte ... *Ligeia, Eleonora* ... ohne die genannte Beeinträchtigung zu lesen gelang mir erst wieder, nachdem ich mich von der Frau da oben getrennt hatte. – Die Trennung, in der ich eine Folge meiner literarischen Impotenz sah, in der sich mir alle Öffnungsmöglichkeiten verstopften, brachte es mit sich, daß sich mir ähnliche Zustände wieder einstellten, wie ich sie schon überwunden geglaubt hatte, nur daß diese auf andere Weise nuanciert erschienen. In einer der ersten Nächte nach meinem Auszug aus der oberen Etage hatte ich einen Alptraum, der mir noch gut in Erinnerung ist, da er deutlich in zwei verschiedene Hälften zerfiel: ich war lange unterwegs in einer Gegend, die teils großstädtisch wirkte, teils freies Feld war, und meine Wanderung steigerte sich schließlich zu der Flucht vor einem anscheinend gefährlichen, mindestens aber scheußlichen Wetter, das mich jedoch nicht eigentlich ereilte. Es war noch weit hinter mir, eine in unbestimmtem Licht stehende Wand, ein Sturm, der sich fast in Form einer Flutwelle aufbaute, die immer höher stieg und deren Heranstürmen zu fürchten war ... aber sie kam nicht näher. Dennoch steckte ich schon mitten in den Vorboten dieser Katastrophe, in Wirbeln, die vollkommen richtungslos mich einmal erfaßten und gleich wieder losließen ... seltsamerweise war die Wand dieses Sturms in der Ferne hell, bleich, weiß, irgendein Weiß schien an einer Vorderfront zu kochen, oder es schien sich zu ringeln, undefinierbar weiß zu ringeln. – Dann war ich in meinem Zimmer, und ich erinnerte mich nicht an diesen Sturm, nur wußte ich, daß ich nicht grundlos in einer Panik gewesen war ... und wie um dieses Gefühl loszuwerden, machte ich mich sofort zum Hauptakteur eines merkwürdigen Geschehens, das ich jetzt sah. Es war eine Szene, in der einer lebensgroßen Puppe der Kopf abgesägt wurde, ich selbst war es, der mit einer alten rostroten Handsäge den Hals der Puppe bearbeitete und den Fußboden mit weißen hölzernen Sägespänen übersäte. Allerdings waren die Sägespäne sehr lang und zusammenhängend, hatten mehr Ähnlichkeit mit den gewirbelten Metallspänen, die etwa eine Drehmaschine erzeugt. Sehr schnell erfolgte ein Umschlag, und ich war die Puppe, die über einen Stuhl gelegt war, ein schweres hartes Knie klemmte meinen Brustkasten auf dem Sitz fest, an meinem Hals wurde gesägt, vollkommen schmerzlos, und aus den Augenwinkeln erkannte ich, daß ich auch derjenige war, der das Instrument führte, die Säge mit verbissenem Gesicht hin- und herzog und sich dabei immer wieder zum Fenster hin umwandte, als käme von dort der strenge Blick eines Überwachers. Ich konnte seine Sorge gut begreifen und schaute ebenfalls nervös zum Fenster ... dann sah ich, wie beifallheischend seine Blicke waren ... draußen vor dem Fenster war es weiß, ich erinnerte mich an Fluchten, glaubte plötzlich zu wissen, daß diese nicht so lange zurücklagen, wie ich mir in einer fahrlässigen Illusion eingebildet hatte, er oder ich, wir waren erst jüngst, gerade erst jetzt, vor etwas ungeheuer Bedrohlichem geflohen, und ich war dankbar, daß ich in diesem Moment, in dieser Szene, von der Gefahr zumindest vorübergehend abgeschnitten war ... und ich suchte nun ebenfalls nach einer Bestätigung dafür, daß ich meine Aufgabe gut genug erfüllte, meine Blicke, zum Fenster in dieses Weiß gerichtet, hießen: es ist doch zu sehen, daß ich es schaffe, daß ich vollkommen brauchbar bin, daß ich meine Sache gut und sauber erledige. –

Plötzlich war die Zeit gekommen, in der ich erkannte, daß nicht *Poe* in jenen erstaunlichen Beschreibungen, die ich zu interpretieren geglaubt hatte, trivial gewesen war, sondern daß nur ich allein es war ... allein meine eigenen Gedanken verdienten den Vorwurf der Trivialität. Wenn ich gemeint hatte, der Hintergrund einiger seiner Geschichten sei ein ganz trivialer Mangel an Wunscherfüllung, so wußte ich jetzt, daß dieser Mangel, dieses Unbefriedigtsein und diese Trivialität nur in einem war: in der verzweifelten und banalen Mechanik, die mich dazu verführt hatte, ihn, Poe, derart zu *durchschauen.* Tatsächlich, so war es ..., dachte ich, stand auf und wusch mir die Finger.

Ich überlegte weiter, nur um unversehens in Niedergeschlagenheit zu sinken. Ich war erneut der Realität und ihren lächerlichsten Erklärungsverfahren zum Opfer gefallen. Er nämlich hatte mit diesen Texten etwas geleistet, was ein übriger Grund dafür war, daß sie sich mir entzogen hatten: er hatte eine Grenzüberschreitung vorgenommen, gerade mit diesen Beschreibungen hatte er die Grenzen der Realität und ihrer Determinationen überschritten, und damit auch das Feld verlassen, in das ich *tiefer einzudringen* geglaubt hatte. Er war in Räume vorgestoßen, in denen er der Wirklichkeit der biographischen Anlässe, seiner Lage darin und seiner Herkunft daraus, keinen Glauben mehr schenken mußte.

Ich saß in meinem Zimmer, in dem sich das Licht wie zum Hohn bis auf ein minimales Glimmen verdüstert hatte, und sprachlos vor Zorn erkannte ich die Untat, die das Denken der angewandten Realität an mir begangen hatte. Es kam einem Mord gleich, wußte ich nun ... ich war nicht, wie sonst, imstande, einen mir neuen Gedanken als ein Plus für mich anzuerkennen, denn dieser, es schien zu offenbar, kam mir zu spät ... vielleicht um ein halbes Jahr zu spät. Jenes leere Loch, das in mir unmerklich auf ihn gewartet hatte, hatte sich während dieser Zeit mit einem so schweren Dünkel dem Unsichtbaren gegenüber angefüllt, daß ich wahrscheinlich noch einmal geboren werden mußte, um ein Denken zu erlernen, das nicht ein bloßes Vergleichen war. – Ich sah mich, in einer blitzartigen Erinnerung, von der Maschine weg, mit dem soeben fertigen Werkstück in der Hand zur *Kontrolle* gehen, voller Resignation, unter dem Funkeln der verächtlich auf die Nasenspitze gefallenen Brille des Gütekontrolleurs, den seelenruhigen Bewegungen zuschauend, mit denen er, sehr wohl wissend, daß diese Minuten mir bei der Erfüllung der Norm fehlen konnten, meine Arbeit überprüfte, bis er endlich Meßuhr und Mikrometer beiseite schob und sein gelangweiltes *Paßt* hören ließ, woraufhin ich erleichtert zur Maschine zurückstürzte. – Wenn ich an mein Schreiben dachte und an meine Mühen, dasselbe mit meinem Dasein irgendwie in Einklang zu bringen, sah ich den Kontrolleur in mir all sein freudloses Desinteresse verlieren. Ausschuß, brüllte er, Ausschuß ..., und das Vibrato der Zufriedenheit strahlte in diesem Brüllen.

In diesem Moment flammte das Licht im Zimmer endlich wieder auf, und es war, als ob es meiner zusammengebrochenen Gestalt Evidenz verlieh. Ich erkannte mich in dieser Minute als rettungslos verloren ... chancenlos, vollkommen passé. Gelächter schüttelte mich, wenn ich daran dachte, wie ich jeden meiner Sätze, bevor ich ihn notierte, an die Wirklichkeit gehalten, wie ich versucht hatte, jedes Wort mit dieser Wirklichkeit zur Deckung zu bringen. Und wie ich daran gescheitert war, wie jeder Satz endlos meine Unfähigkeit abspiegelte, eine reale Existenz zu gewinnen, wie alle Wörter letzten Endes der Wirklichkeit fremd blieben. Wie man es mir, was ganz und gar dasselbe war, einesteils als Tugend, andernteils als Unterlassungssünde anrechnete, daß ich mich nicht in Gesellschaft dargestellt hatte. – Ich hatte mich überhaupt nicht in Gesellschaft darstellen können, weil ich mich nicht selbst dargestellt hatte. Denn ich war überhaupt nicht vorhanden. Ich hatte lediglich einen Entwurf von mir dargestellt, dem ich eine Sprache zu leihen versucht hatte ... die triviale Sprache, die, mehr oder weniger verschlüsselt, ihrem Unbefriedigtsein Ausdruck geben sollte und ihrer Verwirrung über die Nichtexistenz einer Stimme dafür. – Wie, o Wirklichkeit, hätte ich dich, in meiner Eigenschaft als wirkliche Person in Beziehung zu einer anderen Person, darstellen sollen ... als Wirklichkeit im Innern meiner Eigenschaft als Person, die mir entflohen ist, in dieser flüchtigen Person, die ich nicht mehr wahrnehmen kann, seitdem das Aufgleißen des sprachlosen Lichts mich zum Erlöschen bringt, und mir lähmende Erinnerungen wiederholt, und ich nun deutlich sehe, wie ich in meiner Nichtsnutzigkeit hier verharrte und noch immer verharre, eine den Wahrnehmungen unzugängliche Höhle in mir, und Sinne in mir, denen sich die Ankunft eines jeden Geschehens unendlich verspätet. –

Unter diesen keuchend hervorgestoßenen Worten war es jetzt totenstill im Haus. Ich entriß mich meiner Bewegungslosigkeit, um noch einmal, gründlich, den gesamten Fußboden abzusuchen. Ich kam bis zum Korridor, vielleicht öffnete ich auch noch die Tür zum Hausflur ... ich mußte einem Irrtum aufgesessen sein in meinem Glauben, es sei, zu Anfang dieses Abends, an meiner Tür geklingelt worden. Wahrscheinlicher war es, daß ich selbst versehentlich geklingelt hatte, als ich gekommen war. Ich kam so unregelmäßig, so unvorhergesehen in diese Wohnung, sehr oft hielt ich mich in einer anderen Straße auf; es konnte sein, daß ich Licht hier im Zimmer vermutet hatte ... da es dauernd ausfiel, war es gut möglich, daß man ging, ohne in der Dunkelheit den Schalter nach unten zu kippen, daß man es vergaß, daß es infolgedessen brennen konnte, wenn man Tage später kam ... und daß ich zuvor durch das Küchenfenster im Hof hereingeschaut hatte, mich natürlich nicht erinnerte, ob ... nicht erinnerte, ob wer in der Küche gewesen ...

während eines Hustenanfalls, den ich gehört hatte, und vermeintlich über dem Motorengeräusch eines an- oder abfahrenden Kraftwagens, an eine Szene mit einem Kraftwagen auf der Straße erinnerte ich mich nicht, wohl aber, daß mir etliche Gedanken vom Verlöschen des Lichts übertönt worden waren, in Ablenkung von der Suche nach einem Brief, den ich geschrieben und an mich selbst adressiert hatte … er lag auch jetzt nicht auf dem Fußboden. War noch immer verschwunden.

Gib ihn mir zurück, hatte ich sie angeschrien, ich muß ihn zurückhaben, verstanden. Wenn du es dir anders überlegt hast, wirf ihn mir unten durch den Briefschlitz, und du brauchst dich nicht zu entschuldigen … es ist ein Brief an meine Adresse, an meine … – Sie hatte unter Tränen beteuert, keine Ahnung davon zu haben … sie sah meine Wut und meinen Wahnsinn; tobend, die Tür hart zuschlagend, war ich gegangen.

Ich hatte den Brief tatsächlich an mich selbst geschrieben, er enthielt vielleicht die einzige Erklärung, die mir die Möglichkeit gab, meine Arbeit fortzuführen, er enthielt vielleicht den großen Verrat an mir. – Ich hatte mehrere Wochen auf sein Eintreffen gewartet, bis mir die Erleuchtung kam: ich hatte es unterlassen, mein Namensschild, das neben dem ihren am Hausbriefkasten klebte, zu entfernen … und dadurch war der Brief eventuell zu ihr nach oben geraten. Die Postbotin, die von meinem Auszug von da oben nichts ahnte, hatte ihn, anstatt durch den drei Schritte entfernten Türschlitz meines Parterres, in den Hausbriefkasten … ich war sofort nach oben gestürmt und hatte die augenblickliche Herausgabe gefordert.

Vielleicht hast du den Brief in diese Ausbauwohnung in die G. Straße geschickt, in die leere Wohnung, in die du einziehen wolltest … hier jedenfalls ist keiner angekommen, erwiderte sie, beleidigt über meine Anschuldigungen. Doch ich in meiner Wut, während ich ihre Schubladen aufriß, überhörte diesen Einwand. – Es war das letzte Mal, daß ich oben in ihrer Wohnung war; es ähnelte mehr einem gewaltsamen Eindringen, und sie wollte mir den Weg vertreten, doch ich stieß sie gegen die Wand … sie war wohl der Meinung, daß ich sie geschlagen hatte und ich einen

Tag später ebenfalls; unerklärlicherweise reute mich dieser Vorfall heftig.

Dennoch ging mir der Gedanke nicht aus dem Kopf, daß ich den Brief auch in die G. Straße adressiert haben konnte. – Wie sie auf diesen Einfall gekommen war, wußte ich nicht; ich hatte stets geglaubt, sie sei, von einem bestimmten Zeitpunkt an, auf eine langanhaltende und eigenartig unbelehrbare Weise eifersüchtig auf die Postbotin gewesen. Dies hatte seinen Grund in einem äußerlich ziemlich belanglosen Vorfall. Die Postbotin, zu deren Dienstbereich diese wie auch die G. Straße gehörte, sah natürlich viel besser aus als die Frau da oben ... ich zeigte zur Decke ..., die man nur gutaussehend nennen konnte, wenn man alle dafür das Maß bildenden bürgerlichen Normen ausschlug. Ich aber hatte mich daran gewöhnt, ich hatte sehr schnell entdeckt, auf welche Art sie mir viel besser zu gefallen schien als jede andere ... sie jedoch glaubte es mir nicht. Sie hatte meine Erregung gespürt, als ich zum ersten Mal auf die Postbotin getroffen war, doch an dieser Begegnung hatte mich etwas ganz anderes fasziniert. Letztere nämlich – mir war ein ganz unverwischbarer Eindruck davon geblieben, als ich sie einmal zufällig unten an den Hausbriefkästen sah – ähnelte auf ungewöhnliche Weise einer anderen weiblichen Person, die mir früher, in einem lange zurückliegenden Jahr, fiebrige Träume und Schweißausbrüche verursacht hatte. Diese Ähnlichkeit, die ich zu sehen meinte, gegen einen blendenden Lichteinfall von der offenen Haustür her, der mich eigentlich nichts erkennen ließ, außer den wie von flüssigem Gold umsprühten Umrissen ihrer schmalen Gestalt, vermochte es, daß ich diese Frau, nach der ersten Sprachlosigkeit, sofort nach dem Namen fragte. Aber das war sinnlos, denn ich wußte nicht einmal, wie jenes Mädchen von früher geheißen hatte, mit dem ich nie ein Wörtchen wechselte. Jenes Mädchen ... sie war das Opfer meiner verwirrten Gedanken während des gesamten ersten Jahres nach dem Ende meiner Lehrzeit, als ich im Drei-Schicht-System an der Maschine stand, dem ältesten Modell ihrer Art in diesem Betrrieb, und ich sah sie dort in jeder dritten Woche, wenn ich in der Frühschicht eingesetzt war. Sie kam mit einem zweirädrigen Handkarren den Gang zwischen den aufgetürmten

Werkstücken entlang und sammelte die leeren Pfandflaschen der Maschinenarbeiter ein. Ehe sie mich ansprechen konnte, wich ich in den Schatten zurück und beugte mich in den abseits stehenden Werkzeugschrank; ein flüchtiger Blick auf sie hatte ausgereicht, mir einen Schock zu versetzen. Sie trug einen engsitzenden, beinahe weiß gewaschenen Overall, und die straffe Naht, die den unteren Teil dieses Kleidungsstücks in der Mitte zusammenhielt, tauchte in eine tiefe, wie von einem Messerschnitt verursachte Falte im keilförmigen Zusammenschluß ihrer beiden stoffumspannten Oberschenkel, einige Zentimeter der etwas ausgefransten, wulstigen Naht waren zwischen zwei kräftigen, überquellenden Lippen eingeklemmt und unsichtbar. Mit leichtem Schwindel hielt ich mich an der öligen Blechtür meines Schranks fest, bis sie mit dem Wagen vorüber war. Sie war womöglich zwei, drei Jahre älter als ich, wie ich tags darauf aus gebührender Entfernung festzustellen glaubte; ich sah sie, jenseits der straßenbreiten Halleneinfahrt, auf den Holzregalen an einer imposanten Karusselldrehmaschine sitzen, Zigaretten rauchen und lachend mit einem Dreher plaudern, was mich entnervte; er, der Karusselldreher, hatte auf Grund der großflächigen Teile, die er bearbeitete, stundenlange Laufzeiten und damit den ganzen Tag Zeit für Geschwätz, während ich, an dem kleinen Bohrwerk, mickrige Werkstücke in Serie fertigte und stets in Bewegung gehalten war. Mit mir konnte man nicht schwatzen, um mich nicht in Schwierigkeiten mit den knappen Normzeiten zu bringen, und ich war dankbar, daß mit mir niemand sprach. Der Anblick dieses Mädchens hatte zur Folge, daß ich allmorgendlich triefäugig und noch im Halbschlaf an der Maschine stand, die Gedanken an sie ließen mich noch Stunden nach Mitternacht mit grellem Bewußtsein wachliegen.

Ich war so unvorsichtig gewesen, der Frau im oberen Stock von meinem Glauben an die Ähnlichkeit – die ich sogar frappierend nannte – ihrer beiden Geschlechtsgenossinnen zu erzählen, und ich bemerkte sofort, daß sie es nicht gelassen hinnehmen konnte. – Ich kann mich eigentlich nicht genau an das Mädchen aus meinem Betrieb erinnern, lenkte ich später ein, wahrscheinlich würden sie sich überhaupt nicht ähneln, und das Ganze ist nur eine lächerliche Einbildung von mir. – Ebensogut könnte ich sagen, daß wir uns alle ähnlich sind, daß wir uns im hauptsächlichsten Ausdruck alle gleichen, weil wir aus ein und derselben Sippe sind, fügte ich hinzu.

Und ich sagte mir selbst, daß es nur Einbildung sei. Freilich war die Briefträgerin etwa der gleiche Typ, nur daß sie viel von der Kraft des Mädchens von einst verloren zu haben schien, älter, schlanker und schmaler geworden war. Sie hatte eine ebenso orangebraun getönte Gesichtsfarbe, die auf öfteren Aufenthalt in der Sonne wies, und hatte eine ähnlich fein gebogene Nase, deren Ausdruck zwischen Energie und Empfindlichkeit unentschieden blieb, sie trug das gleiche dunkle Haar, nur daß es der Briefträgerin bis auf die Schultern floß, während das des Mädchens aus dem Betrieb kurzgeschnitten über dem noch etwas breiteren Gesicht lag. Entgegenfallendes Licht aber entzündete die Haarspitzen ihrer Häupter in derselben Weise und lieh ihren Silhouetten den erzitternden Schimmer winzigster Weißglutstäbchen, bei jeder ihrer beider Regungen schienen elektrisierte Locken abzuspringen und teilten dem Flaum der Wangen beider ihr Leuchten mit, Augen und Lippen irisierten im gleichen wechselnden Erglänzen, und in Halshöhe schon bargen ähnliche Schatten die Form, die sich mir in der nun wiederholten Weise entzog. – Aller Sonnenschein erinnerte mich in seiner Unruhe seitdem unabwendbar an das Brennen, das durch die zahllosen Fenstersegmente an der verglasten Stirnseite jener Maschinenhalle hereinbrach, an den schweren Lichteinschlag, der in maßloser Stille fiel, so daß er in meinem Gedächtnis noch die dröhnenden Arbeitsgeräusche der Maschinen und Motoren wie in unsichtbare Watte hüllte, Gehör und Augenkraft beeinträchtigte und mich in tiefer Betäubung hielt, auch wenn das Mädchen aus der schwarzen Toreinfahrt den Karren in dieses Licht schob, den sie mit ihrem Schoß, mit jenem magischen Winkel darin, dem blanken Lenkrohr angepreßt, steuerte und vorwärts stieß, bis sie in der blendenden Sonne der Hallenmitte zu einer dünnen Kerze dunklen Rauchs zu schrumpfen schien, näherdringend sich aber in Umrissen wieder verkörperte, während ihr wirkliches Aussehen, wie um unvergleichlich zu bleiben, weiterhin verborgen war in der Schmelzhelle der Brandfackeln, die der Sommer durch die staubige Glaswand hereinschleuderte.

Wie ich nun auch bestritt, noch immer die Ähnlichkeit dieser beiden Geschöpfe zu erwägen, es wurde mir nicht mehr geglaubt. Es war auch ein gegenstandsloser Aspekt in diesem Streit, vielmehr wurde mir vorgeworfen, daß mein irriger Eindruck auf die fortdauernde Beschäftigung mit einem *anderen* weiblichen Antlitz hinweise, während ein wirkliches – es war das Gesicht der Frau aus dem oberen Stockwerk gemeint – mich nicht mehr interessiere. Zum endgültigen Zerwürfnis aber führte der unveränderte Anblick meines Nichtstuns; die Frau mußte schließlich bemerken, daß ich ihren Vorstellungen nicht entsprach, entweder ein anderer war oder mich zunehmend in eine von ihrem Bild verschiedene Richtung entwikkelte. Seit ich nicht mehr zur Arbeit ging, gelang es mir auch nicht mehr, mein Dasein mit der Entstehung lesbarer literarischer Texte zu rechtfertigen. Was ich selbst davon akzeptierte, verbarg ich vor ihr, weil ich Mißverständnisse fürchtete, die diese Versuche zwangsläufig, wie mir schien, hervorrufen mußten. Und die Texte, die ich sie lesen ließ, weil in ihnen, wenn auch entfernt, noch ein Übergriff aus der Realität waltete, fanden nicht mehr das Geringste an Gnade ... sie verdienten es freilich auch in meinen Augen nicht. – Gerade in diese Phase fielen einige der Reaktionen auf die von mir veröffentlichten Texte ... um so mehr mußte ich plötzlich vortäuschen, ein annehmbarer Schriftsteller zu sein; und ich mußte vor der Öffentlichkeit – und sei es, daß es eine zumeist imaginäre Öffentlichkeit war –, vor Journalisten und Publikum, davon niemand eine Ahnung zu haben schien, wie tief ich in der Öde steckte, vorspiegeln, daß ich mit Dingen beschäftigt sei, die sich Hoffnung auf neuerliche Resonanz machten, ich mußte so tun, als sei mein Geist an der Arbeit ... was in die Tat umzusetzen mir allnächtlich mißlang. – Sie, die Frau, war der einzige Mensch, der einen Eindruck davon hatte, in welch unendlicher Trivialität ich mich bewegte ... hatte ich eine andere Wahl, frage ich, als sie aus meiner Gegenwart zu verstoßen.

Schweigen; ich bemerkte, daß ich keine Antwort mehr erhielt. Sie sind gegangen, rief ich, nach einer Zielrichtung für den Klang meiner Stimme suchend, die mir nicht stark genug erschien, Sie sind gegangen ... ich verstehe, Sie sind fort, Sie sind einfach gegangen. – Keine Antwort; es mußte schon lange nach Mitternacht sein, und im Haus war eine ungewöhnliche Stille, in der sich das Licht mit eindrucksloser Kraft von der Decke senkte. Da zog ich mir den Mantel über und verließ die Wohnung.

Noch im Hausflur, kaum daß sich die Wohnungstür hinter mir geschlossen hatte, schien mich wieder die Halluzination eines Motorengeräuschs irritiert zu haben. Es war ein Aufheulen, ein Winseln ... gerade in dem Augenblick, als mir das Hauslicht erlosch ... zuerst dem vergeblichen Anlassen eines Fahrzeugmotors ähnlich, und ich wußte nicht, war es auf der Straße oder tief im Innern des Hauses, in einem mir unbekannten Keller. Und es erinnerte mich zusätzlich an die Nachtgeräusche meiner Haftzeit, die mir noch in den ersten Wochen nach der Entlassung nicht aus dem Schlaf weichen wollten: fern, in einem verborgenen Hof oder in einer Halle der leichte Aufschrei, mit dem eine Maschine begann, nicht laut, aber doch den ganzen Gebäudekomplex des Kerkers durchdringend ... der flatternde, angestrengte Lauf einer veralteten Transmission, der sich auf einer bestimmten Tonhöhe einzupegeln schien, bis plötzlich das kaum noch erwartete, schmetternde und klirrende Niederkrachen eines schweren Werkzeugs alle Zuhörer erschreckte ... es klingt wie eine Guillotine, hörte ich scherzhaft sagen, und dieser Vergleich schien mir zutreffend ... es war das Gerücht unter den Häftlingen, daß an dieser Stanze oder Presse irgendwelche Medaillen hergestellt würden, man erzählte es sich grinsend, und in diesem Spott erkannte ich einen unveräußerlichen Gruß, und einen natürlich einladenden Gruß, der eingefroren in die Bronze dieser Medaillen den Dekorierten in aller Welt sich erbot. – Draußen auf der Straße war Regen und Sturm, Herbst, der irgendwo im Süden seine dunklen Sturmböen beschleunigte, in der Straße war nichts von Leben, dennoch überall Bewegung, Fetzen und Unrat wurden gegen die wenigen Lampen angetrieben, die kahlen wurmstichigen Bäume schienen erwacht, dürres Gezweig rieselte, und Blätter wurden aufgehoben und flogen durch den Regen, gegen die Parterrefenster, ich sah sie an den Jalousien hängen, Blätter, die in diesem Licht sehr hell und wie Papier wirkten. Es war, als kämen sie von der Hauptstraße und vom Fluß herauf, über den sie wehten, sie bedeckten die Flußbrücke, die von den heftiger anlaufenden Windstößen dann und wann wieder leergefegt wurde ... die Blätter glichen alten, übelriechenden Schriftstücken, die schon in Fäulnis übergegangen waren. – Dicht in den Mantel gewickelt ging ich schneller und schneller, während mir die Tropfen auf dem Gesicht zerplatzten; bald war ich auf der Flußbrücke angekommen, die sich an eine große leere Straßenkreuzung anschloß und einen erhöhten Standort bot, der den Überblick über große Teile des Viertels gestattete. Hier waren die Bäume weit zurückgeblieben, und obwohl sich der Sturm gerade in der Richtung sammelte, in die ich schaute, war es hier auffällig still, der nasse Beton der Fahrbahn glänzte in der Leere der Brückenbeleuchtung. – Das aufgewühlte Wasser unter mir war traurig und häßlich anzusehen; in den tanzenden Lichtkreisen der Lampen, die seine Oberfläche gleißend fleckten, sah ich, daß der mir entgegenströmende Fluß große Mengen eines undefinierbaren hellen Unrats heranschleppte und unter der Brücke hindurchschwemmte. Das sonst schwarze, schaumige Wasser schien bis zum Grund durchsetzt von einer unaufhörlichen Flut kreiselnden weißen Mülls, der, so weit ich sehen konnte, eine widerwärtige Spur in der Flußmitte bildete. – Von der Brücke aus konnte ich den größten Teil der verkommenen Grundstücke überblicken, die, nach dem Ufer abfallend und durch Maschendrahtzäune getrennt, die rechte Flußseite säumten. Es waren Anwesen, auf denen sich Kohleberge und Holzstapel häuften, Werkstätten, Genossenschaften, Speicheranlagen und Wäschereien, es war die Gesamtheit der toten Peripherie eines auslaufenden Stadtviertels, ruinenartige Nutzbauten und fensterlose Schuppen; jenseits des Flusses begann, mit kleiner Industrie, den Docks der Lastschiffe, mit den gleichen toten Höfen ein anderer Stadtteil. Allerorten wurde fettiger Absud dem Flußwasser zugeführt, dazwischen lagen verwahrloste Badestrände, eingestürzte Bootsanlegestellen. Das durch eine leichte Flußbiegung gut übersichtliche rechte Ufer ließ den Blick auf das Gelände einer Altstoffhandlung in der G. Straße zu, sowie auf das nachfolgende des Postamts Nr. 113, aber in der trübseligen Beleuchtung vermischten sich sämtliche Grundstücke miteinander. Neben der flachen Baracke der Altstoffhandlung lagerten, umgeben von Schrottgebirgen und aufgetürmten Flaschenkisten, riesige meterhohe Ballen von Altpapier unter freiem Himmel und waren allen Wettern ausgesetzt. Nachlässig gestapelt und von den Stricken kaum mehr gefesselt, war die Auflösung dieser zerweichten Bündel in jedem Augenblick zu erwarten, der nahe am Fluß aufgeschichtete Haufen wurde am gänzlichen Auseinanderfallen nur durch zwei rostige verbogene Autokarosserien gehindert, die ihn einklemmten. Große Teile davon aber hatten sich schon zum Wasser hin selbständig gemacht, die Flußwellen zerrten an einer mehr und mehr nachgebenden Papierlawine, auf dem Flußgrund schien sich hellbrauner Schimmel gebildet zu haben, und von hier aus schleppte sich diese schmutzig weiße Spur bis zur Flußmitte und nahm, mit öligem Wasser und Schaum, ihren Weg bis zu der Brücke, auf der ich stand. – Nun aber hatten einzelne heftige Windstöße begonnen, diese Ballen förmlich in die Luft zu sprengen, und die über der Gegend schon ein wenig hellere Nacht war von dem schwarzen, bleichen Geflatter des Altpapiers erfüllt, das, bis in ungeheure Höhen gewirbelt, über den Häusern stand und in Richtung Nordwesten abtrieb. Es war ein höllischer Anblick, und er erinnerte mich merkwürdigerweise wieder an den Brief ... es schien nicht sicher, ob das Schwärmen des auffliegenden Papiers vom Gelände der Altstoffhandlung oder von dem der Post seinen Ausgang nahm; im Zwielicht des in den sausenden Lüften heraufdämmernden Morgens erkannte ich, daß die sich auflösenden Papierberge längst beide Höfe besetzt und überflutet hatten, der baufällige Zaun war schon durchbrochen, und alte Zeitungen, Pappkartons, Stöße von ausgedienten Schriftstücken brandeten längst gegen die Wände des Postgebäudes zurück.

Die vielleicht unerhebliche Schwierigkeit, einen der Atmosphäre halber geschilderten Morgen in diesem Stadtteil genauer zu datieren, hat einen Grund, der ziemlich banal ist, und noch einen zweiten. Der erste liegt einfach darin, daß ein Tagesanbruch im Frühjahr sich von einem solchen, der etwa Anfang November stattfindet, hier durch nichts unterscheidet. Beide Male sind es Nebel, der Gifthauch der Schornsteine, Regen, der den Schmutz phosphoreszieren läßt, und schließlich Stürme, die den Dämmer hinwegfegen;

die halbmodernisierten, für den Autoverkehr weit aufgerissenen äußeren Stadtviertel lassen Kälte und Wind ungehindert gegen die Wohnenklaven anrennen; hier, wo einst eine der angenehmsten Gegenden Berlins war, dringen dauernd schwere Dreck- und Gaswolken herein, und es ist vom Herbst bis zum Frühling ganz das gleiche Bild. Erst im Sommer tauchen die dunkelgrünen Parkanlagen aus dem leblosen Wüstenmaterial hervor und verleihen einer Retrospektive von Tagen die Evidenz, die nicht im Zwielicht zerstört wird. Für die übrigen unwirklichen Erinnerungen scheint der Monat, dem sie zuzuordnen sind, beliebig; man wählt den oder jenen, daß eine bestimmte Chronologie, die man im Auge hat, nicht verletzt werden kann.

So war auch der letzte Morgen einer, der länger zurücklag. Die bruchstückhaften Gedanken, die in der Nacht zuvor erörtert wurden, werden in keinem Punkt weniger oder mehr verständlich, wenn wir feststellen, daß dieser imaginäre Dialog – der einem Wachtraum zu vergleichen war: wir alle kennen jene verzweifelten Situationen, in denen wir lange Nächte wach sind und uns selbst messerscharfe Reden halten ... die im Frühlicht sofort ihre Schärfe verlieren und plötzlich seit unübersehbar vielen Nächten vergangen scheinen – und der sich anschließende, fluchtähnliche Eilmarsch durch die Straßen ... daß diese Szenerie eigentlich schon ein halbes Jahr zuvor stattfand. – Nach der Nacht, um die es sich jetzt handelt, an diesem endlos verzögerten Herbstmorgen aber sitzt der Erzähler in der Unterwäsche – die übrigen, völlig aufgeweichten Kleider hängen zum Trocknen am Ofen, und der Aufschlag einzelner Wassertropfen ist in der Stille zu hören – vor dem Rest des Tees, der mit einer starken Dosis Alkohol untermischt ist, an seinem Schreibtisch: Es war das erste Mal nach sehr langer Zeit, daß sich mir die Feder nicht sträubte, daß die Sprache auf dem Papier sogar Umstände hinnahm, die mir sehr unlogisch erschienen. Hier ist das Ergebnis:

Als C. in die G. Straße einbog, erkannte er, daß eine Gruppe von Menschen, die auf das Eintreffen der Straßenbahn wartete, sich nicht wie gewöhnlich dicht um das Haltestellenschild scharte, sondern sich ein beträchtliches Stück weiter unten, an der Einmündung zu einer Nebenstraße, aufhielt. Ihre Blicke wandten sich ihm entgegen, und er, in gut gespieltem Unternehmungsgeist eine kleine, aber vollgestopfte Tasche schwenkend, entschied sich sofort, ein Stück zu laufen; er sah, daß die Leute, ohne sich in ihren alltäglichen Witzeleien stören zu lassen, auf der Hut waren, sich schnell in Bewegung zu setzen, sobald die nur kurz haltende Bahn, von der Flußbrücke herab, in die G. Straße einfuhr. Das Verhalten der Leute war merkwürdig, aber C. verspürte keine Lust, den Grund dafür zu erfahren; hier, an dieser Haltestelle, gab es immer einige bekannte Gesichter, aber auch an der nächsten, zu welcher man leicht auch zu Fuß kam, würde es mit Sicherheit jemanden geben, der ihm ein Gespräch aufnötigte. Die Strecke von hier bis zum nächsten Halt der Bahn war identisch mit seinem früheren Arbeitsweg, eine Station von hier entfernt hatte er als Heizer in einer zentralen, stadtbekannten Großwäscherei gearbeitet. Dies war einige Zeit her, aber noch immer, so schien es, war die Neugier der Leute nicht befriedigt, die ewigen Fragen ehemaliger Kollegen nach seinem jetzigen Tun und Lassen waren noch nicht beantwortet. Wie zum Beispiel sollte er zufriedenstellend erklären, was ihn gerade bewogen hatte, stadtauswärts zu fahren, bis zu einer Station weit außerhalb des Viertels, von der aus man schnell eine Autobahnauffahrt erreichte, an der sich die Anhalter aufzustellen pflegten, die per Autostop in Richtung Süden wollten. – In einer Entfernung von noch fast zehn Metern vor dem Haltestellenschild war er dann in eine Geruchswolke geraten, die ihm den Atem zu verschlagen drohte. Er hielt die Luft an und rannte durch diese Wolke, die etwa an der Haltestelle ihre höchste Intensität hatte und sich erst in der Nähe des Eingangs zu jener Seitenstraße, in einem von dort kommenden Windhauch, zu verflüchtigen begann. Gleichzeitig hörte er das Kreischen des einfahrenden Wagenzugs, die Menschen kamen ihm entgegengelaufen, einige machten ihm Zeichen in Richtung auf die Bahn, während sie sich die Nasen zuhielten. Er aber jagte an ihnen vorbei und floh, all seine Pläne aufgebend, in die Seitenstraße hinein.

Er verirrte sich dann, folgte weiteren, sich verzweigenden Nebenstraßen, geriet in eine Gartenkolonie, wo er auf eine geöffnete

Kneipe stieß. Dort trank er ein paar Gläser Bier, zahlte mürrisch und ließ sich auf den Pfennig herausgeben; die Auflösung seiner finanziellen Mittel schien seit Wochen nicht mehr aufzuhalten. An diesem Tag wagte er nicht mehr, sich der G. Straße zu nähern.

Der Gedanke an den schrecklichen Gestank an der Straßenbahnhaltestelle verfolgte ihn ... der in diesem Jahr so glühend heiße Mai hatte ihn ausgebrütet, unerwartet schnell ausgebrütet, wenn damit nicht zuviel gesagt war. Ein Pesthauch – in seinen Gedanken war die Luft über dem Bürgersteig mit einem Mal schwarz und lastend, als sei die trockene Sonne zu kraftlos gewesen, einen unerschöpflich aus dem feuchten Schatten des Hauses vis-à-vis hervorkochenden, schwer dampfenden Niederschlag zum Versiegen zu bringen –, der Brand eines Geruchs von abscheulicher Süße kroch aus allen Ritzen und Spalten, aus den zerschlagenen Türen und Fenstern einer leeren Wohnruine, deren Instandsetzung er einmal euphorisch ins Auge gefaßt hatte. Und dieser Geruch glich dem seines eigenen Körpers ohne Unterschied, wenn er sich lange in diesem Haus aufgehalten hatte. – Als C., zu mitternächtlicher Stunde, einmal wieder die G. Straße durchwanderte, war der Geruch verschwunden, das Betreten dieser Wohnung aber war ihm für immer verleidet.

Von den Anzeichen seiner seltsamen Unternehmungen abgesehen, war in den geräumigen Zimmerfluchten, in denen einst beträchtlicher Reichtum geherrscht haben mußte, nichts Ungewöhnliches zu entdecken. Keine verdächtigen Spuren, die über das hinauswiesen, was ich schon kannte: unzählige Fußabdrücke, die alle von ihm zu stammen schienen, die Wege, die er sich durch die in Jahrzehnten unberührte Staubschicht gebahnt hatte, der dreibeinige Stuhl, der an die Wand unter dem vordersten Fenster gestellt war. Eine dieser Wegbahnen führte von der Tür des Korridors diagonal zu einer Ecke des zweiten Raumes, wo C. die Arbeit an einem wahren Kunstwerk begonnen hatte. Er hatte, mit einer Zuversicht, die mich an seiner Urteilskraft zweifeln ließ, angefangen, einen zusammengestürzten, ehemals ungeheuer prachtvollen Kachelofen wieder aufzubauen, der früher diesen Winkel des salonartigen Zimmers bis zur Decke hinauf ausgefüllt hatte und der dazu gedient hatte, diesen, wie auch den folgenden Raum der Zimmerflucht gleichzeitig zu erwärmen. Mehr als die ganze obere Hälfte dieses barocken, außerordentlich komplizierten Prunkstücks lag in Trümmern, der größte Teil der reich gestalteten Keramikschalen, die seine Außenseite geschmückt hatten, war zerschlagen; ich hielt die Zerstörung dieses Kunstwerks, das Museumswert gehabt haben muß, für irreparabel. Er jedoch hatte Schemel, Mörtelbehälter und kleines Maurerwerkzeug darum versammelt, hatte begonnen, die Bruchstücke der Schalen auf der Diele zusammenzufügen, einige der Fliesen schienen sogar wieder eingesetzt ... natürlich war er mit diesem Unternehmen kaum vorangekommen, obwohl er den zerfallenen Innenaufbau des Ofens unbeachtet gelassen hatte; ein halbvoller Wassereimer schien entschieden zu häufig zum Kühlen von Schnaps- oder Weinflaschen benutzt worden zu sein, wie die darin abgelösten Etiketts bewiesen. Es sah nicht aus, als hätte er die Absicht gehabt, den Ofen in gebrauchsfähigen Zustand zu versetzen, viel eher schien C., dessen Schreibversuche immer weniger glücklich verlaufen waren, die Kunstform gewechselt zu haben. – Wenn man es gewollt hätte, wäre an der Heerschar leerer Flaschen, die den Fußboden besetzt hielt, abzulesen gewesen, welche Sorten geistiger Getränke ihn bei der neuen Aufgabe behinderten; es waren im Prinzip die gleichen, die seinen Verstand schon während seiner Schreibversuche in Anspruch genommen hatten, zuerst war es Wein, an jedem Vormittag eine Flasche, danach wurde es roter dickflüssiger Wermut, bald, kontinuierlich mit dem Dahinschwinden seiner Ersparnisse wurde es Schnaps, Wermut und Schnaps, und diese Art spiritueller Beschäftigung verlagerte sich zunehmend auf die Nachtstunden. Wenn nur die dünnen Lichtkeile einer Straßenleuchte durch die zerbrochenen Jalousien hereinfielen, schienen in der Ruine des Kachelofens Flammen zu züngeln, und während er seine gespenstige Sauferei fortsetzte, stellte er mit halblauter Stimme Betrachtungen an, die um das Verbrennen der Materie kreisten; das Leben und seine Energie, murmelte er, die im Kohlenstoff der Welt aufgehoben sind ... die jahrhundertelang verfeinerte Kunst seines Verbrauchs ... als funktioniere die Welt nur auf der Basis eines allumfassenden Einäscherungsverfahrens. –

Im Frühjahr schon, noch vor Beginn seiner Sisyphosarbeit an

diesem Kachelofen, schienen ihn seltsame Trübungen heimzusuchen. So als könne er sich selbst nicht wiedererkennen, vollführte er merkwürdige Tänze vor dem Spiegel, dem bis dahin am wenigsten beachteten, ganz erblindeten Inventarstück seines Zimmers. Es war deutlich, daß das, was er sah, keinerlei Billigung fand; er war ein nicht eben großer Mann um die Vierzig, der zuviel aß und noch mehr trank, eine Gewohnheit aus den Jahren, in denen er als Heizer physisch schwer gearbeitet hatte, und die er beibehielt, als er nur noch unbeweglich am Schreibtisch saß. Er war kräftig, aber von gequälter Langsamkeit, ein Mensch mit weichgewordenem Fleisch an Schultern und Bauch, mit Falten unter den Brustwarzen und Speckwülsten an den Lenden. Mit einem breiten Gesicht, das schon etwas zerflossen und teigig wirkte, mit langem fettigem Haar, das Schuppen und Schrunden abwarf, ein Mensch mit kurzatmiger Lunge, der verschwitzt und hustend aufstand und dennoch Zigaretten rauchte, bevor er zur Zahnbürste griff, ein Mann, dessen Penis morgens auf Grund von Urinandrang sichtbar war, sich aber nach dem Weg zur Toilette ins Innere des überhängenden Unterkörpers zurückzog. – Im Endergebnis solcher Selbstbetrachtung zog er einen alten Koffer hervor, dem er stock- und schimmelfleckige Kleidungsstücke entnahm, die er in der ersten Hälfte seines bisherigen Lebens getragen hatte. Diese einst gut sitzenden, seiner vergangenen Körperform nachempfundenen Hosen, Hemden, Jacken platzten nun aus den Nähten, schnitten seine Fettpolster in Streifen, daß er in eine aus wurstähnlichen Ringen zusammengesetzte Figur verwandelt schien, dennoch begann er dieses muffige Zeug zu tragen. Gleichzeitig unterzog er sich einer Hungerkur, die ihn in einen permanenten Zustand von Nervosität und Gereiztheit versetzte, ihm jeden menschlichen Umgang verdarb, das alteingesessene Fett unter seiner Haut aber nicht zu vertreiben vermochte. – Diese Veränderung, die mit deutlich selbstzerstörerischem Antrieb über ihn kam, hatte eine ihrer möglichen Ursachen in einem winzigen Vorfall, der kaum mit Recht eine Begegnung zu nennen war. Er war mit der Briefträgerin des Viertels zusammengestoßen, hatte sie, wie von Sinnen, augenblicklich angesprochen, sie aber hatte ihn frostig stehenlassen. Für alle Zeit schien es ihm ausgemacht gewesen, mit der

Institution der Post, sofern er sie nur tangierte, in Fehde zu liegen – dauernd war mit seinen spärlichen Verbindungen etwas nicht in Ordnung, sah er sich als Opfer unlauterer Übergriffe, die von der Post ausgingen, besonders seinen kleinen literarischen Briefverkehr glaubte er behindert ... und überwacht – nun schien er auf einmal alle Postämter angenehm zu finden. Ich sah ihn plötzlich am Abend, nach Schalterschluß, vor dem Postamt 113, wo er auf die noch erleuchteten Fenster starrte, er machte plötzlich Umwege, um an der Post vorbeizukommen, es gelang ihm sogar, worin ich Höhepunkt und Abschluß dieser Parodie erkannte, sich im Stile eines Philatelisten, einer von ihm mit Hohn bedachten Spezialität der Menschheit, nach den neuesten Sonderbriefmarken zu erkundigen ... wie oft er diesen Gipfel erstieg, ist undeutlich, wahrscheinlich wurde sein Vorhaben schon beim ersten Versuch unterbunden, als ihm eine Schalterbeamtin, seinen Tonfall imitierend, flötete, seine Wünsche seien unerfüllbar. Kreidebleich verließ er die Poststelle, um sie nie wieder zu betreten; der alte Haß gegen diese Einrichtungen, der zu erliegen gedroht hatte, war gewachsen zurückgekehrt.

Ein solches Amt betrat er erst wieder in seiner Geburtsstadt M., als er einmal, von seiner Unruhe wahrhaft erbarmungslos gejagt, für eine Woche seine Mutter aufsuchte. Als diese seinen Zustand erkannte – obgleich er sich zu beherrschen imstande war –, bot sie ihm sofort Geld an, daß er sich neu einkleiden könne, und forderte ihn auf, bei ihr zu bleiben, bis sich seine Nerven beruhigt hätten, wie sie es ausdrückte. Er nahm das Geld, obwohl er vor dem Betreten von Konfektionsgeschäften zurückschreckte, und versprach, so lange zu bleiben, wie sie es wünsche ... diese einigermaßen kalte Antwort war geeignet, sie in noch größere Sorge zu versetzen. Da er ihre wachsende Bestürzung spürte, vermied er es, ihr tagsüber zu begegnen; wenn er nicht schlief, zog er sich zurück und durchwühlte all seine Schränke nach Büchern, die er in dieser Stadt hinterlassen hatte. Mit dem Umsturz, der in seinem Innern vorgegangen war, hatte sich auch seine Lektüre geändert, er las plötzlich wieder die Bücher, die er vor zwanzig Jahren verschlungen hatte: Stevenson, Poe, ein paar anglo-amerikanische Kriminalromane, und Byrons Vampir-Fragment – ohne die Fortsetzung von Polidori –, das ihn wegen der lichtlosen Stimmung, die darin zum Ausdruck kommt, immer wieder erstaunen ließ. Diese wenigen Seiten hatten ihm, vor vielen Jahren schon, öfters zum Vorbild für eigene Produkte gedient, allerdings hatte diese Vorlage mehr dahin gewirkt, daß er in seinen Entwürfen ebenso fragmentarisch blieb. – In M. umkreiste er nachts die Gebäude der Maschinenfabrik, deren Komplex ganze Straßenzüge einnahm, und hielt sich unter den Fensterfronten auf, hinter denen er früher gearbeitet hatte. Er lauschte dem grollenden Chor der Maschinen, einem stetigen Dröhnen, das sich unter ihm, unter dem Straßenpflaster erzitternd fortzusetzen schien; es war, einem immerwährenden Meereslärm ähnlich, das gleichmäßige Donnern einer andersgearteten Ruhe, die nur manchmal von einem Aufschrei zerrissen wurde, wenn Stahl und Eisen zu hart und unvermittelt aufeinandertrafen. Dieses Werk hatte sich im Lauf der Jahre zu einem sogenannten Musterbetrieb der Schwermaschinenindustrie entwickelt, was längst noch nicht der Fall war, als man ihn hier beschäftigt hatte. Damals war es ihm als eine Strafe erschienen, in einem Betrieb zu arbeiten, der mit unzulänglichsten Mitteln um Rentabilität rang; es wirkte sich auf die Arbeit aus, dieselbe war ein dauerndes Wechselbad zwischen sklavischem Überstundenschinden an der Maschine und Abkommandierung in andere darniederliegende Abteilungen ... es hatte einen Skandal gegeben, als er sich in das Kesselhaus versetzen ließ; wozu, hieß es, haben wir dich drei Jahre lang ausgebildet ... und später wurde ihm die Rückkehr aus dem Kesselhaus an die Maschine verweigert ... die Gedanken an sein Dasein in diesem Werk, das ein ununterbrochenes Schwanken zwischen Zwang und Widerstreben gewesen war, wobei man mit massiven Drohungen nicht kleinlich umging, erweckten noch jetzt einen Nachhall von Schrecken in ihm. Tatsächlich, die Industrie war ihm stets ein bedrohliches Reich gewesen ... trotzdem wurde er jetzt vor diesen Hallen ruhiger. Er hatte sich einem Gebiet genähert, das ihm bekannt war, in dessen Innern er sich selbst unter Ängsten zu orientieren vermochte, in dem sein Geist, unter welchen Bedrängnissen auch immer, umgehen konnte. Als er den gleichen Weg in der Sonntagnacht, der letzten Nacht seines Aufenthalts in M., noch einmal unternahm, glaubte er mehr über seine diffusen Gefühle zu erfahren. Jetzt waren die verschlossenen Gebäude halbfinster, stumm und menschenleer, das Werk machte den Eindruck eines ungeheuren profanen Doms; das Licht hinter den schmutzigen Fensterwänden, das fahl und kalt phosphoreszierende, blaue Licht der bei Arbeitsruhe brennenden Notbeleuchtung verlieh den Hallen den Anschein einer merkwürdigen, lauernden Weihe … und richtig, sie glichen in ihrem undurchdringlichen Schweigen plötzlich überdimensionalen Leichenhallen, deren Würde in ihrer Größe lag, obwohl deutlich war, daß ein Heil in ihnen nicht waltete. Und was in ihnen aufgebahrt war, was darin auf einem ölgeschwärzten, nackten Katafalk ruhte, war sein Leben … der Leichnam seines Lebens, von dessen Totenstarre er sich, ein gespenstig wandelnder Schatten, schon vor vielen Jahren abgelöst hatte.

Am nächsten Tag schrieb er einen Brief nach Berlin, den er an sich selbst adressierte und mit dem paranoischen Vermerk *Persönlich auszuhändigen* versah. Er wagte nicht, ihn einem Briefkasten anzuvertrauen … als ob er den einfachsten seiner Handlungen keinerlei Realität mehr zugestehen konnte, trug er ihn selbst zum Postamt und ließ ihn dort von der erstaunten Frau am Schalter frankieren; er wartete, bis sie den Brief, mit einer Handbewegung, die über jeden Zweifel erhaben war, auf ein Bündel anderer Post warf, das zum Abtransport bereitlag.

In diesem Moment entdeckte er einige größere Geldscheine in seiner Jackentasche. Es fiel ihm ein, daß ihm seine Mutter noch an diesem Nachmittag Vorwürfe gemacht hatte, daß er sich mit dem Geld noch immer keinen neuen Anzug gekauft habe; er versprach es noch für denselben Tag und schien zu dieser Besorgung im Anschluß an den Weg zur Post auch entschlossen. Aber er kaufte auf dem nahe am Postamt befindlichen Bahnhof eine Fahrkarte und stieg in den nächsten Zug in Richtung Berlin. Auf dem ersten größeren Unterwegsbahnhof verließ er den Zug wieder und hielt sich bis zum Ausschankschluß im Bahnhofslokal auf, mit einem der letzten Nachtzüge, der am Morgen in Berlin war, beendete er die Reise. Gleich nach seiner Ankunft, von einem Bahnhofsfernsprecher aus, telefonierte er mit einem alten Bekannten in Leipzig, den er jahrelang nicht gesehen hatte, von dem er aber noch die Telefonnummer seiner Arbeitsstelle bei sich trug. Dieser Bekannte zeigte sich sehr überrascht und ließ wenig Neigung spüren, auf das Angebot einzugehen, das ihm da unterbreitet wurde. – Es sei an der Zeit, die alte, fast vergessene Freundschaft aufzufrischen, erklärte C. jubelnd, und die Gelegenheit sei günstig, da er sich augenblicklich bei seiner Mutter in M., ganz in der Nähe von Leipzig, aufhalte. Also wollte er ihn noch am heutigen Abend aufsuchen. – Der alte Freund aber wandte ein, daß C. niemals ein gern gesehener Gast seiner Frau gewesen sei, woran er sich noch erinnern müsse. Er würde die Frau mit seinem überfallartigen Besuch nicht sehr beglücken. – Dann treffen wir uns in einer dieser Gartenkneipen bei dir in der Nähe, und wenn es für eine oder zwei Stunden ist, schlug C. vor, und der Freund, der sich mit den Gaststätten selbst in seiner nächsten Umgebung nicht auskannte, verlangte die genaue Angabe des Treffpunkts. C. nannte ihm ein Gartenlokal in Leipzig, von dem er genau wußte, daß es an diesem Dienstag nicht geöffnet sein würde. Ich freue mich aufs Wiedersehen, rief er ins Telefon, es freut mich … und wir können uns nun leicht in jeder Woche treffen, solange ich hier bin … –

Am Abend aber hatte er nur sich selbst zur Gesellschaft, er hockte vor einer Flasche in der dunklen Wohnung in der G. Straße, die er auf so eigentümliche Weise in Anspruch nahm … einen Sinn dafür auszumachen, erwies sich fast als unmöglich. Für vieles, das mit seinen Aktivitäten verbunden war, schien es keinerlei taugliche Erklärung zu geben, und nur der Augenschein hat es vor der reinen Unwirklichkeit bewahrt, nicht aber die Kausalität. Vielleicht sind diese Dinge, errät man in ihnen auch eine Vernunft oder nicht, nur dadurch begreiflich, daß man einen dauernden Antrieb, sich irgendwie in Szene zu setzen, annimmt, der in ihm vorwaltete. – Viele Jahre lang hatte er, nach Aufgabe seines erlernten Berufs, als Heizer in den verschiedensten Industriebetrieben gearbeitet, und diese Tätigkeit hatte den schärfsten Kontrast zu seinen Bemühungen um die Literatur gebildet. Alle Zeit vor den Feuern seiner Kessel hatte er als verlorene Zeit angesehen, und es war zu bemerken, daß er auf das bloße Wort Feuer mit stiller Aggression reagierte … doch es war ihm von frühester Kindheit an aufgezeigt und bewiesen worden, daß er um eines sicheren Broterwerbs willen ... für sich und seine Familie, die schon in einer unbestimmten Zukunft auf ihn wartete ... ein Leben lang arbeiten mußte, daß es einen Verstoß gegen alle Daseinsregeln, ja einen Gesetzesbruch bedeutete, sollte er sich dieser moralischen Verpflichtung entziehen – und diese Festlegung erwies sich schon darin als unumstößlich, wo es hieß, *ein Leben* lang müsse er arbeiten; was darüber hinausging, zielte schon buchstäblich auf ein zweites Leben, auf eine bloße Fiktion ... – Das Wenige, das er in Jahren hatte ansammeln und schnell ins reine schreiben können, das Wenige, das aus diesem zweiten Leben hervorgegangen war, hatte sich plötzlich publizieren lassen und ihn veranlaßt, alles von sich zu stoßen, was ihn am Schreiben hindern konnte: seine Arbeit als Heizer, seine Bekanntschaften ... beinahe seine Mitgliedschaft in der menschlichen Gesellschaft, aber nur, um ihn erfahren zu lassen, daß dieses zweite Leben nicht daran dachte, seinen fiktiven Charakter aufzugeben. Tatsächlich erlosch ihm plötzlich jede Intuition, sein Schreiben selbst schien sich in eine phantastische Vergangenheit zurückgezogen zu haben ... er las die eigenen Texte von früher wie obskure Kryptographien, deren Auflösungen mit ihrem Verfasser gemeinsam das Zeitliche gesegnet hatten. – Daraus wird noch nicht verständlicher, was ihn zu so verzweifelten Projekten trieb, wie es etwa die Restauration jenes alten Kachelofens war. Wäre hier etwas zu analysieren, so böte sich der assoziative Schluß an, es sei ihm hier gleichsam um die Verquickung zweier Sprachebenen gegangen, die ihm früher unvereinbar auseinanderklafften. Um die zumindest sinnbildliche Vereinigung einer Arbeit, der es um Wärmeerzeugung ging, mit einer Arbeit, der es um Kunst ging ... denn, es wurde schon erwähnt, der Kachelofen war einst ohne Zweifel ein Kunststück seiner Art ... wenn nicht ein solcher Schluß von unüberbietbarer Trivialität wäre. Er wäre ein übriges Beispiel jener Stumpfheit, die in jeder Seelenregung die Absicht erkennt, mit der beobachtenden Umwelt einen Konsens heraufzuführen, in welchem man als ausschließlich sinnvoll Handelnder aufgefaßt wird ... in einem Sinn, der die Grenzen banaler Berechenbarkeit nicht verläßt. Aber beinahe alle

Äußerungen C.s widersprachen solchen Berechnungen aufs schärfste. Schlußfolgerungen dieser Art gehören für mich in das Reservoir einer Rolle, die ich nie zu spielen wünschte ... die Rolle wäre von verräterischer Natur. – Soll es aber doch um Erklärungen gehen, so scheint mir seine Begegnung mit jener Briefträgerin, besser noch die anfängliche Faszination, die diese Frau auf ihn ausübte, ein Licht auf seine Konfusion zu werfen. Von der Intensität seiner Kontakte zu ihr habe ich – bis auf einen späteren und abschließenden – keinen Begriff, doch scheint es mir möglich, diese Begegnung habe ihm sein gesamtes Ungenügen an der eigenen Person, das er zwar geahnt, stets aber übergangen hatte, vollauf ins Bewußtsein gerückt. Und dies führte zu seinen hektischen und untauglichen Bemühungen, sich zu verändern, in eine ganz andere Haut zu schlüpfen ... zu der wohl fixen Idee, daß er ein neuer Mensch werden müsse, um ihre Gunst zu erringen.

In einem Punkt dieser Gedanken irrte ich mich gründlich, doch dies begriff ich erst später. Und ich halte es für möglich, daß auch C. es erst später verstand ... und es in diesem Augenblick schon für zu spät hielt. – Der Irrtum lag in dem Wörtchen *neu,* in Wirklichkeit nämlich verlangte er keinesfalls, in eine neue Haut zu schlüpfen, so stark er selber es glauben mochte ... er wollte lediglich zurück in seine alte. Den früheren Zustand zurückgewinnen ... sein früheres Leben, zu dem er von einem bestimmten Moment an gezwungen war, zu dem die Herkunft ihn verdammt hatte ... ein Leben, das ihm endlich nicht mehr mißfallen hätte, wie er nun glaubte ... dies wollte er am liebsten zurückerobern. Wiedererlangen aber in einer freien, selbsterwählten Form ... die nur eine Kunstform sein konnte. Die Herkunft positiv beantworten, so ähnlich drückte er es aus. Er wollte sein vergangenes Leben wiederherstellen, selbst auch als Leben eines Arbeiters, jedoch in einer befreiten Form, daß es ihm zum Vorwurf einer selbsterschaffenen Autobiographie dienen konnte, die er zu schreiben hoffte. – Wenn es ihm früher, unter den Wirkungsweisen und Spaltungen seines Daseins, als einer der Verdammten dieser Erde, beispielsweise nicht möglich erschien, die Bekanntschaft irgendeines weiblichen Geschöpfes zu erringen, so war es jetzt, als er glaubte, dieses Geschöpf wiedergefunden zu haben, auf eine andere Art doch möglich, wenn er nur die Ausgangspunkte verschob, wenn er, in einem rückerschaffenen Leben, günstigere Positionen einbaute. Die Methode, die ein Teil des Kunstwerks war, hatte den Erfolg als Element ihrer Inszenierung zu begreifen.

Aber es geht schon aus der Sprache dieser Überlegungen hervor, wie weitgehend das Kunstwerk dieses Lebens gängigen literarischen Mustern verpflichtet bleiben mußte. Und die Methoden, die ihm für seinen Zweck zu Gebot standen, erschienen mir in erschreckendem Maß durchschaubar. Ich glaubte, etwas längst Althergebrachtes zu erblicken, um es milde zu formulieren, und, wenn der Vergleich nicht zu schmeichelhaft ist, es hatte Ähnlichkeit mit manchen dem 19. Jahrhundert verhafteten Literaturprodukten, in denen der abhanden gekommene Inhalt durch eine gewisse Form ersetzt ist. – So stellte ich etwa in den meisten seiner Äußerungen eine bestimmte Verstiegenheit fest, ganz als könne seine Sprache auf ihre Gegenstände – auf alle Gegenstände, mit denen sie umzuspringen suchte – nicht mehr angemessen reagieren ... und besonders auffällig war dies, wenn es sich um den Gegenstand seines jüngsten Trachtens handelte: ich selbst habe die Frau, um die es hier geht, niemals in der gleichen Weise sehen können wie C., wenn ich sie überhaupt einmal bewußt zu betrachten die Gelegenheit hatte. Wenn man den kaum leserlichen Aufzeichnungen ohne Anfang und Ende, die zuletzt auf seinem Schreibtisch auftauchten, glauben wollte – es konnten ebensogut zehn Jahre alte Texte sein; wenn sie von einer weiblichen Person handelten, so gab es darin keinen Anhaltspunkt für deren eventuelles Urbild –, dann mußte diese Frau ein verwirrendes und mit bloßen Sinnen gar nicht zu erfassendes Wunder sein, das dennoch nur die Schönheit eines einfachen Mädchens war. Das ließ sich nur mit den alten romantischen Vorstellungen erklären, nach welchen eine große innere Schönheit endlich die äußere Erscheinung des Menschen durchdringe und verkläre. Wie sonst war es möglich, daß ein eher proletarischer Typ wie C. – selbst bei, eingestandenermaßen, abgeschwächter Urteilskraft – nicht bemerkte, daß diese Frau ein Wesen von ganz alltäglicher, um nicht zu sagen gewöhnlicher Art war, und vielleicht sogar ganz belanglos. Außer daß sie einigermaßen gut und grazil anzusehen war, schien sie kaum Qualitäten zu besitzen, die über die durchschnittlichen einer kleinen Postangestellten hinausgingen. – Was jene Verwechslungskomödie betrifft, die sein visionäres inneres Auge vor seinem Verstand aufführte – die Vorstellung, einen seiner Jugendträume in ihr wiederentdeckt zu haben –, so stimmt es, bei aller Macht, die man einem ersten Eindruck einräumen mag, doch bedenklich, wie er so heftig und beharrlich an der fixen Idee festhalten konnte; es wirkte wie ein ziemlich verzweifelter Versuch, sich zwischen der tristen Realität, die ihn umgab, und jener höheren, die er erstrebte, eine Beziehung zu schaffen, – wenn ich damit nicht unzulässig vereinfache … oder gar danebenziele.

Ironischerweise will es mir vorkommen, als ob mir selbst schon einmal ein Traum unterlief, der vom Antlitz dieser Postbotin durchgeistert war … ohne Zweifel auf Grund seiner undeutlichen Beschreibungen, die ich so verschwommen fand, daß ich Wasser über dem Gesicht fließen sah, Wasser, das in den Pfeilen des Sonnenlichts einen organgeroten Glitzer versprühte und kaum noch durchsichtig war … es schien, als trieb das erblassende Oval ihrer Wangen durch einen erzitternden Spiegel, die dunklen Flechten des Haares zogen es hinab … in einem einzigen Lidschlag, den ich im Halbschlaf tat, glitt das Gesicht, von Wasserbewegung zerschnitten, wie eine schräg versinkende Scherbe in die Tiefe.

Sein Zustand erschien mir irgendwann besorgniserregend genug, daß ich ihn auf seinen nächtlichen Streifzügen verfolgte, was mir allerdings Schwierigkeiten bereitete, da er förmlich durch die Nacht hetzte, sich zudem in den unwegsamen Gegenden auf beiden Flußufern viel besser auskannte als ich; mehr als einmal verlor ich ihn in der Dunkelheit, öfters mit der in mir damals noch wachen Befürchtung, ihn nicht mehr wiederzusehen. Doch in diesem Frühjahr brauchte ich ihn noch nicht für längere Zeit zu vermissen, beinahe regelmäßig tauchte er in der G. Straße auf, um keuchend in dem unbewohnten Haus zu verschwinden; dies zu sehen, ließ mich nach einiger Zeit sogar aufatmen, es war schon so, daß ich ihn in diesen Räumen in Sicherheit wähnte. Gefährlich wollten mir die Augenblicke vorkommen, in denen ich ihn auf einer der beiden Flußbrükken sah, wo ich ihn jedesmal einholte; er stand, über das Geländer gebeugt, und schien einer seltsamen Erstarrung zu verfallen, lange und offenbar tiefbetrübt schaute er in das schmutzige Wasser hinab. Dabei übertrug, wenn ich es berührte, das Brückengeländer ein krampfartiges Zittern bis zu mir, das in kurzen Intervallen, mit beinahe epileptischer Stärke, seinen Körper gepackt hielt. – Unvermittelt stürzte er weiter, über Fabrikhöfe und durch die Lastschiffhäfen, stampfte über die niederbrechenden Sandhügel vor den Lagern und durch den Morast der Kohleplätze, er verschwand in stickigen Dampfgewölken und tauchte plötzlich wieder auf, über Bretterstege irgendwelcher stagnierender Baugruben wandelnd, die von breiigem übelriechendem Modder überschwemmt waren ... er entkam mir, ich erschrak, als ich fast an ihm vorübergelaufen war, er stand in die Torbögen unerwartet aufwachsender Fabriken gedrängt ... er schien mich nicht zu bemerken, ich aber hörte ihn vor sich hin lachen, es war ein leises hysterisches Gelächter. – Einmal, an einer erleuchteten Stelle, als mir die Hatz zu dumm wurde, rief ich ihn an. Er fuhr herum, und ich zuckte zurück: Sein Blick flackerte in einer Glut, die ich nicht anders als irre nennen mochte, sein Mund war aufgerissen und verzerrt. Er richtete eine wilde feindselige Geste gegen mich, mit der Rechten, ich glaubte tatsächlich, etwas aufblitzen zu sehen ... es war eine Szene, vergleichbar einer ähnlichen aus Stevensons Novellen, die seine Lektüre waren ... nur daß ich ihn in diesem Augenblick nicht niederschlug. Gleich darauf glaubte ich, die Szene sei von ihm *inszeniert*; er riß sich herum und rannte weiter, was er in der Hand hielt, war eine Flasche ... es konnte sein, daß ich mich getäuscht hatte, diese heftige Bewegung hatte vielleicht nur seinem eigenen Schatten gegolten, durch mich aber hatte er glatt hindurchgesehen. – In dieser Nacht machte ich kehrt und ließ ihn seiner Wege gehen, mein Groll gegen ihn ließ sich nicht länger verhehlen.

Ein neues Rätsel aber gab er mir auf, als er sich plötzlich einen anderen Namen zulegte. Ich erfuhr es, als ich bemerkte, daß er alle seine Schriftstücke mit *C. Lippold* unterzeichnete; es erschien mir besonders verrückt, als Schriftsteller war er tatsächlich nicht bekannt genug, daß zu befürchten war, man werde ihn auf der Straße ansprechen; außerdem, so dachte ich, lief er Gefahr, auf Grund seines Benehmens und seines Aufzuges eine Aufmerksamkeit zu erregen, an der ihm nichts liegen konnte, nämlich die Aufmerksamkeit der Behörden, und dabei mußte ein Deckname nur noch verdächtiger wirken. Aber ich hatte bald Gelegenheit, auf eine interessante Spur zu stoßen: ich entdeckte, daß die Außentür der alten Wohnung in der G. Straße noch das Namensschild des früheren Besitzers trug, verschrammt und kaum noch leserlich, aber als ich den Staub abwischte, ließ es sich noch entziffern: *Aaron G. Lippold.* – Diente sein Pseudonym also dazu vorzuspiegeln, er sei ein Nachfahre der rechtmäßigen Inhaber dieser Wohnung ... es ist immerhin denkbar, daß in gilbenden Aktenordnern, die in den Schränken der Behörden ruhen, selbst Tatsachen aufbewahrt werden, die älter sind als die Regierungen, die den Wechsel von Staatsapparaten und ganze Generationen von Bürokraten überdauert haben. Sich gegen die Zeitlosigkeit von Aktenvermerken durchsetzen zu sollen, mag tollkühn anmuten, aber in diesem Fall hatten die Dokumente eine vielleicht unbedeutende Lücke, die C. sich zunutze zu machen gedachte. Die Bewohner des in Rede stehenden Hauses waren schon seit dem Krieg nicht mehr da, und der traurige Grund dafür war ein weithin bekannter: sie wären eine reiche, teilweise jüdische Familie gewesen, die man abgeholt hatte ... allerdings mit einer Ausnahme, wie es hieß, und darüber wußte niemand Genaueres. Man munkelte von einem Entkommen in die USA zu einer Zeit, als solches schon unmöglich gewesen sein sollte, und also von Unterstützung dabei von sehr einflußreicher Seite. Dieser vakanten Person nun sollte es zu verdanken gewesen sein, daß das Haus nie wieder bezogen wurde, es war immer so, als drohe die unerwartete Rückkehr *dieses* Lippold, oder *dieser* Lippold, es war, als ob ein Bann über dem Haus läge, und man ließ die Finger davon mit einer Einmütigkeit, wie sie nur unter Behörden anzutreffen ist. Selbst die übrigen Bewohner verflüchtigten sich nach und nach aus dem suspekten Gebäude, in dem von unten das Verrotten in die höheren Etagen hinaufkroch. Es mußte von den Lippolds, von den toten Lippolds noch, ein unheimlicher Einfluß über die Behörden sich erstreckt haben.

In einer Unterredung von skandalöser Lautstärke, die C. auf der Wohnungsverwaltung führte – er war dort eingedrungen und sogleich bis ins Zentrum vorgestoßen, obwohl eine unübersehbare Menschenmenge auf den Fluren ein auf Geduld basierendes Anrecht lange vor ihm hätte –, wartete er vor einer nicht unbedeutenden Beamtin, der das Blut aus dem Gesicht wich, mit einer ungeheuerlichen Tirade auf. Er nannte die Verwaltung einen vollkommenen Familienbetrieb und eine Vetternwirtschaft, die schon eine Perversion gewesen sei, als das Land noch unter einem anderen System gestöhnt habe. Obwohl er noch nicht lange hier sei, kenne er die ausgezeichneten Verbindungen der Behörden gerade in diesem Ressort. Wenn man ihm Steine in den Weg lege – denn er hatte gerade begonnen, die besagte Wohnung besetzt zu halten –, werde er mit seinem Wissen an die Öffentlichkeit gehen. Dies könne den Endsieg der Behörden vielleicht nicht verhindern, aber es werde rauschen im Dickicht der Verbindungen. Ja, man habe richtig gehört. Er wisse, daß die Lippoldsche Dynastie die Behörden schon vor dem Krieg beherrscht habe und nun noch immer beherrsche. Ich weiß, daß es einen jüdischen und einen arischen Zweig der Familie gab … und wer mußte unterliegen in dem Kampf dieser Zweige … natürlich gab es den Widerstand, auch den Widerstand der arischen Lippolds, und es gab ihn in den Behörden … aber vielleicht war es auch ein Widerstand gegen die jüdischen Lippolds, gegen die Geld-Lippolds. Man weiß, wie verbreitet die Sippe schon vor dem Krieg war, und wie weit verbreitet muß sie erst heute sein. Wie weit verbreitet müssen die verwandtschaftlichen Beziehungen gerade in den Behörden sein, damals wie jetzt. Es wimmelt in diesem Viertel von den Lippolds … es wimmelt in Berlin von den Lippolds, und das ganze Land ist voll von ihnen, nur daß die Namen andere sind. Verwandt sind die Schuldigen mit den Deportierten und umgekehrt. Und die übriggebliebenen Deportierten sind verwandt mit den übriggebliebenen Schuldigen. Und die übriggebliebenen Unschuldigen sind verwandt mit den lebenden oder toten Deportierten, und die Deportierten sind schuldig an der Unschuld der behördlich genehmigten Übriggebliebenen. Und alle verschwistert und verschwägert, ob verschwunden oder vorhanden. Mitteleuropa ist überzogen von einem Filz mehr oder weniger bekannter Verwandtschaftsgrade. Massenhaft, sage ich, massenhaft Ähnlichkeiten. Oh, wir sind alle unterderhand verwandt. Ihr alle, schrie er schließlich zornfunkelnd, ihr alle seid Lippolds ... vermutlich jeder. Und ich selbst bin vermutlich auch einer, und es läßt sich beliebig erweitern. Ich selbst bin sicherlich auch bloß ein Lippold, und wer gibt euch das Recht, es zu ignorieren ... –

Als ich kurze Zeit später zufällig zur Post mußte, schlug ich in einer Eingebung das Telefonbuch auf und fand den Namen Lippold tatsächlich mehr als ein dutzendmal verzeichnet. – Danach, als ich mich der Reihe der Postkunden angeschlossen hatte, fiel mein Blick unbedacht auf die kleinen gelben Schildchen, die an den Rahmen der Schalterfenster aufgestellt waren. *Hier bedient Sie der Sekretär H. Lippold,* las ich, und als ich verstört zum nächsten Fenster trat: *Hier bedient Sie Untersekretärin K. Lippold.* Mir war der Schweiß auf die Stirn getreten, und zum Erstaunen des schmalen dunkelhaarigen Wesens hinter dem zweiten Fenster, das mich so erwartungsvoll ansah, drehte ich wortlos ab und verschwand. Ich hatte *sie* also gesehen ... bevor ich noch über irgendwelche Einbildungen C.s, bezüglich mysteriöser Ähnlichkeiten, nachdenken konnte, fuhr mir durchs Gehirn, daß das K. auf dem Schildchen ein deutlicher Hinweis war: ich hatte kürzlich erfahren, daß jene Briefträgerin auf den schönen hebräischen Namen Kora hörte. Es war bekannt, daß es der Personalmangel auf der Post erforderlich machte, von Briefzustellerinnen auch gelegentlich Schalterdienste leisten zu lassen ... ich ahnte, wie recht ich behalten sollte, wenn ich die künftigen Dinge unter der Voraussetzung einordnete, daß ich C.s Schicksal soeben in jener kleinen Postangestellten identifiziert hatte.

Allem Anschein nach war C. also entschlossen, sein Wohnungsproblem zusammen mit einem anderen zu lösen, zusammen mit allen anderen vielleicht. Er hatte die Absicht, das Loch, das in seinem Leben seit jenem Tag klaffte, an dem er seine Arbeit aufgegeben hatte – an dem er seiner Meinung nach ein untaugliches Mitglied der Gesellschaft geworden war; es war der gleiche Zeitpunkt, von dem an er sich zunehmend auch als Schreiber gescheitert sah –, sozusagen auf einen Schlag mit allem aufzufüllen, was man in einem wohleingerichteten, bürgerlichen Dasein für unabdingbar hält. Er wollte, das war augenfällig, eine Wohnung, die für ihn und seine Familie ein Leben lang ausreichte, und er wollte natürlich diese Familie. Mit dieser Wohnung, einer ehemals komfortablen Bürgerwohnung, würde er Zusammenhänge schaffen, die beinahe unmöglich zu übersehen waren: wenn er sie in das Eigentum der Lippolds, vertreten durch jene Kora Lippold, zurückführte, selbstverständlich nicht, ohne sich ein Anrecht auf Familienmitgliedschaft auszubedingen – und es würde ihm fast die Rolle eines Patriarchen und Erretters des Lippoldschen Clans zufallen –, so wäre seine Position in dieser Gesellschaft fast nicht mehr zu verhindern. Und diese Gesellschaft wäre gleichzeitig dieselbe, die das Sicherheitsfutter des Staates bildete, die gutsituierte, etablierte Gesellschaft des weichen Mittelstands, das Bildungsbürgertum, das in Eintracht mit den Behörden lebte, weil sich die Behörden aus ihm rekrutierten. Selbst ihre Feuerungsanlagen waren andere … die früheren, mit ihrem Dreck, ihrem Lärm, ihren unbotmäßigen Gedanken waren dann zurückgeblieben an einer Basis, die er verlassen hatte, und waren Stoff für poetische Ergüsse geworden, die das Bildungsbürgertum belustigten. – Solche Träume also mochten ihn beschäftigen; ich enthalte mich eines Urteils, ich selbst weiß um die Verführungskraft eines behausten Lebens und denke nicht daran, den Traum davon lediglich als eine Geistesschwäche zu bezeichnen. Die Übersteigerung und die damit zusammengehende Unzulänglichkeit, die sein Vorhaben begleiteten, warfen aber schon ein Licht auf den unguten Ausgang. Die hauptsächlichste Behinderung sah ich in seinem Alkoholkonsum, er führte zu einer vollkommenen Verwilderung, die nicht nur seinen äußeren Anblick bestimmte. Sein ganzes Benehmen schien sich mir dem Abbild einer irreversiblen Idiotie anzunähern, in der er dauernd von manischem Tatendrang zu stumpfester Melancholie überwechselte, zu einer fast stofflich gewordenen Niedergeschlagenheit, aus der mir, tatsächlich, ein unangenehmer Geruch entgegenwehte.

Gegen Ende April schien der in diesem Jahr dann doch durchbrechende Frühling, der in den folgenden Tagen fast sommerlich wurde, einen Umschwung zur Beruhigung in ihm auszulösen. Seine

Streifzüge waren nicht mehr so ausgedehnt, und er verzichtete auf den rasenden Eilschritt. Er umkreiste in ruhigeren Ellipsen das Postamt Nr. 113, die Hände tief in den Taschen, zog er immer engere Runden. Doch in einer Kräftigung, die sich in seinem gekrümmten Rücken zu zeigen schien, glaubte ich seine ganze Verhärtung zu einer Unempfindlichkeit herauszuspüren, wie ich sie an ihm bisher nicht gekannt hatte. – Noch einmal probierte ich die Stevensonsche Szene, ich näherte mich ihm bis auf wenige Meter und rief: Lippold ... – Er stockte zwar einen Moment, aber er blickte mich kaum an. Von welcher Seite kommst du, murmelte er, die Grenzen sind geschlossen ... – Vielleicht hätte ich mehr Erfolg gehabt, wenn ich ihn bei seinem früheren Namen gerufen hätte, und vielleicht hätte das sogar Einfluß auf den Ausgang dieser Geschichte gehabt. – Sie ist eine Geschichte, die sich lange mit bloßen Mutmaßungen geholfen hat, und das relativ deutliche Bild von den letzten Tagen vor seinem Verschwinden zeigt sich dazu in einem merkwürdigen Kontrast.

Die emporschnellenden Temperaturen und die große Trockenheit, mit denen der Mai begann, brachten ihn einer inzwischen katastrophalen Verfassung nahe. Die Alkoholmengen reichten nicht mehr aus ... sie waren bestenfalls geeignet, seinen Durst unerträglich werden zu lassen ... sein Körper, ein fremder, mechanisch funktionierender Körper, hatte mit einem nicht mehr einzudämmenden, inneren Brandherd von Übelkeit zu kämpfen, Übelkeit war der zeitweise alleinherrschende Zustand in seinen Eingeweiden ... und dies wurde nur noch vermehrt durch die scheußlich schmeckenden, brühwarmen Getränke, die in den heißen Räumen nicht mehr zu kühlen waren. Der entfernteste Raum der Zimmerflucht diente ihm zum Erbrechen, auf den neben dem Flur befindlichen Abort wagte er sich nicht mehr, denn der lag ihm zu nahe am Ausgang ... laut röchelnd erbrach er stinkende schleimige Flüssigkeiten, die in der Hitze glücklicherweise schnell verflogen. – In den Morgenstunden nahm er seinen Posten am Fenster ein, er hatte sich mittels eines an die Wand gelehnten, defekten Stuhls einen Beobachtungsplatz geschaffen, auf dem er in einer Haltung kniete, die ihm ständige Qual verursachte. Aber um einen besseren Überblick über Straße und

Bürgersteig zu erreichen, brauchte er einen erhöhten Platz. So stützte er sich mit schmerzenden Gliedern auf Fenstersims und Stuhl, die Stirn gegen die zerbrochene Jalousie gepreßt, durch deren Spalten scharfe Sonnenstrahlen sein Gesicht trafen; neben ihm stand die Flasche, nur der Alkohol ermöglichte es ihm, in dieser Stellung auszuharren. Jede seiner Bewegungen ließ Fontänen von heißem Staub aufsteigen, die ihm in Lunge und Magen einen beißenden kalkigen Brei abzusetzen schienen ... was ihn aber am meisten belästigte, war der Geruch, der von ihm selber ausging. Er wußte längst, woher er diesen Körpergeruch kannte: früher schon, stets dann, wenn er einmal für Tage und Wochen dem Alkohol verfallen war, geschah es plötzlich, daß er sich in einen Dunst gehüllt glaubte, der nichts anderes als eine Wolke von Grabesluft war und ihn sofort daran hinderte, weiterzutrinken. Dieser Geruch war angsteinflößend, atemberaubend und entsetzlich ... und jetzt, in dieser Hitzewelle im Mai, war er so stark geworden, daß es vor ihm keine Rettung mehr gab. Er steckte naß in seinen Achselhöhlen, troff ihm von Brust und Lenden und quoll aus allen Falten seines Unterleibs, er dampfte aus der Gegend seiner Nieren hervor, drang aus dem grünen Fett seiner Leber ... es war der schwarze, unverkennbare Geruch seines Absterbens, das widerwärtige Aroma des Todes, etwas, das in ihm siechte und verweste, etwas Fremdes und Böses in ihm, wenn er es nicht in der Hauptsache selbst war ... dieser Geruch erinnerte ihn plötzlich an das Schwelen einer bestimmten, zu lange abgelagerten Kohlesorte, die er einst, in einem nicht enden wollenden, alle Reserven vernichtenden Winter hatte verbrennen müssen, obwohl sie kaum noch brauchbar war. Diese Kohle hatte so ähnlich gerochen, wenn sie trübe auf dem Rost zu glimmen begann, zischend und dampfend schienen sich in ihrem zerbröckelnden Stoff noch einmal die biologischen Substanzen des Erdreichs aufzubäumen, ein fleischgedüngtes Wasser, das dieser Kohle mit den gleichen funkenwerfenden, phosphoreszierenden Gerüchen entstieg.

Ein vielleicht zehn Meter langes Stück des Trottoirs, das unter ihm in seinem Sichtwinkel lag, war schon von Menschen durchhastet, als er eines Morgens plötzlich die Postbotin darin erscheinen sah. Zuerst glaubte er an eine Halluzination, doch die zierliche Gestalt in der grauen Uniform einer Briefträgerin verhielt den Schritt für ein paar Sekunden an eben der Stelle, an der C. von seinem Fensterplatz aus den Hauseingang vermutete, unschlüssig schien sie den Eingang zu betrachten, dann ging sie weiter, entschwand ihm für einen Moment, um ihm noch einmal die Hälfte ihres Rückens zu zeigen, den er nur an dem schwarzen Lederriemen der Posttasche über ihrer Schulter erkannte, als er blitzschnell zur anderen Fensterseite überwechselte. – Er lächelte bei dem Gedanken, daß sie wenig später in die Straße zu seiner Wohnung einbiegen würde; die Vorstellung, daß sie bald darauf vor den Hausbriefkästen dort ... und vielleicht auch vor der Tür seines Zimmers stehen würde, ließ ihm keine Ruhe, er hatte Mühe, noch einige Zeit abzuwarten, bevor er sich dorthin auf den Weg machte. Natürlich wußte er schon um das Trügerische, ganz Unbegründete seiner Hoffnungen, als er, von den Blicken der Leute gepeinigt, um die wenigen Straßenecken jagte ... am nächsten Morgen fand er sich wieder auf seinem Beobachtungsposten in der G. Straße ein. Noch zweimal an den folgenden Tagen sah er sie in gleicher Weise durch sein Blickfeld gehen ... an einem Morgen gegen Ende der Woche jedoch meinte er, sie zögere einen Moment länger vor dem Hauseingang. Ihr Bild verwischte sich, wurde von anderen Passanten auf dem belebten Bürgersteig verdeckt ... die Sonne brannte in seinen Augen, die Gesichter auf der Straße verschmolzen zu schwarzen Flecken, verdoppelten sich ... die Briefträgerin war plötzlich verschwunden. C.s Blick flog zur anderen Seite des Fensters, dort aber erschien sie nicht. In dieser Sekunde begegneten sich zwei Straßenbahnen höllisch lärmend an der Haltestelle ... dennoch glaubte er einen Stoß, ein Aufkreischen im Flur vernommen zu haben. Es war versucht worden, die verklemmte Tür weiter zu öffnen ... aber die Straßenbahnen übertönten in diesem Augenblick alles. Er kletterte mit schmerzenden Knien von seinem Stuhl und nahm Aufstellung hinter der Flurtür, die ebenfalls klemmte und nicht mehr schloß. Er lauschte, der Lärm auf der Straße war ungeheuer, doch er fühlte, daß jenseits der Tür, draußen auf dem Flur, gleichermaßen atemlos gelauscht wurde ... er zitterte derart, daß er einen Moment befürchtete, allein mit seinem Körper, mit seinem Herzschlag, den Straßenkrach noch zu übertönen. Der Versuch, lautlos zu atmen, inmitten des aufgewirbelten Staubs, führte folgerichtig einen seiner Hustenanfälle herbei, dennoch gelang es ihm, die Flurtür nach innen zu ziehen, – er sah sie direkt vor sich stehen, sie wirkte wie versteinert. Er war sich seines schrecklichen Anblicks vollkommen bewußt, aber er schluckte, rot anschwellend, Husten und Schleim hinab und zeigte, sich an der Türklinke aufrecht haltend, mit der Wermutflasche in Richtung des Kachelofens, wahrscheinlich sollte es eine einladende Geste sein. Endlich gelang es ihm, ein Wort hervorzubringen, der Brief, krächzte er, haben Sie meinen Brief ... – Sie aber schien dadurch lebendig zu werden, sie kehrte um, strebte rückwärts in den Hausflur. Er faßte zu und hielt sie am Riemen der Posttasche fest, ihr Mund war aufgerissen, ein Schrei aber gelang ihr nicht mehr. Er hatte sie schon an dem Lederband ins Innere der Wohnung geschleudert ... dabei bohrte sich ihm ein scharfer Schmerz in den Handteller der rechten Faust, die den Riemen der Tasche umklammerte ... und mit der Linken, die die Flasche hielt, schlug er zu. Mit einem dumpfen, einbrechenden Knirschen traf die Flasche in der Mitte ihres Schädels auf, genau dort, wo die helle Linie des Scheitels ihr schwarzes Haar teilte, das krachende Geräusch, das Niederfallen der Flaschenscherben, war nur zu ahnen, es ging in einem erneuten Motorengebrüll auf der Straße unter. Sie war lautlos umgesunken, ihr Mund hatte sich wieder geschlossen und drückte kaltes abweisendes Erstaunen aus; dann lief ihr eine aschfarbene Welle über Hals und Gesicht, und es war, als ob sich der Staub, den sie aufgewirbelt hatte, steingrau über sie hinsenkte. – Erst als er schon auf der Straße stand, bemerkte er, daß er die Posttasche noch immer in der Faust hielt und daß damit ein seltsamer Schmerz verbunden war; er warf die Tasche tief in den trümmerbedeckten Hausflur zurück. Auf der Straße sah er die Gesichter der vorbeihastenden Leute in Masken verwandelt, die nichts als Abwehr gegen die dreinschlagenden Sonnenflammen waren, er ging langsam, als müsse er nicht fürchten, daß irgendwer einen Blick auf ihn richtete. – Diese kleine Postangestellte war ihm nur noch eine seltsame Erinnerung, er sah sie zu einem fadenscheinigen Schemen vor einer hohen Lichtwand schrumpfen, maßlose Helligkeit verschluckte sie ... noch einmal sah er ihr niedergesunkenes Antlitz davonschwimmen, verzerrt lag es unter durchsichtigen Wassern, die sich verfärbten, mit Blut ... mit einer weinroten Flüssigkeit, die sich mit dem Sonnenglanz mischte und ihr Bild auslöschte ... kein Zweifel, seine Liebe zu ihr war vergangen.

Ich habe die Geschichte C.s in dieser Form erzählt, weil sich mir alle Rücksichten ihm gegenüber erledigt haben. Er ist verschwunden aus meinem, oder aus unserem Gesichtskreis, er scheint ein Niemand geworden ... ich sagte schon, daß ich den Überblick über sein Leben längst verloren hatte. Wenn im Widerspruch dazu die Form dieser Geschichte manchmal den Verdacht eines höheren, ja absoluten Überblicks nahelegt, so wäre das keineswegs im Sinne C.s, aber es ist ihm letztlich selbst zuzuschreiben: er hat durch die Zerfaserung seiner Identität der Geschichte selber so schwere Lükken und Unklarheiten zugefügt, daß ich vieles aufzufüllen oder zu retuschieren gezwungen war. – Einmal noch habe ich ihm bei seinen Absichten Beistand geleistet: ein Freund aus Leipzig beschwerte sich, daß C. an einem verabredeten Dienstag, zu von ihm selbst bestimmter Stunde, nicht in einem Gartenlokal erschienen sei. – Doch, sagte ich mit verstellter Stimme ins Telefon, ich war gestern dort, aber die Kneipe war leider geschlossen. Du hättest ruhig in den Kneipen der Umgebung nach mir sehen können. – Gestern ..., rief der Freund, sagtest du gestern ... wir waren vorige Woche verabredet. – Dann mußt du mich falsch verstanden haben, erwiderte ich beleidigt, natürlich ... ich merkte es schon bei meinem ersten Anruf, du wolltest mich nicht verstehen ... – Das war, wenn ich mich richtig besinne, am Mittwoch nach jenem Tag, an dem C. vergeblich versucht hatte, die Straßenbahn in der G. Straße zu besteigen; er war von einem ungeheuren Verwesungsgeruch an der Haltestelle verjagt worden.

Zur Aufbesserung aller möglichen Ungereimtheiten habe ich die Notizen C.s benutzt, sie allerdings nur zum geringsten Teil für tauglich befunden. Inzwischen existiert eine Abschrift der Geschichte, die auf der neutralen Schreibmaschine angefertigt wurde, und ich stelle fest, daß ich nicht mehr dahinterkommen kann, welche Textstellen C., welche mich zum Urheber haben. Die Maschinenschrift, mit ihrer Eigenart, die Stilunterschiede einzuebnen, trug wahrscheinlich ihr Teil dazu bei; sie scheint in der Tat den Einheitsstil aller zeitgenössischen Prosa auf dem Gewissen zu haben. Aber mit diesem Verdacht bin ich wohl nicht mehr bei *guter Prosa,* sondern bei dem Mittelmaß, das der Klasse genehm ist, in die C. aufrücken wollte.

Auffällig war, mit welchem Aufwand C. versuchte, Zeitverschiebungen anzubringen und zu begründen. Stets muß er sich vor irgendwelchen absurden Nachprüfbarkeiten gefürchtet haben ... absurd, denn wer außer mir las ihn ... er unternahm zerstörerische, anstrengende Umformungen, um Ereignisse aus dem Frühjahr im Herbst anzusiedeln, und so fort, immer hatte es damit zu tun, Geschehnisse, die auf Wirklichkeiten zurückzuführen waren, *später* unterzubringen. Damit gelang es ihm zwar, seinem eigenen Ich vor dem Ich seiner Texte einen Vorsprung von ungefähr einem halben Jahr zu verschaffen, eine Zeit, die ausreichte, jedesmal den Schauplatz zu wechseln ... es war das Resultat der unbedarften Rechnung, derzufolge es ihm möglich erschien, Vorfälle aus dem Mai, die ihm zum Schaden gereichen konnten, detailliert abzuschildern, wenn er sie etwa auf den Oktober verlegte; er wäre dann längst in einer neuen Behausung, etwa in M. bei Leipzig, verschwunden gewesen ... doch diese Praxis hatte den Effekt, daß seine Texte immer unpersönlicher wurden, was mit dem Verlust seines Glaubens an sich als Autor Hand in Hand ging. Es führte schließlich dazu, daß er gänzlich die Lust an dem verlor, was er zu tun schien: über einen ganz anderen Menschen zu schreiben ... ein ganz anderes Denken gleichsam zu zitieren. – Mich brachte sein Verfahren in verschiedene Schwierigkeiten: dauernd mußte ich ihm in Abstürze von Banalität folgen, die mit seinen sonstigen, gerade im Begriff stehenden Überlegungen gar nicht zu vereinbaren waren. Wenn er einerseits beklagte, des *Bades in der Menge,* um seinen geliebten Poe zu paraphrasieren, verlustig zu sein, so schien er andererseits heftiges Grauen zu empfinden, als ihn die fixe Idee überkam, einer Phalanx miteinander verwandter Lippolds gegenüberzustehen, einer Gesellschaft, in der alle miteinander verschwägert waren und von den gleichen Antrieben geleitet zu sein schienen ... einer Masse, deren Übermacht er nur zu entgehen vermeinte, wenn er in sie einbrach und aufgenommen wurde. Was er mit den unzulänglichsten Mitteln anfing, die aber – hier war er zielsicher – von der Gesellschaftskonformität der Dinge, die er gleichsam als Mitgift einzubringen gedachte, ihren Charakter übernahmen. Es war eine Verwirrung der Gefühle und des Geschmacks, den man sich schließlich ebenfalls mit den erwähnten zeitlichen Diskontinuitäten erklären muß, mit einer daraus erwachsenden hektischen Eile, die ihm seine Anpassungsversuche zu erfordern schienen ... demgegenüber erscheint die Spaltung seiner Persönlichkeit, die ihm für sich selbst zur Erklärung diente und die er buchstäblich zu beweisen suchte, ebenfalls nur als die Folge seines chronologischen Versteckspiels.

Ein Rätsel bleibt, wie er eines Tages gerade auf diese Kora Lippold verfallen konnte, ob sie wirklich so eine frappierende Ähnlichkeit mit einer wohl unerfüllten Jugendliebe hatte, so daß er anfangs darüber sogar glaubte, in ihr die gleiche Person wiedergefunden zu haben. – Darüber weiß auch die Frau da oben nichts ... mein Finger deutet zur Zimmerdecke hinauf ..., was vielleicht nicht der Wahrheit entspricht; es ist denkbar, daß sie mehr weiß über die da unten, als sie mir eingesteht. – Wenn es eine Jugendliebe war, hatte sie eines Tages gemeint, liegt es lange zurück, und es wäre unsinnig, wenn man mehr darüber erfahren wollte. Und es interessiert mich auch nicht mehr. – Letzten Endes ist nur interessant, fuhr sie fort, wie zu sich selber sprechend, daß jahrelang, in vielen Texten, ein eigentümliches Motiv ständig wiederkehrt. Nämlich das Motiv des ertrunkenen Mädchens, das Motiv des weiblichen Körpers, der im Wasser treibt, was eine alte poetische Idee der Kunst ist und womöglich mit der assoziativen Verbindung von *weiblich* und *flüssig* zu tun hat. Es scheint so zu sein, daß sich der Mann dazu als eine Art Gegensatz empfindet, und besonders in diesem Land ... ganz besonders in diesem Land. – Der Mann und das Feuer, ich kenne den ewigen Schuldvorwurf, erwiderte ich. Aber es langweilt schon ein wenig, vergessen wir es ... – Sie schien an diesem Abend besonders gut gelaunt zu sein, und ich kam auf den Gedanken, ihr etwas anzutragen. Wenn du dich mit mir einigen könntest, sagte ich, auf irgendein gemeinsames Interesse an diesen mythischen Ideen, etwa auch darauf, daß diejenigen, die du als poetisch bezeichnest, rein künstliche Ideen sind und doch etwas bedeuten können, so sollten wir vielleicht ganz ruhig darüber reden. Ich habe einige dieser Gedanken zusammengefaßt, und wir sollten die Geschichte womöglich irgendwie sichern. Sichern, das soll heißen, ich habe alles einem fiktiven Erzähler in den Mund gelegt. Und nun habe ich versucht, es ins reine zu übertragen, doch es ist kaum leserlich, weil mir die rechte Hand nicht mitspielen will ... – Ach, du hast eine Handverletzung. – Eine Bagatelle, ich habe mir einen Dorn, den Dorn einer Gürtelschnalle, oder so ähnlich, in den Handballen gestochen. Und diese verdammte Wunde will mir einfach nicht heilen. – Ich verstehe, sagte sie, du willst mir den Text in die Schreibmaschine diktieren ... – Als wir mit dieser Arbeit fertig waren, kam es zwischen uns zu einem ziemlich schweren Zerwürfnis. Der Grund dafür war etwas Imaginäres, das ihr der fiktive Erzähler zu verbergen schien und das ihre Eifersucht weckte. Daraufhin hielt ich es für besser, in das Einzelzimmer im Parterre dieses Hauses zu ziehen.

Ganz zum Schluß soll hier noch, aus der Überfülle dessen, was nicht in Betracht gezogen wurde, ein Text folgen, welcher der letzte ist, der durch seine Unterschrift beweist, daß C. für ihn verantwortlich ist. Seine weitgehende Undurchsichtigkeit erklärt sich hinreichend daraus, daß C. bei der Abfassung dieser Sätze schon das Opfer jenes Geistesblitzes war, der, versteckt oder nicht, von Anfang an in seinem Hirn spukte und von dem es zwei mögliche Varianten gibt: entweder glaubte er schon, aus dem Wesen einer zweiten Inkarnation heraus zu schreiben, oder er meinte, sich an eine solche wenden zu müssen. An ein seinem Kopf entsprungenes zweitgeborenes Ich, das wie eine andere Hauptfigur die Szenerie seines mit ihm zerfallenen Lebens beherrschte. Damit jedoch wird der Brief, den er an sich selber schrieb, nicht verständlicher.

»Wie Byron taumle ich durch die dunklen Gedanken an den Inzest, und ich erfahre mich als Vampir. – Ja, wir sind aus dem Inzest geworden, unsere Erinnerungen sind der Inzest, und unser Verlangen ist er ebenfalls. Unsere Zukunft wird der Inzest sein, unser

Denken hier drinnen ließ nichts anderes zu. Und der Inzest, schon seine Erkenntnis, ist das endgültig Triviale. Wir sind trivial, wie die wahre Inzestmasse nur sein kann, aus der wir uns bilden. Wir sind die Masse, die sich selbst inzestuös erkennt und die noch in der Aneinanderreihung ihrer Wörter inzestuös handelt, ja, die alle Dinge ihres Lebens nur auf diese Weise analysieren kann ... so sind wir eingetreten in Bereiche, die uns nicht erlaubt waren. Und da ist kein Entweichen; Gedanken decken sich mit dem Verlangen, und die Vergangenheit schiebt und stößt die Zukunft in ihre Lage.

Aber endlich bin ich mit der Mutter uneins geworden über den Wert meines Verbleibs hier unten, an diesem Ort meiner Abfuhr. Ich bin hier, wo Du zu Hause warst, bin nachts um die Werke geschlichen, aus denen wir geschöpft haben, und um den Lärm wieder zu erfahren, den die Maschine verursacht. Ich war die Hand der Maschine, die jene Kraft und jene Tat erzeugte, die wie ein Strom unter der Erde fortläuft, in Gedanken war ich diese Hand noch einmal, die aus Wasser und Feuer den weißen Geist zu erzeugen hoffte, aber ich erfuhr auch noch einmal das Vernichtungswerk, das daraus entspringt. So als ob Geist und Glück sich nicht aus der Vereinigung von Gegensätzen erzeugen ließen.

Wenn Du dies liest, will ich längst eine bestimmte Grenze überschritten haben. Ich tat es dann, um von Erinnerungen zu leben ... doch diese werden untröstlich sein, wie alle Erinnerungen, die uns jenseits der Grenze erreichen. Ich weiß, daß diese Erinnerungen nicht der Geist sein werden, der über der Wirklichkeit schwebte. Denn wie Vampire nahmen wir nur, wenn wir zu geben glaubten. Wir nehmen, um selbst zu sein, nehmen, bis nichts mehr, nur noch das Viele, ist, das soviel ist wie Totes. Und das Tote ist das Selbstgewordene.

Auf solche Weise werde ich mich erinnern an Deine Erinnerungen. Denk nur daran, was beinahe jede Nacht vor dem Fenster zu sehen war, während das Licht errötend zu verlöschen schien. Die Selbstmobile, die Autos, draußen auf der Straße ... wie das eine auf das andere von hinten auffuhr, dem anderen auf das Hinterteil stieg. Die Vorderachse wohl auf dem Dach des unteren, die hintere Stoßstange fest in den Boden gestemmt. Und irgendein Haken, irgendein Ding, in die Kofferklappe, in den Auspuff des anderen gehakt. Welch abnormer Anblick, wenn sie ihre Maschinen anließen und unrhythmisch lärmten, wenn sie, aufheulend, ihr Gas verlierend, endlich zu rucken und zu zucken anfingen, vorwärts und rückwärts, ohne sich einen Augenblick zu verstehen. – Oh, diese Unfälle von Begegnungen … hätte ich es etwa besser gemacht?

Dein ergebener C. Lippold!«

Die Angst vor Beethoven

> Taten, die nach dem Ende einer ganzen Welt rufen: als tilgte nur ein solches sie aus dem Gedächtnis.
> *Methusalem*

> For each man kills the thing he loves,
> Yet each man does not die.
> *Oscar Wilde: The Ballad of Reading Gaol*

Zu Beginn dieses Sommers – ein Wortklang, der mir so hohl und nichtssagend in den Ohren hallt, daß ich mich allein dadurch bewogen fühle, etwas wie eine Leere zu füllen ... wenn dies auch nicht den scheinbar ganz ungerechtfertigten und künstlichen Horror entschuldigen kann, der mir dazu zur Verfügung steht – zu Beginn also schon war es vorgekommen, daß ich mich in der Hauptstraße an einen Wohnraum gemahnt glaubte, der mir eigentlich unbekannt war, unbekannt sein mußte. Darin war das durchbrochene Licht eines alten Films, aus der Zeit der Anfänge des Kinos etwa, oder spätestens aus der Zeit der dreißiger Jahre, atmosphärische Wirbel, gebannt in staubverwüstete, lichtverwüstete Interieurs, die nicht absehen können von der Straße, die von der blendenden Helle der Straße nur durch schwache Jalousien getrennt sind; die Qualität dieser Innenaufnahmen muß in dem Eindruck bestanden haben, daß das Leben in diesen Räumen schon hinausgeworfen, gleichsam enthaust schien.

Seit dieser Zeit etwa hatte ich die zentralen Straßen dieses Stadtteils zu meiden begonnen, obwohl ich gerade durch deren geschäftsreichste, durch jene Hauptstraße – die jetzt nicht mehr die Hauptstraße ist – am schnellsten zur Arbeit kam, und obwohl gerade sie es war, die Erinnerungen an eine irgendwann möglicherweise noch ungebrochene Ganzheit meines Seins aufrechterhielt ...

sie war es dann auch, die Mutmaßungen eines Entsetzlichen in mir wachrufen konnte, Dinge, die imstande waren, mich von meiner Identität abzuspalten.

Das war der Grund dafür, daß ich meinen Schreibtisch verschloß, entschiedenerweise für immer: weder fühlte ich mich in der Lage, sogenannte schöne Geschichten zu erfinden, noch auch dazu, bei normalem kühlem Verstand den Wahnsinn zu beichten, den ich der Vergangenheit überlassen hatte. Sollte das Geschehen dieses Wahns auch rein fiktiv sein – wie alles, in das ein von Wahn umstellter Sinn blickt – so mußte ich meine Vergangenheit ... selbst meine fiktive Vergangenheit ... doch so wiedergeben, daß sie die Aufsichtsbeamten meiner Gegenwart in den Stand versetzte, mich zu belächeln. Dazu allerdings bedurfte es langen ungestörten Nachdenkens ... das, wie sich herausstellte, gerade in seiner Ungestörtheit nervenaufreibend wurde. – Ich gedachte, meine Zuflucht zu einer vollkommenen Künstlichkeit zu nehmen, zu einer Figurensprache etwa, die sich in ihrer rein literarischen Diktion ganz von der Realität abhob, zu genau dem Mittel also, mit dem sich schon größere und mir vorbildliche Geister dem Andrängen ihrer vielleicht wirklichen Vergangenheiten erwehrt hatten; ich ahnte nicht, wie sehr mir dabei einige irreale, alogische Umstände in meinen Wahrnehmungen zu Hilfe kommen sollten.

Dazumal hatte man mir auf Arbeit schon eine gewisse geistige Abwesenheit von den betrieblichen Belangen nachzusehen begonnen, man hatte vielleicht mit Verwunderung beobachtet, mit welch zunehmender Nachlässigkeit, zuletzt mit welcher Merkwürdigkeit ich mich kleidete, man wußte aber, daß ich, neben meiner Tätigkeit als Kesselheizer in dieser riesigen Wäscherei, noch einer Beschäftigung als rettungslos unbekannter Schriftsteller, der jedoch von seiner künstlerischen Berufung eine überstiegen hohe Meinung hatte, nachging; eingedenk dessen behandelte man mich mit Diskretion, erstaunt war man erst, als ich eröffnete, wichtige literarische Projekte ließen es mir angeraten sein, den Betrieb für einige Zeit zu verlassen. Ich hatte den Eindruck, auf ein wenig Bedauern zu stoßen, was mich wunderte, ich konnte mich freilich täuschen; ich glaubte aber verhindern zu sollen, daß man mir die Vorteile, die ich aufgeben wollte, vor Augen hielt – ein ziemlich hoher Verdienst, eine weitgehende Unabhängigkeit während der Arbeitszeit, ein für Berliner Verhältnisse ausgesprochen kurzer Weg von meiner Wohnung zum Betrieb –, und war deshalb dem Heizhaus auf, zugegeben, etwas unfaire Art einfach ferngeblieben.

Und ich hatte natürlich verschwiegen, daß ich meine Aufzeichnungshefte nicht mehr anrührte: solange das, was ich schrieb, von einem Fünkchen Wirklichkeit beeinträchtigt werden würde – und dies mußte wohl immer der Fall sein –, war ich bereit, die Papiere in dem verschlossenen Schreibtisch zu vergessen. – Längst war ich dabei, mich mehr für die Musik oder für Blumen zu interessieren, Blumen, fand ich, paßten ausgezeichnet zur Musik, und die Natur dieser beiden Gattungen würde immer weit künstlicherer Art sein, als ich es mit dem Schreiben je erreichen konnte. Das Künstliche, sagte ich mir, läßt Aussichten auf eine zukünftige Wirklichkeit offen, während der Geruch der Tinte etwas Vergiftetes hat; einmal niedergeschriebene Wörter sind von Unwiederholbarkeit vergiftet, sie haben die verteufelte Eigenart, die Welt in der Vergangenheitsform darzustellen, gerade die Vergangenheit aber sollte mir *gestohlen* bleiben. Wenn auch für die Wörter alles *erledigt* scheint, so womöglich doch nicht *restlos*...

Schon als ich noch meiner Arbeit nachging, hielt ich mich abseits dieser Hauptschlagader des alten, so fragwürdig modernisierten Viertels im südlichen Osten der Stadt, um den Preis langer Umwege durchquerte ich Gartenanlagen und betrat dann die unbelebte, leicht gebogene A..hofer Straße; still und kaum bewohnt ist sie noch mit antiquierten Berliner Laternen bestückt, die, sofern intakt, selbst tagsüber bei hellem Sonnenschein noch brennen. Sonne aber gibt es in dieser Straße nur am Vormittag, danach liegt sie stets im Schatten der hohen Friedhofsmauer, die sie auf ihrer gesamten Länge begleitet. Nur an den beiden Enden dieser Straße finden sich wenige abrißreife Wohnhäuser, dazwischen besteht das freie Gehege gegenüber dem Friedhof aus zaunbegrenzten Grasflächen, von noch jungen Obstbäumen bepflanzt; es sind die Grundstücke von Schreinerwerkstätten, eines evangelischen Altersheims, dem Lager eines Steinmetzen, deren weit ins Innere der Anwesen gerückte Gebäude neueren Datums sind. Es scheint, daß diese Lücken der Krieg gerissen hat, tatsächlich muß dieser Stadtteil unter starkem Beschuß gestanden haben, die rotbraune Ziegelwand der Friedhofsmauer weist an vielen Stellen eine dichte Saat eingesprengter großer Poren auf, als wären einmal Geschoßgarben über sie hingefegt. – In dieser Straße verstörte mich wenig, sie tauchte meine Nerven in die Kühle des Mauerschattens, ich ging unter dem Säuseln der riesigen Kastanien, die die hohe Mauerkrone weit überragten. Nur manchmal, wenn ich stehenblieb und gespannter lauschte – etwa vor dem Lager des Steinmetzen –, durchglitt es mich schmerzlich; ich hörte von der parallel verlaufenden Hauptstraße her den Verkehrslärm herandringen, und obwohl es für mich keinen Anhaltspunkt zu solchem Vergleich gab, verglich ich die fernen Motorengeräusche doch mit dem Dröhnen, mit dem die russische Panzerwaffe vom Nordosten aus in dieses, von Zentrum und Reichskanzlei längst abgeschnittene, Stadtgebiet eingedrungen war.

Die verschiedenartigen Platten und Grabmale, die hinter dem Zaun des Steinmetzen aufgestellt waren, warben förmlich um den Blick eines so müßigen Spaziergängers, wie ich es zu sein schien, warben heimlich um ein immer geruhsameres Schlagen in den Pulsadern ... ich sinnierte vor einem großen hellen Sandstein, der wahrscheinlich ein Kriegerdenkmal hatte werden sollen und der eine seltsame und poetische Inschrift trug: *Der Tod ist verschlungen in den Sieg.* – Manchmal umstrickte mich diese Straße vollkommen, an ihrem Ausgang wendete ich, um sie noch einmal entlang zu schlendern, ich begab mich hinüber in den Schatten der Friedhofsmauer, ich fiel nicht auf, ich konnte etwas vergessen haben. Durch das eiserne Tor betrat ich den Friedhof, um in der Gärtnerei Blumen zu kaufen. Häufig kaufte ich Blumen, besonders wenn es mir an Geld mangelte, man konnte sie in dieser Gärtnerei, bei etwas Glück und als schon bekannter Blumenkunde, sogar in der kalten Jahreszeit kriegen. Im ersten Augenblick empfand ich ihren Duft als köstlich, in dünnes Seidenpapier gewickelt, schienen sie selbst durch die feuchte Hülle zu duften, ich suchte die Gärtnerei noch einmal auf, um sie zusätzlich in Zeitungspapier einschlagen zu lassen. Natürlich, noch ehe ich zu Hause war, fand ich sie abscheulich, natürlich war ich schreiend aufgefallen, als ich mit den in Zeitungspapier verpackten Blumen durch die Straßen strebte. Ich nahm sie nicht mit aufs Zimmer, tief stieß ich sie in eine der Mülltonnen auf dem Hof, ehe ich vorsichtig die Wohnung betrat.

Als einmal die Friedhofsgärtnerei geschlossen war, suchte ich alle Blumenläden in der Nähe ab, freilich waren überall Astern zu haben, ach diese regnerischen Septemberastern, ich wußte, daß diese mich am frühesten anwidern würden; ich schlug mir, obwohl die Sonne noch schien, den Mantelkragen auf und bog in eine Seitenstraße; wo diese in die Hauptstraße einmündete, der ich mich so ungern näherte, gab es, fast im Eckhaus, ein kleines Blumengeschäft, das ich bisher möglichst ausgelassen hatte. Der Ladeninhaber, ein winziger drahtiger Mensch, dessen Alter ich hoch in den Siebzigern vermutete, war mir bekannt. – Wenn ich nicht auch ihm bekannt war, hatte ich es nur seiner äußersten Kurzsichtigkeit zu verdanken; auf dem Friedhof, zu dessen Gärtnerei er Beziehungen zu unterhalten schien, war ich ihm öfters begegnet, das heißt, ich war ihm dort in den labyrinthischen Wegen lange gefolgt, um nämlich zu sehen, ob er mich nicht unwissentlich vor ein bestimmtes Grab führen würde ... und vielleicht war es dazu gekommen, daß er seinerseits irgendwann meine Verfolgung aufnahm. Vor einigen Tagen hatte ich sein Geschäft schon einmal aufgesucht, und lange, für meinen Begriff viel zu auffällig, mit dem nachdenklichen und einsilbigen Alten über den Kauf nicht vorhandener Blumen – über eine umfangreichere Bestellung von Blumen, die ich in einem noch nicht vorhersehbaren Augenblick zu brauchen vorgab – verhandelt, ohne daß ein positives Ergebnis möglich wurde; er mußte gespürt haben, daß der eigentliche Zweck dieser Verhandlung ein ganz anderer war. – Wenig später mißglückte mir ein zweiter Versuch: Durch das Tor in der A..hofer Straße hereinkommend, war ich den Ostsektor des Friedhofs, gerade unter der Mauer, hinuntergegangen, nervös, und von den oft prunkvoll in der Ziegelwand sich einfügenden Bürgergräbern verärgert, dann einen Weg zum Innern des Areals hin abgebogen, um vor ein frisches Gräberfeld zu gelangen, das erst zur Hälfte belegt war mit bescheidenen Hügeln neueren Datums, die schlecht in Pflege standen. Bald zeigten sich soeben ausgehobene Gruben, die noch keine Särge beherbergten und die von dem, auf die Werkzeuge gestützten, sich verschnaufenden Friedhofspersonal umgeben waren. – Wem ist diese Grube zugedacht, hatte ich die Leute angeredet, die womöglich schon meine viel zu winterliche, mantelähnliche Vermummung absonderlich fanden. Ich erhielt nicht sogleich Antwort, der älteste der Männer, mir am nächsten, stierte mich aus wäßrigen rotunterlaufenen Augen an, ehe er umständlich, sich mit dem krummen Zeigefinger helfend, in einer schmuddligen Liste zu lesen begann. – Danke sehr, sagte ich, die Mühe hat sich schon erübrigt ... wann wird der Bemitleidenswerte denn beerdigt ... – Der Beneidenswerte wird morgen früh beerdigt, antwortete, direkt neben meinem Ohr, ein zweiter jüngerer Arbeiter, der lautlos an mich herangetreten war und dessen aufgedunsenes Gesicht plötzlich nur drei Zentimeter von dem meinen entfernt war. Die schwere Alkoholfahne, die dieser heiseren und drohenden Stimme folgte, ließ mich erschrocken auf den Weg zurückspringen. – Verzeihung, sagte ich, mich interessierte nur der Überblick, den Sie haben, der Überblick über alle Gräber ... – Um sie mit meiner Aufdringlichkeit zu versöhnen, bot ich ihnen Zigaretten an, sie kamen näher und starrten auf die vorgewiesene Packung; da ich aus Geiz die schlechteste Sorte rauchte, nahmen sie die Zigaretten mit beinahe angewiderten Gesichtern und gaben sich gegenseitig Feuer. Der ältere der Männer war sofort von einem schrecklichen Hustenanfall erschüttert, schlaff schwenkte er die Hand mit der flatternden Liste über den noch unversehrten Grasboden und erklärte mit fast erliegender Stimme: Der morgen ... der auch morgen ... der übermorgen ... übermorgen die ganze Reihe ... – Es wird aber keiner mehr eingestellt, rief der Dritte dazwischen, die Gärtnerei sucht Leute, aber da ist nichts zu verdienen. – Du Lump, dachte ich zur Antwort, verabschiedete mich aber überschwenglich, vielen Dank, vielen Dank, ich hatte nicht die Absicht, die Herren zu stören ... – Ich hatte nicht gewußt, wie ich sie am geschicktesten nach der letzten Ruhestätte einer jungen Frau ausfragen sollte, die vor nicht allzu langer Zeit in einem der Häuser der Hauptstraße erschlagen worden war. Ich machte mich davon, gerade noch rechtzeitig, denn als ich mich an der nächsten Abzweigung umschaute, sah ich den alten Blumenhändler mit seinem Handkarren bei der Bande stehen, in einem Gespräch, dessen Gegenstand offenbar meine Person war, wie ich an den Blicken bemerkte, die mir nachgesandt wurden.

Der Alte würde mich also wiedererkennen ... zum zweiten Mal stand ich in dem kleinen, mit billigem Grünzeug und Kränzen vollgestopften Raum, wieder, wie schon vor einer Woche, dauerte es unendlich lange, bis er, der wahrscheinlich in den hinteren Kammern zu tun hatte, vorn erschien. Ich überlegte, ich mußte ein ganz besonderes Anliegen vortäuschen, um zweierlei zu erreichen: ich mußte den Alten von dem möglicherweise schon geweckten Mißtrauen gegen mich ablenken, gleichzeitig aber mich ihm dergestalt verbinden, daß mir Anlässe für spätere Gespräche mit ihm erhalten blieben. Ratsuchend ließ ich meine Blicke über die Pflanzenfluten schweifen, die alle Wände und Ecken des Ladens ausfüllten, war aber abgelenkt von einem leicht stechenden Geruch, der an irgendeiner Stelle aus den üppigen Wucherungen hervordrang ... ich glaubte einen süßlichen Fleischgeruch auszumachen, dessen Ursache mir inmitten der dumpf-grünen Treibhausatmosphäre unerklärlich war; schließlich spürte ich die Betäubung, die aus all dem Chlorophyll auf mich überging ... ich hatte ein Kribbeln in den Gliedmaßen, das mich von den Füßen aufwärts lähmen wollte, schwere lehmige Erdaufschüttungen schienen direkt vom Friedhof her in den Laden einzudringen, aus den schwammfleckigen Wänden hervor quollen Katarakte zerbrechender Erdschollen mit ihrem Duft nach Wasser und Kies, ich dachte auf im Gras versinkenden Dielenbrettern zu stehen, Dickicht netzte mir die Füße ... ich öffnete die Ladentür zu einem Spalt, um mich durch das langanhaltende Schrillen der Eingangsglocke aus diesem Zustand zu reißen, gleichzeitig erblickte ich inmitten des Laubgetürms die blitzenden Brillengläser des Alten und hörte seine Stimme, die überraschend laut und scharf war: Sehen Sie mich denn nicht, ich bin ja schon hier. – Seine kaum ab Brusthöhe den Ladentisch überragende Gestalt war in einen dunkelgrünen Kittel gehüllt, der ihn unter seinen Gummibäumchen und Buketten ausgezeichnet getarnt hatte. So schien er mich schon eine geraume Weile beobachtet ... oder hypnotisiert ... zu haben. – Sie wünschen ..., fragte er, und seine Stimme knarrte erneut so scharf, daß ich ein zweites Mal zusammenfuhr. – Glücklicherweise entdeckte ich in diesem Moment einen leuchtendroten Tupfer zwischen dem Blattgewirr, und zögernd deutete ich in diese Richtung. Er schien sofort zu wissen, was ich meinte, dennoch glaubte ich, allein meine Hände, die nervös die Tischplatte erfaßt hatten, seien das Ziel seiner Linsen, ich spürte die Strahlen der Gläser, als wollten sie sich gleich Nägeln durch meine Handrücken bohren. Endlich verzog er den Strich seiner Lippen zu einem Lächeln: Sie haben sie also gefunden. Obwohl es nicht leicht ist, haben Sie sie gleich entdeckt, diese kostbare Blume ... sehen Sie nur, wie herrlich sie ist ... – Was ist es, fragte ich. Und um ihm als ein Kenner zu gelten, der ich nicht sein konnte und der deshalb nur Unsinn von sich geben konnte: Was ist es, *Amaryllis formosissima* ... – Der Alte grinste abscheulich, sein weißer zahnloser Gaumen und die ebenso weiße Zunge entließen einen glucksenden Laut, ehe er aufkreischte: Nein, nein ... nein, ein glänzender Irrtum, aber ein glänzender. Wenn die Richtung auch stimmt, so ist es doch ein kolumbianischer Irrtum. Ein jugendlicher Höhenflug ... Sie sind wahrscheinlich jünger, als ich annehme ... – sein zahnloses Grinsen verstärkte sich noch – ... aber ist sie nicht trotzdem herrlich, Sie sehen doch, daß sie kostbar ist. – Er hatte, in einem gewaltigen papierumwundenen Topf, ein Etwas auf den Tisch gestellt, das mich fasziniert, das mich in seiner anscheinenden Lebendigkeit aber auch erschauern ließ. – Sie lebt, kommentierte der Alte, ja sie lebt, sie lebt in mir immer weiter ... – Tatsächlich machte die Pflanze einen eher animalischen als vegetativen Eindruck; aus einem Rund großer, dunkel glänzender Blätter, die sich elastisch an den Boden duckten, sproß ein langer, wie ein Schlangenkörper gebogener Stengel auf, an dessen abwärts geneigter Spitze ein fast faustgroßer herzförmiger Tropfen hing, so unheimlich blutrot in seinem feuchten Leuchten, daß man alle Augenblicke erwartete, ihn niederfallen zu sehen, um die Blätter darunter mit einem Bad echten Bluts zu übergießen. – Der Alte hatte die Wirkung dieses Anblicks auf mich sehr wohl bemerkt. Nein, schnarrte er, sie ist eine Orchidee, ich werde es Ihnen verraten ... Mittelamerika. – Er warf einen löschpapiernen Zettel auf den Tisch: Da sind die Vorschriften ... wir wissen nicht ihren Namen, aber wir nennen sie die Unterirdische. Die westindische Subterrania, weil das botanischer klingt. Und wir nennen sie so zu Ehren meiner Tochter, weil sie ebenso schön und schwarz ist wie meine Tochter. – Ich bemerkte, daß Blätter und Stengel wirklich, wie auch die festgeschlossene rote Blüte, über und über mit dem dichten Flaum eines Gehärs bedeckt waren, der diesem Meisterstück der Natur aus bestimmten Blickwinkeln einen edlen, beinahe schwarzsamtenen Glanz verlieh. – Sie sehen doch, redete der Alte, daß sie genauso schön und schwarzhaarig ist wie meine Tochter, und deshalb nennen wir sie so, wenn Sie einverstanden sind... – Ich finde diesen Namen idiotisch, erwiderte ich, aber sie sieht wirklich gut aus, was kostet sie. – Sie sieht gut aus..., der Alte schien empört, er umkrampfte den Topf mit den dürren Fingern, gut ... ich meine, schön und schwarz, wie meine Tochter. Aber sie kostet etwas, sie ist teuer, sehr teuer ... sie ist nämlich schön, schön wie meine Tochter ... – Wie teuer, schrie ich, daß die Augen des Alten hinter den Brillengläsern zu gefrieren schienen. Er nannte mir eine Summe, die mich erbleichen ließ, dennoch bezahlte ich, ohne zu zaudern. Er umwickelte das Gewächs mit riesigen Papierbögen, während er ohne Unterlaß die gleichen Lobpreisungen vor sich hin murmelte. Ich stand in zitternder Ungeduld, endlich riß ich mich aus der Lähmung und stürzte, den schweren Blumentopf im Arm, aus dem Geschäft. Ich war finanziell erledigt, ich hatte sogar die kleinen Münzen des Wechselgeldes auf dem Ladentisch zurückgelassen. Während der augenscheinlich verrückte Alte unausgesetzt weiter brabbelte, ... *schön wie meine Tochter, schwarz wie meine Tochter...*, jagte ich, mit der freien Hand die Automobile abstoppend, durch die wenigen Straßen zu meiner nahen Behausung.

Zu Hause studierte ich jene löschpapierne Beigabe, die mir der Alte unter die Blätter der Pflanze geklemmt hatte. In einer Art Telegrammstil und in unmöglichem fehlerhaftem Deutsch enthielt der Zettel Angaben zur Behandlung der Blume, unter denen sich ein verschmierter Firmenstempel befand. Ihre *Heimat* seien Dämmer und Schatten, in einem warmen Zimmer, in der *Nässe* eines warmen Zimmers, sei sie mehrmals am Tag mit einem warmen abgestandenen Wasser zu gießen, das mit eingelegten rohen Fleischstücken zu düngen sei. *Unwertes Fleisch* sei *genügend.* Wegen des unvermeidlichen Geruchs solle man die Flüssigkeit nicht in den Wohnräumen aufbewahren. Sonne *verdiene* die Orchidee nicht, ebensowenig wie frisches Wasser. Die Blüte selber sei geruchlos, auch wenn sie sich, in wenigen Nächten im Jahr, dann aber in jeder Nacht von sieben Tagen in der Reihe, öffnen werde, *um zu empfangen.* Natürlich nur *bei Einhaltung der Vorschrift.* Die Orchidee habe einer bestimmten, in Mexiko einst verbreiteten Sekte, die man wegen ihrer barbarischen Bräuche bekämpft, aber nie ganz niedergekämpft habe, als Reliquie bei langdauernden Bestattungszeremonien gedient, da man ihr die Kraft zuschrieb, während ihres Aufblühens den Geist im Körper eines Toten am Leben zu erhalten. – Ich blickte zum Fenster und sah den Spätnachmittag sich verdüstern, anscheinend begannen schwere Regenwolken heraufzuziehen. Ich plazierte das seltsame Gewächs auf meinem Schreibtisch, der ganz im Halbdunkel des Zimmers stand.

In der folgenden Nacht geschah mir etwas Merkwürdiges, merkwürdig daran war, daß mir die logischen Erklärungen des Vorfalls als nicht zureichend erschienen: Ich erwachte aus dem Schlaf mit dem Gespür, ein fremdes Lebewesen befände sich in meiner Nähe. Noch längst war nicht Morgen, da ich aber die Leuchtziffern auf der Weckuhr nicht erkennen konnte, fehlte mir jedes Zeitgefühl; ich schlief bei geschlossenen Fenstern und herabgelassenen Jalousien, es herrschte tiefstes Dunkel im Zimmer; dazu war es heiß, siedend heiß, glaubte ich, denn ich war schweißgebadet. – Ich hatte am Abend, erstmals seit dem Frühjahr, den Kachelofen geheizt, ein alter defekter Ofen, der gewöhnlich Funken und Qualm spie und der in dieser Nacht eine gewaltige Hitze abstrahlen mußte. Dort wo er stand – und der Schreibtisch stand direkt vor ihm, eine Notwendigkeit aus kalten Wintertagen – schien die Schwärze der Nacht mit einem vulkanischen Glühen aufgeladen ... jetzt erst fühlte ich einen offenbar schweren Gegenstand auf meiner Brust. Danach tastend, hielt ich eine menschliche Hand in den Fingern. Ich schleuderte sie entsetzt von mir ... und spürte den Ruck im ganzen Körper. Es war meine eigene zweite Hand, der Arm war mir abgestorben. Es kostete mich Zeit, die Fassung wiederzufinden, mir zu erklären, daß ich mich im Schlaf so unglücklich auf den Oberarm gewälzt hatte, daß die Blutzirkulation abgedrückt war und das harte Gewebe mir als ein fremdes erschien; bis in die Fingerspitzen durchdrang mich das jagende Stechen, als das Blut, wie unter Stromstößen, wieder zu pulsieren begann.

Es fiel mir am Morgen wieder ein, als ich bemerkte, daß ein seltsamer rheumaähnlicher Schmerz in meinem rechten Arm zurückgeblieben war. Auf die Nacht und den vergangenen Tag blickte ich zurück, als seien sie eine bestimmte Zäsur in meinem Leben gewesen, und ich fragte mich, was aus dem mir verbleibenden Rest werden würde, ich umschrieb mir nicht genauer, welchen *Rest* ich meinte. Ich sah, daß sogar das Wetter verändert war, noch am Vormittag setzte ein Regenwetter ein, das den Sommer völlig hinwegspülte, mehr als eine Woche regnete es, ein lauer stetiger Landregen, dann folgten Böen und schräg peitschende Schauer, so heftig, daß die Tropfen auf den wenigen im Hof noch nicht unter Wasser stehenden Erdinseln Einschlagspuren hinterließen. Ich heizte den Ofen über alle Maßen – ohne Rücksicht auf meine schwindenden Kohlevorräte, die aufzufrischen ich ohne Mittel war – und saß an meinem Parterrefenster, starrte in das nicht enden wollende Unwetter; ich hockte in meiner Tatenlosigkeit, als blickte ich auf ein so langes Leben zurück, daß die Anfänge überhaupt nicht mehr abzuschätzen waren. Die Relationen von Jahreszahlen, die mir zur Verfügung standen, schienen nichts als angenommene Ziffern zu sein, angenommen, um mein labiles Gehirn vor dem Bewußtsein der grausigen Länge dieses Lebens zu schützen. – Wenn ich mich umblickte und meinen Schreibtisch sah, glaubte ich zu wissen, daß dieser eine ungezählte Menge von Schriften barg, und damit, wie ein trojanisches Pferd, eine unübersehbare Anzahl von Wesen, die sich alle *Ich* nannten. Dieses *Ich* tauchte in Zeiten auf, die weit außerhalb der für mich als gültig anerkannten Jahreszahlen lagen. Ich durfte, um Gottes willen, diesen Schreibtisch nicht öffnen, damit mir diese Wesen nicht den Weg in Räume ebneten, aus denen ich nicht bei Verstand zurückkehren konnte. Hatte ich nicht, wenn ich die Blume auf dem Schreibtisch mit ihrem nach Leichenfleisch riechenden Wasser begoß, das Leben im Innern des hölzernen Möbels zu hören gemeint, Wispern und Raunen, Knistern von Papier, das ob seines Alters am Zerfallen war, Geräusche, als wenn Asche durch die geborstenen Schubfächer hinabrieselte. – Wenn ich zu warten imstande war, war es möglich, daß die Geschichte aus der Vergangenheit irgendeines dieser *Ichs,* die mir auflauerte, sich von selbst erledigte, daß ihr Gegenstand so versank, daß ich ihn *restlos erledigt* nennen konnte. – In dieser Zeit, in der Schlagwörter wie *no future* in Mode waren, hatte *restlos erledigt* eine Affinität dazu, jedenfalls einen ebenso aktuellen Klang; der Ausdruck konnte aus den Artikulationsversuchen der *Punks* stammen, und ich hatte stets den Verdacht gehabt, daß in großen Teilen meines Bewußtseins vieles Ähnliche steckte und das schon sehr viel früher, lange ehe man mit dieser restlos aufgeriebenen Sprache, die vor einer überschnellen Musik vorangehetzt war, Unsummen von Geld verdienen konnte. *Restlos erledigt,* es war eine der Materialformeln dieser Bewußtseinslage, und ich wußte, es war ein Wort von *Goebbels.*

Obwohl ich auf Armut vorbereitet war, schreckte mich an manchen Tagen eine solche Aussicht; ich haßte die Orchidee auf meinem Schreibtisch, die mich um meine Rücklagen gebracht hatte, und sann darauf, den Kauf rückgängig zu machen. Doch wenn ich, auf dem Friedhof, dem alten Blumenhändler begegnete, der, fast nur ein riesiger Regenschirm, den mit Kränzen beladenen Karren über die schlammigen Wege schleifte, zog ich mich zurück. – Ich kam auf die Idee, meine ehemaligen Arbeitskollegen anzurufen, ihr Tonfall, schien mir, war ein völlig anderer geworden. Ich solle entweder einen Krankenschein bringen, wofür es eigentlich zu spät sei, oder kommen und mich abmelden. Oder wenigstens mein neues Pseudonym bekanntgeben, es liege noch eine Restzahlung für mich bereit. – Ich bin noch der alte, entgegnete ich, und bin ich's nicht mehr, so werde ich's wieder, mit der Zeit. – Dann solle ich kommen … sofern ich mich in meinem Aufzug noch in den Betrieb wage … – Ich schwieg; man hatte mich also in den Straßen beobachtet. Ich lachte ein gezwungenes Lachen und hängte den Hörer ein. – Nach wenigen Tagen wurde mir die Zahlkarte einer Postanweisung in den Briefschlitz geworfen, und ich erstarrte vor Schreck. Schien es doch unumgänglich, daß ich zum Postamt in der Hauptstraße mußte, wenn ich vermeiden wollte, daß man mich in der Wohnung aufsuchte. Als ich mich am nächsten Tag dazu aufraffte, war ich entschlossen, die Annahme des Geldes sofort zu verweigern, wenn man meinen Ausweis zu sehen verlangte. Aber die Frau am Schalter zahlte mir die geringe Summe ohne Umschweife aus.

Ich hatte noch kaum ernsthafte Versuche gemacht, mich aus meiner Klassenzugehörigkeit zu lösen. In ihrem idiotischen Stolz auf die ihr angediehene Ausbeutung hatte sich die Arbeiterschaft zur gesündesten aller Rassen entwickelt, in welcher die Gewohnheit, alle Kräfte den Mächten zur Verfügung zu halten – und dies noch zum Daseinszweck deklariert –, von Generation zu Generation weitergereicht wurde, und wo deshalb die *Gesundheit* dogmatisch tabuisiert war. – Der Wille zum Geist ist der Klasse meiner Herkunft fremd aus Vererbung, dachte ich, da sie seit ihrem Anfang an sich nur die Tüchtigkeit des Dienens, und dafür den gesunden Körper und das gesunde Gehirn, also deren Verkäuflichkeit, akzeptiert hat. – Schon vor längerer Zeit hatte ich begonnen, mir Vorräte für Wochen, vielleicht für Monate zuzulegen, meist Konserven, daß mir nichts verderben konnte. Ich aß nichts Frisches, lebte von Zwieback, Biskuits, Konserven, diese schmale Kost war Teil eines Trainings, das mich hatte in die Lage versetzen sollen, die Arbeit sofort hinzuwerfen, wenn ich die ersten Anzeichen einer Krankheit an mir bemerkte. Als eine solche offenbar ausbleiben wollte, beschloß ich, den Leuten ein Schauspiel von Armut und Krankheit zu bieten, wenn sie mich zu Gesicht bekamen. Ich suchte mir die ältesten, abgetragensten Kleider hervor, wusch mich nicht mehr, zog mich in eine Hülle von üblen Gerüchen zurück; übrigens spielte es eine Rolle, daß ich es für die beste Tarnung hielt, auffällig, ja geschmacklos zu erscheinen; ich war darauf bedacht, mein Äußeres bis auf ein wirklich ärgerliches Maß herunterkommen zu lassen, ehe ich mich wieder in die Hauptstraße des Viertels wagen wollte. – Wenn die Nachforschungen gegen mich im früheren, sozusagen normalen Teil meines Doppellebens, in dem ich noch der Beschäftigte meines Betriebes gewesen war, schon eingesetzt hatten, was wahrscheinlich war, wollte ich sie an dieser Bruchstelle, an der ich mich in ein übles Subjekt verwandelt hatte – an der sich die Frage aufdrängen mußte, ob jenes Subjekt, das ich eigentlich zu sein schien, mit den geistigen Handlungen, um die es meiner Ansicht nach ging, überhaupt zu identifizieren war –, in einen Zweifel an ihrer Sinnhaftigkeit stürzen, der den Ernst des Nachdenkens über mich in einem vielleicht entscheidenden Moment blockierte.

Erneut versuchte ich zu telefonieren, diesmal mit dem Alten aus dem Blumengeschäft, dessen Apparatnummer ich aus dem Telefonbuch hatte. Aber ich brachte keine Verbindung zustande und wanderte, in der Hoffnung, ihm zu begegnen, durch die Straßen. Nachdem ich mehrmals die A..hofer Straße auf- und abgegangen war, sah ich ihn plötzlich aus dem Friedhofstor treten, mir entgegenkommen, ich beugte mich interessiert über den Zaun des Steinmetzen und las die Namen aller Inschriften; wohl zehnmal hintereinander murmelte ich die Worte auf dem Kriegerdenkmal vor mich hin, endlich ratterte der Wagen des Alten hinter mir vorbei, ich wartete noch einen Moment, um ihm dann zu folgen ... und, wie so oft schon, es geschah mir immer wieder, trat ein altbekannter Effekt ein: ich hatte die Reihenfolge der beiden Substantive auf dem Mal aus Sandstein vergessen. Damit, vermutlich, hatte alles begonnen, was mir zusetzte: ich konnte mir beim besten Willen nicht merken, was, *Tod* oder *Sieg*, verschlungen sein sollte worin, in *Sieg* oder *Tod* ... und ich wußte, daß ich es nach fünf Minuten vergessen würde, wenn ich jetzt umkehrte, um mich zu überzeugen, selbst dann, wenn ich mir die Worte abschrieb, würde ich nicht wissen, ob ein Irrtum ausgeschlossen sei. Vor einem halben Jahr noch war ich täglich hier vorbeigegangen, und manchmal hatte ich gemeint, meiner Sache sicher zu sein ... mit dem Erfolg, daß ich am Abend, nach Einbruch der Dunkelheit, glaubte, noch einmal in die A..hofer Straße zu müssen, eigens wegen des Wortlauts dieser Inschrift, um dort ein halbes Päckchen Zündhölzer zu verbrauchen. jedesmal, wenn eins der Zündholzflämmchen, mit dem ich den Stein zu erleuchten suchte, erlosch, war mir die Reihenfolge der Wörter wieder zweifelhaft geworden ... ich war, in einem umfangreichen Manuskript, auf den Text dieses Denkmals eingegangen, ich hatte den Text zitiert ... hatte ich ihn richtig zitiert ... war der Text auf diesem Denkmal richtig zitiert. Eine der beiden Textvarianten war gefährlich, glaubte ich, aber es war mir unmöglich nachzuprüfen, welche es war ... unmöglich nachzuprüfen, welche ich zitiert hatte. Ich hatte, vor etwas mehr als einem halben Jahr, das gesamte Manuskript verpackt und es per Post verschickt, hatte es, womöglich zusammen mit noch anderen Manuskripten, einem Verlag angeboten. Und ich hatte nie eine Antwort erhalten. Seitdem war mir sonnenklar, daß mein Manuskript – mit diesem Zitat – irgendwo darauf lauerte, mich zu entlarven. – Wie so oft beschloß ich, noch an diesem Abend, den zurückbehaltenen Durchschlag des maschinengeschriebenen Manuskripts aus dem Schreibtisch hervorzusuchen, um nachzusehen, ob ich die richtige oder die falsche der beiden Textvarianten zitiert hatte; ich hatte es immer wieder verschoben, mir gesagt, ich müsse erst dahinterkommen, welche der Varianten richtig, welche falsch sei, doch war ich bisher gescheitert, immer wieder, als ob eine Logik für diesen Zweck nicht zur Verfügung stand. – Als ich glaubte, der Alte müsse sich inzwischen in seinem Geschäft eingefunden haben, schlenderte ich locker zur nächsten Telefonzelle. Ich hatte, natürlich vergeblich, gegrübelt, wie ich mich am Telefon vorstellen sollte; mir war noch immer kein passendes Pseudonym eingefallen, obwohl ich, stundenlang, alle meine Bücher mit spanischsprachiger Dichtung, diejenigen nämlich, die neben der Übertragung auch das Original brachten, durchsucht hatte. Es war zwecklos, in der gesamten spanischen Poesie kam das Wort *Käse* nicht vor. – In dieser Verfassung wählte ich, noch immer krampfhaft überlegend, die Nummer, und sofort hörte ich seine Stimme aus dem Apparat. – *Cebolla,* stieß ich hervor, *Gerardo Cebolla* mein Name, Sie erinnern sich gewiß ... – Was kann ich für Sie tun, fragte die rostige Stimme des Alten, der auf meinen Anruf schon gewartet zu haben schien. – Ich muß mit Ihnen über das mexikanische Papier sprechen, über diesen Wisch, den Sie mir zusammen mit Ihrer Orchidee verkauft haben. Es geht um einen bestimmten Passus in dem Text, ich verspüre nichts davon. – Sie überschätzen den Wahrheitsgehalt von Legenden, junger Mann, schnarrte er, ich kann Ihnen nicht helfen. – Ich bin Schriftsteller, sagte ich, und es könnte sein, daß meine Existenz als solcher ... sei es, die in bestimmten Arbeiten von mir ... von Erfahrungen abhängt, die man als übersinnliche bezeichnen könnte ... – Ich halte es für eine Ausrede, für die alte Ausrede veralteter Schriftstellerei. Mir ist klar, daß schon immer etwas anderes dahintersteckte ... – ich glaubte, ein boshaftes Kichern zu hören – ... Sie müßten eine Leiche zur Verfügung haben, junger Mann. – Ich selbst bin tot, sagte ich zähneknirschend, ich selber, verstehen Sie, alles an mir ist längst abgestorben ... was ich zu Papier gebracht habe ... und alles, was sich noch zu Papier bringen ließe, es hat schon lange nichts mehr mit mir zu tun. Aber der Fall hat sich für mich noch nicht erledigt, ich werde Sie aufsuchen. – Ich glaubte, noch einmal ein leises Gelächter zu hören: Sie müssen kommen, wenn die Blume aufgeblüht ist, es wird nicht mehr lange dauern. –

Als ich an diesem Tag in die verdunkelte Wohnung zurückgekehrt war, fiel mir auf, daß ich das Ende des Regenwetters nicht bemerkt hatte. Obwohl ich nicht auf dem Friedhof gewesen war, meinte ich, trocknende Sandhügel gesehen zu haben, vor frisch ausgehobenen länglichen Gruben, wieder trockene Gräser und leichte Dämpfe, in denen die Nässe der nun helleren Wege zu verfliegen begann. Nach vielen Tagen zum ersten Mal zog ich die Jalousien hoch, sah das zur Neige gehende Nachmittagslicht über den Dächern, letzte Strahlen blitzten im staubigen Glas meiner Fenster, schimmerten in der rauchvergilbten Gardine und drangen bis zum Schreibtisch vor, diesem verschabten unansehnlichen Stück, das nunmehr der *Subterrania* als Thron diente. Das Gewächs machte einen ermatteten häßlichen Eindruck, der Blütentropfen hing bis auf den Blättergrund hinab, das feine Haar, das die Pflanze bedeckte, schien zurückgezogen, der Glanz auf Blüte und Blättern stumpf, erloschen. Dennoch ging eine eigenartige Erregung von ihr aus ... die Luft über ihr war in einer kaum merklichen Vibration, es war wie ein Hitzeflimmern, ein schwacher bläulicher Dunst in einem Rund über dem Blumentopf, und der Geruch, der von dort kam, schien stärker ... es roch nach Asche, noch nicht ganz erkalteter Asche ... oder nach dem süßlichen Brand von Fleisch, das an einem kaum noch lebenden Organismus schon in Verwesung überging. Als ich die Blume begießen wollte, stieß ich das Glas mit ihrer Flüssigkeit um, eine üble breiige Brühe benetzte mich, floß über die Dielen in der Küche ... in einer Zornesaufwallung, in einem Anfall von Mordlust beinahe, stellte ich das Gewächs auf den Boden und ließ, mit Zittern, aber mit eisiger Geduld, meinen Urin darüberlaufen, dann plazierte ich den Topf auf dem Fenstersims, in die letzten Pfeile der hinter die Dächer fallenden Sonne. Im Augenblick dachte ich, das übelriechende Ungeheuer in sich zusammenbrechen zu sehen, doch nichts dergleichen geschah. – Im Spiegel, in dem ich mich während meines wilden Auf- und Abschreitens zufällig erblickte, sah ich mich völlig verändert. Von dem Sonnenlicht hinterrücks getroffen, waren meine Gesichtsfalten blauschwarz und vertieft, das Haar in graurötlicher aschener Färbung, der Schweiß trocknete mir in bläulichen Fahnen von der verwelkenden Haut ... in einem Geruch, der dem der Subterrania vollkommen glich; wenn ich noch nicht ein ganz anderer bin, dachte ich, so bin ich bestenfalls der pfuscherhaft mumifizierte Leichnam jener Figur von damals ... und daher unmöglich zu identifizieren mit dem Ich jener Manuskripte, die ich leichtsinnigerweise verschickte. Selbst wenn dieselben eine versteckte Beichte meines früheren Lebens enthalten sollten, es muß doch jedem einleuchten, daß sie eine vergangene und abgeschlossene Figur betreffen, die mit der jetzigen nichts mehr zu tun hat. Rückschlüsse auf eine bestimmte Geisteshaltung, auch wenn sich noch so verräterische Zitate, Zitate etwa von Grabinschriften oder dergleichen, finden sollten, wären rein absurd. –

Endlich, glaubte ich, sei es an der Zeit, in den Durchschlägen meiner früheren Manuskripte zu lesen, und ich hatte die Absicht, den Schreibtisch zu öffnen. Doch ich fand seine Türen nur angelehnt ... die Schubladen leer. Ich ließ mich aufs Bett sinken und mühte mich nachzudenken. Ich erinnerte mich jetzt genau an alle Einzelheiten jenes Tages, an dem ich die Manuskripte, wütend, in die Fächer geschleudert hatte, um die Türen – für immer, dachte ich damals – zu verschließen, es war nicht lange her, es war vielleicht im Sommer, und jetzt war Anfang Oktober, ich hatte den Schlüssel verlegt, unauffindbar, wie ich meinte, und nun hatte ich den umgebogenen Draht noch in der Hand, der mir die Schlösser hatte öffnen sollen ... alle Fächer waren leer, und ich entsann mich genau jener ersten Nacht, die ich zusammen mit meiner Subterrania in diesem Zimmer zubrachte, meines Erwachens, als ich glaubte, ich sei nicht allein hier, als ich überdeutlich den Eindruck hatte, dort, am Schreibtisch, sei eine Bewegung in der dunklen Wohnung. Der Schreibtisch war aufgebrochen und ausgeraubt worden, daran änderte sich nichts, so oft ich ihn auch untersuchte. Ich fand lediglich den dünnen Rest eines Abreißblocks – der Sorte, wie ich sie benutzte –, der etwa eine halbe handbeschriebene Seite enthielt. Ich wußte nach dem ersten Satz, daß nicht ich es gewesen sein konnte, der diese halbe Seite verfaßt hatte. Zweifellos schienen die Schriftzüge den meinen nachgeahmt – jedoch mit unübersehbarer Anstrengung –, und man hatte auch, eventuell, meinen Stil zu imitieren versucht. Wenn ich mich auch stets bemüht hatte, so erinnerte ich mich, für jeden Text einen anderen Stil zu verwenden, so lag der Fall hier doch anders: meine eigenen Fragmente hatte ich noch stets wiedererkannt, nämlich gerade an irgendwelchen Peinlichkeiten, die mich dazu bewogen hatten, sie schließlich aufzugeben. Genau diese Peinlichkeiten waren es, die beim jeweiligen Wiederlesen sogleich, in der Art von Brechmitteln, erneut in mir rege wurden und mich das Papier wieder wegschleudern ließen. Hier aber, obwohl das weitgehend verworrene Geschreibsel mir fast beängstigenden Widerwillen einflößte, waren es gerade diese Dummheiten, die mein Interesse verursachten, freilich so, wie man fremde Dummheiten reizvoll findet, ja entwicklungsfähig, indem man sich einbildet, daß man es besser gekonnt hätte. Das Ärgerliche der Sätze bestand zum Teil darin, daß hier versucht worden war, den Wortfolgen eine gewisse, mir nicht nachvollziehbare Musikalität zu unterlegen, die mir erzwungen und antiquiert vorkam; dazu strotzte das Fragment von einer Bedeutungshuberei, die sich, offenbar, auf irgendwelche Thesen aus mir hier fehlenden Textstellen bezog. Thesen womöglich, wie sie im ersten Halbsatz des Fetzens aufgestellt waren: ... *die alten wilden Götter scheinen tot, doch sie sind verborgen, getaucht in ein inneres Reich.* – Danach folgte die langatmige Beschreibung einer Szene, in der ein Er auf einer Wanderung durch eine nächtliche sturmdurchtoste Seebucht nördlicher

Breiten vorgeführt wurde. Dies war, zweifelsohne aus gestalterischer Schwäche, mit den idiotischsten Lautmalereien durchsetzt und endete in so aufgebläht rhythmisierten Wortfetzen, daß das, was offenbar beabsichtigt war, nämlich das Sturmesheulen darzustellen, geradezu verhindert wurde. Es handelte sich wahrscheinlich um eine Art Schwemmsandgebiet, bewegliche Erde, die unter dem Schritt sich zu öffnen drohte, nur vom Meere her überschlagender Gischt, *und im Festlande alsbald zu Eis gefrierend, verhinderte Seinen Untergang. Und nicht versank auch das schwere Gestein, das Kopf an Kopf den Strand bedeckte. Und da Er sah,* hieß es weiter, *wie der Wind die Deiche hinanfegte, um dort den Bäumen, wie allem Leben fluchend zu begegnen, ging Er ruhig im Banne des Sturms, und hörte es heulen: Brut, Brut, hoolet die Bruut ... und Er verstand es restlos ...;* nach diesem blödsinnigen Attribut riß der Text mitten auf der Seite ab.

Unbändige Müdigkeit hatte mich bald danach aufs Bett geworfen, ganz gegen alle Gewohnheit, noch bevor die Abenddämmerung völlig der Dunkelheit gewichen war. – Ich bin schon in einer Nebenwelt, murmelte ich, der Raub meiner Manuskripte kann nichts mehr nützen ... nachdem man mir auf dem Postwege die Originale stahl, verfügt man nun auch über die Durchschläge. Man glaubt vielleicht, alle Beweise zu haben ... nur daß der, den man damit belasten will, nicht mehr da ist ... er ist verschwunden, er wurde mit diesen Texten zusammen aus den Schreibtischfächern geraubt ... und war doch schon ein Toter, er wandert längst irgendwo durch eine phantastische Nacht ... dieser merkwürdige Text, den ein anderer, ein zweiter geschrieben haben muß, schildert es glänzend.– Und das Licht, das man in diese dunklen verlorenen Manuskripte zu bringen versucht, wird nicht mehr schaden, nicht der versunkenen Figur dieser Manuskripte ..., diese Gedanken schienen mir aus einer seltsamen Entfernung zu kommen, so als ob sie mich aus einem abwesenden Gehirn erreichten.

Im letzten Glimmen der Dämmerung zeichnete sich allein noch die Silhouette der Subterrania, dieser seltsamen exotischen Pflanze, vor der helleren Gardine ab, das rote Feuer ihres Blütentropfens war wohl erloschen. Ihr Stengel dagegen mußte sich in der beginnenden Dunkelheit wieder aufgerichtet haben; obgleich sie doch, ganz gegen die Vorschrift, kurze Zeit der Sonne ausgesetzt worden war, sah es aus, als wollte sie ihre Kraft verdoppeln. – Der graue Stoff der Gardine schien sich nach einiger Zeit zu bewegen, in der Entfernung all seiner Gedanken erinnerte er sich nicht, ob er das Fenster geschlossen hielt ... er hielt es immer geschlossen, auch heute, da er sein früheres Leben vollkommen in die Versenkung geworfen glaubte und ihm ein offenes Fenster keine Gefahr bedeuten konnte ... jetzt, da er sich sogar federleicht und befreit fühlte ... bis später ein Luftzug die Gardine im Innern des Zimmers sich bauschen ließ, so daß sie sich ihm näherte und vor seinem Auge zu einem tiefen undurchdringlichen Nebel verschwamm, der über eine Fläche in nächtlichem Licht dahinwogte. Darunter, in tiefer gelegenen Gängen oder Kaminen schwoll ein Geheul, das immer wieder klang wie: *Bruut ... Bruut ...*, links von ihm war eine hohe schwarze Mauer sichtbar, die auf einem gärenden Boden wankte und an der er, ebenso unsicher, fluchtartig entlang taumelte, vor sich in zerflatternden Schleiern die weiche Erde, über die ein sprühender Schaum ging, mit Regen und Hagel vermischt, und über dieser Erde die Reihen runder Hügel, Gräber, deren nächstes, im entflammten Mondgelb am deutlichsten, sich nun aufblähte, von unten her nach oben getrieben, als höbe sich ein mächtiger überwachsener Felsstein von selbst aus dem Boden hervor, wie die runde zottige Schädeldecke eines Riesen, dem sogleich weitere aus der Erde erstehende Riesengestalten nachfolgten, die, von einem irren wolkenverschlungenen Mond kaum als eine Gruppe von Schemen beleuchtet, im Augenblick aufrecht stehen mußten, in dem dumpfen Geheul die Erdschollen wie windige schwarze Nebel von sich schüttelnd ... das Empfinden, mit dem ihn dieses Trugsbild vom Lager aufjagte, hatte etwas Zwiespältiges, er hatte die Bewegung eines panischen Davonlaufens noch immer in den Gliedern, und damit sprang er auf die Füße, ein furchtbarer Zorn aber bremste ihn, daß er einen Stuhl bei der Lehne packte, um ihn gegen seine Blume auf dem Fensterbrett niedersausen zu lassen. Etwas aber lenkte den Schlag ab, die Blume blieb verschont, und die Stuhlbeine fuhren durch beide Scheiben des Doppelfensters. Im sofort eindringenden

Nachtwind erkannte er, was ihn, in einer bewußtlosen Reaktion, den Hieb hatte vorbeiführen lassen: der Blütentropfen der Pflanze hatte sich zu einem aufstrebenden Kelch geöffnet.

Ein Blick auf die Weckuhr zeigte mir, daß es schon spät, elf Uhr abends war, ich ließ die Jalousien herab, warf mich in den Mantel und ging aus dem Haus. Zu dieser Stunde war die kleinstädtische Verödung dieses Viertels von Berlin längst besiegelt, die Kneipen geschlossen, mit hoher Wahrscheinlichkeit würde ich keinem Menschen begegnen. Das weißblaue Gas der TV-Maschinen war der Flor aller Parterrefenster entlang der Straße, das erstickte Scheinen der Trottoirleuchten suchte sich vergeblich über lange Abstände zu finden. Schnell ließ ich die Häuserzeile hinter mir, querte einen Parkplatz, auf dessen Mitte ein schwer ramponierter Unfallwagen die Vereinsamung des Vehikels unter den Menschen darstellte, und war schon vor dem Schaufenster des kleinen Blumenladens am Eingang zur Hauptstraße; an einem Lichtfunken zwischen dem dunklen Wuchern des Laubs hatte ich erkannt, daß die rückwärtigen Räume noch belebt waren. Mich nach allen Seiten sichernd, drang ich in die Hauptstraße ein und stand eine Minute später vor dem unbewohnten Haus Nr. 6. Die Straße wirkte wie ausgestorben, nur in dem zweihundert Meter weiter unten gelegenen Postamt brannten noch ein paar unermüdliche Lampen. Mich erfaßte beinahe Siegestaumel; wie ich geahnt hatte, stand das große zweiflüglige Tor zur Hauseinfahrt noch immer den bewußten Spaltbreit offen. Als ich mich hindurchgezwängt hatte und in der Schwärze des trümmerübersäten Flurs verschwunden war, hatte ich fast das Empfinden, als sei mein Anmarsch – der immerhin einem kurzentschlosseneu Überfall glich – von einer Art heroischer Musik begleitet gewesen ... es war natürlich lachhaft, wenn ich an die Marschmusik dachte, von der die sehr bald eingesparten Wochenschauen durchdröhnt gewesen waren. Aber die militärischen Vorstellungen, die ich zuweilen mit dieser Hauptstraße verband, waren ganz und gar nicht in Musik gebettet. Ich glaubte, die Ursache nach einem Stolpern zu erkennen, bei dem ich mich an der Wand des dunklen Flurs abstürzen mußte und einen scharfen Schmerz im rechten Arm bemerkte ... die ganze Zeit über hatte mich ein wahrhaft musikalisches Kribbeln und Ziehen darin gepeinigt, das bis zur Schulter hinaufreichte. Ich hob den Arm vorsichtig, brachte ihn aber kaum bis in Kopfhöhe. Ich fühlte eine reißende Spannung, das Knirschen überdehnter Saiten in den Knochen und Muskeln ... die Affaire, die ich mit dem Stuhl und meinem Doppelfenster gehabt hatte, war dem alten Übel, das in diesem Arm steckte, wieder förderlich gewesen. Und mein gestörtes Gehör, das allerorts bedrohliche Geräusche aufnahm, hatte den Schmerz lächerlicherweise musikalisch gedeutet ... ich war irgendwann ein Musikfeind gewesen, wußte ich, und es war mir nicht gelungen, Umweltgeräuschen ein musikalisches Interesse abzugewinnen, dem Kreischen von Türen, den suchenden Füßen in lichtlosen Fluren, Straßenbahnen, Holztreppensteigen, Gesang und Musik von Schürhaken und Ofenringen, doch ... großes Gedenken ... man hatte mich das Gegenteil gelehrt, ich hörte nun sogar aus dem Sturmesheulen meiner eigenen prosaischen Schreibversuche Musik.

Der Hinterhof, den ich betrat, war nicht dazu angetan, meine sehr fahrigen Nerven zu beruhigen; er war eine, von einer einzigen trüben, in dunklem Fensterglas sich spiegelnden Funzel erleuchtete, muffige Schlucht zwischen vier- und fünfstöckigen Häusern, über der ein erbärmliches, zu einer geometrischen Figur ausgeschnittenes Stück Nachthimmel erblaßt war; das Licht ließ eine untröstliche Formation verbeulter und verbogener Müllkübel erglänzen, aus deren sperrigen Rachen die Strünke pflanzlichen Unrats ragten; vermutlich ein Zeichen dafür, daß ich am richtigen Fleck war. Erneut war ich an die eigenartigen Aufnahmen alter Filme erinnert, die Höhe der völlig leblosen Hinterhoffassaden ließ die engstehenden Häuser kopflastig wirken, und wie auf einer Kinoleinwand schien ein längeres Hinaufschauen das tonnenschwere Gemäuer in zunehmend kreisende Bewegung zu versetzen ... ein lautes blechernes Geräusch ließ mich herumfahren, bei den Müllkübeln stand eine menschliche Gestalt von kindlicher Statur, im Begriff, Bündel von Laub und Reisig in die Behälter zu stopfen. – Weshalb sind Sie durch die Sechs gekommen, fragte der kleine Mann, bei dieser Dunkelheit hätten Sie sich die Füße brechen können. – Einen Moment fühlte ich das Blitzen seiner Brillengläser fast körperlich, er winkte mir, und ich folgte ihm wortlos und ergeben. Er war in einem seltsamen Aufzug, scheinbar trug er nichts als überdimensionale Pantoffeln und ein bis auf die Knöchel fallendes Gewand, das augenscheinlich ein Nachthemd war; mir voran betrat er einen schwach erhellten Hauseingang, den ich jetzt erst bemerkte, es war genau jener, dessen Flur einen rechten Winkel zu der baufälligen Durchfahrt des Hauses Nr. 6 bildete. In seiner nackten Höhle erschlugen mich fast die gewaltsamen und dramatischen Klänge eines klassischen Klavierkonzerts, das überlaut aus einer halboffenen Tür im ersten Stock tönte; dies erst, glaubte ich nun, war die Erklärung für jene trügerischen musikalischen Wahrnehmungen, die mein Gehör draußen auf der Straße beeinträchtigt hatten.

Er fragte mich, weshalb ich die Subterrania nicht mitgebracht habe: Sie haben sie nicht mit ... nein. Es ist eigenartig. Ich hätte drum gewettet, ich hatte nämlich ein ähnliches Gefühl, wie noch vor einiger Zeit an jedem Morgen. Da kam meine Tochter immer auf einen Sprung, sie war bekanntlich auf dem Postamt da drüben beschäftigt. Sie kam zum Frühstück, es machte ihr Freude, mit ihrem alten Vater das Frühstück einzunehmen. Sie kam, sobald sie Zeit hatte ... und ich spürte es förmlich, ich war in der Lage, indessen schon den Kaffee aufzubrühen. Sie kam, der Abkürzung wegen, genau wie Sie, über den Hinterhof ... bis sie eines Morgens von irgendwem, aus einer Wohnung des Hauses Nummer sechs gerufen wurde...

Es war mir fast unmöglich, den Alten beim Dröhnen der Akkorde zu verstehen; ich ahnte den Sinn seiner Worte mehr, als daß ich ihn wahrnahm. Er huschte, mir voran, in das Zimmer und schaltete die Musik sofort ab, daß ich, ob der schlagartigen Stille, erneut erschrak.

Für Sie allerdings habe ich keinen Kaffee, wir werden uns eine kleine Flasche öffnen ... diese Musik übrigens – er schien ungewöhnlich gesprächig und achtete nicht darauf, daß ich kein Wort sagte –, wenn Sie glauben, daß es Beethoven war, dann irren Sie sich. Nein, es war Brahms, bei einer Musik von Beethoven hätte ich das Zimmer nicht verlassen. Aber Brahms hat ausgereicht, um Sie sicher zu mir finden zu lassen. Allerdings glaubte ich, Sie würden die Haustür benützen, ich hatte sie extra offen gelassen.

Sie halten mich wohl für einen Liebhaber dieser Musik, fragte ich.

Nein, sagte er, ganz und gar nicht. Ich selbst bin natürlich kein Liebhaber von Brahms. Ich halte ihn für einen Holzkopf, für einen norddeutschen Holzkopf, dessen Geist nach dem Süden will. Der Geist aber kommt aus dem Süden, und er kann nach dem Norden gehen. Aber wir werden vielleicht erst später über Musik reden ... ja. Ich werde Ihnen ein Beispiel für die Richtigkeit dieser These nennen, und Sie werden nicht mehr sagen, daß Ihnen Beethoven ebenso gleichgültig ist wie Brahms.

Nietzsche..., sagte ich, Sie haben Ihre Denunziation von Brahms bei Nietzsche gelesen.

Ich wußte es vorher, er lächelte gutmütig und dirigierte mich in einen Polstersessel, der, gelinde gesagt, etwas schmierig war. So, und jetzt die Flasche...

Nun erst, als er am Boden kniete und in einem schmalen Küchenspind suchte, gewann ich einen Blick für das kahle und kalte Greuel der kleinen Wohnung. Das primitive Interieur, eine bloße feldbettartige Pritsche unter dem gardinenlosen, nur von einem papiernen Rouleau verhängten Fenster, die gekalkten ungeschmückten Wände, die, vom blanken Dielenboden aufwärts, undefinierbar bespritzt aussahen, ein Stapel unmoderner, in einer Ecke am Boden übereinandergestellter Empfangsgeräte, Radio und Tonbandapparat von militärisch wirkender Bauart, die, zusammen mit einer elektrischen Kochplatte, ein provisorisches Gewirr von Leitungsschnüren im Schlepp hatten ... kein Zweifel, dieses Zimmer gemahnte unverkennbar an einen vorübergehend eingerichteten Raum für Verhöre. – Das bedrohliche Bild vermochten auch die übrigen spärlichen Möbel, die altmodische, vormals hellgrüne Plüschgarnitur, bestehend aus einem Polsterstuhl und einem Kanapee mit Rückenlehne, und der mit unfarben gelblichem Wachstuch bedeckte Küchentisch, an dem wir saßen, nicht zu mildern. Er hatte zwei dickwandige Limonadengläser auf den Tisch gestellt, dazu eine große bauchige Flasche, die mit einem uralten fremdsprachigen Etikett beklebt war, aber mit einem sichtlich später aufgesetzten Gummipfropfen verschlossen; ich glaubte, er habe meine Gedanken erraten, als er sagte: Sie bemerken wahrscheinlich ganz richtig, daß die

Flasche früher mal Tequila enthielt. Jetzt aber ist es ein ganz besonderer Tropfen. – Dabei füllte er die Gläser zur Hälfte mit einem Destillat, das beim Ausgießen seine Färbung zu ändern schien; es war ein offenbar dickflüssiger milchiger Saft, der in den Gläsern schnell wasserklar wurde.

Sie werden mir hoffentlich verraten, was es ist, was wir trinken, sagte ich.

Ich werde Ihnen alles verraten, aber nur der Reihe nach. Zuerst wollen wir anstoßen, was schlagen Sie vor, worauf sollen wir anstoßen.

Ich griff nach dem Glas, es fühlte sich so klebrig an, daß es mir sofort unlöslich an den Fingern zu haften schien; das Getränk machte mir einen äußerst bedenklichen Eindruck, es roch ... ich erinnerte mich nicht, wonach es roch ... es funkelte im Licht der Glühbirne über dem Tisch, begann aber, trotz des abstoßend schmutzigen Glases, meinen Durst zu wecken. – Weshalb eigentlich, fragte ich, spielten Sie vorhin nicht Beethoven, wenn Sie die Musik von Brahms so wenig mögen...

Ich wollte Sie nicht erschrecken.

Sie hätten mich nicht erschreckt, nicht mit Beethoven.

Aber über mich wären Sie vielleicht erschrocken. Nicht erst einmal glaubte ich mich von der Musik und dem Geist Beethovens um den Verstand gebracht. Der traurige Zustand ganz in der Vergangenheit aufgelöster Gedanken wäre unseren Verhandlungen nicht sehr dienlich gewesen.

Meine eigene abwartende Haltung erstaunte mich inzwischen ... es war, als ob irgendeine Barriere in meinem Kopf verhinderte, daß ich die Fragen stellte, die mich im Augenblick interessierten, während er, in anscheinend größter Munterkeit, von Thema zu Thema sprang; ich wurde das Gefühl nicht los, daß er mich in diesem Gespräch nach Belieben zu führen vermochte, daß es dabei sein Blick war, der mich führte. Dieser Blick war unablässig und starr auf mich gerichtet, nur daß ich seine Augen nicht sehen konnte, die hinter den beiden blendenden Ovalen der dicken Brillengläser, in denen sich alles aus der Lampe fallende Licht zu konzentrieren schien, verborgen waren. So saß er zurückgelehnt auf dem Kanapee, hatte das Nachthemd über die Knie gerafft und die fleischlosen blaugeäderten Beine übereinander geschlagen; ich sah, daß sie über und über mit unangenehmen, fast erdfarbenen Flecken bedeckt waren, und hatte Mühe, den angewiderten Blick davon loszureißen.

So wollen wir also trinken, zwang ich mich zu sprechen, und wir stießen die Gläser aneinander. Auf Beethoven...

Nein, sagte er, seine Stimme war in diesem Moment ungewöhnlich scharf.

Gut, dann auf die Subterrania, auf den Zweck meines Kommens...

Der Zweck ist in den Gläsern, erwiderte er und grinste. Er beobachtete, wie ich das Glas an die Lippen hob ... zuerst schmeckte ich nichts als eine sirupartige, kaum erträgliche Süße, dann, nach einem Schluck, hatte ich ein so heftiges Brennen in der Kehle, daß sich meine Augen sofort mit Tränen füllten ... schockiert setzte ich das Glas ab; da erst hob er das seine und trank es mit einem Zug leer. Es hatte eine beängstigende Wirkung, ein blutrotes Anschwellen überlief sein Gesicht, dem ein beinahe schwärzliches Erblassen folgte, das Getränk schleuderte ihn gegen die Sofalehne, und lange verharrte er in einer Art Krampf, der mir unbedingt tödlich zu verlaufen schien. Obwohl ich selbst mit plötzlicher Übelkeit kämpfte, sprang ich auf ... aber er erholte sich wieder, gewann die Form und eine womöglich noch gewachsene Stärke zurück.

Kein übler Zweck ... in diesen Gläsern, ächzte er, aber nicht immer für mich. Es ist kein Maisschnaps, wie das Etikett behauptet, aber es ist aus denselben Breiten ... und es ist eine, mit Ihrer Erlaubnis, etwas obskure Firma, die das Patent zu diesem Göttertrank besitzt. Und Sie kennen die Firma, obwohl Sie noch nicht ganz zu den Eingeweihten gehören.

Ich hatte einen Moment an Gift gedacht, um es frei heraus zu sagen ... aber nun wird mir etwas wärmer zumute. Verlange ich zuviel, wenn ich Sie bitte, mir etwas über diese geheimnisvolle Firma zu erzählen?

Dazu sind wir hier. Wir sitzen hier, damit ich es Ihnen erzähle. Und Sie werden sehen, daß ich Ihnen gegenüber keine Rücksichten habe ... nein, keine Rücksicht auf diese Firma, wir werden beieinander sitzen, wie im engsten Familienkreis ... – er lachte lautlos – ... denn so ist es doch, oder ... den Firmenstempel haben Sie auf dem Papier für die Subterrania gelesen. Sie wissen, welch einen Narren man an Abbreviaturen gefressen hat, in allen *Bewegungen*. Und folgerichtig lesen Sie dort ein großes M ... VM, so steht es in dem Stempel ... werden Sie es erraten, daß das M die Abkürzung für *Movement* ist ... wie hübsch erklärlich dies alles. Ich, und zählte ich auch zu den unverzichtbarsten Köpfen der Bewegung, habe mich inzwischen ein bißchen von der geforderten Disziplin entfernt; Sie wissen, daß ich mit einem vorläufigen Verdikt belegt bin, und Sie werden es mir nicht auf die Goldwaage legen, wenn ich mich ... hier, ganz unter uns ... ein wenig lästerlich ausdrücke. Ich muß zu oft an Beethoven denken, junger Freund, und wenn der Geist frei wird, verstößt er gegen Gesetze ... gegen sogenannte Gesetze, junger Freund. – Er war erneut von einem lautlosen Gelächter geschüttelt, das mir seltsam gekünstelt erschien; es war ein Lachen, das ihm, jedesmal am Schluß seiner Rede, die Möglichkeit gab, Fragen, zu denen ich ansetzte, zu ignorieren. – Und er sprach unverdrossen weiter: Die Jugend, mein Freund, ist bekanntlich süchtig nach Dogmen, das Unverrückbare zieht sie magisch an ... und wie alt ist man denn im Durchschnitt dort drüben in der Firma. Die Ältesten sind sechzig ... sind sie schon siebzig, gestatten Sie, daß ich lache ... ich weiß, daß ich gegen eins der härtesten und unumstößlichsten Gesetze verstieß. Aber, im Vertrauen, ist es nicht an der Zeit, der Führung vor Augen zu halten, wie schädlich das Festklammern an gewissen Gesetzen gerade jetzt ist, in dieser Phase zwischen Desorganisation und Neuaufbau, zumal eben diese Gesetze in den meisten Ländern heute das auffälligste Unverständnis hervorrufen.

Längst hatte ich zu ahnen begonnen, daß es irgendein unerklärlicher Wahnsinn war, der mich bewog, diese Unterhaltung weiterzuführen, daß es schon Wahnsinn gewesen sein mußte, sie anzufangen ... und daß das Gespräch in einen solchen Wahnsinn hinübergleiten würde, der von einem bestimmten Punkt an nicht mehr zu beenden war, der vielleicht niemals mehr zu beenden war, wie jeder wirkliche Wahnsinn.

So entgehe ich Ihnen also nicht mehr, sagte ich, und ich werde Sie bis zum Schluß anhören. Auch wenn wir dann tatsächlich zu einer Familie gehören, zur Familie der Verrückten. Aber lassen Sie Gnade vor Recht ergehen und erzählen Sie mir alles von vorn.

Von einem zum Tode Verurteilten ist Gnade leicht zu fordern. Aber Sie haben recht, es gibt mir Aufschub, wenn ich Ihnen ein paar schöne Geschichten erzähle. Etwa die von der Beerdigung meiner Tochter, Sie werden sich ausschütten vor Lachen ... wenn man Ihnen diese Art Humor nicht bei der Firma ausgetrieben hat. Mir nicht, wie Sie gleich hören werden, obwohl ich einer der ältesten Altgedienten bin. Und mir werden Sie es verzeihen, schließlich sind Sie für mich so etwas wie ein Schwiegersohn, seit Sie die Subterrania bei sich haben. Und Sie sind ein Schlaukopf. Ich glaube, ich selbst wäre nicht auf Ihre ... ich möchte sagen, geniale Idee gekommen. Wenn alles funktioniert, haben Sie sich die Anteile beider Parteien gesichert ... glänzend, vortrefflich. M ... das ist ein Verein, mit dem bekanntlich nicht zu spaßen ist.

Was ist M für ein Verein.

Es geht diesem Verein gut, besser als man glaubt, und der Verein hat ungeahnte Beziehungen. Mancher hier unter uns weiß gar nicht so recht, welche Beziehungen er zum Verein hat. Sie allerdings haben Ihre Position gesichert, auf die schlagendste Art und Weise. Ich war zuerst mißtrauisch gegen Sie ... Sie erschienen mir so jung, viel zu jung. Dann aber dachte ich nach, ich erinnerte mich ... und ich konnte eine eindeutige Mitteilung ins Zentrum geben. Sie haben nichts zu befürchten ...

Woran haben Sie sich erinnert.

An Ihre Zielsicherheit. Obwohl dieses Wort im Zusammenhang mit meiner Tochter noch eine andere, für mich sehr traurige Bedeutung hat. Aber ich meine die Zielsicherheit, die Sie, vielleicht instinktiv, immer wieder zu dem Haus Nummer sechs in der Hauptstraße zurückführte.

Können Sie mir das genauer erklären ..., ich sagte es mit einem Schauder, mit dem es eine eigene Bewandtnis hatte. Wenn ich so weiterfragte, glaubte ich ... wenn ich in diesem Tonfall weiterfragte, scharf und ohne Umschweife auf ein mysteriöses Ergebnis zu, das für mich eine noch unbekannte Macht bereitzuhalten schien ... würde es geschehen, daß ich die Oberhand in diesem Gespräch erlangte und damit unweigerlich in den Besitz einer furchtbaren *Schuld* geriet, in eine schuldige Position, deren Ausmaß noch nicht zu erkennen war.

Und wollen Sie mir erklären, was es mit meiner gesicherten Position auf sich hat, fragte ich weiter, meine Verhältnisse sind die denkbar unsichersten.

Erschrecken Sie nicht, antwortete er, unsere Sprache ist noch in ihren scheinbar harmlosesten Äußerungen ganz und gar die Sprache der *Bewegung,* wir können gar nichts dagegen machen, wir können *scheinbar* nichts dagegen tun ... und selbst die Gegner von M reden ganz genauso. Die Sprache an sich war von Anfang an *das* Mittel der Bewegung ... jeder Bewegung übrigens. Ich wollte Ihnen lieber eine schöne Geschichte erzählen, die Geschichte darüber, wie ich Sie das erste Mal sah...

Ich bin Schriftsteller, sagte ich, ich liebe die Sprache ... die Ihre freilich nicht, mit Ihrem dauernden Ausweichen. Ich war überzeugt, Sie meinten mit *Bewegung* eine feste Gruppierung von Leuten ... aber Sie reden, als wär's etwas ganz Allgemeines, ein ganz normaler Prozeß...

Die Schriftsteller ... auch wenn sie die, bleiben wir also ruhig bei dem Ausdruck, *Firma* denunzierten, waren doch immer, auf irgendwelche Art, die Angehörigen der Firma. Die die Firma miterschaffen haben, mit wenigen Ausnahmen vielleicht. Es gab gar keine andere Möglichkeit ... selbst die wüstesten Beschimpfungen, sogar die genauesten Gegenanalysen haben doch der Faszination, die von der Firma ausging, nur gedient ... aber Beethoven hat ihr *nicht* gedient. Übrigens waren Sie wohl damals, als ich Sie das erste Mal sah, noch nicht Schriftsteller...

Womöglich bin ich's auch heute nicht mehr, sagte ich, wenn ich auch nicht resigniert habe. Aber das bedeutet nicht, daß ich in irgendeiner Weise zu einem früheren Zustand zurückgekehrt bin, welchen Sie auch meinen mögen. Im Gegenteil, ich bin ein anderer geworden, in einem Umfang, der Ihnen noch schleierhaft sein dürfte.

Glauben Sie nicht, daß ich die Bewegungen ... die Veränderungen, die mit Ihnen vorgingen, nicht bemerkt habe. Ich war nie dieser Blinde oder Halbblinde, für den mich alle Welt hielt, und ich habe mir sehr wohl meine Gedanken gemacht. Ich sah Sie plötzlich altern und all Ihren Glanz verlieren, ich war anfangs entsetzt darüber ... ich sah Sie in Ihren grünen Mantel gewickelt, müde umherwandernd, in diesen tristen Straßen, auf den Friedhöfen, Sie schienen mir einer dieser ganz Alltäglichen geworden, der Alltäglichste der Alltäglichen, genau wie alle anderen hatten Sie keine Vergangenheit mehr. Sieg ... dieses Wort schien Ihnen nichts mehr zu bedeuten, übrig war nur noch der Tod. Sie hatten, so glaubte ich wenigstens, wie alle anderen, die Vergangenheit total ausgeschlagen, Sie wollten von nichts mehr etwas wissen ... ach, Sie hatten überhaupt nie etwas gewußt, wie alle diese Totengräber der Vergangenheit ... bis ich auf die Idee kam, daß Sie sich nur tarnten. Sie haben recht, wenn Sie sagen, daß alle, die von nichts etwas wissen wollen, all diese Opfer der perfektesten Verschlußsache der Weltgeschichte, daß diese sich ebenfalls nur tarnen ... Sie aber sah ich immer häufiger auf dem Friedhof umherstreifen, und ich wußte, daß Sie etwas suchten. Und das war jener Moment, in dem mir die Erleuchtung kam ... indem mir der großartige Name für unsere herrliche Orchidee einfiel. Denn ich wußte, Sie suchten die *Unterirdische* ... meinen Sie nicht auch, daß es ein glänzender Einfall war, dieser Name. Natürlich, dachte ich, sollten Sie auch finden, was Sie suchten ...

Ich hatte ihm in steigender Spannung zugehört und dabei, ganz automatisch, den Rest meines Glases ausgetrunken, ohne daß ich, in meiner Nervosität, die unangenehmen Wirkungen bewußt wahrnahm. Er aber goß wieder ein.

Jetzt sind wir an dem Punkt, an dem wir noch einmal trinken müssen, sagte er, denn Sie wissen wirklich noch nicht alles.

Wir stießen ein zweites Mal an, ich nippte, er leerte das Glas erneut, doch ohne den von mir befürchteten Anfall. Ein vergleichsweise milder Schauer ließ ihn erzittern, nur eine Sekunde lang traten ihm die bösen schwarzen Flecken unter den Wangenknochen hervor; er beruhigte sich sofort und sprach weiter: Wie fange ich es nur an, worüber rede ich zuerst ... soll ich Ihnen zuerst etwas über die Beschaffenheit dieses Saftes erzählen...

Sie meinten vorhin, ich wüßte noch nicht alles, sagte ich. Dabei war ich kurze Zeit davon überzeugt, daß ich eigentlich absolut nichts wußte, im Gegenteil, immer mehr verwirrt worden war. Gerade dieser Zustand jedoch, so dachte ich, erschloß mir die Möglichkeit, ihn in seinem Wahnwitz sitzen zu lassen, wenn seine Reden einen für mich zu kritischen Punkt berührten, und zwar ohne daß ich ihm... *pflichtvergessen* erschiene. Erstaunlich, daß mir dieses Wort in den Kopf kam ... im übrigen hielt mich die Neugier auf das Folgende in meinem Sessel fest.

Mir gegenüber, fuhr er fort, haben Sie keine Tarnung nötig. Schließlich bin ich es gewesen, der Ihren ziemlich genialen Coup unterstützt und sogar mit verwirklicht hat ... und allerdings sehr auf meine Kosten ... – seine Stimme war bei diesen Worten eher müde als vorwurfsvoll, die Schärfe seines auf mich gerichteten Blicks aber schien noch zuzunehmen – ... doch lassen wir das. Ich will Ihnen endlich das Geheimnis der ... *wahren Unterirdischen* lüften: Die Friedhofsarbeiter ... Sie sind den Brüdern schon begegnet. Trinker, Saufbrüder, wie alle ihres Schlages, für Geld und Schnaps ist ihnen nichts heilig. Und ich konnte mich mit ihnen einigen, ich habe vielleicht bestimmte Fähigkeiten, die mir erlauben, mich mit jedem zu einigen, etwas, das man im *Movement* viel zu wenig schätzen gelernt hat. Ja, ich mußte eine enorme Summe aufwenden, Sie halfen mir dabei, denken Sie an unseren kleinen Handel mit der *Subterrania* ... wie gewonnen, so zerronnen. Und da Sie sich für Steinmetzarbeiten interessieren, für Grabsteine und Mahnmale aller Art, scheint mir ... Sie kennen doch diese Säulen und Tafeln, die sich in allen Städten hierzulande finden. Ich meine die Gedenksteine für die *Opfer des Faschismus*, Sie können hinkommen, wo Sie wollen, überall, an jedem Acker, hat diese Organisation, die sich VVN nennt ... nein nein, es liegt mir fern, diese Leute zu verspotten ... haben sie ihre Denkmäler errichtet. Nur, daß unter keinem der Steine wirklich ein Opfer begraben liegt. Bis auf eine Ausnahme: da drüben auf dem Friedhof, unter dem genannten Monument, liegt meine Tochter begraben ... – er atmete schwer und mußte innehalten, doch ich hatte den Eindruck, er müsse ein Gelächter niederringen, während mir vor seinem nun offensichtlichen Wahnsinn grauste – ...ja, es war eine Nacht- und Nebelaktion, und wir ... ich nicht, ich hielt die Stallaterne ... wir gruben den Sarg mit dem Leichnam aus seinem Grab aus und beerdigten ihn noch einmal, feierlich, an der besagten Stelle. Es war am Anfang dieses langen Unwetters im September, es stürmte und goß in Strömen, die drei Gesellen waren so betrunken, daß sie wahrscheinlich am nächsten Tag schon nicht mehr an die Realität des Geschehens glaubten.

Ich griff nach meinem Glas und stürzte seinen Inhalt hinunter; jetzt war es an mir, in allen Fasern zu erbeben, schlagartig fühlte ich mich von einer Welle aus Übelkeit und Ekel aufgeschwemmt, derart, daß ich zersprengt zu werden glaubte, wenn es mir nicht gelänge, mein gesamtes Innenleben sofort zu erbrechen.

Der Alte beobachtete mich mit gerunzelter Stirn: Wie viele Gläser waren es eigentlich, die wir tranken. Dieses war doch das zweite ... haben Sie mitgezählt.

Das zweite ... stieß ich hervor, nur langsam wieder Fassung gewinnend, es war das zweite, wenn Sie das beruhigt. Und das dritte von diesem Gebräu der Hölle werden Sie zweifellos allein trinken müssen.

Worauf Sie Gift nehmen können..., sagte er; sein zahnloses Grinsen erschien mir verschlagen. Zwar würde Ihnen auch das dritte Glas nichts schaden, aber ganz wie Sie wollen. Sie machten soeben den Eindruck, als hätte Ihnen meine kleine Friedhofsgeschichte nicht ganz geschmeckt...

Ich finde sie tatsächlich viel weniger geschmackvoll als offenbar Sie.

Was mich nicht wundert. Sie können allerdings nicht einverstanden sein, mit den Ehrungen, mit denen Ihre ehemaligen Gegner überhäuft werden ... ich habe an Sie denken müssen, während dieser melancholischen Feier auf dem regenüberströmten Friedhof, ich wußte, daß Sie es nicht billigen würden. Natürlich war zu dieser Zeit mein Schicksal längst besiegelt. Es hat mir auch um nichts anderes gehen können ... in Erwartung des heutigen Abends nämlich

... als darum, Ihnen einen bescheidenen Beweis dafür zu übermitteln, daß ich mich jetzt, nach so vielen unentschiedenen Jahren, auf seiten dessen befinde, was man den geistigen Widerstand nennen müßte. Und gerade Ihnen ... Sie wissen vielleicht nicht, daß Sie von jenem Tag an, an dem ich Sie zum ersten Mal sah, bei mir hätten alles erreichen können. Ich hätte eigentlich nichts sehnlicher gewünscht, als daß Sie kämen und um die Hand meiner Tochter anhielten ... Sie haben es nicht getan, aber auf eine etwas ungewöhnliche Art ist mir der Wunsch dann doch erfüllt worden.

Ich verstehe Sie nicht...

Ich wollte Ihnen von unserer ersten Begegnung erzählen ... Unsinn, es war keine Begegnung, ich sah Sie vom Fenster aus, hinter der geschlossenen Gardine hervor, von wo aus man solch heiklen Geschehnissen besser zuschaut. Das passierte ... ich muß zurückgehen bis ins Jahr einundvierzig ... zweiundvierzig, jedenfalls hatten die allgemeinen Deportationen wohl noch nicht begonnen...

Sie sind verrückt, unterbrach ich ihn grob und alle Rücksichten verlierend, Sie sind tatsächlich verrückt. Zu dieser Zeit war ich ein ganzes Jahr alt, verstehen Sie, ich war ein Wickelkind...

Woher wissen Sie, was ich erzählen will, erwiderte er scharf, fuhr aber gleich gelassener fort, nun gut, es gehört zur allgemeinen Taktik der Verschleierung, dieses immer wieder vorgebrachte *Ich war noch zu jung* ... Sie waren natürlich jung, sogar sehr jung, aber Sie waren auch schon ein reifer Mann, wie man sich so auszudrükken pflegt. Sie waren ruhig, es ging ein harter Schein von Ihnen aus, Sie überstrahlten Ihre Mannschaft, deren Nervosität bei der unangenehmen Aufgabe verständlich war. Dieses Blut, dachte ich sofort, ist das Blut der neuen Aristokratie, das den Bann von unserer Sippe nehmen kann, das dem in elender Vermischung zugrunde gehenden Stolz des alten Grenzlandadels im Nordosten des Reichs ... zu dieser Zeit war es leider schon lange so ... zu einem neuen Ziel verhelfen wird. In Ihnen war der neue Geist eins geworden mit Blut und Körper, Sie waren der neue Mensch einer Rasse mit Stahlfedern in den Gliedern, die nagelneue schwarze Uniform stand Ihnen glänzend. Sie hätten bessere Aufgaben verdient gehabt, ich sah es Ihnen an, doch Befehl ist Befehl, Sie führten den vorstehenden mit der Umsicht eines alten Hasen aus. Der Lastwagen hielt vor dem jüdischen Haus Nummer sechs, Ihre Mannen bildeten die Reihe bis zum Eingang, und die Juden kamen widerstandslos, sogar diszipliniert heraus. Es gab keine besonderen Vorkommnisse, bis der Vater einer Frau erschien, die ich damals kannte, sehr gut kannte. Ein alter Jude, der sich nicht hatte beruhigen lassen wollen, er brach aus und rannte die Straße hinab, er konnte gar nicht mehr rennen, aber er versuchte es. Einer Ihrer Leute riß die Waffe hoch, doch Sie drückten, völlig Herr der Lage, den Lauf nieder. Es waren plötzlich doch Leute in der Straße, und jemand, unten an der Ecke, am Postamt, stellte dem Juden ein Bein. Der kam, resigniert und müde, höherer Einsicht folgend, zurückgehumpelt. Sie verloren kein Wort, Sie streiften … es war ein sehr heißer Sommernachmittag … einen Ihrer Lederhandschuhe über und verabreichten dem Juden einen leichten Schlag ins Gesicht, mehr zur Warnung, Sie waren nicht der Typ, der Zähne ausschlug. Danach lief alles reibungslos, die Post ging ab, und in einer Minute war nichts als stille Nachmittagssonne in der Straße … die mich erleuchtet hatte. Nur Sie, glaubte ich von da an, nur einer Ihrer Fasson wäre der künftige Mann meiner soeben geborenen Tochter.

Zuerst vermochte ich nur mit einem Stöhnen zu antworten: Es ist ein Wahnsinn … glauben Sie nicht wenigstens an einen Bruder … kommen Sie nicht auf die Idee, es müßte mein älterer Bruder gewesen sein … denken Sie an den Altersunterschied … ich hatte keinen Bruder …

Ich weiß, daß Sie keinen Bruder haben. Was Ihre Identität angeht, gibt es für mich keinen Zweifel. Was diese paar Jährchen betrifft … wir alle sind älter, als wir glauben, auch ich, wie Sie mich hier sehen. Und Sie waren damals höchstens achtzehn, neunzehn …

Ich wußte es, sagte ich, ich wußte es immer … Ihre Tochter ist doch auf der Post beschäftigt …

War … sie *war* dort beschäftigt …

Gut, dann war sie es eben. Und Sie haben diese Wahnsinnsgeschichte aus meinen Manuskripten, die ich dort, von dieser Poststelle aus verschickt habe, geben Sie es zu. Diese Geschichte ist aus den Manuskripten, an die ich mich selbst kaum erinnern kann. Ich habe sie frei erfunden … Vergangenheitsbewältigung, wenn Ihnen das auch als bloße Phrase erscheinen sollte, es ist eines der unumgänglichsten Themen für jeden Schriftsteller.

Für mich gibt es keine Vergangenheit, sagte er. Bei diesen Worten goß er sich ein neues Glas von dem Schnaps ein – das meine ließ er unbeachtet –, stellte die Flasche aber nicht auf den Tisch zurück, sondern, allerdings in Reichweite, ans Fußende des Sofas auf den Boden. Meine Vergangenheit…, er sprach mit einem klaren Lächeln, aus dem jeder Anflug von Irrwitz gewichen war; selbst der zahnlose Mund, mit seiner weißschimmlig belegten Rachenhöhle, störte mich nicht mehr, … meine Vergangenheit ist mit dem Ableben Beethovens zu Ende gewesen. Von da an gab es nur noch eine Gegenwart für mich, eine Gegenwart, die leider vollkommen von Irrtümern und von Ungeist beherrscht war. Nun sehen Sie mich hier vor Ihnen sitzen als den, der ich bin: ein von dieser Gegenwart Verurteilter. Und ich weiß, daß Sie nur noch auf ein Geständnis warten, das Ihnen, wie auch der … *Firma* bekannt ist. Aber es gibt freilich kein Urteil ohne ein Geständnis. Ich lege es ab, danach, wenn es Ihnen recht ist, lassen Sie mich noch einmal Beethoven hören.

Legen Sie jedes Geständnis ab, das Sie wollen, sagte ich.

Natürlich ist es nur noch eine Formsache. Aber ich bekenne nun, daß meine Tochter einer Liaison mit einer Jüdin entsproß, einer Jüdin aus der Nummer sechs drüben in der Hauptstraße…

Es interessiert mich nicht, sagte ich, mich überhaupt nicht.

Schon möglich. Aber es steht der Tod drauf … ich selbst, ich war kaum ein Jahr in Berlin ansässig … seit dem Polenfeldzug gab es für die Deutschen im Baltikum bestimmte Befürchtungen … ich selbst trug damals schon die Uniform, nicht die schwarze, ich trug die braune. Ich wußte, was mir als einem Mitglied der Bewegung blühte, wenn mein Verhältnis ruchbar würde. Doch es gelang mir, die Sache im Verborgenen zu halten, sogar meine Tochter überlebte. Sie überlebte, weil ich ihre Mutter preisgab … mit dem Einverständnis der Mutter, sie gehörte dem Transport an, den Sie an dem erwähnten Sommernachmittag zusammenstellen halfen … ersparen Sie mir die Einzelheiten, wie wir es machten, und lassen Sie uns nun, zum Abschluß, nochmal Beethoven hören.

Nein, sagte ich, nicht Beethoven innerhalb dieses Irrsinns. Ich könnte es nicht ertragen...

Ich hoffte, Sie würden die Erlaubnis geben. Da Sie es nicht tun, handeln Sie ganz im Sinne der Bewegung ... wenn möglich, lassen Sie mich ausreden ... im Grunde fing meine Trennung von der Bewegung mit der Erkenntnis an, daß sie geistfeindlich war ... und ist. Beethoven ... Brahms, Liszt, Schumann, sie alle haben ihr lediglich als Staffage gedient. Das Vorwärtsstürmende der Musik hat ihre Aggressionen schicksalhaft verbrämt, das war alles ... natürlich alles Gemeinplätze. Wie aber wäre es, wenn ich Ihnen sagte, daß die Musik Beethovens ins Innere von gotischen Sälen gehört. Auf die Höhe der Räume kommt es an, und die nördlichen Schlösser waren dafür geeignet. Können Sie sich ein Klavierkonzert des Meisters im Saal eines dieser Schlösser vorstellen, in dem hohe Wölbungen, aus den Rückgraten der Säulen hervorgehend, sternförmig zusammenlaufen, und wo die Linien der Musik diesen Bögen entsprechend sich finden. Vor den von der Nacht gefärbten, spitzgiebligen Fenstern, durch die das Meer in den Strom der Töne einzustimmen scheint...

Es wäre zweifellos beeindruckend, antwortete ich.

Beeindruckend..., er hob die Stimme. Ich sage Ihnen, es wäre die Wiederauferstehung jener Wirklichkeit, aus der dieser Geist entstanden ist. Und allein dies wäre die Wirklichkeit dessen, was der Verstand sich übersinnlich zu nennen begnügt. Mit Ihrem eigenen Ausdruck. Alles andere ist schlechte und falsche Schallplattenmusik ... nur diese könnte ich Ihnen *jetzt* vorspielen, aber denken Sie daran, daß ich es anders erlebt habe. Ich habe es leibhaftig, dort oben an der baltischen Küste, erlebt ... erlebt...

Sie gehörten einer anderen Klasse an, sagte ich, unsereins kennt die Musik nur von Konserven. Haben Sie die Stücke etwa selber gespielt.

Sie wollen mich nicht verstehen. Und dies wiederum verstehe ich, denn es könnte Sie umbringen oder verrückt machen, wenn Sie mich verstünden. Ich hoffe, Sie werden den Rest verstehen, der uns noch bleibt. Danach wäre dieser Fall wirklich erledigt, wie Sie selber nur wünschen können. Ich werde aus Ihrem Leben verschwunden sein ... und Sie werden das übrige alles auf Ihre Seite gebracht haben. Ihren Aufstieg ... vielleicht wird noch Geld für Sie ankommen, von der Firma, denn Sie werden Ihren Auftrag zur Zufriedenheit erledigt haben. Es wird mit der Post kommen, und es wird eine höhere Summe sein als die, die Sie durch den Verkauf Ihrer Manuskripte hätten gewinnen können. Und der Geist meiner Tochter wird bei Ihnen sein, zumindest ein paar Tage im Jahr, sofern Ihnen die Subterrania nicht eingeht, ich denke, Sie werden recht zufrieden sein mit Ihren Geistern. – Er atmete schwer und schien erschöpft.

Ehe es mir gelang, meiner Verwirrung, mit Empörung und Schuldgefühlen vermischt, Ausdruck zu geben, sprach er schon weiter: Natürlich werde ich noch einmal auf den Geist Beethovens trinken, der einzige Geist, den ich Ihnen nicht überlasse ... – er griff nach dem Glas, das er wieder gefüllt hatte – ... vor Ende erledigen wir dann noch die notwendigen Formalitäten ... denn diese Dosis wird dann mit Sicherheit genügen.

Er versetzte die unheimliche Flüssigkeit im Glas in eine kreisende Bewegung, und ich sah sie im Licht funkeln, fortwährend ihre Färbung von seifigem Milchweiß in Wasserklarheit verlieren, um sofort wieder aufzuschäumen. – Denn dieser Saft hier, redete er lächelnd weiter, ist ein ganz ungewöhnlicher Saft. Sie müssen wissen, daß er eine Essenz ist aus dem ... Knochenmark der Unterirdischen ... natürlich nicht Knochenmark, sondern aus dem Mark der Subterrania. Verträglich ist das Zeug nur in Gegenwart der Subterrania. Wenn Sie nämlich in Besitz ihres Geists sind, sozusagen in Besitz des Leichnams, der für das Experiment in Frage kommt, so wird der Genuß dieses guten Tropfens bewirken, daß Ihnen der lebendige Geist des oder der Abgeschiedenen erscheint. Und Sie können die Flasche nachher mitnehmen. Wenn aber, wie bei mir der Fall, der Geist der Toten abwesend und unter der Erde ist, bringt mich das Getränk auch dorthin ... so einfach ist es ... die Blume und ihr Saft, der Geist und der Körper gehören zusammen ... zum Wohl, lieber Schwiegersohn, wie ich wohl sagen darf...

Er setzte das Glas an die Lippen und trank in kleinen Schlucken; ich begriff seine Rede erst später, wollte aber instinktiv dazwischenfahren, doch die über den Rand des Glases auf mich zielenden Brillenlinsen hielten mich in einer Erstarrung, aus der ich erst erwachte, als er das Glas mit einem Knall auf den Tisch zurückstellte: Erledigt ... Sie haben damit Ihre Aufgabe restlos erledigt, das Urteil ist vollstreckt, Befehl ist Befehl, kein Grund zur Sorge für Sie. Spätestens bei Tagesanbruch wird unsere Sippe aufgerieben und aus der Welt sein. Es wird freilich etwas unhygienischer zugehen als früher noch, als wir das praktischer wirkende, weiße Seifenpulver hatten ... wenn es, säuberlich, durch die Deckenöffnungen rieselte, wurden diese dürren Körper viel hygienischer vorbereitet auf das große Höllenfeuer. Ja, die Bewegung war immer schon für Hygiene. Jetzt hat sie diese Möglichkeit nicht mehr, und es wird etwas Matsch, etwas Gallert geben, ein bißchen Geruch ... gleichviel, Sie werden im Morgengrauen längst verschwunden sein.

Wenn Sie sich nicht genauer erklären, werde ich sofort verschwinden, stieß ich hervor.

Es ist nicht nötig, sagte er, Sie können mir ruhig noch ein wenig Gesellschaft leisten. Sie können im übrigen völlig unbesorgt sein, morgen früh weiß in diesem Land niemand mehr etwas von Ihrem Doppelleben ... die Sorge um Ihre sogenannten Manuskripte war unbegründet, und Sie hätten meine Tochter ganz umsonst danach gefragt. Sie wußte es nicht, auf welchem Weg sie über den Teich gelangt sind, meine Tochter war nicht eingeweiht. Sie wußte nicht einmal, daß sie Jüdin, Halbjüdin war. Doch nun muß ich erfahren, welche Nachricht Sie erhalten haben, die Zeit drängt jetzt.

Welche Nachricht...

Es muß irgendeine Nachricht geben, einen Brief, ein Schriftstück, einen Text, den wir entschlüsseln müssen. Was haben Sie zuletzt gelesen...

Zuletzt gelesen ... ich lese nichts. Ich lese nichts und schreibe nichts mehr...

Dennoch müssen Sie eine Nachricht für mich haben, es muß ein Schreiben existieren, das einen versteckten Zwischentext enthält.

Es ist verrückt, besann ich mich, erst heute habe ich, nach langer Zeit zum ersten Mal, ein literarisches Manuskript gelesen, ein Bruchstück, das nicht von mir sein kann. Ich fand es bei mir im Schreibtisch, ich wußte es nicht zu deuten.

Das muß es sein, sagte er mit bebender Spannung, was war es, was stand in dem Bruchstück...

Mühselig versuchte ich ihm die in dem mir fremden Fragment vorgeführte Szene zu schildern. Es gelang mir kaum, ihm ein Bild davon zu übermitteln, doch er neigte den dürren Schädel in offenbar höchster Konzentration über den Tisch: Das ist es, das ist es ... genauer, Sie müssen es mir genauer sagen. Können Sie es nicht zitieren.

Es ist kaum möglich, den Unsinn zu zitieren, es endete mit einem schweren, irgendwie abgehackten Sturm, der zusehends in menschliches Stimmengewirr überging. *Brut...*, wurde langgezogen getönt, *holet die Brut...*

Stop, rief er, Sturm ... abgehackter Sturm ... das muß es sein. – Und er begann mit den Skelettfingern verschiedene Rhythmen auf die Tischplatte zu trommeln; dabei wiederholte er: *Holet die Brut ... holet-die-brut ...* – er trommelte, verwarf verschiedene Takte, schüttelte wild den Kopf, trommelte erneut: Dieses *holet-die-bruut,* das ist es ... Beethoven, es ist natürlich Beethoven. Gemeine zynische Lumpen, es ist Beethoven, der Eingang der *Fünften...*

Ich konnte ihm nicht folgen: Beethoven, was bedeutet es...

Es bedeutet, daß ich mich nicht geirrt habe. Und daß man den Beschluß in Beethovensche Noten versteckt hat. Aber es muß noch ein Wort in der Chiffre fehlen.

Da war noch von einem Deich die Rede ... Bäume, Felsen, Felsen wie Schädel, Sturm. Das ganze alte schauerliche Repertoire...

Die baltische Küste ... damit bin ich natürlich gemeint, kein Zweifel. Doch wir werden das Ganze nie restlos verstehen. Der Sturm ... er schlug auf diese Figur ein ... er schlug die Gestalten der Küste in seinen Bann, so war es wohl.

Fabelhaft, rief er, fabelhaft ... wir haben es jetzt, lassen Sie es gut sein.

Nun haben Sie doch noch Beethoven gehört ... was haben Sie ausgerechnet mit Beethoven. Nennen Sie mich geistfeindlich, nennen Sie mich geistfeindlich wie sonst ein Mitglied dieser Bewegung, aber ich verstehe nichts davon, Beethoven hat mir immer Unbehagen bereitet. Ich ärgere mich nicht gerade darüber, doch, nehmen Sie mir es nicht übel, es ist mir immer zuviel *Schicksal* gewesen. Ich muß passen, wenn ich Beethoven höre.

Ich bin verpflichtet, Ihnen Respekt zu zollen, sagte er, aber nur außerhalb der Musik ... – er lachte und schien mich überaus zu bedauern; doch war es möglich, daß er mich einfach für hinterhältig hielt – ... denn Sie sind ein Schallplattenmensch, Sie leben mit Fälschungen und lassen sich's dabei gut ergehen. Sie sind selbstverständlich zu jung für das Gegenteil. Und übrigens ist es um mich nicht besser bestellt ... aber es war einmal anders. Ich wünschte Ihnen nur einen Abend von denen, wie sie mir so zahlreich vergönnt waren. Ich sage Ihnen, es gibt von Beethoven Konzerte ... sie sind weithin unbekannt ... die er eigens für die Hallen jener Schlösser komponierte. Es war in einem Herbst, in dem der Meister auf dem Seckendorffschen Sitz zu Gast war ... grübeln Sie nur nicht über diesen Namen nach. Es gab einen Zweig des Seckendorffschen Geschlechts, der am Kurischen Haff seine Domäne hatte ... ich bin der letzte Nachkomme.

Gut möglich, antwortete ich, doch zurück zu Beethoven. Man denkt an Wien, wenn man seinen Namen hört. Ich bin nicht genau informiert, aber soviel ich weiß, ist von einem längeren Aufenthalt Beethovens oben im Norden nichts bekannt.

Kommen Sie mir bloß nicht, rief er, mit den Weisheiten der Forschung. Woher nimmt man sie denn, aus Briefen, lückenhaften Aufzeichnungen ... es ist Hypothesengeplänkel, das von größtenteils falschen, verleumderischen Aussagen ausgeht. Wegen solcher vermeintlicher Forschungsergebnisse hat Beethoven nie eine Note aufs Papier gesetzt. Es handelt sich stets nur darum ... dieser Ansicht war er ebenso wie ich ... den Willen in sich aufzuspüren, der es vermag, den sogenannten lebendigen Geist in etwas zu übersetzen, das wir als eine ewige Energie bezeichnen könnten. Ihm wurde dieser Wille zu Musik, ich fand andere Möglichkeiten. Sein Wille allerdings wurde ihm ausschließlich Musik, niemals auch Lebenskraft ... ich hörte ihn zum ersten Mal in Berlin, es war der einzige Glücksfall, den ich dieser Stadt verdanke.

Sie stammen aus Litauen, Sie gehörten der deutschen Volksgruppe ... oder meinetwegen dem Adel ... in dieser Gegend an, den oft treuesten Anhängern der...

Sie bemerken völlig richtig, daß wir von dort *stammten,* ich sagte schon, daß unser Geschlecht mit mir zu Ende geht. Wir kamen mit dem *Deutschen Orden* dorthin, und wir rühmten uns des reinsten Bluts, selbst im Reich gab es das nur auf dem Papier. Doch Berlin war unser Verhängnis, in Berlin war die Wissenschaft, und die Wissenschaft ignorierte den Willen zum Leben. Das Denken der Wissenschaft fand zwischen zwei Polen statt, die Anfang und Ende hießen. Wissenschaft, sage ich Ihnen, ist in ihrem innersten Grund zu nichts anderem erschaffen, als die Phänomene des Lebens ja rund und überschaubar darzustellen: das Leben, das der Biografie dient. Oder ist nicht alles *Bio ... Grafie,* was geschrieben wird. Womit das, was man das Leben nennt, der Fälscherei anheimgefallen wäre. Könnten Sie etwa die Qualen eines ewigen Lebens ermessen ... oder beschreiben, wollten Sie es überhaupt. Lassen Sie mich zum Thema kommen. Leider war es in unserer Familie Brauch, die Hauptstadt aufzusuchen, manchmal für mehr als ein Jahr, um unsere Kenntnisse in den modischen Wissenschaften zu erneuern, besonders seitdem Berlin eins der europäischen Zentren auf diesem Gebiet geworden war. Dabei gab es auch Zeichen, die in die Gegenrichtung wiesen. Dies war so an jenem denkwürdigen vierzehnten Februar des Jahres Siebenundvierzig, vielleicht sind Sie zufällig im Bilde. Berlin ... die soeben restaurierte Akademie daselbst hatte *von Linné* als einzigen seiner Nation zum ordentlichen Mitglied gewählt, und wir waren, auf ein für diesen Anlaß zu haltendes Symposium des Professors rechnend, an diesem Tag anwesend. Allein, es war ein Irrtum, er war nicht gekommen, er hatte vorgeschützt, nur schwedisch zu sprechen. Genug, ich war dennoch sehr oft in Berlin, bis der Tag kam, an dem ich glaubte bleiben zu müssen. Damals war man in Europa längst dabei, sich den Glauben der Wissenschaften an Anfang und Ende auf ziemlich räuberische Art zunutze zu machen. Ich blieb in der Hoffnung, daß man nach dem Fall Berlins, den ich voraussah, traditionelle botanische Kenntnisse, wie sie mir zur Verfügung standen, für wertvoll erachten würde. Bald aber fielen mir Fälschungen auf, was die wissenschaftliche Welt betraf, ich sah Fälschungen über Fälschungen ... und in der Fortsetzung davon kam es zu den Verfehlungen, die meiner Tochter das Leben schenkten, damit es ihr, nach nicht einmal vierzig Jahren, wieder genommen würde. Und die zu diesem traurigen heutigen Tag geführt haben.

Was habe ich, das erklären Sie mir, mit diesen sogenannten Verfehlungen oder Fälschungen zu tun...

Es ist Ihre Angst vor der Vergangenheit ... oder man könnte auch sagen, vor dem Unendlichen. Der Zufall ... und Sie sind ein Zufall ... der der Dauer ihre Grenzen setzt, bedient sich immer dieser Angst. Ihre schriftlichen Überlegungen, Ihre sogenannte Vergangenheitsbewältigung in Ihren Schriften, geriet ... dem Zufall zufällig in die Finger, und, siehe da, Sie waren die geeignete Person. Für Sie war, und ist, Beethoven unverständlich, und Sie konnten mir den Code, der mein Todesurteil enthielt, in die Tempi seiner Töne versteckt, überbringen, und damit zugleich den Nachweis der Bewegung, daß seine Musik keinesfalls Ewigkeit bedeuten müsse. Ein sehr dürftiger Nachweis, wie Sie wohl merken. Denn wie könnten diese wenigen gefälschten Noten jenen Eindruck überbieten wollen, der mir aus dem Herbst geblieben ist, in dem wir, er und ich in rauschhaftem Einvernehmen, jene Klavierkonzerte entwarfen, die ich fast als verwunschen bezeichnen möchte...

Ich hätte nicht geglaubt, in dieser Nacht noch einmal von einer Äußerung des Alten überrascht werden zu können. Doch nun erst schien mir die ganze Ungeheuerlichkeit seiner Wahnidee zu dämmern: Sie wollen doch nicht etwa behaupten ... ich habe schon vorhin einmal nicht richtig zu hören gedacht ... Sie wollen doch nicht, und das heute, behaupten, Sie hätten Beethoven selber gekannt ... Sie müßten ein *Troll* sein...

Ich habe vielleicht, wenn es hoch kommt, noch eine Stunde, versetzte er, und es wäre wirklich lächerlich, wollte ich diese Stunde benutzen, Ihnen ein Märchen aufzutischen. Ich sehe es noch jetzt vor mir, das Leuchten unserer Gesichter...

Wie, rief ich, Sie sahen also auch Ihr eigenes Gesicht leuchten...

Ich erblickte mich in seinen Augen, und im Glas der hohen gotischen Fenster ... ich sah mich wirklich in diesem Nachtlicht, als Bild der einzigen ernstzunehmenden Wirklichkeit ... und beide glaubten wir uns so im Feuer des Monds zu erkennen, der über dem Meer aufging.

Sie träumten es, sagte ich, Sie haben sich in einem Ihrer schizophrenen Träume gesehen...

Mag sein ... Sie sind selbst der Verfasser solcher Traumbilder und können doch keinen rechten Begriff davon haben. Hören Sie nur, wie es in einer ähnlichen sturmgepeitschten Nacht wirklich zuging...

Sie denken, ich sei doch der Verfasser...

Wenn das Meer lärmte, es donnerte ... und er vor sich selbst, vor der eigenen, ihm unausdrücklichen Kraft erschrocken hinausgeflohen war auf die Klippen, wohin ich ihm folgen mußte, und wo die Erde unter unseren Füßen ebenso zu wogen schien wie das Meer, dann war es, als wisse er schon, daß er mir nicht gleich sein konnte, daß er sein Leben würde lassen müssen. Und vielleicht, ohne es je ganz in diese furchtbare Musik setzen zu können, die für ein solches Geschick erforderlich war. Und ich sah, wie er das zerzauste Haupt in den Sturm hob, als müsse er dort hinauf, wo nichts begehbar schien und wo doch, im Westen, eine neue Erde durch den Himmel flog, von einem neuen Meer umbrandet. Und wir selbst, auf unserem schmalen Streifen festen Lands durch das Tosen der Elemente von aller Rettung abgeschnitten. Endlich sahen wir den gelben, nein den roten Mond, der zwischen unsere Erde und jenes visionäre Bild rollte, ein glühendes Rad, vor dem die Bäume der Nehrung entflammt und verkohlt standen. Und da die Flut immer wütender stieg und in dieser Nacht drohte, die Klippen zu übergießen, nahm ich ihn bei der Hand und sagte: Folge mir, mein Sohn ... aus all dem ist dann, als wir uns ins Schloß zurückgeflüchtet hatten, seine Musik geworden...

Was bilden Sie sich ein, rief ich dazwischen.

Ich will nicht behaupten, daß ich sie ihm direkt diktierte. Aber ich übertreibe wohl nicht, wenn ich sage, daß ich seine verschlossene Seele dafür geöffnet habe. Es gelang mir, ihn auf lange Passagen, Spannungsfelder in seinem Innern hinzuweisen. Und so schrieb er mir diese Konzerte, die aufs Haar den Wölbungen und Gewinden jener dunkelroten Säle glichen, und ihre Obertöne den Kerzenflammen, die darin wehten. Indessen vor den hohen Fenstern blutvolle Monde, neuartige Planeten über das Meer hin abtrieben. Und um die Gemäuer das Rasen der Gewalt war, das uns von einem Reich trennte, dessen unfaßliche Vision uns nachging, während wir in Schlössern und in Musik gefangengehalten waren. Diese Musik, junger Freund, ist die Musik eines Beethoven, wie sie in meinen Gehörgängen tönt und von der ich keine Note preisgeben werde.

Das heißt also, es wird nichts Neues geben von Beethoven, nur das seit jeher Bekannte...

Nichts Neues, nein ... damals, sagen wir ruhig, in den vierziger Jahren, als Sie mit Texten umgingen, von denen Sie heute nichts mehr wissen wollen, beschworen Sie schon den Bann herauf ... versuchten es jedenfalls ... der verhindern half, daß Licht in die Fälschungen der Musik gebracht würde...

Falsch..., schrie ich, falsch...

Hörst du, mein Sohn, wie dein Leben nach einem Reich drängt, in dem es unsterblich ist ... dein in diese Musik verwandeltes Leben. So ging meine Predigt an ihn, sie war vielleicht nicht überwältigend, aber sie konnte nicht falsch sein. Falsch ist freilich alles andere, das um uns ist, wir sitzen auf einer ganzen Kultur, die falsch ist, vollkommen falsch. Wenn ich Ihnen sagen würde, daß jene Einrichtung, nach deren Vorschrift Ihr kurzes Leben absolviert wird, daß jene sogenannte Mitteleuropäische Zeit, MEZ abgekürzt, eine bloße Fälschung ist ... eine Fälschung, nur akzeptiert, weil von irgendeiner Verwaltung unterzeichnet, Sie würden es ebensowenig glauben, als wenn ich sagte, daß alle bekannten und anerkannten Partituren der überlieferten sogenannten Klassik falsch sind. Daß Beethoven überhaupt nicht gespielt wird, daß er nur zum Schein gespielt wird. Sie würden mich zu einer Spazierfahrt durch Berlin einladen, Sie würden mir die Plakate auf den Litfaßsäulen zeigen. Da und da, und dort wird Beethoven gespielt, allerorts ist es angekündigt. Ich würde Ihnen genau wie heute antworten, es sind Fälschungen, die man uns vorspielt. Es sind die Erfindungen von Fälschern, die Unterschriften der Meister unter den Manuskripten und Notenblättern sind gefälscht. Alles das, was Sie selber Wirklichkeit nennen, ist gefälscht. Ihre Vergangenheit war eine andere und hätte noch eine ganz andere sein können. Sie bereiten sich darauf vor, Ihre Zukunft, in bester Eintracht mit der ganzen Zunft der Zinker und Kopierer, zu fälschen, was Sie wirklich sind, wissen Sie selbst nicht, in jedem Fall sind Sie immer noch ein ganz anderer...

Bravo..., sagte ich, in einem Augenblick völlig ruhig.

Er keuchte: Der ungeheure luftleere Raum, in dem wir geistern, innerhalb uns umzirkelnder Wände, unser eingekreistes Leben inmitten dieses Talkessels, zwingt uns immer wieder dazu, uns den Ort, der doch unser Ausgangspunkt sein müßte, als unseren Ankunftsort zu beschreiben ... angekommen, großer Bahnhof, und damit finis. Gäbe es sonst Gesetze, mit denen wir dingfest zu machen wären. Es *gibt* Gesetze ... Gesetze, unser Bahnhof hieß *Nürnberg*. Die Urteile, die dort vorbereitet wurden, *beseelt von dem unbeugsamen Willen, die deutsche Nation für alle Zukunft zu sichern*, holten uns ein, meine Tochter und nun auch mich, sie holten uns zurück, die gigantischen Fälschungen der Wissenschaft. Gesetze ... sie alle sollen bedeuten: wir sind angekommen. Wie absurd, dann einen Prozeß noch gesetzmäßig zu nennen ... die Beschreibung des Unendlichen als Stagnation, das sind Gesetze. Und diese Fälschungen töten uns, wenn Sie mich nun auch für verrückt erklären. Vielleicht bin ich's auch, aber nur weil ich mich dreingegeben habe...

Bravissimo, wiederholte ich. Genug jetzt und Applaus. Welches ist der Lohn für meine geduldige Zuhörerschaft ... ich bin eigentlich nur hier, um den ausgebliebenen Geist zu reklamieren. Den, der mir durch den Kauf der *Subterrania* versprochen ist ... –

Erst später, als mir die vollständige Künstlichkeit dieses nachtlangen Gesprächs, wie auch die der gesamten Situation, ins Bewußtsein rückte, fiel mir wieder die dauernde Schärfe des Lichts ein, das mich, zu brennenden Strahlen gebündelt, aus seinen Augengläsern getroffen hatte. Und erst an einem Punkt, als diese Kraft auf einmal nachließ, glaubte ich, sei es mir gelungen, auf den Hof hinaus zu entkommen. – Was sich in den letzten Minuten meines Aufenthalts in seinem Zimmer abspielte, war ein unklares Rasen; mein Gedächtnis sträubte sich schon kurze Zeit danach, dem Augenschein der Ereignisse Glauben zu schenken. Vermutlich war ich schon entnervt, als ich plötzlich einen schmalen länglichen Gegenstand, in schmutzige Lappen gewickelt, zwischen den Fingern der rechten Hand fühlte. Er hatte ihn, einen Riß im Bezug des Kanapees heftig vergrößernd, zwischen den Sprungfedern hervorgezogen und mir ausgehändigt, mit der Erklärung, daß er mir nun meinen künftigen *Ehrendolch* überreiche. Ich faßte widerspruchslos zu. – Da jedes Detail in unser beider Handlungen so absichtsvoll auftauchte, mußte der Zweck, dem es zu dienen hatte, sich irgendwann unausbleiblich anschließen. Sehr deutlich, sagte ich mir eine Zeit später, daß der gesamte Verlauf dieser nächtlichen Geschichte ein rein methodischer war, ein konsequenter Wahnsinn, der Methode hatte und Geschick verriet. Ganz so, wie das peinlich artifizielle Szenarium eines Films. – Und vielleicht war es eine ähnliche Idee, die mich aus den hypnotischen Fesseln seines Blicks löste. – Dann aber gestand ich mir ein: Gedanken an Hypnose sind natürlich nur eine billige Ausflucht ... – Auf dem Hinterhof, im ersten, mir wüst und unwirklich erscheinenden Morgenschimmer, hielt ich inne und versuchte zu rekonstruieren, wie es mit einem Mal zu einer Art Handgemenge zwischen uns gekommen war.

In meinen Augen war noch das Brennen, das mir ein Schwall dieses geheimnisvollen honigsüßen Fusels verursacht hatte, den er gegen mich schleuderte, um mich außer Gefecht zu setzen; es war ein Brennen, das aus dem penetranten Geruch eines Dampfs stieg, der mir Kopf und Oberkörper umhüllte. – Ich hatte gehört, wie der Alte murmelte – dabei war es dieses schon zu oft wiederholte *restlos erledigt*, das mich zum Äußersten reizte –, zuerst noch kaum verständlich, dann lauter: *Erledigt ... restlos ...*, ich hätte meine Sache durchgestanden, ganz ausgezeichnet, und solle nun bekommen, was mir zustehe. Der Befehl dazu ist ebenfalls in dem bewußten

Text verborgen, neben den übrigen Anordnungen, die sich restlos erledigt haben. – Es ist mir eine Ehre, so oder ähnlich sprach er, Ihnen zu dem Rang zu verhelfen, den Sie verdienen, nachdem Ihre Aufgabe erledigt ist. Sie ist in wenigen Sekunden erledigt, und nun haben wir uns einen Reim zu machen auf die Wörter *Sturm* und *Bann*, die Ihre Nachricht enthält. Leider – er deutete auf das Bündel schmutziger Lumpen, das ich wider Willen an mich genommen hatte und in dem ich etwas wie ein Bajonett ertasten konnte – darf es, da wir im Untergrund agieren, kein vorschriftsmäßiges Zeremoniell geben, keine Musik und so weiter ... mein Herr, erheben Sie sich jetzt und nehmen Sie Haltung an. Ich befördere Sie hiermit zum *Sturmbannführer*. –

Bei diesen Worten schien ich tatsächlich strammgestanden zu haben; in seinem Gesicht, als das Gleißen seiner Brille erlosch, waren, stärker als zuvor, umfängliche dunkle Flächen aufgetaucht, die mich an Leichenflecken erinnerten ... ich verlor die Besinnung, blinder Zorn ließ mich auf ihn losgehen. Er sprang, unerwartet katzengewandt, auf die Sitzfläche des Sofas und spreizte mir die dürren Hände entgegen: Gehen Sie, gehen Sie, es ist zu Ende ... – Doch als ich weiter vordrang, warf er mir die Schnapsflasche an den Kopf. Obwohl ich die Augen noch schließen konnte, spürte ich darin einen Schmerz, als hätte mich Säure getroffen. Aller Sicht beraubt, mehr im Zufall, fand ich die Tür und stürmte hinaus. Ich hörte noch den zweifachen Aufprall, als er vornüber auf den Tisch stürzte, über die Platte rollte und auf die Dielen klatschte ... ein Geräusch, als habe sich sein Körper noch im Fallen, schon im Augenblick des Todes, in einen Brei von Fäulnis und verwestem Fleisch verwandelt.

Auf dem Hof – nur mit Mühe lernte ich wieder sehen – war mir, als sei die schwankende Lampe, von der noch ein Funke durch die Fensterscheiben seiner Wohnung stach, von einem Nebel verdüstert ... oder es war der abscheuliche Zwiebelgeruch, der mir vom Gesicht troff und aus meinem Mantel dampfte ... es gelang mir nicht, den stark schmerzenden rechten Arm zu einem letzten Gruß gegen dieses Fenster auszustrecken; also hob ich den linken. Dabei war mir etwas unbehaglich zumute: als wenn ich, bei der Verhöhnung einer überaus strengen Vorschrift, nicht ganz genau gewußt hatte, ob ich unbeobachtet gewesen war.

Ein erstaunliches Sonnenlicht, das diesem Morgen, Anfang Oktober, einen unzeitig milden Glanz verlieh, schien in die außergewöhnlich menschenleere Hauptstraße; wahrscheinlich war der beginnende Tag ein Sonn- oder Feiertag. Es war ein Licht, das sich im dauernden Schatten des engen Hinterhofs gerade noch als ein erster Anflug von Morgengrauen gezeigt hatte ... oder es waren die Augen, die noch nicht mitmachen wollten. Womöglich seit jener Prise dieses seltsamsten aller Schnäpse, von dem sie übergossen worden waren, noch jetzt war etwas wie ein beißender Zwiebel- oder Lauchgeruch davon spürbar; das Gesicht unter der eingetrockneten Flüssigkeit schien straff gespannt, wie von einem dünnen klebrigen Leder, wie von einer Drachenhaut überzogen. Und ein Dunst, mit dem das Zeug aus dem Kleiderstoff verflogen war, hatte das Licht eigentümlich geschwächt, das Blickfeld verschwimmen lassen in einem körnigen Geflimmer, vergleichbar der Unschärfe einer sehr alten Filmkopie.

Es konnte sein, daß er, bevor er die trümmerübersäte Durchfahrt des jüdischen Hauses Nr. 6, vorsichtig nach allen Seiten Ausschau haltend, verließ, die wenigen Stufen erklommen hatte, um noch einmal, von der magischen Gewalt ihm im Grunde unmöglicher Erinnerungsbilder angezogen, eine leerstehende und ganz verrottete Wohnung im Hochparterre aufzusuchen. Er ging mit Umsicht vor, umklammerte die verhüllte Stichwaffe mit der Rechten ... eine Hand, die an einem völlig entkräfteten, eigentlich gelähmten Arm baumelte.

Seine Schritte weckten den uralten Staub auf den Dielen ... und es war, als erzeugte das Wirbeln dieser Wolken winziger Partikel einen feinen Lärm. Dieser Lärm war seit Tagen um ihn. Im blassen, durch eine Lücke zwischen den zersprungenen Hölzern der schiefgezogenen Jalousien, einschießenden Lichtstreifen war dieses weißliche Stieben hörbar geworden, und um so hörbarer, je heller das Licht wurde, bald, als habe sich die Erregung heißer Luftmolekühle in ein kaum ahnbares Summen verwandelt, in ein Knistern, minimales elektrisches Schwirren; es schien Sommer draußen in der totenstillen Straße zu werden, die morgens schon kochende Hitze des Mai oder Juni ... die unerklärliche Stille wich der Vorbedeutung eines Feuers ... eines Feuers roter Fahnen; kein Zweifel, ihm schwebten die Tage um den ersten oder achten Mai vor, an denen es Aufmärsche geben würde: konnte es ihm gelingen, so früh am Morgen, aus einem unbewohnten Haus flüchtend, durch die Menschenmenge sich formierender Kundgebungen zu entkommen ... die vielleicht schon im Schußfeld der Kameras lagen, die ihn, eine verdächtige Gestalt im dunkelgrünen Tuchmantel, mit auf den Film bannen würden.

Er war betrunken, zumindest ein wenig, dazu aber hätten die beiden Schnäpse dieser Nacht nicht ausgereicht: und er erblickte in einem Winkel eine große leere Weinflasche, die von grauem Staub bedeckt war. Im schattenlosen Entgleiten des Zimmers, nur noch die zu einer Handbreit offengebliebene Tür vor Augen, suchte er sich des Geschmacks dieses Flascheninhalts zu entsinnen. Es war ein Wein gewesen, der trocken und staubig in seinem Mund lag, mit einem Schüttelfrost im übernächtigten Körper hatte er sich den letzten Schluck des essigsauren Getränks gerade durch die Kehle gewürgt, als sich vier Finger einer schmalen Hand in den Spalt der Tür schoben, um diese, unendlich langsam und angstvoll, weiter aufzuziehen. Irrsinn..., er wischte sich die Halluzination aus den Augen.

Dennoch waren Schritte im Flur gewesen, die gleichen Schritte, denen er probeweise schon einige Tage lang zu dieser Morgenstunde gelauscht hatte. Aber nie hatte er gewagt, sich zu melden ... nie hätte ich dies gewagt, sagte eine feste Stimme in seinem Kopf. Gleichzeitig aber *hörte* er sich rufen; an dem Morgen hatte die schnell geleerte Flasche Wein ihm Mut eingeflößt. Er rief mehrmals, und die Schritte verhielten auf dem Flur. Näherten sich zögernd.

Er war ganz sicher, daß er sich an einen anderen erinnerte, an einen ihm völlig Unbekannten. Dieser war es, der diesen Fingern half, die Tür zu öffnen; er stieß sie nach außen auf, die Tür kreischte über dem Schutt auf dem Boden ... nein, die junge dunkelhaarige Frau in der Uniform einer Postbotin kreischte, ihre

Stimme war gellend, überlaut, viel zu laut. Die linke Faust packte den Riemen der Posttasche und zerrte, die rechte hielt die leere Weinflasche am Hals ... dann sah er diese Männergestalt fliehen, die Posttasche entsetzt in den Hausflur zurückschleudernd. – Sein rechter Arm hing leblos herab, fast zu schwach, dieses rostfleckige Bajonett zu halten, der Arm war nicht fähig, eine Weinflasche zu führen. –

Irgendwann hatte ein schier lückenloses Mosaik logischer Erklärlichkeiten, in das seine Vergangenheit sich aufzulösen drohte, begonnen, ihm jeden Ausblick darauf zu versperren, daß seine künftige Gestalt gerettet werden könne. Boshafte Bewegungen von Fall zu Fall hatten seine Zukunft in Raumgevierte gepfercht, in denen Staubtreiben, Lichtpfeile, Schattenzeichnungen in Form von Gitterwerk eine deutliche Sprache sprachen ... die Realitätszellen hinter ihm fügten sich folgerichtig zu einem Muster von Bedingungen, das bis weit über die ihm vorgeordnete Zeit hinaus reichte; das Flimmern darin war immer das gleiche, das Ganze hatte das Wabenmuster von Maschendraht, dessen Konsistenz es erlaubte, das Fortkommen vorwärts oder rückwärts zu nennen, ohne daß damit etwas ausgesagt wurde. – Aber ein solches Insektendasein behagt mir nicht..., damit war ich, zähneklappernd und mir alle Schauder mit der frostig besonnten Tagesfrühe erklärend, bis vor das Haus gelangt, in dem ich wohnte. Ich schenkte ihm einen unverwandten Blick; ich war schon jetzt entschlossen auszuziehen, mir eine neue Wohnung unter einem anderen Namen zu suchen. Nur war mir noch immer kein passendes Pseudonym eingefallen ... ich dachte an etwaige Übersetzungen von Wörtern wie *Wiedergang* oder *Tränengas*, ich glaubte, daß es Beispiele dafür in der neuesten Rockmusik gäbe ... doch dann verwarf ich alles, was etwas *bedeuten* wollte, mein Gefühl sagte mir, dabei stets vollkommen falsch zu liegen. Nach alter Gewohnheit suchte ich, ehe ich das Haus betreten wollte, die Umgebung nach verdächtigen Zeichen ab; aus manchen der Schornsteine stieg schon Rauch, es gab schon Wesen, die sich auf einen neuen ihrer mißlichen Tage vorbereiteten ... ich glaubte sogar, einen leichten Brandgeruch in der Straße wahrzunehmen. Irgendwo in dem Haus, vor dem ich stand, erfolgte eine milde Erschütterung: jemand war aus dem Bett gefallen, oder hatte einen Sack mit Mehl, irgendein Pulver, am Boden zerplatzen lassen ... vielleicht auch war es ein größeres Papierbündel; ich trat an mein ehemaliges Fenster und hebelte, mit der Klinge des Fahrtenmessers, die Jalousieleisten eine Winzigkeit auseinander, um ins Zimmer zu spähen. Das Fensterglas war zerbrochen, und ich konnte im Raum ungewöhnliche Nuancen eines Leuchtens erkennen, die mich irritierten. Das Auge an den Spalt pressend, meinte ich, meine *Subterrania* leuchten zu sehen; ich sah den Schatten des Schreibtischs, doch die Blume ... ich bezweifelte, daß ich mir am gestrigen Abend die Mühe gemacht hatte, das Ungeheuer wieder auf seinen Platz zu stellen. Ich glaubte, ein Glimmen aufzucken zu sehen, sah glühende Späne fliegen, gewahrte einen unbekannten schwefligen Dunst. Der halbzerstörte Kachelofen ... die Messerklinge, ein Stück elendigster Nachkriegsqualität, brach mir ab, und der Spalt fiel zu. Im Zimmer mußte soeben ein Brand ausgebrochen sein, ein roter Schein bewies es, die Stapel des sogenannten Kohlenanzünders, die ich fahrlässig vor der Feuertür lagerte, mußten sich entzündet haben ... welch eine Banalität. Diese übelriechenden Riegel aus dieser wächsernen Masse, nach deren Gebrauch an den Fingern noch stundenlang ein Spiritusgestank haftete ... halt, da fiel mir ein, welcher Geruch mich aus der Maisschnapsflasche des alten Blumenhändlers angeweht hatte: es war weder Zwiebel noch etwas Ähnliches, der Saft hatte, wenn ich nicht irrte, nach *Spiritus* gerochen. Eine seltsame Vision, im Innern meiner Wohnung, hatte mich genarrt; sie hielt mich davon ab, Alarm zu schlagen. Inmitten aufzüngelnder Flammen war mir der nackte Körper einer Frau erschienen. Ein Weib von erlesener Gestalt, deren zierlicher Schemen sich mir langsam, auf schwebende Art, zuwandte, schlanke Arme, die mir womöglich winkten; das Haar warf schon Funken, war eine Woge rotglühender Strähnen, Brüste von vollendeter Schönheit, ebenmäßige Hüften, die aber durchsichtig waren und feurig durchloht, in den Schoß schien ein Flammenstrahl einzudringen, der gläsern erscheinende Leib war von Feuer erfüllt, gleich einer Form voller fließendem Metall; dann waren die Flammen über sie hingeflogen und zwangen sie auf das Glutbett nieder, vor dem sie sich so anmutig bewegt hatte.

Ich durfte den Brand nicht löschen. Nein, ich durfte diesen Brand nicht löschen, sagte ich mir sofort, machte kehrt und ging meinen Weg, betont ruhig, wieder zurück. Es war, als sollten in diesem Feuer alle Beweise für meine bisherige Existenz vernichtet werden. Und damit all jene Teufel, die meine Papiere bevölkerten, zusammen mit meinen Denunzianten, meinen Verfolgern und Richtern. Jene ganze Brut von Figuren, die allesamt darauf aus gewesen waren, an ihren Fäden meine Vergangenheit in ihre Richtung zu dirigieren ... und jene Aussagensammler, die noch meine Asche sieben würden ... meine Verbrennungskommandos ... sie alle würden verbrennen. Mein Schreibtisch, mein Spiegel, der mir täglich seinen Verrat zugefügt hatte ... die Fälschungen meiner Vergangenheit und damit der Fälscher, den ich aus mir rekrutiert hatte, all dies würde durch den Rost der Geschichte fallen. Die historische *Geschichte*, zusammen mit der kleinen Episode, in der ich vorkam ... welchen Namen trug *er*, ich erinnerte mich nicht ... wenn es mir gelang, meine Behausung, ja dieses ganze Haus, den Flammen zu überantworten, wären die Zusammenhänge aller Bewegungen ... versehen mit ihren bedeutungsvollen Gegenständen, die laufend damit drohten, in ihre vorbestimmten Funktionen zu treten ... besiegt und eingeäschert.

Hatte es überhaupt eine Sache gegeben, die zwar von Vorbedeutung getragen schien, die aber später verloren, vergessen worden war. – Eine einzige gab es, es war dieser Stein hinter dem Zaun in der A..hofer Straße, der ein Kriegerdenkmal hatte werden sollen. Das Vergessen dieses Steins aber war ebenso künstlicher Art, wie alle Kausalitäten sonst, die nicht vergessen worden waren. Es hatte der Fiktion, in die meine Vergangenheit sich verwandelt hatte, ebenso gedient wie die Tatsache, daß alle Texte von mir, die eine Inschrift auf diesem Stein erörterten, um ihr einen Platz in der Gegenwart anzuweisen, auf dem Postwege sich in Luft aufgelöst hatten. Nichts mehr von meiner Vergangenheit, wiederholte ich, war noch vorhanden.

Die Geschichte, ihre Fiktion, hielt sich nur noch in meinem Kopf auf. Dort aber konnte ich sie zügeln, niederhauen, begraben. Wenn ich jetzt ging – und ich ging ja schon –, blieb nichts mehr übrig von jener Figur, die einst in den nun verbrennenden, äußerlichen Text ihrer Geschichte eingesperrt war, nichts, außer einer, wie ich voraussah, immer unwirklicher, literarischer werdenden Erinnerung, die allein mir noch möglich war. Das mich verkörpernde Etwas, das nun vor mir lag, war vielleicht nurmehr ein gasförmiger Zustand, niemand hatte das Recht, dieses Etwas als das Medium einer Bewegung zu bezeichnen. Es war ein Ort aus Gas, und die Gespenster der Vergangenheit, wenn sie ihn betraten, verbrannten restlos.

Schon jetzt war es nicht mehr möglich, mich auf die Dinge zu besinnen, die in dieser Geschichte eine Rolle gespielt hatten, auch wenn sie diese nur gespielt hatten, um einer künstlichen Realität eine bestimmte Aura zu verleihen. – Nur eins war da noch, das kaputte dunkelgrüne Vehikel – in seiner dunkelgrünen verwaschenen Tarnfarbe sah man es nachts ebensowenig wie mich –, jenes Gefährt, das da vorn auf dem leeren Parkplatz schlingerte. In den verrauchten Lüften; am Abend zuvor hatte ich es schon einmal gestreift. Was war das für ein verlassenes Vehikel ... wie schlecht war es auszumachen in meinem Augenlicht. Vielleicht war es das Wrack eines Panzers, rostig und mit den Ekzemen moosigen Eichenlaubs verunziert. Sicherlich, es war ein halbabgesoffenes Amphibienfahrzeug, dessen schauderhaft offene Flackmündungen dickflüssigen Schimmel kotzten, sicher war es das, es konnte nicht falsch sein, wenn man annahm, es war ein alter Panzer.

Der Nexus

Ewiges Liegen in der dämmrigen Wärme der Betten, elende Ewigkeiten, allmorgendlich unter dem Fenster, unter dem unansehnlichen Grau der Gardine, die vor dem Anblick der Stadt schützt ... diese Stadt entblößt sich immer wieder im Wetter jeden Tages, sie ist das Ende einer geistigen Möglichkeit, und unser Urteil kann nicht hart genug sein; Regen und Schnee huschen durch den die Nacht lang ungelöschten Lichtbalkon vor dem Dachstuhlfenster, fallen ins Bodenlose, in Schächte voller Helle oder Dunkel, alle Wetter wehen so in die Abstürze der Straßen, aus der Dachfensterperspektive akkurat sich kreuzende Engen, die bei gewagterem Hinausbeugen überbrückbar erscheinen ... aus denen die Nebel der Wetter wieder emporschwindeln. Im Sommer das Sonnenlicht in ähnlichen Spiralen, im Herbst das Stürmen der in die Straßen gejagten Blätter ... Hofbäume, Krankheiten, schon bevor wir sie erkannten, gehen ein in den vom Himmel zurückgespieenen Dämpfen der Fabrik, deren Sirenenruf mir nichts mehr zu bedeuten scheint, die in ihrer schmutzig-sakralen Gründerzeitaura den Straßenschluß bildet ... hingeöffnet, hingebreitet, um zu empfangen. – Wir, zu dritt, wissen das alles aus unserem Bett hervor. Und gegen die immer gleiche Richtung des Wetters kommen die Arbeiter in die Straße, jeden Montag, durchnäßt, ehe sie das Fabriktor betreten, und einige halten sich an den Regentraufen und erbrechen sich, scheinen ihr Blut auf den Bürgersteig zu erbrechen.

Zumindest einem von ihnen haben wir gewünscht, er möge umkehren vor dem Tor, kopflos, in Todesfurcht endlich in das Dunkel der Stadt zurückstürzen; wir haben es sogar allen gewünscht, keiner aber tut es, sie alle müssen ganz von uns verschiedene Muskeln, Gelenke, Nerven haben; Schafe, die einem falschen Schäfer niemals folgten. Oder es ist schon geschehen, einer hat es schon getan, liegt um diese Zeit in einer Halbnacht, die von heißen Daunen erwärmt ist, voller längst verbrauchter Atemluft, inmitten der Dünste schweißerweichter Leiber. Und es ist sein Nichterscheinen vor dem Tor ebensowenig bemerkt worden, wie sein Liegen in dem Dämmer bemerkt wird. – Du, in deinem flachen Schlaf, ruhst lauernd, den halben Oberkörper hingeneigt zu deinem Mann, mit offenem, von der Schulter geglittenem Nachthemd, und die eine deiner Hände, nach rückwärts und neben mein Gesicht geworfen, zieht, mittels der über Ellbogen und Schlüsselbein gespannten Haut, eine deiner Brüste in meine Richtung, ihre fahle Ballung liegt benetzt vom Morgengrauen, das vom Gardinengewebe eine weiche Schattenschraffur empfängt, dein Schlaf bleibt fern und nebelhaft wie der Geruch einer Grasfläche im Winter, etwas, das wir nie gesehen haben, oder wie ein Hügel unter Wasser, dessen Wanken wir uns einbilden.

Mir bleibt diese Hand von dir, in einem deutlichen Lichtfleck neben meinem Auge, auf dem verrafften Bettstoff, mir bleibt besonders die Idee, die Zeigefinger und Mittelfinger dieser Hand bilden, die gespreizt sind, auf ihre Spitzen gestützt, und mit in das Laken gedrückten, kaum sichtbaren Nägeln; die mittleren Gelenke dieser Finger in gewisser Höhe eingeknickt, gerade so, daß ich sie mit zwei zu rechten Winkeln gebeugten Kniegelenken vergleichen kann, während das innere Ende der Finger, mit dem sie in den Handteller übergehen, seine milden Wölbungen auf dem Bett aufliegen läßt. Auf den gespannt klaffenden Zusammenschluß beider Finger, in dem ein sich nie verfärbendes, letztes Weiß von Haut wäre, in diesen echauffiert geöffneten Schritt der Finger, haarlos und duftlos..., der im Halbschlaf der Hand sich offenlegte zu einem von Wildhaut überwachsenen, obszön geschlossenen Schlitz, vor einem aufs Gehirn zu gesteuerten Hautschlauch voller trüber Nässe, saugfähig, muskelberingt, ein von außen umschlungenes Halsinneres, das unter hektisch fließenden Serumsfluten schluckte, schluckte, ohne hinab, hinauf würgen zu können, dem zäh gleitenden Bewegungsstil einer banalen Hydraulik begierig erlegen, in lauwarm gewordenem Wasser inmitten gekochter Luft, den Abfluß eines Atems erwartend, der Erwachen verhindert, leer und dunkel, daß endlich entgegen aller Abmachung, fern aller maschinell fabrizierten Bewegungen, etwas wie ein bodenloser Spalt mit einem fad erglänzten, im Nu schwarzen Licht sich verstopfe, knisterndes dickgeschäumtes Dunkel, hartgerieben und stechend im Schneidegras irgendwelcher ideeller Ufer, maschinenölfarben, endlich Arsenik und Mohn, Chloroform und Hafer…, auf diesen einzig noch nicht mißbrauchten, noch nicht umhurten Fleck deiner Haut, zwischen deinen Fingern, ist nun der letzte Morgenschatten gefallen, der wochenlange Dunst vor dem Fenster ist einem Sonnenschein gewichen, der mit dem aufstrahlenden Tönen der Fabriksirene plötzlich von unvermuteter Stärke war. – Ich müßte, wollte ich mit einem langen Blick den Schatten über diesem Hautwinkel durchdringen, mich im Bett rühren. Dies aber würde deinen Mann wecken, dessen Schlaf an deiner Schulter, unter deiner Wange immer schwächer wird. Jeder meiner Gedanken an ihn ist vergiftet von Eifersucht…, und ich wünsche ihm jenen trügerischen Traum, mit dem ich die Fabrik verließ. Mit dem ich die ungeteilte Männerwelt der Fabrik verließ, um in die geteilte Welt einzutreten, ins Exil der Intelligenz…, wo Form und Inhalt endlich passen, o intelligente Hydraulik. – Doch ich weiß nicht, welcher von den beiden Männern, links und rechts von dir, ich eigentlich bin, jener, den ich im Traum einem fernen, mythischen Ufer zuordne, oder jener, den ich hinab in die Straße wünsche, in das Wetter, in die Fabrik. Ich wünschte, dein Mann stünde eines Morgens auf und folgte dem Gesang der Sirene, ging bluterbrechend durch dieses Tor, in den Tod, in die Impotenz, in die Arbeit.

Für diese Zeit muß ich ihn ruhen und Kraft sammeln lassen … ich werde warten, lange und schweigend werde ich altern. Zu meiner Überraschung werde ich es dann sein, der diesen Weg geht. Durch ein Tor, durch eine grüne, diskret lärmende Halle, vielleicht nur Geräusch, das dem nahen Klirren von Herdenglocken ähnelt, und an einem Ufer ins Freie treten, in einer Zeit, auf die ich mich, so verrückt es klingt, zu besinnen scheine. In einer Zeit, so vergangen, daß ich sie erst in Jahren erreichen werde. Und es stimmt nicht: was dir meine Herkunft bestätigt, sind nur halbe Gedanken, die du mit Erinnerungen verwechselst; denn einmal war auch ich, ja auch ich, in Arkadien geboren.

Fester Grund

»Die Krankheit im Frieden«
für U. K.

Wortlos und unaufgefordert – ich saß noch nicht lange am Tisch, und es berührte mich seltsam – stellte der Kellner, im schnellen Vorbeigehen, ein großes Glas Bier vor mich hin. Ich war beinahe zu erschöpft, einen Gedanken daran zu verschwenden. Ich hatte noch den schweren schmetternden Schlag im Ohr, der aus dem tiefblauen Himmel gekommen war, nach welchem die Luft wie ein gläserner Splitterregen auf mich niederzufallen schien und der mich entnervt in das Restaurant auf der Westseite gejagt hatte. Nun stand vor mir eins jener hochbordigen, nassen und glatten Halblitergläser, die auf sehr schmalem Boden fußen, einem Boden, der nur etwa der Hälfte ihres oberen Durchmessers entspricht. Mit aller gebotenen Vorsicht faßte ich zu, doch kaum berührten meine Fingerspitzen das kühle Glas, da hatte ich es schon umgeworfen.

Nicht daß ich an diesem Tag besonders nervös gewesen wäre: ich wollte nach Berlin, um meinem Kind einen der monatlich vereinbarten Besuche zu machen, hatte aber aus unerfindlichen Gründen den letzten der häufiger verkehrenden Mittagszüge versäumt; nun wurde ich vergeblich erwartet, ich hatte eine Reihe vergnüglicher Vorhaben durcheinandergebracht, in weniger als drei Stunden würde aller Groll meiner Untreue gegenüber wieder aufgebrochen sein, ich würde am Abend, viel zu spät kommend, die entsprechenden Vorwürfe mit Erklärungen, die miserabel fahrende Straßenbahnen und Busse zu bedenken gaben, kaum entkräften können, und ein Teil meines kurzen Besuchs war verdorben. Zudem wäre ich es, der als Verderber galt, als ein Vater, der seiner kleinen Tochter selbst so spärliche Freuden verdarb. – Es war einer der bislang heißesten

Tage dieses Sommers, beinahe bewußtlos von der Hatz aus einem der verstockten Verkehrsmittel ins andere, hatte ich den Zug ohne mich abfahren sehen und mit noch dumpfen Schuldgefühlen einen Fahrplan nach der nächsten Verbindung abgesucht, resigniert schließlich festgestellt, daß ich nun über drei Stunden Zeit hatte, und mich in dem großen Bahnhofsrestaurant niedergelassen. – Zweifellos war es eine Lappalie, kaum erwähnenswert, gehäuftes Vorkommen von Lappalien muß solchen keinen besonderen Rang verleihen, ebensowenig brauchte die vorhersehbare Mißlaune meiner früheren Frau aufgebauscht zu werden. Der kochende Dunst im Innern des Restaurants, der dem Stimmenlärm einiger hundert Menschen seltsame Schwankungen zu verleihen schien, das Hämmern meiner Pulse, das meine Sinne ganz in Anspruch nahm und mich mit Intervallen von Schweißausbrüchen in Atem hielt, war vielleicht nichts, das mich inmitten dieser Menschenansammlung in hervorstechender Weise beeinträchtigte; womöglich war jeder der Anwesenden von den Temperaturen, den Gerüchen, vom allgemeinen Dämmer der Stagnation in einem so riesigen Wartesaal seines wahren Gefühlsreichtums beraubt, als aber das umgestürzte Bier den Tisch überschwemmte, kam mir zum ersten Mal der Verdacht, dieser Freitag stünde für mich unter einem bestimmten Vorzeichen. – Auf dem Stuhl rechts neben mir saß ein blütenrosa gekleidetes Mädchen, nur wenig älter, schätzte ich, als meine eigene Tochter, und löffelte buntes Fruchteis; die Woge von Bier schoß auf das Kind zu, brach sich schäumend am Fuß des Eisbechers, schwoll mit perfidem Schwung an dem Plastikoval empor und überflutete dessen Inhalt, umfangreiche Spritzer landeten auf dem Kleid des schreckerstarrten Kindes, ein beträchtlicher Rest der Welle erreichte noch seine Mutter, die entsetzt eine Handtasche gegen mich schwenkte und gleich darauf in kalte, sprachlose Empörung verfiel. Ich war erbleicht und von Schweißströmen überflossen. Ich murmelte eine Entschuldigung, wußte aber nicht, ob sie zu hören war; entschlossen, für alle Unkosten aufzukommen, fingerte ich nach meiner Geldbörse – wußte jedoch in aller Empfindlichkeit, daß ich auch dabei scheitern mußte, denn kurz zuvor hatte ich den größten Teil meines Geldes für die Fahrkarte ausgegeben – die Mutter aber, mich mit höchster Verachtung strafend, zog das Mädchen an der Hand mit sich fort.

Als der Kellner mit angewiderter Miene das Tischtuch wegnahm, hatte ich den Eindruck, jeder in dem Saal sei auf mich aufmerksam geworden. – Wenig danach erschien der Kellner erneut mit einem vollen Tablett, wandte sich halb zu mir herab und nahm eins der Biergläser mit der freien Hand, um es gegen das leere, vor mir auf der blanken Tischplatte, auszutauschen. Um ihm behilflich zu sein, faßte ich nach dem leeren Glas ... es fiel mir um, es federte, von seinen bauchigen Rundungen angetrieben und in zunehmende Schwingung versetzt, in immer höheren Sätzen diagonal über den glatten Tisch, ich warf mich ihm hinterher und fing es, ehe es nach dem letzten geräuschvollen Aufschlag unter den Rand der Platte verschwand, durch einen Zufall ab, der fast noch unglaublicher war als das gesamte tückische Geschehnis. Als ich das offenbar unzerbrechliche Gefäß aufstellte, sah ich den Kellner nach Worten ringen. Brüllend, daß jeder es hören konnte, fragte er mich, ob ich *besoffen* sei; und ebenso grob stellte er fest, daß ich von ihm nicht mehr bedient werde. – Ich zahlte mit geschlossenen Augen das Bier, das ich ihm schuldig war, und verließ meinen Platz.

Den Blick zu Boden gerichtet, wie in einem seltsamen Wachtraum, ging ich, um mir einen Platz auf der Empore des Restaurants zu suchen, die man im hinteren Drittel des Saals nach dem Ersteigen einer Treppe erreicht, von wo aus, in gewöhnlich etwas ruhigerer Atmosphäre, wie von einer Kommandobrücke herab, das Gewimmel im unteren Teil des Raums zu überschauen ist. Als ich die Stufen erklomm, war ich unsicher – wenn ein solches Wort nach der geschilderten Situation noch einen Aussagewert hat – unsicher auf den Füßen, da ich die Einbildung nicht loswerden konnte, die Dielen unter mir hätten sich, nach einigen Sekunden merkwürdigen Schlingerns, in eine Neigung nach links begeben, auf der ich fürchten mußte, den Halt zu verlieren und seitwärts abzugleiten ... ehe ich aber im Schrecken darüber wirklich fiel, erreichte ich das Ende der Treppe und rettete mich auf einen Sitz. – Damit handelte ich mir den stummen Tadel eines älteren Herrn ein, dem ich mit meinem Ansturm auf den letzten freien Stuhl zuvorgekommen war. Der Herr wendete, um die Treppe wieder hinabzusteigen; ich drehte den Kopf weg in der unumstößlichen Gewißheit, im nächsten Moment seinen Sturz auf den abschüssigen Stufen zu gewahren; der rasselnde Aufschlag erfolgte, ich sah die Blicke aller Umsitzenden in seine Richtung fliegen, ich sah den alten Herrn schwankend sich nach einem monströsen schwarzen Regenschirm bücken, den er hatte fallen lassen. – Die verkniffen lächelnde Kellnerin kam, um meine Wünsche einzuholen; ich bestellte Kaffee und einen Weinbrand.

Wahrscheinlich will der Herr zu einer Beerdigung ... diesen Satz sprach eine der drei Damen, an deren Tisch ich den Platz erobert hatte. Ich schätzte sie alle drei über sechzig, sie waren luftig und vermutlich teuer gekleidet, und sie tranken Wein. – Man sieht es, wenn jemand zu einer Beerdigung will, man kann sich da gar nicht täuschen, fuhr die Dame fort, und die übrigen beiden nickten beipflichtend. – Ist es denn nicht viel zu heiß für Kaffee. Kaffee bekäm mir bei dieser Hitze gar nicht ... diesmal galten ihre Worte zweifellos mir. Und wollen Sie nicht wenigstens Sahne. Sagen Sie doch dem Fräulein Bescheid, sie bringt Ihnen sicher die Sahne. – Nein, die nicht ... sagte sie, als ich nach dem Porzellankännchen auf dem Tisch langte; meine Hand fuhr zurück, als hätte mich eine Schlange gebissen. Die nicht, da ist eine Fliege drin, eine Fliege ist drin ertrunken ...; sie bedeckte die Öffnung des Kännchens mit den Fingern. – Meinten Sie mich, fragte ich, ich meine, wollten Sie wissen, ob ich zur Beerdigung will. Nein, zu einer Beerdigung will ich nicht ... – Wir meinten den freundlichen alten Herrn, der zu uns an den Tisch wollte. Er fiel mir schon in Nürnberg auf, als er in den Zug stieg heute morgen. So angezogen, dachte ich mir, will er am Ende zu der gleichen Beerdigung wie wir ... er kam mir gleich so bekannt vor. – Die übrigen Damen nickten unablässig und tranken mit vorsichtig gespitzten Mündern aus den Weingläsern. – Sie müssen wissen, sprach die Frau weiter, wir nutzen die Gelegenheit, wir sitzen nur zu unserem Vergnügen hier. Ich war nämlich vor zwanzig Jahren hier Kellnerin, und meine beiden Freundinnen wollten meinen Arbeitsplatz sehen. – Hier auf dem Hauptbahnhof, fragte ich. – Es hat sich hier nichts geändert, sagte sie, nur ... es ist wohl schlechter geworden, viel schlechter ... – die beiden Freundinnen zeigten erschreckte Mienen – ... es ist kein Bekannter mehr da. Das Personal von damals, sie sind bestimmt alle rechtzeitig verschwunden. Oder sind Sie anderer Meinung ... es würde uns schon interessieren, wie Sie es sehen. – Wir merken es nicht, sagte ich, nur manchmal, vielleicht heute. Irgendwann ist es soweit, und man merkt, daß Bahnhöfe eine Katastrophe sind. –

Vielleicht war ihnen meine Antwort übertrieben vorgekommen; sie hatten sich von mir abgewandt, und ihr Sprechen drang nicht mehr bis zu mir. Vermutlich, so überlegte ich, hatte die Frau auf meinen Widerspruch gehofft, auf eine Erklärung von mir, die bewies, daß es im Restaurant des Hauptbahnhofs, ihrem früheren Arbeitsplatz, allem äußeren Anschein zum Trotz noch zum besten stand ... aber ich hatte ihr diesen Gefallen nicht getan. Noch dazu konnte ich wirklich nicht belegen, was ich gesagt hatte ... und ich selber, mein eigener Anblick, wurde offenbar nicht als Beweis für die behauptete Katastrophe anerkannt. Mehr noch, es gab tatsächlich auf diesem gesamten Bahnhof nicht den geringsten Beweis für die Existenz einer Katastrophe. Wenn der Zug, den ich versäumt hatte, verspätet abgefahren wäre, so hätte ich zumindest auf einen mißlichen Umstand deuten können, aber ... – Zudem schien es mir gutzugehen, immerhin hatte ich schon den dritten Kaffee, zusammen mit dem dritten Schnaps, bestellt ... oder es war schon das vierte derartige Gedeck.

Die Katastrophe also wäre erst zu erwarten, wenn es ans Bezahlen ging, aber dann würden die Damen vielleicht schon gegangen sein. – Irgendwas, irgendeine Zentrifugalkraft oder deren Anomalie, hatte mich rückwärts gegen die Lehne geworfen, und ich lag mehr in dem Polsterstuhl, als ich saß; und in mir war ein Lauern, ganz darauf bedacht, jene äußeren Veränderungen wahrzunehmen, die über mich hin flogen, die Schauer, die von den unabwendbar in meinen Kopf zurückkehrenden Gedanken an mein Ungenügen, so vielen Situationen gegenüber, herrührten und siedende Gefühle über meine Haut gossen, so daß diese, kaum getrocknet, sich sofort wieder mit Feuchtigkeit, mit roter Nässe vermutlich, bedeckte. – Mein Ungenügen vor den Situationen, vor jeder Situation, war –

was ich längst schon erkannt zu haben glaubte ... und wenn ich es jetzt nicht wußte, war es lediglich ein wiederholtes altes Ungenügen – eine womöglich sehr weit verbreitete Unterlegenheit der Menschenfigur ihrer wahnwitzig funktionstüchtigen Welt gegenüber, die diese Figur, der Zauberlehrling, selbst geschaffen hatte. Ein Ungenügen, das dieser Figur wesenseigen war, und gegen das sie sich nur half, indem sie es als Krankheit bezeichnete. Nur daß der Diagnose alle Aussichten auf Heilung fernblieben. Und daß dieses Ungenügen an der Welt sich allein im Anblick einer Katastrophe der selbstgeschaffenen Welt revidieren zu können glaubte ... solange die Katastrophe ausblieb, hielt das Ungenügen vor.

Wenn ich zum Beispiel, was schon abzusehen war, meine Rechnung in diesem Lokal nicht bezahlen konnte, setzte ich meinen Abstieg, der an diesem Freitag begonnen hatte – so, wie er an den meisten Tagen einmal begann ... und beinahe immer dann, wenn die Kraft, ihn links liegenzulassen, gering war –, folgerichtig fort; während die Welt ruhig weiter funktionierte, hatte das Taumeln auf dieser schiefen Bahn bereits begonnen. Es bedurfte nur allerkleinster Anstöße ... Bahnhöfe sind die vorzüglichsten Vorgaben für solche Anstöße ... um in den Tiefen der Stadt, hinter dem Bahnhof, zu landen, dort, wo eine Flucht die nächste nach sich zöge. Zur Genüge kannte ich diese Gestalten, die allnächtlich, wenn die Transportpolizei ihre letzte Runde hinter sich hatte, in den Restaurants auftauchten, als hätte die Schattenwelt sie ausgespuckt, die zu zweit oder zu dritt sich eine Tasse Kaffee teilten, abgerissen und übernächtigt versuchten, die Köpfe auf den erdgrauen Unterarmen, sich eine Stunde Schlaf zu stehlen, unter dem Tisch die vom dauernden wachsamen Schlenderschritt wassersüchtig gewordenen Füße, die dickgeschwollen aus den geplatzten Schuhen quollen. Bis sie wieder hinausgejagt wurden, verschwitzt und fliegenumschwärmt, und es war eine Gnade, wenn sie bloß verjagt wurden. Sie alle warteten seit jenem Tag ihrer ersten harmlosen Zechprellerei darauf, daß nicht ihnen, daß endlich der Welt ein Unheil geschah.

Sie sehen blaß aus, junger Mann, meinte die gesprächige Dame, die zu meiner Überraschung, zusammen mit ihren Freundinnen, noch immer am Tisch saß. Die Kellnerin war soeben gekommen und hatte, wieder mit dem argwöhnisch verkniffenen Lächeln, noch einen Kaffee und noch einen Weinbrand gebracht. – Ist Ihnen schlecht geworden ... vielleicht müssen Sie kurz an die Luft gehen, wir sagen dem Fräulein Bescheid ... – Ich werde gehen und meine Fahrkarte verkaufen, sagte ich. Wenn Sie etwa nach Berlin wollen, ich würde Ihnen die Fahrkarte zum halben Preis überlassen. – O nein, erwiderte sie belustigt, was denken Sie, wir fühlen uns sehr wohl hier, nicht wahr ... – die beiden anderen, die mich voller Unbehagen angesehen hatten, beeilten sich, zustimmend zu nicken – ... früher war es sicher noch angenehmer hier, aber ich glaube, man soll es nicht zu schwarz sehen. Zuerst dachte ich, er ist nur in der Untergangsstimmung, weil er sich nicht gut fühlt. Aber ich weiß schon, ich kenne das von den Gästen von früher. Man sah es gleich, wenn irgendwas nicht stimmte. Besonders in der Nacht tauchten viele davon auf, wer weiß, woher ... das ist nicht mehr unser Problem. –

Vielleicht hatte die Dame recht, und diese Untergangsstimmung, wie sie es nannte, würde sich auflösen lassen, wenn ich mir die Ursache erklären konnte. Es kostete mich in meiner Schräglage ungewöhnliche Anstrengung, mich nach der Normaluhr umzuwenden, die hinter mir am anderen Ende des Saales über dem Ausgang hing; es gelang mir zwar, die Zeit abzulesen, doch schien es mir plötzlich unmöglich, sie in eine Relation zu der Abfahrtszeit des Zuges zu setzen, den zu benutzen ich vorhatte. Nein, es war zwecklos, ich mußte hierbleiben und hier auf den Untergang warten, den ich nicht sinnfällig machen konnte ... er allein würde auch das Begleichen meiner Rechnung unnötig werden lassen. Die Lust aller großen Untergänge war, daß die Rechnungen gegenstandslos wurden ... so gesehen, rechnete noch der Asozialste wie ein Kaiser. – Ja, es hatte schon begonnen, als ich noch, eine Etage tiefer, in der brodelnden Hölle des Zwischendecks saß, wie rasend meine Gläser umstieß und dem Krachen lauschte, mit dem, vermutlich, hoch über diesem monströsen Bauwerk, in der fahlen Lufthülle des Sommerhimmels, Jagdflugzeuge die Schallmauer durchbrachen, daß die Vibrationen davon sich bis in meine Körperfasern fortsetzten, und während vor den riesigen Fenstern, auf die ich blickte, langsam und ohne daß es jemand bemerkte, eine schneeweiße gleißende Nebelwand vorbeizudriften schien. – Vielleicht nur, daß man eins der Fenster geöffnet hatte, und noch mehr Glutwärme hereinflutete, in der die schmutzig verfärbten Banner der Gardinen sich quer nach innen bauschten, und man einen Augenblick lang der Täuschung unterlag, das gesamte Riesenschiff des Bahnhofs habe sich auf die Seite gelegt.

War es eigentlich an einem Freitag ... ich hatte keine Ahnung, ob ich diese Worte laut sprach, jedenfalls erhielt ich keine Antwort. War es ein Freitag. Es muß einfach ein Freitag wie heute gewesen sein ... gleichviel, ob Freitag oder Dienstag, sie feierten ruhig weiter in den noch gut geheizten Sälen, ihre Menschenwürde war plötzlich wiederhergestellt. Niemand mehr mußte auf eine Rechnung warten, nichts mehr würde zu bezahlen sein, es sei denn, mit dem Leben. Sie alle wußten es, seit dieses sonderbare Krachen, von oben oder von unten, irgendwoher von außen gekommen war. – Ach lassen Sie uns nur, warf die Dame ein, nun sind Sie wohl ärgerlich, weil wir so guter Dinge sind. Sie glauben es vielleicht nicht, daß wir zu einer Beerdigung wollen. Aber wenn wir schon einmal zur Beerdigung nach drüben fahren, dachten wir uns ... – Da kann von einer Beerdigung keine Rede sein. Wissen Sie, welche Position wir haben. Einundvierzig Grad sechsundvierzig Minuten Nord, fünfzig Grad vierzehn Minuten West, wenn ich richtigliege. Wissen Sie, welche Position das ist, da ist keine Erde drunter. Nur Wasser, Wasser und manchmal Eis, ganz anständige Geschwader von Eisbergen. Ziemlich unwirtlich, da hält sich nichts drauf. Da bleibt nichts oben, es geht abwärts, ab zu den Fischen. Feiern Sie ruhig weiter, wir sinken. Aber halten Sie bitte Ihre Gläser fest, daß sie mir nicht auf den Schoß fallen, wenn die Schlagseite zunimmt. Nicht durch die Fenster da, wahrscheinlich unten durch den Eingang wird das Wasser hereinkommen ... bestimmt steht es schon unten an der Treppe, hören Sie nur das Geschrei da unten. Die halberstickten Stimmen der Aufsicht, die Ruhe bewahren wollen. Da hat man nun dieses Ungetüm gebaut, sicher, wetterfest, feuersicher, bombensicher, beispielhaft für Europa, aber es gibt keinen Haken im Himmel, an dem wir uns festhängen könnten. Ob wir sanft aufsetzen werden, wenn wir unten sind. Näher, mein Gott, zu dir ... bist du da unten, unter dieser Position, auf der dieses Wunderwerk sich langsam vollsäuft. Wissen Sie den Namen, den der Riesenkasten später haben wird: *Titanic* ... richtig verstanden, da sitzen wir jetzt: *Titanic Westseite,* schon bei beträchtlicher Schräglage. Dabei ist es belanglos, und wird wohl kaum überliefert werden, welche Seite zuerst eintaucht.

Werden Sie es noch schaffen, fragte besorgt die Dame, als mir die Kellnerin, schon kopfschüttelnd, wieder Kaffee und Schnaps hinstellte. Wollen Sie sich denn mit Gewalt betrinken ... – Darauf kommt es nun auch nicht mehr an, erwiderte ich, in dieser Lage nicht mehr. Lassen Sie uns wenigstens ohne Hader untergehen ... vor allem, ohne ungerecht zu werden. Denken Sie an Ihren Kollegen da unten, er schimpfte mich betrunken ... lächerlich, das Bier war mir doch umgefallen. Und ich war so dumm und bezahlte es noch. Sagen Sie, wollen Sie nicht doch eine Fahrkarte nach Berlin kaufen, Sie haben immer noch die Chance. Frauen und Kinder zuerst, heißt es doch immer. Und so mag es bleiben, auch hier, auf diesem festen Grund, auf dem man vergißt, wohin man wollte.

Der Gegner

Das Haus war neu verputzt worden, und man hatte die alte Haustür ausgewechselt. Für die Fassade war gesorgt worden, wie es wahrscheinlich für anerkennenswert galt. Drinnen aber – das Treppenlicht zündete mit einem schlagartigen Geräusch, das mich erschreckte – zeugte alles, einschließlich des Geruchs, von einem Alter, das deprimierend war. Es war mir nicht schwergefallen, durch den Keller in das Haus zu gelangen, eins der Kellerfenster war nur ein gähnendes Loch, in das ich mich, mit Todesverachtung, hineinzwängte; und das hölzerne Gatter, das den kohlegefüllten Verschlag zusperrte, gab dem Druck meiner Schulter nach. Nun, in der trüben Beleuchtung, roch ich das Haus. Der brandige Hauch der vorschnell in Vergängnis stehenden Erdoberfläche durchdrang die Kellerfundamente, Faulfluß näßte vom Stein. Gas, Rattengift ... Harnsäure schien aus diesen Grüften voller zerfallener Briketts, Kartoffeln, geplatzter Einweckgläser zu steigen, stieg bis in die Flure herauf; es roch, als seien die Hausmauern nur vertikale Verlängerungen der mürbe gewordenen Klärgrubenwandung.

Im ersten Stock war ich schon am Ziel und ich wartete, bis das Licht, mit ähnlichem Knallen, wieder erlosch. Dann zog ich die Taschenlampe hervor und richtete ihren Strahl auf das Türschloß, in dem ich mit einem stählernen Drahthaken nach einem Widerstand zu fühlen begann. Im Gegensatz zu meinem Bemühen an der Haustür war ich hier erfolgreich, ohne größeren Lärm schnappte der Riegel zurück. Ich lauschte ... alles blieb still, ich war unbemerkt geblieben. Zwei Schritte vor mir war eine Tür, dahinter die Küche, von wo aus linkerhand eine weitere Tür in das Wohnzimmer führte. Das Licht der Taschenlampe war mir zu unruhig, und ich öffnete den Kühlschrank, dessen Beleuchtung einen bleichen Schein herauswarf, er bot genügend Helligkeit zur Orientierung.

Der Inhalt des Kühlschranks war nicht der Rede wert, aber er enthielt eine Flasche Rotwein, die ich mit einem Messer öffnete. Ich trank einen Schluck, dabei musterte ich die armselige Küche. Der Rotwein, sein Aroma war durch die Kühlung verdorben, schmeckte bitter und kalkig, mit einem Frösteln stellte ich die Flasche auf den Herd, der noch geheizt war; von ihm aus zog sich schief ein galgenförmig gewinkeltes Rauchfangrohr durch die Küche, es war mit Drahtschlingen irgendwo an der Wand gehaltert, hinter dem Ofen ein gußeisernes Spülbecken mit gerissener Emailleglätte, daneben, durchfetteter Preßspan, ein Aufwaschtisch mit einem fast sauberen Teller und dem Messer, das ich zurückgelegt hatte. Drei Stühle mit grünen Kissen, auf der Wachstuchdecke des Küchentischs ein paar Blütenzweige, schon welk; ich nahm die Flasche und setzte mich in der Wohnstube in einen der abgescheuerten unbequemen Sessel. Hier ließ ich den Lampenschein umherwandern, über die gleiche stillose Einrichtung, über ein büfettartiges Monstrum, dessen verglaster Aufsatz altmodisches Geschirr enthielt, Sammeltassen, mit Abziehbildern behaftet, Andenken dürftiger Ausflugsreisen; darunter ließ ich den Lichtkegel haltmachen.

Wie alt war doch alles in diesem Zimmer: ein Fernsehapparat weit überholter Bauart, ein runder Tisch, der wackelte, unpassend zusammengestücktes Mobiliar aus Zeiten, in denen sich der Geschmack in unannehmbaren Niederungen bewegt hatte, Gerümpel der fünfziger Jahre ... Gerümpel, wie ich es aus der Zeit meiner substanzlosen, kaum noch erinnerlichen Jugend kannte. – Ein weiterer Schluck aus der Rotweinflasche ...

Er war jetzt an einem Punkt, von dem aus es keinen Schritt mehr weiterging. Er habe alles getan, so schien ihm, um mit der Kraft, die er noch fühlte, bis vor diesen Ort, vor diese Stunde zu gelangen; er war nach Möglichkeit allem ausgewichen, was zuviel Widerstand erforderte, er war, nicht ohne sich erniedrigen, beleidigen oder belobigen zu lassen von dem Pack, das schneller war als er, mächtiger und korrupter, endlich, ohne sich zu wenden, bis in dieses Jahr geraten, und das meiste war ihm in großer Hast vonstatten gegangen. Er hatte seine Flüche verschluckt, wenn es opportun war, seine faden Freuden halb gekostet und vertan, fluchend war er weitergelaufen, keuchend hatte er nachgedacht, hatte, zu kleinem Bruchteil, der vermeintlichen Weisheit von Herrschern und Führern menschlicher Geschicke Glauben geschenkt, den Bruchteil hatte er für maßgebend gehalten, sich selbst dabei geringgeachtet, noch bis zuletzt hatte er den merklichen Verrat an allen Versicherungen und Zukunftsaussichten für im Grunde schlecht möglich, für ungeheuerlich gehalten, und so laufend und eilig weiter; nun aber hielt er plötzlich und er war erschöpft ... es schien, sie hatten ihn jetzt, wo sie ihn wollten.

Und er fand für diesen Zustand keine Erklärung mehr. Erklärungen, sagte er sich, wären noch immer Schritte, die man versuchen kann. – Er war nunmehr fast vierundvierzig, wie er flüchtig errechnete, zwei Drittel eines langen Lebens. – Vierzig, sagte er, sind eine äußerste Grenze und ich hätte wissen sollen, daß nach dieser nichts mehr kommen kann. Ich hätte Angst haben sollen vor dieser Grenze. Unvorbereitet, wie ich es immer war, rannte ich ins Leere ... anstatt an den Umsturz zu denken. Ich habe die Grenze nicht bemerkt, ich habe sie versäumt, bin nicht umgekehrt, kein Wunder nun, daß meine Fußstapfen vor mir enteilt sind, in die Finsternis, und wenn ich die Richtung der flüchtigen Spur zu erkennen suche, hat sie der vage Untergrund schon ausgelöscht. Ich habe vergessen, den Umsturz, die Kehrtwendung um hundertachtzig Grad zu vollziehen, im Rauch des Acheron aber ist jeder Schritt zu weit, ich habe nicht aufgepaßt und bin nicht zurückgesprungen, ich bin abgeirrt von der Stelle, wo ich beginnen mußte, zurückzugehen, zurückzukriechen.

In der Geschwindigkeit meines Herzschlags, der mir hörbar erschien, zitterte der Lichtkreis, den der Lampenstrahl, mit dem Schlüsselloch als Zentrum, seit einer Weile auf der unteren Tür des Büfetts gebildet hatte: nirgends waren Schlüssel. Minuten später jedoch war es mir gelungen, mit Hilfe einer in der Küche gefundenen Schere und deren Hebelwirkung, die beiden nur einfach verschlossenen Türflügel aufzuziehen. Unter Stapeln sorglich gefalteter Wäsche war eine kleine stählerne Schatulle versteckt, eine Geldkassette; erneut begann ich mit dem spitzen Schenkel der Schere zu arbeiten. Es erforderte Geduld, die Lampe mit dem Mund haltend, geriet ich in Schweiß, endlich versagte mir das Schloß den Widerstand, mit lautem Knirschen sprang der Deckel in die Höhe. Obenauf fand ich nur Kleingeld, alte Quittungen, eine Reihe beschriebener Postkarten mit viel zu schön gefärbten Stadtansichten, so daß mir dieselben unbekannten Ursprungs und verdächtig erschienen, – wie Erinnerungen, die man längst beseitigt zu haben glaubt. Darunter erst entdeckte ich Geldscheine, zwei sehr dünne Rollen, von Gummifäden zusammengehalten, eins dieser Bündelchen bestand aus fünf oder sechs Zehn-Dollar-Noten, die wahrscheinlich eine Art eiserner Reserve darstellten. In Anbetracht so schmaler Summen gab ich meine Zurückhaltung auf; zuerst hatte ich vorgehabt, einen Teil des Geldes zurückzulassen, – nun steckte ich mir alles in die Tasche.

Gleich darauf stellte ich fest, daß sich die Kassette nicht durch einfachen Druck auf den Deckel wieder verschließen ließ, noch einmal hätte ich mich der Schere bedienen müssen. Aber ich hatte ein Geräusch im Hintergrund der Wohnung gehört ... ich brachte den Verschluß nicht zum Einschnappen, ich verbarg das offene Kästchen unter den Wäschestücken und drückte die Schranktür zu.

Wenn sich dieses panikartige Leben wirklich ändern soll, dachte er, und nicht nur an der Oberfläche neuordnen soll, dann muß der Anschlag, den ich dagegen führen will, sehr tief treffen. Andernfalls wird die alte Substanz darunter schnell wieder die Herrschaft über jenes Wallen an der Oberfläche gewinnen. Weit unter mir, dachte er, liegen die Gründe, die mich auflösen. – Wo, in welcher Tiefe, sollte er ansetzen?

Veränderungen! Sie waren natürlich längst ein bloßer Wahn. Es war ihm zweifellos bestimmt, Opfer eines Zustands zu werden, von dessen Symbolen er schon jetzt umstellt war. Sein Leben, – seit einiger Zeit mußte es eine vollkommen sinnbildliche Existenz genannt werden, tatsächlich, der Sinn seines Lebens erschöpfte sich in Bildern, die ihm vorgespiegelt wurden ... schon lange hatte er das Gefühl, in den meisten Handlungen, und in den Erkenntnissen seiner selbst, nur das Abbild eines Subjekts zu sein, wie irgendwer es für ihn vorausgedacht hatte. Gott oder die weltliche Macht, – sie hatten ihn geprägt und auf ihre Ziele gemünzt ... wenn er weiterging, würde er das Opfer seines Gegners werden, der von jenseits, von der anderen Seite einer Barriere zu ihm herübersah. Dieser Gegner – war er ihm schon beinahe in die Arme gelaufen? – war nichts anderes als sein eigenes Ich in der Zukunft.

Er ist deutlich zu sehen, murmelte er, dort hinter dem Fenster, nur ein paar Schritte entfernt, mitten in der Nacht, im Dunkel, das sich schwarz von den zermürbten Grundmauern bis auf diese Höhe emporfrißt. Er sieht mich ... das Licht der Taschenlampe auf dem Tisch streift mein Gesicht und läßt die eine seiner Hälften scharf aus dem Schatten treten, er sieht mir schon lange zu. – Er flüstert leiser, um nicht die Geräusche zu übertönen, die in der Wohnung, die nun deutlich in einem nicht mehr weit entfernten Zimmer sind.

Da die Lampe auf dem Tisch verdächtig war, hatte ich eine Wachskerze vom Büfett genommen und sie angezündet vor mich hingestellt. Dann trank ich langsam aus der Weinflasche ... hatte man mich aus der gegenüberliegenden Nachbarschaft beobachtet? Die Gardine war bis zum Rand des Fensters zurückgezogen, einmal hatte ich geglaubt, in der Häuserfront der anderen Straßenseite das schnelle Aufflammen eines Lichts zu bemerken. Doch es konnte auch der Widerschein der Kerze gewesen sein, gleichviel, ich mußte hier verschwinden: ... das kontemplative Denken, das die herrschende Sprache den Subjekten ihres Menschenmaterials anempfiehlt, über deren Daseinsbedingungen sie in weiser Voraussicht waltet, hält immer wieder inne, um sich neue Etappen auf dem Lebensweg zu eröffnen, die würdig begangen sein wollen. Das Betreten neuer Lebensabschnitte ist ein Sinnbild unserer Führung ... ich trachtete, von dieser abschüssigen Bahn zu verschwinden, ich merkte gar nicht, wie ich mich im Ingrimm meiner Ausfälle selbst in dieses Gewäsch flüchtete. Ich wußte eigentlich nicht mehr, wogegen ich tobte, vor wem ich in alle vier Winde fortrennen wollte. – Als ich ungefähr vierzig wurde, erlebte ich tatsächlich einen merkwürdigen Einbruch, der mir unerklärlich war und lange nachging ... der sich mir in den folgenden Jahren häufig wiederholte: Der Schrecken über die Eile meines Dahinlebens hatte mich gepackt. Mitten auf meinem Schädel entdeckte ich plötzlich, in Form eines Brandmals, einen Fleck nackter haarloser Haut, der weißen

Kalk absonderte und von Zeit zu Zeit zu schmerzen schien. Der Tod hatte mich berührt, er hatte mich dort so nachhaltig gesegnet, daß sich diese eisige Öffnung allenfalls durch absonderliches Frisieren zudecken ließ. So kämmte ich mir den Scheitel fortan jedesmal in der Hoffnung, daß mir die zweite Hälfte des Lebens noch bevorstünde. – Die Zeit habe einen Gipfel erreicht, und dies sei eine Sache des weiten Ausblicks und des Kräfteschöpfens, so, mit süffisanter Symbolik vermischt, fand ich es simultan dazu in der Wochenendpresse, auf jenen Seiten, die der Familienplanung vorbehalten waren; und ich gewann den Eindruck, daß ich mit aller Welt gleichaltrig sei.

Wütend schüttelte ich den Kopf ... ich mußte aus dem Denken meines Gegners verschwinden. Die Haarsträhnen flogen mir und die Kerzenflamme schwankte: Du kannst mir nichts einreden, Freundchen, es ist Unsinn, was du da sagst. Es gibt nicht diese Hälfte des Lebens. Oder die Mitte des Lebens ... es sind Vorausberechnungen, die nicht von mir kommen können, denn sie taugen nur für Tote. Ich teile sie nicht, du kannst die zweite Hälfte für dich behalten. Es gibt immer nur das Ende. Und wenn man diese Barriere bemerkt, wenn man davorsteht, heißt es umzukehren. Schluß damit ... umkehren, wieder zurück durch die erreichten vierzig Jahre, möglichst weit zurück, möglichst, um den Anfang noch einmal zu erfahren. – Ich hatte die Worte in Richtung des Fensters geschleudert, von dem her ich mich beobachtet, voller Erwartung beobachtet fühlte. Und es war mir, als sähe ich den Triumph dieses Gesichts in der Scheibe zu einer Maske erstarren. – Rückwärts, Stufe um Stufe zurück, fuhr ich etwas ruhiger fort, Schicht um Schicht durch die Erinnerungen rückwärts sich durchschlagen. Was ich bin, liegt längst hinter mir. Vor vielen Jahren schon hätte ich die Revolution meiner selbst beginnen müssen, noch in dieser sogenannten Jugend vielleicht. Soll ich denn, wie du, mein elender Bruder, nie begreifen, was ich versäumt habe, weshalb wir uns gebeugt haben. Ich kann der Zeit, die auf mich zurast, nicht friedlich entgegensehen.

Schon als er durch das Kellerfenster in die Schwärze gekrochen war, als seine Füße in der Luft hingen und er nicht wußte, wohin er fallen würde, hatte er, so erinnerte er sich, ein merkwürdiges Anwachsen von Umsicht und Wachsamkeit in sich verspürt; dann hatte sich ihm jeder seiner Handgriffe sonderbar verlangsamt ... als wenn sich ihm nun alles erst nach mehrfacher Überlegung ausführen lassen wollte ... oder so, als habe er sich immer wieder erst der Funktion seiner Gliedmaßen erinnern müssen. Dabei ging der Fluß seiner Gedanken schwerfälliger, dickflüssiger ... viele Dinge, die er in seiner Jugend falsch gemacht hatte, mußten mit größter Genauigkeit richtiggestellt werden. Dieses Haus – es schien in irgendeinem toten Winkel der Stadt versunken, bis zu dem der Atem des Frühlings nur mühsam vordrang – war ihm plötzlich angefüllt gewesen mit Ahnungen, die noch aus der Zeit seiner Jugend zu stammen schienen ... Ahnungen, daß ihm alles Selbstgefühl entzogen werde. Und daß es im gleichen Augenblick, da er es ahnte, auch schon geschehen war ... die herrschende Ordnung hatte dieses Selbstgefühl für Verrat an ihrem Eigentumsrecht an seiner Jugend gehalten. Die Ordnung selbst nannte sich dauernd jugendlich ... und mit dieser Ordnung hatte er sich nach vorn geflüchtet, bis er seine Atemlosigkeit bemerkt hatte, bis er bemerkte, daß er seine Jugend dreingab, aber vergeblich auf einen Gegenwert wartete. Der Gegenwert war irgendeine halbwegs vereinbarte spätere Hälfte ... ein Drittel, ein Fünftel, eine winzige Summe ... in einem Haus wie diesem, unter dem die erschöpfte Erde zu zucken schien. Die abgestandenen Gerüche, die es eingehüllt hatten, waren verweht in einem Luftstrom, der aus der kalten Mainacht vom Hof heraufzog, das Fenster war leicht beschlagen und die Kerze auf dem Tisch brannte unruhiger. – Aber er hatte noch, in der Scheibe, die helle schemenhafte Gestalt gesehen, die hinter seinem Rücken erschienen war, – eine ältere Frau in einem langen weißen Nachthemd, sie war so lautlos eingetreten, daß es zu einem Schreck zu spät war, unbeweglich blieb er sitzen.

Endlich, sagt die Frau, endlich bist du gekommen. Wie lange habe ich auf den Tag gewartet ... – Es ist kein Vorwurf, sagt sie mit ihrer leisen Stimme, nein, nun bist du ja hier. Bestimmt war ich zu ungeduldig, man soll aber Geduld haben. Es ist kein Vorwurf ... – Ja, Mutter, antworte ich, ja, da bin ich ... endlich. – Mitten in der Nacht bist du gekommen, es ist eine neue Haustür da unten, und du hattest keinen Schlüssel. Aber ich sehe doch, daß du gut heraufgekommen bist. – Ja, bin ich. Ich bin raufgekommen, mach dir nur keine Sorgen, Mutter. – Schön ... na schön ..., ihre leise Stimme ist noch ein wenig schlaftrunken. Du hattest mir ja Karten geschrieben, vielleicht fünf Karten, daß du schon lange kommen wolltest. Hast du denn etwas Zeit zu bleiben, mein Junge? – Ja ..., sage ich, es ging nicht so schnell ... – Ich hatte dir schon ein Bett bezogen, schon seit ein paar Monaten ist es bezogen ... aber ich mache dir wirklich keinen Vorwurf. Den Wein hast du gefunden, ich hab ihn für dich gekauft. Natürlich, du kennst dich ja aus, was rede ich nur. – Ja, Mutter, ich hab ihn gefunden, es ist alles in Ordnung, Mutter. Morgen ... morgen werden wir über alles reden. – Nein, ich mache mir wirklich keine Sorgen. Nur ... ich habe auch etwas Geld für dich. Ich habe es, glaub ich, in der Kassette verschlossen, nur ein paar Scheine. Soll ich es dir geben? – Um Gottes willen, morgen, Mutter, morgen ... es hat wirklich Zeit. Ich wollte dich nicht aufwecken. – Du hast mich nicht geweckt. Du weißt doch, ich hatte schon immer einen leichten Schlaf. Jetzt noch mehr als früher ... wie lange warst du bloß nicht da. Aber du bleibst vielleicht ein paar Tage? – Ja, sage ich, ja doch, ich bleibe. – Gut ... gut so, du willst vielleicht noch ein bißchen Ruhe haben vor mir. Mußt dich erst eingewöhnen. Dann lege ich mich noch mal hin. Nimm dir doch ein Glas für den Wein ... – Ja, leg dich nur wieder hin, bis morgen, Mutter. Aber kannst du mir einen Haustürschlüssel geben? – Kann ich ... aber jetzt noch? Ganz, wie du willst, ich leg ihn dir auf den Tisch. –

Sie war ebenso lautlos verschwunden, wie sie gekommen war. Eine weiße, fast durchsichtige Gestalt, mit den Jahren seltsam schwach und unwirklich geworden; ich hatte mich bemüht, sie nur im Spiegel der Fensterscheibe anzusehen; reglos, als müsse ich sofort einem Zauber erliegen, wenn ich mich nach ihr umwandte. Nur die schon etwas brüchige Stimme war mir wirklich erschienen ... meine eigene dagegen kaum zu fassen. Wie durch Glas gesprochen, die Stimme eines alten Unbekannten, allein hinter dem Fenster. – Hinter dem Flaschenhals, jugendlicher Hund, geschminkt vom Kerzenschein, dessen Mund sich hohl bewegt, sich öffnet, schließt. In der wiedergekehrten Stille im Haus, die ihm Angst macht ... er wittert seinen Schweiß. Doch auf dem Tisch in der Küche liegt der Hausschlüssel, er muß nicht noch einmal durch den Keller.

Er, nicht ich

> Doch ist, was ich vortragen will, nicht etwa eine Erzählung des weichlichen Alkinoos, sondern die eines wetterfesten Mannes, des Er ...
> *Platon: Der Staat. Zehntes Buch*

Schon als C., der sich vorgenommen hatte, nicht mehr dem eitlen Leben zuliebe zu handeln, das Haus verlassen wollte, wurde es notwendig, einer jungen Frau, die abwartend auf dem Trottoir stand, einen Kinderwagen die drei Treppenstufen hinaufzuheben und, behindert von dem schweren Türblatt, das aufgrund des selbsttätigen Türschließers viel zu schnell und kräftig zurückpendelte, ohne Schaden zu dem schmalen Eingang hinein. Wieder ins Haus zurück also, mit dem Rücken voran, den Schlag der Tür zwischen den Schulterblättern, in Mühe, die Erschütterung dem federleichten Kinderwagen nicht mitzuteilen, war er einzig bedacht, seine Eile nicht spürbar werden zu lassen – die mehr um ihn denn um das Kind besorgten Blicke der jungen Frau ließen nicht ab von seinem unmöglich verborgen zu haltenden Gesicht, während er angestrengt in den gewichtslosen Kinderwagen starrte – und sich dennoch nicht wieder aufnehmen zu lassen von dem Hausflur, dessen Dämmerung ihm jetzt warm erschien. Es war ihm gelungen, mit einem Fuß die Tür offenzuhalten und, den Wagen absetzend, zugleich die Frau hereinschlüpfen zu lassen; hastig wollte er sich zum Gehen wenden, da fühlte er, die Augen der Frau hingen noch immer an ihm: er hatte sich augenblicklich verglichen geglaubt ... und gleichzeitig hatte er sie verglichen, mit einer anderen, ihr vielleicht ähnlichen Frau, die oben in seinem Gedächtnis war, eine Erinnerung, in einem Brief, in den Entwürfen zu seiner Niederschrift, oben zurückgelassen in seinem Zimmer ... nein, sie war es nicht; er wußte, sie lebte tatsächlich in einer der ihm benachbarten Wohnungen in den oberen Stockwerken. – Möchten Sie, daß ich Ihnen den Wagen auch die Treppen hochtrage? fragte er sie. – Nein, erwiderte sie, das tut nachher mein Mann. Den Wagen im Flur zurechtschiebend, die Hinterräder mit der Bremsvorrichtung blockierend, begann sie, das Daunenzeug zurückzuschlagen, um das Kind herauszunehmen, das ihm seltsam still und reglos vorkam. – Gut, sagte er, ich hätte Ihnen gern geholfen. – Es ist nicht nötig, sagte sie, wirklich nicht. Ich danke Ihnen. – In Ordnung, sagte er. Keine Ursache, sich zu bedanken.

Damit verließ er das Haus und schritt sofort über die Straße, zweifelnd, ob er sich normal verhalten habe. – Wahrscheinlich, überlegte er, hätte ich das Wagengestell gar nicht erst freigeben dürfen, hätte gleich beginnen müssen, mit dem Wagen die Treppen hochzusteigen ... offenbar spielt es eine Rolle, daß ich wenig Zeit habe, eigentlich gar keine Zeit, was niemand wissen kann. Der Brief muß bis achtzehn Uhr im Kasten sein, aber der Brief ist ein wenig überzeugender Grund. Mit einem Griff vergewisserte er sich, daß der Brief noch in seiner Manteltasche steckte, es schien der Fall zu sein; er ging drüben auf dem Bürgersteig eilig vorwärts, noch immer in dem Empfinden, die Blicke der jungen Frau im Nacken zu haben. Aber er schaute sich nicht mehr um; die Sonne neigte sich schon zum Rand der Dächer, die schwarze Silhouette eines Kirchturms war davorgetreten, worauf die Zeit der Turmuhr nicht zu erkennen war ... es ist tatsächlich nur die Zeit dieser Turmuhr, die nicht zu erkennen ist, beeilte er sich zu denken. Er versagte es sich, vor der Auslage einer Fischhandlung stehenzubleiben, obwohl ihm die Tafel mit den in großen Kreidezeilen aufgeführten Sonderangeboten flüchtig einen verlockenden Eindruck machte. – Welch sonderbar erstorbene Zeit, dachte er, wenn es am Abend Kreidezeilen sind, die einen anziehenden Eindruck machen. In diesem Augenblick wußte er, daß er versehentlich die falsche Richtung eingeschlagen hatte. Er hätte auf diesem Bürgersteig umkehren müssen, um schnellstmöglich den nächsten Briefkasten zu erreichen. Doch nun entsann er sich der Bedenken, die er länger schon bezüglich der Benutzbarkeit des bewußten Kastens hegte; es mußte ihm, gleich nach dem Verlassen der Wohnung, wieder eingefallen sein: der Kasten, jener ihm am schnellsten erreichbare, hatte ihm stets einen wenig vertrauenerweckenden Anblick geboten; die Farbe war fast ganz von ihm abgerostet, die Klappen über den Einwurfschlitzen bewegten sich kaum noch, niemals wurden die weißen Emailletäfelchen, welche die Leerungszeiten angaben, gewechselt ... wie immer verspürte er Resignation, der unbewußte Entschluß, nach einem anderen Kasten zu suchen, verursachte ihm die beinah beruhigende Gewißheit, daß der Brief nicht mehr auf den ihm zugedachten Postweg gelangen werde. Die Zeit der Leerung, seiner Ansicht nach achtzehn Uhr, mußte gleich heran sein ... eigentlich gab es nur noch die Hoffnung auf eine Verspätung des Postautos. Als er in die nächste Seitenstraße einbog, erkannte er weit unten das leuchtende Gelb eines Postkastens, dort aber befand sich auch schon das Postamt, vor welchem nur noch eine mehrspurige, um diese Zeit von schier endlosen Autokolonnen befahrene Schnellstraße zu überqueren war. Wenn der Briefkasten dort unten pünktlich geleert wurde, blieb immer noch die Möglichkeit, den Brief direkt zum Postamt zu tragen ... seit dem Vortag wahrscheinlich schon hatte er ihn in der Tasche, und der Gedanke erinnerte ihn an eine böse Begebenheit, die sich in dem Postamt abgespielt hatte: gestern, oder noch einen Tag früher, er mochte daran nicht denken. Soeben hatte er gesehen, wie unten am Bordstein ein Wagen hielt, wie der Briefkasten geleert wurde: flüchtig faßte er die Idee, das wieder anfahrende, ihm entgegenkommende Auto mit einem Handheben abzustoppen und den Brief durchs Fenster zu reichen, der Vermerk *Eilbrief/Express*, säuberlich in die untere Ecke des Kuverts gemalt, konnte es rechtfertigen. Aber da hielt ihn schon ein älteres Paar an, mit der Bitte um Erklärung, wie der Weg *nach Pankow* gehe. – Nach Pankow? sagte er zu den beiden ältlichen Leuten, die sich völlig verirrt haben mußten und ihn ungläubig anstarrten. Nach Pankow? Nach Pankow können Sie unmöglich laufen. Sie müssen die Straße zurück und mit der Stadtbahn fahren. Umständlich setzte er zu einer Erklärung an, welche Strecken dafür in Frage kämen; schon nach wenigen Sätzen erkannte er, daß die beiden Alten nervös wurden und es offenbar für aussichtslos hielten, sich das Ganze zu merken, oder wie sie, mit Recht, an seinen Erörterungen zweifelten, da an diesen in der Tat einiges irrig war ... er zweifelte sofort selbst und fragte sich, ob seine Beschreibung falsch sei, weil er nicht den anderen Weg zu seinem alten, unglaubwürdigen Briefkasten genommen hatte. Er brach ab und dachte, sie wären wohl schon froh, wenn sie den Weg zum Bahnhof wiederfänden, wo sie angekommen sein mußten, die beiden Alten: er nannte ihnen den Weg dorthin. Der Mann, der verwirrt eine Zigarette in den Fingern drückte, für die er offenbar kein Feuer hatte, wollte etwas sagen, aber die Frau befahl ihm in wildem Ton zu schweigen, er habe schon zuviel verdorben, ganz klar, er habe mit seiner Saumseligkeit schon *alles* verdorben. – Seien Sie so gut, junger Mann, bat sie noch einmal, zeigen Sie uns den Weg nach Pankow. – Es ist am besten, Sie gehen zum Bahnhof L. zurück und fragen dort nach einer Bahn, die nach Pankow fährt. Wissen Sie, wie Sie zurück zum Bahnhof kommen? Der Mann mischte sich ein: Ach, können Sie mir vielleicht bitte Feuer geben? C. suchte in den Manteltaschen nach Feuer, dabei glaubte er den Brief wieder zwischen den Fingern zu haben ... ich habe den Brief, dachte er erleichtert, noch nicht gestern eingeworfen, nicht in den alten Kasten, in dem er wahrscheinlich eine Ewigkeit liegen würde ... und riß ein Zündholz an, eins der letzten aus der verbeulten, verschwitzten Schachtel. Und dem Alten die Flamme reichend, sagte er: Wissen Sie den Weg zum Bahnhof! Sie müssen diese Straße zurück und unten links abgehen. Dann immer weiter bis über zwei Seitenstraßen, bis vor die Unterführung, bis vor den Tunnel, der zur Bahn hinuntergeht. – Aber dort sind wir wohl auch nicht schneller da ... in Pankow, nicht? sagte die Frau. – Nein, erklärte C., von dort aus fahren Sie mit der S-Bahn, bis Ostkreuz, alles in Richtung Friedrichstraße ... können Sie das behalten? – Du sollst nicht so viel rauchen! herrschte die Frau den Mann an; sie schlug heftig mit einem Regenschirm, oder vielleicht auch mit einem Spazierstock, nach der Zigarette des Alten, dieser jedoch, derartige Angriffe scheinbar gewohnt, wich dem Hieb geschickt aus. – Gehen Sie zurück, zum Bahnhof zurück, sagte C. verzweifelt. Versuchen Sie es, gehen Sie dahin, wo Sie hergekommen sind, dort wird man es Ihnen zeigen ... ich muß so schnell wie möglich zur Post! Zum

Beweis zog er den Brief halb aus der Manteltasche. – Nein, wir kommen nicht von hier, da irren Sie sich, junger Mann! sagte der Alte, sich in plötzlichem Interesse herabbeugend; er war ein Stück größer als C., dessen Worte erst jetzt das Gesicht über ihm erreicht zu haben schienen. Wir kommen nämlich nur vom Bahnhof, wir sind mit dem Zug angekommen. Aber von hier ... nein, von hier sind wir nicht! – Ja, sagte C., gehen Sie zum Bahnhof zurück. Lassen Sie sich die Fahrt nach Pankow zeigen, vom Aufsichtspersonal. Fahren Sie mit der S-Bahn, oder mit der U-Bahn. – Zum Bahnhof zurück, murmelte der Alte enttäuscht. Ja doch, wir sind vom Bahnhof gekommen, wir kennen den Weg zum Bahnhof, dort unten, gleich durch den Tunnel ...

Heftiger Schmerz mußte sich in C.s Gesicht spiegeln, denn der Mann murmelte eine Entschuldigung; er faßte die Frau an der Hand, um sie die Straße hinauf, geraden Wegs, weiterzuziehen. C., mit einem Ausfall nach vorn, suchte zu entfliehen, verharrte aber im nächsten Augenblick. Er fuhr herum, umrundete die beiden Alten, verstellte ihnen die Richtung und schrie, mit ausgestrecktem Arm die Straße abwärts weisend: Dorthin, dorthin geht es zum Bahnhof. Und dann links ... dorthin, dorthin, dorthin! Die beiden Alten, wie unter plötzlicher Prügel sich duckend, wendeten augenblicklich und hasteten erschrocken davon. Er erkannte nun, daß beide gehbehindert waren: während der Mann ein sichtbar längeres und wahrscheinlich steifes Bein bei jedem Schritt stark nach der Seite ausschwenkte, ging die Frau an einer Krücke, ihr Oberkörper schaukelte dabei in heftigem Schlingern über der Hüfte hin und her; so schienen sie sich in fast mechanischem Zusammenwirken fortzubewegen und sich dabei zu ergänzen. Der Alte hatte der Frau mit einer schützenden anrührenden Geste den Arm geboten, sie hängte sich ein und drängte sich an ihn, beinahe flüchtend, wie zu einer merkwürdigen Maschine vereint, humpelten sie davon. C. hatte den Eindruck, mit übertriebener Gebärde auf eine Kirchturmuhr gedeutet zu haben; wenn eine solche Uhr von hier aus zu sehen war, so mußte sie inzwischen in der Abenddunkelheit verschwunden sein. Es fiel ihm ein, daß er das Paar einfach die Straße hinunter hätte begleiten können, um ihnen unten den Tunneleingang zum Bahnhof zu zeigen ... es war zu spät, er überquerte die Fahrbahn, um sie nicht noch einmal überholen zu müssen.

Beim Eintritt in den Schalterraum der Post hatte er einen Keil in die abgestandene Luft treiben müssen, gleich hatte er die Menschenschlange gewahrt, die sich vor der Bedienung der einzigen, hinter Glas mit Papier und Stempeln hantierenden Angestellten zu einem ausholenden Fragezeichen aufgereiht hatte. Freilich hätte er den Brief in eins der in der Wand befindlichen Einwurffächer stekken können ... zudem hatte es vor der Tür des Postamts, auf dem Vorplatz, einen unübersehbaren Briefkasten gegeben, in Form einer viereckigen gelben Säule, die er ein-, zweimal umkreist hatte, unschlüssig ... endlich fiel ihm auf, daß er sich auf dem Vorplatz noch herumdrückte, als die Eingangstüren des Amtsgebäudes abgeschlossen wurden. Wiederholte Zweifel, ob es in der sichtbaren Wirklichkeit um ihn etwas gab, das den Inhalt des Briefs rechtfertigte, hatten ihn vor jedem Handeln zurückschrecken lassen ... heute oder gestern, irgendwann hatte er sich für Minuten ans Ende der Kundenschlange gestellt; er hatte einen Schüttelfrost unterdrücken müssen, die Differenz der überheizten Luft im Schalterraum zu der spätherbstlichen Abendkühle, aus der er gekommen war, war ihm so bedeutend erschienen, daß er plötzlich geglaubt hatte, es sei in seinem Innern ein eisiger Kern verschlossen, stark genug noch, die Wärme von außen nicht einzulassen ... oder sogar unschmelzbar. Er wollte warten, um einige Briefmarken zu kaufen, denn er hatte den Eilpostzuschlag nicht mit aufgeklebt ... auch dies war unsinnig, denn es hingen Automaten zum Auslösen von Briefmarken an allen Wänden. Er merkte plötzlich, daß er sich kaum noch auf den Inhalt des Briefs besinnen konnte, er fühlte gar, daß er den Brief selbst zu vergessen imstande war ... daß er ihm gleichgültig geworden war, daß er seinen Sinn aus den Augen verlor, daß es immer mehr Pausen gab, in denen er sich des Briefs in seiner Manteltasche nicht mehr gewärtig war, von Minute zu Minute, und für immer längere Momente, und daß er dabei eine Ruhe verspürte, die nicht unangenehm war, daß ein seltsam verschwommenes Wohltun in diesem Vergessen war ... als ob die Wärme des Raums dadurch endlich Platz in ihm zu finden vermochte. Wies der Inhalt des

Schreibens nicht so grobe Fehler auf, daß er ihn vergessen mußte? Gereichte er nicht zum Schaden einer ganz unschuldigen Person? Dieser Brief, der an eine hochgeordnete Instanz der Stadt gehen sollte, und der einen an dieser Stelle längst als bereinigt geltenden Gegenstand wieder aufwarf, war vielleicht gefährlich allein dadurch, daß er die kostbare Zeit einer Abteilung für *Innere Fragen* an sich riß, während er doch ganz – so war es C.s Absicht – von einer *außerhalb* befindlichen Position ausging. Vielleicht, so grübelte C. ergebnislos weiter, war es die geheime, ihm selbst nicht bewußte Absicht des Briefs, seinen Absender aus diesem Draußen ins Innere der diese Stadt beschäftigenden Fragen zurückzuholen ... wenn sich diese Stadt überhaupt mit irgendwelchen Fragen beschäftigte: und darauf sollte das unendlich Fernliegende des Schreibens hinweisen. Das Schreiben verfolgte eine Absicht, aber etwas daran war falsch, mußte er sich sagen ... aber was ...: wahrscheinlich gehörte diese Frage schon zu den *Inneren Fragen,* an deren Verwaltung der Brief gerichtet war. Wenn dies so war, dann war der Brief entweder unnötig oder verfehlt ... dann störte er die Verwaltung der Fragen: indem er eine Antwort gab, als ob das Problem, nach dem niemand mehr Fragen stellte, noch nicht gelöst sei ... eine Antwort also, die der Verwaltung in einem Moment, wenn auch in einem unbedeutenden Moment, ihren Platz streitig machte.

Er war immer nervöser geworden bei diesem Nachdenken; in dem Augenblick, als er zum Schluß kam, hatte sich vor ihm, nur einen Schritt entfernt, eine so widerliche Szene abgespielt, daß er sich zur sofortigen Flucht aus dem Postamt genötigt sah. Ein in jeder Hinsicht stark angetrunken wirkender Mann von ungewöhnlich athletischer Gestalt, der einen üblen Geruch verströmte, hatte ein Kind, ein ungefähr zehnjähriges Mädchen – nachdem er schon eine Weile, man hörte es immer als drohenden Beiklang neben dem gleichmäßigen Summen der Leute, vor sich hin gebrabbelt und geflucht hatte – mit der flachen Hand, oder gar mit der Faust, so brutal ins Gesicht geschlagen, daß sich das beinah bewußtlose Kind rücklings auf den Boden setzte, wie im Krampf den Mund öffnete, jedoch keinen Ton hervorbrachte; mehrere Mutige fielen dem Unhold in den Arm, der dazu ansetzte, sich ein zweites Mal auf das

Kind zu stürzen; es gab ein wildes Gedränge, brüllende, vor Erregung sich überschlagende Stimmen tönten, die sofort die Schmerzgrenze seiner Aufnahmefähigkeit niederrissen, C. floh, den Brief wie einen Schutzschild vor der Brust, aus der Post, was ihm wie ein Bündnis mit dem Betrunkenen vorkam, der dicht hinter ihm ebenfalls das Weite suchte.

Aufgewühlt ging C. vor dem Postgebäude hin und her, in der Abendkühle einen Anfall von Übelkeit niederkämpfend. Auf einmal schien es über Gebühr kalt werden zu wollen; der mächtige Neubau der Post, in dessen Räumen er sich für Minuten erwärmt und ausgesöhnt gefühlt hatte – es konnte dies aber auch gestern gewesen sein –, war ihm auf einmal ein Schauplatz des Ungeheuerlichen: eine düstere tiergestaltige Schattenform, so sah er das breite Betonmassiv im schwarzen Grund des Pflasters kauern, in unbestimmter Heimtücke zwischen den Hochhaustürmen, die sich gleichförmig fort bis ins Dunkel der Nacht reihten. Und nach und nach gingen in der Post die Lichter aus, bis nur noch aus den Räumen unterhalb des eisigen Straßenbetons ein schmutzrotes Leuchten schien, zerschnitten von den Streben der Abdeckgitter, durch die das Licht wie ein Glutnebel an den Wänden der Post heraufkroch. – Er lenkte seine Schritte in Richtung eines Haltestellenschildes des Stadtverkehrs, das es vor dem Eingang des ersten der Hochhäuser gab: dort war soeben ein Omnibus eingefahren, der die Nummer eines ihm bekannten Stadtviertels führte. Die Füße waren ihm auf dem Betonboden, der im Frost zu glitzern begann, fast abgestorben, er ging vorsichtig, wie in Schuhen aus Glas, und erreichte den Bus dennoch ohne Mühe, da die drei Eingänge des Fahrzeugs schier unendliche Menschenströme entließen. Als er – wie im Zufall und eigentlich nur, um der Kälte zu entgehen, die er keinen Moment länger glaubte ertragen zu können – in den Bus stieg, war er fast allein im schwach erhellten Raum des Fahrzeugs, das sich, noch bevor die Türen sich wieder geschlossen hatten, weich und fließend in Bewegung setzte. – Kaum hatte er auf einer der hinteren, glatt bezogenen Polsterbänke Platz genommen, kamen ihm Zweifel, ob er sich jetzt noch, nach einem Jahr oder schon mehr als einem Jahr, der richtigen Liniennummer der Strecke entsann, die er früher täglich gefahren war, als er in jenem Stadtviertel noch einer Arbeit nachging ... oder aber, was auch möglich war, ob sich der Bus nicht gerade auf der Rückfahrt von dort befand, und ihn nun in die entgegengesetzte Richtung bringen mußte. Die Gegend, an die er dachte, war ein südwärts gelegener Stadtteil am Rand großer Industrieanlagen und Flußhäfen: vielleicht hatte der Bus die Leute, die um diese Zeit Arbeitsschluß hatten, zur Stadtmitte gebracht? Früher war er selbst in überfüllten Bussen nach Hause gefahren, im Herbst und im Winter, wenn über der langen Fahrt schon die Dunkelheit hereinbrach ... endlich überzeugte ihn das Lesen des an einem Fenster aufgehängten Haltestellenplans, daß er, beinahe instinktiv, die vorgesehene Strecke gewählt hatte.

Schnell steigerte der Bus sein Tempo, nach zwei oder drei Stationen, wo nur wenige Fahrgäste noch zustiegen und gleich hinter dem Fahrer Platz nahmen, gab es für lange keinen Halt mehr, schnell waren die glatten Betonfahrbahnen zu Ende, die Räder begannen über unebenes Pflaster oder miserablen Asphalt zu rasen. Das Fahrtgeräusch schwoll zu jagendem Gedröhn, erfüllte das Innere des Wagens mit einem schmetternden Lärm, der wie immaterieller Steinschlag von einer Seite auf die andere geworfen wurde, oder wie Schutt nach vorn flog, wenn der Bus vor engwinkligen Kurven scharf bremste, bis – nach einer solchen Kurve, mit dem wütend anwachsenden Fahrtwind, der durch ein unverschließbar defektes Schiebefenster hereinheulte – die Lärmwoge ins Heck zurückgeworfen wurde, wo sie sich in immer dichterer Masse aufzuhäufen schien. C., der fast vom blanken Kunststoffbezug der Bank geschleudert wurde, versuchte sich einzuklemmen, indem er die Unterschenkel dem leeren Vordersitz andrückte und seinen Rücken mit ganzer Kraft in die Lehne preßte: in so verkrampfter Haltung gefangen, spürte er, wie er in dem eisigen Zugwind zu erstarren begann ... weiter vorn, hinter der Kanzel des Fahrers, im trüben Geflacker der Beleuchtung, sah er die wenigen Fahrgäste in den Sitzreihen hüpfen und tanzen, steif und hölzern wie Marionetten, die jeden Moment in den Gang geworfen werden konnten; immer wieder, wenn sich der Gelenkbus, während einer Kurve, in der Mitte zu einem Winkel bog, und sich danach wieder zur Geraden formiert hatte, erwartete C., sie zwischen den Sitzen liegen zu sehen, die Schatten ineinander verkeilter Gliederpuppen ... oder die Silhouetten von Leichnamen, die in der eisigen, konvulsivischen Zugluft im Sitzen starr und kalt geworden waren. So war es ihm längst, als werde er gänzlich fremden, unmenschlichen Gegenden zugetragen, Stadtgegenden zu, die im Handel mit dem Leben längst zur Disposition standen, der Bus machte nicht mehr halt ... er hatte offenbar die planmäßige Route verlassen. Allein durch einige Umleitungsschilder, die er bei angestrengtem Hinausblicken flüchtig wahrnahm, und die immer wiederkehrten, erfuhr er etwas Beruhigung ... der Bus schien Schleifen und Schlangenlinien zu verfolgen, draußen senkte sich das Gelände in die schwarze Leere riesiger Bauplätze hinab, nur hin und wieder waren rotglühende Warnleuchten zu sehen; mit gedrosseltem Motor, und dennoch voller Ungestüm, hastete das Fahrzeug, denkbar knapp, an bodenlos erscheinenden Ausschachtungen entlang, gefrorene Erde oder Gestein mußte die Fahrbahn übersät haben, denn am Rand der Gruben vollführte der Bus halsbrecherische Sprünge ... endlich blieb auch diese Gegend zurück, in der Entfernung wurden wieder Wohngebiete sichtbar: auch diese kamen ihm nicht mehr bekannt vor. Vergeblich suchte er sich in jene früheren Tage zurückzuversetzen, in denen er diesen Bus benutzt hatte: als ob er sich so in Zusammenhänge hätte versetzen können mit den Wohnungen, die dort ihre Lichter herüberspiegelten, aus großer Entfernung, durch das kahle und frostige Gewirr von Ästen hindurch, dem Geäst einiger Bäume, die am Rand der Bauplätze noch übrig waren. – Wer war er damals ... dieser C., der schläfrig, erloschen, beziehungslos durch eine ihm stets gleiche Finsternis gefahren war, der weder sah noch hörte – der den Entwurf eines anderen C. in der Tasche trug, den mißlungenen Briefentwurf? – und der ohne Empfindung war für die von früher Nacht bedeckte Landschaft, für die Stadt mit ihren ihm unbekannten Geräumigkeiten, wo er erst wenige Jahre ansässig war und wo er das Leben nur durch Dünste und Dunkelheiten zu erblicken schien, das Leben, von fern herüberblitzend ... kaum daß sie ihm Leben gewesen waren, diese Regungen, dort drüben hinter den erleuchteten Fenstern, Vermutungen nur von Regungen, fern herüberblitzend, dies träge Zögern der Schatten dort, verdünnt vom Stoff der Gardinen. Was war jenem C. geschehen, seit er in dieser Stadt lebte ... konnte er es nicht erfahren, wenn er den Brief las, wenn er ihn jetzt aufriß, augenblicklich im Halbdunkel der Busbeleuchtung, unter den Erschütterungen der Fahrt, die wie geschaffen waren für diesen Briefinhalt: flackernde, zur Seite gewischte Wörter, Halbsätze, Zufallsformeln ... verwechselte, durcheinandergewürfelte Zeilen? War in diesem Brief nicht der Entwurf von dem, den er jetzt verkörperte? Konnte der Brief nicht andeuten, schwach beleuchtet, weshalb er diese Fahrt jetzt unternahm? War sie schon auf dem Papier, seine Funktion, die verwaltet, verhandelt werden konnte ... war diese Funktion schon gedeckt durch den, den er jetzt darstellte ... es war ihm, als habe er irgendwann längst gezeugt, mit den Augen gezeugt, was seiner Erinnerung fehlte. – Nein ... was ihm fehlte, sollte in den Tiefen seines Mantels verborgen bleiben, tief in den Mantelsäcken dieser Umhüllung, die ihm zu eng war und die der Kälte keine Gegenwehr bot ... nein, wenn in seinem Innern Leben war, so hatten gewisse Erinnerungen darin nichts zu suchen. Mochten sich andere erinnern ... mochte ein Überbau sich erinnern, eine dem Leben übergezogene Verwaltung, zuständig für Fragen und Erinnerungen ...

Den Rücken flach an der Lehne, die Schienbeine fest an der vorderen Sitzbank, so fühlte sich C. eingespannt in einen immer geringeren Zwischenraum ... und plötzlich war ihm, er werde in eine frühere Figur zurückverwandelt, unaufhaltsam kehrte er in die Gestalt einer Erinnerung zurück. Diese schien mit rohen zerstörerischen Kräften ausgestattet ... vielleicht seit einem Jahr hatte er sich dieser Gestalt entkommen geglaubt, seit wenig mehr als diesem Jahr hatte er sich in neuem Gehaben verpuppt und mit Gefallen das Papiergezitter in seinen Fingern beobachtet, hatte sich den weißlichen, nach innen gekehrten Blick angeeignet, für den die Praxis eine Abhandlung war, doch er hatte sich getäuscht. In kaum mehr als einem Jahr war nicht abzustreifen, was von Generationen, schier unendlichen Generationen in ihm ausgeprägt worden war. Das Abbild ... nein, der Zustand jener finsteren ungeschlachten Rasse mit den verspannten Kinnladen war nicht so schnell zu verlassen. Allzu deutlich war er wieder der Sproß jener Rasse der primitiven Laster, die ihn erzeugt hatte, er war wieder der *Arbeiter,* der er damals gewesen war, vor einem Jahr, vor mehr als einem Jahr, bevor er aus diesem Bus ausgestiegen war und einen *Schlag* gegen diesen Zustand geführt hatte. Er erinnerte sich genau: die Arbeiter lebten in Bussen, es war ihre Bestimmung, sich mit Bussen zu den Plätzen karriolen zu lassen, wo das Wesen ihrer Funktion herrschte, tagtäglich, und mit Bussen wieder zurück, wo ihre auf Abruf zurechtgemachten Schlafstätten waren ... und immer wieder holten ihn Busse in diese Zeit zurück. Als ob im Innenraum des Fahrzeugs ein eigenständiges, von dem der unbeweglichen Außenwelt verschiedenes Kontinuum herrschte, andere Zusammenhänge von Raum und Zeit, welche von den wirklichen Zusammenhängen, jenseits der Busfenster, nicht beeinflußt wurden. Und dennoch war es, als blicke er von außen zu sich herein ... in der seinen Kopf widerspiegelnden Scheibe sah er seine Stirn unter einem Bausch von schmutzgelben Haaren nach hinten fliehen, während ihm der untere Gesichtsteil hervorsprang, geschwollen, gewachsen offenbar, vielleicht gedunsen in der auf ihn einstürmenden Kälte, und von einer Härte, vor der er erschrak. Die Kinnbacken waren wie versteinert, die kaum zu schließenden Lippen legten einen makellosen Streifen breit herausdrängender Zähne frei: als ob dieses Gesicht sich in schrecklicher Anstrengung gestrafft habe, ohne dabei seine tief eingekerbten Falten zu verlieren. Die kleinen Augen drehten ab aus dem Fenster ... dennoch glaubte er ihr angespanntes Interesse von der Seite her weiter zu spüren ... und blickten kalt durch den Mittelgang des Fahrzeugs nach vorn; noch einmal sah er, wie sich dort, von den wilden Fahrtbewegungen zu Boden geschleudert, menschliche Gestalten wälzten, deren Geschrei vom Fahrer nicht beachtet wurde. Ein Gelächter wollte in ihm aufsteigen, triumphierend, als habe er einen Sieg davongetragen, es wollte ihm fast die Brust sprengen, das boshafte Gelächter seiner Rasse, gewaltsam rannte es gegen den pfeifenden Zugwind an, der längst wie ein Sturm war, der aus einer vergangenen totgeglaubten Zeit herüberwehte ... und das Gelächter galt auch den Stadtlandschaften seiner Vergangenheit, die jetzt, nach langer Finsternis, wieder begannen. Er erkannte sie wieder, und das Gelächter fuhr aus ihm hervor, als sei es sicher, daß er diese künstlichen Landschaften überlebt habe: jetzt zerschellte ihr Lampenschein vor dem dröhnenden Motor des Gefährts, immer dichtere Häufungen von Lichtern, die nun heranzujagen schienen, die ausgerissenen Fahnen ihres grellen Scheins trafen gewitternd seinen Kopf, langgestreckte feuer- und lichtblitzende Industrieanlagen zogen vorüber ... erneut war es, als sei die Luft von den Intervallen eines häßlichen Gelächters durchbraust, das diesmal von vorn in den Bus eindrang, um sich im Heck zu sammeln: es war das wütende Gelächter eines Riesen, der seine Kleider fast aus den Nähten sprengte, es war das Lachen eines vierschrötigen Monuments, einer Arbeiterfigur, wie sie Standbilder zeigten ... es war das Lachen eines Gottes aus schwarzem Stahl, der untätig und anbetungswürdig auf den Dächern der Industrie hockte, während unter ihm ameisenhaft gearbeitet wurde.

Von früh auf hatte sich C. an der Gestalt solcher Idole messen müssen, immer hatte er sich gefangen gefühlt in der Erwartung, die dieser Maßstab auf ihn ausübte, einmal hatte er sich im Begriff gesehen, diese Gefangenschaft loszuwerden ... einmal war er in einen ihm aus dieser Zeit bekannten Bus gestiegen, und er war unter Hohngelächter zurückgeholt worden. Aber warum war er in diesen Bus gestiegen?

Mit einer Hand die Augen schirmend, starrte er angestrengt durch die spiegelnde Scheibe, um eine kurze, von der Fahrtstrecke abzweigende Seitenstraße nicht zu verfehlen: er wußte sie ein knappes Stück vor einer dahinterliegenden Haltestelle, an welcher er auszusteigen sich vorgenommen hatte. Diese Seitenstraße, von einer Allee mit vielen alten Bäumen abgehend, konnte nicht verwechselt werden, sagte er sich; sie führte geradeaus direkt vor den Haupteingang eines großen kirchlichen Friedhofs, hinter dessen Tor der Verkehrslärm der häufig befahrenen, von vielen Kreuzungen unterbrochenen Allee abriß. Instinktiv hatte er sich auf die rechte Seite im hinteren Teil des Busses gesetzt: wenn dieser zu bremsen begann, mußte langsam die Einmündung der Seitenstraße vorübergleiten, nach dem Halt waren es nur ungefähr zwanzig Schritte, die zurückzugehen waren, dann würde, nach etwa fünfzig Metern eines Wegs, auf dem es immer stiller wurde, das schwarze

Tor vor ihm sich erheben, mit zwei winzigen kapellenartigen Häuschen links und rechts, für die Ewigkeit beleuchtet von zwei ewigen, auch bei Tag angezündeten Laternen, und wenn ihre Lichter flakkerten, spielten die Schatten am Gitterwerk der Pforte ein verwirrendes Spiel, die Schatten, die auf den Hauptweg des Friedhofs fielen. Sehr gut erinnerte er sich an das schmiedeeiserne Rankenwerk, das sich um die Gitterstäbe schlang ... an die hineinragenden Schatten, die im roten Wind der Lichter leicht zu wehen schienen; es waren wohlgestaltete Blätter und Dornen, die sich zu geflammten Stahlrosetten aufschwangen, zu sonnenartigen Blüten, die aus Windungen hervorgingen, welche die gemessen geometrischen Formen von Kreuzen schützend umzirkten. – Auf dem Weg von der Busstation bis zu diesem Tor, so entsann er sich, war ihm einst deutlich geworden, daß er ein Stück seines Lebens verlassen hatte: mit dem untrüglichen Gefühl eines Ausklangs war er auf dieses Tor zugeschritten ... vielleicht würde es sich jetzt wieder herstellen lassen, das Gefühl eines Verlusts, das mit einem Schlag dagewesen war, und danach jenes langsam fließende Empfinden der Befreiung, von dem er damals erreicht worden war auf diesem kurzen Weg über das dichtgesäte Laub, in dem alle Geräusche versanken, langsam ausgehenden Lichtern gleich, im Wald verlöschenden Lichtern gleich, unter den Linden, deren Blätterfall beinahe abgeschlossen war, deren Geäst schon kahl und leer in die beginnende Nacht zu wachsen begann, und sich verlor in den Dünsten über ihm, wo das Gezweig behangen war von Stille, von Atemlosigkeit, in die der Frost sich einschlich, und in lautloser Leichtigkeit, wie in seltsamer Bewegungslosigkeit schreitend, war er bis zu dem Tor gekommen, mit einer tiefen Betäubung im Kopf, in der ihm alles völlig vernebelt war, was er vor mehr als einem Jahr gedacht oder getan hatte, und auch dies eine Jahr war ihm schon gedunkelt, ein regloses Verweilen, so entsann er sich dieses im Dämmer verharrenden Jahrs: und doch war es ihm in Eile verstrichen ... heute endlich sah er sich das Tor erneut durchschreiten, im Ebenbild einer Erscheinung, die ein Jahr, mehr als ein Jahr alt war, sah er sich im Innern des alten ehrwürdigen Parks weitergehen, voller Sicherheit im geschlossenen Gelände dieses ihm wohlbekannten kryptischen Gartens, alles wiederfindend, was er suchte unter den Linden ohne Laub, die gedankenlos ihrer Erstarrung nachhingen, durch deren Leere noch Licht auf ihn fiel, bis er vor die schwärzeren Nadelbäume kam, vor ihre reglosen Male in der grauen Nacht über den eisigen Rasenflächen, die gewaltigen Schatten über den atemlosen Acker werfend ... mit einer Sicherheit, die ohne Gedanken war – ohne Erinnern und ohne die körperschwere Trauer, an die er nicht mehr zurückdachte –, sah er sich durch die schmalen und verschlungenen Gänge zwischen den totenstillen Flächen wandeln, mit dem untrüglichen Empfinden eines Ausklangs, als ob der Ton von federndem Metall nach langem Klingen endlich stehenbleiben wollte ... und er sah sich anhalten vor einer Stelle, die er nicht erst suchen mußte, um einen Augenblick zu verweilen in der Dunkelheit, einen dunkel stehengebliebenen Augenblick der Gegenwart, vor der Grabstelle einer jungen Toten.

Aber der Bus fuhr an dieser Seitenstraße nicht vorbei. Draußen gab es wieder nur ganz unbekannte Gegenden, C. begann erneut zu zweifeln, daß der Bus noch die alte Strecke fuhr, oder ob er nicht längst sogenannten Strukturerneuerungen folgte, von denen C., nachdem er sich seit einem Jahr nur für allerkürzeste Zeiten, nur der notwendigsten Versorgungen wegen, aus der Wohnung zu entfernen pflegte, und niemals sehr weit, seit seinem veränderten Leben also, noch keine Ahnung haben konnte. – Fatalerweise endete die Fahrt damit, daß der Fahrer bei einem Halt in einer besonders schlecht beleuchteten Straße – der Bus war soeben aufbrüllend und schwer durchgerüttelt in eine enge Häuserschlucht eingefahren – nach hinten kam und erklärte, der Motor habe einen Schaden genommen. Er bat die Fahrgäste, auszusteigen, um auf den nächsten Wagen der Linie zu warten, der in einer Viertelstunde kommen werde. Niemand jedoch wartete, alles verflüchtigte sich wortlos nach einer Richtung, in der man, vor dem Einbiegen zwischen die Häuser, geradeaus auf eine vor dem dunklen Himmel hängende Lampenkette zugefahren war: es war die Beleuchtung einer Hochbahnbrücke, die weiter unter die gläserne Überdachung eines Bahnhofs führte; dieser war das Ziel der Fahrgäste, ohne zu murren, ja offenbar ohne zu überlegen hatten sie sich vom Bus aus sofort zum

Bahnhof in Bewegung gesetzt, als seien sie dergleichen Vorkommnisse gewöhnt.

C. war allein zurückgeblieben, als der leere Bus – befreit aufheulend, wie ihm schien – ratternd und schwankend davongefahren war. Er hörte das Rattern und Krachen noch eine Weile zwischen den hohen Häusern widerhallen, dann umgaben ihn Stille und Finsternis. Er sah sich in einer Straße, in der keine einzige Laterne brannte, in der auch alle Fenster dunkel waren; in der schwachen Nachthelligkeit, die von der Einmündung dieser sich in das scheinbare Nichts verlierenden Schlucht zwischen vier- und fünfstöckigen Häuserzeilen hereinfiel, konnte er noch die schwarzen, träge auf der Luft rollenden Staubschwaden sehen, die sich in Höhe der Parterrewohnungen hielten, bevor sie schwer zurücksanken: plötzlich vermeinte er den allgegenwärtigen Verfall, der in dieser Straße begann, riechen zu können. Offenbar befand er sich in einem völlig unbewohnten Teil der Stadt ... in einem jener Abrißviertel, davon jeder, selbst wenn er noch keinen der aufgegebenen und geplünderten Straßenzüge zu Gesicht bekommen hatte, schon gehört haben mußte; nun glaubte er den dicken Schmutz unter den Füßen zu spüren, zersplittertes Glas und heruntergebrochenen Mörtel, Trümmerreste und die gefrorene Fäulnis von Abfällen; nach wenigen Schritten hinein in diese Einöde machte er kehrt – als müsse er sich unzweifelhaft verirren, könne er von der unheimlichen Gegend nur sofort eingesogen und verschluckt werden, wenn er den Weg fortsetzte – und floh auf die freie Straße hinaus, wo unter dem kalten Grau des Nachthimmels noch ein weniges an Sicht möglich war. Schräg vor ihm fiel freies Feld ab von dem Straßendamm, gleich darauf begannen sich Kleingärten an die Fahrbahn zu reihen, nach einigen hundert Metern schien wieder Leben zu kommen, jedenfalls sah man die äußerlichen Zeichen des Lebens; gegen den Schein der aus dieser Richtung blinkenden Bahnhofslampen hoben sich die dunklen Blöcke einzelner Siedlungshäuser ab: wenn er sich nicht täuschte, waren dort – nah oder fern, er wußte es nicht – die immer kleiner werdenden Silhouetten der letzten Buspassagiere hingewankt, eilig hatten sie sich um die Winkel irgendwelcher Hofeinfriedungen oder hinter Gartenzäunen verloren ... es konnte noch nicht so spät sein, wie C. befürchtet hatte, denn er hörte, als er sich den Häusern näherte, das unverkennbare Rasseln, mit dem die Rolläden eines Geschäfts heruntergelassen wurden. Mit Erleichterung nahm er es wahr wie ein lange vermißtes Merkmal der Zivilisation. Dennoch, dachte er, mußten um diese Zeit die Pforten der Friedhöfe längst geschlossen sein.

Wenn es hell genug wäre, den Brief zu lesen – C. glaubte sich mit einem Tasten nach der Manteltasche vergewissert zu haben, daß er ihn noch bei sich trug –, wäre vielleicht dieses müde und vernebelte Denken vorbei, das dauernd um eine Orientierung an einzelnen Fixpunkten in dieser Gegend ringt, aber immer wieder in die Lichtlosigkeit tappt, trotz aller Mühe nur wieder in altbekannte Verschwommenheiten … tatsächlich verlor es sich immer wieder im Rauch der Stadt, den der Himmel zurückwarf, als wolle er jeden auf ihn gerichteten Gedanken ersticken in einer Atmosphäre, die in der Stadt ihren Ursprung hatte … wo keine wirkliche Orientierung mehr möglich ist, im Irrsinn der sogenannten Stadtplanung, die ein bloßes Hörensagen war aus Zeiten, in denen ich noch in ganz anderer Gestalt steckte, und in ganz anderen Koordinaten von Sinnen … und wenn der Brief lesbar wäre, dann wäre vielleicht ein heilloser Verdacht gegenstandslos: und ein paar Bilder aus der Erinnerung des Briefschreibers ließen sich vielleicht in Übereinstimmung bringen mit Bildern aus der jetzt herrschenden Zeit … Bilder vielleicht aus einer Erinnerung an das Leben, und vage Umrisse davon selbst noch im dunklen Rauch dieses Abends wiederzuerkennen, durch alle Auflösung herübergerettete Bilder aus hellerer Zeit: neunzehn Uhr vorbei, das durchdringende Geräusch der Rolläden, das ein hastiges Suchen nach fehlenden Zigaretten hervorrief … es waren Details aus Tagen, über die ein schwerer Verschluß niedergefallen war … zwischen den Erinnerungen und dem heutigen Abend war eine schwere Jalousie niedergefallen, hinter ihr waren die Sonnenstrahlen abgeschnitten, die Luft war abgeschnitten worden; hilflose Staubpartikel, die noch draußen in der Luft eines Sommers tanzten, der voller Blumengeruch war … indessen riß das Dunkel auf dieser Seite nicht mehr ab, und nicht mehr das hilflose Suchen nach Vergleichen in der Lichtlosigkeit. – Aber das Dunkel durfte nicht mehr abreißen, denn es war in dem Licht die Ursache einer Angst … einmal mußte mit der Morgensonne die Post auf die Schreibtische in den getäfelten Räumen der Verwaltung kommen, und einmal mußte in dieser Post der Brief enthalten sein, der sich auf jenen Sommer bezog, auf die Zeit danach, vor einem Jahr oder etwas mehr, wenn es möglich gewesen war, den Brief so lange in der Manteltasche versteckt zu halten … und vielleicht waren in der Vormittagssonne dieses Tages alle Dinge der Welt so entschieden und durchschaubar, daß die Antwort auf den Brief nur die Zwangsjacke sein konnte … wenn der Brief an seinem richtigen Ort war, hatte er womöglich nicht mehr vierundzwanzig Stunden Zeit, um seine Spuren zu verwischen.

Doch solche Gedanken – sie überfielen ihn nur von Zeit zu Zeit noch mit so deutlichen Worten wie *Zwangsjacke* oder *richtiger Ort* – interessierten ihn eigentlich schon lange nicht mehr: nur gelegentlich noch streifte ihn ihr Durcheinander, kaum einmal nahm er sich Zeit, diese Gedanken zu ordnen; länger als ein Jahr war es her, daß er von ihnen wirklich bedrängt worden war, als habe er sich damals so eingehend mit den Bedrängnissen eines anderen beschäftigt, bis ihm die Dinge selbst aus den Zusammenhängen gefallen waren … mit diesen Sätzen im Kopf überquerte er die leblose Straße und schlug ebenfalls den Weg in Richtung des Bahnhofs ein. Als er bei dem vor wenigen Minuten geschlossenen Geschäft ankam, war es ihm sofort klar, daß es sich dabei um einen Tabakwarenladen handelte. Er sah durch die Ritzen des hölzernen Rouleaus, daß im Verkaufsraum noch Licht brannte, sofort kam ihm eine früher oft geübte Methode in den Sinn. Er klopfte an das hölzerne Rouleau, legte die Stirn an die Leisten und rief hinein: Hallo … hören Sie, ich habe mich leider verspätet! Zur Antwort kam von drinnen ein heiserer Kehllaut, der aber zweifellos zu einer weiblichen Stimme gehörte. – Bitte, rief er in den Laden, geben Sie mir doch dreimal Zigaretten … billige Sorte … und zweimal Streichhölzer! Das Geld habe ich passend. Wieder ertönte ein Murren zur Antwort, diesmal noch unwilliger, doch er war sich seiner Sache sicher und legte auf den Außensims eines winzigen Fensters – schräg oben über der Eingangstür, so daß es mit den Fingerspitzen gerade noch zu erreichen war – eine Fünfmarkmünze. Es dauerte wenige Minuten, dann wurde die Fensterluke, ein zum Geschäft gehörendes Toilettenfenster, einen Spalt geöffnet, die über den Rand ragende Münze wurde genommen, ohne daß er jemanden sah, und das Gewünschte flog herab auf das Trottoir. Er dankte mit lauter Stimme, steckte die Rauchwaren in den Mantel und ging weiter. – Es funktioniert also noch, dachte er mit unbestimmter Erleichterung. Wie immer, wie damals, es funktioniert immer noch in der alten Weise weiter. Die Übereinkünfte sind noch intakt ... vielleicht sind sie ein bißchen angeschlagen, doch greifen sie noch ineinander, wenn auch etwas schleifend, wenn auch etwas knirschend und mit immer weniger Sinn ...; unter solchen Gedanken hatte er den Weg zum Bahnhof eingeschlagen, den der kleine Trupp der Buspassagiere schon vor ihm genommen hatte.

Nun glaubte er auch zu wissen, wie er auf den zweiten Eingang des Friedhofs treffen konnte, der sein Ziel war: er mußte bis zu dem Stadtbahnhof weiter, den er schon sehen konnte, dann mußte er den davorliegenden Platz überqueren, nach einer großen Straßenkreuzung mußte er in eine Seitenstraße gehen ... er wurde den Verdacht nicht los, daß er sich erneut geirrt hatte. Schon der Weg bis zum Bahnhofsvorplatz erwies sich als viel länger, die Lichter, die er gesehen hatte, stellten sich als Lampen heraus, die irgendwelche Hinweisschilder notdürftig anstrahlten ... und dieser Platz, den er als eine völlig glattgeschorene Grasfläche erinnerte, von der Straßenkreuzung unterteilt in vier beinahe gleich große Segmente, die alle von granitbepflasterten Bürgersteigen umgeben waren, dieser Platz war vollkommen verändert. Die Anlage war mit einem dichten Wald von Gebüschen ganz und gar überwachsen, und die Sicht auf den Bahnhof war verdeckt; wo die Straße, auf welcher er ankam, unter die Eisenbahnbrücke führte, waren unübersehbare Schilder aufgestellt, deren Beschriftungen jedoch nicht zu lesen waren, da ihre Beleuchtung über sie hinwegstrahlte und nur ein giftiges Blenden erzeugte: dennoch erkannte er, daß die Tunneldurchfahrt abgesperrt war, ihr Eingang war von einer gewaltigen Bretterwand verschlossen, die bis unter die Wölbung des Brückenbogens reichte. Angesichts dieser Sperrwand auf der einen und der hohen

Gebüsche auf der anderen Seite blieb eigentlich nur die Möglichkeit, in den Bahnhof hineinzugehen, so schien es ... oder aber all seine Wege wieder zurück: um erneut in das unbewohnte, verfallende Stadtgebiet zu geraten, in dem er den Bus hatte verlassen müssen. Er hatte sich, dieser Gedanke erschien ihm nicht abwegig, also auf eine Grenze zu bewegt, eine ihm unbekannte Grenze, hinter der ein völlig fremdes Land war, oder eine jener Ländereien, die die Verwaltung im Innern des Gesamtlandes immer häufiger für sich reservierte. Schon geraume Zeit hatte er sich des Eindrucks nicht erwehren können, in einem Niemandsland zu sein, längst schon in einer toten Zone vor einer Grenze, nach der nichts mehr kam ... allein der Zigarettenkauf war aus diesem Eindruck herausgefallen. Die Zigaretten, sie allein erinnerten ihn noch an das Leben ... aber das Leben, es erinnerte ihn gleichzeitig an eine alte Angst, und erneut glaubte er den Brief zu ertasten, als er in der Tasche nach Zigaretten suchte: vielleicht steckte der Brief seit mehr als einem Jahr in dieser Manteltasche ... zwischen den Gebüschen hatte er sich bis zu der Kreuzung durchgeschlagen, wußte aber im nächsten Moment nicht mehr, ob er sich nach rechts wenden müsse; er versuchte es auf der rechten Seite und geriet wirklich, nach ermüdendem Gehen entlang der übermannshohen Hecken, zwischen Gebäudeansammlungen, aus dem Schatten der Hecken kam er plötzlich mitten in ein Gewirr von Straßen und Gassen, deren schäbige Trauer ihm in der etwas helleren Dunkelheit bekannt erschien. Er begann nach Hauseingängen zu suchen, nach einer bestimmten Tür zu einem bestimmten Hausflur ... als ob er sich in diesem Hausflur auf einmal hätte selbst gegenübertreten können, als ob er sich darin hätte erkennen und stellen können, festhalten und nicht wieder aus den Augen lassen, so sehr er diesen Augenblick auch fürchten mußte ... nach kurzer Zeit bezweifelte er wieder, daß er eine Straße auffinden könne, die er der Einfachheit halber stets die Friedhofsstraße genannt hatte.

– Also bin ich fehlgegangen, dachte er immer wieder, fehl in der Annahme, daß die Zeit nicht auch die Bilder der Wirklichkeit von denen der Erinnerung trennt. Es ist, als ob man beim Überschreiten der Zeit ... beim Durchqueren der Zeit immer hofft, irgendwann seinen Ballast von Angst zu verlieren, unbemerkt zu verlieren, als ob man die Finsternis hinter sich auszulöschen sucht, sie in der Erinnerung begraben will, dabei aber nicht bemerkt, wie man im Kreis geht und immer wieder auf die begrabene Angst zurückkommt ... schon diese Sätze, die er in Gedanken vor sich hin sprach, kamen ihm falsch vor, und so deplaziert, als gehörten sie viel richtiger in den Kopf desjenigen, auf den er in einem der Hausflure hier in der Nähe treffen konnte. – Allein meine Rechnung mit der Uhrzeit schien zu stimmen, zufällig – die Bahnhofsuhr hatte soeben auf zwanzig nach sieben gezeigt –, doch ich hatte nicht beachtet, daß es für mich eine stehengebliebene Zeit gibt, nämlich diese hier ... während die andere inzwischen rastlos am Werk war, die andere Zeit, die Lücken aufgesprengt und andere Lücken zugeschüttet hat, und die Wege, die ich einmal gegangen bin, mit neuen Kulissen verstellt, die alle Konstellationen längst verschoben hat ... Plätze, die ich einmal, als ich hier lebte, sicher wie ein Schlafwandler abschritt, reißen nun nach ganz unerwarteten Seiten auf, das überempfindliche Bewußtsein ahnt Abgründe, vergessene Finsternis gähnt mir entgegen ... wieder muß ich umkehren, wieder bis vor versperrte Ausgänge, hellwach, aber in diesem Wachsein wie ein Geblendeter stolpernd, geblendet von vergessener begrabener Finsternis stürze ich über Unebenheiten, als habe sich diese sorgsam geplante, einst so menschlich aufgebaute Stadt in eine Wildnis für animalisch kriechende Wesen verwandelt, wieder muß ich umkehren ... oder in ein Zwischenreich verwandelt, wo das Aufrechtgehen zunehmend zu einer ganz unpraktischen Bewegungsform wird, ein Zwischenreich, das einem Irrgarten gleicht, aus dem jeder Ausweg ein Ausweg aus der Daseinsweise des Lebens wird, ohne andere Ausgänge, ohne Eingang, als wäre allein die fortlaufende Zeit ... dreißig nach sieben ... die Initiative dieses Zwischenreichs, und die Verwaltung dieser Initiative der einzige Sinn dieses Irrgartens, und der Begriff der Zeit die einzige Antwort der Verwaltung auf alle inneren Fragen, während die Verwaltung selbst sich für zeitlos hält ... und dieser Vorstellung der Verwaltung von sich selbst bin ich zum Opfer gefallen, weil ich ihrer Antwort ... vierzig nach sieben, fünfundvierzig nach sieben ... zum Opfer zu fallen vermeiden wollte ... ich muß wieder umkehren, und es ist, als ob ich für diese Wege schon ein Jahr, schon mehr als ein Jahr gebraucht habe: hier, eigentlich genau hier in dieser schwach erleuchteten Nebenstraße muß es das berühmte Zigarettengeschäft gegeben haben, in dem die alten Übereinkünfte noch funktionierten, auch zwanzig nach sieben noch ... wenn ich manchmal Überfluß an Geld hatte – was leicht vorkam, als ich noch verwaltete Arbeitskraft in der Industrie war –, ging ich in diesen Laden und kaufte ein Päckchen *Camel,* die kurzen Camel, die ohne Filter, die es nur hier noch gab, man verkaufte sie mir mit vertraulicher Miene, als wären es Zigaretten für Eingeweihte, aus alten unerschöpflichen Lagerbeständen. Dann ging ich weiter, an einem Fischgeschäft vorbei, wo ich auch etwas kaufte, die unangezündete Zigarette schon im Mund, und in eine kleine Gaststätte, in der ich als einziger *Camel ohne Filter* rauchte, und damit sah ich aus wie ein Intellektueller ... was für eine sentimentale Epoche, ich war am Leben, unter Lebenden war ich, wenn auch in unguter Funktion. Das Zigarettengeschäft ist nicht mehr da, das alte abgeblätterte Haus erweist sich nun als eine Lumpenhandlung; ein Konglomerat aus Spinngeweb und Gardine verdeckt die Einsicht hinter dem rostigen Fenstergitter, das Fensterbrett steht voll von ungeheuer staubigen Flaschen und Gläsern, die aufgereiht sind, um die verschiedenen Rückgabepreise auszuweisen; es sind Preise, die vor Jahren einmal aktuell waren.

– Ich hätte eigentlich, daran dachte ich vorhin, einen Fluß überschreiten müssen, um in dieses Viertel zu gelangen. Einen sehr bekannten, fast fünfzig Meter breiten Fluß, der hier, an seiner breitesten Stelle, den Charakter des Stadtteils unverwechselbar prägt ... ich habe ihn aber nicht überschritten, das leichte Beben der langen Spannbetonbrücke – ich glaubte mich zu erinnern, daß sie ihre feine Schwingung selbst dem Fuß eines einzelnen mitgeteilt hatte – wäre mir unbedingt aufgefallen, ich habe sie niemals betreten ... und hätte ich wirklich über den Fluß gehen müssen, um in dieses Viertel zu gelangen ... oder hatte ich nur all diese Schemen gesehen, die mir von drüben entgegenschwankten, jene verworrenen und gesichtslosen Figuren, die ich zu vermeiden suchte; gespenstergleich und aus den zermürbten Gesichtern grinsend, so kamen sie aus dem Stadtkern zurück. War nicht auch dieser Fluß eine Grenze, einer von vielen Kreisen rund um irgendein essentielles Zentrum, war er nicht vielleicht der letzte Kreis ... womöglich war es allein dem Brief in meiner Tasche vorbehalten, hinüberzukommen, dorthin, wo alles Dasein zur Funktion geronnen war?

– In welchem Zustand waren diese Leute, die mir von da drüben entgegenkamen, frage ich mich. Waren sie noch am Leben ... oder nicht mehr, hatten sie schon eine andere Funktion übernommen? Was war die Funktion dieser Begegnungen mit mir, was war die Funktion all dieser Schatten, die mich anhielten und auf mich einzureden suchten, heute oder gestern, seit Wochen, seit vielen Wochen ... die mich aufhielten, deren seltsame Trägheit sich nahtlos einfügte in die zermürbende Verlangsamung allen Lebens, die ich zu erkennen glaubte. Die der Grund für meine Eile war, zu der ich mich andauernd trieb ... immer häufiger, ständig redete ich mir ein, ich sei im Verzug mit meinen Dingen, die getan werden mußten: bevor es zu spät sei, bevor sie verfielen, wie ich ringsum alles verfallen sah, und gerade, weil es zu bloßer Funktion entwürdigt sei. Aber es gab nichts Dringendes für mich seit einem Jahr, seit über einem Jahr, es gab nur vorgeschoben Dringliches für mich, Kulissen von Pflicht, hinter denen sich Säumnis häufte wie Sand, oder wie Schnee ... wie jener Schnee, der ein einziges Mal gefallen war in diesem Herbst, vor zwei oder drei Tagen, ein einziges Mal in diesen ein bis zwei Jahren, vor drei Tagen war er dünn wie ein vorzeitiges Ergrauen gegen die ostwärts gewandten Wände der Stadt angeflogen, jedesmal am Mittag hatte eine flache Sonne den Flaum vom Vorabend wieder vernichtet, danach war es sehr kalt geworden ... und doch hatte der Schnee ausgereicht für eine Erinnerung.

Der Schnee hatte ihn an das Zentrum erinnert ... er wußte nicht, was es war, das Zentrum, aber er müsse dorthin, sagte er, mit dem Brief in seiner Tasche, um dort mit dem Finger auf sich zu zeigen, wenn er sich erkannte ... das Zentrum war das Gefängnis, und alle Funktionen dort waren eindeutig, sagte er. Doch die Tage blieben voll von verwaschenen, zusammenhangslosen Nichtigkeiten, Ablenkungen, voll von immer wieder verwendetem Gerümpel; immer wieder, wenn er abends in die Straßen gegangen war – um zumindest noch für die Ernährung zu sorgen, sagte er –, war in seinem Hinterkopf das Verlangen, sich zu überlisten. Wenn er durch die in seinem Viertel eher kleinstädtischen Geschäftsstraßen wanderte und tatenlos wahrnahm, wie zwischen sechs und sieben die Rolläden und Fenstergitter fielen, wenn die langsame Dunkelheit über die Dächer kam, dachte er daran, mit dem Bus in die Gegend zu fahren, wo er früher gewohnt hatte, um dort in einer der kleinen Kneipen etwas zu essen, um sich dort, wo er sich auskannte, eine Stunde lang zu besinnen: wo er war, was er eigentlich wolle ... irgendwann, wenn er so weiter ging und ging, würde er sich unversehens vor einem Haltestellenschild des Stadtverkehrs wiederfinden, die Nummern der Busse waren noch in seinem Gedächtnis verwahrt, und er würde gar nicht umhinkönnen, einzusteigen. Nein, er durfte nicht gehen, er mußte mit dem Bus fahren oder mit der Bahn, wenn er ging, wurde er immer wieder von Bedeutungslosigkeiten aufgehalten, banale Geringfügigkeiten schnitten ihn ab von jedem Vorhaben, von jedem Gedanken, nur zu schnell ließ er sich immer wieder in Anspruch nehmen von der Zähigkeit dieser Begegnungen, die ihm beklemmend charakteristisch erschienen für das Dasein, das ihn umgab.

Dennoch glaubte er oft genug, diese Dinge nicht übergehen zu dürfen, diese charakteristischen Begegnungen, auch wenn sie sich – unmittelbar vor ihm – gleichsam in einer anderen Lufthülle abspielten, so daß niemals genau zu erkennen war, welchen Sinn sie hatten. Oder gerade deshalb ... gerade deshalb mußte er sie ergründen, es waren nicht Begegnungen mit ihm, es war das Aufeinandertreffen von Schatten, es waren Schatten, die, ein winziges Stück vor ihm, seinen eigenen Schatten kreuzten, ein paar Augenblicke anhielten und in eine schattenhafte Auseinandersetzung verwickelt schienen ... aber nicht mit ihm selbst, sondern nur mit irgendeiner Ausdünstung, mit einem merkwürdigen Extrakt von ihm ... und diese Treffen hatten etwas von Vorbedeutungen, wenn auch von vornherein sicher schien, daß sie auf nichts hinwiesen, was zu erwarten war ... oder es waren Funktionen, allein noch zur Bestätigung ihrer eigenen Existenz intakt. Es waren wirkungslose und nicht mehr zu begründende Funktionen, die in der Art altüberkommener, sinnentleerter Etikette weiterhin in Gebrauch waren; sie waren schon an den Sprachfloskeln zu erkennen, mit denen sie sich ankündigten: auch diese waren ohne jede Notwendigkeit, niemand mehr wußte, aus welchem Anlaß sie in Gebrauch geraten waren, doch bestanden sie mangels wahrer Alternativen weiter fort ... und schließlich existierten sie längst abgetrennt von den Handlungen, deren Wirkung sie einst hatten begleiten sollen. Lange schon war ihm das Leben, das ihm an solchen Abenden über den Weg lief, schwer verkrüppelt erschienen, nun aber glaubte er sich sagen zu müssen, daß die Akteure dieser Begegnungen allesamt schon als Tote durch den Tag geirrt waren: und am Abend versuchten sie ihn an sich zu reißen, als sei in ihm noch ein schwacher Schimmer von Lebendigkeit. Am Abend plötzlich ahnten sie selbst etwas von ihrer Verfassung: sie traten dicht an ihn heran, fast bis auf das Risiko der Körperberührung zur Nähe entschlossen, und C. bemerkte – wenn noch das diffuse Licht zwischen Nachmittag und Abend herrschte –, daß ihre Gesichter jede Kontur verloren hatten, ja, sie waren schon aller Sinnesorgane ledig, es waren entstofflichte, breiige und bleiche Flecken, in ovaler Form, die von dunkleren, aber ebenso blutlosen Schattenrissen durch den erloschenen Zag getragen wurden. Noch vorgestern waren sie ihm wie Larven erschienen, die vom aschhellen Flaum der Schneeflocken besetzt waren, darunter hatte der Verschleiß ihrer Züge versteckt gelegen ... heute war er hervorgetreten, der Ausdruck des Verfalls in diesem Antlitz, das in einem ungewissen Punkt einheitlich war: stets gemahnte es an ein hohes Alter ... selbst wenn sie noch jung waren, noch jugendlich, es war eine uralte Jugend in den Gesichtsovalen, die auf einem Vergessen beruhte; sie hatten vergessen, der Natur ihre Zeit zu opfern, sagte sich C., und deshalb waren sie zu diesem Ebenmaß verschliffen, das völlig gesichtslos war. Es waren Gesichter, geprägt durch das dauernde Atmen des gleichen Sauerstoffs, entfärbt durch den dauernden Andrang des gleichen Lichts, durch ein dauernd gleiches Denken, durch laufend wiederholtes Voransprechen derselben Formeln geebnet; die meisten von ihnen hatten seit beinahe vierzig Jahren den gleichen Staub ertragen, den gleichen Rauch, sie waren durch immer ähnlich gemäßigte Temperaturen gegangen, sie hatten durch ein fast vierzigjähriges Identitätstraining jeden schärferen Knick in ihren Seelen ausgebügelt, durch Einübung des immer Gleichen hatten sie verlernt, andere Empfindungen zu spiegeln als jene, die im engen Raum ihrer Ich-Hüllen die unanfechtbarsten waren; ihr Ärger war der übliche, ihre Freuden die geläufigen, in vierzigjährigem Schleifprozeß, bestehend aus dem Kreislauf materieller und immaterieller Zeiterscheinungen, waren sie zu ganz einheitlichen Funktionären für die Annahme und Abstoßung des unabänderlichen Daseins geworden. Tatsächlich, alle waren sie Funktionäre, ihre Funktion bestand in der Bevölkerung, im Auffüllen des Innenraums eines abgegrenzten Territoriums, ihre Funktion war es, Masse zu sein, ausreichend voluminös, um einer Verwaltung für Innere Fragen die Existenz zu garantieren. Und da sie dies taten, beantworteten sie die Hauptfrage dieser Verwaltung auf das positivste: sie waren das Material der Verwaltung, sie waren der Verwaltung das Konstruktionsprinzip der Denkformen und die Auflösung der Denkformen zugleich. Niemand jenseits dieser ihrer Grenzen wisse, dachte C., was mit diesem zu Brei geschälten Antlitz auf ihn zukomme. Denn sie standen zur Disposition! So waren alle Wege, die sie gingen, wie Mittellinien zwischen Leben und Tod ... ihr Wert dabei war unwandelbar, er wuchs nicht und er verlor sich nicht, sie alle behielten ihren Wert selbst als Tote bei.

Kaum einmal hätte er deutlich zu entscheiden vermocht, in welchem augenblicklichen Zustand sie bei ihm anhielten, wenn er einer Begegnung mit ihnen nicht mehr ausweichen konnte. Sie selbst hatten ihren Zustand vergessen, es war, als ob sie sich Aufklärung darüber von C. erhofften, nur fragten sie ihn niemals direkt ... und niemals auch sagten sie unverstellt, was sie über C. dachten. Sie fragten nach seltsam entlegenen Dingen, schienen ihn zu verwechseln und weihten ihn unversehens in Zusammenhänge ein, von denen er nichts begriff; erst nach Tagen glaubte er einen Hintersinn zu bemerken, erst später, wenn er sich nur halb noch erinnerte, sann er nach über sonderbare Verschlüsselungen in ihren Reden ... und hielt die Fragen eigentlich für Antworten, aber vielleicht hatte er schon zu lange die eigenen Grübeleien darüber gemischt, und nur zufällig berührte ein Punkt davon die eine oder andere ihrer vergessenen Fragen; oder er hatte sie von vornherein falsch verstanden, hatte sich den völlig falschen Reim gemacht auf das undeutliche Raunen, das ihm schnell und verstohlen ins Ohr geschmuggelt worden war, während sich ihre Hände in seinen Mantelstoff gekrallt hatten, in dem Versuch, sich noch dichter, noch aufsässiger an seine Brust zu drängen, mit der zitternden und naßkalten Vorderseite: verschlissene alte Vetteln, uralt und irrsinnig, mit rotbemalten langen Fingernägeln; junge Frauen, die schon seit Jahren verwelkt und völlig verrückt waren, ohne Busen, nichts, wenn er mit den Fingern über ihre unteren Bäuche fühlte, spürte er nichts, keinen Widerstand, nicht den geringsten Vorsprung, keine Erhebung, keinen Haken, der sich unter dem schlüpfrigen Tuch verbarg, und seine Hand rutschte haltlos ins Leere. Nichts, und ihre Zähne grinsten ihn an, alt gewordene Jungfrauen mit männlichen Oberkörpern, die in ihren Kinderwagen totenstille unbewegliche Kinder vor sich herschoben, oder Holzscheite anstelle von Kindern in den Kissen, oder dicke, mit unsauberem Fusel gefüllte Flaschen unter dem Deckzeug; oder Männer, die ihn anhielten, die flüsternd und heiser aus den schwammigen Gesichtern schrien, ebenfalls verwelkt, alt, mehr als alt – vierzig vielleicht, dachte C. –, und sahen dennoch jugendlich aus, sie schoben ihm fast die defekten Fahrräder in die Beine, oder die Kinderwagen, und sie warfen, vertrauensselige Tränen in den naßschimmernden Visagen, die abgespreizten Daumen über die Schulter, auf den Fluß deutend, auf den trägen Fluß, der ihnen offenbar im Rücken lag und lautlos unter den gemauerten Ufern dahinzog. – Entrümpelung! riefen sie. Entrümpelung in der Südstadt! Da über die Brücke gehts, über die Brücke. Vergessen Sie nicht, die Flaschen dort abzuholen, Ihre Werkzeuge, Ihre Blumen, Ihre Papiere … – Welche Papiere, welche Papiere? fragte C. ungeduldig zurück. – Welche Papiere … Ihre … Ihre! riefen sie mit tonlosen nuschelnden Stimmen. C. wußte natürlich nicht, *welche* oder *wessen* Papiere gemeint waren, später glaubte er *welke* Papiere, *welke* Papiere verstanden zu haben – und er wußte nicht, ob überhaupt er, C., gemeint war –, mit nervöser Hand vergewisserte er sich, daß sie ihm nicht den Brief aus der Tasche gezogen hatten. Wieder waren welche an ihn herangetreten, und er begriff die krausen Worte noch weniger, die von ihnen abblätterten. – Gib uns dein Aqua! zischten sie. Komm. Los, laß ihn laufen ... uns in die Hand, deinen Sprit! – Nein, sagte sich C., es konnte einfach nicht sein, daß sie ihn alle kannten. – Wir haben genug! riefen sie und lüfteten schnell die Decken ihrer Kinderwagen, ehe sie hastig weiterzogen; in dem flachen Schneegestöber sah C. undeutliches Zeug, das er nicht identifizieren konnte, doch sagte er sich gleich darauf, daß er *Teile* gesehen habe, Teile von etwas, nichts Vollständiges ... und später schüttelte er den Kopf über den gräßlichen Einfall, daß in einem Kinderwagen die Teile zersägter Leichen versteckt gewesen seien, abgeschnittene Schenkel, Hände ... schaudernd blieb er in der Nähe einiger dieser Schatten stehen – sie gehörten zu denen, die, in Gruppen, in Scharen gar, über die Flußbrücke zurückkamen – und versuchte ihren Gesprächen zu lauschen, wenn sie für Augenblicke zusammenstanden, bevor sie weiterwallten. Er hörte, wie sie unter verhaltenem Gekicher sprachen, sie taten so, als bemerkten sie ihn nicht, dann aber spürte er ihre heimlichen Blicke auf sich, die voll von abschätziger Gier waren ... er fragte sich, ob er nicht schon viel zu lange bei ihnen gestanden habe, denn es war nichts als ein merkwürdig belangloser *small talk*, mit dem sie sich stundenlang aufhielten.

Und C. überlegte, ob nicht genügend Fragen in dieser Stadt wären, über die eine Diskussion wirklich unumgänglich sei. War es nicht höchste Zeit, darüber zu sprechen, daß die Verwaltung die in ihrem Verwaltungsbereich Lebenden ausschließlich funktionalistisch betrachtete. Darüber, daß die Verwaltung ganze Bevölkerungsteile ins Ausland verkaufte ... in die reichen Länder und für harte Devisen, versteht sich, so daß schon ganze Stadtgebiete leer waren und weitere sich zu leeren begannen. Tagtäglich konnte man sehen, wie die Leute, einer nach dem anderen, verschwanden; jahrzehntelang waren sie von der Verwaltung unter Verschluß gehalten worden, man hatte geduldig abgewartet, bis ihr Wert wieder zu steigen begann, wie der alten, aus der Mode gekommenen Hausrats; nun offenbar war die Zeit heran, da sich mit ihnen ein ziemlich ausgezeichneter Schnitt machen ließ. Nun leerten sich plötzlich die Wohnungen, von heute auf morgen konnte es geschehen, daß man allein in einem Haus voller unbewohnter Räume saß, und am Abend fielen die marodierenden Nachbarn ein, um die leeren Pfandflaschen fortzuschaffen. Die Möbel ließ man stehen, weil sie sich, in dieser Zeit des Überflusses an vakantem Mobiliar, schwer absetzen ließen. Wenn C., was immer öfter der Fall war, gut eingestimmt war auf den Wahnsinn, der rings um ihn stattfand, neigte auch er zu der Idee, sich endlich einsperren zu lassen, sich zermürben und sodann, für das übliche Lösegeld, deportieren zu lassen. Allerdings hatte er bisher die Anstrengung gescheut, die nötig war, einen Käufer für sich zu finden, oder eine Institution, die für ihn zu zahlen bereit war; außerdem wußte er, daß der Versuch einer Kontaktaufnahme zu diesem Zweck sehr gefährlich war: dies konnte von der Verwaltung geradezu als ein Akt von Sabotage gewertet werden, weil man damit eine geheimnisvolle Finanzpolitik unterlief. Es sollte indessen seit einiger Zeit – man konnte es aus Kreisen hören, die sich informiert glaubten – nicht mehr ganz einfach sein, verkauft zu werden, die Schwierigkeit dabei war eine zweischneidige: gesucht waren im Ausland rar gewordene, möglichst intakte Personen, für die jedoch – da sie die Verwaltung nur mit einem weinenden Auge ziehen ließ – ungeheure Summen aufgewendet werden mußten, und diese Summen wurden, wie es hieß, immer höher. Weniger intakte Personen, stark zermürbte, also fast untüchtige Personen, geistesgestörte oder demoralisierte Exemplare kosteten dagegen viel weniger, bei Abnahme höherer Stückzahlen, oder bei regelmäßiger Abnahme, im Abonnement sozusagen, gab es deutliche Preisnachlässe, doch wurde es, was leicht einzusehen ist, für die Käufer immer schwieriger, zwischen einem Minimum des geforderten Gebrauchswerts der Ware und dem möglichst niedrig zu veranschlagenden Taxpreis der Ware die richtige Mitte zu finden. Sehr schnell hatte die Verwaltung bemerkt, daß die seit längerer Zeit inhaftierten Personen nur noch für geringste Summen loszuschlagen waren, daß aber auch für die kürzer Inhaftierten nur sehr bedingt große Beträge ausgehandelt werden konnten: es war vorgekommen, daß die Verwaltung versucht hatte, Kurzinhaftierte in schnellem Tempo zu zermürben, um mit diesen Exemplaren auf das Qualitätslimit zu drücken, es war sogar geschehen, daß Langinhaftierte mit falschen Pässen, mit der Identität von Kurzinhaftierten ausgestattet worden waren: diese Manöver wurden sehr schnell ruchbar, da einige der Ausgelieferten nicht dichthielten und die Tricks aufdeckten ... ohne Rücksicht darauf, daß sie auf diese Weise den gesamten Konsens gefährdeten und, wenn sie mit der ganzen Sippe fortwollten, ihre auf den Verkauf wartenden Verwandten in eine verzweifelte Lage brachten ... und unter Käufergruppen natürlich ein wachsendes Mißtrauen der Agentur der Verwaltung gegenüber erzeugten.

Man hätte also genug damit zu tun gehabt, über ein so unsolidarisches Verhalten zu sprechen in der Stadt, statt dessen pflegte man die billigen Redensarten. Freilich war bei solchen Zuständen jeder sich selbst der Nächste, dennoch wurden bessere Möglichkeiten verspielt, weil man sich über Ursachen und Wirkungen nicht besser austauschte. Immer häufiger gab es zum Beispiel Konfusionen innerhalb der notwendigen Vorgeschichten der Verkäufe, zu denen die Inhaftierungen zählten. Keineswegs durfte etwa in diesem heiklen Vorfeld der Begriff *Menschenhandel* fallen, wenn die Verhandlungen ihren ruhigen Verlauf nehmen sollten. Diesen Begriff hatte sich die Verwaltung vorbehalten, wenn sie sich propagandistisch über illegale Transaktionen – solche also, die unter Umgehung ihres Einflusses, und demnach ohne Zahlungen an die Agentur der Verwaltung, getätigt wurden, was trotz aller Absicherung, trotz aller Überwachung hin und wieder vorkam – ereiferte, wozu ihr die geballte Macht der Massenmedien zur Verfügung stand. Um die Höhe der Preise bestimmen zu können, mußte sich die Verwaltung natürlich so verhalten, als gäbe es auf diesem Gebiet gar nichts anderes als nur illegale Transaktionen, diese mußten verhindert werden, damit sie das Preisniveau nicht unterliefen, – und dies wußten freilich auch alle, deren Verkauf in Aussicht stand: wenn sie billiger werden wollten, und damit schneller verkäuflich, war es selbstverständlich, daß sie mit dem gleichen Begriff – *Menschenhandel* – gegen die Verwaltung im Rahmen ihrer Möglichkeiten zu agieren versuchten. Aber das war immerhin riskant, nicht in jedem Fall zog eine schnelle Inhaftierung den schnellen Verkauf des Betreffenden nach sich. Der Vorwurf des Menschenhandels, gemünzt auf die Verwaltung, hatte mit Sicherheit die Inhaftierung zur Folge, vielfach aber rächte sich die Verwaltung an diesen Personen, ihre Auslieferung wurde auf die lange Bank geschoben oder sie unterblieb sogar. Daher kam der genannte Vorwurf in den allermeisten Fällen von denjenigen, die schon deportiert waren und damit in Sicherheit ... man ahnte, daß es diesen Leuten um ihnen überhöht erscheinende Ablösesummen ging, die für sie aufgebracht worden waren, und deren Rückzahlung an die Aufkäufer sie zu vermeiden trachteten. Niemand wußte, ob solches dem einen oder anderen je geglückt war, hier waren nur die unmittelbaren Folgen dieses Verhaltens sichtbar: unmäßig lange Haftzeiten für die, über deren Preis man sich noch nicht einig war, stagnierende Verhandlungen, unnötige Härte der Verwaltung, die zu zeigen hatte, daß sie nicht erpreßbar war ... oder aber sie schien endlos viel Zeit zu benötigen, um sich der künftigen Loyalität derjenigen zu versichern, die man auszuliefern gedachte.

All dies war selbstverständlich ein offenes Geheimnis und längst in die Berechnung derer eingegangen, die sich inhaftieren und nach gebührender Haftzeit verkaufen lassen wollten. Man mußte aussehen wie allerbilligste Ware, wenn man möglichst schnell, zu einem Schleuderpreis sozusagen, außer Landes kommen wollte; dort aber mußte man, auf unkomplizierte Weise, die zermürbte äußere Hülle wieder loswerden und als intakte oder hinlänglich intakte Person weiter existieren können.

– Niemand, dachte C., beschäftigt sich in dieser Stadt mit diesem Problem. Niemand scheint über dieses Thema zu reden, es ist mir jedenfalls noch nie gelungen, auch nur eine Silbe darüber aufzuschnappen. Sooft ich auch hinhöre, so häufig ich sie direkt zu belauschen versuche. Aber ich begreife natürlich, daß es sich bei diesen Dingen um zutiefst *Innere Fragen* handelt, die in einem Gespräch auf der Straße nichts zu suchen haben. Und deren Erörterung auf offener Straße eine große Gefahr darstellt. Die öffentliche Rede über dieses Thema bedeutet, sich der Gefahr einer Inhaftierung auszusetzen ... und in der Folge davon der Gefahr eines Verkaufs an Interessenten aus den reichen Ländern. Eine völlig absurde Situation!

– Was für eine vollkommen absurde Situation! Nie zuvor haben wir gewußt, was Absurdität wirklich zu bedeuten hat. Nun haben wir sie ... und alles davor, alle bisherigen Entwürfe von Absurdität waren kleinlich, unbedarft, sie waren schwach auf der Brust, sie blieben im Vorschulalter stecken. Nun aber haben wir den unumstößlichen Beweis für ihre Durchführbarkeit, nun haben wir ihre Praxis aus der Taufe gehoben. Nennt mir ein besseres Beispiel!

Bei diesen Worten war C. immer schneller gegangen, fast fühlte er sich beflügelt, ganz von selbst hatte sich die Frequenz seiner Schritte verdoppelt. Er strebte, scheinbar ohne den Einsatz seines Willens, auf die Flußbrücke zu, die vor ihm lag, deren halbdunkle Lichter er in dem feinen Niederschlag schwanken sah. – Das, sagte er, ist das Zentrum, die Absurdität ist das Zentrum, die Absurdität ist die essentielle Mitte, nur wenige Kreise noch trennen mich von ihr. Aber es kamen ihm, aus dem Gewoge brauner Nebel hervor, immer mehr Gestalten entgegen, zahlreiche Gruppen von Leuten, denen er ausweichen wollte, in der Befürchtung, unverhofft angesprochen zu werden; so wurde er immer weiter vom Zugang zur Brücke abgetrieben. – Wie kann man das Schweigen über diese Dinge, das wirklich *eingefleischte* Schweigen über diese allseits bekannten Dinge, hier in der Stadt und wahrscheinlich im ganzen Land, wie kann man es deuten? Man kann es nicht nur mit der notwendigen *Rücksicht* begründen, mit der Ausrede, es handle sich hier um einen Konsens, der geheim und unspektakulär bleiben muß, wenn seine Vereinbarungen weiter funktionieren sollen. Damit trifft man womöglich zu kurz ... offenbar trifft man eine solche Absurdität nicht mit derart rücksichtsvollen Benennungen. Man kann sie nur erkennen, und hinnehmen, daß sie bestimmte Muster erfüllt, bestimmte Muster bis auf den Grund erfüllt, dachte C., den Schritt noch einmal verhaltend. Denn sie ist in ihrem eigentlichen Grund ein reiner Humanismus! Damit verstummte er für einige Augenblicke.

– Und das Schweigen darüber ist Kapitulation ... fuhr er fort. Und zwar, als ob Humanismus nur immer ein einziges Ergebnis haben könne: Kapitulation! Auch der Bruch des Schweigens, dies andere der möglichen Resultate, wäre die Kapitulation: es brächte die Abläufe des Humanismus sofort mit allen erdenklichen Konsequenzen in Bewegung, wieder bis in um so umfassenderes Schweigen. Und immer so, als ob das Schweigen diktiert wäre von irgendeinem Monstrum, das dazwischenliegt und den Platz besetzt hält. Wahrlich, es liegt etwas dazwischen, es liegt am Boden herum zwischen dieser Geschäftsbeziehung von Niederlagen, die besiegelt ist, wenn sich die Gewinnler zum Handschlag entschließen. Die Gegner, die Unterzeichneten, wenn sie schnell und peinlich berührt die feuchtheißen Hände ineinandergelegt hatten, war alles abgemacht und alles erledigt ohne den Leichnam, der zwischen ihnen vergessen war; die Namenslisten waren unterschrieben und die Wechsel für den Geld-Transfer waren ausgefüllt, die Bedingungen zum beiderseitigen Vorteil konnten als beispielhaft gelten für die nächsten Verhandlungen: und alles ohne Augenmerk auf den Leichnam ... nicht der Leichnam irgendeiner ins Ausland verschobenen Figur ist gemeint! dachte C., es ist ein ideeller Leichnam gemeint. Und dieser dünstet irgendwo im Konferenzzimmer, unter den Tischen, oder aus den Blumenschalen auf den Tischen, oder er dünstet unter den Tapeten hervor, die erneuert worden sind, um die hellen Rechtecke an den Wänden zu beseitigen, die von den ausgewechselten Ikonen der Macht stammen ...

– Ja, die Verkäufe waren getätigt, dachte C., welch eine Erinnerung! An den Verkauf der Landeskinder nach Amerika! Während die Verkauften ihre Büchsen abschossen, in die Luft vor Freude, und die Kugeln aufs Pflaster knallen ließen. Dies gab es doch schon immer in diesem Land! Nur daß die Geschichte damals mit einem anderen Vokabular getätigt wurde, nur daß der Leichnam damals noch erwähnt worden war: Mit Gott nach Amerika! Hier aber ist er vergessen, und wahrhaftig, sie haben das Land derart verpestet, daß man den Gestank seines Hinwesens nicht mehr riecht! – Nur deshalb haben sie Schmutz aufgehäuft, dachte C., Qualm in den Himmel geblasen, das Wasser vergiftet und die Atmosphäre verseucht: damit man den Fäulnisgeruch der Gesetze nicht riecht, die unter ihrem Fuß liegen. – Und wenn sie das Wort *Rücksicht* gebrauchen, rief C., dann meinen sie nicht den Blick zurück auf den Leichnam Gottes, der irgendwo dazwischen liegt und verrottet, zwischen den Annalen, zwischen den Stühlen und zwischen den Abschlüssen. Dann meinen sie das Wort Vorsicht, damit ihren Plänen nichts im Weg stehe. Sie meinen das Schweigen über ihre Pläne ... denn sie selbst wünschen dem göttlichen Leichnam gleich zu sein!

– Schluß endlich, dachte er einen Augenblick später. C. hatte es bald aufgegeben, über die Flußbrücke hinwegzukommen und dabei den Leuten auszuweichen, die ihm in großer Zahl entgegenströmten; er widerstand nicht mehr und trieb mit ihrem Strom mit, nach kurzer Zeit gelangte er wieder in Straßen, die ihm bekannt vorkamen, die in der Nähe des Bahnhofs lagen. Schluß endlich ... es hat keinen Zweck mehr, durch tote und menschenleere Viertel zu laufen, durch diese unbewohnten Viertel der Sprache, über diese Friedhöfe ... wo ich den einen Friedhof, den ich suche, nicht mehr finden kann. Schließen wir uns lieber den Toten und Halbtoten an, die es von dort drüben herübertreibt, lebendes oder totes Material, das zum Verkauf ansteht. Die nur noch kurze Zeit hier wandeln, diese Versatzstücke einer Weltidee: tatsächlich waren wir alle die Funktionäre einer Idee, im Auge einer Idee, auf den abgebrannten Bauplätzen einer Idee, unsere Funktion war und ist es, hier zu sein, nicht mehr hier, am Leben zu sein oder tot, zu existieren oder ohne Existenz zu sein – und dies nach Möglichkeit nur einmal –, und aus all diesen Funktionen – es war nicht viel mehr als eine einzige – materialisierte sich die Idee ... wir waren die Heerschar einer Genesis, einem Zentrum zugewandt, aufgereiht in dichten Phalanxen, und blind und gebeugt auf einen Kern zuwankend, von dem wir nicht wußten, ob er ein Licht oder ein Dunkel war, wir waren konzentrische Kreise von Funktionären, die wir uns einer Mitte neigten, die wir mit gesenkten Häuptern auf ein Loch zustrebten, von allen Seiten ... Funktionäre: lange vergeblich suchten wir abzudanken und kamen uns wie Verräter vor. Bis wir bemerkten, daß auch in der Verwaltung niemand mehr glaubte, daß diese Genesis ein Weg ins Leben war.

– Und eigentlich habe ich den Abschiedsbrief an diese Idee schon längst in der Tasche. Seit mehr als einem Jahr, nur habe ich noch nicht teilgenommen an einer der großen Entrümpelungen.

Nun will es mir vorkommen, als sei ich dazu tagtäglich aufgefordert worden, von verschiedener Seite, als habe man seit langem schon täglich versucht, mit mir über die menschlichen Dinge zu reden, über die Normalität, über Möglichkeiten, sich zurechtzufinden ohne eine Weltidee. Über Haustüren, die geöffnet werden müssen ohne Schizophrenie, wie man den Mund schließen kann ohne Hermetismus, oder wie man ein Brot auf der Schulter tragen kann ohne Psychoanalyse. Wie man an seine oder an eine andere Gestalt denken kann, ohne an Repräsentanz zu denken, wie man über seinen Körper sprechen kann, ohne an Subversion zu denken, oder an Gesellschaftskritik zu denken, oder an die Berechnung seiner Funktion.

Was C. aus dem nicht enden wollenden Gerede der Leute, die ihm über den Weg liefen, zumindest herausgehört haben wollte, war die dauernde Vergewisserung darüber, daß es überhaupt noch möglich sei zu sprechen. Dann waren es, schien ihm, nichts als immer wiederkehrende Sprechübungen in einer Zeit, da das Sprechen schon überflüssig geworden war ... da das Sprechen immer weiter an Bedeutung verlor, ja, denn durch die herrschende Weltidee schien schon alles gesagt: sie hatte den Weg ins ewige Leben gewiesen ... in die klassenlose Gesellschaft, sie hatte Frieden verkündet, unumstößliche Wahrheit, die Lösung aller Probleme ... und damit war der Diskurs überflüssig geworden. So leicht war die Gabe des Sprechens ... die Gottesgabe ... ausgelöscht worden, eine Weltidee hatte die Gottesidee verdrängt! Zweifellos hatte letztere Idee doch das Sprechen erforderlich gemacht, denn ihre Religion war der Glauben, welcher der Worte bedurfte: man mußte glauben, daß die Worte einen Vorschein hinter sich hatten. Die Weltidee aber glaubte nur an den Beweis: und als sie sich an die Stelle des göttlichen Leichnams gesetzt hatte, wurden Mauern aus Sprachlosigkeit errichtet, und an deren Fuß wuchs ein Gebrabbel herauf. Gebrabbel, – dies war ein anderer Ausdruck C.s für jene schreckliche Form eines *small talk*, dessen Hauptanliegen er darin zu erkennen meinte, mit dem Mittel der Stimmbänder Wörter zu erzeugen, unverfängliche Wörter, oft genug nur Halbwörter, bloße Laute, die wie ein unartikuliertes Begehren klangen. Nur im Zufall schienen sich aus diesen Wörtern Zusammenhänge herzustellen, und mit dem Mittel dieser Zusammenhänge eine ausweichende, ganz und gar oberflächliche Rede, die über allen Dingen kreiste, weil sie alles betreffen konnte; es war ein Reden, das sich wie ein dickflüssiger Film über das eigentliche Schweigen zu verbreiten begann ... es war, durchaus im Einvernehmen mit den Ideen der Verwaltung, die letzte Funktion der Stimme: ein Film aus Wörtern über der ausgelöschten Sprache.

Irgendwann jedoch hatte ein sonderbar lüsterner Tonfall das dauernde Spiel dieses *small talk* zu unterwandern begonnen. Es war ein unüberhörbares verworfenes Werben in die gegenläufigen Stimmen getreten, eine Zwienatur, die allen Beweisen Unglauben entgegenhielt, und es schien dadurch zu geschehen, daß sich zunehmend sexuelle Doppeldeutigkeiten in den Redefluß mischten, seltsam amoralische Anspielungen, die, so wollte C. bemerken, mit dem Kriminellen liebäugelten. Es waren, dachte er zuerst, ganz einfach Reaktionen auf den Tod Gottes, der endlich nicht mehr zu bezweifeln sei ... es waren unmittelbare Folgen auf das Verschwinden der angewandten Theologie, auf das Verschwinden religiöser Moral. Und damit waren es nicht mehr Reaktionen auf das Dasein der Verwaltung, es waren eigensinnige abgedriftete Verhaltensweisen: in zersetzter Form wirkte das ethische Prinzip weiter, das die Verwaltung aus der Welt geschafft hatte. Es war eine Sprache degenerierter, umgedrehter Affirmation in bezug auf den Gedanken der Schöpfung ... es war die Sprache der Zermürbten, die zum Verkauf anstanden, und es war in ihr die Nachricht davon, daß sie unter der für ihren Absatz erforderlichen Zermürbung noch intakt genug waren, ihr Geschlecht weiterzutragen.

– Damit sind sie also verloren für mich! Und getrennt von mir: die in der Stadt fehlgehenden Toten, in deren Leben sich schon körperlich die dem Gottesleichnam verbündete Theodizee ausgebildet hat. Und alle sind sie schon fort von mir, aber es macht mir nichts aus ... die Gesichtslosen, die Zermürbten, die schwachsinnigen Schwätzer, die Ganoven, die Demoralisierten auf ihrer schiefen Bahn: sind sie mir schon fremd geworden, bevor sie, säuberlich verpackt in die westwärts rollenden Waggons gepfercht, abtransportiert werden? – Ihr lüsterner Einfall ist es, befristete Zeit im Haushalt einer schönen amerikanischen Millionärswitwe Knecht zu sein, welche dafür eine Devisenpauschale an die Verwaltung entrichtet, danach, in drei oder weniger Jahren, wenn sie, bei zuvorkommender Zinsbelastung, ausbezahlt sind, können sie die Freiheit erlangen … dies zu erreichen, sind sie zu allem bereit. Und, nicht genug, die Verwaltung tut das Möglichste, damit sie diese Bereitschaft erlernen. Und viele von ihnen sind imstande, Verbrechen auf sich zu laden, damit sie nur bald inhaftiert und ausgeliefert werden.

C. spürte, wie er sich unter diesen Gedanken – die ihm in so schnellem Tempo durchs Hirn gingen, daß er, als müsse er ihnen nacheilen, seine Schritte erneut beschleunigte, bis er, inmitten der Gebüsche vor dem Platz am Bahnhof, atemlos anhielt – immer mehr von sich selber getrennt hatte, in immer größere Entfernung zu den eigenen Absichten geriet, wie er von ihnen schließlich nichts mehr wußte. Die Zusammenhänge, von denen er sprach, hatten ihn zum Verschwinden gebracht: er war aus dem Schweigen, das ihn umgeben hatte, in einen Redeschwall geraten, der seinen Konflikt mit seinen eigentlichen Entschlüssen mehr und mehr überdeckt hatte; die längste Zeit hatte er sich für widerstandsfähig genug gehalten, für sich den Weg der meisten derer, die ihm begegneten, ausschließen zu können. Plötzlich aber fand er sich, in die Enge getrieben, zwischen diesen Hecken versteckt, in einer Situation wieder, in der er sich nicht mehr kannte und nur noch Abwehr spürte. Vor sich sah er einen halbaufgelösten Schemen, der ihm irgendwie entschlüpft war, in Richtung des Bahnhofs flüchten, und es war, als müsse er mit einem Schrei das Schweigen über diesen Schatten ein für allemal brechen, noch ehe dieser in der Menschenmenge am Bahnhof untertauchte … aber er wußte nicht den Wortlaut dieses Schreis. – Es gab einen schmerzlichen Grund, der ihm bisher immer aufs neue verboten hatte, auch für sich an den Weg zu denken, den so viele wählten. Nur in Ausnahmefällen war ihm eine notwendige *Tat* als ein so abstrakter Zweck erschienen, daß er sie hätte für imaginär genug halten können, um sich konkret zu befassen mit ihr und ihren Folgen: nie hatte er sich das Wort Entrümpelung gedeutet, nie hatte er sich die Obszönitäten der Zermürbung vorgestellt.

Der Grund, der ihn hinderte, lag ganz in der Nähe auf einem kirchlichen Friedhof.

Mit einem Anfall fast von Lähmung überkam ihn plötzlich das Bewußtsein, daß ihm die Erinnerung an seinen Brieftext entglitten war, schon lange, und wie er sich mit seinen Reden darüber hinweggebrabbelt hatte, ununterbrochen ... und daß er nicht einmal wußte, wer sich der Sprache seines Schreibens bedient hatte. Ob er es war, C., der mit diesem Schreiben unbedingt eine andere, zweite Person in die Flucht schlagen wollte ... oder nicht in die Flucht, nein, noch schlimmer ... oder ob dies der Schreiber des Briefs wollte, ob ein Schreiber dieses Briefs alles gegen ihn, gegen C., zu richten versuchte, und sich dazu seiner Schrift bedient hatte. Für eine dieser beiden Personen allein gab es jenen in der Erde begrabenen Grund zum Hierbleiben: aber für welche? – Augenblicklich beschloß C., den Brief zu lesen: im Bahnhof konnte er ihn lesen, oder wenigstens im Lampenschein auf dem Bahnhofsvorplatz. Aber dort waren zu dieser Zeit wahrscheinlich noch zu viele Menschen: es war ihm klar, daß der Brief ein Schweigen brach, welches nicht gebrochen werden durfte; wenn er ihn las, dann war das Schweigen, das seit einem Jahr anhielt, auch in seinen Gedanken gebrochen. Vielleicht mußte er das Schweigen dann sofort auch öffentlich brechen, vielleicht den dauernd hörbaren, breitgelaufenen, von nicht ablassender Gier durchsetzten Film von Gebrabbel sofort zersprengen ... es gab einen Satz in dem Brief ... vielleicht nur einen Halbsatz, einen unvermittelten Aufschrei, einen einzigen in sich geschlossenen, wetterfesten Ruf, mit dem er sich dem Gebrabbel der Gier sofort als Objekt anbot. Aber er wußte nicht mehr, welche Richtung dieser Satz nehmen wollte – nicht mehr, was seine Absicht war ... seine, des Briefschreibers Absicht, oder die Absicht des Satzes ... oder ob er nicht das Gegenteil einer Absicht hervorrufen mußte –, seit einem Jahr, seit mehr als einem Jahr, seitdem er den Brief im Dasein installiert glaubte, und so hatte er sich, wahrscheinlich, gehindert gefühlt, den Brief auf den Postweg zu geben ... und die dauernde Beschäftigung mit diesem Postweg hatte ihn gehindert ... für den Fall, daß das Schreiben noch nicht auf dem Postweg war, hatte er sich stets die redlichste Mühe gegeben, alle hindernden Fragen zu vergessen: aber er hatte nur den Inhalt des Schreibens vergessen. Einundzwanzig Uhr ... wahrscheinlich, und es gab für den heutigen Abend keine Chance mehr, das Schreiben auf den Postweg zu bringen. Als C. zum Bahnhofsvorplatz zurückgekehrt war, hatte er feststellen müssen, daß die Uhr über dem Eingang zur Bahnhofshalle noch immer auf *sieben* zeigte: offenbar war sie nur eine Stunde lang gegangen, von neunzehn bis zwanzig Uhr, dann war der kleine Zeiger zurückgefallen. Es war eine Stunde, die ihn an einen düsteren Abend erinnerte, der über ein Jahr zurücklag. Vor über einem Jahr war er um die gleiche Uhrzeit aus einer Bahnhofshalle ins Freie getreten, das gleiche Wetter hatte ihn empfangen, nasse Kälte, die in Frost umzuschlagen drohte, er entsann sich der Schneeflocken, die wirbelnd in den Nebelschwaden unter den Lampen verschwanden, aber den Boden nicht zu erreichen schienen ... dann war das Schneetreiben stärker geworden, minutenlang hatte er sich in einige offenstehende Hausflure geflüchtet, die Zeit war ihm vergangen ... schließlich war er zu dem Bahnhof zurückgekommen, zum gleichen Bahnhof, er wußte nicht, ob er sich das gefragt hatte, und die Zeiger der Uhr hatten sich nicht bewegt, oder waren zurückgefallen, und es war, als sei im Elend dieser toten verwüsteten Stadtgegend auch der Gang der Zeit erstorben.

Schon auf dem Rückweg zum Bahnhof hatte er daran gedacht, sich eines letzten Anhaltspunktes dafür zu versichern, daß ihm das Viertel bekannt sei: er wollte sehen, ob sich am Rand des Platzes noch die hölzernen, mit ausgewaschenen Markisen überspannten Tische antreffen ließen, wo, seit Jahren offensichtlich von denselben Frauen, Blumen verkauft wurden; ein Umstand, bei dem man zielsicher mit den nachlässigen Besuchern des in unmittelbarer Nähe gelegenen Friedhofs rechnete. Wenn er noch rechtzeitig kam, konnte er von den Marktfrauen sogar den Weg zum Friedhof erfahren. Er glaubte gesehen zu haben, daß es vorhin noch, auf wenigstens zwei Tischen, irgendwelche Astern gegeben hatte, vorhin ... es konnte dies auch Einbildung gewesen sein, oder eine Erinnerung, die ein Jahr alt, oder die vor diesem Jahr schon mehr als ein Jahr alt war, oder eine Erinnerung, die er längst einem andern zugeschoben hatte ... als er das Geld hervorsuchen wollte, hatte er den Brief in den Fingern und hielt inne. – Sie waren in diesem Brief, die Astern, die er gesehen hatte. Sie waren darin mit Nelken verwechselt worden. Dennoch waren es Astern, es waren welke totgeborene Astern, und ihr Geruch war in diesem Brief, der Geruch der Astern, der eigentlich kein Geruch war, nur eine Erinnerung. Sie raschelten wie Papier, die Astern, und ihr Geruch glich dem von zerknülltem Papier, das neben Nelken gelegen hatte, und plötzlich hatte er Teile aus dem Inhalt des zerknitterten, unachtsam behandelten Briefs wieder im Kopf. Er meinte, daraus zitieren zu können, plötzlich war er sich einiger Zitate aus dem Schreiben absolut sicher. Das Licht, das vom Bahnhof herüberdrang, und der Schein der Lampen über der Straßenkreuzung, der von den auf und ab gewehten Nebeln, von den Ausdünstungen der Fahrzeugmotoren zurückgespiegelt wurde, sie vermischten sich in einer Vielzahl von Reflexen, verwirrten die eiligen Menschengruppen auf dem Bahnhofsvorplatz, die an der Kreuzung aufgehalten wurden ... C. mußte kühl und gelassen aussehen, wenn er, eingetaucht in die Bewegung der Schatten und Halbschatten, für einige Augenblicke in dem Brief lesen wollte, keinesfalls durfte er sich berührt zeigen von den verklausulierten Sätzen und Schnörkeln, die völlige Unerfahrenheit in den gebräuchlichen Schreibmoden und gängigen Redewendungen vortäuschten. Die Fremdheit des Briefschreibers, seine gänzliche Unfähigkeit zu irgendeiner Kommunikation mußten deutlich aus ihm sprechen, sichtbar wie aus einer Steinsäule, wie aus einem Monument, wenn er las, inmitten der vorbeirennenden Menschen. Unter dem Schweigen des Briefs gab es eine verräterische Sentenz, die er finden mußte; die kaum noch leserliche Anschrift lautete:

An die regierende Verwaltung der Hauptstadt. An die Oberen Ausschüsse der Abteilung für Innere Fragen. An das Gericht.

Gleich zu Anfang erklärte sich der Briefschreiber einem widersprüchlichen Zustand unterworfen, in dem es ihm an jeder Form von substantieller Selbsterkennbarkeit ermangele. Er bezeichnete sich als einen Menschen, der in einem Bewußtsein von seiner Person – gleichviel, ob es in ihm oder außer ihm herrsche – noch nie integriert gewesen sei. Damit begreife er sich als ein mit juristischen Mitteln überhaupt nicht zu belangendes Subjekt, über das alle Aussagen als irrelevant, wenn nicht sogar falsch angesehen werden müßten, und nicht zuletzt diejenigen, die er selbst über sich träfe: solche Aussagen sind die Zeichen einer anderen Individualität, bemerkte der Schreiber undeutlich, und sie wiederholten sich in dem Brief nur. Ja, eigentlich sei es ihm immer schon bedenklich vorgekommen, wie man sich nurmehr auf das Deuten von *Zeichen* habe einigen können, es sei ihm unbegreiflich gewesen, wie man habe glauben können, anhand von Zeichen die Dinge der Welt zu erkennen. Signifikant seien nicht die Zeichen, behauptete der Schreiber, signifikant sei allein die Kapitulation der Erkenntnistheoretiker. Das Gesabber der Zeichen sei das Hollywood der Philosophie, stets sei ihm das Geflecht der Zeichen, in dem man zu lesen sich anschicke, nur wie ein fahrlässiger Film von Verhüllungen erschienen, die Strukturen unter diesem Gewebe aber blieben grundlos, ohne Bestand und unbeschreibbar wie das Schweigen ... ein Schweigen, aus dem man es dröhnen hören könne, das Gelächter Baudelaires. Denn das Stumme unter der Sprache bedarf nicht der Rede: wir sind es, die ihrer bedürfen ... doch es gibt in keiner Sprache ein Zeichen für das, was sie bedeckt, es bleibt uns nichts als ein Benehmen von Lebenden.

Oh, und es ist ein dürftiger Grund, der uns diese Zeichen zur Hand gab, es ist ein abgewirtschafteter Humanismus. Diesen allein mache er verantwortlich, wenn er sich im weiteren zu einer Mordtat bekenne, die er nach letztem Wissen für eigentlich unaufgeklärt halte. – Hier folgte die genaue Beschreibung eines am 7. November 1979 im Stadtteil K. zu Berlin begangenen Verbrechens an einer zur Tatzeit neununddreißigjährigen, ledigen weiblichen Person, mit Nachnamen *Korall,* Vorname unbekannt, deren Leiche man erst viel später aufgefunden hatte. In dem Brief wurde die Tat als Unfall, jedenfalls als *versehentlicher* Totschlag dargestellt, gerade in dieser Auslegung aber kamen so viele Details zur Geltung, daß deutlich wurde, wie dieses Versehen des Täters sich fast zielstrebig vorbereitet hatte. Ob nun Unfall oder Mord, es konnte keinen Zweifel geben, daß der Briefschreiber einen weit besseren Einblick in die Geschichte hatte, als es selbst für einen Augenzeugen möglich gewesen wäre. Weiter schloß sich daran die Behauptung, daß der in diesem Fall Angeklagte – er sei, wie in der Zeitung berichtet, geständig gewesen und zu vieljährigem Haftaufenthalt verurteilt worden – vollkommen unschuldig sei. Über die Absichten des Geständigen müsse geschwiegen werden, es gebiete dies die Verpflichtung einem Humanismus gegenüber, der mit seinen Errungenschaften nicht handeln lasse: dennoch müsse der unschuldig Verurteilte sofort freigelassen werden.

Der Briefschreiber (der sich keineswegs in einem irgendwie gearteten Abhängigkeitsverhältnis zu dem Verurteilten befinde, weshalb auszuschließen sei, daß er fremde Schuld auf sich zu nehmen beabsichtige ... wohingegen dies im Fall des Verurteilten als ziemlich unsicher gelten könne) stellte sich als ein Mensch vor, mit Namen G. C., alternd, inzwischen sich am Rand der Vierziger fühlend, ohne Arbeitsverhältnis im Stadtbezirk L. lebend, der sich seiner Staatsbürgerschaft nie oder höchst selten bediene. Von früher Jugend an habe er alles mögliche versucht, für sich selbst eine annehmbare, eine wahrnehmbare *Gestalt* zu entwerfen (so vereinfacht, ja primitiv werde er sich der Verwaltung zuliebe auch weiterhin ausdrücken!); die regierende Wirklichkeit, die über allen Belangen spürbar herrsche, habe es immer zu verhindern gewußt. Von früh auf habe er erfahren müssen, daß der bloße Gebrauch des Wörtchens *ich* schon als eine subversive Handlung aufgefaßt worden sei. Gleichwohl sei eine für ihn vielleicht charakteristische Fügsamkeit – das Bestreben, jeden Anflug des vorgenannten Verdachts sofort auszuräumen – wiederum als eine heftige, wenn auch im Hinterhalt lauernde Widersetzlichkeit erkannt worden. Deshalb habe er damit begonnen, sein eigenes Bild nur noch schriftlich, und für sich, zu fixieren, und zwar binnen kurzem in den vielfältigsten Formen, was ihm schnell zu einem geradezu zwanghaften Bedürfnis geworden sei. Fast sei es ihm eine Art notwendiger Ernährung geworden, in erdachte Rollen zu schlüpfen: jede der Rollen aber, die er für sich erfand, habe er absichtlich so angelegt, daß sie andauernd – natürlich nur schriftlich –, daß sie fortlaufend die unvorhersehbarsten Veränderungen hatten herausfordern müssen ... keiner dieser Rollenfiguren geschah es, daß sie im Verlauf ihrer Existenz wie im Zufall ihren Doppelgänger entdeckte, um sich darüber zu entsetzen, wie in beliebten Romanen des letzten Jahrhunderts: das Entsetzliche waren Figuren, die sich ohne Aussicht auf einen Doppelgänger im Leben fanden. Jede der Rollen habe ihm von vornherein eine Doppelrolle sein müssen ... und jede seiner Rollen sei, und wenn es nebensächlich gewesen sei, stets damit beschäftigt gewesen, für sich eine zusätzliche Rolle zu entwerfen, in schriftlicher Form. Die Praxis dieser schriftlichen Fixationen habe ihn in den Stand einer Versiertheit gesetzt, die nur mit dem scheußlichen Ausdruck *virtuos* zu beschreiben gewesen sei. Mit dem widerwärtigen Behagen, in dem er diese Virtuosität genoß, sei allerdings schnell die subversivste Waffe seines Gestaltwillens gegen den objektiven Willen der Wirklichkeit zur Ungestalt ruchbar geworden: er habe selbst einsehen müssen, wie er, je widerstandsloser sich ihm seine Rollen gestalten ließen, selbst um so deutlicher nur reiner Widerstand gewesen sei. Was denn sonst außer Waffen setze man mit solchem Wohlgefühl ein? Er habe sich also drehen und wenden können, das Verbrechen sei ihm in jeder Richtung vorgezeichnet gewesen.

Unter diesem Wissen sei es abwärts gegangen: aller Äußerungsformen, Umgangsformen, Annäherungsformen seinen Mitmenschen gegenüber (deren jede mitmenschliche Person bedürfe, um zumindest augenblickslang brüderlich erkannt zu werden) sei er verlustig gewesen. Tapfer habe er an der Wirklichkeit dieser Bestimmung weitergearbeitet, sich von allen Nachbarn getrennt, folgerichtig von den Eltern, von den Arbeitskollegen, Straßen- und Treppenhausbekanntschaften, die durch ihn gezeugten Kinder habe er verlassen, ja, und der Schritt, der zum Übel geführt habe, sei ihm unaufhaltsam erschienen. Er habe es in den Gesichtern seiner Doppelgänger gesehen, in den Lichtern darin, den kalten bösen Augen, die unbeweglich starrten, hart und ohne Wimpernschlag, die rohen Augen von toten Säufern, die rasend auf ihn zurückglotzten.

Einmal sei er, lächerlich genug, mit der Idee umgegangen, einen seiner Doppelgänger zu verheiraten. In dem Entschluß, diesen zu retten (vielleicht sei es einer der seinem Schöpfer sehr ähnlichen gewesen), ihn zu bewahren vor weiterer Verwandlung, vor seiner

Auslöschung schließlich und vor seiner Ersetzung, habe er in seiner Vorstellungskraft nach der Möglichkeit eines weiblichen *alter ego* für sich gesucht und sich vorgenommen, sein erfundenes Ich mit dieser weiblichen Person in eine Verbindung zu bringen. Er wolle die Empfänger des Briefs keinesfalls erheitern, vielmehr wolle er Zeugnis geben von der Konsequenz seiner Bemühungen, wenn er versuche, ein Beispiel zu schildern: für Stunden täglich – und dies einige Wochen hindurch – habe er sich vor dem Spiegel geplagt, um mit weiblicher Stimme zu sprechen, in ihm weiblich erschienenen Sätzen, in Frauenkleidern und mit ausgestopftem Busen, so habe er vor dem Spiegel die Entkrampfung seiner Gesichtszüge trainiert, mit zurückgebogenem Kopf, mit etwas seitlich geneigtem Hals, so daß er ein wenig habe schielen müssen, habe er zu wispern, zu flöten versucht, sich die Stimme möglichst flach aus der Kehle holend ... oh, es war einfach geschmacklos, er habe, den Augenaufschlag probierend, den er sich vorstellen wollte, unsinnige Worte gehaucht, die von der Bewunderung für bestimmte Männer handelten, schmerzlich habe er dabei erkennen müssen, welche Unterschiede es gab zwischen ihm und seinem Doppelgänger; nun habe, was er diesem an Vorteilen sich selbst gegenüber angedichtet habe, sein Vorhaben fast verhindert, denn zu sehr habe er den Charakter der weiblichen Figur auf sich selber projiziert ... alle der männlichen Aufmerksamkeit zugedachten femininen Verhaltensweisen habe er versucht einzubeziehen, ja, sie zu erlernen, um sie wirkungsvoll einsetzen zu können: nur um festzustellen, daß dieselben ausschließlich Männererfindungen waren, an denen er scheitern mußte, da er sich die geplante Liaison doch nicht für sich selbst einzufädeln gedachte. Ja, mit überwältigender Trauer sei er schließlich auf den Gedanken gekommen, daß die *Frau als solche* eine Männererfindung sein müsse, von allem Anfang an, in allen theistischen Sphären, ein Entwurf der Männer, und daß dies der wahre Grund dafür sei, daß er sich selbst mit einer Frau nicht einigen könne; und daran habe er erkannt, welches Nichts er darstelle in der Welt, welch absoluter Gegensatz zu ihr, der er mit den eigenen Erfindungen nichts anfangen könne, und welche schier vollkommene Unfunktion er damit verkörperte. Wie sinnlos alles war, was er tat:

je weicher er sein Gesicht zu gestalten suchte, desto grobschlächtiger kam ihm die Visage vor; er sah die zurückweichende Stirn, die hervorstehenden Kinnbacken, die gebleckten Zähne, die breit ins Licht sprangen, wenn er ein Lächeln wollte, sein geblähter Hals aber einen Ansturm von Gelächter erwarten ließ: wie immer war er an sein Gesicht in dem dunklen Busfenster erinnert, an dieses reine Spiegelgebilde, von den Verschmierungen auf dem Glas entschärft; in dieser optischen Täuschung erkannte er allein noch seine Wirklichkeit, auf der Heimfahrt von der Arbeitsstelle, wenn er sich langsam zu verwandeln begann in eine der Gestalten seiner Phantasie, in denen er dem alltäglichen Elend seiner angepaßten Existenz entkam.

Maßlos überrascht sei er eines Tages der Frau begegnet, die er gemeint zu haben glaubte, seinem weiblichen Entwurf sei er begegnet, an einer Busstation: er sah sie nur einige Sekunden an und wußte, daß sie seiner Imaginationsfigur aufs Haar glich. Allem Anschein nach war sie im Stadtteil L. aus demselben Bus gestiegen, mit dem er angekommen war: von da an sei sein Platz nur noch im hinteren Teil des Fahrzeugs gewesen, von wo aus er beobachten konnte, wann sie zustieg, ob sie allein sei, mit wem sie umging; augenblicklich habe er im Kopf begonnen, die gewünschte Verbindung herzustellen. Die Annäherungsversuche seines Schattens (den er schon früher stets, um ihn besser im Auge zu haben, im vorderen Busteil plaziert habe) seien erbärmlich, aber zielstrebig und nicht ohne Erfolg gewesen. Mit wachsender Unruhe habe er dem bekannten Spiel von Wort und Widerwort beigewohnt, wenn sich da vorn eine jener leichten Unterhaltungen entspann, die er eröffnete, in einem idiotischen Tonfall, wie man ihn Kindern gegenüber verwendet, onkelhaft und einschmeichelnd, ein Ton, dennoch von einer Lüsternheit durchsetzt, die ihr nicht unangenehm zu sein schien. Im Gegenteil, wenn sie bald darauf einmal vor ihm in den Bus kam, wartete sie, um zu sehen, daß sie sich auf den Platz neben ihm setzen konnte: die von seinem Doppelgänger erzielte Wirkung sei eindeutig gewesen … und nun wäre er von Neid und Ärger gepeinigt worden, denn er selbst habe niemals auf einen so leichten Sieg zurückblicken können. So habe er sich eines Tages erlaubt, sie in eigener Person anzusprechen, nur um darüber zu erschrecken, wie erstaunt und kühl sie reagierte, und sich gleich darauf abweisend verhielt ... und ihre Zurückweisung sei immer deutlicher geworden, als er seine Versuche wiederholte: kaum habe er ihren Namen erfahren können, kaum, daß sie den Schritt ein bißchen verlangsamt habe, wenn er ihr, nachdem er sie durch die halbe Stadt hindurch verfolgt habe, endlich in den Weg zu treten wagte.

Immer öfter habe sich ihm der Verdacht bestätigt, daß er neben der von ihm erfundenen Männergestalt, neben der Hauptfigur seiner Geschichte, eine blasse Erscheinung sei, daß er von seinem Doppelgänger längst in den Hintergrund gedrängt werde ... so daß eigentlich er, C., der Doppelgänger des anderen gewesen sei; weniger noch als Luft, ein bloßes Gedankengebilde, der verwaschene Abzug bloß eines an Stärke und Eigenheit zunehmenden Lebens, das aller Keime in seinem Gehirn ledig war: und dieser ihm Fremdgewordene war schon lange eine der wenigen wahrhaft lebendigen Existenzen in dieser Stadt, und er war es, der schließlich nur noch Tote und Halbtote durch seinen Umkreis hatte wandeln sehen ... und mich als einen dieser Toten, zu kraftlos, die Straßenseite zu wechseln, den Stadtteil, die Ufer des Flusses ... ohne Gesicht und Kontur, so segelten wir als Schatten durch den Stadtrauch, bemerkbar nur, wenn sich das Quietschen unserer Kinderwagen, Fahrräder, Handkarren näherte ... und es sei dies alles auf gut Glück geschrieben, als ob der Briefschreiber in dem Brief längst keine erkennbaren Buchstaben mehr finden könne, – wie in dem abgegriffenen, sich entnervend wiederholenden Entwurf zu einem Brief, der womöglich noch nicht er selber sei, der Brief!

Und wie er, C., die Schrift seines Briefs eigentlich schon nicht mehr lesen könne, so habe er das Schwinden seiner Stimme hinnehmen müssen: niedergeschmettert erfahren müssen, daß er unfähig gewesen sei, vor ihr zu sprechen, seine Worte seien vor dieser Frau schlicht unhörbar gewesen, er sei ignoriert worden wie ein fader Geruch, wie ein Schatten ohne ersichtlichen Ursprung ... darum habe er es mit anderen Zeichen versucht, mit Adressen, auf denen Verabredungen notiert waren, die er ihr im Gedränge des Busses heimlich in die Handtasche steckte (sie seien unleserlich gewesen), mit Blumengeschenken, immer, wie um Mitleid zu erregen, der billigsten Sorte, aber auch diese Symbole wären mißverstanden, mißachtet worden, als ob sich die Blumen in Luft aufgelöst hätten,. in verwehende Gerüche, in erlöschende Schatten von Farben und Gerüchen.

Zu guter Letzt habe er eine Tat erfinden müssen: allein *eine Tat* noch, unter all den Schattenbewegungen und Unentschiedenheiten, konnte die verworrenen Zusammenhänge ins Lot bringen, nur eine Tat die beiden Rivalen trennen, und erweisen, welcher der beiden der wirkliche Erfinder der Schatten und ihrer Geschichte war, und welcher einer dieser Schatten war, der sich anmaßte, wirklich zu sein. Ein Mittel für das Verschwinden des einen der beiden sei das Gefängnis gewesen ... das Gefängnis wird Mauern zwischen uns bringen, Mauern und vielleicht sogar Ozeane, habe er gedacht: man habe der Verwaltung alles nachsagen können, aber eine imaginäre Figur sei von ihr noch nicht inhaftiert worden ... noch jeder habe in der Haft über kurz oder lang erfahren müssen, daß er ein Teil der Wirklichkeit sei.

C. bezweifelte plötzlich, daß er den Brief wirklich geschrieben habe: und ob er wirklich in seiner Manteltasche steckte – immer wieder hatte er ihn zwischen zerknitterten Notizzetteln, zerdrückten Zigarettenschachteln, Taschentüchern gesucht; wenn er ihn bei sich hatte, mußte er inzwischen ein zerknüllter Fetzen sein ... dabei war er noch immer auf den dunklen Wegen zwischen hohem Gebüsch an der Seite des Bahnhofsplatzes, wo zu wenig Licht war, den Brief zu lesen ... wie auf dem Friedhof, sagte er sich ... wo ihm die Sätze, mit denen er sich die Umgebung beschrieb, immer unpräziser zu werden schienen –, oder etwa in der Manteltasche seines Doppelgängers ... seines erdachten Doppelgängers: er spürte, wie sich in ihm Widerstand regte, die Figur seiner Erfindung so zu bezeichnen; es war, als habe er sich damit auf einen Sprachgebrauch eingelassen, der nicht der seine war ... denn vielleicht befand er sich damit im Sprachgebrauch des Briefs, welcher vielleicht im Hirn seines Doppelgängers entstanden war, und eine Geschichte erzählte, die in diesem Doppelgängergehirn entstanden war, imaginär, eine imaginäre Geschichte, die in den imaginären Zeilen eines imaginären Briefs auf der Lauer lag ... auf der Lauer im Gebüsch, neunzehn Uhr, an einem kalten Novembertag, eine imaginäre Intrige in der imaginären Manteltasche seines imaginären Schattens ... und es war diese Geschichte in den langen Mußestunden einer zermürbenden Inhaftierung entstanden. Und es war die Geschichte einer Figurenentrümpelung ... unwirklich allein derjenige, der sie in seinem Kopf mit sich herumtrug: dieser mußte übrigbleiben! C. hatte, ob er wollte oder nicht, den Rest des Schreibens plötzlich wortgetreu im Kopf:

Natürlich steht nicht fest, ob irgendein des fraglichen Mordes Angeklagter im Gefängnis ist, ja, ob überhaupt ein Prozeß in der Sache stattgefunden hat. Nur aus alter Gewohnheit (aus längst erschöpfter Gewohnheit) darf man an einen Prozeß glauben, in dem eine unschuldige Person schuldig wird und so zu ihrer Existenz gelangt. Die herrschende Wirklichkeit allerdings bewahrheitet alle Sätze nur, indem sie diese umkehrt: sie erwirkt in der Tat nur, daß schuldige Personen unschuldig werden, und ihnen also die Existenzen genommen werden. Und man muß hier zu denken lernen, dies sei die Funktion jeglicher Gefangenschaft, ganz gleich, in welchen Rahmen. – Schaudernd erinnere ich mich jener Szene, bei der ich nicht nur Augenzeuge war: nein, ich hatte das Ereignis, soweit ich es vermochte, in die Wege geleitet, und mich zuletzt noch hinreißen lassen, meine Phantasie an die Ausführung zu wenden: ich hatte meine Phantasie an die Wirklichkeit verraten. Es war dies zu einer Zeit, in der die zielsichere Verunsicherung, die von einigen mobilen Vorposten der Verwaltung ausging, bei mir längst ihren Nachhall gefunden hatte. Welchen Nachhall, muß in diesem Brief nicht eigens ausgebreitet werden, da die Verwaltung davon weiß. Es müssen auch nicht alle Einzelheiten der Aktion erwähnt werden; ebensowenig die einzelnen Punkte der Vorgescbichte, die zu dem im folgenden skizzierten Ablauf der Aktion führten, dies alles ist der Verwaltung nur zu gut bekannt. Der Grund, aus dem der Schreiber dieses Briefs das Schweigen bricht, liegt offenbar darin, daß der Zustand, in dem er sich vorher befand, nach dem Ereignis weiterhin anhielt, unvermindert: der Zustand, in dem er sich aller

Bindungen an das Gemeinwesen ledig glaubte, welches das fest umgrenzte Land als ein in sich ruhendes Bezugssystem bereit zu halten schien. Aber es war nichts mit diesem Gemeinwesen, alle Bindungen, die er vorfand, waren plötzlich nurmehr Bindungen an die Verwaltung (und diese allein wußte davon): Bindungen also an das bis in den Namen hinein eindeutig Imaginäre, imaginär auch deshalb, da ich die Verwaltung niemals von innen gesehen habe. Wenn ich mich mit ihren Vertretern in der Stadt traf, war es an Orten, die unverfänglich sein sollten. Es war, als ob wir uns zufällig trafen, und es war, als ob jeder, mit dem ich zufällig zusammentraf, Funktionär der Verwaltung sein konnte. Und so war es auch: jeder wußte um seine imaginäre Funktion in der Verwaltung, die seine Verhandlungsbasis war. Jeder war Angehöriger der herrschenden Verwaltung für Innere Fragen.

Kraft einer solchen Funktion war ich Zeuge bei einem Ereignis, das ich nur sehr zögernd als das der Festnahme des Mörders bezeichnen kann. Er wurde in der Dunkelheit eines frostigen Novemberabends auf dem Friedhof des Stadtbezirks K. verhaftet, als er im Begriff war, Blumen auf die Ruhestätte der Ermordeten zu legen. Als die Beamten aus dem Gesträuch stürmten, in dem sie ihn erwartet hatten, fuhr er entsetzt zurück und schleuderte mir, der ich die kleine Abordnung vor das Grab geführt hatte, mit wilder Gebärde den Blumenstrauß ins Gesicht. Dabei schrie er mit heulender Stimme: Er war es ... er, nicht ich!

Dieser Aufschrei sitzt mir unverlöschlich in Mark und Bein ... er ließ mich erstarren, jede Regung in mir schien zu gefrieren; flüchtig sah ich mich, von den Kegeln der Blendlaternen erfaßt, auf dem Nebel wie in einem dunklen Spiegel, ungerührt und abwehrend, eine Grimasse, aus der Gelächter brechen wollte, die aber gerann wie ein durchsichtiger Reflex; man beachtete mich nicht mehr, ich sah, wie man ihn hinwegzerrte, ein zitterndes Bündel greifbarster Wahrhaftigkeit.

Neunzehn Uhr, ich war allein in der Finsternis, nur ein kaum spürbarer Geruch von Blumen in meinem Gesicht war mir aus dem Geschehen zurückgeblieben. Es war der immer gleiche Geruch, der auf dem Grund ihrer Duftnuancen immer wiederkehrende Geruch aller Blüten, der mich erinnerte, daß der Mörder schon einmal Blumen überreicht hatte. Mehr als ein Jahr war er mit Sträußen in der Faust durch die abendlichen Straßen geschlichen, immer im Windschatten einer Frau, die nichts von den Blumen wissen wollte. Den ganzen Sommer hindurch waren es Nelken, die er hinter dem Rükken barg, da er sich von ihrem grellen Aroma betäubt fühlte, wenn der Sommer vorbei war, kaufte er Astern, erleichtert, da diese nicht so heftig dufteten. Und immer spielte sich das Schauspiel in diesem Viertel ab, das sich zusehends zu leeren schien, in dem es immer mehr leere Häuser gab, in dem sich ganze Straßen leerten … und wo jedes Geräusch, jeder Schrei zunehmend zu hallen begann, als ob der Hall allein noch durch die Häuserblocks wanderte, und immer weiter wandern wollte, um immer weiter um sich selbst zu kreisen (wie jener Schrei des Mörders: Er, nicht ich! … der, dies müsse gesagt werden, in dem von der Verwaltung eingeführten Wirklichkeitsverständnis, stets umgekehrt verstanden werden müsse, um Wahrheit zu werden, umgekehrt und wieder umgekehrt, da für jeden Satz das Gegenteil maßgebend ist … und weiter, in einer Kette von Umkehrungen, berechnet auf das Erlöschen, das Wahrheit ist, so dachte C.), *sein Schall, schon bar seines Ursprungs, der längst an anderen Orten weilte. – Einmal rief er nach ihr: Nur einen Augenblick, Fräulein Korall, ich habe Ihnen etwas zu übergeben, eine ganze Geschichte Ihnen zu Füßen zu legen …! Er hatte sie in einem Hausflur gestellt, in einem unbewohnten Haus, und er drückte ihr die Blumen in die Hand. Sie, der Verfolgung überdrüssig und nur noch Abwehr, schlug mit den Blumen nach ihm … und er, als ob er sich so des letzten Zeichens seiner Existenz versichern könne, schlug zurück. – Alles Eis in meinem Innern, das mit diesem Schlag in mir zu wachsen begann, riecht nach diesen Blumen, nach Blumen und Erde, darin sie wurzeln, so, wie Blumen im Grunde stets nach Erde riechen. Ich kehrte nach Hause zurück und machte mich an den Entwurf einer neuen Rolle: der Rolle desjenigen, der sein Leben, in den Zeilen eines Briefs verborgen, mit sich in der Tasche trägt, um es irgendwann, in einem alles entscheidenden Moment, zu versenden. Und zu Hause entwarf ich den Brief.*

Zweiundzwanzig Uhr. Wenn dieser Brief abgesandt ist, bin ich entschlossen, alles nachzuvollziehen, was zu ihm geführt hat, all diese Wege noch einmal zu gehen, und alle Gedanken dieser Rolle zu rekonstruieren, ich bin entschlossen, alle Umkehrungen zurückzuverwandeln, die Verhaftungsszene genau zu rekonstruieren, bis auf den Schrei des Mörders. Danach stehe ich den Behörden zur Verfügung, danach kann ich meine Funktion als Verhandlungsgegenstand in der Verwaltung erfüllen. Zu diesem Zweck aber muß daselbst die Konsequenz aus einem vorsätzlichen Menschenbild gezogen werden: ich fordere die zuständigen Organe auf zur endlichen und durchgreifenden Abschaffung der Realität.

Mit Achtung! Cebolla

Am Bahnhof waren die Tische der Blumenverkäuferinnen wirklich noch besetzt, doch war man schon beim Zusammenpacken. Als ich näher trat, sah ich vor der jüngeren der Frauen nur noch einen Strauß liegen, während auf dem Tisch gleich daneben – dem Tisch einer Alten, die sich in dem Halbdunkel fast hexenähnlich ausnahm – noch ganze Berge aufgetürmt waren, deren sehr viel schlechtere Qualität jedoch ins Auge fiel. Ich wandte mich an die Jüngere, die ihre Geldkassette seufzend wieder aufschloß ... geistesabwesend streckte ich die Hand nach den Blumen aus, die Brillengläser der Greisin in der Nachbarschaft funkelten rötlich, sie reckte den Kopf herüber und schien angestrengt zu lauschen. – Nelken, was für Nelken, sagte die Jüngere. Sie müssen träumen, mein Lieber, wenn Sie Nelken haben wollen, dann müssen Sie noch bis Mai warten. – Ach was? Ich starrte sie betreten an. Nelken ... habe ich wirklich Nelken verlangt? Ich muß in Gedanken gewesen sein. Es waren natürlich Astern, wie ich an dem nicht vorhandenen Duft erkannte; ungeduldig zahlte ich und wartete, bis sie die Astern kopfschüttelnd in Zeitungspapier gewickelt hatte. Dabei sah ich im Gesicht der Alten nebenan den Schatten einer längen Hakennase beständig über dem zornig murmelnden, zahnlosen Mund umherspringen: Sie welken! Sie welken ... verwelkt! Offenbar machte sich die Alte einen Reim auf unseren kurzen Wortwechsel, den sie nicht verstanden haben konnte; ihr Gebrabbel klang, als würden Flüche herübergezischt. Ich sah ihre braune Faust mit einem Krückstock verwachsen, der zu verhindern schien, daß sie von der Last eines ungeheuren, sich zwischen ihren Schultern aufbäumenden Buckels vornüber geworfen wurde. Mit den Blumen entfloh ich ihrem dampfenden Atem und den Blicken der Brille, wurde aber an der Straßenkreuzung aufgehalten. Jenseits dieser erkannte ich linker Hand das große Eisentor des Friedhofs, daneben die kleine geschlossene Besucherpforte; ein kurzes Stück weiter entfernt sah ich, aus dem Schatten hervor, einen Briefkasten an der Mauer. Das rote Licht der funktionsuntüchtigen Verkehrsampel ging aus, schaltete sich wieder ein, ging wieder nur sekundenlang aus, unaufhörliche Kolonnen von Kraftwagen dröhnten über die Kreuzung. Es war so kalt, daß ich meinte, der feine Niederschlag aus den irrlichternden Nebeln müsse gleich zu Schnee werden; im dünnen Kleid neben mir, unter vielen nervös gewordenen Leuten, stand ein Kind, ein Mädchen, zehn oder zwölf Jahre alt, das von einem Bein aufs andere zu springen begann. – Mein Fräulein ... vorsichtig beugte ich mich hinab und flötete, mein kleines Fräulein, willst du mir den Brief dort drüben in den Kasten werfen? Ich säuselte unter Aufbietung aller falschen Freundlichkeit, und die Stimme war mir höchst widerwärtig: Willst du so nett sein und mir den Brief in den Kasten tun? Ich muß sofort zum Bahnhof zurück. Und ich drückte ihr den Blumenstrauß in die Hand: Hier ... zum Dank dafür auch diese schönen Blumen!

Zum namenlosen Erschrecken aller Umstehenden sprang das Mädchen noch vor dem grünen Signal auf die Fahrbahn, es rannte, den Brief und die Blumen schwenkend, zwischen den bremsenden Autos hindurch, die Leute neben mir brachen in einen gemeinsamen Schrei aus ... doch das Kind kam sicher drüben an, rannte weiter, an dem Briefkasten vorbei; der Brief flatterte wie zum Hohn in der Dunkelheit, in die das Kind verschwand. – Als der Brief fort war, wußte ich plötzlich, daß er ab einer entscheidenden Stelle in der Ich-Form abgefaßt war: das war der Fehler!

– Elender Kerl! Was wollte der Kerl von dem Kind! Hände weg von dem Kind! schrillte hinter mir eine Stimme ... eigentlich hätte der Schrei im Gebrüll eines anfahrenden Lastzuges auf der Kreuzung unhörbar bleiben müssen ... wie alle übrigen Stimmen, und auch die Worte, die ich dem Kind ins Ohr gesagt hatte ... aufgelöst von den rasenden Ereignissen wollte ich fort: in großem Bogen an den Tischen des kleinen Blumenmarktes vorüber; ich sah die Alte, nun völlig in die Furie eines Alptraums verwandelt, mit der schwingenden Krücke auf mich zielen, ich floh, entging aber nicht der Aufmerksamkeit eines neuen Menschenstroms, der soeben den Bahnhof verließ. – Da, da ... schrie die Alte, da ist er ... ich erkenne ihn genau! Bleib stehen, du Lump! Ich blickte mich schnell um, ob ich wirklich gemeint war. Die Alte stieß mit dem Stock genau auf mich ein: Da rennt er, der Schürzenjäger, der Hurenbock! Ihr Keifen übertönte alles: Da haut er ab, der Fotzengockel ... der Fotzengockel ... Fotzengockel! Haltet ihn ...

Viele Menschen blieben stehen und starrten mich erschrocken an, kaum konnte ich ihnen ausweichen, das Gesicht im Mantelkragen, stürzte ich, während sich das Toben der Alten überschlug, in heller Not in den Bahnhof hinein.

Grünes grünes Grab

1

In den letzten Jahren hatte er nicht mehr gewußt, wonach er auf der Suche war, ebensowenig, wohin das dauernde Nachdenken darüber führen sollte: beides war scheinbar ein und dieselbe Frage. Immer war er sich wie in einem geschützten Raum vorgekommen, er war sich vorgekommen wie ein Geduldeter; er war geduldet mit einer gewissen Lust am Unfug, die der Gesellschaft, in der er lebte, zu eigen war, vielleicht, weil sie das Unbrauchbare auf geheime Art schätzte, denn daß diese Gesellschaft Wahrheiten von ihm erwartete, ließ sich ihm immer schwieriger denken. Vielleicht erwartete sie bestimmte Reize von ihm, Reize für erschlaffte Nerven, eine Art Dekoration, die sich in rhythmischen Phrasen ausdrückte, oder in mehr oder weniger wohlgesetzten Eindrücken aus einem fremdartigen Weltteil, der dieser Gesellschaft, in welcher er sich seit nunmehr fünf Jahren fast ununterbrochen aufhielt, wesentlich unbekannt sein mußte. Eigentlich hatte er in diesen fünf Jahren geglaubt, unsicher zu leben; dabei hatte er auf eigentümliche Weise von außerhalb beobachtet, daß sich allerorts ein ziemlich übler Lebenskampf abspielte. Allerdings tobte dieser Kampf in einer Region, wo er nichts als ein häßlicher Streit um die Beibehaltung eines Daseinsniveaus genannt werden mußte, dem das seine nicht in jeder Hinsicht zu vergleichen war. Er existierte in gut möglichem Auskommen, geriet nie wirklich in Gefahr, um die Gewährleistungen seiner Lebensweise bangen zu müssen: es sah aus, als habe er sich eingependelt, in bescheidenem Maß lebte er wohl, kannte sogar vorübergehenden Überfluß, und hatte dabei keine zu heftigen Anstrengungen zu fürchten, daß sich ihm sein Wohlergehen erhalte.

Draußen vor dem Abteilfenster war es seit langem undurchdringlich dunkel, eine Nacht, fest wie Metall, durch die sich der

Schnellzug schleppend bewegte; in manchen Augenblicken ruckartig, als müsse er Widerstände durchbrechen, und es schien, als zerteile sich die Finsternis jenseits des Fensters in Scheiben, die blechern lärmend umfielen: hinter jedem dieser Segmente erwartete er die Öffnung des Tages, zumindest einen Dämmeranflug, und das Zurücksinken der Finsternis nach jener Richtung, die der Zug verließ. Der Zug fuhr nach Osten, und dennoch schob er sich in immer dichtere Schwärze hinein. C. fand es erstaunlich, wie lange das Licht auf sich warten ließ in diesen Morgenstunden des frühen Herbsttages; es war ein allzu deutliches Indiz dafür, daß der Sommer endgültig vergangen war.

Seit dem letzten Drittel der Reise war er allein im Abteil, was ihn für die vorausgegangenen Stunden einigermaßen entschädigte. Bis zum Bahnhof Weimar hatte er sich dem unaufhörlichen Geplauder und der fast aufsässigen Neugier – die ihm als eine ganz neuartige Nuance im Umgang der hiesigen Leute erschien – der übrigen Passagiere aussetzen müssen, die ihm weder zu schlafen noch zu lesen gestatteten.

Ihnen gab er die Schuld an der wenig erfreulichen Richtung seiner Gedanken: anfangs vorsichtig hatten sie ihn mit ihrer Wißbegier umsponnen, die ihm zuerst nur lüstern erschien, dann aber glaubte er Unverschämtheiten zu bemerken. Vielleicht hatte er zuviel gehört, vielleicht war es die landesinterne Paranoia, die hier förmlich in der Luft lag, er kannte sie zur Genüge; als er auf ihre ersten Fragen einsilbig reagierte, hatte er sie ungewollt ihrer Langeweile beraubt, und sie taten ihm nach und nach ihre Meinungen kund, die verstellt abschätzig waren, oder jedenfalls die sicheren Verhältnisse von Leuten, die stets ihre Pflicht getan hatten, gegenüber den unsicheren der *sogenannten Künstler* hervorkehrten. Er hatte, zu müde und zu faul, sich mit einer Lüge ihrem Interesse zu entziehen, auf eine Frage hin zugegeben, daß er sich mit Schriftstellerei befasse, und damit sofort die allgemeine Aufmerksamkeit auf sich gelenkt. Was er denn geschrieben habe, wollten sie natürlich wissen, und als er von *Gedichten* sprach, fragten sie ihn, von welchem Thema seine Gedichte handelten. – Darauf wisse er keine Antwort, denn … er stockte; sehnlichst wünschte er sich Weimar herbei, doch war es bis dahin noch weit. Binnen kurzer Zeit wurde die Unterhaltung über seinen Kopf hinweg geführt, und eigentlich hätte er erleichtert sein können. Dennoch fühlte er sich verkrampft, seine Blicke irrten unnötig aufmerksam zwischen den Sprechenden umher; es war das gestelzte Gerede von Leuten, die sich nicht kannten, die aber plötzlich ein gemeinsames Thema hatten. Sehr schnell ging es um den Vergleich der Verdienstmöglichkeiten eines Schriftstellers mit denen *normaler* Berufe. – Er könne, sagte ein jüngerer Mann, ganz gut verzichten auf die sogenannten Freiräume eines Künstlers, er jedenfalls wisse, was er jeden Monat für seine Arbeit auf die Hand kriege ...

Indessen versuchte C., wenn auch längst nicht mehr im Mittelpunkt des Interesses, seinen steckengebliebenen Gedanken fortzuführen: Nein, er wisse keine Antwort. Weil Gedichte diejenigen Formen sind, die ihr Thema erst zu suchen anfangen, wenn sie niedergeschrieben werden, und dann ...

Dazu brauche man eben Phantasie, ganz klar, sagte ein älterer Mann, und die sei nicht jedem in dem Maß gegeben! Dabei lächelte er weise.

Sie lese auch viele Bücher, bekannte eine Dame, die sich von dem älteren Mann angesprochen fühlte. Aber von den meisten Gedichten verstehe sie nichts. Nur die Mundartgedichte in der Zeitung, die finde sie manchmal ganz schön.

Das kann jeder, behauptete der junge Mann; man wußte nicht, wem er damit widersprach. Das kann jeder! Da fragt man sich doch immer, wofür die ihr Geld kriegen! Einmal, das ist bestimmt schon mehr als zehn Jahre her, da habe ich ein paar Schriftsteller im Fernsehen gesehen. Es waren Lyriker! Sie machten dort einen Wettbewerb und sollten dort ein Gedicht über Chile dichten. In ein oder drei Minuten, glaube ich, oder in fünf, einfach so ins Mikrofon, denn damals war gerade die Sache mit dem Putsch, und das Wort *Chile* mußte mindestens einmal vorkommen. Oder es sollte mindestens dreimal vorkommen, das weiß ich nicht mehr. Das fand ich gar nicht so schlecht, sie sollen alle sehr bekannt gewesen sein, aber ich kannte sie natürlich nicht. Und dann fingen sie an, nach der Stoppuhr, und was sie sagten, hat sich nicht mal gereimt. Aber der Sieger hat, glaub ich, einen ganz guten Witz drauf gehabt ...

Also ich finde das überhaupt nicht witzig, mischte sich ein zweiter junger Mann ein. Also überhaupt nicht! Wer will denn noch was von Chile wissen, wer zahlt denn noch einen Heller für Chile ... Er hatte bisher geschwiegen, den Kopf zurückgelehnt, die Augen geschlossen, die verächtlich verzogenen Mundwinkel aber hatten erkennen lassen, daß er zuhörte.

Da wir uns nicht kennen, erwiderte der erste junge Mann, sag ich dir, wir zahlen vielleicht noch sehr viel für Chile, jetzt, wo sie da eine Wahl hatten. Sie hatten schließlich eine *richtige* Wahl in Chile! Außerdem habe ich gesagt, es ist zehn Jahre her, oder fünfzehn Jahre, was weiß ich. Allerdings weiß ich nicht mehr, was die Sieger damals abgefaßt haben, auf der Bühne. Aber es war natürlich leicht verdientes Geld ...

Es war derjenige, der irgendwann zuvor – C. glaubte sich dessen zu erinnern – von den Freiheiten *brotloser* Künstler gesprochen hatte, – es konnte sein, daß er sich all diese Sätze nur eingebildet hatte, daß sie ihm durch den Halbschlaf gerauscht waren, in den er irgendwann, trotz seiner gesprächigen Mitreisenden, gesunken war. Vielleicht auch waren all diese geträumten Sätze nur die Projektionen seiner Befürchtungen: Was erwartete ihn in jenem Teil des Landes, den er vor einem halben Jahrzehnt verlassen hatte? Man hatte ihn jetzt, zum ersten Mal seit seiner Ausreise, zu einer Lesung aus seinen Büchern eingeladen; und er wurde das Empfinden nicht los, die Reise habe unter schlechten Vorzeichen begonnen.

Er fuhr in ein Land, in dem es gärte und kochte – er war schon darin, er fuhr schon mitten durch das beständige Nachtdunkel dieses nicht mehr geheuren Landes, dessen Regierung nur noch seriell gestanzte Formeln von sich gab, die von nichts als Ignoranz zeugten, – sie konnte nicht mehr anders, diese herrschende Kaste, ihr Sprachvermögen war aufgebraucht. Und währenddessen waren die Botschaftsgebäude in Prag, Budapest, Warschau vollgestopft mit Leuten, die sich weigerten, nach Hause zurückzukehren. Allabendlich häuften sich auf dem Bildschirm die Meldungen über Protestdemonstrationen, Verhaftungen – sie verstärkten nur noch die Proteste –, über die Gründung immer neuer Widerstandsgruppen, die in nie dagewesener Offenheit auftraten, immer untrüglicher zeigten sich Ablösungserscheinungen in den sogenannten Blockparteien, immer öfter erhoben sich auch darin Stimmen, die dem regierenden Zentralkomitee die Unterstützung aufkündigten. – Seit über einem Jahr war er nicht mehr hier gewesen; inzwischen dünkte es ihm erstaunlich, wie viele auch jüngere Personen die Grenze, diese einst unüberschreitbare Grenze, passierten. C. gehörte zu den wenigen, die dieses Privileg schon seit einigen Jahren in Anspruch nehmen durften, und stets hatte er sich des Reiseweges, den er jetzt benutzte, nur unter unguten Empfindungen bedient. Immer wieder hatte er in Eisenach die mißtrauischen Blicke der Zusteigenden auf sich zu spüren geglaubt, die bemerkt haben mußten, daß er schon vorher in dem Zug saß. So hatte er meist seine Flüge nach Berlin zu einem Besuch im Osten genutzt, denn dort ging der Grenzübertritt schneller und schmerzloser vonstatten: man tauchte, nach dem Durchqueren der ehemaligen U-Bahn-Tunnel, sozusagen anonym auf der Ostseite des Bahnhofs Friedrichstraße ans Licht.

C. suchte sich darauf zu besinnen, ob er vor den Fahrgästen in seinem Abteil, die in Weimar alle ausgestiegen waren, davon gesprochen hatte, daß seine Lesung für den Montagabend vereinbart sei ... die großen Demonstrationen in den Metropolen des Landes fanden immer an Montagen statt, dies hatten die Organisatoren der einzelnen Gruppierungen offenbar so festgelegt. Er fragte sich, ob er etwas davon mitkriegen werde, denn ausgerechnet am Montag sollte er seine Gedichte lesen. Er fragte sich, ob die Wahl dieses Termins ein Zufall gewesen sei ...

Im übrigen war es verständlich, daß jene mit einem Reisepaß ausgestatteten Privilegierten unter den Leuten des Landes immer mehr an Ansehen verloren. War es nicht so, daß eigentlich jeder von ihnen als ein der regierenden Partei freundlich gesonnener Zeitgenosse gelten mußte, oder zumindest als solcher – und gemeinhin schien dies unter Schriftstellern der Fall zu sein –, der sich durch diese Reiseerlaubnis hatte befrieden lassen? Dabei war es nebensächlich, in wie vielen Einzelfällen eine derartige Einschätzung vollkommen von den Schwierigkeiten absah, in die man als Schriftsteller, der auf Publikationsmöglichkeiten angewiesen war, hatte geraten können. Sehr bedeutend konnten diese Schwierigkeiten für einen *Schriftsteller* nicht sein, dachte man wohl. Und bestimmt lag man damit richtig! Ohne Zweifel hatte sich das Gesamtbild der Verhältnisse einem Punkt angenähert, an dem jedwede Erlaubnis – gleich welcher Art, gleich unter welchen Bedingungen –, die man von der Regierung eines solchen Landes erhielt, einen widerwärtigen Kompromiß darstellte. Längst war die Lage so unauflöslich verfahren, daß man zugeben mußte, jene indifferente Volksmeinung war voll und ganz berechtigt. Man konnte sagen, es sei an der Zeit, daß die Unterprivilegierten zu hassen begannen: und daß sie die Privilegierten links liegen ließen ... wenn sie keine Lust verspürten, sie anzuspucken. – Und in diesem Land war er auf dem Weg durch die Nacht.

Irgendwann war er dennoch eingeschlafen, – nur für Minuten, glaubte er; als er die Augen wieder öffnete, kam das Morgengrauen herauf. Der Zug bewegte sich endlich ruhiger, in gemächlicher Fahrt rollte er einem verhangenen Tag entgegen, dessen Trübnis jedoch nur als eine Entfärbung der Dunkelheit erschien. Vor den Waggonfenstern strebten mit Gras und Gebüsch überwachsene Böschungen auseinander, der Zug schob sich langsam auf eine Ebene hinauf; Straßen ohne Verkehr wurden sichtbar, Felder, zum Teil schon abgeerntet, Gehöfte und kleine unansehnliche Siedlungen, menschenleer und auf ungewisse Art bankerott wirkend, mit Parkplätzen voller Landmaschinen an den Rändern wirrer Häusergruppen, die wie Ansammlungen von Schrott und Schutt aussahen. Dann tauchten verstreut Industrieanlagen in der Landschaft auf, umgeben von Gemäuer, dessen Reste abschüssig, gleich verfaulenden Gebissen, in die Erde eingingen oder sich den dahinter liegenden Kohlehaufen anglichen. Bahnhöfe, die den Eindruck jahrelanger Vergessenheit machten, zogen blöde vorbei. Still und gleichmäßig grau dehnte sich der Himmel über dem Land; darunter kroch der Zug dahin, in jedem Moment erwartete man das völlige Verstummen der Fahrtgeräusche. Nun hielt man auch schon; langgezogenes Quietschen und dumpfe Stöße setzten sich durch die Waggonreihe fort, weit schienen sie durch das Gelände zu hallen und wurden von dem Himmel verschluckt, der nun eher ein schmutziges Weiß war. Lange, deprimierend lange und offenbar völlig grundlos schien der Zug zu stehen, – vielleicht aber währte auch dies nur Minuten; dann ging es weiter, in schnellerem Tempo jetzt, doch wieder unstet, ruckartig, als müsse gleich wieder gehalten werden; aber der Zug fuhr, daß seine Geschwindigkeit stieg, war an dem rostigen zweiten Gleis abzulesen, das neben der Strecke herlief; sichtlich war es ein schon lange nicht mehr benutztes Gleis, Unkraut und Gras standen zwischen den Schienen, und je länger C. in dieses unter ihm hinwegfliehende Gleis starrte, um so öfter dünkte ihm, daß das Gras dort unten schwarz war. – Der Himmel zog sich über das Land wie ein grell-grauer, stark überbelichteter Film, der auf eine Leinwand von unendlichen Ausmaßen projiziert war; einige Vögel nur, schwarze Partikel, die in wirren Figuren taumelten, streiften hindurch; oder der Film wurde für Augenblicke von kaum wahrnehmbar schwingenden Leitungsdrähten geschnitten.

Wenn man den Blick aus diesem Himmel herabsenkte, war das Gras in dem mitlaufenden Nebengleis schwarz – vielleicht war es von Maschinenöl verunreinigt oder es war von Flammen versengt worden –, schwarz fegte es vorüber, schwarz oder entfärbt, verschwelt unter dem farblosen Spätsommerhimmel, der vor Müdigkeit brannte. – Schwarz ... schwarz ... schwarz, zählte C. die hart und monoton heraufklingenden Schienenstöße, die Stirn brennend vor Ermüdung und an die rhythmisch erschütterte Glasscheibe gelehnt. Und er schlief wieder ein, im Schlaf, den er mehr als einen Schlaf träumte, die Schienenschläge zählend, die sich bis hinter seine Stirn fortsetzten: Schwarzes Gras ... schwarzes schwarzes Gras ... schwarzes schwarzes schwarzes Gras ... drinnen saß ein Has ... drinnen saß ein toter Has und fraß das Gras ... schwarzer Has ... fraß das schwarze schwarze Gras ... schwarzes Gras ...

2

Als er zu Hause ankam, stand er vor der verschlossenen Tür und mußte feststellen, daß er vergessen hatte, seinen Wohnungsschlüssel mit auf die Reise zu nehmen. Vergeblich suchte er sich bemerkbar zu machen, klopfte laut und rief durch den Briefschlitz in der Tür nach seiner Mutter. Ergebnislos hörte er seine Stimme durch die Räume hallen, alle Zwischentüren schienen offen zu stehen; ein Gefühl sagte ihm sofort, daß die Wohnung leer war. Der Entlüftung halber pflegte seine Mutter die Türen geöffnet zu lassen, wenn sie für länger abwesend war; er konnte durch den Briefschlitz bis in die dämmrige Küche sehen. Noch mehrmals vergeblich, resigniert schon, rief er und schlug gegen die Tür; zu dumm, daß er sich nicht besser mit ihr abgesprochen hatte: sie war offenbar, was des öfteren vorkam, zu ihrer Schwester nach Jena gefahren. – Er ließ die Reisetasche im Treppenhaus stehen und ging auf die Straße hinaus, die vollkommen menschenleer war.

Es war Sonntag, der 10. September, so viel wußte er. Und es war morgens zwischen acht und neun, als er ziellos durch die Straßen wanderte. Es hätte sich von selbst verstanden, wenn an einem Sonntagmorgen zu solcher Stunde in diesen fast nur von Arbeiterfamilien bewohnten Straßen nicht viele Leute anzutreffen gewesen wären, daß er aber nicht einen einzigen Menschen sah, erschien ihm nach einer Weile sonderbar. Keine Bewegung war in den Straßen, kein Fahrzeug fuhr, kein Lebenszeichen drang aus den Häusern. – Es war ihm schon seltsam vorgekommen, so fiel ihm jetzt ein, daß ab G., der letzten Station seiner Bahnreise, der Bus nicht verkehrte, dessen Abfahrtszeit er sicher in seinem Gedächtnis verwahrt geglaubt hatte: entweder lag es am Wochenende, oder die Anzahl der zu befahrenden Linien war schon wieder geschrumpft worden; solches ließ sich auf den Fahrplänen der vergangenen Jahre immer öfter ablesen. Wie durch ein Wunder hatte er ein Taxi aufgespürt, und, ein weiteres Wunder, der Fahrer nickte gelassen, als ihm eine Strecke von mehr als zwanzig Kilometern zugemutet wurde. Es war ein stur schweigender, starr nach vorn blickender Chauffeur, der den Wagen mit rücksichtslos überhöhter Geschwindigkeit über die kurvenreichen, zum Glück leeren Landstraßen jagte. C. zahlte, vor seinem Haus angekommen, dem noch immer stummen Mann den größten Teil seines noch verfügbaren Ostgeldes auf die Hand; der Taxifahrer startete und raste grußlos davon, in halsbrecherischem Tempo, als sei er auf der Flucht hinaus aus dieser leblosen Stadt.

Tatsächlich, es gab in keiner der Straßen das geringste Anzeichen von Leben. Manche der Fenster im ersten Stock der Häuser standen spaltbreit offen, unbeweglich und bleich hingen die Gardinen nieder, viele davon in der steingrauen Farbe alter Stoffe, die ihre ursprüngliche Substanz nicht mehr auf den ersten Blick erkennen ließen. Hinter ihnen war Schatten, in dem sich nichts rührte; alles sah aus, als sei es im Begriff, langsam, innen und außen, zu ein und derselben undurchdringlichen Masse zu werden. Die Zeit schritt fort, die Straßen indessen – jede, die er durchwanderte – behielten ihren erstorbenen Eindruck bei: überall Stille, Erloschenheit. – Es mußte an seinem Kopf liegen ... er allein war die Stätte dieses leblosen Zustands! Dabei wandelte er wie durch Bilder der Erinnerung, die ihre Herkunft ebenfalls in seinem Kopf hatten; überscharf traten die Fassaden seiner vergangenen Jahre vor den weißen Himmel, jeden Winkel dieser Straßen kannte er, immer wieder hatte er, in dauernder Angst, auch nur das kleinste Detail dieser Ortschaft zu vergessen, sich bis zum Überdruß erinnert, an jeden Platz, an jede Biegung dieser grob gepflasterten Gänge zwischen den Gebäudezeilen ... in der Tat, er hatte sich zu Tode erinnert, seine Erinnerung an diese Winkel hatte deren Wirklichkeit ausgelöscht. Jedesmal, wenn er wieder in eine Seitenstraße einbog, war er darauf gefaßt, daß die gleichförmig schwarzgrauen Fassaden ... sie wirkten wie herausgestochen aus dem blendenden Hintergrund des Himmels ... sich nach kurzem Wegstück auflösten, um nahtlos einzugehen in das farblose Nichts des Raums, der sie umgab. Und er wünschte sich fast das Ende und die völlige Auflösung dieser Stadt. Aber die Straßen und Gassen reihten sich weiter, längst hatte er die meisten davon schon mehrfach durchschritten, zwei-, dreimal schon war er wieder an dem Haus vorbeigekommen, in dem er gewohnt hatte; er hatte es nicht beachtet, es hatte sich ebenso nahtlos jenem Monstrum eingefügt, das er seine Erinnerung nannte; und wahrscheinlich hatte er an diesem Vormittag schon die meisten Jahre dieser Erinnerung durchquert. Und das Ungeheuer dieser Kleinstadt – es war in Wirklichkeit auf kaum einer Landkarte zu finden – war ihm in all diesen Jahren wie eine Erinnerung ohne Leben erschienen.

Endlich erreichte er den Stadtausgang; er ging voran, immer schleppender und längst gehüllt in einen dichten Mantel aus Müdigkeit; so wanderte er weiter, als habe er gar keine andere Möglichkeit. Irgendwann war das Straßenpflaster unter Staub und zerstampftem Schlamm versunken; die Felder, seit unbekannten Zeiten brach liegend, waren über die Straße hinweg gedriftet, die Wildnis holte sich das unbeachtete Menschenwerk zurück. Bald endeten auch die kleineren Wege inmitten von Gesträuch und Gras; C. schien es überhaupt nicht bemerkt zu haben und ging über dem Acker weiter; seit einer Weile schon zog sich neben ihm das Ungetüm einer Rohrleitung hin, der er gedankenlos gefolgt war. Die Leitung wurde in Kopfhöhe über dem Boden und in regelmäßigen Abständen von eisernen Böcken auf Betonsockeln getragen, weit vor ihm verlor sich das Rohr dort, wo sich dunkel der Waldrand anzeichnete. – Wenn er zur Stadt zurückschaute, sah er auf die Hinterseiten der Wohnblocks an der Stadtgrenze, die einen noch wüsteren Eindruck machten als ihre Vorderfronten in den Straßen: es war, als ob sie ihn von hier aus an eine noch frühere Zeit erinnerten; von hier aus erschien es – bei aller Verwahrlosung und Trauer, die von ihnen ausging – noch glaubhaft, daß diese Häuser bewohnt waren.

Auch diese Gegend kannte er, auch ihrer hatte er sich bis in die Träume erinnert, dennoch war er bis zu dieser Stelle hier unten an der Rohrleitung wahrscheinlich seit zwanzig Jahren nicht vorgedrungen. Er befand sich jetzt in der letzten Phase seiner Jugend, er war eigentlich schon ein paar Jahre über seine langanhaltende Jugend hinausgewachsen: damals hatte es die Rohrleitung noch nicht gegeben, es hatten sich von hier aus Gärten und kleine Felder mit Getreide und Kartoffeln bis zum Waldrand erstreckt. Einige Überbleibsel dieser Gartenanlagen waren noch jetzt am Stadtrand zu sehen; sie schlossen sich den Rückseiten der Häuser an und bedeckten die Flanke eines sich absenkenden Geländes. C. blickte auf ein Wirrwarr armseliger, chaotisch ineinander gewürfelter Parzellen, bestückt mit Holz- oder Steinhütten, halbfertigen Schuppen aus Wellblech, windschiefen Ställen oder Remisen, alles in so unübersichtlichem Durcheinander, daß nicht zu erkennen war, was die

Zäune, Mauerstücke, Drahtgeflechte trennen sollten, eher schien sich alles mit allem zu verbinden und zu vermischen. Mitten durch das Ganze stieß das riesenhafte Stahlrohr – sein Zweck war es, einige Industriebetriebe in der Stadt mit Ferndampf aus einem der nächsten Kraftwerke zu versorgen – in Richtung der Häuser vor; wo es diese erreichte, bog es sich, ganz der staunenerregende Fremdkörper aus einer Zukunftswelt, in den Spalt zwischen zwei Gebäuden, wo es verschwand. Aber auch dieses futuristische Ungeheuer war der allgemeinen Verrottung nicht entgangen, die Isolierung, die die stählerne Schlange umhüllte, war an vielen Stellen abgeplatzt und lag in Fetzen, die sich über die Gärten verstreut hatten. Die Glaswolle, die versetzt war mit längst verwitternder Gipsmasse, hatte sich in den Zäunen verfangen, lag über die Mauern und Schuppendächer gesät, sie hing, absonderlichen Riesenblüten gleich, von Bäumen und Sträuchern, und ihre Klumpen säumten an vielen Stellen die Wegränder, wo sie wie Barren von Eis oder Schnee aussahen, die seit langem alle Sommer überstanden hatten.

So saßen also auch noch diese Bilder in ihm fest, untilgbar, wie es schien: verkrustete, verschmutzte Ablagerungen am Fuß seiner Erinnerungsgemäuer, auch sie den Resten von altem Schnee gleichend, die nicht mehr schmelzen wollten. – Und er nahm auch diese Bilder noch mit auf seinen Weg, den er fortsetzte, fühllos vor Müdigkeit, aber seltsam mühelos inzwischen, unfähig, anzuhalten oder umzukehren, unfähig, anderes wahrzunehmen als seine Erinnerungen ... oder das noch, was ihm diese Erinnerungen zu vervollständigen schien ... unter dem gleichförmigen Schein des Himmels, der über ihm war und vor ihm, und so war er endlich bis zu dem Waldrand emporgestiegen, der auf einer Anhöhe begann.

Er blickte noch einmal durch das kleine Tal zurück, im nächsten Moment hatte er die Stadt aus den Augen verloren. Sofort hatte er den kaum noch sichtbaren Eingang zwischen den Bäumen gefunden; er erkannte ihn wieder, obwohl er fast zugewachsen war; er war hier so oft eingetreten, daß er den Pfad, der unter das Laubdach führte, mit geschlossenen Lidern hätte finden können. Kaum bemerkbar schlang sich das schmale Band eines Weges durch das Unterholz, es war um ihn sofort ein lautloses Halbdunkel. Der Pfad wand sich vorbei an dicken Baumgruppen, wich niedergebrochenen Stämmen aus, die schon vermodert waren, umging wassergefüllte Senken, die versumpft waren, wo man in Schilfdickicht und hohem Gras, in den Dunstwolken darüber, leicht fehltreten konnte. Doch C. bewegte sich mit der Sicherheit eines Schlafwandlers und wich dem nassen Untergrund aus, ohne daß er es erst hätte bedenken müssen. Sanft stieg der Pfad an, es wurde trockener, noch folgten ihm sumpfige Dämpfe nach, es war feuchtwarm in der Dämmerung unter dem Laubtunnel; das Leuchten des Himmels drang nicht mehr herein. Und seine Augen waren nun wirklich geschlossen, er spürte seine Schritte nicht mehr, die unhörbar blieben auf den nachgiebigen Lagen des Laubteppichs unter ihm, die Luft war ohne Bewegung und schwer, ihr Druck schien ein feines Schwirren in seinem Gehör zu erzeugen, gleichmäßig und unablässig schwingend wie ein Sieden, das allerorts aus dem grünen Schaum kam, aus Dickicht und Dampf, und nicht mehr abriß, aber auch nicht stärker wurde. Und er war jetzt in seiner Kindheit angekommen, seine Schritte, ohne Geräusch und weich und knochenlos, waren sicherer und gewandter denn je. Oben am Ende des Pfads – er hatte es vorhergewußt – trat er auf eine große Lichtung hinaus. Hier leuchtete wieder der tiefe, farblos-helle Himmel über ihm, es war der leere teilnahmslose Himmel seiner Kindheit, gesammelt brannte er sein Licht ab über der großen freien Stelle, wo es nur ein paar alte ausladende Eichen gab, und sonst nur das gewellte, waldumsäumte Fluten von Gras, – hüfthoch war es in seiner Kindheit gewesen, dunkelgrün, und alle Wärme aus dem Himmel in seinem Rund bewahrend. Hier ließ sich C. in den Schatten des nächststehenden der Eichbäume fallen und war im nächsten Augenblick eingeschlafen.

3

Am Nachmittag wachte er wieder auf: es war zu vermuten, daß es später Nachmittag war. – Der Himmel, in den er blickte, als er sich auf den Rücken wälzte – denn er hatte zusammengekrümmt auf der Seite geschlafen; sitzend gleichsam, als sei er noch immer in dem Eisenbahnabteil – dieser Himmel war im Zenit unverändert hellgrau, beinahe weiß, undurchsichtig und reglos. Jeder Faden, den er am Leib hatte, war, so schien ihm, von Schweiß durchtränkt worden, wieder getrocknet, noch einmal durchtränkt, der Kleiderstoff war an einigen Stellen steif geworden und durchsetzt mit dem Salz, das seine Poren abgesondert hatten. Es war ihm, als habe er ein Fieber überwunden, sein Kopf war so klar und nüchtern wie seit Tagen nicht mehr. Vielleicht aber war es um Mittag herum nur ungewöhnlich heiß gewesen, die Sonne – er erinnerte sich an die Heftigkeit ihrer plötzlichen Durchbrüche aus der Kindheit – war vielleicht durch den Dunst gebrochen und hatte sich entblößt ... jetzt war das Firmament wieder bedeckt; es schien auf den Abend zuzugehen. – Es habe ihm, so bildete er sich ein, als er auf der Seite liegend die Augen aufschlug, ein Tier ins Gesicht gestarrt, irgendein Waldkaninchen, ein dürres räudiges Ungeheuer mit schmutzigem Fell und blöden, dunkelbraunen Sumpfaugen, ein offenbar krankes Tier, das ihm aus Lethargie so nahe gekommen war ... oder war dies ebenfalls eine Erinnerung aus seinen Kindertagen? Es schauderte ihm; er erhob sich und begann nach Orientierung zu suchen. – Es fiel ihm die Schriftstellerlesung ein, die er ausgemacht hatte; minutenlang war er von Panik beherrscht und suchte sich vergeblich zu besinnen, welcher Tag es war. Die Lesung war für den Montagabend festgesetzt, in L., in der Bezirkshauptstadt, eigentlich war es bis dorthin nicht sehr weit, nur gab es keine günstigen Verkehrsverbindungen, – jetzt erinnerte er sich seiner Eisenbahnreise, der verschlossenen Wohnungstür und des fehlenden Schlüssels; die lange Nachtfahrt hatte ihn zermürbt – er war zu alt für derartige Strapazen –, und todmüde war er hier auf der Waldlichtung in den Schlaf gefallen: es konnte erst Sonntagnachmittag sein!

Nervös ging er einige Schritte im Kreis: wo war er eigentlich? – Seine Kniegelenke fühlten sich noch weich an, alle Knochen schmerzten ihm vom langen krummen Liegen auf dem unebenen Grasboden ... früher habe es ihm nichts ausgemacht, dachte er, diese Zeit war vorbei. – Wann früher? Wovon sprach er eigentlich, von welcher unmöglichen Zeit, und von wem sprach er?

Das Gras, in dem er gelegen hatte, war schon wieder aufgerichtet, zäh und unverwüstlich hatte es, kaum daß es seine Last losgeworden war, die Halme wieder ins Licht gestreckt. Schon fand er nicht mehr zurück zu der Stelle, wo er gelegen hatte; das Gras glänzte schon wieder und ergab sich dem Tag, als hätte nie ein Schatten es belastet. Und es schien zu wispern in der Windstille, ohne Unterlaß schien es zu wachsen, auf unbestimmte Art geräuschvoll, und eilig regenerierte es sich, überwand jedes Hindernis, schloß sich schnell über jedem Loch in dem federnden Waldboden. Und es trieb selbst unter Erdschollen und Gestein wieder hervor, unter allem, von dem es zufällig begraben wurde, und es wuchs jeden Hügel empor und umsproß jeden Gegenstand, umrankte jede Form und Figur und deckte eines Tages alles zu. Zeitig in jedem Frühjahr stand es auf, ertrug die glutende Schwere des Sommers, wehrte sich lange gegen den Herbst, so lange es ging, und sprengte vielleicht schon die späten Schneekrusten am Ende des Winters. Und es trug scheinbar leicht an den Jahren, die durch sein Gewoge strömten, widerstand den Wirren und Vergeblichkeiten der Zeit, seine feinen Wurzeln entzogen sich vielleicht sogar dem Feuer und stießen im Frühjahr neu aus den verschwelten Flächen, und züngelten grün und unversehrt hervor. Alle Geschöpfe über ihm, Mensch und Tier, alterten und beugten sich in die Flut der Jahre, – das Gras aber wurde nicht eigentlich alt: es ergraute, verdorrte, brach zusammen, doch nur, um aus demselben Platz, aus denselben Wurzeln wieder hervorzusteigen, und um so ungezügelter am Ort seines Vorübergehens zu grünen.

Als C. sich zum Gehen wandte, wußte er, warum er hier alles so genau wiedererkannt hatte ... und dennoch den Weg aus der Lichtung heraus nicht sofort finden wollte und noch einige Male im Kreis irrte. Jener kleine Fleck war es, auf dem er gelegen hatte, mit dem Leib beinahe eine kaum merkliche Bodenerhebung umschlingend, der ihm so unzweifelhaft angehörte. Dieser Fleck war es, dem er verbunden war wie sonst keinem zweiten Ort, dem er körperlieh und atmosphärisch verbunden war, als sei er hier einst verwurzelt gewesen. Und ganz ohne Bewußtsein hatte er ihn vor Mittag aufgespürt: der Zufall – ein vergessener oder verlorener Schlüssel – hatte ihn geleitet und gedankenlos an diesen Platz geführt, den er vor langen, langen Jahren ebenso unbedacht verlassen hatte. – Ja, er hatte sich damals von hier davongemacht, weil er glaubte, eine Figur werden zu müssen, eine Rolle spielen zu können, – wahrscheinlich hatte er sich nicht so deutlich ausgedrückt, doch im Grunde war dies seine Absicht gewesen. Nun hatten ihn Erschöpfung und Überdruß die alte Stelle wiederfinden lassen, wo er ohne Bedenken müde sein durfte. Gedankenlos müde, wie er nicht mehr geglaubt hatte sein zu dürfen, seit ungezählten Jahren, und nicht mehr zu können, seit er seine Rolle für sich in Anspruch nahm: sie war eine Art Statistenrolle im Repertoiretheater des gesellschaftlichen Überbaus. Dies hatte er erreicht: das hinlänglich geduldete Versatzstück zu sein zweier verschieden impotenter *Leseländer*, wo er dauernd auf der Hut sein mußte, daß die Lust an ihm in einem der beiden nicht erlahmte, – weder hier noch da, in den beiden pervertierenden Ersatzkulturen, die sich doch nur wechselseitig abstützten, wie zwei Krüppel, die mit den blutunterlaufenen Fressen gegeneinander gefallen waren.

Wie sollte er das Ganze noch lange aushalten, in diesem Maß von Müdigkeit, das ihm, in seiner sonderbaren Mitte, von zwei Seiten zufloß? Und wie sollte er es überhaupt über sich bringen, seine ausweichenden Gedichte vorzulesen, am Montag, – vorausgesetzt, er hatte diesen Tag noch nicht versäumt, vorausgesetzt also, er hatte nicht den ganzen Sonntag, die Nacht darauf und den halben Montag hier im Gras verschlafen. – Ausgerechnet für einen Montag war er zu dieser Lesung eingeladen worden – sehr kurzfristig übrigens –, wo doch an jedem Montag die inzwischen berühmten Demonstrationen stattfanden. Der Montag – niemand, der es nicht wissen konnte, jeder sprach nur noch davon, es war von den Medien in aller Welt verbreitet worden – war den Kundgebungen der *Opposition* vorbehalten, und diese waren in allen größeren Städten des Landes längst zu festen Einrichtungen geworden. – Wer hatte ihn überhaupt für den Montag eingeladen? Jemand von der Stadtverwaltung von L., irgendwer von der Abteilung Kultur aus dem Rathaus; er hatte den Namen dieses Herrn noch nie gehört. Und aller Wahrscheinlichkeit nach hatte er sich noch geschmeichelt gefühlt, von einem so dringlichen Interesse an seiner Lyrik! Was war das für eine dunkle Geschichte?

Nun gut, dann würde er also, falls es noch nicht Montag war, als Leichnam an ihrem Tisch sitzen und Gedichte vorlesen. Und hintennach, so war es doch üblich, einen Blumenstrauß in Empfang nehmen, und den ganzen Rest des Abends nicht wissen, wohin mit den Blumen, die es für normale Leute vielleicht in ganz L. nicht zu kaufen gab. – Nein, es war erst September, und zu dieser Jahreszeit gab es noch Blumen. Alles Wachstum war noch auf dem Höhepunkt, und kurz vor dem Zusammenbruch, und die Innenstädte leuchteten in einer Fülle von Blumen. Vor dem Bahnhof spiegelten sie sich in dem nassen Betonpflaster, und hinter den aufgereihten Eimern und Körben voller Blumen hockten, in sich hineingeduckt, auf Klappstühlen die Verkäufer; stumm, die Blicke nach links und rechts werfend, waren sie stets auf dem Sprung, zu verschwinden. – Dann, wenn sich rotgelb die Lampen entflammten über den breiten, unbelebten Boulevards, kamen sie – von allen Enden aus dem Netz der Seitenstraßen huschend, hinter dem Bahnhof hervor, und aus den Cafés, die den Fußgängerbezirk säumten, aus den Fußgängertunnels hervor; und aus allen entlegenen Vierteln der in allen Himmelsrichtungen düsteren Stadt; und sie lösten sich aus den Hauseingängen und aus dem Dunkel der Wände, und sie tauchten aus den längst schattenhaft gewordenen Parkanlagen in der Stadtmitte auf, und sie schwärmten aus den Betongevierten der Höfe, die von den Universitätsgebäuden umschlossen waren, und unablässig aus dem Dämmerbraun der Arkaden hervor, und zu den Bahnhofseingängen heraus, und aus den einfahrenden Zügen strömten sie auf die Bahnsteige – und liefen schweigend und entschlossen zusammen, und sammelten sich schnell und wortlos und begannen ihren düsteren und schwerfüßigen Marsch in mehrfachen Runden um den großen Innenstadtring ... während winzige abwesende Gruppen ihnen zuschauten, die aussahen wie Saalordner, oben auf den Fußgängerbrücken, auf den Emporen über dem riesenhaften Stadtraum, und herabblickten auf das immer breitere, unfaßliche Meer von Köpfen unter ihnen ... bis die Nacht in aller Schwärze hereingebrochen war, und die Lampen in der Stadt wieder ausgingen, und die Schriftzüge auf den Schildern und Transparenten nicht mehr zu lesen waren, die nur noch einen unaufhaltsam vorwärts wandernden Wald bildeten, – an dessen Rand der violette Schein wirbelte, der von den Warnleuchten einiger Polizeifahrzeuge ausging.

War es an einem solchen Abend möglich, mitten in dieser Stadt in einem verdunkelten Raum zu sitzen und Gedichte vorzulesen? Auf einem Podium vor leeren Stühlen, die Papierbögen mit den kaum leserlichen Zeilen in den Lichtkegel der Tischlampe zu tauchen und mit hohler Stimme die Verse eines Verschollenen zu zitieren. – Kaum daß die Worte bis zu den vereinzelten dunklen Figuren vorstoßen, die an der Rückwand des Raumes lehnen, wo von ihnen nur das hastige Aufglimmen der Zigarettenglut zu bemerken ist. – Er fragte sich, ob sie Hüte und Mäntel trugen, dort im Schatten der gegenüberliegenden Wand ... was konnten sie wissen, von wem diese Gedichtzeilen sprachen?

Sie sprachen von einem, der vor vielen Jahren schon, in seiner Kindheit schon, vom Weg abgekommen war. Damals hatte er sich in diesem Wald verloren und war nie wieder erschienen. Nie wieder war er aufgetaucht unter denen, die in dem Wald ein und aus gingen. Und es war jetzt ein entfernter Wald, den niemand mehr betrat, und älter und weiter zurück, als irgendwer zu bedenken wagte. Dort in diesem Wald, weit hinten in vergessenen und vernachlässigten Regionen, in rückständigen Provinzen, hinter Ebenen, denen kein Horizont nahte, inmitten einer Lichtung in diesem Wald unter einem weißfarbenen Himmel, dort lag er, bedeckt von lockerer Erde, und aus dieser sproß ein hüfthohes weiches Gras. Vielleicht war er immer in anderen Erscheinungen durch die Welt gegangen ... er hatte es vergessen, und er selbst war vergessen seit jenen unwiederholbaren Tagen, – seit über seiner Brust das starke und immer wache Gras begonnen hatte zu wachsen. Und es hatte zu fluten begonnen um seine junge Gestalt, und sich zu wiederholen in zahllosen Wellen, das grüne grüne Gras, das immer wieder auferstand im Hingang so vieler Jahre.

Die elfte These über Feuerbach

Immer wieder abgelenkt von Umleitungsschildern, die vor den immer dichter sich reihenden Straßenaufrissen aufgestellt waren und auf verwirrende Umwege wiesen ... vom Westen her wurde die Stadt von Baustellen förmlich aufgerollt, so schien es; und noch in der Finsternis glaubte man die lehmgelben Dünste aus den Gräben kochen zu sehen, so stark war das Gewitter ... war das Taxi schließlich auf den Innenstadtring geraten, wo es nur noch vorwärts ging, wo der Kreisverkehr den Wagen nicht mehr freigab. Das Fahrzeug, umsprüht von einer Wasserwolke, lag in einer unaufhörlichen Linkskurve; das Unwetter ließ endlich nach. Auf der rechten Seite huschten dunkle schwerfällige Gebäude vorbei, die komplizierten Fassaden von der Regentrübnis verschliffen und unansehnlich. In der warmen Nässe schienen sie den Brodem ihrer Trauer auszubrüten; die schrillen Seufzer der nagelneuen Autoreifen brachen sich in ihren Nischen und prallten zurück; die ursprünglichen Leuchtbuchstaben der Gebäudefronten waren ausgegangen und erkaltet, die grellen Farben neuer Lettern gossen ihren Widerschein über die von Ruß und Rauch überspülten Wände ... schon wußte kaum noch wer, was einst das Haus der DSF gewesen war, und schon waren auch die neuen Botschaften der Reklamen in den Köpfen zu unverständlichem Rotwelsch geworden, das man mit kaum einem Blick noch streifte. – Für den Fahrer waren allein die Nachrichten maßgebend, welche, doppelt, öfters dreifach sich überlagernd, und zum Bersten voller sich widersprechender Informationen – zumeist einer weiblichen und zweier männlichen Stimmen –, aus der Sprechanlage unter dem Armaturenbrett hervortönten, von Gekicher und Hustenanfällen unterbrochen, oder manchmal von ziellos ins Wageninnere gellenden Grußformeln – unbekannt ihre Absender, unbekannt ihre Adressaten –, so heftig, daß W. immer wieder erschrocken zusammenfuhr und seine eigenen Erklärungen abbrach, mit denen er die halblaute Radiomusik und das Knirschen ferner Gewitterschläge in der Lautsprecheratmosphäre der Stereoanlage zu übertönen suchte, seine Erklärungsversuche der immer unklarer werdenden Fahrtstrecke ... und die wilden Grüße, ausbrechend aus diesem Cockpit von Lärm, verzogen sich mit unmelodischem Singsang und Gelächter und schwangen sich durch die halboffenen Hinterfenster hinaus: Tschüs ... Ciao ... Good bye! Tschüs ... Adieu ... Proschtschaj! Tschüs ... Tschüs ... und vorbei.

Das Taxi war längst vom Ring abgebogen und suchte nach Süden vorzustoßen. Dabei geriet es auf einen Platz mit Grünanlagen und in Bedrängnis durch Einbahnstraßen, Bauwagen und Reihen parkender Autos, schäumend ruderte es um einige überschwemmte Kurven, gab das Vorwärtsfahren plötzlich auf und jagte im Rückwärtsgang eine lange Strecke abwärts, schwindelerregend, bis es in eine Straße mit baumbestandenem Mittelstreifen einfuhr – W. glaubte sie noch als die August-Bebel-Straße zu kennen –, stoppte, einen Augenblick verharrte, um dann wieder geradeaus zu rasen; allerdings erneut auf das Stadtzentrum zu. – Wir müssen so bald wie möglich nach rechts, sagte W. vorsichtig, wir müssen nach Süden und dort aus der Stadt hinaus. Wenn möglich, sollten wir auf der Liebknecht nach rechts, vielleicht also die Kurt-Eisner-Straße hinauf ... heißt die überhaupt noch so?

W. hatte den Eindruck, das Taxi sei nie an der Kurt-Eisner-Straße vorbeigefahren. Seiner Ansicht nach waren sie schon in der Dufourstraße ... sie hielten wieder auf die Universität zu, die wie eine ungleichmäßig abbrennende Zigarre in den schwarzblauen, rötlich unterglühten Nachthimmel ragte. – Die ... ja! hatte der Fahrer vor einer Weile gesagt; unverdrossen beschleunigte er den Wagen – wieder auf dem Ring – und neigte das Gehör tief in den Redefluß der Sprechanlage, mit der linken Hand steuerte er, mit der rechten schwenkte er das Mikrophon ohne Unterlaß gegen den Mund, um ganze Serien neuer Straßennamen zu erfragen, oft genug mit schreiender Stimme ... kurz vor dem Hauptpostamt hielt er den Wagen am Ende eines Schwungs nasser und blitzender Fahrzeuge an; weiter vorn leuchtete eine rote Ampel. Die gesamte Fahrbahn schien unter dem Dröhnen einer Vielzahl gezügelter Motoren zu erbeben; als das grüne Signal kam, heulte die Autokolonne davon ... der Taxifahrer aber hielt sich zurück und steuerte an der Ampel nach rechts. – Die ja! rief er, als sei er irgendeinem längst verschollenen Ohr eine Antwort schuldig, die ja! Hab ichs nicht gesagt, daß wir erst nach Markkleeberg raus müssen, hab ichs denn nicht gesagt? – Nach rechts! wollte W. dazwischenrufen, doch er sah, daß das Taxi die richtige Wendung schon von selbst vollführte. Dann ratterte es über holprig gepflasterte Industriestraßen, durch immer dunkler und leerer erscheinende Gegenden, auf die südlichen Vorstädte zu.

Am Abend hatte W. eine Freundin besucht, die in einem westlich gelegenen Viertel wohnte; lange hatte er geschwankt, sie zu fragen, ob er bei ihr übernachten könne: die Veranstaltung, um derentwillen er in der Stadt war, sollte erst am Abend des nächsten Tages stattfinden, es war besser, wenn er bei sich zu Hause seine Gedanken in Ruhe zu sammeln versuchte ... plötzlich war ihm nur noch eine halbe Stunde Zeit geblieben, den letzten Zug zu erreichen, mit dem er Leipzig verlassen konnte. Und draußen mußte er sehen, daß wegen der allgegenwärtigen Ausschachtungsarbeiten die Straßenbahnhaltestellen aufgehoben und verlegt waren, die Busse des Schienenersatzverkehrs fuhren in versteckten, nirgendwo angeschriebenen Zweigstraßen ab. Er hatte Ausschau gehalten nach einem Taxi, die Minuten waren verstrichen ... als er einsah, daß er seinen Zug nicht mehr erreichen konnte, entschied er sich für das Übernachten bei der Freundin, auf dem Weg dorthin brach das Gewitter los, das sich während des ganzen Abends angekündigt hatte. Er hatte sich in einen Hauseingang gerettet; durch die niederstürzenden Wassermassen sah er die gelbe Dachleuchte eines Taxis heranschwimmen, das auf sein wütendes Winken tatsächlich reagierte. – Nach M., sagte er zu dem Fahrer, erstaunt blickte ihm ein junger Mann entgegen, mit rötlichem Stoppelbart auf Kinn und Wangen; er schien ihn nicht verstanden zu haben. In der im Wageninnern noch vom Nachmittag her aufgespeicherten Hitze trug er nur ein ärmelloses Trikothemd, das völlig verschwitzt war, hellgrün oder gelb, mit einem Buchstabenaufdruck auf der Brust, der nicht zu erkennen war. – M., wiederholte W., wissen Sie, wo das liegt? Ungefähr vierzig Kilometer südlich, eine Kleinstadt … – Ich habs schon gehört, sagte der Fahrer, wir werden es schon finden. Aber es kann achtzig oder hundert Mark kosten.

Mit einem Preis in dieser Höhe hatte W. gerechnet, er lag nur wenig unter dem Betrag, den er bei sich trug; dennoch war er froh, in dem Auto zu sitzen, das nun von wahren Regenfluten überspült war. Der Fahrer starrte mißtrauisch in das auf die Frontscheibe schießende Wasser und bewegte den Wagen langsam in der Mitte der Fahrbahn, von wo aus die Häuser zu beiden Seiten kaum noch auszumachen waren; ab und zu schrie er unverständliche Wörter in das Sprechgerät, das nur noch atmosphärische Störungen von sich geben wollte.

Da W. auch die ihm unangenehmsten Anträge nicht abzulehnen vermochte … Und besonders hier nicht! dachte er. Besonders hier in dieser Stadt nicht, mußte er sich sagen, da deren Sonne stets den gesamten Bezirk überstrahlt hatte, der sie umgab: und sie hatte ihr Licht noch bis über die Ränder hin geworfen, von denen er hergekommen war. So weit er zurückdenken konnte in der Zeit, bevor er die Staatsgrenze überschritten hatte: immer hatte er aus dem Schatten in das Licht dieser Stadt geblickt; sie war das Auge gewesen, das ihn noch am Horizont erreicht hatte … mit der Zeit war das Auge etwas trüb geworden, doch schien es noch zu glänzen. Da er also zu einer Weigerung schon aus Angst vor Versäumnissen nicht fähig gewesen war, hatte er sich bereit erklärt, an einer öffentlichen sogenannten Podiumsdiskussion teilzunehmen, die für den folgenden Tag in der Leipziger Universität anberaumt worden war. Er mußte sich von dieser Einladung ungeheuer geschmeichelt gefühlt haben … wenn er sich darüber Rechenschaft zu geben suchte, führte er finanzielle Gründe an, – dabei war er sich gar nicht sicher, ob man für die Teilnahme ein Honorar angeboten hatte. Längst hätte er die Möglichkeit gehabt, eine Ausrede zu erfinden und die Zusage zu widerrufen: seine Eitelkeit war stärker gewesen. Nun hatte der Sonnenglanz aus dem Zentrum ein merkwürdig verwischtes Schillern angenommen, unter anderem hatte die Universität ihren alten Namen, den von Karl Marx, abgelegt und war zu ziemlich verwässerter Themenstellung übergegangen ... er hatte sich die Titelgebung der Diskussion nicht merken können. Wie es aussah, waren die stadtbekannten Schriftsteller auf das Podium gerufen worden; er war der einzige, der von außerhalb hinzukommen sollte; vor zwei Jahren noch hätte er zu diesem Zweck eine Landesgrenze überschreiten müssen. Infolge dieser Grenze war er eines Tages ebenfalls zum stadtbekannten Schriftsteller von Leipzig geworden, freilich nur unter dem Buchhallenpublikum, dessen Dichte auf das Normalminimum zusammenschmolz. Aber vielleicht, dachte er, war auch ein Umkehrschluß zuzulassen: vielleicht war die Landesgrenze, hinter die er sich eines Tages abgesetzt hatte, auch infolge der Stadtbekanntheit jener Schriftsteller entstanden, die beiderseits der Grenze auf ihre Standortbestimmungen pochten ... seitdem sich das Publikum davon zunehmend belästigt fühlte, wurden diese Erörterungen immer verwirrter: oder war es umgekehrt? – wahrscheinlich hatte das Thema der Podiumsdiskussion damit nicht das geringste zu tun ... nein, es wies in die Zukunft. Dennoch würden die Schriftsteller, so wußte er, jede Gelegenheit nutzen, um das Gespräch auf ihre Anwesenheitsformen zurückzubringen ... er selber hatte eben damit begonnen ... – Seit einer Woche nun war ein schier unüberwindliches Widerstreben gegen diese Veranstaltung in ihm angewachsen. Es ging so weit, daß ihm auch das Einladungsschreiben abhanden gekommen war, auf dem das Tagungsthema verzeichnet stand. Er erinnerte sich nur noch, daß das zentrale Substantiv, um das sich alles drehen sollte, die *Utopie* hieß. Man wollte über die Zukunft des utopischen Gedankens verhandeln ... über eine Utopie des utopischen Gedankens, wie er spöttisch bei sich bemerkte ... nein, natürlich über dessen nächste oder fernere Zukunft, vielleicht gar über die Möglichkeiten von Utopie für das kommende Jahrhundert ... W. überlegte, ob ein solcher Gesprächsstoff tatsächlich irgendeine Teilnahme in ihm wachrufen konnte, abgesehen von diesem Block aus Widerwillen, den er nicht niederzuringen vermochte. Dieser war ohne Zweifel auch eine Form von Interesse, eine negative Form allerdings. Eine solche konnte kaum Ausdruck der erwünschten Diskussion sein ... oder vielleicht doch?

Das Taxi hatte unterdessen die Vororte von Leipzig hinter sich gelassen und jagte auf einer mehrspurigen Schnellstraße südwärts, auf der es fast keinen Verkehr gab. W. war erleichtert, in weniger als einer Stunde konnte er zu Hause sein; es blieben ihm noch die halbe Nacht und ein halber Tag zum Nachdenken über das Thema *Utopie* ... zumindest hatte er sein Unbehagen darüber in sich ausfindig gemacht, wenn er auch noch nicht wußte, woher es kam. – Das Auto fuhr auf der pfeilgeraden Betonstrecke in gleichmäßigem Tempo; die Bäume am Rand standen jetzt dichter und schnellten wie ausgefranste schwarze Schatten vorbei, manchmal waren sie von den Lichtblitzen vereinzelter Lampen aus dem Gelände hinter ihnen durchschossen; in der Nässe, die noch in dem dunklen Laub hängen mußte, spalteten sich die Strahlen sternförmig auf, und sie wurden vollends zerstäubt in den Wasserwolken, die an den Seitenfenstern des Wagens aufsprühten; W. war geblendet, wenn er in den finster verhangenen Himmel aufblickte. Längst war auch das Stimmengewirr aus der Funkanlage verschwunden; jetzt wurden die Nachrichten eines Leipziger Lokalsenders gesprochen. Am Schluß warnte der Sprecher vor dem Verzehr bestimmter Fleischkonserven, nach welchem im Stadtgebiet und in der näheren Umgebung Vergiftungsfälle aufgetreten seien, deren Ursache noch nicht völlig aufgeklärt sei. Bei verschiedenen Symptomen müsse sofort ein Arzt konsultiert werden, der Sprecher nannte Durchfall, Übelkeit mit Erbrechen, Lähmungserscheinungen mit deutlicher Trübung des Bewußtseins ... W. hatte bei dem Ganzen nicht richtig zugehört. – Haben Sie das mitgekriegt? fragte er den Fahrer. – Ja, sie reden schon den ganzen Tag davon. Es soll an Dosen mit australischem Kaninchenfleisch liegen. Salmonellen, oder so was ... – Salmonellen, die gibts, glaube ich, nicht in Konserven, sondern nur bei rohem Fleisch, sagte W. – Natürlich, sie spinnen, das sag ich doch. Ich hab das Zeug auch schon gegessen und ich habe nichts. Es schmeckt und ist nicht teuer! – Es können aber nicht Salmonellen sein, beharrte W. – Was denn sonst? Die reden davon wie von einer ganz neuen Krankheit. Das soll es bis jetzt noch nicht gegeben haben. Aus heiterem Himmel ... und manche sagen schon, daß es ansteckend ist. Und manche sagen, es soll schon Tote gegeben haben. Aber die waren schon vorher kaputt, sage ich!

W. erinnerte sich, daß die Freundin, die er besucht hatte, von Schmerzen im Unterleib gesprochen, sich fiebrig und ermattet gefühlt habe; er hatte sie mit Hinweisen auf die Schwüle, die sich nicht entladen wolle, beruhigt ... er erinnerte sich nicht, daß es zwischen ihnen zu mehr Berührung als einem Händedruck und einer flüchtigen Umarmung zum Abschied gekommen war ... Doch wie wäre es, dachte er plötzlich, wenn er morgen in der Universität anriefe, um seine Teilnahme wegen Krankheit abzusagen. Er fühle sich vergiftet, vergiftet, er habe australisches Kaninchenfleisch gegessen ... und wenn sie ihn zu überreden suchten, was fast sicher war: Ihm falle zum Thema *Utopie* nichts ein, weil er sich im ganzen Körper vergiftet fühle von dieser neuen Krankheit, deren Ursachen man nicht kenne, und die vielleicht die Krankheit der Zukunft sei.

Tagehell erleuchtet tauchte in diesem Augenblick auf der rechten Seite, in einer aus dem Wald gehauenen Schneise, das Areal einer großen neuerbauten Tankstelle auf. Sie war ganz in lindgrünem Lack gehalten, schien wie durch Zauberei inmitten einer schmutzigen verwachsenen Wildnis erstanden, und W. konnte nicht umhin, sie im ersten Moment hinreißend zu finden. Der matte Glanz ihrer Tanksäulen im Neonlicht schien sich in der sauberen Betonfläche des Bodens zu spiegeln ... sie glich einem Bild, das den Reklameseiten einer Pop-Art-Zeitschrift entnommen war. Im Hintergrund irisierten die Fenster; dem Wirtschaftsbereich war ein kleiner Supermarkt angeschlossen, dessen gläserne Vorderfront Einblick gewährte in die überfüllten Auslagen, welche – so stand es angeschrieben – rund um die Uhr dem Verkauf offenstanden. Die Beleuchtung der Tankstation erzeugte einen fast schattenlosen, aus der Wirklichkeit scharf ausgegrenzten Lichtraum, in dem man von außerhalb wie in das architektonische Beispiel eines noch fernen Jahrtausends schaute; die Menschenleere des gesamten Areals legte den Gedanken nahe, daß der Palast noch nicht zur Benutzung freigegeben sei. An vorderster unübersehbarer Stelle war, hell angestrahlt, das grüne Wappen der Firma BP aufgehängt. – Das Taxi streifte den Lichtraum und schien sofort sanfter, lautloser zu fahren; die Tankstation zog vorbei und blieb zurück wie eine Vision ... es war, als sei der Wagen durch die mystische Aureole einer sakralen Stätte geglitten. Und wirklich schien es, als sei der Taxifahrer für Augenblicke von unwiderstehlichem Stolz angerührt, er trieb den Mercedes gelassener vorwärts und fuhr, noch einen Lichtschimmer im Hinterfenster mitnehmend, sichtlich unbeeindruckt wieder in die Finsternis der Nacht hinein. – Es gibt sie hier, diese Dosen, sagte er. Vielleicht wollten Sie etwas kaufen? Es gibt hier das Kaninchen- oder Känguruhfleisch im Minimarkt!

W. erwiderte nichts; er fragte sich, ob der Fahrer aus diesem Grund hier vorbeigefahren sei. – Wenige Minuten später tauchte drüben auf der linken Seite neuer Strahlenglanz zwischen den Bäumen hervor. Es war die zweite Tankstelle von BP ... sie war das genaue Äquivalent der ersteren und für die Gegenfahrbahn eingerichtet, sie war eine ebenso nagelneue, ebenso gleißende Kultstätte, grün und tagehell entflammt von einigen tausend Watt, deren Schein die noch kaum benutzten Betonauffahrten beinahe weiß aussehen ließ. Es waren die gleichen schimmernden *Tanksäulen* ... das Wort schon sprach sich gediegen und professionell aus! ... mit den anthrazitfarbenen Kunstoffflächen und blitzenden Metallteilen. Aufgrund des länger möglichen Einblicks beim Vorbeifahren ... das Taxi schwamm im zügig-weichen Schnitt um eine ausgedehnte Biegung ... erkannte man deutlich die Aufnahmefächer für Geldscheine, die Piktogramme der Bedienungsanleitung, die weißen Null-Reihen hinter den Sichtgläsern der Anzeigenautomatik, – alles war augenscheinlich vom letzten technischen Standard. Über Kopfhöhe, neben dem grünen Wappen von BP, hingen die auswechselbaren Preistafeln für die verschiedenen Treibstoffarten ... und hinter der Glasfront des Minimarktes erkannte man die Werbung für Eis, Snacks, Zigaretten, Coca-Cola; hinter der Theke mit der Kasse eine menschliche Figur, die Kassiererin oder der Kassierer, angetan mit lindgrünem Overall, eingenickt zu dieser späten Stunde, und noch im Schlaf winkend mit der lindgrünen Schirmmütze, die besetzt war mit dem Wappen von BP, sofort sichtbar, wenn sich der pendelnde Kopf aufrichtete.

Nach einiger Zeit sagte sich W., daß es ihm nicht gelingen könne, eine solche Tankstelle in ihrer Neuheit zu beschreiben ... nein, es war ganz unmöglich, es gab überhaupt noch keine Wörter dafür. Es mißlang ihm schon, wenn er sich das soeben gesehene Bild ins Gedächtnis zurückrufen wollte ... allein die Vorstellung, daß sich die Tankstelle plötzlich bevölkere, erschien ihm einleuchtend und beschreibbar: und gleich sah er dieses Bild vor sich. Auf einmal glaubte er sich zu erinnern, daß sich auf dem Beton der Einfahrt in die Tankstation die Autos aufgereiht hatten, und er sah die Menschenschlange vor sich, die sich langsam auf die automatische Tür des Minimarktes zuschob, Schritt für Schritt und sich unterhaltend mit gewohnheitsmäßigem, geduldigem Gemurmel, vollkommen unbeeindruckt von irgendwelchen Salmonellen. Offenbar hatte sich hier der größte Teil der Einwohner aus der nächsten Ortschaft angestellt, die an dieser Straße lag ... tief in der Nacht und wachgehalten von der schneidenden Beleuchtung der Tankstelle.

W. hatte schon länger daran gezweifelt, daß sie sich noch auf dem richtigen Weg befanden. Sie waren soeben, über schlechtes Pflaster, in ein vollkommen lichtloses Gewürfel von Häusern eingefahren; ein Ortseingangsschild war nicht zu bemerken gewesen. Er hatte die winzige Stadt noch nie gesehen; sie war ein Nest, welches die Jahre sichtlich schlimmer zugerichtet hatten als jenes, aus dem er kam und das jetzt sein Ziel war. Die Scheinwerfer des Wagens rissen halbleere, schäbige Geschäftsfassaden und, hinter zerbrochenen Zäunen, ruinierte Wohnkasernen aus der Dunkelheit, die nicht anders als lebensabweisend wirkten. An einer Kreuzung in der Mitte dieses Trümmerhaufens leuchtete eine rote Ampel und behielt das Signal unmäßig lange bei; der leerlaufende Motor schien ein widerhallendes Lärmen zwischen den Gebäuden rund um den kahlen Marktplatz zu verbreiten. Es sah aus, als sei die Ampel das einzige Anzeichen für die noch andauernde Besiedelung dieser Stadt; W. stellte sich vor, wie sie Nacht für Nacht funktionierte, wie sie unermüdlich ihre farbigen Anweisungen in die Stille weitergab ... und diese Stille wurde von keinem Verkehr berührt, denn es gab keinen Grund mehr, die verfallenden Straßen einer so abseitigen Gegend zu durchfahren.

Hoffentlich wissen wir noch, wo wir sind ... sagte W. vorsichtig. Haben Sie eine Ahnung, in welchem Nest wir jetzt sind? Dabei beobachtete er, nicht zum ersten Mal, das in der Schalttafel glimmende Zählwerk, das den Fahrpreis angab: er war fast an der Siebzig-Mark-Grenze angelangt. – Anstelle einer Antwort setzte der Fahrer das Taxi wieder in Bewegung, abrupt und ohne das grüne Ampelsignal abzuwarten. – Wenn Sie nicht wissen, wo wir sind, sagte er nach einer Weile, dann habe ich jetzt keinen Zeugen gehabt! Wenn dieser Satz auch scherzhaft gemeint war, so schien er doch von einem prinzipiellen Mißtrauen des Fahrers gegen die überaus schweigsamen Fahrgäste zu zeugen, zu denen W. gehörte. – Ich wollte nur wissen, wo wir sind, lenkte er ein. – Die hier, sagte der Fahrer, die haben es nicht weit bis zu dem Minimarkt in der Tankstelle! Dies bezog sich auf die Einwohner der Ortschaft, die sie gerade durchquert hatten. W. sah im gleichen Moment ein gelbes Wegweiserschild durch das Scheinwerferlicht fliegen, auf dem er den Namen seiner Stadt zu erkennen glaubte; es war ein Schild ohne Entfernungsangabe, zumindest aber stimmte noch die Richtung ... diese allerdings rief ihm wieder seine Verpflichtung für den kommenden Abend ins Gedächtnis.

Wenige Minuten später ... das Taxi fuhr durch Waldgelände, auf einer schmalen, völlig verlassenen Landstraße, wo eine S-Kurve sich an die andere schloß ... faßte er den Entschluß, sich am nächsten Nachmittag nur unter der Bedingung nach Leipzig zu begeben, daß ihm bis dahin, also noch in dieser Nacht, ein einziger diskutabler Satz für die Universität einfalle, also ein einziger sagbarer Satz über *Utopie* ... und in derselben Sekunde, so schien ihm, hatte er den Satz. – Eben hatte er noch gedacht, es gäbe ihn nicht, diesen Satz, da hatte er, so schnell wie ein Schluckauf, die Antwort darauf: Es durfte ihn nicht geben! – Dies mußte er sagen: Es dürfe diesen Satz überhaupt nicht geben. Nein, so nämlich verlange es die elfte These über den Philosophen Ludwig Feuerbach ... und diese stamme bekanntlich von Karl Marx, es wisse jeder in diesem Hörsaal, jeder im ganzen Land, im ganzen Land sei die elfte These über Feuerbach überhaupt das einzige, was von Karl Marx bekannt sei. Alles andere sei unbekannt, und noch unbekannter die Auswirkungen dessen, was niemand kenne. Zur Not wisse man noch, hier im Hörsaal, daß Marx der Namensgeber der jüngst gehabten Utopie sei, obwohl man sich gerade anschicke, dies zu vergessen. Aber die elfte Feuerbach-These, die brauche er eigentlich nicht zu zitieren …

Anscheinend war in diesem Augenblick eine so starke Erregung über ihn gekommen, daß sie selbst für den Fahrer spürbar wurde und auf ihn übergriff; dieser jedenfalls schielte noch mißtrauischer herüber und stieß das Gaspedal tiefer hinab, als sei ihm der Fahrgast unheimlich geworden; der Wagen schnitt die S-Kurven in rücksichtsloser Art und Weise.

Er selbst, so mußte er sagen, sitze vor der geehrten Zuhörerschaft der Universität als eine unverkennbare Auswirkung des utopischen Denkens! Er sei ein Beweis, daß die Utopie hier … das *hier* mußte unmißverständlich betont werden … stattgefunden habe. Er sei nicht gekommen, um Witze zu machen, man habe richtig gehört … mehr noch, er sitze überhaupt nur wegen der stattgefundenen Utopie hier. Es sei ihm unmöglich gewesen, sich der Teilnahme an dieser Veranstaltung zu verweigern, dieser merkwürdige Umstand müsse als ein Ergebnis der Utopie bezeichnet werden. Nicht daß ihm die Weigerung objektiv unmöglich gewesen, sondern daß sie ihm subjektiv unmöglich gewesen sei, zeuge von der Stärke der utopischen Idee. Natürlich hätte er ohne weiteres absagen können, bestimmt hätte kein Hahn danach gekräht … nein, daß er gar nicht auf diesen Gedanken gekommen sei und folgsam zugestimmt habe, trotz augenblicklich spürbaren Widerwillens, und sogar trotz seiner buchstäblichen Angst vor diesem Auftritt … daß das simple Wort *Nein* in ihm wie unter Verschluß gelegen habe, als sei der Gedanke an eine solche Möglichkeit in ihm praktisch nicht vorhanden gewesen, dies ist ein unübersehbares Beispiel für das, was ich meine. Vielleicht nur ein kleines Beispiel … trotzdem, und mit der *Wahl* ist es immer genauso gewesen. Mit der Wahl der Abgeordneten dieses Landes, meine ich. Selbst wenn dieses Denken jetzt kaum noch zu finden ist, seine Ergebnisse haben sich noch nicht verflüchtigt. Ein utopisches Land ist ein Nirgendwo, wie schon das Wort sagt, und im Nirgendwo die Möglichkeit der Verneinung beizubehalten, das ist ein bloßer Unsinn.

Die Straße war zu einem schmalen Band geworden, das sich, scheinbar labil, durch unsichtbare Landschaften schlängelte. Von beiden Seiten her neigten sich schwere Baumwipfel über die Straßenmitte; hinter den Schatten, die sie warfen, hatte die Nässe, verdunstend in der wiederkehrenden Schwüle, kleine zähflüssige Nebelbänke gebildet, gleich immer sich erneuernden schalldichten Pforten, bei deren Durchfahrt sich das Blickfeld schlagartig auf ein oder zwei Meter verringerte. Der Fahrer begann leise zu fluchen, dennoch trieb er den Wagen weiter an, der mit unrhythmisch heulender Maschine die Dunstbarrieren durchstieß und hastig den Schlangenlinien der Straße folgte. W. hatte den Eindruck, daß diese Fahrweise mit seinen Gedanken korrespondiere: das Taxi bewegte sich wie über Glatteis.

Durchblicke zwischen den Bäumen öffneten sich hinaus auf große freie Flächen, über denen die Nacht etwas heller geworden war. Sie fuhren jetzt durch die unüberschaubaren Tagebaugebiete, die den Landstrich hier ganz beherrschten. Der Straßendamm, am Rand nur noch von immer spärlicher stehenden Gehölzresten befestigt, zog seine abschüssigen Biegungen an Abraumkippen entlang, dann durch bodenloses Terrain, und die Straße war ein schmaler Grat über der Leere; rechts neben ihr stürzte die Welt in die Tiefe, wo ein wogendes und erstarrtes Durcheinander war, links senkte sich das Gelände wie ein Sandstrand schräg und gewellt in ein Meer, das nicht mehr vorhanden war; nur Nacht und Nebel mischten sich darüber, und so schien es sich noch Unendlichkeiten weiter zu erstrecken, und nur einzelne verschwommen schwarze Klippen ragten aus dem Grund. Wenn die auf Fernlicht geschalteten Scheinwerfer mit ihrem Doppelstrahl die dampfende Finsternis durchschnitten oder, in den unaufhörlichen Kurven, ihr Licht im Halbkreis um den unregelmäßigen Horizont schwangen, ahnte man, daß es auch dort noch weiter hinab ging, immer weiter, und daß zwischen der Lichthöhe und dem Grund schon ein kilometerhohes Dunkel war. Und die kilometerlangen Lichtkegel flackerten weiter über ein Gewirr von Schluchten und Dünen, sie brachen und zerschellten, und fingen sich wieder und verloren sich in Leere und Nacht. Und wenn sie sich wieder mit dem Straßenband vereinten, hoben sie dies hervor wie eine letzte Brücke von Festigkeit, feucht und glatt, fragwürdig, die dem wabernden Nichts noch standhielt ... und manchmal kroch es über ihren Rand herauf, das aus der Weite kam, aus dem zähen wogenden Nichts herauf, woher es kam, aus dem ausgebrannten und sich selbst entquellenden Nirgendwo.

Und es verwunderte ihn nicht, daß ihm hier in dieser Gegend die elfte Feuerbach These von Marx eingefallen war ... was übrigens hätte ihm einfallen sollen, da er vom Ideenträger der soeben untergegangenen Veränderung nur diese These kannte? Und wahrscheinlich hatte er recht mit dem Verdacht, daß niemand mehr kannte als diese elfte These; sie war einer der kürzesten Sätze aus dem Werk von Marx. Manche kannten wohl auch noch den Satz, mit dem das Kommunistische Manifest anfing; W. konnte sich erinnern, daß einer der bekannteren Lyriker, die zu dem morgigen Symposium geladen waren, diesen Satz früher einmal als den schönsten der deutschen Literatur bezeichnet hatte ... ob dieser Lyriker jetzt immer noch solcher Meinung war? – W. spürte deutlich, daß sich ihm alles, was er bisher gedacht hatte, in eine Sprachlosigkeit zurückverwandelte, deren Ohnmacht er immer dann gefühlt hatte, wenn er auf der Suche nach einem wirklich zutreffenden Ausdruck für den Landstrich gewesen war, durch den er jetzt fuhr. Es war eine sprachlose Landschaft, so hatte er sich immer wieder sagen müssen ... dies hatte er erfahren, denn er selbst kam von ihrem Rand her und von Jugend auf hatte er mit offenem, taubstummem Maul vor dieser Landschaft gestanden. Sie war eine im wahrsten Sinn des Wortes gründlich veränderte Landschaft. Bis auf den Grund war ihre Oberfläche abgetragen worden, alle Formen des Lebens und der Orientierung auf ihr waren beiseite geschafft und zuunterst geräumt worden. Die organisch gewachsene Decke war abgerissen, das Eingeweide des Erdinnern war empor ans Tageslicht getrieben worden, und es quoll an diese Straße, die wie ein letzter Fluchtweg war ... was hatte dies alles mit der elften Feuerbach-These von Marx zu tun?

Man hatte in dieser Gegend den Rohstoff aus dem Boden gegraben, welcher der Wirtschaft des Landes den Energiebedarf sichern sollte für den Versuch, die Welt zu verändern. Hier hatten die Reserven im Boden gelegen, die der Utopie zu praktischer Wirklichkeit verhelfen sollten. Niemand hatte es je gewagt, den Materialismus der Veränderungen zu interpretieren, seit die utopische Idee Fuß gefaßt hatte in diesem Land ... jetzt, nachdem sich die Verhältnisse gewendet hatten, war es vorbei mit der Utopie, und die ganze Gegend blieb so, wie sie war.

Hier hatte sie einst Fuß gefaßt, die Utopie, man sah es der Gegend an und man würde es noch lange sehen. – Ich aber habe jetzt erst begriffen, daß sie mir schon immer Angst eingeflößt hat, die Utopie, dachte W., und ich sollte es mir endlich merken. Ich war stets nur auf der Suche nach Ausflüchten vor der Zustimmung, die sie von mir gefordert hat; nicht einmal dies habe ich deutlich formulieren können. Wir haben, so lange wir in diesem Land lebten, nur dunkel ahnen können, daß jede Verneinung als eine Interpretation des utopischen Gedankens aufgefaßt worden ist ... hinter solchen Sätzen konnte man sich verstecken, ja! – Nur weiter:

Die Utopie in ihrer endlichen Verwirklichung wäre ein Staat ohne Negation ... und damit ein Staat ohne Sprache. Dies würden die Anhänger der Utopie, wären sie überhaupt gewillt, der Sache so weit zu folgen, natürlich abstreiten. Aber wäre es nicht zwecklos für eine Utopie, ein anderes Endziel anzunehmen ... ohne dieses letzte Ziel wäre sie ein zum Scheitern verurteilter Kompromiß. Denn eine auf halbem Weg steckengebliebene Utopie wäre ein Zustand, in dem die Widersprüche des Lebens weiterhin unterdrückt werden müßten. Und dies wäre keine Utopie, sondern ein Zustand, den wir schon haben.

Er war auf die Idee gekommen, sich diese Sätze zu notieren. Was aber würde der Fahrer darüber denken? Notizen machen, unterwegs im Taxi ... das wäre vor zwei Jahren in diesem Land nicht glattgegangen. – Die Lichtspeere der Scheinwerfer, die seinen Blick verlängerten, fuhren nervös über den Dunsthorizont, es war, als sei dieser ameisenhafte Mercedes in dem Wüstengelände auf der Suche nach einem unbekannten Gegner, oder nach dem unbekannten Flugobjekt aus der Zukunft. Einmal erfaßten die Strahlen ein paar dunkle Blöcke in der Ferne, die nach einer Ansammlung von Häusern aussahen ... M. konnte es noch nicht sein, denn es lagen noch einige Dörfer davor. Aber das Ende der Fahrt kam in Sicht; der Fahrpreis begann soeben hundert Mark zu überschreiten. Dennoch war es besser; ein paar Stichpunkte zu notieren, denn er hatte wenig Zutrauen zu seinem Gedächtnis ... er vergaß seine besten Sätze so schnell wie einen Schluckauf, dies kannte er von sich.

Der Fahrer blickte schweigend geradeaus, als W. sich die Tasche – er hielt sie am Wagenboden zwischen die Füße geklemmt – auf das Knie zog, um ihr einen Stift und Papier zu entnehmen; den Schreibblock trug er stets mit sich herum, aber noch nie hatte er ihn benutzen müssen, – nun kam er ausgerechnet in dem dunklen Taxi in diese Verlegenheit. – Der Fahrer – der ein redseliger Mensch war, und W. hatte ihn, so stand zu vermuten, in dieser Hinsicht sehr enttäuscht – lenkte das Auto kommentarlos durch die engen Winkel eines Dörfchens, das W. zu kennen glaubte, doch waren sie von einer ganz abweichenden Seitengasse her in die Ortsmitte gekommen; dort sah man endlich das maßgebliche Hinweisschild: es waren noch sieben Kilomter bis nach M.; jetzt konnten sie sich beim besten Willen nicht mehr verirren.

Wenn man annimmt ... kritzelte W., in der Hoffnung, die gleichsam ins Nichts geschriebenen Zeilen auf dem Papier, das nur ein etwas hellerer Fleck auf dem dunklen Untergrund der Tasche in seinem Schoß war, späterhin noch lesen zu können, ... annimmt, daß die Verneinung die notwendigste Form einer funktionierenden Sprache ist ...

Er strich den letzten Begriff wieder aus und verbesserte: ... einer mündigen Gesellschaft ist ... Wieder brachte er den Satz nicht zu Ende, die Erschütterung, welche das Dorfstraßenpflaster dem Wagen mitteilte, wurde zu stark.

Wenn also eine Utopie ihre eigene Verneinung ausschließen muß, um zur Existenz zu gelangen ... er wurde in diesem Augenblick durch einen jetzt lauten und deutlichen Fluch des Fahrers unterbrochen, welcher wie ein Doppelpunkt war, hinter dem die Zeile leer bleiben sollte, – dieser bezog sich allerdings auf eine riesenhafte Wasserpfütze, fast eine Überschwemmung auf der Dorfstraße, in die der Wagen rauschend einfuhr und die sich als nahezu grundlos erwies; schmutzig schäumende Flutwellen schlugen über den schmalen Bürgersteig und schwappten bis zu einer noch erleuchteten Schaufensterscheibe empor, hinter der unübersehbare Mengen von Waschpulverpäckchen ausgestellt waren; sie stammten noch aus Zeiten vor dem Fall des Regierungssystems, waren also landeseigene Produkte, die sich nun nicht mehr gut absetzen ließen ... W. erkannte in dem vorbeihuschenden Schaufensterlicht, daß der zustoßende Kugelschreiber ihm das Papier mitten durchgerissen hatte, und er blätterte die Seite um.

Verzeihung! sagte der Fahrer; W. hätte sich das Wort, nebst dem vorausgegangenen Fluch des Fahrers, beinahe notiert.

Verzeihung! Was schreiben Sie da eigentlich die ganze Zeit? fragte der Fahrer, dabei mußte er erbleicht sein, W. meinte es noch in der Dunkelheit zu spüren, denn die Verfärbung schien sich bis in die Mattigkeit seiner Frage fortzusetzen.

Moment, sagte W. und notierte, ... eine sprachlose Gesellschaft ... Es war ihm vorgekommen, als habe der Kugelschreiber die Wörter auf dem Papier nicht ausgeführt, als habe er mit einem leeren oder fast leeren Schreibgerät geschrieben. – Ich bin gleich fertig! fügte er murmelnd hinzu.

... In einer utopischen Gesellschaft ...

Wenn ich Ihnen Licht machen würde, sagte der Fahrer, dann kann ich nicht mehr richtig fahren bei dem Nebel! Zum Beweis seiner Worte schaltete er die Innenbeleuchtung über ihren Köpfen ein, das Sichtfeld vor der Vorderscheibe zog sich sofort in ein diffuses Grau zurück, durch welches, es sah gefährlich aus, nur noch Schatten glitten, Baumkronen oder herangerückte Häuserwände.

W. versuchte die Gelegenheit zu nutzen und seinen Satz zu vollenden: ... in der utopischen Gesellschaft kann, wenn die Negation das Hauptinstrument von Sprache ist, also die Sprache nur im Untergrund verwaltet werden. Und im Untergrund waltet der Geheimdienst! Und die Schriftsteller ... was hat das alles mit der elften Feuerbach-These von Marx zu tun?

Was ich schreibe? sagte er laut. Nichts weiter, ich muß mir nur ein paar Sätze für die Universität merken, für morgen ...

Ach so einer sind Sie! erwiderte der Fahrer und schien aufzuatmen. An sowas habe ich doch gleich gedacht ... Damit schaltete er das Licht wieder aus. Sie hatten das Dorf inzwischen verlassen; draußen erkannte W. ein Schild, das die letzten fünf Kilometer nach M. anzeigte; das Zählwerk in der Armaturentafel war soeben auf der Hundertzweiundzwanzig eingerastet, damit war der Fahrpreis jetzt ungefähr identisch mit der Summe, die W. bei sich trug; wenn er zu Hause niemanden antraf, was nicht sicher war, blieb ihm kein Geld für die Eisenbahn nach Leipzig.

Der Geheimdienst! dachte W., unschlüssig, ob ein weiterer Schreibversuch noch sinnvoll war; er hatte in der Wagenbeleuchtung festgestellt, daß sein Stift auf dem Blatt nichts hinterlassen hatte, außer, irgendwo am Rand, das schiefgezogene Wort *Moment*!

... Der Geheimdienst und die Schriftsteller ... sie müssen die Sprache in der Utopie gemeinsam verwalten, notgedrungen, entweder für oder gegen die Negation. Und, Interpretation hin oder her, das haben wir auch immer getan, für und gegeneinander, wir konnten nicht anders, in dem schönen utopischen Apparat ...

Und noch etwas hatte W. gesehen im Wagenlicht, als der Fahrer sich neugierig seinem leeren Papier zuneigte: der Aufdruck auf dem lindgrünen Sporthemd des jungen Mannes war das Wappen der Firma BP.

Warten Sie nur, redete er weiter, als wolle er W. beruhigen, wir müssen jetzt jeden Moment da sein ... – Ja, sagte W., ja! Nur einen Satz noch muß ich mir schnell aufschreiben!

Soll ich einen Umweg fahren? fragte der Fahrer.

Der Geruch der Bücher

Es war ungefähr um die fünfte Morgenstunde meiner ersten Nacht in Berlin, als mich der dumpfe Geruch der Bücher erreichte. Durch Licht oder Wärme war ihre Emanation in Erregung geraten, und der Dunst hatte nach einer Weile das hohe Zimmer ausgefüllt, in welchem die Wände fast gänzlich, und bis unter die Decke, mit riesigen Regalen verstellt waren: und diese Regale enthielten, lückenlos, ungeheuerlich, die backsteinartigen Segmente einer alten russischen Bibliothek, in deren kanonisch gewölbte Rücken unleserliche kyrillische Schnörkel in Gold oder Silber gegraben waren, in edler und großzügiger Gleichförmigkeit, so daß über die endlosen Reihen der Gesamtausgaben Mäander zu laufen schienen, wie sie sich, geheimnisvoll verschlungenen Regeln folgend und längst nicht mehr ausdeutbar, über den für die Ewigkeit verschlossenen Eingängen von Gruftgemäuern hinziehen. Mit dem Schreckensgedanken, der Atmosphäre des Zimmers auf einmal kein einziges Sauerstoffatom mehr abgewinnen zu können, war ich, in Schweiß gebadet, aus dem Schlaf gefahren, hatte die Bettlampe eingeschaltet ... und vor mir wellte sich die Dünung der Bücher fort aus dem Lichtkreis, verlor sich im Schatten und spiegelte sich im schwarzen Glanz der Fenster wider; und über mich hinaus türmten sich die schwindelerregenden Dome der Bücher, die unzählbaren, eingefrorenen und plötzlich wieder aufgetauten Kompendien voller Menschengeist, hellgrün, blaßrot oder dunkelbraun wie Opium; und ich hatte das Gefühl, auf dem Grund der tiefsten Schlucht in einem phantastischen Manhattan zu erwachen, in die ich infolge eines bösen Traums gestürzt war, und deren Bild mir nun auch im Wachzustand nicht aus dem Blick weichen wollte.

Ich wußte nicht, vor wieviel Jahren die Bücher in diese Stadt gebracht worden waren. Ein Schiff oder ein Flugzeug hatte sie herangetragen, überwacht von den bebrillten und gehetzten Augen eines schwächlichen Intellektuellen, der mit dem Fluch der Verfolgung geschlagen war, und der sich mit diesem tonnenschweren Extrakt aus dem Kulturgut seines Volkes bis in die stuckverzierten Räume dieser Wohnung geschleppt hatte. Und hier war er an seinem plötzlich heimatlosen Besitz irre geworden und hatte sich – wie einst der Löwe Tolstoi unter die Vegetarier – hinaus auf ein mecklenburgisches Dorf zu den analphabetischen Kühen und Schweinen geflüchtet.

Jemand hatte mir den Schlüssel ausgehändigt und die Erlaubnis übermittelt, eine Woche in der leerstehenden Wohnung zu übernachten. Am späten Nachmittag war ich angekommen, völlig übermüdet nach der letzten schlaflosen Nacht, in der ich umsonst über einigen unzureichend ausgeführten lyrischen Gedichten gebrütet hatte; ich hatte meine Gepäckstücke auf die Stühle verteilt, das abgestellte Wasser aufgedreht und die Ventile der Heizkörper bis zum Anschlag geöffnet. Danach war ich in Halbschlaf gefallen, noch immer im Mantel; draußen fiel Schnee durch die Finsternis. Später hatte ich von der Bühne eines kleinen Theaters herab krächzend und verschnupft Gedichte gelesen, eine knappe Stunde lang, stotternd hatte ich die Fragen des Publikums beantwortet, gegen elf Uhr war ich im Taxi zurück in die Straße gefahren, in der das Haus mit der russischen Wohnung im obersten Stockwerk lag. Die Zimmer waren stark überheizt, ich stellte die Dampfzufuhr um die Hälfte zurück, fiel auf die mit Kissen und Wolldecken überhäufte Liege im Bibliothekszimmer und schlief nach wenigen Minuten ein.

Zuvor hatte ich an den Schnee gedacht, der sich draußen unermüdlich in die Straßen senkte. Ganz Berlin war voller Schnee – besonders aber, wie es schien, die schwach erleuchteten Gegenden des Prenzlauer Bergs, wo ich mich aufhielt –, Schnee war gefallen, wie seit Jahren nicht mehr ... ich erinnerte mich, wie das Taxi, die gelben, von dem Gestöber halb verschluckten Scheinwerferstrahlen voran, langsam durch die unwirklich gewordene Stadt gekrochen war, und wie die nervösen Blicke des Fahrers versucht hatten, die trotz der jagenden Wischer dauernd wieder flockenbedeckte Frontscheibe zu durchdringen; seine offenstehenden Lippen zeigten zusammengebissene Zähne, er schien angewidert ... als solle der ganze Schnee, der vor uns niederfiel, in einem Moment durch seinen Mund hindurch.

Jetzt war Stille über Berlin, jeder noch mögliche Laut war gedämpft und tief in die fremde weiche Masse gebettet, die ohne Unterlaß aus unsichtbaren Höhen rieselte, gemächlich und trocken, durch das Lampenlicht und jenseits des Lampenlichts, durch das Dunkel, und wahrscheinlich jenseits des Dunkels, und durch den matt leuchtenden Lichtnebel, der aus meinen Fenstern drang und in der Nacht über den Baumkronen versickerte ... und ich bildete mir ein, daß Myriaden von Schneeflocken meinen Fenstern sich näherten, um die schimmernden Schnörkel der kyrillischen Schriftzeichen zu entziffern, die über die mattfarbenen Batterien der Bücherrücken eilten. – Seit Wochen, so träumte ich, fiel dieser Schnee, als müsse in Berlin jedes Farbpigment aus dem weißen Antlitz des Winters getilgt werden.

Ich könne ruhig noch einmal einschlafen, sagte ich mir. Noch drei oder vier Stunden kann ich schlafen, denn es ist höchstens fünf. Dann kann ich durch den Schnee wandern, sofern er liegen bleibt, um mir etwas zum Frühstück zu besorgen. – Vereinzelt wurden jetzt unten in der Straße die Autos angelassen, wie durch ein paar Lagen von Watte hörte ich das heisere Hüsteln ihrer Motoren. Ab und zu waren schwache Geräusche in dem großen Haus unter mir, dünne, noch schläfrige Geschäftigkeiten, die sich gegen die Ruhe der Winternacht zu wehren begannen: jetzt wurden in vielen Wohnungen dort unten, und in den Nachbarwohnungen neben mir, die noch nicht der Fernheizung angeschlossen waren, die Kachelöfen und Küchenherde angefeuert. – Ich kannte den Geruch, der in meinem Zimmer war: konnte es sein, daß die Schwelgase, die von den schlecht angezündeten Brennstoffen abgesondert wurden, einen Weg bis in meine Räume fanden? War es möglich, daß der Rauch durch das Treppenhaus heraufkam und durch verborgene Ritzen bis zu mir hereinkroch? Im Licht der Nachttischlampe versuchte ich etwas zu erkennen ... entweder gab es hier keinen Rauch, oder seine Schwaden waren unsichtbar, auch die drei Glühbirnen der Deckenbeleuchtung zeigten mir nichts. Dennoch schien unter der hohen

Zimmerdecke ein brennender Qualm zu stehen, der mir die Tränen in die Augen trieb. Ich erhob mich und öffnete die beiden Fenster. Die vier oder fünf Stockwerke unter mir liegende Straße war mit einer lückenlosen Schneedecke überzogen, und es schneite, schneite, das Geäst der Bäume, auf die ich blickte, war bis in die kleinsten Verzweigungen nachgezeichnet von Schnee, was dem Ganzen ein künstliches und merkwürdig scheinhaftes Aussehen verlieh. Vorsichtig glitten einige Autos durch die Straße, fast ohne Geräusch, so daß sie von einer gespenstischen Kraft bewegt schienen, der sie dauernd zu entkommen suchten. Mehrere von ihnen stellten sich quer, die übrigen bremsten und schlitterten, lautlose Verwirrung entstand in dem vom Scheinwerferlicht durchkreuzten Dunkel. Der Schneefall unterbrach sich nicht, die Flocken begannen sofort die unbeweglich gewordene Fahrzeuggruppe zu besetzen.

Als ich zu frösteln anfing, schloß ich die Fenster, nahm mir eine Zigarette und setzte mich auf die Liege. Die Zigarette schmeckte mir nicht, augenblicklich spürte ich wieder den beißenden Geruch im Zimmer … nein, er war nicht beißend, es war ein dumpfer schwergewichtiger Geruch, der von den Bücherwänden abfloß, sich am Boden sammelte und mir dann über den Kopf stieg.

Es war der Geruch des Todes … nach einiger Zeit kam mir dieser Gedanke. Ich kannte die Herkunft des Geruchs; deutlich glaubte ich mich seiner zu erinnern. In jener Zeit, in der ich noch als Heizer in einem Kohlekesselhaus gearbeitet hatte, war er mit oft genug begegnet. Wenn wir Kohle erhielten, die zu lange gelagert worden war, die man wahrscheinlich aus den feuchten schlammigen Gründen sich leerender Depots gekratzt hatte, wo sie schon einige Jahre den Einflüssen des Wetters ausgesetzt gewesen war, dann entstand, sobald die Flammen angriffen, genau derselbe Dunst. Nur mühsam fraß sich Glut in die ausgelaugten verklumpten Haufen auf den Brennrosten, und dabei traten Schwelgase aus, die von beinah gelbgrüner Farbe waren; sie waren immerhin sichtbar, man konnte sie mittels guter Belüftung und unter laufendem Schüren in den Abzug kanalisieren. Über den Heizkesseln aber schwebte, fast bewußtseinstrübend, ein unsichtbarer Moorgeruch, der alle atemberaubenden Ausdünstungen der Verwesung zu enthalten schien.

Es war deutlich, das abwesende Leben begann in der Kohle zu kochen, wenn sie in der zunehmenden Hitze in den Öfen auseinanderfiel. Kurz bevor die schwarze Erde, die auf den Feuerrosten lag, in Flammen aufging, wurde das Mysterium auf die simpelste Weise offenbar: verjüngt brachen die Ingredienzen des aufgespeicherten Lebens aus der zu Asche zerfallenden Materie und stiegen in den Äther empor. Zellulosen ... Zellen also, angefüllt mit jahrtausendaltem Leben, gingen auf im rosenfarbenen Geist des Feuers. Die Heizer standen davor und wiegten die Köpfe, die trunken waren von einem Ansturm barbarischer Gedanken. Im düsteren Licht ließen sie die Blicke über die mattfarbenen Wände der Kesselbatterien schweifen und lauschten in das gewitternde Brausen der Glut; dann sprachen sie grinsend: Auf diese höchst einfache Art werden auch wir eines nicht fernen Tages die *unio mystica* vollziehen. Und alles Denken und Berechnen weiser Toren oder törichter Weiser in ihren Studierzimmern und Klosterzellen ist lachhaft. Denn wir sind es, die den Boden, auf dem wir fußen, in Verbrennung auflösen und zum Himmel entfliegen lassen. Für uns war es schon immer eine zweifellose Sache, daß die Wärme, die wir dem schwarzen Eingeweide der Erde entziehen, unsere eigene Energie ist. Wir wissen, daß alles Leben nur ein dem Himmelsraum entliehener Geruch ist, und wenn wir heizen, rufen wir ihn wieder hervor. Und wir wissen, daß wir nicht ruhen werden, ehe wir die gesamte Erde in einen graublauen Ball kalter und geruchloser Asche verwandelt haben.

Die Heizer lachten bei solchen Gedanken: Wir sind es, die vielleicht einen besseren Weg wüßten! Doch wir heizen weiter, wir sind beschäftigt mit der Erzeugung von Energie, die das Leben mit einem angenehmen, milden und wohlriechenden Gefühl umgeben soll. Wir heizen weiter, wir schaffen tatsächlich die Grundlagen dafür, Energie in Wohlstand und Schönheit zu verwandeln. Weil der weltumspannende Fortschrittsgeist unaufhörlich beschäftigt ist mit Erdkosmetik, müssen wir ihm tagtäglich unseren Energiestoß erteilen, heute, morgen und übermorgen noch einen Energiestoß, denn Kosmetik ist tatsächlich in grenzenlosen Mengen notwendig. Wir sind wirklich nur ein kleines Glied im großen Nord-Atlantik-Pakt der Kosmetika-Industrie, die sich zum Ziel gesetzt hat, die Menschheit vor dem wahren Geruch des Lebens zu schützen, doch wir dürfen nicht allzu bescheiden sein. Sind wir es nicht, die jedem neuen Shampoo die Antriebskräfte liefern? Immerhin sind wir es unbedingt, die die Taktstraßen zur Herstellung von Shampoo auf Hochtouren halten. Auf Hochtouren, so daß jeder Bürger der freien Welt pro Kopf und Tag mindestens drei verschiedene Creationen Shampoo verbrauchen könnte. Und wir werden die Taktstraßen für Shampoo noch auf Hochtouren halten, wenn uns allen die Haare schon ausgefallen sind. Wofür aber dann noch all das schöne Shampoo? Oh, es wird dann die nicht mehr allzu ferne Zeit sein, in der wir das Shampoo essen müssen. Vanille-Shampoo, Kamille-Shampoo, Brennessel-Shampoo ... Guten Appetit!

Zum zweiten Mal stand ich auf und öffnete die Fenster; die Luft im Raum war immer schwüler geworden. Und dieser Dunst schien mich in seltsame Erregung zu versetzen, ein hellwacher, fast überreizter Zustand hatte mich erreicht ... dennoch hatten sich mir die Blicke getrübt, und es war, als ob dichte bewegliche Wolken von grauen oder schwarzen Luftmolekülen vor mir im Raum standen ... Erinnerungsbilder blätterten sich mir auf im Gehirn, die aus sehr fern liegenden Lektüren stammen mußten, denn niemals war ich in vergleichbaren Gegenden gewesen. Ja, es mußten Bilder aus Büchern sein, die ich gelesen oder von denen ich nur gehört hatte: endlose Landschaften schienen in meinem Gedächtnis heraufgerufen; die Geschichten mit ihren leidvollen und phantastischen Verwicklungen, die darin spielten, hatten sich in völlig durchsichtige und belanglose Begebenheiten aufgelöst ... geblieben war allein die großartige und gleichförmige Öde der düsteren Ebenen, auf denen sich der Spuk menschlicher Geschicke verflüchtigt hatte. Diese Landschaften waren in gebrochenes Licht getaucht, von Schattenfarben überzogen wie unter dauernder Abenddämmerung, so daß ihre Grenzen, einige schwarze Waldstreifen am Horizont, kaum noch zu erkennen waren. Und aus diesen Landschaften stammte der Geruch, der mein Zimmer ausfüllte.

Draußen wirbelte noch immer Schnee aus dem Nachthimmel, federleichte große Flocken, die weiß aus der Finsternis kamen und sich schwärzten zu Schattenpartikeln, wenn sie durch das Fensterlicht segelten, um danach unsichtbar in der weißen Straße zu versinken. Mir war schwindlig geworden, als ich mich hinausbeugte und in die verwirrende Bewegung des kalten geruchlosen Flockengewimmels blickte, das aus einem unerschöpflichen Weltall geschüttet wurde … und ich wußte dieses Wirbeln überall im Raum der Stadt, der mir riesenhaft erschienen war und in dem ich mich verirrt hatte, und dessen Grenzen jetzt vom Schnee verwischt und eingeebnet wurden; und die Stadt entgrenzte sich weit in das Land hinaus, sie verlor sich in den Ebenen von Schnee wie alle Städte um diese Zeit, denn das Schneetreiben war überall in Europa, und ich spürte, wie eitel und vergeblich es war, dieses Schneetreiben beschreiben zu wollen. Ja, es schneite bis weit hinüber zu den massigen Gebirgszügen Asiens, von dort drüben her zogen, seit vielen Tagen und Nächten, die unermeßlichen Wolken von Schnee heran.

Es war nicht verwunderlich, daß der kleine schmächtige Russe, der hier gewohnt hatte, dieser tiefverschneiten und unübersichtlichen Stadt entflohen war. Vielleicht war er nur an das Land seiner Herkunft erinnert worden … an einem Wandstück, das noch nicht von den Bücherreihen zugemauert war, hing schief ein Zeitungsausriß mit einem russisch untertitelten Porträtfoto, das ein unscharfes zurückweichendes Antlitz zeigte. Deutlich waren nur die großen erschrockenen Augen hinter monströsen runden Brillengläsern: zweifellos das Abbild des Mieters dieser Wohnung, unverkennbar war es das Gesicht eines russischen Intellektuellen. Voller Abwehr, so kam es mir vor, blickte er in den unsichtbaren Raum vor dem Foto, in einen Raum, der vergangen war und dennoch auf unerklärliche Weise gegenwärtig: er schien in einen verheerenden Niederschlag zu starren, in die dichten Wirbel von Partikeln, Schraffuren oder Rastern, die er für eine Halluzination hielt. In dem Augenblick, da ihn das Blitzlicht traf, hatte er aufschäumende Nebel von schwarzen oder grauen Hieroglyphen zu sehen geglaubt, ein Schneegestöber von Buchstaben, das sich herabsenkte wie Brandqualm … als habe man oben im Himmel eine ungeheuere Bibliothek in die Luft gesprengt.

Wahrscheinlich war es ihm ganz ähnlich wie mir ergangen: in dieser unbegreiflichen Stadt angekommen, hatte er vor einer spärlichen Gruppe ratloser fremder Leute seine wohlklingenden Wörter und Sätze verlesen, anschließend war er durch das Schneegewitter in sein Zimmer zurückgekehrt, dann, nach einer verworrenen Nacht ohne Schlaf, als die Heizungen im Haus geräuschvoll anfingen zu arbeiten, waren die Bücher aufgewacht und hatten ihren Atem ausgestoßen ... Keuchend! so meinte er es zu hören. Es war der keuchende und psalmodierende Atem von Bäumen, das Knarren von Wäldern im Winter, die Taiga, die hinter Moskau aufwuchs, Gemurmel und Blasentreiben der Sümpfe, Summen der Moore, und dieser Atem war fauchend und sirrend wie der Wind, der durch die Grasseen der Steppe flog. Und vielleicht hatte er mit seinen ungläubigen Augen den Glutschein wahrgenommen, der in den Fugen zwischen den Büchern aufging und immer heller wurde, während der Raum sich langsam mit einem unsichtbar glimmenden Geruch füllte. – Wozu noch Bücher ... hatte er sich vielleicht gefragt.

Vielleicht hatte er einen der backsteinschweren Bände herausgenommen, vorsichtig, als könne er sich daran die Finger verbrennen; er hatte das Buch aufgeschlagen, sein Gesicht zwischen die Seiten gepreßt und den faden Duft tief in die Lungen gesogen. Unerklärlich, wonach diese Bücher rochen ... anfangs spürte er nur den stechenden giftigen Geruch des grünlichen Leineneinbandes, das bittere Aroma von harzigem Leim, der die Blätter zusammenhielt, schließlich blieb der Altersgeruch des steifen, gelb verfärbten Papiers zurück, das widerständig und hart war wie Hornhaut, und doch kaum merklich geglättet von einem fettigen oder schweißigen Schimmer. Und darin war der tintenähnliche Hauch der schon ergrauten Druckerschwärze, er schien von der Sohle der eckigen Typen aufzusteigen, deren Mäander fühlbar in das Papier geprägt waren. Und es war, als ob aus dem Schlick am Grund der russischen Wortfelder ein feines Dunstgemisch aus Weihrauch und Naphthalin wehte ... ja, es schwankte über den Wellen dieser Seiten das Leuchten von schwelenden Kohlenwasserstoffen, atemversetzend, ein Stich von Ammoniak, und ein Beigeschmack von Desinfektionslösungen oder von Alkoholen, die sich verflüchtigten. Es war der Qualm von Essenzen, wie sie in einer uralten rußgeschwärzten

Kirche verbrannt werden, es waren die scharfen Spezereien, mit denen Tote einbalsamiert werden, und es war der ranzige Geruch von Weizenkörnern, die in Pyramidenkammern überdauert haben. Es waren verrufene und subversive Gerüche, direkt aus dem Tabernakel des russischen Geistes, umringt von blakenden Ölflammen, umschnarrt von dem Singsang, der Tote zum Leben erwecken und die Lebendigen begraben soll, die sich unsterblich wähnen. Es bestand kein Zweifel, daß die Bücher diesen Geruch angenommen hatten, weil sie in ihrem Heimatland verboten und verfemt waren.

Ah! Keine Bücher mehr! so hatte er ausgerufen am frühen Morgen nach seinem ersten lyrischen Potpourri-Abend in Berlin. Nein, nichts mehr von der wahnwitzigen Aussaat schwarzer Typen. Kein Gesang mehr! Nie wieder Alphabetismus!

Viele Sätze waren ihm die ganze Nacht über durch den Kopf gegangen, ehe sie sich darin, irgendwo in seinem überanstrengten schmerzenden Gehirn, wahllos niedergesetzt hatten, einander überlagernd, Verwehungen und Haufen bildend, die jeden Ausweg aus diesem Gedankenwirrwarr blockierten. Immer wieder waren seine Blicke über die Bücherwände geflogen, die ihn umgaben, als fürchte er, sie könnten jetzt über ihn hereinstürzen.

Mußte auch er dem endlosen Strom der Zeilen noch neue hinzufügen ... mußte er all diese aus Kohle gewonnenen Wörter und Silben, die es schon gab, vermehren, sie noch einmal aufschüren und dem Feuer der Zeit aussetzen, auf daß sie noch schneller verwandelt würden in graue Asche. – Sind unsere Versuche nicht vollkommen eitel, in ihrem Bestreben, den Boden mit allen seinen Elementen zu beschreiben, aus denen der Geist erwächst. Warum können wir den Geist nicht dort lassen, wo sein Ort ist? Turmhoch und babylonisch haben wir die Fugen der Schrift übereinander geschichtet, um uns Stätten der Weisheit aufzubauen. Letzten Endes sind daraus nur diese Metropolen einer kosmetischen Imagination geworden, wie das fern herüberstrahlende Manhattan oder wie dieses Berlin.

Wie viele Buchstabinnen, flüsterte er und öffnete ein Fenster, um den Dunst aus dem Zimmer zu lassen. Was für Buchstabinnen... *bukwy*, schönne *bukwy!* – Er starrte hinaus in den Schnee, der rastlos aus der Nacht fiel und vor seinen Brillengläsern Tänze aufführte. In der Wärme, die aus dem Zimmer drang, schienen die Flocken für Augenblicke zu zögern, sie flatterten auf und ab, überschlugen sich und sanken dann weiter, Schneeflocken und Schatten von Schneeflocken, in das unersättliche Dunkel der Straße hinab.

Quellenverzeichnis

›Aufbrüche‹, ›Bungalows‹, ›Idylle‹, ›Der Durst‹, ›Das Ende der Nacht‹, ›Der Leser‹, ›Herbsthälfte‹, ›Er‹, ›Johannis‹, ›Die Einfriedung‹ und ›Der Heizer‹
erschienen erstmals in Wolfgang Hilbig: ›Unterm Neomond‹, S. Fischer Verlag GmbH, Frankfurt am Main 1982.

›Die Angst vor Beethoven‹ und ›Der Brief‹
erschienen erstmals in Wolfgang Hilbig: ›Der Brief. Drei Erzählungen‹, S. Fischer Verlag GmbH, Frankfurt am Main 1985.

›Über den Tonfall‹
erstveröffentlicht in Wolfgang Hilbig: ›Über den Tonfall. Drei Prosastücke‹, Friedenauer Presse, Berlin 1990.

›Der Gegner‹ und ›Der Nexus‹
erschienen erstmals in Wolfgang Hilbig: ›zwischen den paradiesen‹, Reclam-Verlag Leipzig, Leipzig 1992.

›Fester Grund‹, ›Er, nicht ich‹, ›Grünes grünes Grab‹ und ›Die elfte These über Feuerbach‹
erschienen erstmals in Wolfgang Hilbig: ›Grünes grünes Grab‹, S. Fischer Verlag GmbH, Frankfurt am Main 1993.

›Der Geruch der Bücher‹
wurde erstmals veröffentlicht im Text + Kritik-Band ›Wolfgang Hilbig‹, edition text + kritik, München 1994.

Wolfgang Hilbig

»ICH«

Roman

Band 12669

Der Schriftsteller und Stasi-Spitzel »Cambert« soll einen mysteriösen Autor beschatten, der »feindlich-negativer« Ziele verdächtigt wird. Da dieser Autor nie den Versuch macht, seine Texte zu veröffentlichen, ist der Verdacht jedoch schwer zu erhärten. »Camberts« Zweifel an der Notwendigkeit seiner Aufgabe, die ihn zu unheimlichen Expeditionen durch Berliner Kellergewölbe zwingt, wachsen mit der Unsicherheit, ob sich das Ministerium für Staatssicherheit für seine Berichte überhaupt interessiert. Immer öfter plagt ihn die Ahnung, nicht einmal seine Person werde ernst genommen. In dem muffigen Zimmer zur Untermiete bei Frau Falbe, die ihm keineswegs nur Kaffee kocht, verschwimmen ihm Dichtung und Spitzelbericht so sehr, daß er bald nichts mehr zu Papier bringen kann. Tief sitzt die Angst, unter dem Deckmantel »Cambert« könnte der lebendige Mensch längst verschwunden sein. Hilbigs Thema in diesem Roman ist die Verwicklung von Geist und Macht. Er untersucht sie am Beispiel eines Literaten, der zu einem Spitzel der Staatsgewalt geworden ist.

Fischer Taschenbuch Verlag

fi 691 / 8